RUTH SABERTON

DER VERRAT VON OYSTER SHORE

AF201764

atb aufbau taschenbuch

RUTH SABERTON wurde in London geboren und lebt heute mit ihrer Familie in Cornwall. Obwohl sie weit gereist ist, gibt es für sie keinen Ort, der sich mit der rauen Schönheit dieser Küstenlandschaft messen kann. Hier findet sie immer wieder neue Inspiration für ihre Romane. In England gilt sie als absolute Bestsellerautorin.

Im Aufbau Taschenbuch sind von ihr bereits die Romane »Der Liebesbrief« und »Das Versprechen« erschienen.

MARIE RAHN studierte an der Universität Düsseldorf Literaturübersetzen. Sie übersetzt aus dem Französischen, Italienischen und Englischen, u. a. Lee Child, Aldo Busi, Kristin Hannah, Silvia Day und Sara Gruen.

Die Schriftstellerin Lowenna kehrt auf der Suche nach Trost zurück nach Cornwall, an den Ort ihrer Kindheit. In dem verlassenen Bootshaus direkt am Fluss stößt sie auf eine Geschichte, die bis in die Zeit vor dem Ersten Weltkrieg zurückreicht: ein verschollenes Manuskript, eine Kinderfreundschaft, eine große Liebesgeschichte und ein Verrat, der bis in die Gegenwart fortwirkt. Als Lowenna an der Seite des geheimnisvollen Noah die Wahrheit aufdeckt, wird sie vollkommen unerwartet tief in ihre eigene Familiengeschichte hineingezogen. Kann sie das große Zerwürfnis der Vergangenheit aussöhnen, und findet sie in Oyster Shore auch ihr persönliches Glück?

RUTH SABERTON

DER VERRAT VON OYSTER SHORE

ROMAN

Aus dem Englischen
von Marie Rahn

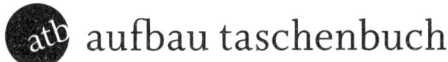
aufbau taschenbuch

Die Originalausgabe unter dem Titel
Oyster Shore
erschien 2021 bei Millington.

MIX
Papier | Fördert
gute Waldnutzung
FSC
www.fsc.org
FSC® C083411

ISBN 978-3-7466-4039-6

Aufbau Taschenbuch ist eine Marke der Aufbau Verlage GmbH & Co. KG

1. Auflage 2024
© Aufbau Verlage GmbH & Co. KG, Berlin 2023
www.aufbau-verlage.de
10969 Berlin, Prinzenstraße 85
Copyright © 2021 Ruth Saberton
Der Verlag behält sich das Text- und Data-Mining nach § 44b UrhG vor,
was hiermit Dritten ohne Zustimmung des Verlages untersagt ist.
Umschlaggestaltung und Motive www.buerosued.de, München
Satz LVD GmbH, Berlin
Druck und Binden CPI books GmbH, Leck, Germany

Printed in Germany

Für alle Angehörigen systemrelevanter Berufe, die unsere Welt am Laufen halten. Für alle Arbeitskräfte im Gesundheitswesen: Ärzte, Pflegekräfte, Virologen. Für alle Lehrer und Wissenschaftler. Für jeden Einzelnen, der sich unermüdlich dafür einsetzt, alles in Gang zu halten.
Danke.
Dieses Buch ist für euch.

GERALD

1963

London

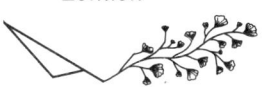

Jede Nacht in den nicht enden wollenden Stunden vor Tagesanbruch war Gerald wieder in Oyster Shore. Im Niemandsland zwischen Schlafen und Wachen schritt er die vertraute Flutlinie ab, wo Träume ans Ufer gespült und Herzen von den spitzen Schnäbeln der Wasservögel zerpickt wurden. Dort sah er Madalyn wieder, eine schmale Gestalt in Weiß, die ein Eimerchen in der Hand schwang, dem unregelmäßigen Muschelsaum folgte und sich hin und wieder bückte, um einen kostbaren Fund aufzuheben. Obwohl sie ihr Gesicht abgewandt hatte, wusste Gerald, dass ihre Augen vor Freude strahlten und ihre Wangen mit Sand gepudert waren, wenn sie die wilden Locken zurückstrich, die sich nicht mit Haarnadeln zähmen ließen.

Wie sehnte er sich danach, sie um Vergebung zu bitten! Im Traum streckte er die Hand nach ihr aus, doch er erreichte sie nicht, er griff ins Leere, und Madalyn entzog sich ihm. Völlig vertieft in ihr Tun hob sie eine leuchtende Glasscherbe auf, hielt sie ins Licht und schaute geradewegs durch ihn hindurch. Dann kam die Flut, und sie war fort, ein weiteres Mal für ihn verloren.

Mit tränenüberströmtem Gesicht wandte sich Gerald zum Bootshaus und sah am Ufer Ned sitzen, mit einem Stift in der Hand und einem Notizbuch auf den Knien. Er wollte ihm sagen, dass es ihm leidtat, dass seit damals nicht ein Tag vergangen war, an dem er nicht die Zeit hätte zurückdrehen wollen, um seine Fehler wiedergutzumachen und ein besserer Freund zu sein. Er wusste, dass seine unsterbliche Seele mit Schuld befleckt war. Eine aus Eifersucht getriebene Entscheidung war der Wendepunkt seines Lebens gewesen und hatte ihn geradewegs in seine ganz persönliche Hölle geschickt.

»Denn was nützt es dem Menschen, die ganze Welt zu gewinnen und Schaden zu nehmen an seiner Seele?«, murmelte er mit weit aufgerissenen Augen und umklammerte seine Decke. »Ich habe meine Seele verloren! Meine Seele!«

Die Krankenschwester, die jede Nacht an seinem Bett wachte, kannte seine Klagen und sein wirres Gemurmel. Bruder Snowe weinte und schluchzte immer im Schlaf. Zuerst hatte sie Mitleid mit ihm gehabt, weil er so schwach und gebrechlich wirkte und so herzerweichend verzweifelt weinte, doch als sie sich nach und nach einen Reim auf sein Gemurmel machen konnte, schwand ihr Mitgefühl. Wenn sie das Geld nicht so dringend gebraucht hätte, dann hätte sie wohl gekündigt. So versuchte sie nun, nicht auf seine Worte zu achten, doch manches ließ sich einfach nicht ignorieren.

Als sie sich um die Stelle bewarb, hatte der Abt ihr erklärt, dass Bruder Snowe schon seit Jahren ziemlich verwirrt sei. Er sei todkrank, und das Morphium verneble seinen Geist. Er wisse nicht immer, was er sage, oder wo er sich befinde. Er wandle im Land seiner Kindheit, und möglicherweise werde sie Worte hören, die nur für einen Beichtvater gedacht seien. Daher müsse sie genau wie ein Priester sein Geheimnis bewahren. Bruder Snowe sei der wichtigste Unterstützer des Priesterseminars, und ihre Diskretion sei von größter Wichtigkeit. Ob sie bereit sei, eine solche Bürde zu tragen? Ob sie bereit sei, ein Dokument zu unterschreiben, das sie zum Stillschweigen verpflichte?

Sie hatte es zugesichert. Sie hätte alles gesagt, um die Stelle zu bekommen, denn ihr Mann war krank, und sie brauchten das Geld. Außerdem konnte sie sich nicht vorstellen, was dieser arme alte Mann Schlimmes von sich geben sollte. Ein bisschen Geschrei werde sie nicht schrecken, hatte sie behauptet, sie habe schon in Nervenheilanstalten gearbeitet. Sie sei aus hartem Holz geschnitzt.

Doch schon bald sollte die Krankenschwester entdecken, dass ihr neuer Patient ganz anders war als die verwirrten Seelen, die sie früher gepflegt hatte. Gewiss, die waren verstört gewesen, erbarmungswürdig und zuweilen auch gefährlich, doch wenn Mr. Snowe in die Dunkelheit schrie und Personen anflehte, die sie nicht sehen konnte, die für ihn aber so real waren, als stünden sie an seinem Bett, gefror ihr das Blut in den Adern. Sein glühender Blick war so fanatisch wie bei einem religiösen Eiferer und sein Glaube absolut. Doch je mehr sie von seinen Auslassungen begriff, desto mehr ahnte sie, dass der Grund für seinen religiösen Eifer aus finstersten Tiefen entsprang. Manchmal musste sie sich sogar bekreuzigen. Sie wünschte ihm nichts Schlechtes, aber wie lange sollte dieser alte Mann denn noch durchhalten?

Aus Gerald Snowes Lebensuhr rieselten die letzten Sandkörner. Die Schwester rief sich ins Bewusstsein, dass ihr Patient täglich schwächer wurde, doch ahnte sie, dass sie seine Worte nie vergessen würde – genauso wenig wie er vergessen konnte, was auch immer er getan hatte. So zog sie seine Decke glatt, widmete sich wieder ihrer Strickarbeit und wartete auf die Morgendämmerung, die die Dunkelheit verscheuchen und ihre Schicht beenden würde.

Während die Krankenschwester sich an ihr Strickzeug klammerte, wandelte der alte Mann in seiner Vergangenheit. Er sah ein Buch mit verheißungsvoll leeren Seiten und wusste, dass die Zeit auf der Schwelle zwischen Leben und Tod verharrte. Hier wurden einem Menschen ein zweites Mal all die Entscheidungsmöglichkeiten seines Lebens geboten, und er konnte Wiedergutmachung leisten, wenn man ihn nur anhörte! *Irgendjemand* würde ihm doch wohl zuhören?

»Madalyn«, rief er. »Komm zurück! Das wollte ich nicht!«

Mit einem Schlag stand er wieder am Ufer, doch das Mädchen, das er suchte, war verschwunden. Über seinem Kopf blitzte der Himmel durch das dichte Laub, doch das Licht war so grell, dass er nur Schattenrisse sah, selbst wenn er die Augen schloss. Das trübe Wasser hatte sich zurückgezogen, so dass Steine, grüne Schlingpflanzen und glitzernde Schlammkanäle zu sehen waren. Der junge Mann auf dem Ponton begann zu schreiben und fing mit dem Stift die verborgenen Schätze einer versunkenen Unterwasserwelt ein. Reiher hüpften über seine Seiten, genauso wie sie die Flutlinie abliefen, hilflose Wesen aus ihren Verstecken zerrten und dabei Pfaden folgten, die nur ihnen bekannt waren. Sie bahnten sich ihren Weg durch die von der Strömung aufgetürmten Tangwälle, balancierten wie Ballerinas über von Grün überzogene Felsen und bildeten einen silbrig glänzenden Kontrast zum leuchtenden Orange der Möwenfüße.

Ned hielt diese Szene für immer in seinem Notizbuch fest, so wie Geralds Schicksal für immer besiegelt war – das Schicksal von ihnen dreien. Wieso konnte er seinen Traum niemals ändern, obwohl er ihm doch einen Ausweg zu bieten schien? Wieso musste er immer gleichbleiben, ganz egal, was er tat? Hatte er sich nicht genug bemüht? Hatte er Bess nicht alles gegeben? Wieso hatte sie ihm keine Absolution erteilt? Wieso fand er keinen Frieden?

»Heilige Mutter Gottes, bitte für uns Sünder«, rief er aus. »Jetzt und in der Stunde unseres Todes!«

Jemand stand neben ihm, eine Frau mit grau meliertem Haar und gestärktem Häubchen. Die Hausmutter? Das Kindermädchen? Seine Mutter? Aber nicht Madalyn.

»Du bist nicht Madalyn!«, schrie er und schlug mit seiner von Gicht gezeichneten Hand nach ihr. Tränen der Verzweiflung strömten über seine eingesunkenen Wangen, nässten sein dünnes Haar und das Kopfkissen. »Wo ist sie? Ist sie im Fluss? Was hast du mit ihr gemacht?«

»Schsch, Bruder Snowe«, sagte die Frau, »Sie träumen nur.« Aber Gerald sah sie schon nicht mehr, denn sein Blick war nach innen gerichtet, aufs Bootshaus, wo er von seinem Versteck im Schatten aus zwei kleine Jungen beobachtete, die ihre geheimen Schätze versteckten. Die Kulissen waren aufgebaut, die Schauspieler auf der Bühne, und der Vorhang konnte sich heben. Noch war nichts geschehen, doch ihm kamen wieder die Tränen, denn er wusste, es würde alles unverändert ablaufen, ganz gleich, was geschah. Nur die, die nach ihm kamen, konnten etwas ändern – wenn er sich verständlich machen konnte!

»Hilfe«, flehte er. »Bitte, ich brauche Hilfe. Ich muss zurück, ich muss es ihnen sagen! Ich muss Madalyn aufhalten!«

Doch Gerald konnte nicht zu seinem einstigen Ich zurück. Denn unser früheres Ich ist eingeschlossen in der Zeit, gestrandet am Ufer der Erinnerungen. Unsere Taten können genauso wenig verändert werden wie der ewige Wechsel der Gezeiten. Die Zeit nährt sich von dem, was früher war, und formt es so, dass alles, was wir einst waren, uns seltsam vertraut und gleichzeitig fremd erscheint, wie eine geliebte heitere Melodie, die nun in Moll erklingt.

Und doch liegt auf der Schwelle zwischen Leben und Tod Erlösung. Als Gerald die drei Kinder am Ufer spielen sah, wusste er: Wenn er Wiedergutmachung leisten könnte, würde doch noch alles glücklich enden. Nun begriff er, dass Vergangenheit, Gegenwart und Zukunft manchmal nur durch einen dünnen Schleier getrennt waren. Vielleicht konnte jemand einen Blick hindurch werfen? Vielleicht die junge Frau mit den veilchenblauen Augen und dem Spaniel, die er manchmal in seinen Träumen sah? Oder der Mann mit den hellen Locken, dessen Gesicht ihm seltsam vertraut vorkam, obwohl er ihn nicht kannte? Auf der Schwelle zum Tod konnte Gerald die Zeit überwinden, und nun sah er sie beide, diese Menschen aus der Zukunft, und zwar so deutlich wie die Menschen aus der Vergangenheit. Sahen sie ihn auch? Würden sie seine Rettung sein?

Da war auch eine ältere Frau, deren Erinnerungen so verschwommen waren wie seine, und die besuchte ihn manchmal mit einer jungen Frau. Die beiden versprachen ihm, sie würden ihm jemanden schicken, doch Gerald verstand nicht, wer das sein sollte. Vielleicht hatten die Frauen das auch nic gesagt, und er machte sich wieder nur vergebliche Hoffnungen. Dann würde er niemals Wiedergutmachung leisten können und ohne Vergebung sterben.

»Madalyn!«, heulte er auf. »Oh, Madalyn!«

Die Krankenschwester neigte sich zu ihm. »Wer ist Madalyn, mein Lieber? War sie Ihre Frau?«

Er wehrte sie zornig ab. Versteckte sie Madalyn vor ihm? »Wo ist Madalyn? Was hast du mit ihr gemacht? Ist sie noch im Fluss?«, schrie er.

Wieso konnte er den Traum nie ändern? Wieso blieb er immer gleich, was er auch versuchte? Hatte er Bess nicht alles gegeben, was wichtig war? Wieso hatte sie ihm keine Absolution gewährt? Er war doch nur ein dummer, selbstsüchtiger Junge gewesen. Ihm war gar nicht klar gewesen, was er in Gang gesetzt hatte. Damals war er ein anderer Mensch gewesen, einer, der ihm jetzt vollkommen fremd war.

»Alles endete, wie es begann«, flüsterte er und versuchte sich aufzusetzen. Seine Stimme war so dünn wie die Schnur, die ihn noch ans Leben band. »In Oyster Shore. Dort begann alles, und dort wird alles enden. In Oyster Shore.«

»Oyster Shore?« Die Krankenschwester hatte keine Ahnung, wovon er sprach. »Wo ist das denn, mein Lieber? Ist das ein Ferienort?«

Aber ihr Patient verstummte. Sein Kopf sackte auf seine knochige Brust, und als sie nach seinem Puls tastete, erkannte sie, dass er die Antwort mit sich genommen hatte. Sie bekreuzigte sich und schloss ihm die Augen, empfand aber keinerlei Trauer, sondern nur Erleichterung, dass sie sich nun nicht mehr die Ergüsse seiner gequälten Seele anhören musste. Wohin auch immer er gegangen sein mochte, wo auch immer dieses Oyster Shore war, er würde nie mehr wiederkehren, um seine Taten zu beichten oder seine unsichtbaren Zuhörer um Vergebung zu bitten. Nie wieder würde er in die Nacht schreien, denn der Sand in seinem Stundenglas war durchgelaufen.

Gerald Snowe, einst der reichste Mann in England, war fort – und mit ihm seine Last aus Schuld, Reue und uralten Geheimnissen.

KAPITEL 1

LOWENNA

Gegenwart

Cornwall

Das Schild am Tor verbirgt sich hinter Efeuranken und Flechten, der Name darauf – *Oyster Shore* – klingt wie ein Flüstern aus der Vergangenheit.

Das Tor hängt schief in den Angeln und wird fast von hüfthohen Gräsern überwuchert. Wilder Kerbel schäumt wie Gischt an den dahinterliegenden Weg. Die Maklerin hatte recht: Hier würde man nie ein Haus vermuten. Für mich ist das perfekt, denn was ich jetzt brauche, ist ein vergessener Ort und ein Ort zum Vergessen. Ich bin schon zweimal an dieser zugewucherten Einfahrt vorbeigefahren und wäre es wohl auch ein drittes Mal, wenn ich nicht durch das Laub einen Blick auf glitzerndes Wasser erhascht hätte. Das Glück hat mich hierher geführt.

»Sie haben Ihr Ziel erreicht«, reißt mich das Navi aus meinen Gedanken. »Bitte wenden!«

Erschrocken trete ich auf die Bremse und stemme mich gegen das Lenkrad. Ich bin nicht die weite Strecke gefahren, um kurz vor dem Ziel im Graben zu landen. Meine Wasserflasche rollt in den Fußraum. Breakspear, der auf dem Rücksitz gedöst hat, bellt vorwurfsvoll.

»Tut mir leid, Breaky«, sage ich und bücke mich nach der Flasche. Ich bin schon zu weit vom Tor entfernt, um zurückzusetzen. Die Straßen hier sind so extrem schmal, dass ich lieber nach einer Stelle zum Wenden Ausschau halte. »Es dauert nicht mehr lang, dann können wir einen schönen Spaziergang machen.«

Wenn Hunde sprechen könnten, würde Breakspear wohl sagen: »Jaja«, und zwar in dem resignierten Tonfall, den meine Nichte Ellie immer anschlägt, wenn Erwachsene etwas Langweiliges sagen. Wenn Hunde Smartphones hätten, würde Breaky wohl seinen Freunden Nachrichten mit Klagen über sein verrücktes Frauchen schicken, das ihn von interessant riechenden Bürgersteigen und seinem geliebten Garten mit den sorgfältig vergrabenen Knochen weggezerrt hat. Sieben Stunden Fahrt sind, trotz längerer Gassipausen, ein Fall für den Tierschutz, würde er klagen, und zwar in genau demselben Ton, den Ellie anschlug, als ihre Eltern einen Familienurlaub in Cornwall buchten. »Kein Handyempfang und unterirdisches WLAN«, hatte sie gejammert. »Wie soll das nur werden?«

»Himmlisch. Vielleicht sollten wir unsere Handys und Computer zu Hause lassen? Den Urlaub als Digital Detox nutzen?«, hatte ihre Mutter, meine große Schwester Marina, gekontert.

Ellie war blass geworden. Sie klebte förmlich an ihrem Handy und brauchte die sozialen Medien so dringend wie Sauerstoff.

Marina arbeitet in der Notaufnahme eines Londoner Krankenhauses und muss sich täglich um Wichtigeres kümmern als um jammernde Teenager, die in den Ferien kein Tiktok nutzen können. Ellie, die genau wusste, wann es genug war, hatte sich alles weitere verkniffen. Abgesehen davon genoss sie insgeheim jede einzelne Minute ihrer von Salz und Wind geprägten Ferien in Cornwall – genau wie Marina und ich früher. Wir wuchsen zwar in London auf, lebten aber praktisch für die Sommer im Cottage unserer Großeltern, das nur einen Steinwurf vom Readymoney Cove entfernt lag. Auf den Holzböden knirschte der Sand, weil wir ständig zum Strand liefen, unsere Haare waren von Sonne und Salz gebleicht und unsere Gesichter voller Sommersprossen.

Als ich an diesem Morgen Richtung Westen fuhr, spürte ich, wie es mir mit jeder zurückgelegten Meile leichter ums Herz wurde. Beim Überqueren der Tamar Bridge fiel eine riesige Last von mir ab, stürzte von der Brücke in die Tiefe und versank im Schlamm des Flussbetts. Ich fühlte mich so leicht wie schon lange nicht mehr. Das Leben, in das ich wie eine Schlafwandlerin geraten war, lag hinter mir, und ich war wieder in Cornwall. Ich durfte wieder Lowenna Scott sein. Mein kornischer Name und meine kornischen Wurzeln banden mich an dieses magische Fleckchen Erde. Ich war zu Hause.

Als ich als Kind meine Granny May in Cornwall besuchte und die Geschichten aus ihrer eigenen kornischen Kindheit hörte, verliebte ich mich in die Vorstellung, an einem Ort zu leben, wo die eigene Familie genauso zum Landstrich gehörte wie die kreischenden Möwen und die rauschenden Wellen. In London kannte niemand die Familie Scott. Wir wohnten in unserer Doppelhaushälfte in einer anonymen Straße in Harrow, die von Autos und staubigen Platanen gesäumt war, und wenn wir über Nacht verschwunden wären, hätte es wohl keiner unserer Nachbarn bemerkt. Meiner Mutter gefiel das. Sie meinte, es gäbe nichts Schlimmeres als Nachbarn, die alles von einem wüssten. Aber Granny May widersprach ihr immer. Sie war stolz darauf, dass schon seit Urzeiten Penwurthies in Trevellan lebten, deren Blut auch in meinen Adern floss. Ihre Namen standen auf dem Kriegerdenkmal am Hafen. Im Grunde sei es ein Zeichen ihrer tiefen Liebe zu Grandpa Bill gewesen, dass sie sich zwanzig Meilen weiter nach Fowey habe entführen lassen!

»Hast du Trevellan nicht manchmal besucht?«, hatte Marina einmal gefragt.

»Aber natürlich, Liebes, aber es war eben nicht mehr mein Zuhause, verstehst du? Das war hier bei Grandad, und außerdem hat deine Mum mich auf Trab gehalten.«

»Aber jetzt, wo Mum erwachsen ist, könntest du doch wieder in Trevellan wohnen. Sie hätte bestimmt nichts dagegen«, hatte ich gesagt. Meine Mum war schon richtig alt, mindestens dreißig, deshalb musste Granny May nicht mehr auf sie aufpassen. Im Gegenteil, je länger ich darüber nachdachte, desto klarer wurde mir, dass unsere

Mutter Granny überhaupt nicht mehr brauchte. Mummy blieb nie mehr als ein paar Tage, wenn sie uns bei unseren Großeltern absetzte, und abgeholt wurden wir immer von Daddy, weil er es liebte, im Sand zu buddeln, in dem winzigen Cottage zu wohnen und die köstlichen Pasteten zu essen, die laut meiner Mutter dick machten.

Meine Großmutter hatte sehr über meinen Vorschlag lachen müssen, so, als hätte ich einen Witz gemacht. Dabei hatte ich das völlig ernst gemeint.

»Da hast du recht, mein Vögelchen. Ich denke oft, dass der Storch das falsche Baby bei uns abgeworfen hat. Deine Mum ist ein richtiges Stadtkind.«

Marina und ich nickten, obwohl wir nicht an den Storch glaubten. Mummy mochte Geschäfte, belebte Straßen und Restaurants. Daddy war zwar eher ein Landmensch, doch da er immer machte, was Mummy wollte, wohnten wir in der Stadt. So zeigte man wohl seine Liebe, hatte ich gedacht: Man machte, was der andere wollte, und nicht das, was einen selbst glücklich machte. Schließlich hatte Granny May für Grandad den Ort verlassen, den sie liebte, und Daddy war wegen Mum in der Stadt geblieben. Diese Lektion hatte ich mir eingeprägt, was, wie sich herausstellte, für mich nicht gut war.

»Möchtest du eines Tages nach Trevellan zurück?«, hatte Marina gefragt.

Granny May sah immer etwas wehmütig aus, wenn sie sich an das Zuhause ihrer Kindheit erinnerte. Sie erzählte Geschichten von Geistern im Moor und von Schmugglern, die durch die engen Gassen schlichen. Meine Lieblingsgeschichte handelte von dem Mädchen, das vor langer, langer Zeit ertrunken war, und dessen Gegenwart Granny May angeblich immer dann spürte, wenn Nebel aufzog. Wir wollten unbedingt wissen, wer sie war und wo sie ertrunken war, aber Granny May wusste es nicht. Vielleicht war sie gar nicht ertrunken, sondern die Kobolde hatten sie entführt? Vielleicht war sie durch die Zeit gefallen und konnte nicht mehr zurück? Granny warnte uns, dass es in Cornwall viele Orte gab, an denen man, wenn man nicht aufpasste, einfach verschwinden konnte. Zwischen großen Steinen, bei alten Kreuzen oder am Wassersaum beim Wechsel von Ebbe und Flut. Entsprach das der Wahrheit oder war das nur eine ihrer Geschichten? Schwer zu sagen, wenn man unter Dachbalken schlief, die aus den Wracks gesunkener Schiffe stammten, und das Meer leise unter dem Schlafzimmerfenster rauschte. Ob wahr oder nicht, diese Geschichten jagten Marina und mir immer wohlige Schauer über den Rücken, und wir liebten sie!

»Vielleicht gehe ich wieder nach Trevellan zurück, wenn ich alt bin? Also *älter* als jetzt, meine ich«, erklärte Granny May. »Aber nun ist Fowey mein Zuhause, und Grandad würde nicht umziehen wollen, nicht für alles Geld der Welt. Außerdem lebt in Trevellan niemand mehr aus meiner Familie. Ich bin die letzte der Penwurthies. Nur noch ich und die alte Familienkiste sind übrig geblieben.«

Granny May hielt nicht nur die alten Geschichten lebendig, sondern bewahrte auch Familienandenken in einer alten Holzkiste auf. An verregneten Tagen, wenn die ganze Welt tropfte, durften wir in ihren Schätzen wühlen und erfanden unsere eigenen Geschichten und Spiele.

»Seid vorsichtig mit den Sachen«, warnte sie uns immer, »meine Mutter hat diese Kiste ihr ganzes Leben lang wie einen Augapfel gehütet, und als sie starb, musste ich ihr versprechen, dass ich gut darauf aufpassen würde.«

Als wir nachfragten, warum, zuckte Granny nur die Achseln.

»Wenn ich das wüsste! Die Kiste war immer unter der Treppe versteckt, und meine Mutter ging jedes Mal in die Luft, wenn man sich ihr auch nur näherte!«

»Sind die Sachen viel wert?«, fragte Marina in der Hoffnung, einen Schatz gefunden zu haben.

»Du bist wirklich die Tochter deiner Mutter! Tut mir leid, Vögelchen, aber diese Sachen haben höchstens ideellen Wert«, erwiderte Granny. »Ich erinnere mich nur, dass ein Mann sie bei uns abgab, als ich noch sehr klein war. Ich machte die Tür auf, weil Ma das Baby stillte …«

»War das Baby dein Bruder, der im Krieg gestorben ist?«, unterbrach ich sie.

Wir kannten die Geschichte vom tapferen Onkel, der in seiner Spitfire abgeschossen wurde. Großonkel Eddie war ein Held. Hätte er überlebt, dann würde es noch mehr Penwurthies geben. Granny sagte auch immer, wenn Eddie überlebt hätte, wäre ihr Vater vielleicht nicht so unglücklich gewesen. Marrick Penwurthys düstere Stimmungen waren im ganzen Ort berüchtigt gewesen, und alle hatten sich vor ihm gefürchtet.

»Genau, Wenna, Gott sei seiner Seele gnädig. Jedenfalls war der Besucher damals ein vornehm gekleideter Mann, ein Gentleman, wie wir früher gesagt haben, und so jemanden hatte ich noch nie in unserem Haus gesehen. Er hatte einen Gehstock aus Ebenholz, mit silbernem Knauf, auf den er sich stützen musste, und seine dunklen Haare hatten graue Strähnen, dabei war er gar nicht alt. Wahrscheinlich nicht älter als mein Pa. Ich bemerkte, dass seine Augen sehr traurig aussahen. Ich war noch ganz klein, aber damals dachte ich, dass er der traurigste Mensch auf der ganzen Welt sein musste.«

»Was wollte er denn?« Da ich ein Fan von *Fünf Freunde* und der *Schwarzen Sieben* war, gefiel mir das Geheimnisvolle der Geschichte. Hätte ich es doch nur rausfinden können, was dahintersteckte!

»Er wollte meinen Vater sprechen und nannte ihn beim Vornamen, als würde er ihn gut kennen. Ich staunte, schließlich war Pa ein einfacher Fischer. Woher sollte er einen Gentleman kennen? Natürlich hätte ich keinem Fremden die Tür öffnen dürfen«, fügte sie schnell hinzu, »aber damals war das noch was anderes. Da kannte jeder jeden, und es gab noch eine Polizeistation im Dorf.«

»Wer war er denn?«, fragte Marina.

»Das weiß nur Gott«, erwiderte Granny May achselzuckend. »Niemand hat es mir je verraten. Damals hieß es, Kinder sollten nur gesehen, aber nicht gehört werden.«

Marina und ich verstanden den Wink mit dem Zaunpfahl und fragten nicht weiter nach. Granny May fuhr mit ihrer Geschichte fort. Sie blickte in die Ferne, als wäre sie wieder sieben Jahre alt und zurück im Haus ihrer Kindheit.

»Mein Pa war draußen auf dem Meer, und meine Ma wollte die Tür zuknallen, als sie den Besucher sah. Sie war wütend, doch er flehte sie an, die Kiste zu nehmen, die er mitgebracht hatte. Er meinte, damit könnten wir unser Glück machen. Ma fauchte wie eine Katze und wollte ihn nicht ins Haus lassen. Sie hatte ziemlich Temperament, meine Mum. Mit Elizabeth Penwurthy legte sich niemand an!«

»Anscheinend bin ich ihr ähnlich«, bemerkte Marina und warf ihre dunklen Locken zurück. »Mum sagt auch immer, ich hätte Temperament.«

»Das muss nicht unbedingt etwas Gutes sein«, wies Granny sie zurecht. Aber weder Marina noch ich glaubten ihr. Marinas Temperament erfüllte mich mit Ehrfurcht, und ich wünschte, ich hätte auch wenigstens ein bisschen davon. Schon als Kind gab ich viel zu schnell um des lieben Friedens willen nach und stellte meine eigenen Bedürfnisse zurück.

»Jedenfalls schickte Ma den Mann weg, und ich sah ihn nie wieder«, schloss Granny. »Sie schob die Kiste unter die Treppe, und dort blieb sie. Hin und wieder wagten Eddie und ich einen Blick hinein, aber wenn Ma uns dabei erwischte, konnten wir was erleben.«

»Was hat denn dein Dad gesagt? War er auch wütend?«, fragte ich. Urgroßvater Marrick war eine finstere Gestalt, einerseits ein Kriegsheld, andererseits jemand, vor dem man sich fürchtete.

»Ich glaube, sie hat sich nicht getraut, ihm davon zu erzählen. Pa redete nicht gern von der Vergangenheit, und Ma hat wohl gelernt, dass man ihn besser nicht aufregt. Seine Wutanfälle waren schrecklich. Wir schlichen nur auf Zehenspitzen um ihn herum«, erklärte Granny May. »Er war ein sehr zorniger Mann.«

Marina runzelte die Stirn. »Wieso denn?«

»Ach, Schatz, das ist schwer zu sagen. Der Krieg hatte ihn verändert, zumindest hörte ich das immer. Er hat schreckliche Dinge erlebt, über die er nie hinwegkam. Er hat gesehen, wie sein bester Schulfreund getötet wurde – Mums Bruder. Könnt ihr euch vorstellen, wie das für ihn gewesen sein muss? Der Erste Weltkrieg war einfach furchtbar.«

Nein, das konnten wir uns nicht vorstellen. Aus der Schule kannten wir zwar die künstlichen Mohnblumen, die man sich am Gedenktag ansteckte, aber der Erste Weltkrieg war für uns ganz weit weg. Ein seltsamer Gedanke, dass Granny Mays Vater gekämpft hatte! Für meine Schwester und mich war das eine weitere Geschichte, seltsam fern.

»Viele der Männer, die aus dem Krieg zurückkehrten, befanden sich in einem schrecklichen Zustand. Manche hatten einen Arm oder ein Bein verloren, oder sie hatten andere schwere Verletzungen. Aber diese waren vielleicht sogar leichter zu ertragen als die seelischen Wunden, die viele andere, wie mein Vater, davongetragen hatten. Damals nannte man so etwas Trichtertrauma, und bei meinem armen, alten Dad war es ziemlich schlimm. Wenn er einen seiner Anfälle hatte, mussten wir uns alle verstecken. Vermutlich traute Mum sich nicht, von dem Besucher und der Kiste zu erzählen, aus Angst, er würde fuchsteufelswild.«

»Aber du hast doch gesagt, mit der Kiste hättet ihr euer Glück machen können«, bemerkte ich.

»Wahrscheinlich habe ich mir das nur eingebildet, Lowenna«, erwiderte Granny lächelnd. »Kinder haben eine lebhafte Phantasie – wie du selbst sehr gut weißt.«

Ich erfand für mein Leben gern Geschichten und notierte sie in meinen Heften, aber noch nie hatte ich mir etwas ausgedacht, das so aufregend war wie Grannys Geschichten. Sie war äußerst einfallsreich und hielt uns oft stundenlang in Bann. Rückblickend kommt mir oft der Gedanke, sie hätte Schriftstellerin werden sollen.

»Vielleicht ist eine Schatzkarte darin versteckt?«, sagte Marina hoffnungsvoll, doch Granny verdrehte nur die Augen.

»Nein, nichts dergleichen. Nur ein paar Zeichnungen und alte Fotos. Mum hat im Laufe der Jahre selbst ein paar Sachen hineingelegt, Fotos und Knöpfe und so weiter, und ihr werdet das wohl auch tun. Obwohl es unsere gesammelten Familienandenken sind, werden sie eines Tages völlig bedeutungslos sein. Wenn ich nicht mehr da bin, wird eure Mum sie vermutlich wegwerfen.«

»Das lassen wir nicht zu«, versicherte Marina.

»Na, dann viel Glück damit«, erwiderte Granny May.

»Aber wer war denn der Mann?«, beharrte ich.

Granny May wuschelte mir durchs Haar. »Keine Ahnung, Liebes. Ich habe ihn nur dieses eine Mal gesehen, und das ganz kurz. Vermutlich war er ein Offizier, der mit Pa in Frankreich gekämpft hat. Denn er war ein feiner Pinkel. Das ist ein altmodisches Wort für ›vornehmer Herr‹. Aber eine Schatzkarte gab es nicht. Dabei hätten wir weiß Gott Geld gebrauchen können. Wir waren ziemlich knapp dran, als Pa nicht mehr fischen konnte.«

Dann folgte unweigerlich der Teil der Geschichte, in dem Granny uns über Schuhe mit Löchern in den Sohlen, über geflickte Kleider und das Fehlen eines Fernsehers erzählte. Damit wollte sie uns die Lehre erteilen, dass Marina und ich dankbar sein konnten für unsere guten Schuhe und unsere schönen Möbel. Doch wir hörten kaum noch zu, weil es nicht das Geringste mit unserer Welt zu tun hatte. Viel interessanter erschien uns die Frage, ob die Kiste uns Glück bringen könnte. Jedenfalls war sie unsere ganz persönliche Schatzkiste geworden. Marina und ich leerten sie immer wieder auf dem Teppich vor dem Kamin aus und begutachteten den Inhalt. Am meisten liebten wir die bunten, vom Meer glatt geschliffenen Glasscherben, die in einem kleinen Samtbeutel aufbewahrt wurden, der einst pechschwarz gewesen, nun aber verschlissen war. Für uns waren die Scherben Edelsteine, die wir ins Licht hielten und auf dem Teppich arrangierten.

Ein ganz besonderer Gegenstand erschien uns aber wirklich wertvoll: ein emaillierter Schmuckkamm in Form eines blauen Vogels, der ein glühend rotes Auge, leuchtend blaue Federn und grausam wirkende, goldene Klauen hatte. Zwar war die Emaille an einigen Stellen abgesprungen und dem Kamm fehlten ein paar Zähne, doch wer auch immer ihn sich ins Haar stecken durfte, fühlte sich wie eine Prinzessin und durfte an diesem Tag über die Spiele bestimmen. Oft fiel Marina diese Rolle zu, und mir blieb nur die Nebenrolle.

Wahre Schätze waren für uns auch die Postkarten und Fotos. Eines zeigte ein Herrenhaus, das wie ein Schloss aussah, und ein anderes ein elegantes weißes Haus, auf dessen Terrasse zwei kleine Jungen und ein Mädchen posierten. Einer der Jungen trug einen Matrosenanzug und blickte finster in die Kamera, während der andere wie ein Schmuddelkind aussah – zumindest behauptete das Granny, die sich über seine nackten Füße mokierte. Das kleine Mädchen trug ein wunderschönes weißes Kleid und einen weißen Hut, doch sie wirkte, als wollte sie sich diesen am liebsten vom Kopf reißen und zertrampeln. Ich stellte mir gerne vor, die drei hätten, kaum dass das Fotos geschossen war, lachend und kreischend die Flucht ergriffen, um irgendwo zu spielen. Marina und ich erfanden Namen für sie und inszenierten detaillierte Szenen, wobei eine von uns dann das kleine Mädchen sein durfte, das wir Prinzessin Clementine nannten, weil Grandad Bill so gerne Clementinenmarmelade mochte. Die Jungen tauften wir Henry und Joe. Sie gerieten ständig in Schwierigkeiten und wurden von Clementine gerettet, die die Klügste der drei war.

Wir fragten uns, wer sie wohl gewesen waren, doch Granny May behauptete, sie wüsste es nicht. Vielleicht Freunde ihrer Mutter? Zur Jahrhundertwende, auf die der Stil der Kleider schließen ließ, war Elizabeth Penwurthy ein kleines Mädchen gewesen, doch auf der

Rückseite des Fotos standen keine Namen, nur eine kaum lesbare Kritzelei mit Bleistift, die aussah wie ein Vers. Es gab auch keine Angaben, wer das Foto gemacht hatte, und Granny May kannte das Haus nicht.

»Der Fluss könnte der St. Wyllow in der Nähe von Trevellan sein«, vermutete sie. »Aber ich weiß, dass das Herrenhaus auf der Postkarte Vyvyan Court ist. Viele von uns Penwurthies haben dort gearbeitet, eine Weile auch meine Mutter. Es hat lange Jahre leer gestanden, da die Familie, der es gehörte, starb, und die amerikanischen Soldaten, die es beschlagnahmt hatten, nach dem Krieg nach Hause zurückkehrten.«

Wenn meine Schwester und ich keine Lust mehr auf Prinzessin Clementine und ihre Vasallen hatten, spielten wir mit Murmeln aus der Kiste oder erfanden Geschichten über den gut aussehenden Uniformierten auf dem Foto, bei dem es sich laut Granny um ihren Furcht einflößenden Vater handelte, als er noch jung und fröhlich gewesen war.

»Pa hatte Glück, dass er aus dem Krieg zurückkehrte«, erklärte sie. »Vielen seiner Freunde war das nicht vergönnt. Als sie sich meldeten, waren sie noch halbwüchsige Jungen, und sie hatten keine Ahnung, was sie erwartete. Keiner von Pas Brüdern kehrte zurück, und das brach meiner Großmutter das Herz. Es hieß, sie wäre vor Kummer gestorben.«

Das war eine traurige Erzählung, die in ein Geschichtsbuch gehörte, aber unsere Aufmerksamkeit genauso wenig fesselte wie das Taschenbuch mit den Eselsohren, das nach Schimmel roch und mit Zahlen vollgekritzelt war. Viel lieber war uns das alte Skizzenbuch mit den vergilbten Seiten, das mit Zeichnungen von einem sehr gut aussehenden jungen Mann und von Ansichten eines baumgesäumten Ufers gefüllt war. Der junge Mann hatte dichte, helle Haare, hochgekrempelte Hemdsärmel und schaute in ein Buch oder in die Ferne. Eine Skizze zeigte ihn, wie er auf einem Ponton saß, mit einem Notizbuch auf dem Schoß und einem Stift in der Hand. Auf einer anderen lag er mit nacktem Oberkörper auf einem Bett. Unter der Zeichnung stand in geschwungener Handschrift *N. OS. 1914.*

N.? War das sein Name? Oder war das die Signatur des Künstlers? Wir hatten Granny May gefragt, aber die wusste es nicht, kannte auch den Künstler nicht, runzelte bei der Skizze mit dem Bett aber missbilligend die Stirn.

»Solche Dinge geraten im Laufe der Zeit in Vergessenheit, und das ist wohl auch gut so«, sagte sie entschieden, klappte das Skizzenbuch zu und legte es zurück in die Kiste. »Diese Zeichnungen haben irgendwann bestimmt etwas bedeutet, obwohl ich mir kaum vorstellen kann, was. Ich habe keine Ahnung, wer dieser schamlose junge Mann war. Aber ich glaube, das dargestellte Ufer könnte ein höher gelegener Abschnitt des Penhayes Estuary sein. Wisst ihr noch, wie wir nach Trevellan gefahren sind, Mädchen? Wir haben den Fluss mit der Autofähre überquert und im Pub zu Mittag gegessen.«

An diesen Tag habe ich glückliche Erinnerungen an Sonnenschein, Krabbensandwichs und heiße Plastikstühle, die an den nackten Beinen klebten. Aber wir besuchten Trevellan nur ein einziges Mal, da Granny May starb, als ich zehn war, und Grandpa Bill, der sie über alles geliebt hatte, nur wenig länger lebte. Ihr Cottage wurde verkauft, und unsere kornischen Sommerferien blieben für immer im Land unserer vergangenen Kindheit zurück.

Die Jahre vergingen, doch in meiner Phantasie blieb Cornwall ein magischer Ort, der mir noch mehr ans Herz wuchs, seit ich jedes Buch von Daphne du Maurier verschlang, das ich in die Finger bekommen konnte. Wann immer es mir möglich war, fuhr ich am Wochenende nach Fowey, um die Stätten meiner Kindheit zu besichtigen, doch von London nach Cornwall ist es weit, und David bevorzugte Stadt- oder Cluburlaube. Zwar sehnte ich mich nach salziger Luft, nach geschwungenen Sandbuchten und dem weiten Himmel, über den Wolken zogen, doch unterdrückte ich diese Sehnsucht und redete mir ein, es wäre wichtiger, mich auf meine Beziehung und meine Karriere zu konzentrieren. Ich hatte es verlernt, meinen Wünschen zu folgen.

Aber nun, als ich auf der Suche nach einem Platz zum Wenden durch die enge Straße mit der hohen Böschung fahre, glaube ich aus tiefstem Herzen, dass mich meine kornischen Wurzeln hierher zurückgeführt haben. Trevallan, der Ort, wo meine Vorfahren über Generationen lebten, ist nur drei Meilen von Oyster Shore entfernt, und ich bin hier umgeben von der Landschaft aus den Geschichten meiner Großmutter. Von außen betrachtet erscheint es unvernünftig, mein ganzes Leben an einen Ort zu verlagern, den ich noch nie gesehen habe, aber in meinem Herzen spüre ich den Sinn. Hier herrscht eine heilsame Stille. Es ist sicher. Ich kann mich erholen, und ich kann wieder schreiben. Es ist richtig, nach Cornwall zu kommen. Davon bin ich überzeugt.

Ein großer Geländewagen kommt auf mich zu. Da er wie ein Panzer wirkt und seine vielen Beulen auf zahlreiche Zusammenstöße mit Gattern und Trockenmauern schließen lassen, fühle ich mich genötigt, ihm so schnell wie möglich auszuweichen.

»Bitte wenden«, wiederholt das Navi beharrlich, während ich verzweifelt versuche, gleichzeitig den Wagen zu lenken und die Wasserflasche in die Hand zu bekommen, die immer noch im Fußraum herumrollt und zu platzen droht. Das ist so schwierig, wie es sich anhört, und bis es mir gelingt, schlingert mein Wagen gefährlich hin und her. Mit heftig klopfendem Herzen richte ich meine Aufmerksamkeit wieder aufs Fahren, und das keine Sekunde zu früh, denn der Geländewagen macht keinerlei Anstalten zu bremsen. Der Fahrer ist hinter seiner spiegelnden Sonnenbrille verborgen und scheint sich darauf zu konzentrieren, geradewegs auf mich zuzufahren. Ich werde noch vor meiner Ankunft zerquetscht werden. Nicht gerade der Neuanfang, auf den ich gehofft hatte.

»Bitte wenden!«, tönt das Navi.

»Ja, ja, ich weiß!«, fauche ich wütend. »Ich brauche einen Wendeplatz! Irgendwelche Vorschläge?«

Versunkene Sträßchen sind hübsch, zum Wenden oder Ausweichen aber ziemlich unpraktisch, wenn sich auf der einen Seite ein Graben und auf der anderen Seite eine Steinmauer befindet. Da ich diese Straße schon zweimal entlanggefahren bin, weiß ich, dass sie in etwa einer halben Meile breiter wird und sich zu einer Lichtung öffnet. Dort steht ein Wohnwagen, der von wunderschönen Holzskulpturen umgeben ist, doch zu meiner Erleichterung ist niemand erschienen, um mir wegen des Wendens Vorhaltungen zu machen.

Die Scheinwerfer des Geländewagens blitzen auf. Will er mir damit freundlich signalisieren, dass er an den Rand fährt, damit ich mich an ihm vorbei quetschen kann? Oder ist das ein aggressives Geheimzeichen der Einheimischen für *Aus dem Weg, du blöder Touri!?* Bei dem Gedanken werde ich rebellisch. Ich habe das gleiche Recht wie er, diese Straße zu benutzen. Ich lass mich nicht mehr rumschubsen. Das habe ich ein für alle Male hinter mir!

»So, Breaky«, verkünde ich. »Ich werde standhalten, wie Russell Crowe in *Gladiator*. Und auf mein Zeichen bricht die Hölle los!«

Andererseits … vielleicht lieber doch nicht. Dieser Wagen wirkt ziemlich solide, und mein kleines Auto ist eine Blechkiste. Vielleicht sollte ich doch zurücksetzen. Will er das? Wie ich rasch lerne, herrscht auf kornischen Straßen das ziemlich gefährliche Gesetz des Entschlosseneren: Wer am längsten draufhält, zwingt den anderen, den Rückwärtsgang einzulegen. So ist es sehr einfach, Einheimische zu identifizieren, weil sie atemberaubend schnell zur nächsten Einbuchtung zurücksetzen. Mir hat heute schon ein zornesroter Jaguarfahrer den Finger gezeigt, ein Traktorfahrer fröhlich gewunken und eine alte Dame einen mitleidigen Blick zugeworfen, während sie geschickt eine halbe Meile rückwärtsfuhr, während ich noch panisch die Gangschaltung betätigte.

Touris, denken sie wohl verächtlich. *Städter, können nicht mal rück-*

wärtsfahren. Na, dann sollen sie doch mal in der Rushhour den Kreisverkehr an der Hangar Lane bewältigen! Oder sich am Terminal drei in Heathrow in den Zubringer einfädeln! Selbst hartgesottene Londoner Taxifahrer erbleichen angesichts der Verkehrsführung am Flughafen, aber ich schaffe das mit verbundenen Augen, weil ich David unzählige Male von seinen Geschäftsreisen abgeholt habe. Selbst er fand da nichts mehr zu mäkeln.

Piep! Piep! Blitz! Blitz!

Vierspurige Zubringer, Exfreunde mit Jetlag und tieffliegende Flugzeuge verschwinden. Zurück auf der Straße mit dem immer näherkommenden Geländewagen umklammere ich den Schaltknüppel und bemühe mich, den Rückwärtsgang zu finden. Das Getriebe knirscht. Ich gebe die Hoffnung auf, dass mein Lack unbeschädigt bleibt und setze in eine Lücke in der Mauer zurück.

Der Wagen hält neben mir, und der Fahrer kurbelt das Fenster herunter, schiebt sich die Sonnenbrille in die dichten, blonden Haare, lehnt sich heraus und strahlt mich an.

»Tag! Haben Sie sich verfahren?« Ich bin verblüfft über den australischen Akzent.

»Ich habe Sie schon ein paarmal vorbeifahren sehen. Wenn Sie nach Trevellan wollen, das ist in der anderen Richtung«, fügt er hinzu, als ich nicht antworte.

»Nein, alles gut, ich suche nur nach einem Platz zum Wenden«, sage ich, nachdem ich mich von dem Schock erholt habe, Bradley Coopers besser aussehendem Zwilling vor mir zu haben. »Aber trotzdem danke.«

»Leichter gesagt als getan, wie? Da hinten an meinem Wohnwagen ist genug Platz. Da könnten Sie wenden« Sein Grinsen wird noch breiter. »Ein weiteres Mal.«

Also bin ich wohl doch nicht unbemerkt geblieben.

»Tut mir leid«, erwidere ich. »Ich wusste nicht, dass jemand zu Hause ist.«

Er winkt abwehrend mit seiner braun gebrannten Hand. »Kein Problem. Das bin ich schon gewohnt. Sie wären überrascht, wie viele die Abzweigung nach Trevellan verpassen und hier landen. Ich erkläre ihnen immer, wie sie ins Dorf kommen – oder nach Vyvyan Court, wenn es ein schicker Wagen ist.«

»Wollen Sie damit sagen, mein Wagen ist nicht schick?«, frage ich mit ausdrucksloser Miene.

»Ah, britischer Humor, richtig?«

Wir betrachten mein altes Auto. Niemand würde einen zwölf Jahre alten Peugeot 207 als »schick« bezeichnen.

»Nein, nur so eine Vermutung«, entgegne ich. »Jedenfalls habe ich mich nicht verfahren, sondern nur meine Einfahrt verpasst.«

Ich überlege noch, ob ich ihm erzählen soll, dass ich im alten Bootshaus von Oyster Shore wohnen werde, da bricht Breakspear in wildes Bellen aus.

»Halten wir dich auf, Kumpel?«, fragt der Fahrer, worauf Breakspear freudig mit dem Schwanz wedelt und sich in dem Bestreben, den Fremden kennenzulernen, gegen seinen Gurt stemmt. So viel dazu, dass er mich beschützen soll, wenn ich allein in meinem neuen Haus bin. Da könnte ich mich ja noch besser auf das Navi verlassen, das mir vom Armaturenbrett aus Anweisungen erteilt.

»Bei der ersten Gelegenheit bitte wenden!«

»Meine Güte, das lässt aber auch nicht mit sich spaßen! Ich gehorche wohl besser.« Der Fahrer lacht. Die Nachmittagssonne lässt seine erstaunlich grünen Augen leuchten. Auf seiner gebräunten Gesichtshaut schimmert ein goldener Dreitagebart. Hellere Lachfältchen breiten sich um seine Augenwinkel aus und verschwinden in seiner dichten Mähne. »Ich quetsch mich vorbei. Sollte passen.«

»*Sollte?*«, wiederhole ich nervös, aber es ist zu spät, Bedenken anzumelden. Schon geht es vorwärts, und zwischen der schlammbespritzten Seite seines Wagens und dem glänzend schwarzen Lack meines Wagens sind nur wenige Zentimeter Platz. Beklommen halte ich die Luft an und ziehe sogar den Bauch ein, aber unsere Wagen berühren sich nicht. Erleichtert atme ich auf. Im Rückspiegel sehe ich, wie er fröhlich den Daumen reckt und dann Gas gibt. Ich fahre weiter die Straße entlang, froh, dass es keinen Crash gegeben hat. Von nun an werde ich an meiner Rücksetztechnik arbeiten – oder nur noch zu Fuß laufen. Das wäre vielleicht einfacher.

Als ich am Wohnwagen wende, bemerke ich Blumentöpfe mit Kräutern auf den Stufen und ein kleines Gemüsebeet daneben. Da ich den Bildhauer kennengelernt habe, schaue ich mir auch die Skulpturen genauer an. Da sind keine grob mit der Kettensäge bearbeiteten pilzförmigen Gebilde, sondern raffiniert geschnitzte Waldtiere, abstrakte Formen und sogar ein großes, sich aufbäumendes Pferd. Ein Künstler also? Oder ein Australier auf der Durchreise, der den Sommer über bleibt und so lange Gelegenheitsarbeiten verrichtet? Für einen Backpacker kommt er mir allerdings etwas zu alt vor. Ich würde sagen, dass er ein bisschen älter ist als ich. Anfang vierzig vielleicht? Nicht, dass mich das was anginge. Ich bin nicht hergekommen, um neue Leute kennenzulernen. Ganz im Gegenteil.

Zurück an der Zufahrt von Oyster Shore sehe ich einen holprigen Betonweg, der von halb verwelkten Blauglöckchen gesäumt ist. An vielen Stellen sind Baumwurzeln durch den Weg gebrochen, tiefgrünes Moos überwachst den Beton. Irgendwo zwischen den dichten Rhododendren und Azaleen muss das alte Haus stehen. Schon bald werde ich es zum ersten Mal richtig sehen und mein eher undeutliches Bild von der veralteten Website der Realität anpassen.

Kein Wunder, dass das Anwesen so schwer zu vermitteln war! Die tiefen Rillen und Schlaglöcher in der Auffahrt ermöglichen nur Fahrzeugen mit Allradantrieb den Zugang. Davids Cabrio hätte da keine Chance, selbst wenn er mich hier aufsuchen wollte. Wenn ich die rostige Kette hinter mir wieder über den Torpfosten lege und mein Auto auf dem Grundstück verstecke, wird niemand auch nur ahnen, dass Oyster Shore nun bewohnt ist.

Einfach perfekt. Vor lauter Aufregung läuft mir ein Schauer über den Rücken, denn dieser Ort ist alles, was ich mir erhofft habe – und noch mehr. Er ist ein romantisches Fleckchen Erde. Die in dem dunklen Wäldchen verschwindende Auffahrt erinnert an das geheimnisvolle Cornwall von Daphne du Maurier und das glitzernde Wasser an die endlosen Sommer in den Büchern von Enid Blyton.

Mein Wagen ruckelt über den Weg. Kaum bin ich um eine Kurve gebogen und damit außer Sichtweite der Straße, fahre ich an den Wegesrand, schalte den Motor aus und atme tief durch. Lowenna Scott hat ihr Ziel erreicht.

Ich springe aus dem Wagen, recke die Arme zum Himmel und drehe den Kopf nach links und rechts, um meinen steifen Nacken zu dehnen. Wie gut es sich anfühlt, den salzigen Wind auf meinen Wangen zu spüren und dem Vogelgezwitscher zu lauschen! Ich meine sogar, dass irgendwo Wellen rauschen, also kann das Meer nicht weit weg sein. Einfach perfekt!

»Breakspear«, sage ich und ziehe die hintere Tür auf. »Bist du bereit, unser neues Zuhause zu erkunden?«

KAPITEL 2

LOWENNA

Gegenwart

Cornwall

Auf Oyster Shore bin ich durch Zufall gestoßen, oder sollte ich sagen, es war eine Laune des Schicksals? Denn kaum erschien die Website auf dem Bildschirm meines Laptops, wusste ich, dass ich genau dorthin wollte. Dies war genau der Ort, den ich brauchte. Vielleicht war es sogar mehr als nur ein Ort, vielleicht war es ein Gemütszustand?

Als freischaffende Autorin verbringe ich viel Zeit im Internet, vorgeblich, um Recherche für mögliche Projekte zu betreiben oder als Ghostwriter für erfolgreichere Autoren zu schreiben, in Wahrheit jedoch, um durch Facebook, Twitter und Instagram zu scrollen und irgendwas zusammenzuschustern. Vor ein paar Wochen versuchte ich krampfhaft, mich auf Ideen für einen neuen Auftrag zu konzentrieren und den neuesten Ansturm von Davids vorwurfsvollen Nachrichten zu ignorieren. Da aufgeben keine Option für ihn ist – was David Blake einmal gehört, gibt er nicht mehr her –, flutet er, wie zu erwarten war, meinen Posteingang mit einer beträchtlichen Anzahl von E-Mails. Offensichtlich ist er wild entschlossen, mich zu zermürben, doch das gelingt ihm nicht. Dieses Mal nicht.

Dieses Mal war alles anders. *Alles.* Entscheidend jedoch war, dass *ich* anders war, wusste ich nun doch ganz genau, dass ich weder verrückt noch paranoid war, weder eifersüchtig noch besitzergreifend oder was auch immer er mir in der Vergangenheit vorgeworfen hatte. Es war, als wäre ich durch einen Spiegel getreten, doch die Welt um mich herum war nicht auf den Kopf gestellt, sondern ich sah endlich alles richtig herum. Alles ergab einen Sinn. Alles war genau so, wie es sein sollte.

Wie leicht kann sich alles durch eine zufällige Entscheidung verändern! Oft sind es nicht weltbewegende Ereignisse, die unser Leben in eine ganz andere Richtung lenken, sondern banale Impulse, die wir kaum wahrnehmen. In meinem Fall war ich nur ein bisschen zu faul, den Sender des Radios auf dem Nachttisch zu ändern, während David sich für ein Frühstücksmeeting vorbereitete und ich meine Sachen einsammelte, um seine Wohnung zu verlassen. Wenn ich nicht von einem interessanten Beitrag über Mary Shelley abgelenkt worden wäre, wäre ich nicht so spät dran gewesen, um Breakspear beim Hundesitter abzugeben. Dann hätte ich nicht den Bus verpasst – und wenn ich den nicht verpasst hätte, wäre mir erst einige Meilen später aufgefallen, dass ich mein Handy vergessen hatte. Es wäre viel zu spät gewesen, noch mal umzukehren, angesichts des in der angelehnten Haustür steckenden Ersatzschlüssels die Stirn zu runzeln und die Wohnung zu betreten. Es wäre viel zu spät gewesen, um der Spur der im Flur fallen gelassenen Kleidungsstücke zu folgen. Zu spät, um die Schlafzimmertür aufzustoßen und viel zu spät, um Davids schockierte Miene zu sehen, als er in den Spiegel schaute und meinem Blick begegnete.

All das nur, weil ich ein Seminar über Schauerliteratur in der Uni belegt hatte. Weil ich für den Dozenten schwärmte! Was, wenn er sich auf Linguistik spezialisiert hätte? Oder die Postmoderne? Dann hätte ich mich wahrscheinlich nicht für die Entstehung von Mary Shelleys Meisterwerk interessiert, hätte den Radiosender gewechselt, Davids Wohnung pünktlich verlassen und nie die Wahrheit erfahren. Nie hätte ich genügend Wut aufgebracht, die mich befeuerte, das zu tun, was ich schon beim allerersten Mal hätte tun sollen, als er …

Wie auch immer: Das ist Vergangenheit. Was ich wohl sagen will, ist, dass das Leben vielleicht nur eine Aneinanderreihung von Chancen ist, über die wir kaum Kontrolle haben. Wer weiß, wie viele perfekte Paare sich nie begegnen, wie viele Kinder ungeboren bleiben, wie viele großartige wissenschaftliche Entdeckungen nicht gemacht werden, weil jemand stehenbleibt, um sich die Schuhe zuzubinden, oder mal aufs Klo muss? Man könnte glatt verrückt werden, wenn man zu lange über all die nicht eingeschlagenen Wege und die endlosen Paralleluniversen nachdenkt! Ich glaube lieber, dass das Schicksal uns gern einen Schubs in die richtige Richtung gibt. Wäre ich sonst jetzt hier und schlenderte über diese zugewucherte Einfahrt, nur wenige Meilen entfernt von dem Ort, den meine Familie über Generationen hinweg kannte und liebte?

Seit jenem schrecklich klischeehaften Moment ist mir klar geworden, dass ich meinem Instinkt folgen muss. Ich kann mich auf meine Intuition verlassen. Ich zerrte mir den Ring vom Finger und warf ihn zu Boden, wo er sich kurz um sich selbst drehte, bevor er davon rollte und das Leben mit sich nahm, in das ich fast unwiderruflich gestolpert wäre. Während David nach seinem Bademantel grapschte, drehte ich mich um und ging. Schon da wusste ich, dass ich nie mehr zurückkehren würde, und diese Erkenntnis fühlte sich an, als könnte ich endlich wieder Luft schnappen, nachdem mein Kopf viel zu lange unter Wasser gedrückt worden war.

Mir tat das Herz weh, aber das würde heilen. *Ich* würde heilen. Ich war frei.

Meine Mutter findet es verrückt, »mir David durch die Lappen gehen zu lassen«. Er hat Geld, ein schönes Auto (ganz oben auf ihrer Liste) und ist erfolgreich. Eine unverheiratete achtunddreißigjährige Tochter ist für sie ein Anlass zu großer Sorge, und sie hat mir sehr zugesetzt, damit ich meinen Entschluss widerrufe.

»Willst du denn gar nicht heiraten, Lowenna?«, hatte sie traurig gefragt. »Möchtest du keine Kinder? Eine Familie? Die Uhr tickt, weißt du?«

Die Antwort auf diese Fragen ist komplex. Sie lautet: *Ja* und gleichzeitig entschlossen *Nein*, wenn er nicht der Richtige ist. Meine Eltern ließen sich scheiden, als ich sechzehn war, und mein Vater wohnt jetzt mit seiner zweiten Frau auf einem entlegenen Bauernhof in den Pyrenäen. So weit ich sagen kann, ist er sehr glücklich – aber irgendwann einmal mussten meine Eltern wirklich geglaubt haben, sie liebten sich und würden für immer zusammenbleiben, denn sonst hätten sie nicht geheiratet. Wie soll man das also jemals sicher wissen? Und was ist Liebe überhaupt? Vielleicht nur eine Erfindung von Schriftstellern, die Bücher verkaufen wollen? In meiner Jugend dachte ich immer, ich würde Liebe unfehlbar erkennen, tief in meinem Innern. Cathy und Heathcliff mussten nicht über ihre Gefühle nachdenken, und Romeo und Julia auch nicht. Also würde es bei mir auch so sein, oder?

Doch während die Zeit verging, erlebte ich nie das Feuerwerk, auf das ich gehofft hatte. Meine ernst zu nehmenden Beziehungen kann ich an einer Hand abzählen. Da wäre meine Uniliebschaft mit Jon, dem Rechtsanwalt (der jetzt mit seinem Mann in New York lebt), und danach Drew, ein Englischlehrer. Ich verstehe mich immer noch gut mit ihnen und betrachte sie als gute Freunde. Aber David Blake war der einzige Mann, der mich wirklich umhaute. Er kam als neuer Chef in meinen Verlag Erasmus Publishing House und war der Inbegriff des großen, dunklen, starken Helden. Er hätte geradewegs aus einem Kitschroman entsprungen sein können. Er war Christian Grey ohne Sadomaso. Edward Cullen ohne Vampirzähne. Als David mich zum Essen einlud, war ich zwar geschmeichelt, aber auch verwirrt: Das ganze Büro war doch voll von Zwanzigjährigen mit langen Beinen und wehenden blonden Mähnen. Wieso hatte er sich für mich entschieden?

»Was wissen die schon über Yeats oder Heaney?«, entgegnete David, als ich ihn das fragte. Da saßen wir gerade zu einem späten Essen in einer kleinen Trattoria am Covent Garden, in der es tropfende Kerzen auf Korbflaschen gab und alles durchdringend nach Knoblauch und Tomaten roch. Aber als ich aufblickte, ertappte ich ihn, dass er missbilligend zusah, wie ich mit einem dicken Stück Knoblauchbrot die Reste meiner Carbonara-Sauce aufwischte. Angesichts seines offensichtlichen Unwillens musste ich einen Anflug von Unbehagen unterdrücken. Ich liebe Essen. Ich liebe es, einzukaufen, zu kochen und zu essen. Natürlich kriegt man so keine Size zero, aber mit fünfunddreißig hatte ich akzeptiert, dass für mich die Wahrscheinlichkeit, dünn zu sein, geringer war als die, auf den Mars zu fliegen. Andererseits, wer wollte schon ins Weltall? Das überließ ich gerne Jeff Bezos und Captain Kirk.

»Nicht das Geringste«, räumte ich ein. Die meisten Mädchen, die ein Praktikum bei Erasmus Press machten, hatten Namen wie Poppy oder Binky oder Sophia, und waren nur dort, weil Daddy Kontakte hatte und sie »irgendwas im Verlagswesen« machen wollten, während sie sich nach einem Ehemann umschauten. Ihre Literaturkenntnisse passten auf eine Briefmarke.

»Aber was hat das damit zu tun?«

David griff nach meiner Hand. »Alles, siehst du das nicht, Lowenna? Genau das ist der Punkt. Du bist anders. Erfrischend anders. Und verdammt sexy. Ich muss dich ständig ansehen.«

Mir schwirrte der Kopf. Sicher war ich anders, aber das hatte ich bis jetzt nicht als positiv erachtet. Früher hatte ich mir die Haare geglättet, mir Minimizer-BHs gekauft, um meinen großen Busen zu kaschieren, und mir sogar eine Zeit lang eingeredet, ich könnte ebenfalls mit Skinny Jeans und kniehohen Stiefeln herumlaufen. Als David Blake auf den Plan trat, hatte ich zwar mit meinen krausen Haaren nicht gerade meinen Frieden gemacht, aber kapituliert, und wartete darauf, dass Bootcut Jeans wieder in Mode kamen. Es erforderte einen gewissen Paradigmenwechsel, um mich durch seine Augen zu sehen, doch als mir das gelungen war, mochte ich, was ich sah, und David mochte ich auch. Er war witzig und klug und ohne jeden Zweifel sehr gut in seinem Job. Seit er da war, ging es mit Erasmus bergauf, die Verkaufszahlen schossen durch die Decke, und wir hatten mehrere berühmte Autoren unter Vertrag genommen. David schien einfach perfekt, und solange ich seine volle Aufmerksamkeit hatte, dachte ich, er wäre genau der Mann, den ich mir gewünscht hatte. Später jedoch, als er mich tief verletzte, erkannte ich, dass ich die Warnsignale übersehen hatte. Wenn ich ganz ehrlich zu mir selbst bin, muss ich auch zugeben, dass nicht alles seine Schuld war. Ich hätte auf meinen Instinkt vertrauen und auf mein Herz hören sollen – und zwar schon bei unserem ersten Date. Wir hätten die Sache schon da abbrechen sollen.

»*Einen* Fehler, er hat *einen* Fehler gemacht, Lowenna«, beschwor mich meine Mutter, als ich ihr erzählte, dass die Verlobung geplatzt war. »Du darfst nichts überstürzen!«

Ich starrte in den Spiegel und sah einen Elfen mit schlaff herabhängenden Haaren, verschwollenen Augen und einer Nase, die so rot war wie bei Rudolph, dem Rentier – aber in seinem Blick sah man einen Hauch Selbstachtung aufblitzen.

»Es geht nicht darum, dass er mal nicht den Müll rausgebracht hat, Mum, sondern er war mit einer *anderen* zusammen!«

»Na gut. Das hätte er nicht tun sollen, aber Männer sind anders als wir, Schatz. Sie haben so ihre schwachen Momente. Nimm deinen Vater!«

Mein Vater war seit fast zwanzig Jahren mit seiner zweiten Frau verheiratet, und damit dauerte sein »schwacher Moment« bereits länger als die Ehe mit meiner Mutter, aber das verkniff ich mir. Außerdem hatte ich einen Mann, der nicht treu sein wollte, einfach nicht verdient. Ich verdiente einen Mann, der mich aus ganzem Herzen liebte. Jemanden, der an meiner Seite bleiben würde, bis wir den Winter unseres Lebens erreicht hatten. Einen Mann, der mich im Arm hielt, wenn ich weinte, der mich tröstete, wenn ich krank war, der mich voller Liebe ansah und lächelte, wenn ich morgens die Augen aufschlug, und mit mir lachte, bis ich sie abends wieder schloss. Einen Mann, der unter der Bettdecke mit dem Fuß nach meinem tasten würde, der mit mir Händchen hielt, wenn wir einen Film anschauten, und der Tiere so liebte wie ich. Das war ein Traum, nur ein Klischee aus Lieblingsbüchern oder Filmen, doch mein Herz sagte mir, dass es noch mehr geben musste, und ich war entschlossen, danach Ausschau zu halten.

»Es ist vorbei, Mum«, sagte ich abschließend.

David ruft Mum immer noch an, damit sie ihm hilft, mich zurückzugewinnen. Deshalb habe ich in letzter Zeit kaum mit ihr gesprochen. Letzte Woche rief ich sie an, um ihr mitzuteilen, dass ich nach Cornwall ziehe, stellte das Handy aber laut und packte einfach weiter, als sie mir einen Vortrag hielt. Als sie mal Luft holte, fragte ich sie, ob sie noch Granny Mays Kiste habe und ich sie mitnehmen könne.

»Im Ernst, Lowenna, manchmal glaube ich, du schwebst in anderen Sphären. Hast du auch nur ein Wort von dem gehört, was ich dir gesagt habe?« Mum klang entnervt, aber das war nichts Neues. »Was willst du denn jetzt mit Grannys Kiste?«

Das wusste ich nicht, aber irgendwie kam sie mir wichtig vor. Wenn Prinzessin Clementine, der lockige Mann, der mit solcher Liebe gezeichnet worden war, und die anderen Schätze noch existierten, dann wollte ich sie nach Cornwall zurückbringen. Vielleicht konnte ich herausfinden, was es mit dem Schatz auf sich hatte und wer der traurige Fremde war, der ihn ausgehändigt hatte. Da Mum das nicht verstanden hätte, entschied ich, ihr nur eine halbwahre Begründung zu liefern.

»Es wäre vielleicht nett, ein paar der Orte zu besuchen, die auf den Bildern zu sehen sind.«

»Ganz ehrlich, Lowenna, ich habe keine Ahnung, wo diese Kiste ist. Als dein Großvater starb, wurde etliches weggeworfen. Im Cottage war ziemlich viel altes, unbrauchbares Zeug.«

»Könntest du mal danach suchen? Es wäre schrecklich, wenn sie weg wäre. Schließlich hat Granny gesagt, wir könnten damit unser Glück machen«, fügte ich hinzu.

»Ich guck mal, was sich machen lässt. Eric kann auf dem Speicher nachschauen – ich habe ein paar Sachen, die er dort hochbringen soll –, aber mach dir nicht allzu viele Hoffnungen, wahrscheinlich ist die Kiste mit dem restlichen Kram auf dem Müll gelandet. Und was das ›Glück machen‹ betrifft, so hat Mutter auch ziemlich viel dummes Zeug erzählt. Von Kobolden, Gnomen, Geistern, Schmugglern und dergleichen. Ich musste ständig verhindern, dass sie euch Angst einjagt.«

»Wir haben ihre Geschichten geliebt!«, protestierte ich, doch meine Mutter hatte schon das Thema gewechselt. Ich war dankbar, mir keine weitere Predigt über David anhören zu müssen. Als Mum endlich auflegte, konnte ich nur hoffen, dass sie Granny Mays Kiste nicht vergaß.

Im Gegensatz zu Mum, die David und mich wieder zusammenbringen will, würde meine Schwester ihn am liebsten erwürgen. Was Marina betrifft, gibt es keine Strafe, die hart genug für ihn wäre, obwohl ich versucht habe, ihr klarzumachen, dass ich ihn gar nicht hasse. Er sei mir vielleicht nicht mehr der liebste Mensch auf Erden, sagte ich bei einem Besuch, aber ich wünschte ihm auch nichts Böses. Ich wollte einfach nur so weit weg von ihm sein wie möglich.

»Also hast du ihn auch nie geliebt«, konterte sie. »Wenn Tony mich betrügen würde, würde ich …«

Marina hackte gerade Zwiebeln und deutete mit dem Messer an, was sie tun würde. Mein Schwager, der uns gerade Kaffee machte, zuckte zusammen.

»Ist das nicht ein bisschen drastisch?«, fragte er.

»Du solltest dich freuen, dass mir so viel an dir liegt«, erwiderte Marina mit gekränkter Miene

Tony duckte sich hinter den Instantkaffee. »Zeig's mir doch lieber mit einer Fußmassage. Oder mit Sex?«

Marina ließ das Messer sinken. »Ich prophezeie doch nur, was ich tun würde, wenn du mich betrügen würdest. Weil ich dich so *liebe*. Ich wäre *am Boden zerstört*, also glaub mir, eine Fußmassage wäre nicht mehr drin, und Sex auch nicht, wenn ich erst mal mit dir fertig wäre.« Sie warf ihre schwarzen Locken zurück. »Im Gegensatz zu Lowenna bin ich eine leidenschaftliche Frau. Meine Gefühle gehen ganz tief. Das liegt an unseren Vorfahren.«

Marina mit ihrer wilden Mähne, den dunkelblauen Augen und ihrem hitzigen Temperament hatte sich immer am meisten für die Geschichten von Granny May interessiert, in denen von einem unserer Vorfahren die Rede war, der angeblich ein Pferdeflüsterer gewesen war. Ich mit meinen krausen, karamellfarbenen Haaren und einer Pferdeallergie war für den Genpool eine Enttäuschung.

»Ich bin auch leidenschaftlich! Nur nicht so blutdurstig wie du!«, protestierte ich.

Meine Schwester schnaubte. »Wenn du David wirklich geliebt hättest, wärest du *fuchsteufelswild*. Glaub mir. Aber du, kleine Schwester, warst noch nie richtig verliebt. Eines Tages wird die Liebe dich kalt erwischen, und dann erkennst du, dass ich recht gehabt habe. Wenn du David lieben würdest, wie ich Tony liebe, würdest du ihn *umbringen* wollen!«

Ich warf einen kurzen Blick zu meinem Schwager, um zu prüfen, ob ich irgendwas übersehen hatte. Tony war nicht gerade der Inbegriff eines Traummanns, da er langsam kahl wurde, Speck ansetzte und am liebsten Jogginghosen trug (obwohl seine Vorstellung von Sport sich darauf beschränkte, die Fernbedienung zu heben). Aber hieß es nicht, Schönheit läge im Auge des Betrachters? Marina betete ihn jedenfalls an, und wenn er sich nicht gerade hinter der Kücheninsel duckte, betete er sie auch an.

Seitdem habe ich viel über dieses Gespräch und meine eigene Beziehung nachgedacht. Anfangs fiel es mir schwer zu erkennen, was ich abgesehen von Enttäuschung und Kränkung empfand. Da die weitere Zusammenarbeit mit David unangenehm werden würde, hatte ich beschlossen, freiberuflich zu arbeiten, um nicht mehr ins

Büro zu müssen. Es war ziemlich erhellend zu sehen, dass mein Leben außerhalb der Arbeit recht wenig mit Davids zu tun hatte – allein das sagte schon etwas über unsere Beziehung aus.

Ich war nie mit ihm zusammengezogen, was viele meiner Freunde komisch fanden. Begründet hatte ich das immer damit, dass meine Wohnung in Hanwell einen Garten hatte, was für Breakspear so perfekt war wie der Park in der Nähe. Mal hatte David bei mir übernachtet und mal ich bei ihm in Hammersmith, aber wir hatten nie über eine gemeinsame Wohnung gesprochen, genauso wenig wie über das Datum der Hochzeit. Er wohnte gern in der Innenstadt, und ich liebte meinen Garten, wo ich träumen und die Züge beobachten konnte, die über das Hanwell-Viadukt rasten.

David und ich waren nicht füreinander bestimmt. Wir waren keine Seelenverwandten. Wir waren nicht mal richtige Freunde. Vielleicht gibt es jemanden, der perfekt für mich ist, vielleicht aber auch nicht. Jedenfalls will ich nicht in einer falschen Beziehung leben. Ich will Liebe, die ein Leben lang dauert – und wenn ich mich mit einem Hund als Begleiter begnügen muss, dann ist das eben so.

So habe ich die Vergangenheit hinter mir gelassen und werde ein neues Kapitel schreiben: Oyster Shore. Ich kann kaum erwarten, damit zu beginnen.

KAPITEL 3

LOWENNA

Gegenwart
Cornwall

Dies ist dein neues Zuhause«, erkläre ich Breakspear, doch er zerrt eifrig an seiner Leine und beachtet mich kaum. Ich überlege, ob ich ihn ableinen soll. Aber er ist ein Stadthund, und ich weiß nicht, ob er hier, wo ihn so viel Aufregendes umgibt, zurückkommen würde. Ich kann nachempfinden, wie er sich fühlt, denn am liebsten würde ich die Auffahrt hinunterrennen, mich ins Unbekannte stürzen und vor Freude jubeln. Ich schiebe die Hand in die Jackentasche und schließe meine Finger um den großen Messingschlüssel, den ich bei der Maklerin abgeholt habe. Ich kann es kaum erwarten, ihn ins Schloss zu stecken, umzudrehen und mein neues Zuhause zu betreten.

Mein neues Zuhause. Es ist kaum zu fassen. Ich habe ein neues Zuhause!

Wenn sich ein Leben von einem Augenblick zum anderen ändern kann, weiß ich genau, wie dieser Moment bei mir aussah. Es war später Vormittag, ich hatte gerade ein Manuskript fertig redigiert, abgeschickt und danach meinen Posteingang geleert. Ich lehnte mich in meinem Stuhl zurück. Vom Schreibtisch aus hatte ich einen Blick auf den kleinen Garten, und wenn ich den Kopf reckte, sah ich hinter dem hellgrünen Park die Bögen des Hanwell-Viadukts. Durch die alten Rosskastanien drang fahles Sonnenlicht, und am hellblauen Himmel sah ich sich kreuzende Kondensstreifen. Sehnsüchtig dachte ich ans Reisen und an einen Neuanfang. Vor meinem Fenster wartete eine Welt voller neuer Möglichkeiten, dorthin wollte ich.

Ich rief ein neues Word-Dokument auf. Eine leere Seite hält ebenfalls unzählige Möglichkeiten bereit, doch an diesem Tag kam mir nicht eine einzige Idee. Ein Zeitschriftenredakteur wartete auf eine Reportage, und die *Mail* hatte mehrere Frauenartikel zu vergeben. Diese Projekte waren gut bezahlt, doch je angestrengter ich auf eine Idee wartete, desto größer wurde der Knoten in meinem Kopf. Was bedeutete das eigentlich, Frauenartikel? Gab es auch ein Pendant für Männer? Das bezweifelte ich.

»Beziehungen? Ehe? Trennungen? Begebenheiten aus meinem Leben?«, schlug ich Breakspear vor, der zustimmend mit dem Schwanz wedelte. Das waren Themen, bei denen ich aus meinen Erfahrungen schöpfen konnte, aber – und vielleicht war ich da altmodisch – ich scheute mich davor, Details aus meinem Leben preiszugeben, selbst für gutes Geld und die Aussicht auf weitere lukrative Aufträge.

Ich träumte davon, eine Biographie zu schreiben, die gleichzeitig wissenschaftlich fundiert und originell war und von der Kritik gefeiert wurde. Ich musste nur noch eine geeignete Persönlichkeit finden und Geld für die Zeit zurücklegen, in der ich mich auf das Projekt konzentrierte. Nachdem ich fünf Jahre lang die Texte von anderen redigiert hatte, wusste ich, dass ich der Aufgabe gewachsen war. Sobald die Muse mich geküsst hätte, würde ich anfangen, das zumindest schwor ich mir. Wenn die Muse nur nicht so lange auf sich warten ließe!

»Du meinst bestimmt, ich sollte eine Biographie über Lassie schreiben, nicht wahr?«, fragte ich Breakspear. »Aber ich denke, jemand, der weniger bekannt ist, wäre besser. Jemand, der bislang noch nicht ins Licht der Öffentlichkeit getreten ist und eine phantastische Geschichte hat. Aber wer könnte das sein?«

An diesem Punkt musste ich immer passen. Um die Muse zu locken, rief ich eine Datei auf, in der ich mir erste Notizen zu einer Idee gemacht hatte: *Verlorene Literatur aus Cornwall*, ich war ziemlich stolz auf diesen Einfall. Darauf gekommen war ich im Sommer zuvor, als ich mit Marina und ihrer Familie im Urlaub in Cornwall gewesen war und an einem verregneten Tag Rosecraddick Manor besichtigt hatte. In diesem stattlichen Herrenhaus hatte der aus der Zeit des Ersten Weltkriegs berühmte Dichter Kit Rivers gelebt und seine frühen Werke geschrieben. Ich hatte Stunden im Kernow Heritage Foundation-Museum verbracht und alles über sein Leben gelesen, bevor ich es mit dem Kopf voller Ideen und einem Gedichtband aus dem Museumsshop wieder verließ. Bis in die frühen Morgenstunden hatte ich, völlig gebannt von der Schönheit der Gedichte, darin gelesen, und dann war mir der Gedanke gekommen, dass es noch viele andere kornische Dichter und Schriftsteller geben musste, die mit den Jahren in Vergessenheit geraten waren. Im Schatten von Daphne du Maurier gab es gewiss talentierte Autoren, die darauf warteten, wiederentdeckt zu werden. In magisch anmutenden Antiquariaten gab es sicher zerlesene Exemplare ihrer Bücher zu entdecken, die in den Regalen verstaubten oder gar im Stapel als Türöffner zweckentfremdet wurden. Auf Trödelmärkten ließen sich gewiss ebenfalls vergessene Bücher aufspüren. Ich musste mich nur auf die Suche machen, und sobald ich das perfekte Thema gefunden hatte, würde ich loslegen!

Nur war das leichter gesagt als getan. Bislang hatte ich noch keine große Entdeckung gemacht und war bei der Suche öfter in Sackgassen gelandet, als ich mir eingestehen wollte. Um tatsächlich jemanden zu finden, über den ich eine Biographie schreiben konnte, musste ich wohl nach Cornwall reisen anstatt in London am Schreibtisch zu verharren. Ich schloss die Datei und blickte aus dem Fenster, gerade als ein Intercity wie ein flirrend silberner Blitz über das Viadukt ratterte. Wie sehr wünschte ich mir, ich säße in diesem Zug! Ein junger Mann mochte, wie in den Gedichten von Tennyson, im Frühling von der Liebe träumen, ich träumte von Klippen, Bächen und kupferfarbenen Sonnenuntergängen.

Dann erlebte ich einen weiteren lebensverändernden Augenblick.

Als ich sehnsüchtig auf das nun leere Viadukt starrte und mich danach sehnte, in einem Zug zu sitzen, der mich aus London herausbrachte, kam mir der Gedanke, dass ich meinem Wunsch doch einfach folgen könnte. In London hielt mich nichts. Ich war Single. Ich war freischaffend. Ich wohnte zur Miete. Das Internet erlaubte mir zu arbeiten, wo ich wollte. Ich konnte leben, wo ich wollte.

Ich konnte in Cornwall leben.

Also öffnete ich die Suchmaschine und legte die Finger auf die Tastatur. Wohin wollte ich gehen, wenn ich ganz Cornwall zur Auswahl hatte? Wo konnte ich noch mal von vorne anfangen? Die Antwort lag nahe: Nirgendwo anders als an dem Ort, wo meine Familie einst gelebt hatte. Sofort sah ich eine Reihe verblasster Bilder vor mir. Ein breiter Fluss, der in der Sonne glitzerte. Eis am Stiel in grellem Orange. Granny, die mit weißen Beinen und altersfleckiger Haut im flachen Wasser paddelte. Die alte Fähre, die übers Wasser nach Penhayes tuckerte. Mit Schlick bedeckte Krabben in Netzen …

Trevellan. Ich war gespannt auf die Ergebnisse und tippte *Häuser zum Mieten in Trevellan* in die Suchmaske ein.

Sofort wurde der Bildschirm mit Links zu wunderschönen Ferienhäusern überflutet, die mit honigfarbenen Holzdielen, blassblauen Sofas und Deko aus Treibsand ausgestattet waren –, und deren Preise mir die Tränen in die Augen trieben. Nur eine einzige Woche in diesen Häusern kostete mehr als meine Wohnung im ganzen Monat! Zugegeben, die meisten dieser Ferienhäuser waren besser ausgestattet als meine Wohnung, und sie hatten eine prächtige Aussicht aufs Meer statt auf Mülleimer und parkende Autos. Dennoch war ich schockiert, wie sehr sich Cornwall seit den Strandurlauben meiner Kindheit verändert hatte. Heutzutage ging es nicht mehr ums Baden und Burgenbauen, sondern um Lifestyle und schickes Essen, und mir wurde sehr schnell klar, dass Trevellan nicht in Frage kam. Es sei denn, ich gewann im Lotto. Doch so leicht ließ ich mich nicht abschrecken und erweiterte meine Suche um den Begriff »Langzeitwohnung« hinzu.

Vielleicht war es nur ein seltsamer Zufall, vielleicht aber auch Schicksal, doch Sekunden, nachdem ich auf Enter gedrückt hatte, fand ich genau das, was ich gesucht hatte.

Zur Miete über die gesamte Sommersaison:
Bootshaus, Oyster Shore, Trevellan

Zu sehen war ein unscharfes Foto von einem kleinen Gebäude, das über einem von Bäumen gesäumten Flüsschen zu schweben schien. Mit seinen Bleiglasfenstern erinnerte es ein wenig an eine Kapelle. Die roten Backsteinmauern waren mit Efeu bewachsen, das wie ein grüner Fassadenkletterer bis zum Dach strebte und die kleine Veranda wie ein Vorhang verdeckte.

Ich bekam von Kopf bis Fuß eine Gänsehaut. Selbst meine Haare waren bis in die Spitzen wie elektrisiert, weil ich diesen Ort *kannte*. Obwohl dieses Gefühl von Vertrautheit unerklärlich war, erkannte ich die Szenerie sofort wieder.

Das ergab keinen Sinn. Ich konnte mich nicht daran erinnern, dass Granny May mit uns dorthin gefahren war, und auch in späteren Urlauben hatte ich den Ort nie gesehen. Dennoch spürte ich, dass ich ihn wiedererkannte. Ich wusste, dass die Wellen Tag und Nacht ans Ufer schlugen, der Ponton bei Flut angehoben und dabei knacken würde wie ein Schiff unter vollen Segeln, und dass er sich schräg legen würde, sobald starker Wind aufkam. Ein Bild blitzte vor meinem inneren Auge auf.

N. OS. 1914

Blasse Bleistiftlinien auf vergilbtem Papier. Ein junger Mann, der mit einem Buch in der Hand am Ufer saß und aufs Wasser schaute, während der Wind durch seine Locken fuhr. Standen die Initialen nicht für den Zeichner, sondern für den Ort? OS für Oyster Shore? War dieser Ort die Vorlage für die Skizzen? Der Ort, wo Prinzessin Clementine vor all den Jahren mit ihren Freunden gespielt hatte? Je länger ich das Bild auf dem Monitor betrachtete, desto sicherer war ich, dass es dieser Ort war. OS stand nicht für einen Namen, sondern für einen Ort.

OS. Oyster Shore.

Aufgeregt klickte ich den Link an. Als nichts passierte, versuchte ich es mit dem Text. Immer noch nichts. Der Link war nicht mehr aktuell, und ich fand keine weiteren Informationen. Doch ich wollte mich auf gar keinen Fall geschlagen geben, also versuchte ich es auf die altmodische Art und rief im Maklerbüro an. Die Angestellte war über meine Anfrage ziemlich verwirrt.

»Das Bootshaus von Oyster Shore wird nicht mehr vermietet. Dieser Link sollte gar nicht mehr angezeigt werden.«

Mir sank das Herz. Das konnte doch nicht wahr sein! Ich musste unbedingt dieses Haus mieten!

»Ach, wie schade. Es wirkt einfach perfekt. Könnten Sie noch mal nachfragen? Nur zur Sicherheit?«

Sie lachte. »Es mag ja idyllisch wirken, aber in Wahrheit sieht es ein bisschen anders aus. Die letzten Kunden, die es buchten, verlangten ihr Geld zurück.«

»Wirklich? Warum denn?«

»Hauptsächlich, weil sie im 21. Jahrhundert leben. Im Bootshaus wurde seit den Achtzigern nichts mehr verändert. Aber wenn Sie sich für Trevellan oder Penhayes interessieren, haben wir ein paar wunderschöne Häuser im Angebot.«

Ich wollte nichts anderes; ich sah mich selbst schon im Bootshaus. Ich würde am Fenster sitzen und schreiben, und hin und wieder würde ich aufblicken und mich beim Anblick des langsam vorbeitreibenden Wassers in meinen Gedanken verlieren. Ich würde mit Breakspear am Ufer entlanggehen und Muscheln und Seeglas sammeln. Es wäre der perfekte Ort für mich. Ich hörte gar nicht zu, als die Maklerin mir erzählte, dass der Besitzer des Grundstücks habe erkennen müssen, dass sich das Bootshaus nicht als Ferienhaus eigne, und ihre Maklerfirma auf höchste Standards Wert lege und mehrere Branchenpreise gewonnen habe.

Aber ich interessierte mich nicht für Dekor oder luxuriöse Whirl Pools, ich wollte das Boothaus genau so, wie es war. Ich wusste bereits, dass ich genau dort mein Buch schreiben würde. Dort wollte ich sein. Wenn nötig, würde ich sogar zelten!

»Aber wenn das Haus nicht bewohnt ist, wird es doch noch mehr verfallen«, warf ich ein, als der Maklerin die Argumente ausgingen.

»Schon, aber das ist eigentlich nicht unser Problem. Der Besitzer muss dafür sorgen, dass ein Haus in Schuss bleibt. Wir kümmern uns nur um die Vermietung. Es gibt zwar jemanden, der ein Auge auf den Besitz hält, aber er kümmert sich nur um das Nötigste. Das Ganze ist so eine Verschwendung! Wenn es dem Standard entspräche, könnten wir es sofort vermieten. Allein schon wegen der Lage!«

»Aber theoretisch können Sie es noch vermieten?«

Schweigen. Dann: »Theoretisch ja.«

»Also könnte ich es theoretisch mieten?«

Wahrscheinlich hörte ich mich an wie eine Verrückte. Jedenfalls fühlte ich mich ein bisschen verrückt. Selbst Breakspear blickte besorgt zu mir hoch.

»Vermutlich, wenn der Besitzer einverstanden wäre«, sagte die Maklerin vorsichtig. »Aber ich muss Sie warnen: Die Küche ist geradezu primitiv und die Zufahrt fast unpassierbar.«

»Je unzugänglicher, desto besser«, lachte ich und erklärte dann, dass ich freischaffende Autorin war und einen Ort zum Arbeiten suchte, wo ich nicht abgelenkt würde. »Wenn es in so schlechtem Zustand ist, könnte man ja die Miete reduzieren. Ich könnte sogar selbst ein paar Reparaturen durchführen, auf eigene Kosten. Möglicherweise könnte man so verhindern, dass das Bootshaus weiter verfällt. Damit täte ich dem Besitzer sogar einen Gefallen.«

Sie lachte. »Das Grundstück ist wertvoll, nicht das Gebäude. Und es wird zweifellos irgendwann erschlossen werden.«

»Vielleicht dürfte ich persönlich mit dem Besitzer sprechen«, schlug ich vor. »Wir würden uns sicher einigen können.«

Ich hoffte, der Besitzer würde entgegenkommender sein als die Maklerin, doch es zeigte sich, dass Oyster Shore im Besitz eines Treuhandfonds war, dem es nur um Wertsteigerung ging. Noch einmal versuchte die Maklerin mich zu einem anderen Haus zu überreden (weil sie wohl davon ausging, alle Autoren wären so reich wie J. K. Rowling), doch schließlich konnte ich sie überzeugen, dass ich nur Oyster Shore wollte, und sie zeigte sich widerstrebend bereit, ein paar Anrufe zu tätigen. Das Universum entschied zu meinen Gunsten, denn sie rief mich eine halbe Stunde später mit der Nachricht zurück, dass die Verwalter des Grundstücks mir das Bootshaus für eine symbolische Miete überlassen würden, nur damit es bewohnt und in Stand gehalten wurde.

»Wir hätten dem Unternehmen schon vor Jahren eine Langzeitvermietung anbieten sollen«, sagte sie und dachte zweifellos an die Provisionen, die ihr durch die Lappen gegangen waren. »Sie können das Haus haben, solange Sie wollen.«

Und nun, zwei Wochen später, bin ich hier, bahne mir einen Weg über die zugewucherte Auffahrt, die Richtung Fluss verläuft, und freue mich darauf, zum ersten Mal das Bootshaus zu sehen. Meine Wohnung habe ich untervermietet, meine persönliche Habe ist bei Mum eingelagert, meinen Laptop habe ich dabei und warte darauf, dass die Muse mich küsst. Vom pudrig blauen Himmel scheint die Sonne, die warme Luft ist erfüllt vom Duft nach Bärlauch, vom Zwitschern der Vögel und Summen der Bienen. Und ich bin sehr, sehr glücklich.

Breakspear zerrt an der Leine und wedelt ungeduldig mit dem Schwanz, weil es ihn drängt, den wundervollen, neuen Gerüchen und den im Wald umherhuschenden Geschöpfen nachzujagen. Ich bleibe kurz stehen, taste noch mal nach dem Schlüssel, rücke den Rucksack auf meinen Schultern zurecht und gehe dann weiter. Dies ist es. Dies ist der Beginn meines neuen Lebens.

Die Bäume drängen sich dicht an den eingesunkenen Weg als wären sie neugierig, und wirken fast ein bisschen bedrohlich. Hier im Wäldchen ist es düster, und als die Sonne hinter einer Wolke verschwindet, halte ich inne und zögere, denn ohne die Muster, die die Sonne auf den Boden zeichnet, wirkt der immer tiefer zwischen die Bäume tauchende Weg moosig feucht und trist. Die verschlungenen Äste über mir erscheinen mir plötzlich wie Klauen, die nach mir greifen könnten, und selbst die Vögel scheinen zu verstummen. Oyster Shore ist ein in sich abgeschlossenes Reich in einer verborgenen Welt, und obwohl mein Name auf dem Mietvertrag für das Bootshaus steht, komme ich mir vor wie ein Eindringling, der gar nicht hier sein dürfte. Als ein Zweig hinter mir knackt, wirble ich herum. Mir rast das Herz, und ich habe das Gefühl, beobachtet zu werden.

Die Einheimischen meiden den Ort. Sie behaupten, es läge ein Fluch darauf. Was natürlich Unsinn ist.

Mir ist seltsam unbehaglich zumute, weil ich mich an die Worte erinnere, mit der sich die Maklerin verabschiedete, als ich ihr Büro in Plymouth verließ. Dort war es noch leicht, diese Bemerkung abzutun, aber jetzt, so ganz allein und meilenweit entfernt von einer Stadt, kann ich nicht mehr einfach so über den Aberglauben lachen. Doch dann dringt die Sonne wieder durch die Wolken, und das Zwitschern der Vögel wird lauter. Breakspear zieht an der Leine, und ich schüttle halb amüsiert, halb frustriert über mich den Kopf. Es ist nicht mal ein Tag vergangen, seit ich die Stadt verlassen habe, und schon geht meine Phantasie mit mir durch. Ich habe wohl zu viele Schauerromane gelesen und gehört, das ist das Problem, aber von jetzt an werde ich keine gruseligen Podcasts mehr hören!

Breakspear folgt einem Duft, den nur er wahrnehmen kann, und das so eifrig, dass er mir fast die Schulter ausrenkt, während ich hinter ihm herhaste, über Wurzeln stolpere und über Moos rutsche. Da huscht etwas durch das Gebüsch links von mir, und Breakspear bellt laut. Ein Reh? Ein Hase? Durch die dornigen Ranken und die efeubewachsenen Bäume kann ich nichts sehen, doch spüre ich, dass wir aus dem Verborgenen beobachtet werden. Ich schelte mich wegen meines Unbehagens, schließlich lebe ich jetzt auf dem Land und sollte mich besser schnell daran gewöhnen, dass ich mein Zuhause mit allen möglichen Tieren teile.

Trotzdem gehe ich noch schneller. Und dann nimmt der Weg eine Kurve, und die weiße Fassade von Oyster House schimmert durch das Laub. Mit einem Mal bin ich mir sicher, dass aus dem Dickicht meiner Gedanken ebenso neue Abenteuer und Ideen auftauchen werden. Als ich einen Blick auf glitzerndes Wasser erhasche, überkommt mich Aufregung, die alles andere verdrängt. Jetzt klopft mein Herz so heftig, dass ich es fast hören kann. Ich bin in der Stadt aufgewachsen, aber in all den Jahren habe ich stundenlang aus dem Fenster meines Zimmers über das Dächermeer gestarrt und mich nach einem Ort gesehnt, der für mich unerreichbar war. Ich habe Geschichten über Schmuggler geschrieben und mein Ohr an Muscheln gepresst, die ich am Readymoney Cove gesammelt hatte, in der Hoffnung, das Rauschen der Wellen zu hören. Ich vermisste den kalten Kuss des Meeres an meinen nackten Zehen und sehnte mich danach, durch Felsentümpel zu waten, die die Welt über mir und mein eigenes weißes Gesicht zitternd widerspiegeln. Vielleicht ist das nur eine fixe Idee? Oder meine DNA? Oder gar das Gesetz der Anziehung? Was es auch sein mag, so habe ich doch immer gewusst, dass ich eines Tages hier leben würde.

Ich bin zu Hause.

KAPITEL 4

LOWENNA
Gegenwart
Cornwall

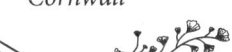

Oyster House gehörte zum imposanten Anwesen von Vyvyan Estate in Cornwall und wurde 1890 als Sommerresidenz für William Trelyon erbaut, den 7. Viscount Vyvyan, einen der letzten Kaufmannsprinzen von Cornwall. Es heißt, Edward VII., ein enger Freund des Viscounts, habe hier gewohnt und sich in einem privaten Bootshaus eine halbe Meile weiter am Ufer »mit jungen Damen vergnügt«. Wie bei so vielen herrschaftlichen Anwesen ging es nach dem Ersten Weltkrieg mit Vyvyan bergab. Heutzutage ist Vyvyan Court ein Luxushotel. Oyster House wurde Mitte der zwanziger Jahre aufgegeben, und die Parkanlage am Fluss ist mittlerweile verwildert. Das Bootshaus wurde hin und wieder als Ferienhaus genutzt. Oyster House befindet sich in Privatbesitz.

Mehr habe ich nicht herausgefunden, als ich mich über den Hintergrund meines neuen Zuhauses kundig gemacht habe; es ist nur eine Fußnote in einer kleinen Abhandlung, die der hiesige Geschichtsverein ins Netz gestellt hat. Ich habe dem Verein eine E-Mail geschickt, allerdings keine Reaktion bekommen. Weitere Rechercheversuche haben kaum etwas erbracht – was ich schon ziemlich erstaunlich finde, denn dieser Ort war einst das Sommerrefugium der Reichen und Privilegierten. Die Crème de la crème des edwardianischen Zeitalters kam her, um Picknicks und Bootspartien zu veranstalten. Selbst der König verbrachte hier Zeit. Oyster Shore muss eine renommierte Adresse gewesen sein, doch über hundert Jahre später kann man sich kaum noch vorstellen, dass über diese Auffahrt elegante Kutschen und imposante Automobile mit geschmackvoll gekleideten Damen mit weißen Kleidern und großen Hüten und Gentlemen mit Schnurrbärten und Schutzbrillen gefahren sind. Wie traurig, dass so ein Ort dem Vergessen anheimgefallen ist! Was ist geschehen, dass ein so atemberaubendes Anwesen einfach aufgegeben wurde? Wieso hat der Besitzer es verlassen und ist nie zurückgekehrt? Ich bin wild entschlossen, diesen Fragen als Erstes nachzugehen, wenn ich mit meiner Recherche beginne. Es gibt hier ein Geheimnis, und normalerweise steckt hinter jedem Geheimnis eine Geschichte. Vielleicht schreibe ich doch keine Biographie, sondern einen Roman, Davon habe ich schon als Kind geträumt. Wieso also verwirkliche ich nicht einfach meine frühen literarischen Ambitionen?

Während sich der Weg immer weiter in Richtung Fluss windet, erhasche ich durch das sonnendurchflutete Laub weitere Eindrücke vom Haus, das märchenhaft, aber auch irgendwie düster wirkt. Eine schlafende Schönheit in einem bewaldeten Tal, umgeben von Dornenranken und umsäumt von einem felsigen Ufer, ungeliebt und unbeachtet. Sobald die Sonne sich hinter einer Wolke verbirgt, ist die melancholische Aura deutlich spürbar. Als die Auffahrt einen scharfen Knick nach links macht und tiefer in den Wald führt, betrete ich eine prähistorische Welt, in der gigantische Mammutblatt-Stauden von Bambusröhren eingegrenzt werden, die so dick sind wie das Handgelenk eines erwachsenen Mannes. Knöterich kriecht über den Boden, fremdartige Palmen recken sich hoch zum Licht, und Riesenfarne wachsen aus den Rissen im Asphalt. Pflanzen, die viktorianische Hobbybotaniker aus fernen Ländern mitbrachten, wo sie im milden Klima Cornwalls schnell heimisch wurden und gediehen. Da dieser Abschnitt des Weges fast wie ein Urwald wirkt, lasse ich Breakspear bei Fuß laufen – nur für den Fall, dass ein Raubtier im Unterholz lauert oder eine riesige fleischfressende Pflanze ihn verschlucken will. Die Parkanlage muss einmal ein wahres Paradies gewesen sein – wie die Gärten in Trebah oder Heligan im Miniaturformat.

Von dieser Stelle aus kann ich Penhayes auf der anderen Seite des Flusses erkennen. Aber es ist so still und abgelegen, dass man sich kaum vorstellen kann, nur eine kurze Bootsfahrt vom Trubel eines belebten Städtchens entfernt zu sein. Austernfischer staken am Wassersaum entlang und haben nur Augen für Würmer, Schalentiere und die steigende Flut, während sich der Himmel in den metallisch grauen Rinnsalen des freigelegten Flussbetts spiegelt. Mich überkommt ein Gefühl, als befände ich mich jenseits von Zeit und Raum, und je weiter ich den Weg entlanggehe, desto unwirklicher erscheint mir mein Leben in London. Nach einer weiteren scharfen Biegung lande ich zu meiner Überraschung plötzlich direkt vor dem Haus.

Oyster House steht in einer Waldmulde und fügt sich somit fast nahtlos in die Landschaft ein, ragt aber gleichzeitig imposant daraus hervor. Es ist mit Brombeeren und Efeu berankt und muss sich des Ansturms weiterer wild wuchernder Pflanzen erwehren. Drüsiges Springkraut und Japanischer Staudenknöterich haben bereits die Balustraden und Steinquader des Vorplatzes erobert. Die Auffahrt ist von Gräsern überwuchert, die das Ende des Weges markieren. Jetzt ist mir vollkommen klar, wieso die Maklerin meinte, das Bootshaus sei nicht mit dem Wagen erreichbar. Wie es aussieht, werde ich zukünftig viel zu Fuß laufen.

Hat hier Prinzessin Clementine einst mit ihren Freunden für die Fotos posiert? Ich wünschte, ich könnte mich besser daran erinnern, wie das Haus auf der alten Aufnahme ausgesehen hat. Sicher nicht so wie jetzt, denn von der eleganten weißen Fassade ist kaum noch etwas geblieben. Trotzdem erscheint mir der Anblick vertraut. Das Foto hat die Kinder auf ewig in ihrer Zeit gebannt, und doch kommt es mir vor, als wären sie erst vor wenigen Minuten verschwunden und wenn ich nur ein bisschen warten würde, tauchten sie lachend und kreischend wieder aus dem Wald auf.

Ich würde mir das Haus gerne ein bisschen näher anschauen, doch Breakspear zerrt an der Leine. Er will zum Flussufer, wo das Wasser die Felsen umspült und Reiher im seichten Wasser picken, also leine ich ihn ab und sehe ihm nach, als er freudig bellend vorausläuft. Wir haben alle Zeit der Welt für die Erkundung des unbekannten Terrains, denke ich, als ich ihm folge. Doch ich kann es genauso wenig abwarten wie er, denn mit jedem Schritt, der mich dem Fluss näherbringt, fasziniert und entzückt mich dieser Ort mehr und mehr. Die ungezähmte Schönheit, die wilde Natur und die Abgeschiedenheit sind geradezu berauschend. Es ist, als ob man auf einer einsamen Insel gelandet wäre.

Breakspear erreicht das Ufer und bellt einen Schwarm Wasservögel an. Als er sich auf sie stürzt und sie flatternd auffliegen, zucke ich zusammen und stolpere im nassen Sand über vom Sturm verwehten Blasentang. Sofort hüllt mich eine Wolke empört summender Fliegen ein. Ich weiche weiter zurück und verfange mich mit dem Schuh an einer der zahllosen Austernschalen, die übers ganze Flussbett verstreut sind und dem Ort ihren Namen gegeben haben. Breakspear muss aufpassen, denn für weiche Hundepfoten sind sie gefährlich. Als ich mit der Fingerspitze über den Rand einer Muschel fahre, merke ich, dass er rasiermesserscharf ist.

Während Breakspear im Sand buddelt, folge ich dem Verlauf des Ufers, das sich im dichten Gebüsch verliert. Die Ebbe legt Bootsgerippe frei, die wie die sterblichen Überreste von Dinosauriern halb aus dem Boden ragen. Metallgerätschaften, in denen sich Tang verheddert hat, zeugen vom längst vergangenen industriellen Zeitalter. Eine alte Winde rostet vor sich hin, und ein paar hundert Meter weiter ist ein verwitterter Ponton halb im Schlick versunken. Am hinteren Ende des Pontons steht ein niedriges Backsteingebäude, das sicher einen weiten Blick auf den Fluss und den Wald am gegenüberliegenden Ufer bietet. Das ist das Bootshaus, mein neues Heim, versteckt in der dichten Vegetation einer Flussbiegung. Und wie ein Willkommensgruß fliegt ein Eisvogel am Ufer entlang – flirrendes Saphirblau vor Smaragdgrün und dem sonnendurchfluteten Gold der Rinnsale im Sand.

Breakspear und ich verlassen das Flussufer und folgen einem Pfad, der erneut zwischen Bäume hindurchführt und am hinteren Ende eines weiteren Wäldchens endet. Dort wartet ein märchenhaft wirkendes Backsteinhaus. Mit seinen Schornsteinen, die an verschlungene Zuckerstangen erinnern, seinen Fenstern aus Bleiglas und seinen Blendläden mit herzförmigen Ausschnitten wirkt es, als könnten jeden Moment Hänsel und Gretel oder auch Goldlöckchen auftauchen. Obwohl es mit Efeu überwuchert ist und die rautenförmigen Fenster fast schwarz vor Schmutz sind, werden die Bilder im Internet ihm nicht gerecht. Es ist wahrlich das passende Refugium für einen König.

»Das nenne ich mal ein Bootshaus«, sage ich zu Breakspear.

Aber mein Hund reagiert nicht. Er bellt nicht länger die Wasservögel an, sondern starrt mit seinen dunklen Augen zum Fluss und hat die Ohren aufgestellt. Als ich seinem Blick folge, sehe ich ein junges Mädchen durch das flache Wasser waten. Merkwürdigerweise bin ich leicht verärgert, schließlich dachte ich, dies wäre ein Privatgelände. Obwohl jeder bei Ebbe am Ufer spazieren gehen könnte, hielt ich das an einem so entlegenen Ort für unwahrscheinlich.

Ich winke, doch sie scheint mich nicht zu sehen, so konzentriert starrt sie aufs Wasser. Dann bückt sie sich und hebt etwas auf. Eine Muschel? Oder eine Seeglasscherbe? Dies ist bestimmt ein wundervolles Plätzchen, um nach Schätzen zu suchen. Das junge Mädchen hat ihre rostroten Haare hochgesteckt und den Saum ihres Kleides bis zu den Knien gerafft. Sie schwingt ein Metalleimerchen in ihrer Hand und lässt etwas hineinfallen, bevor sie sich wieder aufrichtet. Lächelnd hebe ich erneut die Hand, senke sie aber, als sie nicht auf meinen Gruß reagiert. Vermutlich haben die Einheimischen keine Lust auf Touristen.

Da fängt Breakspear an zu winseln und presst sich an meine Beine. Beruhigend lege ich ihm die Hand auf den Kopf und frage mich, wieso er nicht zu dem jungen Mädchen springt und sich vorstellt.

Normalerweise ist er ein sehr geselliges Kerlchen. Aber jetzt spüre ich, wie angespannt er ist.

»Hey, ist schon gut«, sage ich, leine ihn wieder an und streichle ihm die seidigen Ohren. »Es wird dir hier gefallen, ich verspreche es. Wir werden ganz viele schöne Wanderungen machen. Vielleicht besorge ich uns sogar ein Boot!«

Aber Breakspear interessiert sich nicht für meine verrückten Ausflugs- oder Bootspläne. Ohne die Gestalt im Fluss aus den Augen zu lassen, fängt er an zu knurren. Unter meinen Fingern spüre ich, wie sich sein Fell sträubt.

»Breaky! Schsch«, tadle ich ihn, doch mein Hund hört nicht auf zu knurren. Will er mich beschützen, weil ich ganz allein bin? Das passt so gar nicht zu meinem freundlichen kleinen Spaniel.

»Schluss damit!«, befehle ich, doch Breakspear fixiert weiterhin den Fluss. Vielleicht kann ich das junge Mädchen zu mir rufen. Wenn wir uns bekannt machen, beruhigt er sich vielleicht. Ich kneife die Augen zusammen und schirme sie mit der Hand gegen das grelle Licht ab, das sich um Wasser spiegelt, doch dann sehe ich, dass der Fluss leer ist. Keine Spur von der Strandgutsammlerin.

Komisch. Ich habe doch nur eine Sekunde weggeguckt. Vielleicht ist sie um die Biegung gegangen? Nein, wahrscheinlich ist sie ans Ufer zurückgelaufen und im Wald verschwunden. Oyster Shore ist zwar Privatgelände, aber es war so lange unbewohnt, dass die Einheimischen es vielleicht als öffentliches Eigentum betrachten. Wahrscheinlich ist das Mädchen genervt, dass ich mich hier eingeschlichen habe. Vielleicht ruft sie in diesem Moment schon eine Freundin an und beklagt sich über mich? Ich seufze. Was ich nun gar nicht gebrauchen kann, ist ein Trupp verärgerter Einheimischer.

»Danke, dass du mich beschützt hast, Breaky«, sage ich und tätschle ihm den Kopf. »Was würde ich nur ohne dich machen?«

Glücklich wedelt Breakspear mit dem Schwanz und bellt auf. Sein innerer Alarm ist freudiger Energie gewichen, als er vor mir zur Tür unseres neuen Hauses läuft. Der Weg dorthin ist von Brennnesseln gesäumt, die frisch gestutzt sind. Vielleicht zieht sich das junge Mädchen mit ihrem Geliebten hierher zurück? Oder sie ist eine Touristin auf Erkundungstour? Oder gar eine Zeitreisende? Mir schwillt das Herz angesichts der Flut neuer Ideen. Hier wimmelt es von Geschichten. Ein Roman ruft nach mir!

Ein Großteil des Bootshauses wurde auf Stelzen errichtet, damit man Boote darunter festmachen und bei Flut zu Wasser lassen konnte. Eine Treppe führt zur Veranda, doch ich zögere vor der ersten Stufe. Hinter dieser Tür liegt das Unbekannte und damit alle meine Hoffnungen und Träume. Sobald ich die Tür aufschließe und das Haus betrete, werden sie Wirklichkeit. Wird das Bootshaus mich willkommen heißen?

Ich schlucke nervös, drehe den Schlüssel im Schloss und erkenne beim ersten Blick ins Innere, dass meine Bedenken unbegründet sind. Das kleine Haus ist einfach hinreißend. Wenn ich erst mal den Efeu vor den Fenstern entfernt und die Scheiben gründlich geputzt habe, wird das Licht hineinströmen und sich prächtig als Refugium zum Schreiben eignen. Sollte David je die weite Fahrt auf sich nehmen, würde er sich mit seinen italienischen Schuhen doch niemals hierher wagen. Dies ist das Schlupfloch, von dem ich geträumt habe. Es ist meine Zuflucht.

Die Tür schwingt mühelos auf. Offenbar sind die Scharniere vor Kurzem geölt worden, und der große, offene Raum wirkt überraschend sauber und aufgeräumt. Zum Fluss hin gelegen befindet sich ein Wohnbereich und am anderen Ende die Küche mit einem Herd, einem Holztisch und einer museumsreifen Mikrowelle. Unter einer massiven Holztheke summt ein Kühlschrank vor sich hin, und über einem altmodischen Backofen tickt eine Uhr, die statt Ziffern Gemüsesorten zeigt.

Es ist einfach perfekt – so, als wäre man in die achtziger Jahre zurückversetzt worden. Feuchtigkeit hängt in der Luft und der leicht muffige Geruch katapultiert mich mit einem Schlag zurück ins Cottage meiner Großeltern.

Breakspear schießt durch meine Beine, schnüffelt an losen Fliesen und bellt vorsorglich das an, was sich darunter verbergen mag. Ich lasse meinen Rucksack von den Schultern gleiten, folge Breakspears Beispiel und gehe auf Entdeckungstour. Ich bewundere das raffinierte Fliesenmosaik, die dunklen Balken über mir, die Wände aus Backstein, durch die sich Muster ziehen. Schnörkeleien über einem riesigen Kamin, der in seinen höhlenartigen Tiefen allerdings nur einen Holzofen birgt. Jedoch sehe ich nirgendwo Brennholz, obwohl ich noch ganz genau weiß, dass die Maklerin sagte, der Holzofen sei die einzige Heizquelle. Mir wird klar, dass es schwierig sein muss, Holz hierher zu schaffen. Muss ich es etwa selbst schlagen?

»Wir brauchen eine Kettensäge«, sage ich zu Breakspear, worauf mir mein Hund einen besorgten Blick zuwirft. Er hat recht, das gäbe ein Blutbad, das ich nicht überleben würde. Schon mit der Küchenschere bin ich ein Sicherheitsrisiko. Also muss ich wohl mir wohl ein Elektroöfchen oder eine Heizdecke besorgen?

»Vielleicht wird Holz mit dem Boot angeliefert?«, frage ich mich laut. Zwar kann Breakspear nicht mit den Schultern zucken, aber sein Blick verrät mir seine Zweifel. »Na gut. Dann rufe ich die Maklerin an. Die weiß vielleicht mehr, obwohl ich befürchte, sie wird nur sagen, sie hätte mich ja gewarnt.«

Unbeeindruckt schnüffelt mein Hund weiter durchs Haus, und erneut folge ich ihm. Je mehr ich von dem Haus zu Gesicht bekomme, desto mehr gefällt es mir. Der Wohnbereich ist schlicht, aber gemütlich, und ich sehe schon vor mir, wie ich am Kamin eines der leicht zerfledderten Taschenbüchern lese, die sich im Regal in der Ecke stapeln. Ich liebe rissige Buchrücken und zerknickte Seiten: Sie zeugen von müßiger, freudiger, leidenschaftlicher Lektüre. Ich ziehe ein Buch aus dem Regal und rieche daran wie an einem edlen Wein. Es ist ein altes Exemplar von Daphne du Mauriers *Die Bucht des Franzosen*, herausgegeben von Doubleday, mit Seiten, die vom Blättern rissig und fleckig sind. Ich schiebe es wieder ins Regal und nehme mir vor, es noch einmal zu lesen. Was könnte schöner sein, als sich in einem Buch von du Maurier zu verlieren, in der Umgebung, in der es geschrieben wurde?

Unter dem großen Wohnzimmerfenster steht ein kleiner Tisch mit Häkeldeckchen und Trockenblumenstrauß. Den merke ich mir schon mal als Arbeitsplatz vor, auch, weil es bislang die einzige Stelle ist, an der ich Internetempfang habe. Perfekt! Noch besser, jedenfalls in Breakspears Augen, ist das große Sofa mit den mottenzerfressenen Decken. Kaum sieht er es, beschließt er auch schon, dort ein Nickerchen zu machen, und rollt sich zufrieden grunzend zusammen. Das würde David, der keine Hunde auf dem Sofa duldet, gar nicht gefallen, doch wie ich mir mindestens zehnmal pro Tag einschärfe, muss ich mich nicht mehr darum kümmern, was David billigt und was nicht.

Ein Sessel neben dem Sofa bietet einen Blick auf einen uralten Röhrenfernseher, der auf einem wackligen Servierwägelchen steht. Zum Wechseln der Kanäle hat er Knöpfe, dazu noch weitere zur Einstellung von Lautstärke, Farben und Kontrasten, und gekrönt wird er von einer spacig aussehenden Antenne, die ich von meinen Großeltern kenne. Unwillkürlich muss ich lächeln, weil ich mich daran erinnere, wie Granny die Antenne Zentimeter für Zentimeter bog und drehte, während Grandad mit Blick auf den Schnee auf dem Bildschirm Anweisungen erteilte: »Mehr nach links!« oder »Ein bisschen höher«. Manche Dinge in Cornwall haben sich eben doch nicht geändert.

Die Küche ist mehr als schlicht, aber meiner Meinung nach kann man mit Brot und Marmite nichts falsch machen, und da es einen Toaster gibt, werde ich klarkommen. Es gibt sogar eine Waschmaschine und mehrere frei stehende Regale, die Spuren von Nagetieren aufweisen. Unter einem schmalen Fenster, durch das man, wenn man den Kopf reckt, den Fluss sehen kann, befindet sich ein großes Spülbecken. Von einem der Dachbalken hängt ein schmiedeeisernes Gitter mit einem Sammelsurium an Töpfen und Pfannen, darunter Klassiker wie der orangefarbene Le Creuset und die unvermeidlichen Blechtöpfe vom Trödel. Auf dem Regal über der Spüle ist blau-weißes kornisches Steingutgeschirr aufgereiht, und am roten Becherbaum hängen Exemplare, die schon meine Eltern gesammelt haben. Bei diesem Anblick habe ich das Gefühl, von alten Freunden begrüßt zu werden.

Am hinteren Ende der Küche führt eine Tür in einen engen Flur. Dort befindet sich ein fensterloser Raum mit einem Metallbecken und einer primitiven Dusche. Vielleicht eine Spülküche, wo die Diener die Leckereien zubereiteten, mit der der König seine Mätressen verwöhnte? Oder wurde das royale Essen vom Haupthaus gebracht und diskret vor der Tür abgestellt? Ich stelle mir vor, wie ein korpulenter Mann kandierte Früchte zwischen die Lippen einer Korsett tragenden Schönheit schob, während die Dienerschaft eifrig damit beschäftigt war, Kalbspastete und kalte Platten vorzubereiten.

Welche Gegensätze hier vereinigt sind! Wunderschöne Architektur und exquisite Ausgestaltung, angereichert mit skandalträchtigen Geschichten, wurden im Laufe der Zeit mit Gipsplatten, Billigmöbeln und dem gesammelten Kram, den die verschiedenen Mieter hier hinterlassen haben, verunstaltet. Ich bin nur ein weiterer kleiner Abschnitt in der Geschichte des Hauses. Vielleicht wird in hundert Jahren jemand anderes hier stehen und sich Fragen über mich stellen. Was werde ich hinterlassen?

Eine zweite Tür in dem Durchgang führt zu einer prächtigen Treppe aus geschnitztem, dunklem Holz, die sich zum Schlafzimmer hinaufwindet. Breakspear springt vom Sofa und läuft voran in einen großen Raum, wo ein Messingbett mit einem Stapel Decken unter dem niedrige Dach steht. Die Tapeten mit dem Blumenmuster erinnern mich an William Morris und sorgen für eine Aura verblichener Eleganz, obwohl sie an manchen Stellen abblättern oder feuchte Flecken zeigen. Eine Holzständerwand am hinteren Ende verbirgt ein kleines Bad, das, typisch achtziger Jahre, in Lachsrosa gehalten ist, und zu meinem Entzücken entdecke ich, dass ich beim Baden Blick auf den Fluss habe, was sich sehr dekadent anfühlt. Ich vertreibe ein paar widerspenstige Spinnen, bevor ich den Hahn aufdrehe, um den Dreck und die toten Fliegen wegzuspülen. Erst passiert nichts, dann gurgelt es unheilvoll, und schließlich spritzt ein rostroter Strahl in die Wanne. Es dauert, bis das Wasser endlich klar wird, aber heiß wird es nicht. Wenn ich mich hier in der Wanne aalen will, muss ich entweder den Durchlauferhitzer überprüfen oder jede Menge heißes Wasser zubereiten. Der Abfluss der Wanne scheint ebenfalls verstopft zu sein. ich gehe ins Schlafzimmer. Nachdem ich mit dem Ärmel über die schmutzige Scheibe eines Fensters gerieben habe, versuche ich es zu öffnen, doch die ineinander verhakten Zweige einer Eiche und einer Esche verhindern das. Die Sonne wird durch das Laub gefiltert und erfüllt das Zimmer mit trübgrünem Licht. Mit einem Mal habe ich das Gefühl, unter Wasser zu sein, so, als würde das Zimmer nach unten in den Fluss gezogen, immer tiefer zwischen die Schlingpflanzen, wo die Dunkelheit alles Licht schluckt und sich über meinem Kopf schließt. Tiefer und tiefer sinke ich …

Erschrocken von der Vorstellung wende ich mich ab. Was für ein schreckliches Bild! Woher kam es? Vielleicht hänge ich Seidenschals über die Fenster? Dann würde das Zimmer wie ein exotisches Zelt oder ein orientalisches Boudoir wirken. Das könnte schön aussehen und das Zimmer weniger düster erscheinen lassen.

»Dieses Haus braucht ein bisschen Liebe und Aufmerksamkeit, stimmt's?«, frage ich Breakspear, aber der beachtet mich nicht. Er hat den Kopf schräg gelegt und die Ohren aufgestellt. Offensichtlich konzentriert er sich auf etwas, das ich nicht sehen kann.

»Was ist denn, Breaky? Mäuse?«

Ich spitze die Ohren und lausche, und augenblicklich gefriert mir das Blut in den Adern: Aus dem Erdgeschoss sind Schritte zu hören.

Dann folgt ein dumpfer Schlag, als wäre etwas Schweres zu Boden gefallen. Pause, dann wieder Schritte. Das bilde ich mir nicht nur ein! Das sind eindeutig schwere Stiefel auf hartem Boden. Ich bin nicht allein.

Da ist noch jemand im Bootshaus.

KAPITEL 5

LOWENNA
Gegenwart
Cornwall

In einem Wirbel aus schwarzem Fell schießt Breakspear durch meine Beine und die Treppe hinunter. Ich zögere unschlüssig auf der Türschwelle, hin- und hergerissen zwischen dem Drang, den Eindringling zur Rede zu stellen, und dem Wunsch, mir die Decke über den Kopf zu ziehen und zu hoffen, dass er einfach von allein verschwindet. Die Vogel-Strauß-Taktik hat schon was für sich. Plötzlich wird mir bewusst, wie abgeschieden Oyster Shore ist. Ich bin ganz allein, ohne Handyempfang, meilenweit von anderen menschlichen Wesen entfernt. Ich kenne die Filme, ich habe sie alle gesehen: *Scream. Blair Witch. Attack of the Mad Axeman.*

Hier am Fluss hört mich niemand, wenn ich schreie.

»Hi, kleiner Kerl! Was machst du denn hier?«

Die Stimme, die in der Stille unnatürlich laut und munter klingt, hat einen australischen Akzent und kommt mir irgendwie vertraut vor. Meine Angst schwindet, und ich eile die Treppe hinunter, so schnell, wie es mir möglich ist, ohne zu stolpern. Und tatsächlich steht in der Küchentür, angestrahlt von der Nachmittagssonne, der Fahrer des Geländewagens, dem ich schon begegnet bin. Weiße Zähne, sonnengebräunte Haut und helle Lachfältchen um die leuchtend grünen Augen. Er strahlt mich an.

»Hey, so sieht man sich wieder!«, sagt er und tätschelt Breakspear. »Vielleicht sollten Sie sich einen anderen Wachhund anschaffen. Er ist zwar eine Schönheit, aber nicht besonders gut für den Job geeignet.«

»Was zum Teufel machen Sie hier?« Das klingt schärfer, als ich beabsichtigt habe, aber ganz gleich wie attraktiv er ist oder wie sehr mein Hund ihn zu mögen scheint, hat er doch kein Recht, einfach ins Bootshaus einzudringen. Er hat mich fast zu Tode erschreckt!

Sein Lächeln verblasst. Betroffen blickt er mich an. Er ist älter, als ich zunächst gedacht habe, denn nun kann ich sehen, dass seine blonden Locken schon von silbrigen Strähnen durchzogen sind und die Lachfältchen sich tief in seine Haut gegraben haben.

»Tut mir leid, wenn ich Sie erschreckt habe. Die Tür war nicht verschlossen.«

Ich verkneife mir die Bemerkung, dass das noch lange nicht bedeutet, dass er einfach reinkommen kann. Denn soweit ich weiß, heißt das in Cornwall genau das. Und in Australien ebenfalls. Soweit ich weiß, gehen die Leute in Trevellan in allen Häusern ein und aus.

»Eigentlich sollte ich *Sie* fragen, was Sie hier machen«, fährt er fort, als ich ihn weiterhin stumm anstarre. »Denn dies ist Privatgelände.«

Ich reiße die Augen auf. »Wirklich?«

»Ja, dieser Uferabschnitt ist privat«, erklärt er geduldig. »Nicht für Besucher freigegeben, also haben Sie genau gesagt ungefugt Privatgelände betreten.«

»Nein, habe ich nicht«, erwidere ich entschieden. »Außerdem kann ich Sie dasselbe fragen. Sind Sie unbefugt hier? Kampieren Sie hier etwa?«

An seinen zuckenden Mundwinkeln erkenne ich, dass er sich bemüht, nicht zu lachen. »Tut mir leid, Sie enttäuschen zu müssen, aber ich bin aus ganz banalen Gründen hier: Ich kümmere mich um das Grundstück. Bitte denken Sie nicht gleich schlecht von mir, ja? Mir wurde gesagt, ich sollte das Bootshaus lüften, eine Flasche Milch in den Kühlschrank stellen und das Brennholz aufstocken. Und da bin ich. Es soll ein gewisser Scott kommen. Ist das Ihr Mann?«

Na klar, das ist der Typ, der sich um alles kümmert!

»Nein, das bin ich. Scott ist mein Nachname«, erkläre ich ihm. »Ich bin Lowenna Scott.«

Er schlägt sich mit der Hand vor die Stirn. »Das sollte mir eine Lehre sein, meine E-Mails gründlicher zu lesen! Jetzt wird mir klar, wo Sie hinwollten, als wir uns eben begegneten. Wenn ich das gewusst hätte, hätte ich sie mitgenommen. Ich war auf dem Weg, Ihnen Brennholz zu bringen.«

»Ach, ich habe den Spaziergang genossen«, entgegne ich leichthin.

»Auch gut. Wenn Sie hier wohnen, werden Sie ziemlich viel laufen. Also: Schön, Sie kennenzulernen, Lowenna Scott. Ich bin Noah Wilson, Hausmeister und Gärtner, unter anderem.«

Er streckt mir die Hand entgegen. Sein Händedruck ist fest, und sein Lächeln herzlich. »Vergeben Sie mir?«

»Wenn Sie einen Abflusssauger haben«, erwidere ich. »Für den Abfluss in der Badewanne. Und wenn Sie dann auch noch für heißes Wasser sorgen, ist alles vergeben und vergessen.«

Er lacht. »Das kriege ich sicher hin. Ist schließlich das Mindeste, wo ich Sie so erschreckt habe.«

Noah Wilson kennt sich im Boothaus aus, und nachdem alles erledigt ist, führt er mich herum und zeigt mir, wo der Sicherungskasten ist, wie man den Durchlauferhitzer anschaltet und wie man den Holzofen in Gang bringt.

»Ich weiß, es ist nicht kalt, aber das Haus riecht ein bisschen feucht. Der Holzofen sorgt für gute Grundwärme, was Sie morgens bestimmt zu schätzen wissen werden. Wenn Sie möchten, kann ich auch den Ofen da hinten anzünden.«

Ich werfe einen Blick zu dem schmiedeeisernen Monstrum am hinteren Ende der Küche. So was habe ich das letzte Mal in der Serie *Downton Abbey* gesehen.

»Nein, ich benutze lieber den normalen Herd, aber der Holzofen ist eine gute Idee.«

»Alles klar«, nickt Noah. »Dann zünde ich den gleich an und bringe noch mehr Holz, damit er in Gang gehalten werden kann.«

»Haben Sie das Brennholz den ganzen Weg hierher geschleppt?« Ich bin beeindruckt, und mir graut schon jetzt davor, mein Gepäck hierher zu bringen. Kein Wunder, dass Noahs Arme so muskulös sind!

»Nein, ich bin doch kein Iron Man! Ich bin mit dem Landrover hier, mit einem anderen Wagen käme ich gar nicht über die zugewucherte Auffahrt. Wenn Sie möchten, bringe ich später auch Ihre Sachen mit.«

»Aber das gehört doch sicher nicht zu Ihren Aufgaben, oder?«

»Da in meiner Zeit noch nie ein Mieter hier war, ist das wohl Auslegungssache. Außerdem ist es das Mindeste, was ich tun kann, nachdem ich Sie erst gegen eine Mauer gedrängt und dann auch noch erschreckt habe.« Damit hockt sich Noah vor den Holzofen, stapelt Kienspäne und Holzscheite kunstvoll übereinander und erklärt mir dabei jeden einzelnen Schritt. Während ich Kaffee koche, kümmert er sich ums Feuer und warnt mich nebenbei vor dem Nordwind, der den Abzug zum Rauchen bringt, vor der Gefahr von Schornsteinbränden und vor Springfluten, bei denen man Dämme aus Sandsäcken bauen muss. Mir wird klar, dass das Leben hier schwieriger ist, als ich gedacht habe. Kein Wunder, dass die Miete so niedrig ist!

»Deshalb auch die Fliesen«, erklärt er, »wenn hier alles überflutet wird, kann man danach leichter aufwischen.«

»Passiert das denn oft?«

»Im Winter kann es hier ziemlich ungemütlich werden«, nickt er und zündet die Kienspäne an. »Sie sind wirklich zur besten Zeit gekommen.«

»Der Winter war bestimmt ein kleiner Schock für Sie.«

Er lacht? »Weil ich Australier bin? Eigentlich sollte ich in Shorts und mit einem Surfboard unter dem Arm hier rumlaufen?«

Noah Wilson lacht oft. Ich ertappe mich dabei, dass ich ebenfalls lächle, weil er mir immer besser gefällt.

»Und tragen Sie dabei auch immer einen Korkhut?«, frage ich, worauf er noch lauter lacht.

»Klar! Und dabei trinke ich Dosenbier, singe ›Waltzing Matilda‹ und gucke den Kängurus beim Hüpfen zu!«

»Ernsthaft?«

»Nein, tut mir leid, Sie zu enttäuschen. Aber was ist mit Ihnen? Mögen Sie Morris Dancing, Tee und Gurkensandwichs?«

»Nein, ich habe zwei linke Füße, trinke lieber Kaffee und hasse Gurken. Also bin ich als Britin wohl eine völlige Niete«, bekenne ich. »Ehrlich gesagt, weiß ich so gut wie nichts von Australien, Noah. Ich kenne nur das üblichen Bilder, das Opernhaus und die Natur.«

»Kylie nicht zu vergessen. Sie ist praktisch unsere Schutzheilige. Übrigens sehen Sie ihr ähnlich.«

Ich verdrehe die Augen. Da ich genauso klein und etwa so alt bin wie Kylie Minogue, werde ich oft mit ihr verglichen, komme dabei aber nie gut weg.

»Australien ist ein großartiges Land mit super Wetter«, sagt er und wechselt damit das Thema. »Mein erster Winter hier war ein echter Schock. Ich dachte, ich würde nie wieder die Sonne sehen.«

»So geht's uns jedes Jahr. Manchmal sogar im Sommer.«

»Ja, das kann ich verstehen, doch wenn hier die Sonne rauskommt, gibt es kaum ein schöneres Fleckchen Erde. Oyster Shore ist etwas ganz Besonderes. Ein heilsamer Ort. Glauben Sie mir, Sie werden es lieben.«

Durch das große Fenster sehe ich, wie der Himmel sich in den silbrigen Schlieren des Flusses spiegelt und ein Reiher an einem tintenschwarzen Tanghaufen zupft.

»Es ist wunderschön hier«, sage ich. »Ich kann mein Glück noch gar nicht fassen, hier leben zu dürfen.«

»Vergessen Sie das nicht, wenn Sie Ihre Einkäufe bei einem Sturm hierherschleppen müssen«, erwidert Noah warnend. »Praktisch ist es hier nicht gerade.«

»Aber dies war doch nur ein Sommerhaus, oder nicht?«

»Genau. Sowohl dieses Bootshaus als auch Oyster Shore selbst waren Sommerresidenzen von Vyvyan Court, das mittlerweile ein Hotel ist. Vom ursprünglichen Anwesen sind nur noch diese beiden Häuser geblieben, und das wird sich wohl auch bald ändern. Der Investment Fonds, der es besitzt, hat wenig Interesse, hier alles instandzuhalten. Es geht wohl nur um die Wertsteigerung des Grundstücks.«

Ich muss an Oyster House denken, die Zuckerbäckerfassade, die vom Druck des Efeus immer brüchiger wird und langsam zerfällt. »Es ist eine Schande.«

»Oder ein Segen, denn sonst wäre das ganze Gelände wohl schon der Zweitwohnsitz eines Millionärs oder es würde zerstückelt, um darauf Ferienhäuser zu bauen. Zumindest kann die Natur zurückerobern, was ihr zusteht. Außerdem gehört niemand von uns hier dauerhaft hin. Wir sind nur Durchreisende.«

Als er das sagt, erhebt sich ein Fischreiher am Ufer gegenüber in die Lüfte und schwingt sich, mit seinen grauen Flügeln schlagend, über die Baumwipfel in die Unendlichkeit. Noah hat recht: Es herrscht hier eine Atmosphäre der Zeitlosigkeit, so, als ob unser Dasein nur einen kurzen Augenblick dauerte. Ich denke, dass das Haus am Ufer, das Juwel in der Krone reicher Landbesitzer, in dem einst prächtige Feste gefeiert wurden, nun unbemerkt verfällt, und erschauere angesichts dieses Memento Mori.

»Ich frage mich, wieso die Besitzer es damals aufgegeben haben?«, bemerke ich.

Noah breitet die Hände aus. Leicht schockiert ertappe ich mich dabei, dass ich nach einem Ring suche. Hastig wende ich den Blick ab und hoffe nur, er hat nicht bemerkt, wie mein Blick zu seiner linken Hand gehuscht ist.

»Keine Ahnung«, erwidert Noah. »Das hätte Ihnen meine Mum erzählen können. Sie war geradezu besessen von der Geschichte

Cornwalls und hat auch viel über Trevellan geforscht. Mum war definitiv die Intellektuelle in unserer Familie.«

»Bei uns ist es meine große Schwester.« Ich denke an Marina mit ihrem Abschluss in Medizin, die einen ganzen Rattenschwanz an Buchstaben hinter ihrem Nachnamen hat. Sie ist eine Frau, die genau weiß, was man tun muss, um jemanden das Leben zu retten. Ihre Fähigkeiten relativieren mein Geschreibsel erheblich. »Sie hält mich für eine Aussteigerin.«

Er sieht mir direkt in die Augen. »Und, sind Sie das?«

Nervös greife ich mir einen Kugelschreiber und drücke die Mine rein und raus. »Zumindest auf Zeit. Ich möchte ein Buch schreiben, und dies scheint mir der perfekte Ort dafür zu sein.«

Noah hebt seinen Kaffeebecher. »Dann aufs Aussteigen!«

Wir stoßen miteinander an.

»Aufs Aussteigen«, wiederhole ich. »Gilt das denn auch für Sie?«

»Ich bezeichne es lieber als verspätetes Orientierungsjahr. Aber besser spät als nie, oder?«

»Allerdings, besser spät als nie«, nicke ich.

»Es ist nie zu spät«, sagt Noah entschieden. »Man muss das Beste aus jeder einzelnen Sekunde machen, Wenna.«

Wenna. Die altvertraute Abkürzung meines Namens klingt ganz anders, wenn er sie mit seinem weichen Akzent ausspricht. Irgendwie neu und fremd, und doch klangvoll. Es gefällt mir, es fühlt sich an, als wäre das meine neue Identität: Ich bin Wenna Scott, die in Cornwall in einem Bootshaus lebt, Bücher schreibt und Kaffee mit dem attraktiven Nachbarn trinkt. Die Schriftstellerin in mir will unbedingt wissen, wieso Noah Wilson Australien gegen Cornwall getauscht hat. Mit seiner sonnengebräunten Haut, seinen eng sitzenden Jeans und seinem jungenhaften Lächeln wirkt er wie der Held eines Liebesromans. Aber er sieht nicht nur gut aus, er hat auch eine Geschichte, und die will ich unbedingt erfahren.

»Manchmal denke ich, ich habe mit dem Schreiben viel zu lange gewartet«, bekenne ich. »Vielleicht habe ich meine Chance schon verpasst?«

Noah stellt seinen Becher auf dem Boden vor dem Kamin ab. Da die Flammen im Holzofen mittlerweile hochschlagen, beugt er sich vor und verschließt die tanzenden Feuerzungen hinter einer rußschwarzen Glastür.

»Fürs Schreiben sind Sie hier genau richtig. Sie wären ja nicht die Erste.«

Ich runzle die Stirn. »Wieso?«

»Vor Jahren hat hier schon mal ein Autor gelebt. Deswegen sind Sie doch hergekommen, oder?«

»Nein, das ist mir völlig neu. Sind Sie sicher? Wann war das denn? Und wer war es?«

Noah scheint es angesichts meiner Fragen ein bisschen die Sprache verschlagen zu haben. »Tut mir leid, Wenna«, sagt schließlich, »ich weiß keine Einzelheiten, nur, dass hier jemand schon mal ein Buch geschrieben hat. Ich halte für eine ältere Dame im Dorf den Garten in Ordnung, und die hat es vor einiger Zeit mal erwähnt. Wussten Sie wirklich nichts davon?«

Ich schüttle den Kopf. »Ich hatte absolut keine Ahnung. Im Internet stand nichts dazu.«

Noah pfeift leise durch die Zähne. »Dann hat das Schicksal Sie hierhergeführt. Jedenfalls würde Treena das sagen, meine esoterisch angehauchte Freundin von der Farm.«

»Nein, das ist sicher nur ein Zufall«, entgegne ich skeptisch. Ich will mir keine allzu großen Hoffnungen machen, schließlich könnte er sich irren. Die Maklerin hat nichts von einem Schriftsteller erzählt, dabei wäre das doch gute Werbung gewesen. Möglicherweise war Noahs ältere Kundin ein bisschen senil.

»Sie können ja Treena mal danach fragen. Sie werden sie bestimmt beim Strandgutsammeln sehen. Treena ist eine wahre Künstlerin darin, aus Fundstücken etwas zu machen.«

Ich muss an das junge Mädchen am Ufer denken. »Ich glaube, die habe ich schon gesehen.«

»Wirklich? Ich dachte, sie und Gareth wollten heute zum Markt in Penhayes. Die beiden sind Farmer, und ihre Gemüsekisten verkaufen sich richtig gut. Ich habe Ihnen eine mitgebracht, und dazu ein paar von Treenas Scones. Als Willkommensgeschenk.«

»Danke«, sage ich, bin aber mit meinen Gedanken bei dem geheimnisvollen Autor von Oyster Shore. Eigentlich möchte ich Noah weiter darüber ausfragen, aber der erzählt mir ausführlich von Biozertifikaten und Agrargenossenschaften, also ist es wohl nicht mehr der rechte Zeitpunkt.

»Ich stelle Sie mal G und T vor, so werden sie genannt«, verspricht er. »Sie sind Ihre nächsten Nachbarn. Die Trehunnists, das ist Gareth Familie, haben hier schon seit Urzeiten einen Bauernhof. Ein anderer Zweig der Familie ist im Autohandel tätig und stinkreich. Sie schmeißen großartige Partys.«

Eigentlich will ich hier meine Ruhe haben, und ich überlege schon, wie ich das erklären soll, ohne unhöflich zu wirken, als plötzlich das Feuer prasselt und die Flammen den Kamin hochschießen. Noah springt auf und fummelt an den Ofenklappen herum, bis die Flammen gezähmt sind. Das ist schon was anderes, als nur am Heizungsventil meiner Wohnung zu drehen.

»Sie kriegen den Bogen noch raus. Ist der Mühe wert«, versichert er mir.

»Das will ich nicht bezweifeln. Es ist schon wärmer«, erwidere ich. Das ganze Gebäude fühlt sich auch heimeliger an, die Balken gewöhnen sich knackend an die neue Temperatur. Es ist, als würde das ganze Haus aufatmen. Ist es zu gewagt zu glauben, dass es erleichtert ist, wieder bewohnt zu werden?

»Also, haben Sie irgendeine Idee, wer der Schriftsteller war?«, versuche ich es noch einmal, nachdem ich unsere leeren Becher in die Küche gebracht und sie in die Spüle mit der abgeplatzten Emaille gestellt habe. Noah, der mir gefolgt ist, um mir noch mal zu zeigen, wie ich das heiße Wasser anstelle, zuckt bedauernd die Schultern.

»Ich kann mich ehrlich nicht mehr erinnern. Aber ich fürchte, es war niemand Berühmtes, sondern ein völlig Unbekannter.«

Mir fällt die Idee für mein Buch ein, die langsam Form annimmt. Je unbekannter der Autor, desto besser für mich. Man stelle sich vor, ich könnte seine Arbeit wieder zum Leben erwecken und sie der Öffentlichkeit nahebringen, indem ich über seine Worten und Gedanken schreibe! Wäre das nicht unglaublich?

»Aber im Internet stand nichts darüber, dass hier mal ein Schriftsteller gewohnt hat«, wiederhole ich zweifelnd, weil ich mir wirklich nicht zu große Hoffnungen machen will.

»Vielleicht war er eine Lokalberühmtheit«, erwidert Noah.

»Ja? Haben Sie das gehört?«

»Ich habe so gut wie gar nichts gehört – es wurde nur nebenbei erwähnt. Aber wer auch immer es war, muss eine Verbindung zu den Trelyons gehabt haben, wenn er in diesem Bootshaus geschrieben hat. Denn die Trelyons besaßen dieses Anwesen und auch sonst noch so einiges. Sie werden hier überall auf den Namen stoßen. Wenn ich mehr über Oyster Shore und einen Schriftsteller erfahren wollte, würde ich mit damit anfangen.«

»Sind Sie Historiker?«

»Leider nicht. Ich bin nur ein netter Kerl aus Oz, der nebenbei gärtnert.«

»Sie haben einen langen Weg zurückgelegt, nur um Rasen zu mähen!«

»Für mein sensationelles Rasenmähen bin ich weltweit bekannt. Nein, im wahren Leben versuche ich, Highschool-Schülern etwas über Kunst beizubringen. Da ist das Gärtnern eine erfrischende Abwechslung, weil Pflanzen nicht mit Farbe klecksen oder patzig werden.«

Mir fallen die raffinierten Holzarbeiten ein, die ich vor dem Wohnwagen gesehen habe. Natürlich! Noah Wilson ist Künstler!

»Ich habe beim Wenden die Holzstatuen gesehen. Sehr beeindruckend.«

Das scheint ihn zu freuen. »Oh, danke! Dabei war eigentlich meine Urgroßmutter die Künstlerin in der Familie, zumindest hat meine Mum das über Ancestry erfahren. Das war eine coole Entdeckung, obwohl sie wohl insgeheim gehofft hatte, sie würde auf ein, zwei Strafgefangene stoßen. Denn das ist in Oz alter Adel!«

»Muss ich vor Ihnen knicksen?«

»Nicht doch! Mum ist zwar nicht bis zu den Anfängen der Strafkolonie Australien zurückgegangen, aber ihre Suche hat sie bis ins Cornwall zu Beginn Anfang des 20. Jahrhunderts geführt. Ihre Familie stammt von hier, und sie wollte unbedingt mehr über sie herausfinden.«

»Und, ist ihr das gelungen?«

Ein Schatten fällt über sein Gesicht. »Vor Ende ihrer Recherche ist Mum verstorben. Sie sehnte sich danach, diesen Teil der Welt zu sehen, aber es war nie der rechte Zeitpunkt dafür. Ich hielt sie für besessen – vor allem, weil sie mir das Versprechen abnahm, nach ihrem Tod hierherzukommen. Am Ende redete sie nur noch von Oyster Shore, und einiges davon war ziemlich verworren. Sie hatte Alzheimer, verstehen Sie? Eine verdammt grausame Krankheit. Ihr scharfer Verstand und all ihre Erinnerungen wurden einfach ausgelöscht.«

»Das tut mir leid«, sage ich. »Das muss schrecklich gewesen sein.«

»Ja, es war hart. Die Krankheit schlug ganz schnell zu. Es war, als würde Mum über Nacht um Jahrzehnte altern. Und sie war so verwirrt. Ab und zu hatte sie lichte Momente, aber die wurden immer seltener, bis sie schließlich ganz ausblieben. Und dann kam der Tag, an dem sie mich nicht mehr erkannte …« Er verstummt und ringt um Fassung. »Jedenfalls lebte sie dann nicht mehr lange, und danach dachte ich mir, der Zeitpunkt wäre so gut wie jeder andere, um nach Cornwall zu kommen. Ich bin ihretwegen hier und das nun schon viel länger, als ich ursprünglich vorhatte. Wahrscheinlich klingt das verrückt, aber irgendwas hier fühlt sich vertraut an, so, als würde ich es schon kennen. Vielleicht weil ich zu den Wurzeln meiner Familie zurückgekehrt bin?«

»Oder durch kollektive Familienerinnerungen? Ein Zugehörigkeitsgefühl zu diesem Landstrich?«, sage ich, leicht aus der Fassung, meine eigenen Empfindungen aus dem Mund dieses fast fremden Mannes zu hören.

»Freunde von mir, die Aboriginee-Vorfahren haben, wären sicher davon überzeugt, und ich glaube, Mum hätte das wohl auch so gesehen. Sie bestand darauf, dass ich ihre Nachforschungen fortführe. Eine Verwandte von ihr hat Anfang des letzten Jahrhunderts ihren Verlobungsring verkauft, um nach Australien zu reisen, und darüber wollte Mum unbedingt mehr erfahren – sie meinte, das wäre der Ausgangspunkt unserer Familiengeschichte. Aber ich habe mich noch nicht dazu aufraffen können. Ich interessiere mich wohl mehr für die Zukunft.«

Zwar habe ich das Gefühl, da steckt mehr hinter dieser Geschichte, doch Noah verstummt und starrt so angestrengt Richtung Ufer, dass er sicher mehr sieht als das steigende Wasser und vorbeidriftende Schwäne. Seine Mutter muss erst kürzlich verstorben sein, denn unter seinem sonnigen Lächeln liegt Traurigkeit, wie ein Hauch von Melancholie im Spätsommer, die den nahenden Herbst ankündigt.

Als Noah sich zu mir umdreht, sehe ich, wie er aus der schmerzlichen Vergangenheit in die Gegenwart zurückkehrt.

»Mum war Geschichtslehrerin, also war so was genau ihr Ding. Sie hat Stunden damit verbracht, und in ihren Aufzeichnungen gibt es einige Informationen über diese Gegend. Wenn Sie wollen, können Sie sich die mal ansehen. Vielleicht steht da etwas über den mysteriösen Schriftsteller. Man kann nie wissen.«

»Das wäre super! Danke.«

»Aber gerne. Sie sind bestimmt viel besser als ich dazu geeignet, die

Aufzeichnungen durchzusehen. Auch wenn das Lehrergen in der Familie liegt, bin ich mit Skizzenbüchern doch viel glücklicher als mit Notizbüchern.«

»Dann kommen Sie nach Ihrer Urgroßmutter?«

»Jedenfalls bilde ich mir das gerne ein. Mum meinte einmal, wenn sie zu heutigen Zeiten gelebt hätte, wäre sie berühmt geworden.«

»Würde Ihnen das gefallen? Ich meine, berühmt zu sein?«, frage ich, mit meinen eigenen Träumen von literarischer und akademischer Anerkennung im Hinterkopf. David redete ständig davon, Autoren wie Marken aufzubauen. Für ihn galt: Je größer, desto besser. Wahrscheinlich ist das einer der Gründe, wieso mir Schriftsteller lieber sind, die im Verborgenen lebten und arbeiteten. Sie sind es, die ich vertreten möchte, damit ihre in Vergessenheit geratenen Stimmen wieder gehört werden.

»Auf keinen Fall! Es reicht mir völlig, einfach da zu sein und das zu tun, was mir Freude macht. Ich habe ein Dach über dem Kopf, ein paar gute Freunde, großartige Wellen in der Nähe und die wunderschöne Natur um mich herum. Ich kann ab und zu etwas schnitzen. Und manchmal«, fügt er hinzu und lässt seine weißen Zähne aufblitzen, »habe ich die Gelegenheit, Holz an interessante Neuankömmlinge zu liefern, die mir einen Kaffee machen. Viel besser kann's doch gar nicht sein.«

Ich denke an David mit seinen neuen Sportwagen, den Designerklamotten und der unersättlichen Gier nach Erfolg. Bei ihm ging es immer nur um den nächsten Bücherdeal, den nächsten Autor, die nächste Anschaffung, das nächste Irgendwas. Noah Wilsons Lebensphilosophie wäre ihm völlig fremd.

»Warten Sie nur, bis Sie die Tiere hier sehen, Wenna«, fährt Noah fort, und seine grünen Augen leuchten vor Begeisterung. »Im Wald gibt es einen Dachsbau, außerdem habe ich Rehe am Ufer gesehen und etwas weiter flussaufwärts sogar Otter.«

»Otter habe ich noch nie gesehen!«

»Das werden Sie aber, und zwar viele«, verspricht Noah. Er wirft einen Blick auf die Uhr und stößt einen leisen Pfiff aus. »Ich mache mich besser auf den Weg. Ich muss noch ein paar Gemüsekisten für Treena ausliefern. Wenn Sie mir sagen, wann es Ihnen passt, können wir Ihre Sachen in meinen Wagen herbringen. Ist morgen zu spät?«

»Nein, morgen ist gut. Ich hole mir nur ein paar Sachen für heute Abend.«

Es ist bereits später Nachmittag. Lange Schatten fallen auf den Sand, der immer weiter vom Wasser überspült wird. Die Reiher sind verschwunden, und obwohl über dem Fluss immer noch die Sonne scheint, wird sie schon bald hinter der gegenüberliegenden Seite des Tals verschwinden.

»Soll ich Sie zu Ihrem Wagen mitnehmen?«, fragt Noah.

»Nein danke, ich glaube, Breaky könnte noch einen Spaziergang brauchen.«

Wir blicken beide zu dem Spaniel, der schlafend neben dem Holzofen liegt und gerade mit allen vier Pfoten zuckt, weil er von Kaninchen und Eichhörnchen träumt. Man könnte kaum einen Hund finden, der weniger Lust auf einen Spaziergang hat.

Ich lache. »Okay, in Wahrheit brauche ich wohl ein bisschen Bewegung nach der langen Fahrt hierher. Breaky sieht nicht aus, als wollte er sich bewegen.«

»Er fühlt sich schon heimisch«, sagt Noah zustimmend. »Tiere spüren, wo es sich gut leben lässt. Auch auf die Gefahr hin, wie Treena zu klingen, ich hatte schon immer das Gefühl, dass das Bootshaus gute Schwingungen hat.«

Breaky wirkt wirklich zufrieden, trotz des merkwürdigen Augenblicks am Ufer, als er die Strandgutsammlerin entdeckte. Vielleicht hatte sich mein Unbehagen auf ihn übertragen? Ich war noch angespannt von der Fahrt, und für meine Stimmungen war er schon immer empfänglich. Ja, so muss es gewesen sein.

Nachdem Noah mir seine Handynummer gegeben hat und verschwunden ist, lege ich neues Holz nach und schlendere durchs Bootshaus. Die Versuchung ist groß, mir noch einen Kaffee zu kochen und es mir mit einem Buch in dem Lesesessel bequem zu machen. Die Fahrt war anstrengend, und der Fluss, der jetzt Hochwasser hat und gemächlich vorbeiströmt, ist geradezu hypnotisch. Ich könnte stundenlang am Fenster sitzen und nach einem Eisvogel oder Otter Ausschau halten. Wer hat wohl sonst noch hier gestanden und den Fluss betrachtet? Vielleicht der geheimnisvolle Schriftsteller, von dem Noah sprach? Fand er auch, die winzigen Nebenarme sähen aus wie Vogelfüße? Hatte auch er Mühe, die vielen Grüntöne zu benennen?

Ich muss meinen Laptop holen, weil ich unbedingt mit dem Schreiben anfangen will. Außerdem brenne ich darauf, im Internet nach weiteren Informationen über diesen Ort zu suchen. Ich werde nach Trevellan fahren, ein paar Vorräte einkaufen und durchs Dorf bummeln. Mir vielleicht ein Essen im Pub gönnen. Schließlich habe ich gute Gründe zu feiern: ein neues Zuhause, ein neuer Freund und eine neue Buchidee.

Ich schnappe mir Breakspears Leine.

»Komm schon, Junge«, rufe ich aufgeregt. »Gehen wir auf Erkundungstour!«

KAPITEL 6

LOWENNA

Gegenwart
Cornwall

Die Flut kommt. Der Strand von Penhayes am Ufer gegenüber sieht aus wie ein schmaler, gelber Streifen, das gläserne Meer schimmert petrolfarben und spiegelt den Himmel, so dass man kaum erkennen kann, wo sie ineinander übergehen. Die Welt erscheint mir verschwommen, als ich von meinem Fensterplatz im Trelyon Arms aus beobachte, wie die Autofähre die Flussmündung überquert. Das stetige Hin und Her lässt mich an Homer denken, das Leben als eine nie endende Reise, die sich bis in alle Ewigkeit wiederholen wird.

Die Fähre hält den Ort am Leben, ohne sie würde Trevellan in einem vom Wasser abgeschirmten Nichts verschwinden.

Das Dorf meiner Großmutter ist winzig. Ich parke vor dem Londis, einem wie aus der Zeit gefallenen Laden, der von Weißbrot bis Angelköder alles verkauft und bereits ab Mittag geschlossen hat. Da ich damit die Hoffnung aufgeben muss, hier Vorräte oder auch nur Informationen über meinen geheimnisvollen Autor zu bekommen, erkunden Breakspear und ich stattdessen die engen Gässchen.

Zuerst gehe ich zum Cottage, wo Granny May aufgewachsen ist. Als ich davor stehe, stelle ich mir vor, wie sie als kleines Mädchen mit Kittelkleid und Zöpfchen ihrer Mutter, der Furcht einflößenden Elizabeth Penwurthy, beim Aufhängen der Wäsche half oder mit ihrem kleinen Bruder spielte. Wie konnte eine ganze Familie in so einem winzigen Cottage leben? Es hatte doch gerade mal zwei Räume. Meine Nichten und Neffen haben alle ihr eigenes Zimmer; sie wären bestimmt nicht begeistert, wenn sie auf so engem Raum wohnen müssten wie die Generationen von Penwurthies, die in diesem Häuschen mit den schiefen, weiß getünchten Wänden und dem mit Flechten bewachsenen Dach lebten und starben. Im Cobble Cottage wurde meine Großmutter geboren. Dort verabschiedete sie sich von ihrem Bruder, der in den Krieg zog, und dort wachte sie auch an dem Morgen auf, an dem sie Grandpa Bill heiratete und für immer fort ging. Aus diesem Cottage stammt meine Familie, und ich spürte stets schmerzlich, wie weit ich mich von ihr entfernt hatte.

Heute ist das Cottage ein Ferienhaus, eine salbeifarbene, verniedlichte Version einer Fischerhütte. Keine Spur mehr vom einstigen Plumpsklo oder den schimmelfleckigen Wänden, an die Granny sich erinnerte. Nichts zeugt mehr davon, dass hier viele Generationen von Penwurthies gelebt hatten. In der Hoffnung, doch noch einen Blick von der Welt zu erhaschen, die Granny gekannt hat, biege ich in die School Lane, um ihre Schule aufzusuchen, doch auch das viktorianische Gebäude aus roten Backsteinen ist in einen wunderschönen Zweitwohnsitz eines Reichen umgewandelt worden. Nur die Schilder an den beiden Eingängen, auf denen *Jungen* und *Mädchen* steht, erinnern an die Zeit, in der Kinder mit aufgeschürften Knien kreischend Fangen spielten und strenge Schulmeister Schläge mit dem Lineal austeilten.

Das Haus des Schulmeisters ist inzwischen ebenfalls eine Ferienwohnung, und laut dem Schild auf der blauen Eingangstür wird es von derselben Immobilienagentur verwaltet wie das Bootshaus. Das Gleiche gilt für die methodistische Kirche, das Postamt, den Süßigkeitenladen und zahllose andere Häuser. Entmutigt gehe ich zum Auto zurück. Nicht nur die Penwurthies haben Trevellan verlassen, sondern alle anderen auch. Gibt es hier überhaupt noch jemanden, den Granny May gekannt haben könnte? Irgendjemand aus den alten einheimischen Familien?

Eigentlich hatte ich mir die Kirche anschauen wollen, doch St. Nun steht hoch über dem Ort, klammert sich grimmig entschlossen an die Hügelflanke, und meine Beine schmerzen noch vom Marsch vom Bootshaus zum Wagen. Ich verschiebe den Besuch aufs nächste Mal und suche stattdessen das Kriegerdenkmal am Hafen auf. Hier sind die Namen der Dorfbewohner aufgeführt, die im Ersten Weltkrieg gefallen sind, auch der meines Großonkels. So viele Verluste an einem einzigen Ort müssen Spuren hinterlassen haben. Kein Wunder, dass mein Urgroßvater für den Rest seines Lebens düstere Stimmungen hatte und unter Alpträumen litt.

Ich lasse das Denkmal hinter mir und steige über eine steile Treppe zu einem schmalen Strand hinunter und werfe für Breakspear den Ball, bis mir der Arm weh tut und er voller Sand ist. Von der Bewegung und der Seeluft bekomme ich Hunger, und als der Essensduft aus einem nahen Pub zu mir weht, läuft mir das Wasser im Mund zusammen. Fish und Chips mit Blick aufs Meer sind eine Verlockung, der ich nicht widerstehen kann.

Der Abend naht, als ich mich immer noch durch meine Portion kämpfe, die aussieht, als wären dafür ein ganzer Wal und eine Tonne Kartoffeln draufgegangen.

»Alles in Ordnung damit?«, fragt der Wirt, der mit leeren Gläsern in der Hand an meinem Tisch stehenbleibt und auf das Essen weist. »Der Fisch ist gestern frisch gefangen«, fügt er hinzu. »Was Besseres werden Sie nicht mal im Gourmetrestaurant finden. Davey Tuckey hat ihn gefangen.« Er zeigt auf einen kräftigen Mann mit Riesenbart, der mir zuprostet.

»Es ist sehr lecker«, erwidere ich, obwohl ich mich fühle, als würde ich gleich platzen. Vielleicht kann er mir den Rest einpacken?

»Wohnen Sie im Dorf?« Der Wirt stellt die Gläser auf die Theke. »Wenn ja, dann kommen Sie doch Freitagabend zum Curry-Essen. Für unser Tikka Masala kommen die Leute sogar aus Penhayes.«

Penhayes liegt auf der gegenüberliegenden Seite des Flusses, nur eine halbe Meile entfernt. Mir fällt ein, wie Granny May über Fowey gesagt hat, in kornischen Meilen sei es schon ein fremdes Land, und muss lächeln.

»Wenn ich bis dahin dieses Essen verdaut habe, komme ich auf jeden Fall. Aber ich mache keinen Urlaub, sondern bin hierhergezogen. Ich heiße Lowenna, und das ist Breakspear.«

»Dann willkommen in Trevellan, Lowenna! Ich bin Pete Symons und selbst erst letztes Jahr mit meiner Frau hergezogen.«

»Verdammte Zugereiste«, bemerkt Fischer Davey. »Lowenna hat wenigstens einen kornischen Namen.«

Pete grinst. »Verdammter Zugereister, der *den Pub besitzt.*«

Davey hält ihm sein Glas hin. »Dann will ich mal den verdammten Touristen reicher machen!«

»Sie werden bald merken, wie willkommen hier Neuankömmlinge sind«, bemerkt Pete, während er ein neues Bier zapft.

»Meine Familie stammt ursprünglich aus Trevellan.« Irgendwie drängt es mich dazu, zu beweisen, dass ich alles Recht habe, hier zu sein. »Meine Großmutter war eine Penwurthy.«

»Ja, das ist ein Name von hier«, nickt Davey. »Mein Cousin zweiten Grades hat eine Penwurthy geheiratet. Also sind wir verwandt.«

»Kein Grund zur Aufregung. In Cornwall ist jeder mit jedem verwandt«, kontert Pete. »Stimmt doch, Davey, oder?«

Davey brummt etwas in seinen Bart. Besonders freundlich klingt es nicht.

»Kannten Sie jemanden aus Lowennas Familie, Miss Trewen?«, fragt der Wirt unvermittelt und wendet sich damit an die ältere Dame, die ihr Buch gesenkt hat, um zuzuhören. Mit ihrer schnabelartigen Nase, den dunklen, durchdringenden Augen, dem spitz zulaufenden Ansatz ihrer weißen Haare und dem wachsamen Blick erinnert sie an einen Raubvogel.

»Damals gab es hier viele Penwurthies. Schon komisch, dass jetzt niemand mehr von ihnen da ist.« Die ältere Frau starrt mich mit leicht zusammengekniffenen Augen forschend an. »Aber man sieht die Familienähnlichkeit. Sie waren klein und hatten so ungewöhnliche Augen wie Sie: dunkelblau. Ich meine mich auch an krause Haare zu erinnern, obwohl die, die ich kannte, dunkle Haare hatten. Zu welchem Familienzweig der Penwurthies gehören Sie denn?«

»Meine Großmutter war May Penwurthy. Sie lebte hier mit ihren Eltern Elizabeth und Marrick. Kannten Sie sie?«

»Nicht besonders gut. May war wesentlich älter als ich, doch mein Vater ist eine Zeit lang mit einem Penwurthy zum Fischen gefahren. Aber ihr Sohn starb im Zweiten Weltkrieg, also konnte niemand das Boot übernehmen, als Ihr Urgroßvater es nicht mehr schaffte. Ich glaube, es wurde verkauft, als die Tochter heiratete und wegzog.«

»Das war dann wohl meine Großmutter, die nach Fowey zog, als sie meinen Großvater heiratete. Ich würde gern mehr über meine Familie herausfinden. Ich wohne in Oyster Shore. Kennen Sie das?«

Pete kommt zu meinem Tisch und nimmt meinen Teller. »Oyster Shore? Noch nie gehört.«

»Klar, Sie sind ja nicht von hier«, bemerkt Davey. »Oyster Shore ist im Gebiet von Penhayes, an der Flussmündung. Da gibt es viele Austern.«

»Wem gehören die denn?«, fragt Pete, der sich zweifellos fragt, ob er damit den Profit des Pubs vergrößern könnte.

»Keine Ahnung«, erwidert Davey achselzuckend. »Früher gehörte das Ganze zum großen Anwesen. Es gibt da auch ein Haus. Aber in dem wohnen Sie doch nicht, oder, Mädchen? Ist doch eine Ruine.«

»Nein, ich habe das Bootshaus gemietet.«

Daveys zottige Augenbrauen verschwinden fast unter seiner Kappe. »Ach was! Steht das etwa noch? Da hat der König doch mit seinen Mädels …«

»Genau«, unterbreche ich ihn. »Es steht noch.«

»Hölle aber auch! Na, lieber Sie als ich. Der Ort ist verflucht.«

»Unsinn«, bellt Miss Trewen. »Erzähl doch keine Schauergeschichten, Davey Tuckey!«

»Tut mir leid, Miss T., aber das hat Mutter immer gesagt.«

»Sie kennen den Ort auch, Selina?«, fragt Pete.

Sie nickt. »Als ich noch klein war, gehörte das Ganze zu Vyvyan Estate, aber mittlerweile längst nicht mehr.«

Davey zupft an seinem Bart, als könnte er sich so besser erinnern. »Ma hat immer gesagt, wir sollten uns davon fernhalten. Da wär jemand ertrunken, meinte sie, und deshalb läge ein Fluch drauf.«

»Wahrscheinlicher ist, dass sie Ärger mit den Trelyons vermeiden wollte«, gibt Miss Trewen scharf zurück. »Du hast doch immer nur Ärger gemacht. Bist du nicht auch am Maifeiertag in den Dorfweiher gefallen?«

Während die anderen Gäste Davey wegen seiner Jugendsünden aufziehen, wendet sich die ältere Frau mir zu. »Lassen Sie sich von diesem Unsinn keine Angst einjagen, meine Liebe. Oyster Shore ist ein wunderschöner, geschichtsträchtiger Ort. Ich habe das Bootshaus immer bewundert, als ich früher daran vorbei ruderte.«

»Ich hab gehört, die letzten Bewohner haben ganz schnell die Flucht ergriffen, weil es in so schlechtem Zustand ist«, bemerkt die Kellnerin, die mitgehört hat.

»Ich hab gehört, sie hätten einen Geist gesehen«, sagt ein anderer Einheimischer.

»Wahrscheinlich hatten sie nur eine fette offene Rechnung im Pub und wollten die nicht bezahlen«, spottet Pete. »Apropos, offene Rechnung, deine müsste mal beglichen werden, Owen Trebilcock! Wann gedenkst du, das zu tun?«

»Demnächst«, erwidert Owen und hält ihm sein Glas hin. »Nach diesem Bier? Und zapf den anderen auch noch eins, ich geb einen aus. Einverstanden?«

»Ich muss verrückt sein«, seufzt der Wirt, füllt aber trotzdem das Glas, bevor er ein Stück Kreide nimmt und einen großen Strich an einem Balken zieht, an dem schon mindestens zwanzig zu sehen sind.

»Treena Trehunnist behauptet auch, dass es in Oyster Shore spukt«, bemerkt die Kellnerin.

Daraufhin schnaubt Owen Trebilcock so heftig in sein Bier, dass ihm Schaum bis zum Bart spritzt.

»Die hat es doch immer mit Geistern und Feen! Der arme Gareth! Früher hätte man die mit ihren Kräutern und Geschichten auf dem Scheiterhaufen verbrannt. Sie hat ihn sogar gezwungen, auf Bio umzustellen. Als Nächstes werden die noch Veganer, passt nur auf!«

Ein kollektiver Schauer des Entsetzens durchläuft den Pub.

»Treena ist Aromatherapeutin«, protestiert die Kellnerin, aber niemand beachtet sie. Sie sind alle zu sehr damit beschäftigt, ein paar saftige Klatschgeschichten durchzukauen. Noahs Strandgutsammlerin wird immer interessanter.

Fischer Davey wendet sich zu mir: »Also, mich brächten keine zehn Pferde dahin. Mieten Sie sich doch einen schönen Wohnwagen mit Blick aufs Meer! Mein Cousin besitzt den Campingplatz am Ende des Dorfes. Der würde Ihnen ein gutes Angebot machen.«

Ach, jetzt verstehe ich! So treibt man die Touristen auf den Campingplatz. Für einen Moment wäre ich doch glatt auf die Schauergeschichten reingefallen!

Der Wirt zwinkert mir zu. »Die mit ihren Kobolden, Feen und Seeungeheuern! Ich hab noch nie einen so abergläubischen Haufen kennengelernt. Hört auf, sonst verscheucht ihr Lowenna noch!«

»Ich habe keine Angst«, sage ich rasch. Im Gegenteil. Oyster Shore gefällt mir, gerade weil es so geheimnisumwittert ist. Ich bin nicht im Geringsten abgeschreckt, sondern brenne darauf, zurückzufahren und mir Notizen zu machen.

»Spotten Sie doch, wie Sie wollen, Pete Symons, aber wenn man eines auf dem Meer lernt, dann ist es, sein Schicksal nicht herauszufordern, sondern die alten Geschichten zu achten«, erklärt Davey gewichtig. »Mein Großvater hat immer gesagt, vor langer Zeit wäre da jemand ertrunken. Vielleicht ist es deshalb ein Unglücksort.«

Aus den Tiefen meiner Kindheitserinnerungen taucht plötzlich Granny Mays Geschichte von einem ertrunkenen Mädchen auf. Ging es dabei um Oyster Shore? Mit einem Mal fühle ich mich gar nicht mehr so mutig.

»Aber in Cornwall kommt es ständig vor, dass jemand ertrinkt«, entgegnet Wirt Pete. »Es ist ein Risiko, überall von Wasser umgeben zu sein.«

»Ich habe gehört, dort hat auch mal ein Autor gelebt. Stimmt das?«, frage ich Davey.

Davey lüpft seine Kappe und kratzt sich am Kopf. »Ach, Mädchen, mit Büchern hab ich's nicht so. Kann sein. Vielleicht hat er ja den Ort verflucht.«

Ich wittere eine Geschichte und lehne mich begierig vor. »Wieso hätte er das tun sollen?«

»Keine Ahnung. Vielleicht hatte er eine Schreibblockade? Oder schlechte Kritiken?«

»Glauben Sie mir, an irgendeinem Punkt leiden alle Schriftsteller unter diesem Fluch«, sage ich. »Aber es ist wirklich faszinierend. Es muss doch einen Grund geben, wieso dort niemand mehr lebt.«

»Die Kinder jedenfalls halten sich von dort fern. Sie wollen da weder spielen noch kampieren«, fügt Owen Trebilcock hinzu. »Fragt sich nur, warum.«

»Warum? Weil es zu Fuß ein weiter Weg ist und es dort keinen Handyempfang gibt. Meine Kinder finden es praktisch unzumutbar, von der Schule nach Hause laufen zu müssen«, erklärt Pete. »Da würden sie doch niemals eine Meile am Ufer entlangwandern, nicht, wenn sie stattdessen heimlich an der Bushaltestelle rauchen können.«

Wie aufs Stichwort greift Owen in seine Tasche und holt ein Päckchen Zigaretten hervor. »Apropos, kommt jemand zum Rauchen mit raus?«

»Mich überrascht nur, dass noch niemand gekommen ist, um dieses Grundstück am Ufer zu erschließen«, bemerkt Pete, nachdem die

Fischer im Biergarten verschwunden sind. »Ist bestimmt nur eine Frage der Zeit.«

»Hoffentlich nicht! Es ist ein zauberhafter Ort inmitten der Natur. Ich habe sogar schon einen Eisvogel gesehen«, setze ich an, doch Pete hat sich daran gemacht, das Gericht für den nächsten Tag auf die Tafel zu schreiben.

»Ist das Bootshaus tatsächlich eine Ruine?«, erkundigt sich die Kellnerin. »Dann können Sie ins B&B meiner Mum ziehen.«

»Nein, ganz und gar nicht«, versichere ich. »Es ist nur ein bisschen altmodisch. Deshalb lässt es sich nicht so leicht vermieten. Und es gibt nur ganz schlechten Internetempfang.«

»Sie wohnen in einem Haus ohne WLAN? Da würd' ich ja sterben! Was wollen Sie denn da ganz allein machen?«

»Mir fällt schon was ein«, erwidere ich. »Aber ich bin gar nicht allein. Ich habe Breakspear, und es gibt noch jemanden, der sich um das Grundstück kümmert und Holz liefert.«

»Oh! Sie meinen bestimmt Noah Wilson. Der könnte sich auch mal um *mich* kümmern! Dafür, dass er so alt ist, ist er ziemlich scharf«, kichert sie.

»Da stell dich mal hinten an, Julie Heller!«

Ein junges Mädchen, das am anderen Ende der Theke eine riesige Portion Pasta verschlingt, starrt finster zu uns herüber. Mit einer vollen Gabel vor ihrem Mund fügt sie hinzu: »Ich habe ihn als Erste gesehen.«

Ich platze los, doch als sie leicht die Augen zusammenkneift, erkenne ich, dass sie keinen Witz gerissen, sondern tatsächlich ihren Anspruch geltend gemacht hat. Liebe Güte!

»Im Krieg und in der Liebe ist alles erlaubt, Fi«, kontert Julie. »Obwohl Lowenna im Vorteil ist, da sie am nächsten zu ihm wohnt.«

Fi spießt eine Gabel voll Nudeln auf und wirft mir einen bösen Blick zu.

»Ich will hier nur schreiben«, versichere ich schnell. »Noah ist vor mir sicher.«

»Vor mir aber nicht«, seufzt Julie. »Und vor Fi ganz sicher auch nicht. Sie stalkt ihn schon seit Monaten.«

»Ich stalke ihn nicht, sondern wandere zufällig gerne auf der Straße, wo sein Wohnwagen steht«, schnaubt Fi.

»Wahrscheinlich halten Sie uns alle für verrückt, Lowenna«, sagt Julie, »und das stimmt vermutlich auch. Doch wenn man am Ende der Welt lebt, kommt man nicht viel raus. Ein neuer, attraktiver Mann ist das Aufregendste, das uns seit mehreren Jahrzehnten passiert ist. Kein Wunder, dass alle Mädchen in Trevellan davon träumen, nach Down Under zu reisen!«

Ich mache mich auf ein paar grässliche Anekdoten gefasst, doch glücklicherweise wendet sich Julie einem anderen Gast zu, und Fi widmet sich weiter ihrer Pasta. Ist Noah Wilson bewusst, dass er in der hiesigen Damenwelt für Aufruhr sorgt? Etwas an seinem freundlichen Auftreten und Lächeln sagt mir, dass er nicht weiß, welche Wirkung er auf Frauen hat – und es auch nicht ausnutzen würde, wenn er es wüsste. Noah wirkt wie ein Mensch, der sich selbst genügt.

Während ich gegessen und geplaudert habe, ist es langsam dunkel geworden. Erste Sterne erscheinen am Himmel. Da ich noch nicht gehen will, bestelle ich einen Cappuccino, den Pete mit großem Trara, lautem Mahlen der Bohnen und viel Milchschaum zubereitet. Als er ihn noch mit einem Stern aus Kakaopulver dekoriert, trudeln bereits die ersten Gäste zum Abendessen ein, und die Fischer kommen aus dem Biergarten zurück und bringen einen Hauch von Nachtluft und Zigarettenrauch mit.

»Das Herrenhaus ist mittlerweile bestimmt in einem schlimmen Zustand.« Miss Trewen ist zu mir gekommen. Im Kerzenlicht, das tiefe Falten und dunkle Schatten auf ihr Gesicht wirft, wirkt sie wie eine weise, alte Frau.

»Ja, stimmt. Aber es muss einmal wunderschön gewesen sein.«

»Oh, das war es wirklich.« Sie zeigt auf den Platz mir gegenüber. »Darf ich?«

»Aber gerne.«

Sie gleitet in die Sitznische und schiebt die Kissen beiseite. »In meinem Alter setzt man sich besser nicht zu bequem. Man weiß nie, ob man wieder hochkommt.« Sie streckt mir die Hand hin. »Selina Trewen. Katzenliebhaberin und alte Jungfer des Dorfes.«

»Lowenna Scott, Hundeliebhaberin und ebenfalls alte Jungfer«, kontere ich, worauf wir uns die Hand geben und Selina eine gezupfte Augenbraue hochzieht.

»Na, das wird ebenfalls für Aufruhr sorgen – vor allem, wenn es irgendwie mit einem gewissen Noah Wilson zu tun hat.«

»Sie kennen Noah?«

»Allerdings. Er kümmert sich um meinen Garten, der mir in letzter Zeit zu viel geworden ist – das verflixte Alter. Also hilft er mir, und seine Gesellschaft ist wirklich sehr angenehm.« Sie lehnt sich zurück und sieht mich mit durchdringendem Blick an. »Oyster Shore, also. Die ganzen Geschichten haben Sie nicht abgeschreckt?«

»Bislang nicht, obwohl der Fischer anscheinend einige in petto hat.«

»Nun ja. Lokallegenden und Alkohol sind starke Drogen. Davey Tuckey war einer meiner Schüler, und er hatte schon immer viel Phantasie. Meistens erfand er damit Ausreden für sein Fernbleiben vom Unterricht – obwohl ich doch genau wusste, dass er aufs Meer fuhr, um ein paar Hummerfallen auszubringen.«

»Sie waren Lehrerin?«

»Ich *bin* Lehrerin. Dieser Beruf lässt einen wohl niemals los. Ich habe in der Dorfschule unterrichtet, von den Sechzigerjahren bis sie geschlossen wurde. Die meisten Dorfbewohner waren irgendwann einmal in meiner Klasse. Deshalb kommen sie bei mir auch mit nichts durch und können korrekt das Apostroph setzen – im Gegensatz zu unserem neuen Wirt!«

»Ich habe mir heute die alte Schule angesehen. Meine Granny war früher dort.«

»Ja, das kann ich mir denken. Haben Sie auch das Lehrerhaus gesehen? Es war viele glückliche Jahre mein Zuhause. Jetzt ist es der Zweitwohnsitz eines Bankers aus Surrey, der nur einmal im Jahr vorbeikommt. So was nennt man Fortschritt, aber mich macht es traurig. Zu Zeiten, als Lehrer noch ein angesehener Beruf war, lebten dort Generationen von Schulmeistern mit ihren Familien … Aber Sie werden sich nicht mein Gefasel von den guten, alten Zeiten hören wollen, sondern lieber etwas über Gerald Snowe erfahren?«

»Ach ja?«

»Ich nehme es jedenfalls an. Ich habe gehört, wie Sie Davey nach einem Autor in Oyster Shore fragten. Genauso gut hätten Sie ihn fragen können, wie die Auslandspolitik Heinrich des Achten aussah oder wie man ein Atom spaltet.«

Ich weiß nicht genau, was ich darauf antworten soll – schließlich habe auch ich keine Ahnung von der Auslandspolitik Heinrich des Achten. Was ich von der Geschichte der Tudors weiß, beschränkt sich auf Scheidungen und Hinrichtungen, und die Spaltung von Atomen ist auch nicht gerade meine Stärke.

Glücklicherweise erwartet Selina Trewen keine Antwort. Sie ist jetzt in den Lehrmodus gewechselt und schaltet einen Gang höher, um mir eine Lektion in hiesiger Geschichte zu erteilen. »Gerald Snowe ist der Name des Autors, nach dem Sie fragten. Er wohnte während des Ersten Weltkriegs und bis Anfang der zwanziger Jahre auf Vyvyan Court.«

»Aber ich dachte, der Besitz gehörte der Familie Trelyon?«

»Das ist korrekt, doch das Anwesen unterlag dem Fideikommiss, welches besagt, dass der Besitz auf den nächsten männlichen Erben der Familie übergeht, selbst wenn es direkte weibliche Nachkommen gibt. Daher erbte Anfang des zwanzigsten Jahrhunderts ein sehr entferntes Mitglied der Familie das Anwesen, das sich aber nicht besonders dafür interessierte.«

»Wieso denn nicht?«, frage ich fasziniert. Für die meisten wäre es ein wahr gewordener Traum, ein Herrenhaus zu erben.

»Ich kann mir vorstellen, dass der Unterhalt eines Anwesens wie Vyvyan Court ziemlich kostspielig gewesen ist. Damals hätte man dafür eine Armee von Dienern und Gärtnern gebraucht. Deshalb waren alle englischen Aristokraten so erpicht darauf, reiche amerikanische Erbinnen zu heiraten.«

»Wie der Earl of Grantham in *Downton Abbey*.«

»Und der echte Duke of Marlborough. Diese großen Anwesen verschlangen riesige Summen. Der neue Viscount Trelyon jedenfalls vermietete Vyvyan Court und blieb in London. Anfang des zwanzigsten Jahrhunderts, als mein Vater noch ein kleiner Junge war, mietete die Familie Snowe das Anwesen. Pa spielte früher mit den Dorfkindern auf dem Grundstück, und manchmal gesellte sich auch Gerald, der Sohn der Familie, dazu. Vater erinnerte sich, dass er ein kränklicher Junge gewesen sei, der nicht mit ihnen mithalten konnte. Sie hätten ihn auch alle gemieden, bis auf den Sohn des Schulmeisters, der ein gutes Herz hatte. Ich glaube, mein Vater hatte später ein schlechtes Gewissen, weil er Gerald so schlecht behandelt hatte. Sie wissen ja, Kinder können ziemlich grausam sein.«

Vor meinem inneren Auge erscheint eine Schar Dorfkinder, die durch den Wald rennen. Jungen mit Stiefeln, aufgeschlagenen Knien und rutschenden Socken, mit denen ein blasser Knabe in Matrosenanzug Schritt zu halten versucht. Waren meine Urgroßeltern auch dabei? Kannten sie diesen Gerald Snowe? Ärgerten sie ihn auch, oder waren sie seine Freunde?

»Zur Jahrhundertwende war die direkte Linie dieses Zweigs der Familie Trelyon unterbrochen. Reichtum verweichlicht, wissen Sie?« Selina Trewen richtet sich noch ein bisschen mehr auf und strafft die Schultern. »Ich persönlich esse so gut wie nie zu Mittag, gehe immer um elf ins Bett und trinke niemals Alkohol. Vergnügungssucht tut niemandem gut.«

Ich starre auf meinen Kaffee. Der ist in letzter Zeit mein größtes Laster, und ich habe ganz sicher nicht vor, mich mit irgendjemandem zu vergnügen, ganz gleich, was Julie und die Furcht einflößende Fi glauben mögen. Allerdings sitze ich oft zusammengesackt, daher richte ich mich ebenfalls ein bisschen auf. Selina muss eine Ehrfurcht gebietende Lehrerin gewesen sein.

»Wem gehört Vyvyan Court jetzt?«, erkundige ich mich.

»Den Trelyons jedenfalls nicht. Es gehört zu einer Hotelkette.«

»Aber es unterlag doch dem Fideikommiss? Wie konnte es dann verkauft werden?«

»Ach, das Fideikommiss muss irgendwann aufgehoben worden sein, vermutlich in den zwanziger Jahren, denn da wurde alles Stück für Stück veräußert. Der Erste Weltkrieg schuf eine Menge Probleme für diese großen Anwesen. Denn alle jungen Männer zogen in den Krieg, und es blieb kaum noch jemand, der sich darum kümmern konnte. Also mussten die Dinge sich ändern. Wie ich schon sagte: der Fortschritt. Niemand kann die Zeit zurückdrehen. Wie heißt es so schön? Die Vergangenheit ist ein fernes Land.«

Manchmal ist das gar nicht so schlecht – und meine Vergangenheit ist nicht annähernd fern genug, denke ich und nippe an meinem Kaffee.

»Können Sie mir mehr über Gerald Snowe erzählen? Was hat er denn geschrieben?«

»Zu meiner Schande muss ich gestehen, dass ich nur sehr wenig über ihn weiß. Ich glaube, er verbrachte einen Großteil seiner Kindheit hier, doch er verschwand in den zwanziger Jahren von der Bildfläche. Ich glaube nicht, dass er nach dem Ersten Weltkrieg noch lange hier blieb. Für jemanden, der sein größtes und einziges Werk in Cornwall angesiedelt hatte, scheint er nicht besonders heimatverbunden gewesen sein. Er ist nicht Trevellans Antwort auf Daphne du Maurier, wenn Sie das gehofft haben.«

»Tja, das habe ich wohl wirklich gehofft.«

»Dann muss ich Sie enttäuschen«, sagt Selina entschieden. »Sein Buch wird schon seit über hundert Jahren nicht mehr gedruckt. Ich weiß noch, dass mein Vater es für hoch literarisch hielt und es sehr gut fand, obwohl er Gerald nicht besonders mochte.« Sie verstummt und starrt ins Leere, als sie versucht, sich an das Gespräch mit ihrem längst verstorbenen Vater zu erinnern. »Ach je, ich weiß nicht mehr, warum er ihn nicht leiden mochte. Wie ärgerlich! Vermutlich hat er sich ihm gegenüber aufgespielt. Mein Vater war der Sohn eines Hufschmieds, verstehen Sie, und hatte ein ausgeprägtes Bewusstsein für Standesunterschiede. Es hätte ihm nicht gefallen, an seine Stellung erinnert zu werden: Die Fehden der Kindheit vergisst man nur selten und in so kleinen Orten wie diesem nie. Allerdings machte Pa etwas aus sich. Er hatte Zugang zu Bildung und arbeitete schließlich im Rechtswesen. Trotz seiner bescheidenen Herkunft war er am Ende seines Lebens ein Gentleman.«

»Geralds Buch war also gut?« Ich versuche, Selina sanft zum Thema zurückzuschubsen.

»Tut mir leid, meine Liebe, ich bin wohl abgeschweift. Ja, mein Vater fand das Buch sehr gut. Ich glaube, damals war es hier im Ort in aller Munde, es galt als literarische Sensation. Traurig, nicht wahr, dass es jetzt vollkommen vergessen ist? Ich frage mich, warum manche Autoren die Zeiten überdauern und andere nicht.«

Hätte ich nicht in der Verlagsbranche gearbeitet, würde ich mich das auch fragen, doch mit jahrelanger Berufserfahrung weiß ich, dass beim Erfolg eines Buches das Glück eine genauso große Rolle spielt wie das Talent des Autors. David half ganz gerne nach, indem er bei einem passenden Journalisten oder Promi einen Gefallen einforderte, was mir immer ein bisschen unfair vorkam.

»Können Sie sich noch an den Titel von Gerald Snowes Buch erinnern?«

Selina runzelt die Stirn.

»Ach, verflixt! Nein, das kann ich nicht. Alterserscheinungen sind wirklich etwas absolut Nerviges! Das Buch geriet schon lange vor meiner Geburt in Vergessenheit. *Am Austernufer?* Oder nur *Das Austernufer?* Auf jeden Fall so was in der Art, und die Handlung war auch dort angesiedelt. Wenn Sie mehr erfahren möchten, empfehle ich Ihnen einen Besuch bei Hamish Pendragon auf der anderen Seite des Flusses.«

»*Hamish Pendragon?*«

»Ich glaube keine Sekunde, dass das sein richtiger Name ist«, gluckst sie, als sie sieht, wie mir der Mund aufklappt. »Aber er ist ein hinreißendes Original und besitzt einen wundervollen Buchladen in Penhayes, ein wahres Schatzkästchen. Außerdem weiß er so gut wie alles über Cornwall und seine Literatur. Er wird sämtliche Erstausgaben von Daphne du Maurier und Arthur Quiller-Couch haben und vielleicht sogar in der Lage sein, dieses betreffende Buch zu besorgen. Und selbst wenn nicht, kann er vielleicht nützliche Informationen dazu liefern.«

»Das ist ja großartig! Vielen Dank.« Ich kann es kaum erwarten, nach Penhayes zu fahren, das momentan nur ein verschwommener Lichtfleck am schwarzen Fluss ist. Hoffentlich finde ich dort weitere Geschichten über den geheimnisvollen Gerald Snowe und mein neues Zuhause.

»Es ist mir ein Vergnügen«, erwidert Selina. »Und lassen Sie sich ja nicht von all den dummen Geschichten über Geister und Flüche verschrecken. Die meisten stammen von Schmugglern, die verhindern wollten, dass die Leute ihre Nase in Dinge stecken, die sie nichts angehen sollten. Flüsse sind sehr praktisch, wenn man Schmuggelware transportieren will, das gilt bis heute. Ich persönlich fand Oyster Shore immer wunderschön. Es herrscht dort eine Art herbstliche Atmosphäre, die nichts mit der Jahreszeit zu tun hat, sondern auf die Abgeschiedenheit zurückzuführen ist.«

Sie hat recht. »Herbstlich« kennzeichnet genau die Gefühle, die ich mit diesem Uferbereich verbinde. Zeitlose Schönheit mit einem

Hauch Melancholie. Trauerweiden und träge dahinfließendes Wasser. Einsame Möwen und leere Strände. Die Gezeiten im ständigen Wechsel.

Wir reden noch ein bisschen über Literatur, aber dann will Selina nach Hause, um eine Büchersendung im Radio zu hören, und ich habe meinen Kaffee längst ausgetrunken. Da ich Pete nicht den Platz für neue Kunden wegnehmen will, greife ich nach Breakspears Leine und begleite Selina hinaus. Wir verabschieden uns am Kriegerdenkmal, und ich verspreche ihr, sie über alle eventuellen Entdeckungen auf dem Laufenden zu halten.

»Ich werde einfach das Gefühl nicht los, dass ich etwas Wichtiges vergessen habe«, sagt sie. »Sehr frustrierend. Nun denn, sollte es mir wieder einfallen, sage ich es Noah. Er kann es dann weitergeben.«

»Aber erzählen Sie das nicht der furchterregenden Fi«, flehe ich.

»Sie müssen keine Angst vor ihr haben. Fiona hat ein Herz aus Gold. Hunde, die bellen, beißen nicht. Ihre Mutter ist genauso. Wenn Sie die Lebensmittel in ihrem Laden kaufen, werden sie Ihnen aus der Hand fressen. So, ich kann hier nicht die ganze Nacht plaudern, sonst verpasse ich meine Sendung.«

»Gute Nacht, und noch mal danke«, erwidere ich, doch da ist Selina bereits verschwunden, verschluckt von den dunklen Schatten in der unbeleuchteten Straße. Ich starre ihr nach, doch in der undurchdringlichen Dunkelheit ist sie schon nicht mehr zu sehen. Als Erstes werde ich mir eine gute Taschenlampe kaufen. Im Wald wird es stockdunkel sein. Ich bin nur froh, dass ich meinen Hund habe und mir der Mond den Weg zum Wagen erhellt. Ob die Schauergeschichten nun Unsinn waren oder nicht, jedenfalls muss ich noch lange an Geister und Flüche denken, nachdem die Lichter des Dorfes in meinem Rückspiegel verschwunden sind.

KAPITEL 7

LOWENNA
Gegenwart
Cornwall

Bitte mach dir keine Sorgen, Mum. Mir geht's gut. Der Fluss ist richtig idyllisch.«

Ich verziehe das Gesicht zu einer Grimasse und blicke zu Breakspear, der ungeduldig vor der Tür sitzt. Es ist ein perfekter Morgen für einen Spaziergang, sagt er. Los jetzt! Doch er wird warten müssen. Meine Mutter ist überzeugt, dass ihre jüngste Tochter einen Nervenzusammenbruch hat, und wird sich nicht so leicht abwimmeln lassen.

»Flüsse sind feucht. Ganz Cornwall ist feucht«, jammert sie. »Du kriegst bestimmt wieder Asthma, Lowenna.«

»Hier im Bootshaus ist es gar nicht feucht. Es gibt einen guten Holzofen, und es ist angenehm warm. Außerdem hatte ich meinen letzten Asthmaanfall mit fünf!«

Ich kann Mum zwar nicht sehen, weiß aber, dass sie sich im Spiegel betrachtet und sich selbst ein Gesicht schneidet.

»Du bist mitten im tiefsten Nirgendwo und hast nicht mal zuverlässigen Handyempfang. Was ist, wenn was passiert?«

»Wenn ich mit dem Handy an die richtige Stelle gehe, habe ich zuverlässigen Empfang. Deshalb habe ich auch gesehen, dass du anrufst.«

Ich habe entdeckt, dass ich nur über das Handy erreichbar bin, wenn ich das Telefon gegen das Fenster lehne, wo ich dann – hin und wieder, aber nicht immer – einen Balken bekomme. Ansonsten bin ich nicht erreichbar. Herrlich.

»Außerdem habe ich sogar Nachbarn«, füge ich hinzu. »Einer hilft mir später, mein Gepäck hierher zu schaffen. Darüber hinaus gibt es einen Biobauern. Seine Frau ist eine ...«

Ich zögere. Wie nannte Julie Treena noch mal? »Hexe« war eine ihrer Bezeichnungen, aber wenn ich das meiner Mum erzähle, flippt sie aus und glaubt, ich würde von einer Sekte entführt.

»Eine Aromatherapeutin«, schließe ich. Puh, gerade noch mal gerettet.

»Tja, das ist ja schön«, räumt Mum widerstrebend ein. »Neulich hatte ich eine sehr angenehme Aromatherapiemassage im Kosmetiksalon. Vielleicht könntest du dir auch eine gönnen? So was ist gut gegen Stress.«

»Ja, vielleicht.« Nein, auf gar keinen Fall! Ich kann mir nichts Schlimmeres vorstellen, als mich von einer völlig fremden Frau mit Öl einreiben zu lassen.

»Und, was machst du heute?«, erkundigt sich Mum.

Ich lege meine Stirn an die kühle Glasscheibe. Ganz oben auf der Liste steht, dass ich in die Stadt fahre und eine gute Taschenlampe kaufe. Bei Nacht ist der Weg zum Bootshaus lang und dunkel, dagegen konnte der dünne Strahl meines Handys gestern Abend nichts ausrichten. Kaum hatte ich mich ein paar Schritte vom verblassenden Licht meines Autos entfernt, war es stockdunkel gewesen, zumal sich dicke Wolken vor den Mond geschoben hatten. Während ich unsicher über den unbekannten Weg stolperte, hatte ich den Eindruck, die Bäume auf beiden Seiten wären näher herangerückt, um zu sehen, wie ich auf das Rascheln im Unterholz reagieren würde. Vor mir sah ich nur gähnende, schwarze Leere. Als ich am Oyster House vorbeiging und eine Eule schrie, kostete mich das mehrere Jahre meines Lebens in einer Sekunde und mein Herz klopfte wie verrückt.

Ich machte Feuer im Holzofen, kochte mir einen heißen Kakao und rollte mich auf dem Sofa zusammen, weil ich keine Lust hatte, die steile Treppe ins Dachzimmer hinaufzusteigen. In der behaglichen

Wärme des Holzfeuers zog ich mir, mit Breakspear an meinen Füßen, eine der Decken bis zum Kinn, schloss die Augen und wachte erst wieder auf, als die Sonnenstrahlen mein Gesicht streichelten und der Morgengruß der Möwen mich aus tiefem Schlaf weckte.

Der Tag fing hier früh an, und als ich sah, wie sich das Licht, das durch das Laub der Bäume drang, erst rosa färbte und dann golden, wusste ich, es würde ein prächtiger Sommertag werden. In der Sonne löste sich der Morgennebel über dem Fluss auf und verbesserte damit auch meine Laune. In der Wärme des noch glühenden Holzfeuers und meines gemütlichen Deckennests konnte ich auf einmal über mich selbst lachen, weil ich am Abend zuvor so ängstlich gewesen war. Heute war ein neuer Tag, und heute würde ich noch mal neu beginnen.

Es herrscht Flut, und der Fluss strömt träge an den Zweigen der Espen und Trauerweiden am gegenüberliegenden Ufer vorbei. Eine Silbermöwe wippt auf der glasigen Wasseroberfläche, und ein Bussard kreist am Himmel. Ich würde Breakspear rauslassen, mir einen Kaffee machen und ihn am Fenster trinken. Ich würde darüber nachdenken, ob der mysteriöse Gerald Snowe einst auch dort gestanden hatte. Hatte er die Aussicht in sein Buch einfließen lassen, das Selina Trewen als literarisches Meisterwerk bezeichnete? Davon bin ich überzeugt. Es ist unmöglich, hier zu leben und sich nicht vom Fluss inspirieren zu lassen.

»Lowenna? Bist du noch da? Hallo?«

Meine Aufmerksamkeit ist dem Fluss gefolgt. In Gedanken an die in Vergessenheit geratenen Bücher habe ich nicht mitbekommen, was meine Mutter gesagt hat.

»Tut mir leid. Ich habe den Fluss betrachtet.«

»Wenn du deine Aufmerksamkeit mal auf mich richten kannst, möchte ich wissen, was du heute so machst.«

»Ich möchte nach Penhayes fahren«, antworte ich.

Die Stadt ist groß genug, um einen Laden für Bootszubehör zu haben, in dem es auch leistungsstarke Taschenlampen gibt. Natürlich ist das nur ein Vorwand, denn eigentlich will ich Hamish Pendragon finden und stundenlang in seinem Laden nach gebrauchten Büchern stöbern, an vergilbten Seiten schnuppern und mit dem Fingern über rissige Einbände streichen. Gibt es etwas Magischeres als einen Buchladen?

»Penhayes hat sich wirklich sehr gemacht. Es gibt bestimmt schöne Geschäfte und wahrscheinlich auch einen Feinkostladen«, sagt Mum zustimmend.

Unwillkürlich denke ich an Trevellans leer stehende Häuser und Selina Trewens Traurigkeit darüber, dass die Schule schon vor langer Zeit geschlossen wurde.

»Sehr gut. Ich habe keine Oliven mehr und hätte Lust auf ein bisschen Bio-Hummus.«

Sie seufzt. »Willst du immer noch Granny Mays Kiste haben? Ich habe sie nämlich hier.«

»Super, Mum! Vielen Dank!«

»Danke nicht mir, sondern deinem armen Stiefvater, der auf dem Speicher stundenlang danach gesucht hat. Als er wieder herunterkam, war er staubig und voller Spinnweben. Ich habe keine Ahnung, was er da so lange gemacht hat!«

Vermutlich hat Eric seine kleine, wohl verdiente Auszeit zwischen Sperrmüll und Spinnen genossen.

»Sag ihm, ich gebe ihm einen aus«, erwidere ich. »Ach, Mum, ich freue mich ja so. Das ist einfach toll!«

»Freut mich, dass du dich freust. Meiner Meinung nach ist das nur Krimskrams. Ich weiß nicht, wieso ich die Kiste die ganze Zeit aufbewahrt habe. Wahrscheinlich nur, weil Mutter so ein Aufheben darum gemacht hat.«

»Sie hat immer gesagt, damit könnten wir unser Glück machen.«

Mum schnaubt. »Mir ist schon klar, von wem du deine Phantasie geerbt hast! In dieser Kiste befindet sich nur alter Kram. Ich bringe sie morgen zur Post. Wie lautet die Adresse von diesem Haus, in dem du jetzt wohnst?«

Ich zögere. Zwar will ich Granny Mays Schätze so schnell wie möglich haben, aber es wäre meiner Mutter durchaus zuzutrauen, dass sie David *versehentlich* meine Adresse verrät. Sie meint es ja gut, doch es wäre das Letzte, wenn er, bewaffnet mit Blumen und leeren Versprechungen, hierher käme.

»Ich weiß nicht, ob der Postbote sich so weit rauswagt. Vielleicht kann man es im Pub für mich annehmen?«

»Sei nicht albern, Lowenna! Du bist in Cornwall und nicht im Dschungel! Der Postbote wird genau wissen, wohin er es liefern muss. Also, wie lautet die Adresse?«

»Bootshaus, Oyster Shore, Trevellan«, sage ich und sehe schon vor mir, wie sie das an David simst.

»Ich schicke Eric direkt zur Post. Er muss auch noch was zum Abendessen einkaufen, die Donaldsons kommen zu uns. Habe ich dir schon erzählt, dass Amy mittlerweile ihr zweites Kind bekommen hat?«

Die Donaldsons sind Mums Nachbarn. Amy und ich sind zusammen aufgewachsen, doch außer einer Hauswand hatten wir nichts gemeinsam.

»Höchstens zwei-, dreimal«, erwidere ich, schneide Breakspear eine Grimasse und schweife in Gedanken ab, während Mum mir alles über Amys neues Auto und das Haus in Milton Keynes erzählt, das sie und ihr Mann kaufen wollen. Meinetwegen könnten sie genauso gut auf dem Mond leben.

Nach dem Anruf springe ich rasch unter die Dusche und ziehe mir dann Shorts, Tanktop und Wanderschuhe an. Es ist bereits warm, und die Wanderung hoch zur Straße wird eine sportliche Herausforderung werden. Noah fragt mit einer SMS an, wann wir mein Gepäck zum Bootshaus bringen sollen, worauf ich zurücksimse, dass es am Nachmittag gut passen würde. Dann trete ich ins Freie, schließe das

Bootshaus ab und sehe Breakspear nach, der vor mir in den Wald schießt. Ich bin voller Optimismus, scheint sich doch alles perfekt zu fügen. Ich habe einen passenden Autor als Thema für mein Buch und den Kopf frei, um unbeeinträchtigt daran zu arbeiten. Es war Bestimmung, hierher zu ziehen.

Auf der Fahrt nach Trevellan singe ich laut die Songs aus dem Radio mit. An diesem Tag setze ich mühelos für andere Autos zurück, der Beweis, dass ich praktisch schon eine Einheimische bin. Mein Selbstvertrauen erreicht ungeahnte Höhen. Ich fahre an kleinen Weilern vorbei, an Briefkästen, die auf bröckelnden Mauern stehen und an zugewucherten Toren. Das Ganze ist so pittoresk, dass ich immer wieder anhalte, um Schnappschüsse zu machen (was Einheimische allerdings nicht tun würden). Auf der ratternden Kettenfähre schalte ich den Motor aus, kurble das Fenster herunter und lasse die salzige Brise ins Auto und meine Lungen dringen. Allein diese kurze Fahrt auf dem Wasser ist reinste Glückseligkeit. Das Sonnenlicht tanzt auf der Oberfläche, und ich sehe kleine Ausflugsboote auf dem Fluss und in den Buchten. Kinder klettern auf Pontons, starren konzentriert auf ihre Angelleinen, und Tagesausflügler lehnen an Geländern, um Pommes zu essen oder für Fotos zu posieren, die später Facebook fluten oder auf Kommoden Staub ansetzen werden.

Penhayes ist ein malerischer Ort am Fluss mit vielen schmalen Gassen, die für die allgegenwärtigen Aussichten auf das leuchtend blaue Wasser den perfekten Rahmen bilden. In manchen sieht man Hummerkörbe und tangbewachsene Netze, während andere verwitterte Ruder zeigen, die an mit Blumenpracht strotzenden Pflanzenkübeln lehnen. Es gibt Gassen mit makellosen Häusern, die salbeifarbene Blendläden haben und romantischen Namen wie Sea Thrift oder Tide's Edge tragen. Im Gegensatz zum verschlafenen Trevellan herrscht überall emsiges Treiben, und genau wie meine Mutter vorhergesagt hat, gibt es Läden, die man durchaus auch in Chelsea sehen könnte.

Die Ferienatmosphäre dieses betriebsamen Orts ist ansteckend, und nachdem ich eine Taschenlampe gekauft und in mehrere Souvenirgeschäfte gespäht habe, teilen Breakspear und ich uns auf einer Treppe, deren feuchte Stufen hinunter zum Wasser führen, eine Pastete. Der Geruch von Salz, Pastete und Pommes katapultiert mich zurück in meine Kindheit, wo ich glücklich meine Ferien genoss und weder Liebeskummer noch Enttäuschungen kannte. Wenn wir doch nur so bleiben und wie ein Foto die Zeit konservieren könnten, um diese perfekten Augenblicke für immer zu erhalten. Vielleicht hat Gerald Snowe genau das mit seinem Buch versucht? Ich hoffe, das finde ich bald heraus.

»So, dann suchen wir mal diesen Buchladen«, sage ich zu Breakspear und fege die letzten Krümel von meinen nackten Beinen.

Aber Pendragon Books erweist sich als schwer auffindbar. Eine Weile laufe ich orientierungslos die Straßen am Ufer hinauf und wieder hinunter, bevor ich schließlich zum Imbiss zurückgehe, wo meine Frage nur Erstaunen hervorruft.

»Wollen Sie keinen richtigen Buchladen? Versuchen Sie es in der Fore Street. Nach links und dann die erste rechts.«

»Einen richtigen Buchladen?«

»Mit modernen Büchern. *Neuen* Büchern.«

»Nein, ich suche nach einem ganz bestimmten alten Buch«, erkläre ich. »Mir wurde gesagt, bei Pendragon gäbe es antiquarische Bücher.«

Die Verkäuferin lässt zustimmend ihr Häubchen wippen. »Gut, wenn Sie gebrauchte Bücher wollen, dann ist Hamish der Richtige. Sein Laden befindet sich in der Crumpled Lane. Die Fore Street hinunter und dann die dritte Gasse. Es ist immer geöffnet, also gehen Sie einfach rein, Hamish hat nichts dagegen.«

Ich danke ihr, doch trotz ihrer Anweisungen brauche ich eine Weile, um Pendragon Books zu finden, denn die Crumpled Lane – *Zerknautschte Gasse* – ist so versteckt und verwinkelt, wie der Name es vermuten lässt. Schließlich finde ich sie und entdecke dann einen winzigen Laden. Im Schaufenster stapeln sich Bücher zu Türmen und drängen sich gegen die Scheiben, als wollten sie ausbrechen. Eine schwarze Katze sonnt sich auf dem höchsten Turm und starrt mit grünen Augen auf die Straße. Breakspear zerrt bellend an seiner Leine, doch als sich die Katze keinen Zentimeter rührt, erkenne ich, dass das arme Ding ausgestopft ist und kunstvoll neben eine Auswahl von T. S. Eliots Gedichten platziert wurde.

Pendragon's Bücherreich steht in goldener Schnörkelschrift über der schmalen roten Tür, die von einem schiefen Bücherstapel offen gehalten wird. Während ich versuche, Breakspear dazu zu bringen, Platz zu machen, entdecke ich einen Weltatlas aus den fünfziger Jahren, eine zerlesene Ausgabe von Katie Prices letztem Buch und *Beowulf*. Komisches Sammelsurium, denke ich, nehme mir den *Beowulf* und blättere darin. Jemand hat Bemerkungen ordentlich mit Bleistift an den Rand geschrieben. Ich frage mich, wer das wohl war und wieso sein Buch in einem winzigen Antiquariat in einem kornischen Fischerort gelandet ist. So viele Geschichten …

»Das ist im ursprünglichen Altenglisch. Wenn Sie eine Übersetzung wollen, kann ich Ihnen die von Heaney sehr empfehlen. Sie ist superb.«

Die Stimme dringt aus dem dämmrigen Laden zu mir. Meinem ersten Eindruck nach handelt es sich um einen Riesen mit langer Silbermähne und leuchtend haselnussbraunen Augen, der sich geduckt durch den Rahmen einer Hobbittür schiebt. Bei näherer Betrachtung ist er kein richtiger Riese, sondern ein hochgewachsener Mann mit einem Oberteil in Regenbogenfarben und einer braunen Cordhose, die schon etwas fadenscheinig ist. Ein sehr großer Mann mit breiten Schultern, nackten Füßen und genauso vielen Runzeln im Gesicht wie der Ledereinband des Buches, das ich in Händen halte. Als er lächelt, verzehnfachen sie sich, und seine Augen strahlen so lebenslustig, dass auch ich lächeln muss.

»Ich bin Hamish Pendragon«, sagt er. »Willkommen, junge *Beowulf*-Leserin.«

»Ach, so jung bin ich doch gar nicht. Und ich weiß nicht, ob ich das wirklich lesen könnte. Allerdings habe ich es vor Jahren studiert«, gestehe ich, lege das Buch zurück und richte mich auf.

Hamish blinzelt verschmitzt zu mir herunter. »Sie würden staunen, was Herz und Seele in Erinnerung behalten. Nehmen Sie es mit, meine Liebe, und willkommen. Willkommen in *Pendragons Bücherreich*!«

Er weist mit der Hand in den dämmrigen Laden.

»Ich würde ja gerne eintreten, aber ich habe meinen Hund dabei.«

»Mag der keine Bücher?«

Was soll ich darauf antworten? Hamish Pendragon klingt, als hätte er die Frage ernst gemeint. Mag mein Hund Bücher? Keine Ahnung.

»Hundekuchen mag er lieber.«

Hamish geht in die Hocke und streichelt Breakspear.

»Für unsere anspruchsvollen tierischen Leser haben wir auch ein Angebot. Meiner Erfahrung nach lieben Tiere Bücher. Man muss nur herausfinden, was sie bevorzugen. Mein alter Windhund Sally war ein großer Fan von Tolstoi. Ich persönlich kann nichts mit ihm anfangen, aber sie hatte keine Probleme mit den vielen Namen. Diese Katze hier, Gott sei ihrer Seele gnädig, liebte metaphysische Lyrik. Aus dir machen wir auch noch einen Leser, oder, mein Junge?«

Breakspear bellt.

»Das ist doch ein Ja!«, lacht Hamish. »Also, herein mit euch!«

Breakspear und ich wagen uns ins Innere des Ladens. Ich blinzle ein paarmal, um mich an das Dämmerlicht zu gewöhnen. Die Ruhe ist nach der geschäftigen Hauptstraße mit den vielen Touristen der reinste Segen. Entzückt schaue ich mich um, denn der winzige Laden ist eine Schatzkiste, genau wie Selina Trewen versprochen hatte. Alles nur Denkbare wurde hier hineingezwängt. Es gibt von Hand gebundene Bücher, Bibeln mit verblichenen Einbänden und handgeschriebenen Familienstammbäumen, alte Taschenbücher mit vergilbten Seiten und Manuskripte mit Fadenheftung. Schauerromane stehen neben Haushaltsratgebern, Schmonzetten neben Cicero und Plinius. Es ist keinerlei Ordnung oder Logik zu erkennen, doch das trägt nur zum Zauber dieses Ortes bei. Ich spüre ein Ziehen in meinem Herzen, so, als würde ich mich verlieben.

»Unglaublich«, hauche ich, »sind Sie Buchhändler?«

»Buch*sammler*«, korrigiert mich Hamish. »Ich liebe die Alchemie der Worte und die Macht der Sprache. Ich bin weit herumgekommen und ich bin ein Fan von Flohmärkten und Büchertrödeln. Dies hier …« Mit großer Geste weist er durch den Laden und verfehlt dabei nur knapp ein Regal mit Penguin-Klassikern aus den sechziger Jahren, »… ist mein Lebenswerk. Es ist meine Berufung, und ich stehe Ihnen zu Diensten.«

Mit diesen Worten verneigt sich Hamish, was mich eigentlich zum Schmunzeln bringen soll, mich stattdessen jedoch an edle Ritter der Tafelrunde, an Quests und Galanterie erinnert. Mit seinem langen, silbrigen Bart und seinem königlichen Gebaren passt Hamish wirklich zu seinem Namen, ob er nun echt oder angenommen ist. Vielleicht wird er meine Suche beenden? Wenn einer etwas über Gerald Snowe weiß, dann doch wohl dieser Mann.

»Ich bin Lowenna Scott«, sage ich und strecke ihm meine Hand hin.

»Lowenna. Ein schöner kornischer Name«, bemerkt Hamish, als er sie ergreift.

»Die Familie meiner Mutter stammt aus Cornwall.«

»Sie haben auch etwas Keltisches an sich«, nickt er. »Ihre Haut hat einen leicht dunklen Teint, und Sie sind schmal wie die Einwohner Cornwalls. Und Ihre Augen haben eine wundervolle Farbe, nicht blau, sondern fast violett wie der Himmel in einem Sommergewitter.«

»Danke«, sage ich verwirrt und geschmeichelt von diesem romantischen Vergleich. Unter seinem forschenden Blick erröte ich leicht und konzentriere mich auf mein Anliegen. »Ich suche ein Buch, bei dem Sie mir vielleicht helfen können. Es stammt von einem hiesigen Autor namens Gerald Snowe, der, so glaube ich, Anfang des letzten

Jahrhunderts lebte und seinen einzigen Roman hier ansiedelte. Selina Trewen aus Trevellan dachte, Sie wüssten vielleicht mehr darüber.«

»*Am Austernufer*«, sagt Hamish so leise, dass ich selbst in diesem stillen Laden die Ohren spitzen muss, um ihn zu verstehen. Sogar die Staubkörnchen in einem Sonnenstrahl verharren in einer Pirouette, als wollten sie unbedingt hören, was als Nächstes kommt.

»Das muss es sein! Ich wohne im Bootshaus auf dem Anwesen und hörte, dass dort vor vielen Jahren ein Autor lebte.« Aufgeregt überfliege ich die vollgestopften Regale und erwarte fast, dass das Buch aus dem Regal springt und mir wie bei Harry Potter entgegenfliegt. »Haben Sie ein Exemplar?«

»Ich fürchte, nein. Dieses Buch wird seit über hundert Jahren nicht mehr gedruckt. Ich glaube nicht mal, dass überhaupt noch ein Exemplar existiert, und wenn doch, dann wäre es wirklich ein sehr seltenes Buch. Ein Buch, von dem alle Sammler träumen.«

»Also wäre es wertvoll?«

»Sehr.«

Ich bin verwirrt. »Aber von Gerald Snowe habe ich noch nie etwas gehört!«

Hamish legt seine Finger unter dem Kinn zusammen. »Zeugt weltlicher Ruhm vom Wert eines Werks?«

Die Antwort darauf ist, zumindest in der Verlagsbranche, ein klares *Ja*, weil Ruhm sich verkauft. Bücher von Promis – Biographien, Kochbücher, Reiseführer und von Ghostwritern verfasste Romane – sorgen für hohe Auflagen und garantieren große Vorschüsse für die Autoren. Ich werfe einen Blick auf das Buch von Katie Price, das zum neonrosa Türstopper umfunktioniert wurde, und denke, dass man den literarischen Wert ihrer Bücher zwar anzweifeln kann, nicht aber, dass sie sich unglaublich gut verkaufen.

Ich versuche es noch einmal. »Wenn es eine Erstausgabe von *Rebecca* wäre, könnte ich es ja verstehen, aber von Gerald Snowe habe ich gestern Abend zum ersten Mal gehört. Kein Mensch kennt ihn.«

»Ah, Sie meinen, wenn sein Buch so gut war, könnte man erwarten, dass Sie irgendwann schon mal auf seinen Namen gestoßen sein müssten?«

»Genau«, seufze ich, erleichtert, dass er mich jetzt versteht. »Irgendwas von ihm müsste mir zu Ohren gekommen sein. War es denn wirklich ein gutes Buch? Und auch erfolgreich?«

»Ich habe absolut keine Ahnung. Die erste und einzige Auflage war ziemlich klein. Es mag Rezensionen gegeben haben, aber ich habe nie eine gesehen. Ich glaube, es hatte einen sehr lyrischen Stil und wurde ganz gut aufgenommen, doch es wurde in den letzten Tagen des Ersten Weltkriegs veröffentlicht und ist bereits seit mehreren Jahrzehnten verschwunden.«

»Wenn der Autor unbekannt ist, wieso wäre eine Ausgabe seines Buchs dann so wertvoll?«

Ich denke an die Summen, die eine Erstausgabe von Harry Potter oder eine frühe Folioausgabe von Shakespeare erzielen würde. Und die wären gerechtfertigt. Jeder, der nicht auf dem Mond lebt, hat von diesen Autoren gehört. Aber Gerald Snowe ist weder berühmt noch erfolgreich. Hamish denkt über meine Frage nach.

»Der Handel mit antiquarischen Büchern ist eine Welt voller reicher Sammler, die sich für das Seltene und Einzigartige interessieren und mit Freuden einiges für dieses Buch bezahlen würden«, sagt er schließlich. »Vielleicht sind sie nicht mal Leser, sondern wollen nur etwas besitzen, was kein anderer hat oder erwerben kann. Sie erfreuen sich eher am Besitz als an dem literarischen Wert. Es ist das Gleiche wie bei Kunstliebhabern, die unbedingt die *Mona Lisa* oder *Guernica* haben wollen. *Am Austernufer* ist wertvoll, weil es so selten ist. Weil man damit der Besitzer eines einzigartigen Werks in der Literaturgeschichte wäre.«

»Aber warum gibt es denn nur so wenige Exemplare? Das Verlagshaus könnte es doch einfach nachdrucken lassen«, wende ich ein. In meiner Welt sind ständig Bücher vergriffen, aber solange der Verlag die Rechte behält, kann er sie jederzeit nachdrucken. Im digitalen Zeitalter erfordert das lediglich einen Mausklick – aber Gerald Snowe wurde nicht nachgedruckt. Eine Google-Suche hat nichts ergeben, und selbst der mächtigste Onlinehändler der Welt konnte absolut nichts finden. Mein Wunsch nach einem vergessenen Autor wurde voll und ganz erfüllt.

»Im Laufe der Jahre kamen immer wieder Gerüchte und Hinweise auf, dass es noch Exemplare gebe, aber es ist eben nie eins aufgetaucht.« Hamish bietet Breakspear einen Hundekeks an und nimmt sich selbstvergessen auch einen. »Glauben Sie nicht, ich hätte nicht auch danach gesucht? Ich war überzeugt, dass hier irgendjemand in der Gegend noch ein vergessenes Exemplar auf dem Speicher oder in einem alten Schrank hat. In ganz Cornwall habe ich Trödelmärkte und Haushaltsauflösungen besucht, hatte aber kein Glück. Offenbar sorgte Gerald Snowe dafür, dass so viele Exemplare wie möglich zerstört wurden, und die, die übersehen wurden, sind mittlerweile längst zerfallen.« Traurig sacken seine Mundwinkel nach unten. »Eine ganze Welt ging verloren, und die Worte, die sie heraufbeschworen, sind zu Staub zerfallen. Wahrlich, es bricht mir das Herz.«

Das ist eine bessere Geschichte, als ich mir je hätte erhoffen können. Alle vagen Ideen über eine Biographie sind plötzlich wie weggewischt von der Aussicht auf ein literarisches Rätsel. Mir wird fast schwindelig vor lauter Aufregung über die zahlreichen sich bietenden Möglichkeiten. So viele Details an dieser Geschichte werden die Leser fesseln, das weiß ich: das wunderschöne Cornwall als Handlungsort, die vergangene Pracht des Edwardianischen Zeitalters wie in *Downton Abbey*, Schrecken und Elend des Ersten Weltkriegs, Klassenkämpfe, der Niedergang eines Orts, Legenden von Flüchen und der unerklärliche Hass eines jungen Mannes auf sein einziges, großartiges Werk.

»Wieso wollte Snowe sein Buch vernichten? Normalerweise sehnen sich Autoren doch nach Unsterblichkeit?«

Ich muss daran denken, wie ich in Rosecraddick Manor durch die stillen, staubigen Räume mit den Glasvitrinen und roten Mohnblumen schlenderte und Kit Rivers Gesicht sah, das unter seiner Feldmütze beklommen durch die Zeit hindurch zu uns blickte. Kits Gedichte halten ihn lebendig, auch wenn alle, die sich persönlich an ihn erinnern konnten, längst nicht mehr leben. Aber Gerald Snowe, von gleicher Herkunft und gleichem Alter, sorgte dafür, dass seine Geschichte ausgelöscht wurde. Ratlos spreche ich aus, was mir durch den Kopf geht.

»Hatte er vielleicht ein Kriegstrauma?«

Hamish lässt sich auf einen durchgesessenen Ledersessel sinken und weist auf den zweiten gegenüber.

»Das wäre eine logische Erklärung, doch gibt es keinerlei Aufzeichnungen, dass Gerald Snowe eingezogen wurde. Wir können davon ausgehen, dass er nicht gedient hat, was für einen jungen Mann seiner Herkunft höchst ungewöhnlich war. Offenbar hatte das medizinische Gründe, doch mehr weiß ich nicht. Durch die Bomben im Zweiten Weltkrieg wurden viele Archive mit ihren Aufzeichnungen zerstört.«

»Gibt es Fotos von ihm? Oder von der Zeit, als er und seine Familie auf Vyvyan Court wohnten?«, frage ich und muss wieder an das Museum von Rosecraddick Manor denken. An Fotos von ernsten jungen Männern mit Kricketkleidung und steifen Strohhüten. Jungen mit zart sprießenden Schnurrbärten, die steif in ihren neuen Uniformen posieren. Eine verloren gegangene Welt mit Teekränzchen auf grünem Rasen, Jagdgesellschaften in Landhäusern, Mädchen mit straffen Korsetts, weißen Kleidern und Blumen im Haar. Nicht länger Menschen aus Fleisch und Blut, sondern nur noch Relikte aus einer Zeit, die es allenfalls noch in Geschichtsbüchern oder historischen Dramen gibt.

»Kann sein, aber ich habe noch nie eines gesehen«, erwidert Hamish. »Vermutlich hat die Familie all ihre persönlichen Besitztümer mitgenommen, als sie Vyvyan Court verließ. Zugegeben, es ist seltsam, und ich denke oft, Gerald hat bewusst jede Spur von sich selbst ausgelöscht. Manchmal müssen Menschen das tun, nicht wahr? Sie brauchen einen Neubeginn. Wollen die Vergangenheit hinter sich lassen.«

Er sieht mich forschend an. Zwar bin ich sicher, dass Hamish von sich selbst spricht, doch scheint er mit seinem Blick bis in die Tiefe meiner Seele zu dringen, als wüsste er, dass auch ich die letzten Jahre auslöschen würde, wenn ich es nur könnte. Mit einem Mal erfüllt mich Mitgefühl für Gerald Snowe. Nicht jeder will an seiner Vergangenheit festhalten, und schon gar nicht, wenn er nicht stolz darauf ist. Aber auf seinen Erfolg konnte Gerald doch stolz sein. Ein Schauer durchläuft mich, denn mein Instinkt sagt mir, dass hier der Schlüssel zum Geheimnis liegt. Aus irgendeinem Grund hat Gerald Snowe sein Buch gehasst.

»Aber seinem Werk verdankte er alles. Geld. Literarischen Erfolg. Talent. Wieso hatte er sich davon distanzieren wollen?«

Hamish zuckt mit seinen breiten Schultern. »Wieso tun wir, was wir tun? Wieso nimmt ein Bankmanager aus Coventry den Namen ›Hamish‹ an, flüchtet nach Cornwall und wird Barde?«

Ich streichle Breakspears seidigen Kopf. Jetzt könnte ich mit meiner eigenen Geschichte kommen, und ich habe das Gefühl, Hamish gibt mir die Gelegenheit dazu, doch mein neues Leben ist wie frisch gefallener Schnee, auf dem weder David noch ein anderer herumtrampeln soll.

»Genau wie sein Buch ist auch von Gerald Snowe jede Spur verloren gegangen«, fährt Hamish fort. »Bekannt ist nur, dass seine reichen Eltern Vyvyan Court Anfang des 20. Jahrhunderts gemietet haben und Gerald einen Großteil seiner Kindheit da und vermutlich auch in Oyster Shore verbracht hat. Dort konnte man sich mit Bootspartien und anderen, nicht ganz so unschuldigen Aktivitäten vergnügen.«

»Ja, der Prince of Wales war oft mit seinen Geliebten dort«, nicke ich. »Das ist allgemein bekannt.«

Hamish lacht. »Ja, alle lieben Skandale. Aber das war lange vor Geralds Zeit und auch lange, bevor alle Welt Zentralheizung und die Annehmlichkeiten der modernen Zeit verlangte. Ich glaube, Oyster House wurde immer ein bisschen vernachlässigt, sogar schon zu Geralds Zeiten. Die Trelyons nutzten es als Wohnsitz für arme Verwandte, und ich meine, die letzte Bewohnerin war Lady Constance Trelyon. Die arme Frau wäre die Herrin des gesamten Anwesens gewesen, wenn ihr Mann sich nicht bei der Jagd den Hals gebrochen und sie statt ihrer Tochter einen Sohn geboren hätte. Können Sie sich das vorstellen? Dass alles wegen einer Laune des Schicksals und wegen fehlender Y-Chromosomen verloren ging?«

Eine Tochter. Ein adliges kleines Mädchen, das in Oyster Shore eine freie Kindheit genießen konnte. Prinzessin Clementine, mit zwei Jungen an ihrer Seite. War sie Lady Constances Kind? Die Letzte der Trelyons? Und kannte meine Prinzessin Clementine Gerald Snowe? Ich bekomme eine Gänsehaut, so vertraut fühlt sich die Vorstellung an.

»Das war kein Schicksal, sondern Sexismus«, entgegne ich, als Hamish mich fragend ansieht.

»Ach, das waren andere Zeiten, meine Liebe, obwohl Lady Constance sicher sehr damit gehadert hat. Die menschliche Natur ändert sich nicht. Deshalb ist Gerald Snowe auch so ungewöhnlich. Die meisten Schriftsteller gieren nach Erfolg.«

»Allerdings – ich habe jahrelang in der Verlagsbranche gearbeitet. Die meisten Schriftsteller gieren tatsächlich nach Ruhm und Erfolg, ganz gleich, was sie behaupten.«

»Aber Gerald Snowe nicht. Er bemühte sich aktiv darum, vergessen zu werden, dabei wäre er anderenfalls sehr erfolgreich und wohlhabend geworden.«

»Was steckt denn *Ihrer* Meinung nach dahinter?«

Hamish seufzt. »Ganz ehrlich? Ich habe keine Ahnung, höchstens eine Theorie. Heutzutage würden wir sagen, er hatte einen Nervenzusammenbruch, aber damals kümmerte man sich kaum um die geistige Gesundheit. Man sehe sich nur an, wie man Soldaten mit Kriegstraumata behandelte. Man muss lediglich Rivers oder Owen lesen, um zu erfahren, dass es kaum Mitleid für die gab, die nicht mit ihren Erlebnissen zurechtkamen. Es hat den Anschein, als wäre der Erfolg für Gerald Snowe einfach zu viel gewesen. Er erwarb die Rechte an seinem Buch zurück und zog alle Exemplare vom Markt. Es heißt, dass er so viele wie möglich kaufte, um sie zu vernichten. Aus irgendeinem, nur ihm bekannten Grund war er entschlossen, alles zu tun, damit es schien, als hätte sein Werk nie existiert.«

»Aber das ergibt doch keinen Sinn!«, rufe ich aus. Wenn sich einer von Davids Autoren so benähme, was würde er tun? Wahrscheinlich ausflippen und den Autor verklagen.

»Stimmt, und deshalb können wir nur annehmen, dass Gerald Snowe psychische Probleme hatte. Jedenfalls gingen die restlichen Exemplare verloren, und letzten Endes geriet sein kurzer Ausflug in die literarische Welt vollkommen in Vergessenheit. Vielleicht meinte er, er verdiente keinen Erfolg, weil ein Großteil seiner Generation gestorben war.«

»Überlebensschuld?«

»So etwas in der Art, obwohl das natürlich eine reine Vermutung ist. Jedenfalls gibt es kaum mehr zu erzählen. Gerald heiratete nie und hatte auch keine Familie. Wie man hört, wurde er sehr religiös. Er starb in einem Kloster. Heutzutage können nur noch obsessive Buchsammler seinen Namen einordnen.«

Welch traurige und seltsame Geschichte! Wäre es nicht unglaublich, wenn ich dazu beitragen könnte, dass sie bekannt und Geralds Stimme wieder gehört würde?

»Sie finden es auch traurig, oder nicht?«, bemerkt Hamish. »Wenn Autoren in Vergessenheit geraten und ihre Worte nicht mehr gelesen werden? Wenn ihre einzige Möglichkeit auf Unsterblichkeit verwirkt ist? Sie selbst mögen zu Staub zerfallen, aber ihre Worte leben weiter, und jedes Mal, wenn wir sie lesen, ist es eine Auferstehung, und wir hören ihre Stimme wieder, können Anteil nehmen an ihren Eigenheiten, ihren Ängsten und Leidenschaften. An ihrer Liebe und ihrem Hass. Solange es schriftliche Aufzeichnungen gibt, ist nichts je verloren. Nichts ist vergeblich. Ich glaube, deshalb liebe ich Bücher so sehr.«

So geht es mir auch. Als ich noch als Lektorin arbeitete, war mir immer bewusst, dass ich es mit der Stimme eines Menschen zu tun hatte, an die ich mich so genau wie möglich zu halten hatte. Trotzdem stimmt irgendetwas nicht an dieser Geschichte. Denn das Schreiben eines Buchs ist eine große persönliche Reise. Auf jeder Seite legt man sein Herz und seine Seele bloß. Selbst Fiktion ist ein Akt der Selbstenthüllung, und alle Schriftsteller wollen, dass ihre Stimmen gehört werden. Was sie am meisten fürchten, ist die Stille. Also ist es ein wahrhaft unnatürlicher Akt, willentlich sein Werk zu vernichten, an dem man so lange gesessen hat, das man dann einem Lektor dargebracht hat wie ein rituelles Opfer, das man in die Welt entlassen hat. Es ergibt einfach keinen Sinn.

»Es muss einen konkreten Grund gegeben haben«, sage ich langsam, »der ihn dazu getrieben hat, das Buch zurückzuziehen.«

»Zweifellos. Wenn es kein Zusammenbruch war, dann wahrscheinlich eine Frau. Meiner Erfahrung nach sind Liebe und ihre Zwillingsschwester Eifersucht für viele unsinnige Verhaltensweisen verantwortlich.«

Zum Beispiel dafür, dass man alles zurücklässt, was einem vertraut ist, um in einem Bootshaus mitten im Nirgendwo zu leben? Ja, ein gebrochenes Herz treibt einen zu allen möglichen Verrücktheiten.

»Aber Sie sagten doch, Gerald hätte nie geheiratet!«

»In der Tat – doch ich habe nicht gesagt, es hätte nie eine Frau gegeben. Ich meine, eine Geschichte über eine verlorene Verlobte gehört zu haben, die sehr romantisch war, aber auch reine Erfindung gewesen sein kann. Ich wüsste nicht, dass sie irgendwo dokumentiert ist. War da nicht auch was über einen Uferabschnitt, der verflucht ist? Auch das ist eine Lokallegende, und sie wurde wahrscheinlich aus persönlichen Interessen verbreitet.«

»Oder dachte Gerald vielleicht, das Buch selbst wäre verflucht? Das könnte erklären, wieso er die Exemplare vernichtete.« Aufregung überkommt mich. Ein verfluchtes Buch wäre ein großartiger Aufhänger für eine Werbekampagne.

»Ja, er hat tatsächlich ein Buch geschrieben, das Unglück brachte – ihm nämlich«, bemerkt Hamish.

»Davey Tuckey, das ist ein Fischer, behauptet, in Oyster Shore spukt es.« Bei Tageslicht und in Gesellschaft rede ich gerne darüber, doch wenn es dunkel wird und ich allein mit meinem Hund durch den Wald laufen muss, bin ich längst nicht so mutig.

»Habe ich auch gehört«, bestätigt er nickend.

»Und zwar von *mir*, Hamish Pendragon! Wag es ja nicht, Davey als Quelle anzugeben! Ich bin die Einzige, die den Geist von Oyster Shore wirklich gesehen hat.« Eine große Frau mit leuchtend rosaroten Haaren platzt in den Laden, wobei sie den Kopf in der Tür einziehen muss. Ein Nasenstecker glitzert im Sonnenlicht, das sie wie eine Aura umgibt.

Hamish springt auf und umarmt sie hoch erfreut. »Treena! Das nenne ich mal Timing! Du kannst Lowenna viel besser davon erzählen als ich.«

Treena? Ist das die Strandgutsammlerin, Biobäuerin und Teilzeithexe? Aber wen habe ich dann gestern am Fluss gesehen? Wer war das stille Mädchen mit den roten Haaren? Als ich mich erinnere, wie Breakspear knurrend zurückgewichen ist, überläuft es mich wieder eiskalt.

Habe *ich* den Geist von Oyster Shore gesehen?

Treena lässt sich auf einen Stapel Kissen fallen und streift sich die grellgrünen Crocs ab. Zum Vorschein kommen abblätternder roter Nagellack auf ihren Zehen und ein sternförmiges Tattoo auf ihrem linken Fuß.

»Ich werde Ihnen vom Geist von Oyster Shore erzählen«, sagt sie zu mir. »Ich habe ihn persönlich gesehen. Also, was genau wollen Sie wissen?«

KAPITEL 8

LOWENNA
Gegenwart
Cornwall

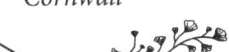

Ich hoffe, das ganze Gerede über Geister und Flüche hat Ihnen keine Angst eingejagt?«

Treena und ich sitzen auf einer Bank, schlecken Eiscreme und beobachten, wie die Fähre über den Fluss rattert. Hamish und Breakspear sind unten am Ufer und spielen ein kompliziertes Stöckchenspiel, das nur halbwegs funktioniert, denn Hamish wirft zwar gekonnt einen Stock ins Wasser, aber Breakspear sitzt mit heraushängender Zunge und wedelndem Schwanz neben ihm und gibt sich begriffsstutzig. »Bring es!«, ruft Hamish und watet ins Wasser, um es ihm zu zeigen. Wie es aussieht, amüsieren sich beide großartig, obwohl Hamishs Cordhose bis zu den Knien durchnässt ist und einer seiner Schuhe sich Richtung Frankreich verabschiedet hat. Mit der Sonne im Gesicht und dem Mund voll Eiscreme könnte mir nichts ferner liegen als Angst – allerdings wird das möglicherweise ganz anders aussehen, wenn ich heute Abend allein im Bett liege, dicht unter den knackenden Holzbalken, und bei jedem Ächzer des alten Bootshauses zusammenfahre.

Treena genießt es förmlich, mir von all den ruhelosen Geistern von Oyster Shore zu erzählen. Angeblich steht sie mit einigen von ihnen in ständiger Verbindung. Als Hamish uns Tee macht, beschreibt sie die Gestalt eines Mannes, den man oft mit gesenktem Kopf durch den Wald schlurfen sieht – und den Hamish für Gerald Snowe hält. Es gibt auch einen Geisterhund, der nur bei Vollmond gesichtet worden ist, außerdem einen kopflosen Reiter und sogar ein führerloses Ruderboot. Ich warte darauf, dass sie mir erzählt, die Krönung des Ganzen sei ein Mädchen mit weißem Kleid und roten Haaren, das am Ufer spukt, doch Treena hat bereits das Ende ihrer Geisteraufzählung erreicht und schwingt jetzt eifrig ein Kristallpendel über meinem Kopf. Ich bin seltsam enttäuscht. Es hätte schon was für sich gehabt zu entdecken, dass ich bislang unbekannte mediale Fähigkeiten besitze. Granny May hatte immer behauptet, sie könnte die Zukunft aus Teeblättern lesen, doch weder Marina noch ich haben diese Gabe geerbt.

Außerdem benutzen wir beide Teebeutel.

»Sie haben einen Geist, der über Sie wacht«, verkündet Treena. »Eine Frau, die von hier stammt. Sie sagt, sie hätte Sie geschickt.«

Während ich das Pendel mit den Augen verfolge, denke ich, dass man mir kaum vorwerfen kann, wenn ich dazu zynische Gedanken habe. Hat sie einen Tremor im Handgelenk, der das Pendel hin und her schwingen lässt? Schwer zu sagen. Ich weiß nicht, ob ich an Übersinnliches glauben soll.

»Vielleicht Ihre Granny?«, schlägt Hamish vor, der verblüfft gehört hatte, dass meine Familie aus der Gegend stammt. Auch wenn er ein kornischer Barde sei, seufzte er wehmütig, habe er doch keinen Tropfen keltisches Blut im Leib. Vielleicht in einem anderen Leben, schlug Treena vor, was ihn aufzumuntern schien.

»Ihr Medium sagt, sie hätte Sie hierhergebracht«, behauptet Treena mit geschlossenen Augen, während sie leichte Kreise mit dem Pendel beschreibt. Plötzlich schlägt sie die Augen auf und sieht mich direkt an. Sie sind groß, braun und durchdringend. »Sie sagt etwas von einer Kiste. Diese Kiste ist sehr wichtig für Sie.«

Jetzt hat sie meine volle Aufmerksamkeit, trotzdem beschließe ich, nichts über Granny Mays Schätze zu erzählen. Ich will Treena keine Hinweise geben, die sie ausschlachten könnte. Sie wirkt zwar nett, und Noah Wilson scheint sie sehr zu mögen, doch was ich gar nicht gebrauchen kann, ist eine Nachbarin, die mir ständig mit Tarotkarten und Kristallkugeln kommt.

Höflich höre ich mir noch ein paar Minuten ihr Gerede über Energien und Auren an, dann entschuldige ich mich damit, dass meine Parkuhr gleich abläuft und ich daher zurück zum Parkplatz muss. Hamish schließt sich mir an, um ein Eis am Hafenkiosk zu kaufen, und Treena bittet mich, sie mit nach Hause zu nehmen.

»Unser Haus ist nur ein paar Minuten von Oyster Shore entfernt. Gareth hat keine Zeit, mich abzuholen – er arbeitet heute auf der Farm. Mit Noah, den Sie schon kennengelernt haben.«

»Hat Ihnen das die Kristallkugel verraten?«

Treena wirft den Kopf in den Nacken und lacht. »Das wäre ja mal was! Wenn das so ginge, hätte ich schon längst im Lotto gewonnen. Nein, Noah hat erzählt, dass er unserer neuen Nachbarin begegnet ist, Lowenna. Kein Wunder, dass er danach so gute Laune hatte!«

Ich spüre, wie ich rot werde. Nur gut, dass es in Pendragons Buchladen so schummrig ist. »Er war so freundlich, mir zu zeigen, wie der Holzofen funktioniert.«

»Noah ist sehr geschickt«, bestätigt Treena. »Gareth wird am Boden zerstört sein, wenn er wieder nach Oz zurückgeht. Wir alle. Aber vielleicht bleibt Noah ja auch hier. Wenn er einen Grund hat, meine ich.«

Ihr Pendel schwingt nun von links nach rechts.

»Was sagt es denn?«, will Hamish wissen, doch Treena umschließt es mit ihrer Hand.

»Dass die Zukunft in den Sternen steht, und du neugierig bist.«

Als ich jetzt mein Eis aufesse und zusehe, wie Hamish noch immer mit meinem Hund zu spielen versucht, drängt es mich klarzustellen, dass ich keine Sekunde damit verschwenden werde, mir über Geister Gedanken zu machen oder auf die Vorhersagen magischer Pendel zu hören.

»Mir geht es sehr gut«, erkläre ich entschieden. »Und mir gefällt es in Oyster Shore.«

Treena leckt an ihrem Eis, wirft es mit ihrer spitzen, rosa Zunge zu einer Wellenspitze auf und nickt.

»Das beruht auf Gegenseitigkeit. Oyster Shore zieht Sie an. Das Universum stellt uns immer an den richtigen Platz.«

Ich kenne Treena erst seit einer Stunde, weiß aber schon, dass sie Zirkelschlüsse von sich gibt, gegen die man nichts einwenden kann. Eine nützliche Fähigkeit, die ich übernehmen werde, sollte David je wieder versuchen, mich zu etwas zu überreden.

Ich stehe auf und biete Breakspear, der Hamish nicht mehr beim Stöckchenholen zusehen will, den Rest meines Hörnchens an.

»Gut«, sage ich, »denn ich gedenke, eine Weile dort zu bleiben.«

»Und Sie werden das Geheimnis um Gerald Snowe aufklären?«, fügt Treena mit mehr Zuversicht an, als ich aufbringen kann. »Ich schaue mal, ob ich mit seinem Geist plaudern kann, wenn der Mond richtig steht. Das könnte hilfreich sein. Was meinen Sie?«

Ich meine, dass ich der Bezirksbibliothek mal einen Besuch abstatten werde, um eventuell etwas auf Mikrofiche zu finden. Außerdem werde ich meinen Exfreund Drew, der Lehrer ist, um einen Gefallen bitten, da seine Frau in der British Library arbeitet.

»Es ist gut, alle Möglichkeiten zu nutzen«, sage ich taktvoll.

Treena wirft mir von der Seite her einen Blick zu. »Die typische Bemerkung einer Jungfrau. Ihr Sternzeichen ist doch Jungfrau, oder?«

Ja, das ist es. »Gut geraten«, erwidere ich.

»Gar nicht geraten. Ich sehe das.« Sie hebt eine Hand und zählt die Gründe an ihren Fingern ab. »Kann zynisch sein. Braucht Beweise. Ist kreativ, fleißig, freundlich, verletzlich. Passt zum Sternzeichen Waage.« Sie zuckt die Achseln. »Bestimmt halten Sie mich für verrückt.«

»Aber nicht doch«, wehre ich ab. Sie ist eindeutig vollkommen übergeschnappt.

Treena lacht erneut. »Doch, doch! Genau das denken Sie, und vielleicht bin ich ja auch verrückt. Wieso sollte ein Mädchen aus der Stadt sonst bei einem Bauern enden, in einem baufälligen Haus, das meilenweit vom nächsten Starbucks entfernt ist! Ehrlich, kein Wunder, dass Gerald Snowe nicht hiergeblieben ist. Er konnte es wahrscheinlich kaum abwarten, wieder in die Zivilisation zurückzukommen.«

»Aber war Penhayes zu jener Zeit nicht *der* angesagte Urlaubsort?«

»Sie meinen, als der Prinz of Wales sich mit aller Welt in Ihrem Bootshaus amüsierte?«

»Nein, ein bisschen später, als Gerald Snowe ein junger Mann war, direkt vor Ausbruch des Ersten Weltkriegs. Sind da nicht die Londoner hierhergekommen, um das Meer zu genießen?«

»Das tun sie immer noch«, erwidert Treena finster, als wie aufs Stichwort mehrere Frauen vorbeitänzeln, die ihre riesigen Sonnenbrillen in die gesträhnten Haare geschoben haben und überdimensionale Handtaschen an ihren dürren Ärmchen baumeln lassen. »Denn nur die können sich einen Aufenthalt hier leisten. Wenn Gerald noch lebte, würde er jetzt in einem dieser Speedboote hocken und den Ponton rammen, außerstande, anständig anzulegen – genau wie der Idiot da.«

Wir beobachten den fraglichen Trottel, der jämmerlich bei dem Versuch scheitert, sein überdimensionales Boot parallel zum Ponton auszurichten. Ich kann mir vorstellen, dass sich die Szenerie, abgesehen von den Speedbooten und den Neubauten oben auf dem Hügel, seit Anfang des letzten Jahrhunderts kaum verändert hat. Gerald Snowe würde ohne weiteres die dicht gedrängten Häuser von Trevellan auf der anderen Seite des Flusses erkennen, und auch das Wäldchen, das Oyster Shore vor neugierigen Blicken verbirgt. Ich verschweige Treena, dass ich hoffe, der rätselhafte Autor werde ein wunderbares Thema für mein Buch abgeben, doch im Stillen bin ich überzeugt, dass ich es gefunden habe, und will unbedingt nach Hause, um endlich anzufangen. Es kribbelt mir geradezu in den Fingern, meinen Laptop aufzuklappen und mit dem Tippen zu beginnen.

»Ich hoffe ehrlich, Sie finden mehr über Gerald Snowe heraus. Trevellan würde bekannter werden, wenn wir einen berühmten Autor vorzuweisen hätten«, sagt Treena und erhebt sich von der Bank. Sie leckt sich die Fingerspitzen ab und fügt hinzu: »Wir Bauern brauchen weiß Gott jede Hilfe, die wir kriegen können, wenn alle eine Zweitwohnung in Penhayes haben, nur weil ein Promikoch zwanzig Minuten im Jahr hier verbringt.«

»Ist es so schlimm?«

Da ich aus London stamme, habe ich nie länger über die Realitäten des Landlebens nachgedacht.

»Uns geht es besser als den meisten hier, weil wir uns früh breit aufgestellt und auf Bio umgestellt haben. Gareths Gemüsekisten sind ein ziemlicher Erfolg, und ich steuere so viel wie möglich mit meiner Aromatherapie und Tarotsitzungen bei, aber wir könnten ein paar reiche Städter mehr gebrauchen, die Ferien auf dem Bauernhof machen. Ein neuer Schriftsteller wie Kit Rivers oder Daphne du Maurier würde sicher mehr Touristen anlocken. Wie es aussieht, boomt Rosecraddick Manor heutzutage.«

Ich muss an den riesigen Parkplatz auf der Rückseite von Rosecraddick Manor denken. Bei meinem Besuch war er brechend voll.

»Gerald Snowe war ein Zeitgenosse von Kit Rivers«, sinniere ich. »Vielleicht kannten sie sich. Familien von ihrem Stand besuchten die gleichen gesellschaftlichen Zusammenkünfte. Möglicherweise finde ich in den Dokumenten von Rosecraddick Manor etwas über Gerald.« Ich beschließe, Matthew Enys, dem Kurator der Kernow Heritage Foundation, eine E-Mail zu schicken, sobald ich zu Hause bin. Vielleicht weiß er etwas.

»Könnte sein«, nickt Treena, als wir den Anleger erreichen, wo Hamish gerade aus dem Wasser kommt, stolz den Stock präsentiert und aussieht, als wollte er sich schütteln wie ein nasser Hund. »Hier kennt jeder jeden, die Welt ist klein. Manchmal ist das ziemlich nervig, das können Sie mir glauben! Es gibt Momente, in denen ich mich danach sehne, all dem zu entkommen, so wie Noah. Er hat alles hinter sich gelassen und ist bis ans andere Ende der Welt geflüchtet.«

»Wegen seiner Mum.«

Ich muss daran denken, wie traurig er aussah, als er mir erzählte, wie sehr seine Mum ihre Familiengeschichte liebte und dass diese mit ihm enden würde. Er vermisst sie wirklich sehr.

Treena sieht mich verwirrt an. »Sie meinen doch seine Frau, oder? Noah ist wegen ihr hierhergekommen.«

Eine Frau hat Noah nicht erwähnt. Eine irrationale Welle der Enttäuschung erwischt mich kalt. Wieso vergessen die Männer bei mir immer, ihre Partnerinnen zu erwähnen? Sofort habe ich verschiedene Szenarien im Kopf: Treena und ihr Mann, die gemütliche Abendessen mit Mr. und Mrs. Noah genießen. Noah, der seiner Frau (die in meiner Phantasie aussieht wie Scarlett Johansson) von der Irren erzählt, die das Bootshaus gemietet hat. Noahs Frau, die sich ärgert, dass er sich beim Holzliefern so viel Zeit gelassen hat …

»Ich wusste gar nicht, dass er verheiratet ist«, sage ich. Im Pub hat es auch niemand erwähnt.

Treena seufzt. »Doch, Noah ist gebunden. Wenn Männer wie Noah lieben, dann aus ganzer Seele und für immer.«

Als ich das höre, zieht sich mein Herz schmerzhaft zusammen. Wie fühlt es sich wohl an, so geliebt zu werden? Werde ich das jemals erfahren? Ich schlucke einen dicken Kloß im Hals herunter und frage mich, wieso ich derart enttäuscht bin. Schließlich hat Noah Wilson nur einen Kaffee mit mir getrunken. Mehr nicht. Kein Grund, sich aufzuregen.

Gerade will ich fragen, wieso Noah wegen seiner Frau hier in Cornwall ist – vermutlich ist sie Engländerin –, da kommt Hamish mit Breakspear im Schlepptau, der sich in einem Stock verbissen hat und sich weigert ihn freizugeben. Und nachdem ich Breaky überzeugt habe, dass der Stock nicht in den Kofferraum passt, und mich von Hamish verabschiedet habe, will ich das Thema nicht wieder aufgreifen, weil es komisch und ziemlich neugierig gewirkt hätte. Auch Treena verliert kein Wort mehr darüber, daher plaudern wir auf der kurzen Fahrt über ihre Pläne, das Geschäft mit der Gemüsekiste auszuweiten, während Noahs Frau sozusagen als blinder Passagier mit uns mitfährt.

»Ich kann Gareths Großvater mal fragen, was er über Gerald Snowe weiß«, schlägt Treena vor, als wir am Tor von Oyster Shore vorbeifahren. »Ich glaube, sein Vater hat nach dem Ersten Weltkrieg ein Stück Land von den Trelyons gekauft. Grampy liebt es, über die Vergangenheit zu reden.«

»Das wäre toll. Danke.«

»Und ich glaube, irgendwann einmal hat auch ein Penwurthy in Gareths Familie eingeheiratet. Danach werde ich Grampy ebenfalls fragen. Wäre es nicht witzig, wenn wir beide verwandt wären?«

Ich nicke, konzentriere mich aber auf den riesigen Traktor, der mit einem scheunengroßen Anhänger auf uns zukommt. Mir bleibt nichts anderes übrig, als so weit an den Straßenrand zu fahren wie möglich und zu beten. Oder sollte ich zurücksetzen? Obwohl das Ding gigantisch ist, scheint Treena sich keinerlei Sorgen zu machen, dass wir von einem Musterexemplar von John Deere zerquetscht werden könnten.

»May Penwurthy«, denkt sie laut nach. »Vielleicht hat Grampy sie gekannt. Schließlich ist er schon achtundneunzig.«

»Mmm«, nicke ich. Der Traktor hat gebremst. Es sieht so aus, als würde der Fahrer, ein strammer Kerl mit Dreadlocks und rotem Bandana, uns Luftküsse zuwerfen. Eine echte Verbesserung gegenüber dem letzten Fahrer, dem wir entgegenkamen. Der bedachte uns mit einer ganz anderen Geste, als er zurücksetzen musste. Während Treena ihm ebenfalls einen Luftkuss zuwirft, versuche ich, mich so vorsichtig wie möglich an ihm vorbeizuquetschen, und bemühe mich, nicht an den Lack meines Autos zu denken.

»Sind diese Küsse was Kornisches?«, frage ich.

»Nur, wenn es der eigene Ehemann ist. Das ist Gareth, der heute den Dünger verteilt, was ziemlich stinkt. Deshalb gibt es heute nur Luftküsse.«

Wir zwängen uns an Gareths Traktor vorbei. Als ich höre, wie mein Auto an Dornenranken entlangschrammt, wird mir klar, dass zerkratzter Lack nun ein Teil meines Lebens sein wird. Treena, die davon nichts mitbekommt, plaudert munter über Bioanbaumethoden und das Ansetzen von Sauerteig, bis wir die Farm erreichen. Ein Gatter versperrt uns die Einfahrt zu einem Hof mit mehreren Metallschuppen, die ganz und gar nicht zu dem idyllischen Häuschen dahinter passen. Von hier aus kann man bis nach Penhayes sehen, und die Aussicht wäre atemberaubend – wenn man atmen wollte, denn kaum hat Treena die Tür des Wagens geöffnet, überwältigt uns der Gestank nach Dung.

»Die gute Landluft«, bemerkt sie und verzieht das Gesicht. »Puh! Halten Sie sich die Nase zu. Es ist alles echt Bio, aber Gareth wird sich mindestens fünfmal duschen müssen, bevor ich ihn in meine Nähe lasse.«

Mir tränen die Augen, und ich wage kaum, Luft zu holen. Für meinen armen Breakspear mit seinem guten Geruchssinn muss das die reinste Folter sein.

»Danke fürs Mitnehmen. Ich hoffe, wir sehen uns bald wieder«, verabschiedet sich Treena und hievt sich mit ihren langen Beinen aus dem Wagen. »Ich sammle oft Strandgut am Bootshaus, weil man an dem Uferabschnitt oft richtig coole Sachen entdeckt. Einmal habe ich einen Siegelring gefunden. Wenn man bedenkt, dass der letzte, der ihn gesehen hat, der Besitzer war …«

»Gestern habe ich ein junges Mädchen gesehen, das dort Strandgut gesammelt hat«, bemerke ich.

»Komisch. Es gibt kaum jemanden, der sich die Mühe macht, so weit am Ufer entlangzugehen, denn wenn man den Weg nicht kennt, kann das ziemlich schwierig sein. Es sind schon Leute im Schlamm stecken geblieben.«

Wieder sehe ich die einsame Gestalt im nassen Sand vor mir. Sie hatte die Röcke gerafft, und in den roten Locken spielte der Wind. Wie es aussah, hatte sie keine Probleme, dem Schlamm auszuweichen. Sie bewegte sich so schnell, dass sie den Fluss bestimmt gut kannte. Ich beschließe, nichts mehr über sie zu sagen. Irgendwas an ihr verwirrt mich.

Treena schlägt die Wagentür zu. Ich will gerade den Versuch wagen, zu wenden, ohne im Graben zu landen, als sie noch mal mit ihren silberberingten Fingern an meine Scheibe klopft. Ich hole tief Luft, bevor ich das Fenster herunterkurble.

»Wahrscheinlich sollte ich nichts sagen, weil es mich nichts angeht«, setzt sie an und beugt sich zu mir, »aber ich finde, Sie sollten es wissen.«

»Was denn?«

Sie beugt sich noch ein bisschen näher zu mir. »Über Noah.«

»Noah?«

Treena zögert kurz, als würde sie jemandem zuhören, den ich nicht sehe, dann nickt sie leicht, als würde sie jemandem zustimmen. »Die Sache mit Noahs Frau ist nicht, wie Sie denken, Lowenna.«

»Ich denke gar nichts«, erwidere ich spröde. »Noahs Liebesleben geht mich nichts an.«

»Doch, das finde ich schon, und mein Medium findet das auch. Noah ist Witwer.«

»Witwer?«, wiederhole ich. »Noah? Aber er ist doch ...«

»Zu jung?«

Genau das wollte ich sagen. Bei Witwer denkt man an alte Männer mit spärlichen grauen Haaren, Tränensäcken unter den Augen und verwaisten Häusern – nicht an den blonden, sonnengebräunten Noah Wilson, der vor Leben zu strotzen scheint.

»Ja, genau«, nicke ich.

»Ja, er ist viel zu jung, aber so was schert den Krebs nicht. Seine Frau starb vor ein paar Jahren, und dann verlor er auch noch seine

Mum. Das traf Noah so schwer, dass er nur noch wegwollte, und zwar so weit wie möglich«, erklärt Treena leise. »Was man ihm nicht verdenken kann.«

Ich bin geschockt. »Aber er hat gesagt, er wäre hierhergekommen, weil seine Mum Ahnenforschung betrieben hat.«

»Das stimmt auch«, bestätigt Treena. »Aber ich glaube, der tiefere Grund ist, dass er vor dem Schmerz fliehen wollte. Die Vorstellung ist doch einfach unerträglich, nicht wahr? Gott, ich weiß nicht, was ich tun würde, wenn Gareth irgendwas zustoßen sollte.« Ihre Stimme zittert. »Ehrlich, Lowenna, mehr weiß ich nicht. Noah spricht kaum darüber, also werden Sie den Rest von ihm erfahren müssen. Ich wollte nur nicht, dass Sie denken, er würde fremdgehen oder …«

»Oder seine Frau bequemerweise einfach vergessen«, nicke ich, in Gedanken an David, der sehr gut vergessen konnte, was ihm gerade nicht in den Kram passte. Zum Beispiel seine Verlobte.

Treena nickt eifrig. »Ganz genau. Was ich damit sagen will: Er ist einer der Guten.«

Mir fällt wieder ein, wie Noah mir das Holz gebracht und beim Ofen geholfen hat. Später will er mir auch noch mein Gepäck bringen.

»Ja, das ist er wirklich«, nicke ich.

Treena strahlt. »Ja, oder? Er ist loyal und gerecht und sehr großzügig. Ich schätze, man könnte sagen, dass Noah Wilson eine typische *Waage* ist.«

Und nach dieser letzten Bemerkung richtet sie sich auf und marschiert mit wehendem Blümchenrock davon. Zwar kann ich ihr Gesicht nicht sehen, aber ich weiß einfach, dass Treena Trehunnist gerade ein breites Grinsen auf dem Gesicht hat. Und ich muss gestehen, ich grinse auch, denn erst jetzt wird mir klar, wie wichtig es für mich ist, dass Noah Wilson einer der Guten ist.

Und Waage.

KAPITEL 9

LOWENNA

Gegenwart
Cornwall

Später, nachdem ich mehrere Stunden versucht habe, im Internet irgendwas über Gerald Snowe herauszufinden, breche ich auf, um mich mit Noah zu treffen. Da Ebbe ist, gehen Breakspear und ich am Wasser entlang, suchen uns vorsichtig einen Weg zwischen den Austernschalen. Die Wattvögel beachten uns gar nicht, das Wetter ist für Mai warm, und die Luft riecht schon nach Sommer. In der Ferne höre ich einen Traktor, vielleicht ist das Gareth beim Düngen der Felder. Ein Gefühl der Zeitlosigkeit erfasst mich, als ich am Fluss entlanggehe, so, als wäre Oyster Shore ein Tor in eine andere Zeit, in der Männer gestreifte Blazer trugen und Frauen in Korsetts gepresst wurden. Ich rechne schon halb damit, Gerald Snowe auf mich zukommen zu sehen, die Flanellhosen aufgerollt, den Strohhut in der Hand und mit den Gedanken bei seinem Meisterwerk. Oder einen Schwarm Kinder aus dem Dorf, die im flachen Wasser nach Krebsen suchen. Der weiche Schwemmlandboden unter meinen Füßen ist weder Land noch Wasser, sondern ein Zwischenbereich mit fließenden Grenzen. Man kann sich leicht vorstellen, dass die Jahre mit dem zurückweichenden Wasser dahinschwinden. Vielleicht muss ich nur warten, bis ich sehen kann, wie sich Geralds Geschichte vor meinen Augen entfaltet.

Als ich am Oyster House vorbeigehe, beobachtet es mich durch die Baumkronen. Ich kneife die Augen vor dem grellen Sonnenlicht zusammen und betrachte die einst weißen Mauern, die jetzt grünlich sind, als hätte ein Riesenkind mit Kreide darüber schraffiert. Ich frage mich, ob ich mir das nur einbilde, aber von diesem Blickwinkel aus kommt mir das Haus vertraut vor. Ich bin sicher, ich habe es schon mal gesehen, aber da war es makellos und strahlend, und die Parkanlage war gepflegt und hatte glatt geharkte Kieswege. Es gab weder wucherndes Efeu noch verrammelte Fenster, weder Wildblumen auf den Rasenflächen noch Unkraut in den vernachlässigten Beeten oder Schösslinge in den Ritzen des Vorplatzes. Jetzt ertrinkt das Haus geradezu in der Vegetation, und ich frage mich, wie lange es dauern wird, bis die Mauern nachgeben und ganz darin versinken werden.

Gerald Snowe kannte diesen Ort bestimmt gut, genau wie meine Urgroßeltern. Für sie wäre es ein Symbol für Reichtum und Stolz gewesen und nicht das traurige Relikt einer längst vergangenen Epoche und eines ausgestorbenen Familienzweigs. Hat Gerald in einem der Erkerfenster gesessen, mit Blick auf genau diesen Uferabschnitt, und an seinem Buch geschrieben? Hat er von einer Seite aufgeblickt und die Stirn gerunzelt, verwirrt über den Anblick einer (nach seinen Maßstäben) ziemlich unschicklich gekleideten Frau, die ihn direkt anstarrte? Ist dies ein Ort, an dem man durch die Zeit hindurchgehen und in eine andere Epoche treten kann? Mit einem Mal überläuft mich ein kalter Schauer, denn ich könnte schwören, einen Schatten an einem der oberen Fenster vorbeihuschen zu sehen, und ein weißes Gesicht vor dem dunklen Hintergrund. Hastig weiche ich zurück und stolpere dabei über einen Stein. Als ich wieder aufschaue, ist das Fenster leer.

Natürlich. Es war die ganze Zeit leer.

»Zu viel *Outlander* gelesen«, schelte ich mich. »Aber wer wäre nicht begeistert, von einem hinreißenden Highlander im Sturm erobert zu werden?«

Ich lebe nicht mal eine Woche allein und fange schon an, Selbstgespräche zu führen. Halb belustigt, halb besorgt registriere ich, wie sehr es mich alarmiert, dass noch jemand hier sein könnte. Was gar nicht so abwegig wäre. Denn trotz des fehlenden Handyempfangs ist hier der perfekte Ort, um wild zu zelten.

Leicht irritiert wende ich mich vom Haus ab und rufe nach Breakspear, der immer noch im grauen Schlamm buddelt. Er wackelt so heftig mit dem Schwanz, dass sich sein ganzes Hinterteil mitbewegt, was heißt, dass er so tief wie möglich graben will und keine Zeit hat, auf mich zu reagieren.

»Breaky!«, brülle ich, doch mein Spaniel vergisst seine gute Erziehung, was immer passiert, wenn Tauben, andere Hunde oder Bälle jedweder Form im Spiel sind. Ich rechne fest damit, dass ich eines Tages in einem YouTube-Video enden werde, in dem ich kreischend meinen wild gewordenen Hund zurückrufe, der für Chaos in der Umgebung sorgt und mich komplett ignoriert. Dieser fragwürdige Ruhm rückt täglich näher. Ich schwöre mir, den nächsten Hundetrainer aufzusuchen, und gehe vorsichtig zum Wassersaum zurück. Offenbar hat Breakspear etwas gefunden, denn er wirft eifrig Sand auf und bellt aufgeregt. Ich wappne mich, da ich mit etwas Stinkigem rechne, das ich ihm mühsam entreißen muss.

»Was hast du denn gefunden, mein Junge?«

Breakspear zerrt an etwas, das halb im Tang, halb unter einem Stein verborgen ist. Ich schaue genauer hin, weil ich mit einem toten Vogel rechne. Breakspears Jagdinstinkt ist ziemlich ausgeprägt. Auf einmal trifft ein Sonnenstrahl seinen Fund, und mir ist, als würde ich einen Eisvogel sehen.

»Was ist das denn, Breaky?«

Ich hocke mich neben ihn, um besser sehen zu können. Was auch immer mein Hund gefunden hat, klemmt nicht unter einem Stein, sondern unter einem Gewicht zum Festmachen von Booten. Kein Wunder, dass ein Cocker Spaniel das nicht bewegen kann. Ich schiebe meine Finger darunter und ziehe an seinem Fund, während Breakspear bellend um mich herumspringt. Immer entschlossener versuche ich, den Gegenstand herauszuzerren, aber das mit Muscheln besetzte Gewicht will ihn nicht freigeben, und ich kann es nur ein paar Zentimeter anheben. Schließlich habe ich den Gegenstand, doch als ich meine Finger darum schließen will, damit er nicht beschädigt wird, entreißt Breaky ihn mir und dreht ein paar Ehrenrunden.

»Aus!«, befehle ich.

An diesem Punkt rennt Breakspear normalerweise mit seinem Fund davon, und ich muss ihm diesen gewaltsam entreißen, doch zu meiner Verblüffung kommt er angetrottet und legt mir die Beute zu Füßen. Mit heraushängender Zunge sieht er stolz zu, wie ich sie aufhebe.

»Unmöglich«, entfährt es mir. »Das kann nicht sein!«

Es ist ein Kamm aus Emaille, voller Sand und im Tang verheddert. Das Gegenstück zu dem Kamm, um den Marina und ich uns vor vielen Jahren gekabbelt haben – identisch bis hin zur abgeplatzten Emaille und den fehlenden Zähnen. Als ich ihn ins Licht halte, kommen mir der rubinrote Vogelschnabel und die leuchtend blauen Flügel so vertraut vor, dass ich mit einem Mal in meine Kindheit zurückkatapultiert werde und auf Granny Mays Teppich liege, während meine Schwester Geschichten erfindet.

»Der blaue Vogelkamm«, flüstere ich und streiche mit dem Finger über die Emaille und die goldenen Klauen. Während ich die Spitzen der Flügel und die Biegung des Schnabels nachfahre, frage ich mich, wer ihn wohl verloren hat. Wie ist meine Urgroßmutter an sein Gegenstück gelangt? Gehörten beide Kämme ihr? Spielte sie hier mit den Kindern von der Fotografie? Oder gehörten die Kämme jemand anderem? Einer jungen Frau, die von Gerald Snowe über den Fluss gerudert wurde und einen Kamm verlor, als sie sich über das Boot beugte, um ihr Spiegelbild im Wasser zu bewundern? Ich höre förmlich, wie sie bekümmert aufschreit und der blaue Vogel mit leisem Platschen aus der luftigen Welt ins Wasserreich fällt. Sie sieht zu, wie er immer tiefer sinkt und verschwindet, ohne zu ahnen, dass er über hundert Jahre nicht mehr auftauchen wird. Daher schenkt sie das Gegenstück ihrer Zofe …

Aber das ist natürlich nur eine Geschichte. Möglicherweise wurde er gestohlen und später weitergegeben (sofort muss ich an Granny Mays Mutter denken), oder das Geschehen war weitaus banaler. Noch vor Jahren warfen die Leute alles Mögliche in den Fluss. Aus den Augen, aus dem Sinn hieß die Parole, als über Generationen hinweg Essensreste, zerbrochenes Geschirr und Pfeifen im Fluss landeten.

Aber dies ist mehr als ein Zufallsfund, denn wie groß war die Chance, einen Kamm zu finden, der genau so aussieht, wie der, den Granny May in ihrer Kiste aufbewahrte? Es fühlt sich an, als hätte dieser Kamm in seinem schlammigen Unterwasserversteck auf meine Ankunft gewartet, so, als wollte er mir sagen, dass die Vergangenheit nur so lange vergraben bleibt, bis sie bereit ist, wieder entdeckt zu werden. In der Hoffnung, dass dies ein gutes Omen für meine Suche nach Gerald Snowe ist, wische ich den Kamm an meinem Ärmel trocken und stecke ihn in die Tasche.

Ich kehre dem Fluss den Rücken und stapfe, mit Breakspear als Vorhut, die steile Auffahrt hinauf. Natürlich ist es Unsinn, aber ich habe das Gefühl, dass mich jemand vom Haus aus beobachtet. Wenn ich mich umdrehe, sehe ich bestimmt jemanden am Fenster, eingeschlossen von Efeu, die Hände, als bitte er um Rettung, ans schmierige Glas gepresst. Aber ich blicke starr geradeaus, die Augen auf den Weg vor mir gerichtet, und ignoriere das Prickeln in meinem Nacken. Treenas Erzählungen von den Geistern setzen mir mehr zu, als ich dachte. Dabei sind es nur alberne, vollkommen unrealistische Schauergeschichten, die man sich an einem Spätsommerabend am Lagerfeuer erzählt, wenn die Schatten immer länger werden. Trotzdem gehe ich unwillkürlich schneller und blicke mich nicht ein einziges Mal um.

Noah wartet am Anfang der Auffahrt. Er lehnt an seinem Landrover und tippt konzentriert an einer SMS. Als er mich sieht, steckt er sein Handy in die Hosentasche und hebt warnend die Hände.

»Bevor Sie näherkommen, muss ich Ihnen sagen, dass dies nicht mein Aftershave ist!«

»Treena hat schon erzählt, dass Sie beim Düngen helfen – sonst hätte ich mich gewundert«, kontere ich, erleichtert, ein freundliches Gesicht zu sehen. Plötzlich komme ich mir dumm vor, weil ich die Auffahrt praktisch hoch geflüchtet bin. Ich muss meine Phantasie in den Griff kriegen, die seit meiner Ankunft hier ziemlich mit mir durchgeht.

»Ah. T hat Sie vor dem Eau de Dung gewarnt?«

»Jepp. An Ihrer Stelle würde ich bei Chanel bleiben.«

»Chanel? Im Leben nicht! Wir Künstler sind Hungerleider und können froh sein, wenn wir uns Seife leisten können.«

Noah bückt sich, um Breakspear zu begrüßen, der sich wie wild über sein Erscheinen freut. Dann schaut Noah zu mir hoch und fügt hinzu: »Ich habe schon zweimal geduscht, aber das Zeug geht nur schwer ab. Vielleicht gehen Sie lieber zu Fuß zurück, anstatt mit mir im Wagen zu fahren.«

Seine nassen Haare ringeln sich und haben die Farbe von sonnengebleichtem Weizen. Sein frisches graues T-Shirt, das er lose in den Bund seiner ausgeblichenen Jeans gesteckt hat, klebt an den noch feuchten Muskeln seines Oberkörpers, der aussieht wie gemalt. Mit den breiten Schultern, den schmalen Hüften und den Grübchen, die er bekommt, wenn er lächelt, würde wohl fast jede Frau freiwillig ihren Geruchssinn opfern, nur um fünf Minuten allein mit Noah Wilson in einem Wagen zu verbringen. Plötzlich durchzuckt mich ein Blitz des Verlangens, und als ein Sonnenstrahl durch das Laub der Bäume dringt, verliere ich mich in einem Meer aus Grün und Gold und sinke willenlos tiefer und tiefer.

Noah richtet sich auf. »Alles in Ordnung, Wenna?«

Ich habe ihn angestarrt! Verlegen wende ich die Augen ab und weiß nicht, was ich sagen soll. Ich schäme mich in Grund und Boden. Schließlich ist Noah Wilson Witwer! Er trauert. Er ist der Ehemann einer anderen Frau. Ich sollte ihn nicht so angucken.

»Was ist?«, fragt er.

Darauf kann ich nichts sagen, denn wie soll ich erklären, dass meine Gedanken auf verbotenes Terrain gewandert sind? Fahrig wühle ich in meiner Tasche, als suchte ich meine Autoschlüssel.

»Ich habe mich nur gefragt, wo meine Schlüssel sind. Ich kann sie nie finden.«

Als mir die Haare vors Gesicht fallen, bin ich ausnahmsweise einmal froh über meine wilde Mähne, weil ich mich dahinter verstecken kann, und er nicht merkt, wie rot ich geworden bin. Die Trennung von David hat wohl meinen inneren moralischen Kompass zerstört. Andererseits kann ich zu meiner Verteidigung anführen, dass Witwer normalerweise nette ältere Männer sind, die sich um ihre Gärten und ihre Enkel kümmern. Oder es sind düstere, gequälte Gestalten wie Rochester aus *Jane Eyre*, die finster und unheimlich vor sich hin grübeln und ihre Ehefrauen auf dem Speicher einsperren. Witwer sind nicht so sympathisch, süß und sexy wie Noah Wilson.

Schwungvoll ziehe ich die Schlüssel aus der Tasche.

»Da sind sie ja! Wie immer ganz unten. Wieso passiert das immer? Dass die Schlüssel ganz unten sind, meine ich, obwohl ein Mann wie Sie dieses Problem vermutlich nicht hat und …«

»Stopp, Wenna.« Noahs Stimme ist sanft, aber entschieden. »Keine Panik. Erst mal Luft holen.«

»Ich habe keine Panik. Ich habe sie ja gefunden.« Ich wedle mit dem Schlüsselbund. »Also, sollen wir anfangen? Sie haben bestimmt noch viel zu tun, und ich halte Sie viel zu lange auf.«

Noah lehnt sich an den Landrover und verschränkt die Arme. »Jemand hat es Ihnen erzählt, oder? Das mit meiner Frau?«

Was soll ich sagen? Dass es mich nichts angeht, und er nichts dazu sagen muss? Dass es bestimmt zu schmerzlich ist, darüber zu reden? Oder – und dazu drängt mich mein Herz – soll ich sagen: Ja, Treena hat es erwähnt, und es tut mir unendlich leid? Ich habe solche Angst davor, etwas Falsches zu sagen, dass ich einen Knoten in der Zunge habe. Es ist so schwer, über den Tod zu reden. Wir weichen aus, benutzen Euphemismen wie *einschlafen* oder *sein Leben verlieren*. (Formulierungen, die mich als Kind mit Entsetzen erfüllten, als ich das Grab meiner Großeltern besuchte, denn wie kann man sein Leben verlieren? Legt man es aus der Hand, und dann ist es weg? Und was das Einschlafen betrifft, so hatte ich danach lange Angst davor, bis mein Vater mir erklärte, das wäre nur eine Redewendung.) Wir bemühen uns nach Kräften so zu tun, als wäre die einzige Gewissheit, die wir im Leben haben, etwas, das wir vermeiden können, wenn wir es nur nicht beim Namen nennen.

»Ist schon gut«, sagt er leise, als ich nicht antworte. »Das war keine Fangfrage. Es ist kein Geheimnis.«

»Noah, das tut mir wirklich sehr leid. Ich weiß nicht, was ich sagen soll.«

»Natürlich nicht! Das weiß keiner. Nicht mal ich weiß es, dabei bin ich doch der Leidtragende. Ich bin eine Anomalie. Ich mache den Leuten Angst.«

Jetzt bin ich völlig aus der Fassung. »Wie meinen Sie das?«

»Vielleicht drücke ich es falsch aus. Ich beunruhige sie. So, als wäre Pech ansteckend. Normalerweise sterben doch nur alte Menschen. Es macht die Leute unruhig, wenn sie der Wahrheit ins Gesicht blicken müssen, dass das Leben ziemlich gefährlich ist, und ich kann es ihnen nicht verdenken. Sie haben auch Angst, das Falsche zu sagen, also gehen Sie einfach über das Thema hinweg oder meiden mich. Und das ist unerträglich, denn eigentlich will ich unbedingt darüber reden, wenigstens wollte ich das am Anfang. Verstehen Sie?«

Ich kann mich glücklich schätzen, weil ich bislang noch keine nahen Angehörigen verloren habe – abgesehen von meinen Großeltern, was für ein Kind natürlich sehr traurig ist, aber gleichzeitig auch ganz natürlich. Doch als meine Eltern sich trennten, wurde lange Zeit nicht mehr über meinen Vater gesprochen. Er wurde totgeschwiegen, und Mum benahm sich so, als hätte er nie existiert. So, als wäre er von

Außerirdischen entführt worden – was ihr sicher lieber gewesen wäre –, und Marina und ich lernten sehr schnell, uns die Trauer über den Verlust unseres Vaters und unseres alten Lebens nicht anmerken zu lassen, sondern einfach damit zu leben. In gewisser Weise war das auch eine Art Tod.

»Man hat eben Angst, jemanden vor den Kopf zu stoßen oder alles nur noch schlimmer zu machen«, verteidige ich mich.

Noah streichelt Breakspears seidige Ohren. »Das verstehe ich, zumindest vom Kopf her, trotzdem ist es schwer. Das Wort *Witwer* ist ein Tabu. Alle sehen mich an, als wäre ich ein Kuriosum, und ich merke, dass sie tausend Fragen haben. Was ist passiert? Wie ist sie gestorben? Verkraftest du das? Wirst du dich jemals wieder mit einer Frau einlassen? Hast du seitdem Sex gehabt? Wirst du je wieder Sex haben? Willst du Kinder? Ist es zu spät dazu?«

Er hat recht. All das habe ich mich auch schon gefragt.

»Aber das ist vollkommen in Ordnung, nicht wahr, Kumpel?«, sagt Noah zu Breakspear, der bewundernd zu ihm aufschaut. »Wir alle haben Fragen, aber auf manche gibt es einfach keine Antwort.« Seufzend richtet er sich auf. »Ich hätte etwas sagen sollen, aber als wir uns gestern unterhielten, habe ich es gelassen, weil ich Sie nicht in Verlegenheit bringen wollte. Sie waren gerade erst angekommen, ich hatte Ihnen einen Riesenschreck eingejagt, und es sah so aus, als hätten Sie genug mit sich selbst zu tun. Der Tod ist kein guter Eisbrecher, wenn man neue Leute kennenlernt. Dann fragt man sich, ob man das Thema überhaupt anschneiden sollte, vor allem, wenn man sich in guter Gesellschaft amüsiert. Natürlich kommt danach immer das schlechte Gewissen. Wieso kann ich mich überhaupt amüsieren? Heißt das, ich habe sie nicht geliebt? Dass sie mir nicht fehlt? Missachte ich ihr Andenken?« Er drückt die Handballen gegen die Stirn, als könnte er diese unangenehmen Gedanken wegmassieren. »Das Ganze ist ein verdammtes Minenfeld.«

»Ich kann mir gar nicht vorstellen, wie das für Sie ist.«

»Da können Sie froh sein! Kim, das ist meine Frau, wäre mit dieser ganzen Situation viel besser umgegangen als ich. Sie hat immer das Richtige gesagt, während ich total überfordert bin. Ich fürchte, ich kann gar nicht anders, als es zu vermasseln.«

»Ich glaube nicht, dass es ›richtig‹ oder ›falsch‹ gibt in dieser Situation. Jeder geht wohl anders damit um.«

Noah stößt ein freudloses Lachen aus. »Stimmt, aus mir spricht wohl der Lehrer. Ich habe Ihnen doch schon erzählt, dass das Lehrergen bei uns in der Familie liegt, oder? Wahrscheinlich will ich alles beurteilen, damit es einen Sinn ergibt. Kim war übrigens auch Lehrerin. Sie konnte großartig für Klarheit sorgen und dann damit arbeiten. Ihre Schüler schätzten sie, weil sie wussten, dass sie keinen Unsinn duldete – und da schließe ich mich mit ein. Sie hat mir nie irgendwelche irrationalen Sperenzchen durchgehen lassen.«

Noah redet so selbstverständlich und liebevoll von seiner Frau, dass alle Peinlichkeit verfliegt. Er spricht gern über sie, er *möchte* über sie sprechen, weil er sich so an sie erinnert. Während ich ihm zuhöre, spüre ich, wie sehr mich die Liebe in seiner Stimme rührt. Noah Wilson steht zwar vor mir auf einer Straße in Cornwall, doch sein Herz ist Tausende Meilen entfernt bei der Frau, die er liebt.

»Manchmal setzte sich Kim etwas in den Kopf, und so musste es dann sein«, erklärt er und sagt, mehr zu sich selbst: »Dann wurde es in die Tat umgesetzt. Sie ließ sich von nichts aufhalten. Eines Tages kam ich nach Hause, da hatte sie gerade beschlossen, das ganze Haus zu renovieren. Die Hälfte der Tapeten war heruntergerissen! Sie hatte sich alle Räume gleichzeitig vorgenommen. Die Frau trieb mich fast in den Wahnsinn!«

Er blickt zum blauen Himmel, der zwischen den grünen Bäumen zu sehen ist. Kim war dieser Ausdruck gespielter Verzweiflung sicher vertraut. Bestimmt wusste sie, dass Noah sie aus ganzem Herzen liebte. Sie hätte das komplette Haus pink streichen dürfen, wenn es sie nur glücklich gemacht hätte.

»Kurz darauf wurde bei ihr zum zweiten Mal Brustkrebs diagnostiziert, und die Krankheit schritt so schnell voran, dass ich jemanden mit der Fertigstellung des Hauses beauftragte. Als Kim nicht protestierte, wusste ich, dass es schlimm stand, denn normalerweise machte sie einen Höllenaufstand, wenn ich mich einmischte. Zu dem Zeitpunkt wussten wir wohl beide, dass es nicht mehr lange dauern würde.«

Er verstummt. Wir betrachten den Fluss, der in seinem eigenen geheimnisvollen Rhythmus endlos vorbeifließt, so wie das Leben unaufhörlich weitergeht, trotz gebrochener Herzen und tragischer Schicksale.

»Manchmal kann man den Lauf der Dinge einfach nicht aufhalten, ganz gleich, wie sehr man kämpft, und Kim wollte alle Fakten wissen«, sagt er schließlich. »Sie wollte ihre Prognose wissen, wollte nicht geschont werden. Wirklich, es war manchmal nicht leicht, mit ihr zu leben, und wir stritten uns ständig, aber unsere Beziehung war ehrlich. Wir wussten immer, wo wir standen, weil wir ein Team waren. Wir unterstützten uns vorbehaltlos, und ich habe sie niemals allein gelassen, Wenna, nicht für eine Sekunde. Ich war bei ihr, bis zum bitteren Ende, bin nie von ihrer Seite gewichen.«

Ist es falsch, Noah ein bisschen zu beneiden, trotz seiner Trauer und seines Kummers? Es ist doch ein Segen, eine solche Liebe erfahren zu haben. Ich habe nie so etwas erlebt, nicht mal ansatzweise, aber ich weiß ganz sicher, dass es richtig war, mich von David zu trennen. Möglicherweise finde ich nie eine Liebe wie die zwischen Noah und Kim, aber mit weniger werde ich mich nicht zufriedengeben.

»Kim wollte unbedingt, dass ich nach ihrem Tod mein Leben lebe«, fährt Noah fort. »Aber das ist leichter gesagt als getan, und eine lange Zeit wünschte ich mir, ich wäre mit ihr gestorben. Doch wie sollte ich mich dem letzten Wunsch meiner Frau widersetzen? Ich musste ihr versprechen, dass ich mich nicht von der Welt zurückziehen, ihr Zimmer in einen Schrein verwandeln und den Rest meines Lebens trauern würde. So was hasste sie, sie fand es sentimental und hatte nie viel für überzogene Melancholie übrig. Offenbar ist die englische Literatur voll davon. Vor allem die viktorianische. Stimmt's?«

»Ja, schon«, nicke ich. Als ich mit achtzehn Tennysons *In Memorandum* las, fand ich, lebenslange Trauer wäre ein Zeichen großer Liebe, aber Kim Wilson war wesentlich weiser als Tennyson und viele große Dichter. Wenn man liebt, will man, dass der geliebte Mensch glücklich ist, auch wenn es einem das Herz bricht, ihn loszulassen. Wahre Liebe heißt, dass man dem geliebten Menschen Liebe und Glück wünscht.

»Da ich nicht so klug bin wie sie, werde ich einfach versuchen, ihrem Wunsch zu entsprechen«, setzt Noah wieder an. »Kim wollte, dass ich für uns beide weiterlebe. Sie sagte, ich solle wieder heiraten, Kinder kriegen und ein neues Leben beginnen, aber das ist nicht so einfach. Es ist sogar unmöglich, wenn man sich sein altes Leben zurückwünscht, die Kinder, die man hätte bekommen sollen und die Pläne, die man geschmiedet hat. Auch das hat man verloren, und manchmal sehnte ich mich so nach unserem Leben zurück, dass ich dachte, ich würde vor lauter Elend sterben. Ich bin nach ihrem Tod vollkommen zusammengebrochen, Wenna. Ich war ein Wrack. Kim wäre fuchsteufelswild gewesen.«

»Es hätte ihr das Herz gebrochen«, sage ich sanft. »Aber sie hätte es verstanden.«

»Kann sein, aber ich hatte das Gefühl, sie mit meinem Zusammenbruch zu enttäuschen. Das war der Zeitpunkt, als Mum mit dem Plan kam, gemeinsam nach Cornwall zu reisen. Irgendwie hatte sie sich in den Kopf gesetzt, dies wäre der Ort, wo ich sein müsste, und ich hatte wohl endlich etwas, worauf ich mich konzentrieren konnte. Aber dann starb auch Mum, und eine ganze Ewigkeit war ich am Boden zerstört.«

»Das muss furchtbar gewesen sein.«

»Ja«, sagt er, »das war es. Sie waren beide starke Frauen, die eine riesige Lücke hinterließen. Auf einmal waren ihre Stimmen verstummt, und die Stille trieb mich fast in den Wahnsinn. Aber am Ende wusste ich, dass ich es Mum und Kim schuldete, etwas aus meinem Leben zu machen. Das Leben ist ein Geschenk, das ihnen weggenommen wurde, und es kam mir schändlich vor, es zu verweigern. Außerdem konnte ich nicht mehr arbeiten, weder als Lehrer noch als Künstler. Es war Zeit für eine Veränderung, also kam ich her. Ich bin wegen Kim und wegen Mum hier, weil beide glaubten, Cornwall wäre der richtige Ort für mich.«

»Und, ist er das?«

Noah zuckt die Achseln. »Vielleicht, schließlich bin ich noch hier. Jedenfalls hat Oyster Shore eine ganz besondere Energie. Wenn man beobachtet, wie sich hier Ebbe und Flut abwechseln, wird alles wieder ins richtige Verhältnis gesetzt. Ich glaube, es ist auch sehr hilfreich, in der Natur zu leben. Ich kann hier zeichnen, dem Wind in den Bäumen und dem Gezwitscher der Vögel lauschen, und das beruhigt mich. Ich bin auch nicht mehr so verzweifelt und traurig wie bei meiner Ankunft – also ja, vielleicht hat mir der Frieden hier etwas Trost geschenkt. Es ist ein heilsamer Ort, und ich glaube, wenn ich je im Lotto gewinnen würde, würde ich mir einen Ort wie diesen kaufen und ein paar Wohnwagen draufstellen, als Zuflucht für Menschen, die sich davon erholen müssen, einen geliebten Angehörigen bis zum Ende begleitet zu haben. Dazu braucht man Einsamkeit und Schönheit, um durchatmen zu können, während man seine Welt Stück für Stück wieder zusammensetzt. Man braucht Licht und Natur, man braucht Zeit und Raum, um wieder zu sich selbst zu finden, um sich neu zu ordnen. Man braucht Zeit für sich allein, um zu lesen, zu malen, oder einfach zu wandern, damit man in eine neue Version seines Lebens treten kann – vielleicht nicht stärker, aber doch widerstandsfähiger als zuvor. Genau. Das würde ich tun, weil Oyster Shore mir so gutgetan hat. Der Ort bedeutet mir so viel.«

Welch eine schöne Vision! Ein Ort, an dem man sich erholen kann, an dem man weinen und einfach nur sein kann. Ein heilsamer Raum, an dem man sich erinnert, in sich geht und trauert. Ein Ort der Hoffnung und Erneuerung. Ich habe Kim zwar nicht gekannt, doch mein Gefühl sagt mir, dass ihr dieser Plan gefallen hätte.

»Das ist wirklich eine wundervolle Idee.«

Noah wird rot. »Eigentlich habe ich nur laut nachgedacht. Ich habe noch nie jemandem davon erzählt.«

»Dann fühle ich mich geehrt. Ich halte es wirklich für eine ausgezeichnete Idee.«

»Danke, obwohl das wohl ein Traum bleiben wird – es sei denn, ich werde der nächste Banksy und verdiene Millionen«, sagt Noah lachend. »Aber wer weiß, eines Tages? Wenn alle Welt meine Skulpturen haben will? Bis dahin bleibe ich in meinem Wohnwagen, lebe von Tag zu Tag und bemühe mich, Kim stolz zu machen. Ich bin nicht mehr derselbe, der ich bei meiner Ankunft war, das werden Gareth und Treena Ihnen bestätigen. Sie waren großartig, und die meisten Einheimischen sind mir sehr freundlich begegnet. Sie werden sich schon bald hier einleben.«

»Ganz sicher«, sage ich, obwohl ich nicht vorhabe, mich groß unter die Leute zu mischen. Oder noch einmal der Furcht erregenden Fi zu begegnen.

»Ich hoffe nur, Mum weiß, dass ich die Reise angetreten habe«, bemerkt Noah. »Ihr war es ungeheuer wichtig, dass ich nach Cornwall komme. Obwohl ich eins weiß: Wenn sie jetzt hier wäre, würde sie mir befehlen, mit dem Gequassel aufzuhören und Ihnen beim Transport des Gepäcks zu helfen. Und dann würde sie mir eine Strafpredigt halten, weil ich so unhöflich war, die ganze Zeit von mir zu reden und keine Fragen zu Ihnen zu stellen! So habe ich dich nicht erzogen, würde sie sagen.«

Er will das Thema wechseln, was ich verstehen kann. Ich fühle mich geehrt, dass er mich ins Vertrauen gezogen und mir von seinem Traum erzählt hat.

»Von mir gibt es nichts zu erzählen«, wehre ich ab. »Ich bin ziemlich langweilig.«

Noah zieht eine Augenbraue in die Höhe. »Das glaube ich keine Sekunde! Ich würde es nicht gerade langweilig nennen, wenn man ganz allein hierherkommt, um in einem alten Bootshaus zu leben. Kim hätte das auch nicht langweilig gefunden, ganz zu schweigen von Treena. Die denkt sich nämlich schon aufregende Erklärungen für Ihr Erscheinen hier aus. Also, verraten Sie mir: Sind Sie im Zeugenschutzprogramm, oder arbeiten Sie wirklich für Drogenbarone und nutzen das Bootshaus als Cannabisfarm?«

Ich lache, aber Noah verzieht keine Miene. »Nein, das ist mein Ernst. Genau das hat Gareth gehört, das hat er mir versichert. Gott weiß, was man sich im Pub über Sie erzählt.«

»Die Leute hier haben eine ziemlich ausgeprägte Phantasie«, erwidere ich und schließe mein Auto auf. »Ich fürchte jedoch, die Wahrheit ist nicht annähernd so aufregend. Ich bin nur eine freischaffende Autorin, die sich ein stilles Plätzchen gesucht hat, um ein Buch zu schreiben. Im Gegensatz zu Ihnen bin ich nicht um die ganze Welt gereist, um einen Letzten Willen zu erfüllen und nach Vorfahren zu suchen.«

»Man könnte das auch als Weglaufen betrachten. Jedenfalls habe mich noch nicht besonders eifrig meinem Familienstammbaum gewidmet. Ich hatte zu viel mit düngen zu tun.« Er holt tief Luft und verzieht das Gesicht. »Hoffentlich finden Sie den Gestank nicht zu schlimm. Ich fürchte, ich rieche schon nichts mehr.«

»Sie haben wohl keine Wäscheklammer dabei? Damit könnte ich meine Nase verschließen«, erwidere ich, öffne den Kofferraum und greife nach meinen Sachen.

»Beim nächsten Mal denke ich dran. Hey, lassen Sie mich das tragen.«

Noah greift nach den beiden Koffern und hebt sie so mühelos aus dem Wagen, als wären Federn darin und nicht Bücher, Stiefel und andere Sachen, auf die ich nicht verzichten wollte. Ich trete einen Schritt zurück, nicht sicher, ob ich dankbar sein soll, weil er die schwere Arbeit übernimmt, oder ob ich meinen Feminismus hochhalten und die Taschen selbst tragen soll, damit er nicht denkt, ich wäre eine schwache Frau, die nicht allein zurechtkommt. Allerdings ist er fast einen Kopf größer als ich, und die Koffer sind tonnenschwer. Er ist einfach ein Gentleman, und das gefällt mir.

»Danke«, sage ich, gehe zum Rücksitz und zerre Taschen mit Kleidern und Bettzeug heraus. Ach je! Meine Habseligkeiten sehen ziemlich erbärmlich aus.

»Kein Problem. Und wenn meine Mum hier wäre, würde sie mir die Ohren lang ziehen, wenn ich Ihnen nicht helfen würde. Nicht dass Sie denken, das wäre so ein australisches Machoding! Mum hat uns gute Manieren eingebläut.« Seine Stimme klingt ganz munter, verrät aber einen Hauch Traurigkeit, was mir zeigt, dass er an sie denkt. »Apropos Mum, wenn Sie wollen, könnte ich Ihnen mal ihre Nachforschungen zeigen. Ist eigentlich nur Familienkram, aber wer weiß, vielleicht hilft es Ihnen bei Ihrem Buch.«

»Das wäre super, danke! Ich weiß jetzt auch, wie der Autor heißt, den Sie erwähnten: Gerald Snowe.«

»Vielleicht taucht er in Mums Unterlagen auf. Man weiß ja nie.«

»Und Sie sind sich ganz sicher, dass Sie sie mir leihen wollen?«

»Mum wäre begeistert. Ich habe ja auch noch nicht viel damit angestellt. Kim würde mir den Marsch blasen, weil ich die Unterlagen so lange ignoriert habe. Sie waren sehr wichtig für Mum, und sie wollte unbedingt, dass ich dort weitermache, wo sie aufgehört hatte.«

»Vielleicht kann ich Ihnen dabei helfen. Als Gegenleistung für das Holz.«

»Klingt gut«, nickt Noah. »Sie sind dabei!«

Nachdem all meine Sachen in seinem Wagen verstaut sind, springen auch Breakspear und ich hinein. Während Noah die Einfahrt hinunterfährt und mich warnt, dass der Wagen wie ein Känguruh über die Spurrillen hüpfen wird, erzähle ich ihm, was ich dank Hamish Pendragon über Gerald Snowe herausgefunden habe.

»Hamish ist ein echtes Original«, bemerkt Noah. »Genau wie ich ist er irgendwie hier gelandet und geblieben. Es klingt, als wären Sie auf etwas wirklich Interessantes gestoßen, mit dem Sie arbeiten können.«

»Finden Sie? Ich habe mich schon gefragt, ob ich Hirngespinsten nachjage.«

»Hey, ohne guten Grund verschwinden Leute nicht einfach so von der Bildfläche. Und es ist schlichtweg verrückt, dass Gerald sein Werk komplett vom Markt genommen hat. Ist doch das Gegenteil von dem, was ein Schriftsteller will.«

Als Noah um eine enge Kurve biegt, erscheint Oyster House in all seiner verblichenen Pracht vor uns, aalt sich in der Sonne, als wäre es sich seines Glanzes bewusst. Es ist ein wunderbarer Schauplatz für ein Buch, und wieder wünschte ich, ich könnte Geralds Roman lesen.

»Sie haben nicht zufällig etwas über Geister oder Flüche gehört, oder?«, frage ich vorsichtig, weil ich befürchte, er könnte sich über mich lustig machen. Doch Noah schaut mich leicht besorgt an.

»Hat Treena irgendwas erzählt?«

»Ja, schon. Sie wusste alle möglichen Geschichten über diesen Ort. Ist Ihnen zu Ohren gekommen, dass hier jemand ertrunken ist? Ein Mädchen zum Beispiel?«

Noah macht ein missbilligendes Geräusch. »Sie sollten das, was Treena von sich gibt, nicht allzu ernst nehmen. Sie meint es gut, aber manchmal lässt sie sich hinreißen. Ich lebe hier jetzt seit anderthalb Jahren und habe nie etwas in der Art gehört oder das Gefühl gehabt, hier gäbe es etwas Unheimliches. Ehrlich. Ich finde Oyster Shore unglaublich schön und könnte es ständig zeichnen. Es zieht einen wirklich in seinen Bann, finden Sie nicht auch? Das Wasser, wie es endlos dahinströmt. Meiner Meinung nach ist es nicht verflucht, sondern verwunschen.«

Ich weiß, was er meint. Das ewige Fließen des Wassers ist magisch und die Gezeiten haben etwas Hypnotisches an sich. Wenn ich hier zu etwas kommen will, sollte ich vielleicht doch nicht am Fenster schreiben. Ich frage mich, wie Gerald Snowe mit diesem Problem umgegangen ist.

»Ja, das stimmt«, nicke ich. »Aber die Geschichte mit dem Ertrinken stammt nicht von Treena, sondern von meiner Granny, die es vor vielen Jahren erwähnte. Sie stammte aus Trevellan, daher habe ich mich gefragt, ob es hier passiert sein könnte.«

»Wenn der Fluss sprechen könnte, hätte er wohl alle möglichen Geschichten zu erzählen. Die Einheimischen können Ihnen da nicht helfen, weil sie sich von hier fernhalten.«

Als wir uns dem Haus nähern, fällt mir wieder der Schatten ein, den ich am Fenster gesehen habe. Das war natürlich nur Einbildung, dennoch überläuft mich ein Schauer.

»Aber ist es nicht merkwürdig, dass hier keine Kinder spielen oder es keine Wildcamper gibt?«

»Für Kinder ist es zu abgelegen, und eigentlich wissen nur Einheimische von diesem Anwesen.«

Ich wickle mir eine Locke um den Zeigefinger – eine unbewusste Angewohnheit, die David in den Wahnsinn trieb. »Ich hatte den Eindruck, ich hätte …« Abrupt verstumme ich. Lass es, Lowenna. Im besten Fall klingst du hysterisch und im schlimmsten verrückt.

»Was denn?« Noah bremst ab, worauf der Wagen langsam an dem mit Unkraut überwucherten Vorplatz vorbei kriecht. »Was macht Ihnen Sorgen? Ich merke Ihnen doch an, dass da irgendwas ist.«

»Es ist albern, aber als ich eben auf dem Weg zu Ihnen am Haus vorbeiging, dachte ich, ich hätte jemanden da oben am Fenster gesehen. Wahrscheinlich war es nur eine optische Täuschung … Nein, *bestimmt* war es eine optische Täuschung. Was hätte es sonst sein können?«

Noah hält den Wagen an und zieht die Handbremse. »Ich schaue mal nach.«

»Nein, nicht nötig. Ehrlich. Ich hab's mir bestimmt nur eingebildet.«

»Kann sein, aber ich muss trotzdem nachsehen, für den Fall, dass es keine Einbildung war. Die Böden in den oberen Stockwerken sind nicht mehr sicher. Deshalb sollte niemand da oben sein. Ich prüfe das mal nach.«

Es ist mir peinlich, dass ich Noah Wilson noch mehr Umstände mache.

»Meinetwegen müssen Sie das wirklich nicht.«

»Es ist meine Aufgabe, mich um das Anwesen zu kümmern, und das gehört dazu. Wenn hier jemand unerlaubt das Haus betreten hat, dann ist das gefährlich für ihn, weil alles wie ein Kartenhaus zusammenfallen könnte. Es könnte jederzeit soweit sein.« Er stößt die Wagentür auf und sagt über die Schulter hinweg zu mir: »Kommen Sie mit. Sie können sich den Ort anschauen, den Ihr Autor vermutlich gekannt hat. Auch wenn es heute anders aussieht, könnte es Sie inspirieren.«

Es inspiriert mich jetzt schon, doch es gibt auch etwas, das mich abschreckt. Die blinden Fenster starren uns abweisend an, und der Efeu scheint sich noch fester um die Mauern zu schließen. Selbst in diesem heruntergekommenen Zustand wirkt das Gebäude imposant, und ohne das Brummen des Motors herrscht hier Grabesstille. Mit Breakspear, der heftig an der Leine zerrt, folge ich Noah die bröckelnden Stufen hinauf zu der hässlichen Sicherheitstür, die er mit mehreren Schlüsseln aufschließt. Ich warte und wickle immer nervöser meine Haarsträhne um den Finger. Dies war ein Ort, von dem Gerald Snowe sich so weit wie möglich distanzieren wollte. Er tat alles, damit sein Name nicht für immer mit diesem Anwesen verbunden wurde. Gab es hier etwas, das ihn abstieß? Der Fluch? Ein Unglück? Oder hat die unangenehme Atmosphäre hier etwas mit seiner Abneigung zu tun?

Quietschend schwingt die Tür auf, und ich folge Noah ins Haus; die Eingangshalle vermittelt trotz der dicken Staubschicht und des dämmrigen Lichts einen imposanten Anblick. Eine Treppe schwingt sich hinauf in den oberen Stock und dann unter einem großen Fenster wieder zurück, das einst die ganze Halle mit Licht erfüllt haben muss. Heute jedoch taucht das dichte Laub vor der Scheibe alles in kalte Dämmerung. Der Mosaikboden ist von Staub und Schimmel ganz dunkel geworden, und die Tapete löst sich an etlichen Stellen von den Wänden. Ich ziehe die Nase kraus, denn es riecht nach dumpfer Feuchtigkeit. Am hinteren Ende der Halle hat ein großer Kamin einen Ehrenplatz. Die in den Marmor gemeißelten Nymphen stützen mit ihren bekränzten Köpfen den Kaminsims. Ich stelle mir vor, wie das prasselnde Feuer einst die gesamte Halle mit Wärme erfüllt hat. Vielleicht hat Gerald Snowe davor gestanden und seine Hände gewärmt? Oder hat er am Fuß der Treppe darauf gewartet, dass die Frau, die er liebte, in einem Ballkleid heruntergeschwebt kam? Hat er sein verlorenes Meisterwerk in diesem Haus angesiedelt? Oder stammte das Oyster Shore, das er in seinem Buch beschreibt, eher aus der Welt rund um das Bootshaus?

Wie sehr wünschte ich mir, ich könnte das erfahren!

Sechs offene Türen gehen von der Halle ab, und Noah betritt jeden der leeren Räume, in denen seine Schritte widerhallen, und leuchtet sie mit der Taschenlampe seines Handys aus. Nachdem er festgestellt hat, dass hier keine Eindringlinge sind, steigt er vorsichtig die Treppe hinauf, um oben nachzusehen. Dabei wissen wir beide schon, dass dort niemand ist. Ich warte unten, weil die Böden brüchig sind, und während er oben hin und her geht, ächzt und knackt das ganze Haus wie ein Schiff im Sturm.

»Alles in Ordnung!«, ruft er mir zu. »Ich schau nur kurz auf dem Speicher nach!«

Aber das muss er nicht, denn Oyster House ist leer. Niemand versteckt sich hier im Schatten und beobachtet uns aus einer dunklen Ecke, kein Blick folgt mir, als ich in die dunklen Räume spähe. Kein Graffiti verschandelt die Wände. Niemand hat seine Initialen in die reich verzierte Holzvertäfelung geritzt. Nicht mal die Verpackung eines Schokoriegels ist auf dem Boden zu finden. In dieses Haus kommt niemand mehr, genau wie mir im Pub versichert wurde. Es ist längst vergessen. Doch warum nur? Selbst in seinem baufälligen Zustand zeugen die verblichene Eleganz und die schöne Lage am Fluss noch von seiner einstigen Pracht. Was könnte die früheren Besitzer bewegt haben, es aufzugeben?

»Alles in Ordnung.« Noah ist wieder aufgetaucht. Er fegt die Spinnweben von seiner Jeans und wischt sich die Hände ab. »In letzter Zeit war da niemand.«

»Tut mir leid. Ich sagte ja, dass es nur Einbildung war.«

»Sie müssen sich nicht entschuldigen. Vorsicht ist besser als Nachsicht. Schließen wir ab und bringen Ihre Sachen zum Bootshaus.«

Er legt mir die Hand auf den Rücken und will mich hinausschieben, doch ich kann mich nicht vom Fleck rühren. Wie angewurzelt stehe ich da, denn meine gesamte Aufmerksamkeit gilt der Buntglaskuppel hoch oben über meinem Kopf. Mir wäre das von Moos und altem Laub bedeckte Glas gar nicht aufgefallen, doch ein Sonnenstrahl hat die Baumkronen durchdrungen und erhellt ein vertrautes Bild, so dass ich ungläubig nach oben blinzle.

Hoch über mir schwebt mit ausgebreiteten saphirblauen Flügeln und weit geöffnetem rotem Schnabel ein unverwechselbarer, mir allzu bekannter Vogel.

KAPITEL 10

LOWENNA
Gegenwart
Cornwall

Ich ziehe den Kamm aus meiner Tasche und zeige ihn Noah.

»Den habe ich gerade am Ufer gefunden. Das ist doch dasselbe Design, oder nicht? Sagen Sie mir, dass ich nicht verrückt bin.«

Er wirft einen Blick zur Kuppel. »Nein, dann wäre ich es auch. Die beiden Vögel sind identisch.«

Ich fahre mit dem Finger über die rissige Emaille, die ein verblasstes Abbild von dem leuchtenden Exemplar über uns zeigt. »Meine Großmutter hatte genau so einen Kamm. Meine Schwester und ich haben uns immer gezankt, wer ihn tragen darf.«

Wieder werde ich in Grannys Wohnzimmer katapultiert, an dessen beschlagenen Scheiben der Regen in Schlieren hinunterläuft, und sehe meine Schwester vor mir, die den Kamm so hochhält, dass ich ihn nicht erreichen kann. Wie ist meine Urgroßmutter an diesen Kamm gekommen, der eine Verbindung zum Oyster House darstellt?

Noah stößt einen leisen Pfiff aus. »Das ist jetzt wirklich ein bisschen unheimlich. Kann das noch Zufall sein?«

»Meine Granny ist in der Nähe aufgewachsen. Vielleicht hat sie das Gegenstück beim Strandgutsammeln gefunden. Könnte doch sein, dass beide Kämme gleichzeitig verloren gingen.«

Noah nimmt den Kamm und wiegt ihn in seiner Hand. »Er ist wunderschön, Art Nouveau, würde ich sagen, also etwa um die Jahrhundertwende. Billig wird er nicht gewesen sein. Sehen Sie das rote

Auge? Möglicherweise ist das ein Rubin, und die Klauen sehen aus wie mit Blattgold überzogen.«

Gold und Rubine? Hat der Fremde dann den Schmuckkamm gemeint, als er meiner Urgroßmutter sagte, mit dem Inhalt der Kiste könnte man sein Glück machen? Dann wäre es wirklich besser gewesen, er hätte ihr das erklärt; sie hätte ihn verkaufen und von dem Geld Schuhe für ihre Kinder oder Kohle kaufen können, um leichter den Winter zu überstehen.

»Aber wie kommt es, dass da oben derselbe Vogel abgebildet ist?«

Die Antwort ist zum Greifen nahe, das spüre ich. Die Frau, der dieser Kamm gehörte, muss irgendwas mit Oyster House zu tun gehabt haben. Hat sie die Glaskuppel gesehen und den Goldschmied gebeten, nach diesem Design die Kämme anzufertigen?

»Der Vogel ist ein Phönix«, sagt Noah leise. »Die Trelyons haben im Familienwappen auch einen Phönix. Wenn Sie sich umsehen, werden Sie ihn überall hier finden: am Hoteltor von Vyvyan Court, an der Gedenktafel in der Kirche. Und am wichtigsten natürlich am Schild vom Pub.«

Dem Schild hatte ich keine Aufmerksamkeit geschenkt, ich war zu sehr mit dem Gedanken beim Essen, aber bei näherer Betrachtung merke ich jetzt, dass dieses saphirblaue Wesen mit den glühenden Augen und den grausamen Krallen kein normaler Vogel ist.

»Dieser Kamm wurde also nach dem Familienwappen gestaltet?«

Ich drehe den Kamm so, dass sich das Licht darin fängt. Das Rubinauge glitzert vielsagend. Welche Geheimnisse bewahrt er?

»Ein solcher Kamm wurde bestimmt nur bei besonderen Gelegenheiten getragen. Zum Beispiel bei einer Feier.«

»Ach, davon gab es hier viele«, erwidert Noah. »Vielleicht hat die Besitzerin ihn verloren. Zum Beispiel beim Schwimmen. Die Strömung ist hier so stark, dass er Sekunden später schon weg gewesen wäre.«

Vielleicht lag sie auch in den Armen ihres Geliebten, der die

Kämme herauszog, bevor er mit seinen Händen durch ihre roten Haare fuhr? Ich muss an das schlanke junge Mädchen in dem weißen Kleid denken, das leicht gebückt den Sand absuchte. Hat sie vielleicht nicht nach Muscheln gesucht, sondern nach einem verlorenen Kamm? Hat sie gehofft, irgendwo das Rubinauge aufblinken zu sehen?

»Meine Mum sagte immer, die Vergangenheit würde nie auf ewig im Verborgenen bleiben und Geheimnisse kämen stets ans Licht«, bemerkt Noah nachdenklich, als er nach der Überprüfung des Hauses die Sicherheitstür abschließt. Er legt die Hand auf meinen Rücken und führt mich die schiefen Stufen hinunter. »Aufpassen, Wenna. Die sind bröckelig.«

Als ich stolpere, fasst er mich am Ellbogen, und ich spüre die Stärke in seinen Armen, eine Stärke, die nicht vom Training im Fitnessstudio herrührt, sondern von körperlicher Arbeit im Freien. Ich habe das Gefühl, ich wäre schon seit einer Ewigkeit nicht mehr von einem Mann berührt worden, und entziehe mich ihm, kaum dass ich mein Gleichgewicht wiedergewonnen habe.

Sollte Noah das bemerkt habe oder gar gekränkt sein, lässt er sich das nicht anmerken. »Ich glaube, deshalb hat Mum an unserem Familienstammbaum gearbeitet. Sie meinte, dabei käme sie sich vor wie eine Detektivin. Als würde sie zu einem größeren Ganzen gehören. Als sie entdeckte, dass wir von ihrer Seite her britische Wurzeln haben, flippte sie aus. Sie war vollkommen überrascht.«

»Das wusste sie nicht?«

»Bis dahin hatte sich niemand dafür interessiert. Dads Familie stammte aus Sydney, und wie ich schon sagte, gewinnt man in Down Under an Status, wenn man von einem Strafgefangenen abstammt. Mum war richtig fixiert auf die Suche nach ihren Vorfahren. Ich habe ein ganz schlechtes Gewissen, dass ich sie nicht fortgeführt habe.«

»Sie hatten genug mit sich selbst zu tun.«

»Kann schon sein. Trotzdem, wäre Mum hier, hätte sie unbedingt mehr über diesen Kamm erfahren wollen. Sie hätte sich einen Metalldetektor besorgt und den halben Sandstrand auf der Suche nach weiteren Schätzen umgegraben. Vielleicht möchten Sie Treena um Hilfe bitten? Sie könnte Gareth dazu bringen, mit dem Bagger herzukommen. Oder sie könnte ihre Pendel befragen.«

»Ich brauche keine Bagger oder Pendel, um Schätze zu finden«, wehre ich ab und erzähle ihm, während wir zum Wagen gehen, von Granny Mays Kiste. Ich kann es kaum erwarten, sie endlich in Händen zu halten.

»Wie es aussieht, sind Sie gleich zweimal auf Schatzsuche: wegen Ihrer Familienandenken und wegen Gerald Snowe«, bemerkt Noah, öffnet die Wagentür und hilft mir hinein.

Dann hüpft er mühelos auf den Fahrersitz. »Ich suche mal Mums Unterlagen heraus. Die sind hoffentlich von Nutzen. Mum würde sich jedenfalls freuen.«

»Ich kann's kaum erwarten, einen Blick darauf zu werfen«, erwidere ich. »Man weiß nie, was man beim Sichten von Texten findet. Ich habe oft genug mit Autoren gearbeitet, um zu wissen, dass man manchmal auf Gold stößt, wenn man es am wenigsten erwartet.«

»Ich hoffe, Sie finden etwas.« Noah lässt die Kupplung los, worauf der Wagen über den gefurchten Weg schießt. »Himmel! Festhalten, Wenna. Dieser Abschnitt ist holprig.«

Wir lassen die Auffahrt und Oyster House hinter uns und biegen in den Wald. Kurz darauf taucht schon das Bootshaus auf, in dessen Fenstern das Sonnenlicht glitzert. Meine Stimmung steigt. Erst jetzt wird mir bewusst, wie bedrückend ich das verfallende alte Haus fand. Wenn ich dann auch noch Treenas Geschichten von Geistern und Flüchen und Gerald Snowes merkwürdiges Schicksal bedenke, ist es kein Wunder, dass ich emotional etwas aus dem Gleichgewicht bin.

Als die Sonne hinter den Baumwipfeln verschwindet und sich auf der Wasseroberfläche des Flusses die Gräser und Bäume im letzten Licht violett spiegeln, habe ich Ordnung geschaffen, obwohl die meisten meiner Sachen noch nicht ausgepackt sind – Noah hat mir rundweg verboten, auch nur ein Gepäckstück ins Haus zu tragen. Ich habe die Lampen angemacht, das Radio läuft im Hintergrund und Breakspear döst am Holzofen. Mit meinen eigenen Sachen fühlt sich das Bootshaus immer mehr an wie ein Zuhause. Selbst das düstere Schlafzimmer wirkt mit meiner Bettdecke und einem Stapel Bücher auf dem Nachttisch gemütlicher. Im Licht der Lampen erscheint alles weicher, und es ist fast so, als freue sich das Bootshaus, wieder bewohnt zu werden. Meine früheren Bedenken sind nur noch Überreste eines bösen Traums, und ich kann über meine albernen Befürchtungen lachen. Kein Plausch mehr mit Treena, nichts Übersinnliches mehr. Ich darf mich nicht ablenken lassen.

Allerdings hat Noah Wilson das Potenzial, mich auf ganz andere Art abzulenken, denn meine Gedanken wandern ständig in seine Richtung. Ich denke an sein Lachen, an seine Freundlichkeit, als er mein Gepäck transportierte, und an seine Aufmerksamkeit. Als ich aber daran denke, wie warm seine Haut an meiner war, als er mich vor Oyster House stützte, weiß ich, dass es nicht nur am Wein liegt, dass mir leicht schwindelig wird. Doch will ich weder mein Herz gefährden noch die Furcht erregende Fi gegen mich aufbringen.

Ich nehme mein Weinglas und schlendere zum Fenster. Der Mond hängt in voller Pracht über den Bäumen, während sein Zwilling träge im tintenschwarzen Wasser schwimmt. Ich blicke durch mein Spiegelbild hindurch zum Himmel und sehe die Sterne und den orangefarbenen Stecknadelkopf des Mars. Die Großstadt mit ihren Straßen und Läden kommt mir genauso fern und fremd vor wie der Rote Planet: Ich habe das Gefühl, dass ich gar nicht weiter weg von der mir bekannten Welt sein könnte.

Der Phönix-Kamm liegt neben meinem Laptop. Seine Emaillefedern schimmern sanft im Licht, und seine Metallzähne blitzen. Als ich ihn mir ins Haar stecke, denke ich an die Frau, die ihn zuletzt benutzt hat. Ist dieser Kamm ihr unbemerkt aus den Haaren gerutscht? Ins Wasser gefallen, als sie in einen Kahn stieg? Als sie lächelnd zu ihrem

Geliebten aufblickte, den Rock über den zierlichen Schnürstiefeln gerafft, während er ihr ins Ruderboot half? In meiner Phantasie ist dieser Mann Gerald Snowe, angetan mit gestreiftem Blazer und Strohhut, und der Kamm fiel leise platschend ins Wasser. Vielleicht aber wurden auch beide Kämme gestohlen und rutschten dem Dieb aus der Tasche, als er die Uferböschung hinaufstieg und im Wald verschwand. So viele Möglichkeiten, so viele Fragen. So wenige Antworten.

Ich fahre meinen Laptop hoch, um zu sehen, ob es wenigstens Antworten auf die E-Mails gibt, die ich vor ein paar Stunden versendet habe. Eine der drei neuen Nachrichten in meinem Posteingang stammt von David. Die lösche ich sofort. Die zweite kommt von Drew, der mir mitteilt, dass er von einem Gerald Snowe noch nie gehört hat, seine Frau aber bitten wird, Nachforschungen in der British Library zu betreiben. Ich danke ihm und erkundige mich, froh, dass wir Freunde geblieben sind, nach seinen Zwillingen. Die dritte E-Mail, die ich mir bis zum Schluss aufbewahrt habe, weil sie am aufregendsten scheint, stammt von Matthew Enys, dem Kurator der Kernow Heritage Foundation. Dies wird die Antwort auf meine Frage nach Gerald Snowe sein. Das ging aber schnell! Ich brenne darauf zu erfahren, was er weiß.

Ich hatte Matt, einen anerkannten Experten zum Thema Cornwall während des Ersten Weltkriegs, gefragt, ob er etwas über Gerald Snowe oder die Trelyons wüsste. Meine Vermutung, dass die Familie Rivers sie möglicherweise gekannt hatte, weil sie vielleicht die gleichen gesellschaftlichen Ereignisse besucht hatten, war zunächst ein Schuss ins Blaue gewesen. Ich hatte nicht damit gerechnet, so schnell von Matt zu hören, da er auf Rosecraddick Manor sehr viel zu tun hat und außerdem eine Karriere im Fernsehen startet. Als ich seine E-Mail aufrufe, freue ich mich über das echte Interesse, das in seiner Antwort anklingt. Obwohl er kaum mehr über Gerald Snowe erzählen kann als Hamish, hält er es für wahrscheinlich, dass der geheimnisvolle Autor und Kit Rivers sich begegnet sind.

Cornwall ist eine kleine Welt, in der jeder jeden kennt, schreibt Matt. *Zur letzten Jahrhundertwende galt das auch für die Oberschicht, die angehalten war, nur untereinander zu verkehren und eheliche Verbindungen zu schließen. Daher wäre es schon außergewöhnlich, wenn Gerald Snowe und Kit Rivers sich nicht begegnet wären.*

Trevellan und Vyvyan Court werden in mehreren Briefen erwähnt, die wir hier im Museum haben. In einem spricht Kit von einem Gefreiten Carew aus Trevellan, und in seinem Gedicht Im Graben *beschreibt er eine Explosion im Schützengraben, die mehrere Männer tötete. Aber ich fürchte, Gerald Snowe wird in keinem von Kits Briefen oder Notizbüchern erwähnt. Möglicherweise war Gerald am Tag der Einschiffung dabei. Für einen Mann seiner Herkunft wäre es sehr ungewöhnlich gewesen, sich nicht von seinen Freunden zu verabschieden und ihnen Glück zu wünschen.*

Ich habe kürzlich eine wunderbare Sammlung von Fotos erstanden, die ein reisender Fotograf vor dem Ersten Weltkrieg in Cornwall geschossen hat. Möglicherweise wurde er auch damit beauftragt, Porträts der Familie Snowe anzufertigen. Gerald könnte auch auf einem der Fotos sein, die bei einem gesellschaftlichen Ereignis auf Rosecraddick Manor aufgenommen wurden. Ich weiß nicht, ob Sie ihn identifizieren können, aber es wäre vielleicht hilfreich, sich diese Sammlung anzuschauen. Ich werde alles ausgraben, was noch von Interesse sein könnte, und habe morgen Nachmittag nach vier Zeit. Wenn das passt?

Beste Grüße

Matt Enys

Da muss ich nicht lang überlegen. Ob das passt? Natürlich passt das! Wenn ich könnte, würde ich sogar sofort hinfahren!

Nachdem ich mir noch ein Glas Wein geholt habe, kehre ich an meinen Laptop zurück. Ich komme der Wahrheit über *Am Austernufer* immer näher. Selbst der Phönix scheint mich mit seinem roten Auge ermutigend anzufunkeln.

KAPITEL 11

LOWENNA
Gegenwart
Cornwall

Am Ende einer langen, gepflegten Kiesauffahrt liegt Rosecraddick Manor. In der Nachmittagssonne werfen die geometrisch getrimmten Formgehölze lange, bläuliche Schatten über die Rasenflächen, doch immer noch schlendern Besucher durch den Park und genießen dabei ein Eis. Ich bin selbst in Versuchung, mir eins zu kaufen, doch ich bin spät dran und habe nicht mal die Zeit, einen Blick ins Museum zu werfen. Das – und ein Vanillehörnchen – muss ich mir für ein anderes Mal aufheben.

Matt Enys wartet auf mich auf einer Bank im eingefriedeten Garten, einem sonnenverwöhnten Fleckchen, wo Bienen summen und die Luft nach Rosmarin duftet. Ich erkenne ihn sofort von seinen Dokumentationen und winke schon, bevor mir klar wird, dass er keine Ahnung hat, wer ich bin. Glücklicherweise fügt er eins und eins zusammen und winkt so herzlich lächelnd zurück, dass meine Verlegenheit verfliegt. Es dauert nicht lang, da plaudern wir schon über Kit Rivers und Kriegslyrik, und ich habe völlig vergessen, dass ein TV-Star vor mir sitzt.

Rosecraddick Manor ist vom traurigen Schicksal von Oyster House und Vyvyan verschont worden und geriet nicht im Laufe des letzten Jahrhunderts in Vergessenheit, sondern wurde, wie Matt Enys stolz erklärt, das Juwel in der Krone der Kernow Heritage Foundation.

»Das Museum ist mir eine Herzensangelegenheit, allerdings frage ich mich dennoch, wie viele unserer Besucher tatsächlich über den Krieg nachdenken oder die Gedichte lesen. Die meisten scheinen sich weit mehr für die Teestube und den Museumsshop zu interessieren«, vertraut Matt mir an, als wir über einen von Rosmarin gesäumten Pfad schlendern.

»Ich gestehe, dass Eiscreme und Souvenirs bei meinem letzten Besuch auch ganz oben auf der Liste standen. Ich finde aber, Sie verstehen es besonders gut, einem die Vergangenheit so nahe zu bringen, dass sie sich real anfühlt. Man hat das Gefühl, Kit wäre ein guter Freund, dem man jeden Augenblick persönlich begegnen könnte.«

Als Matt vor Freude rot wird, sieht man, wie sehr ihm Rosecraddick Manor bedeutet. Er ist ein stiller Mensch, attraktiv auf eine leicht derangierte, konfuse Weise. Fasziniert höre ich ihm zu, als er über den Garten der Erinnerung und die Entdeckung erzählt, die alles für Rosecraddick Manor geändert hat.

»Verzeihung, dass ich ins Schwafeln gerate«, sagt er, »man merkt mir wohl meine Leidenschaft für das Projekt an.«

»Nein, es ist sehr fesselnd. Danke, dass Sie mir so viel von den Hintergründen erzählen.«

Matt lacht. »Glauben Sie mir, das Vergnügen ist ganz meinerseits. Sie haben wohl schon bemerkt, dass dies hier für mich nicht nur ein Job ist. Man könnte es sogar als Besessenheit bezeichnen. Zu meiner Schande muss ich gestehen, dass ich noch nie von Gerald Snowe gehört habe. Als Zeitgenosse und Kollege von Kit Rivers könnte er tatsächlich mit ihm zu tun gehabt haben.«

»Ich glaube, unbekannt zu bleiben, war genau das, was Gerald wollte«, seufze ich.

»Das sagten Sie schon. Wirklich sehr seltsam. Normalerweise sehnen sich Schriftsteller doch nach Unsterblichkeit. Auch wenn sie privat oft eher scheu sind, wollen sie mit ihrem Werk eine Botschaft vermitteln, die ihnen wichtig ist: Bei Owen war es das Elend des Krieges, bei Kit die Macht der Liebe angesichts der Kriegsbedrohung. Es kommt sehr selten vor, dass ein Autor literarischen und finanziellen Erfolg hat und dann sein Werk zurückzieht.«

»Und nicht nur das. Hamish Pendragon, ein Buchhändler aus der Gegend, erzählte mir, dass Gerald Snowe jedes einzelne Exemplar des Buches, das er finden konnte, vernichtete und alle Veröffentlichungsrechte zurückforderte. Hamish war sich in dieser Hinsicht völlig sicher. Er vermutet, dass Snowe danach völlig zurückgezogen lebte.«

»Wenn sich einer in der Literatur Cornwalls auskennt, dann Hamish«, nickt Matt.

»Sie kennen ihn?«

»Selbstverständlich! Er ist ein Mitglied des *Gorsedh Kernow*.«

»Was ist das denn? Ein Geheimbund?«

Matt lacht. »Ich fürchte nein, obwohl Hamish von dieser Vorstellung entzückt wäre! Der *Gorsedh Kernow* ist eine kornische Bardenvereinigung. Nur wenige werden in ihre Reihen aufgenommen, und ihre Mission besteht darin, das keltische Erbe und die Literatur Cornwalls zu pflegen. Es gibt nicht viel, was Hamish nicht über kornische Sprache und Literatur weiß.«

»Und doch konnte er nichts Genaueres über Gerald Snowe sagen. Das kann anscheinend niemand.«

Matt Enys nimmt seine Brille ab und putzt sie mit seinem Ärmel. »Was ihn noch interessanter macht, finden Sie nicht auch? Gerald Snowe hat alles getan, um sich und sein großes Werk von der Bildfläche verschwinden zu lassen. Ich frage mich, was er verbergen wollte. Oder was er schützen wollte.«

»Das frage ich mich auch.«

»Unglaublich, dass es einen jungen Mann gab, der nicht mal zehn Meilen entfernt von Kit ebenfalls an seinem Werk schrieb – einen jungen Mann, den er vielleicht gekannt, mit dem er sich möglicherweise sogar ausgetauscht hat.« Matt wippt auf seinen Fußballen. »Ich hoffe, Sie kommen der Sache auf den Grund. Es gibt noch so viele fehlende Teilchen in diesem Puzzle.«

Fast schon will ich ihm von dem geheimnisvollen Fremden erzählen, der eine Kiste mit Schätzen bei meiner Urgroßmutter abgab, doch Matt hat das Thema gewechselt und spricht jetzt davon, das Frühwerk von Alex Evans zu katalogisieren, des umherreisenden Fotografen, den er in seiner E-Mail erwähnte.

»Evans war Kriegsfotograf und zwar einer der besten, doch er arbeitete auch ein paar Jahre in Cornwall und nahm private Aufträge an. Gut möglich, dass er Vyvyan Court besuchte, da er bei den meisten gesellschaftlichen Anlässen im Umkreis dabei war und von den Reichen und Mächtigen Porträtaufnahmen machte. Außerdem war Evans mehrere Male der offizielle Fotograf bei Einberufungstagen.«

»Gerald wurde nicht einberufen. Er hatte ein medizinisches Attest.«

»Auch das sehr ungewöhnlich«, bemerkt Matt. »Vielleicht hat jemand dafür gesorgt, dass er nicht in die Schlacht musste? Mit einem gefälschten Attest?«

»Wie bei Donald Trump?«

»Ganz genau«, grinst er. »Obwohl wir Gerald Snowe vielleicht damit unrecht tun. Gut möglich, dass er unbedingt an der Seite seiner Freunde kämpfen wollte, aber wirklich untauglich war. Die meisten jungen Männer meldeten sich freiwillig. Das sieht man auf Evans Fotos. Es ging zu wie auf einem Volksfest.«

»Kit Rivers war aber nicht besonders versessen darauf.« Ich erinnere mich noch an den Teil im Film, wo der junge Dichter dem Erwartungsdruck nachgegeben und sich gemeldet hatte. Bei der Szene, in der er dem Mädchen, das er liebte, davon erzählte, hatte ich hemmungslos weinen müssen. Wie schrecklich, wenn man keine andere Wahl hat, als alle und alles zu verlassen, das man liebt. Und welchen Mut erfordert es doch, trotzdem seine Pflicht zu tun.

Matts Miene verdüstert sich. »Kit kannte seine Pflicht. Außerdem kam er aus einer Familie von Militärangehörigen und war ein ausgezeichneter Offizier. Für Gerald war es Pech, dass die, die nicht in den Krieg zogen, schlecht angesehen wurden, selbst wenn sie gute Gründe hatten.«

»Meinen Sie, er schämte sich und hatte das Gefühl, den Erfolg nicht zu verdienen?«, frage ich.

»Das wäre eine gute Theorie. Vielleicht können Sie sie ja beweisen. Jedenfalls habe ich mich für Sie daran gemacht, eine Menge Fotografien zu sichten. Ich fand sogar einige, die Ihnen nützlich sein könnten, allerdings weiß ich nicht, wie Sie Gerald Snowe identifizieren wollen. Damals wurden Fotos noch nicht beschriftet. Zukünftig werden die Historiker es viel einfacher haben, da wir uns ständig bei Facebook und Instagram markieren und über jedes Mittagessen bloggen. Meine Kinder reden auch ständig von TikTok. Ich habe keine Ahnung, was das sein soll. Ich bin einfach ein Dinosaurier.«

»Also, ich bemitleide die zukünftigen Historiker eher. Sie müssen sich Unmengen von Filmchen mit komisch tanzenden Leuten und endlose Fotos von Lebensmitteln ansehen«, entgegne ich. »Ganz zu schweigen von dem ganzen Gerede über den Brexit.«

Matt zuckt zusammen. »Stimmt, ich kann mir nichts Schlimmeres vorstellen. Da halte ich mich lieber an analoge Archive. Aber jetzt will ich Ihnen zeigen, was ich gefunden habe.«

Er führt mich durch eine kleine Tür, die zwischen Efeu und Blauregen kaum zu sehen ist. Nach dem strahlenden Sonnenschein draußen ist es im Inneren fast dunkel, und irgendwo hört man eine Uhr laut und nachdrücklich ticken. Wir gehen eine Treppe hinunter und folgen einem unterirdischen Gang, dessen Bodenfliesen von den unzähligen Schritten im Lauf der Jahrhunderte ausgetreten sind. Es fühlt sich an, als würde ich durch die Zeit reisen, ein Gefühl, das sich verstärkt, als wir im Museum landen, wo Kit und seine Kameraden uns in ewiger Jugend von den vergrößerten Fotografien anblicken. Die Jalousien sind geschlossen, und nur gedimmte Strahler beleuchten die Ausstellungsstücke – und die verwischten Fingerabdrücke auf den Glasvitrinen. Es ist, als würde man eine Kirche betreten, nur sieht man nicht Buntglasfenster mit Heiligen, sondern Relikte aus dem Krieg und die Gesichter gefallener junger Männer.

»Es ist so ganz anders hier, wenn es geschlossen ist«, bemerke ich und schaue mich um. »So still.«

»Zu Kits Zeiten war in diesem Teil des Hauses am meisten Betrieb«, erklärt Matt, als wir durch mehrere, ineinander übergehende Räume schreiten. »Dies war der Dienstbotentrakt, und die Räume wurden hauptsächlich für die Lagerung und Zubereitung der Speisen genutzt. Dies hier war das Esszimmer für das Personal.«

Wir befinden uns jetzt in einer Halle mit gewölbter Decke, in der Vitrinen an den Wänden und ein riesiger Tisch in der Mitte stehen. Man kann sich leicht vorstellen, wie hier Diener umhereilten oder aufsprangen, wenn eines der Glöckchen an der Wand klingelte. Am hinteren Ende des Raums sieht man vergrößerte, sepiafarbene Fotografien der einstigen Dienerschaft. Eine Köchin. Ein Butler. Eine streng wirkende Hausdame. Dienstmädchen. Hausdiener. Lakaien. Wildhüter. Eine ganze Armee, die nur dazu da war, sich um die Bedürfnisse der Familie Rivers zu kümmern. Ich kann mir vorstellen, dass auch meine Vorfahren auf Vyvyan Court gearbeitet haben könnten.

»Man kommt wirklich ins Nachdenken darüber, wie das Leben für die meisten in einem System aussah, das nur wenigen, vom Glück begünstigten Menschen diente«, bemerkt Matt. »Wir haben diesen Raum ein bisschen zu sehr nach dem Vorbild von *Downton Abbey* gestaltet, aber den Besuchern gefällt es. Gerald Snowe wäre ein Raum wie dieser nicht unbekannt gewesen. Vyvyan Court ist vielleicht sogar noch größer als dieses Anwesen. Die Trelyons waren eine sehr reiche Familie.«

»Ich glaube, sie verloren ihr Geld zu Geralds Lebzeiten.«

»Da haben Sie recht. Ich habe ein bisschen nachgeforscht – nicht sehr gründlich, befürchte ich –, aber zu Beginn des zwanzigsten Jahrhunderts war das Familienvermögen der Trelyons bereits geschrumpft. Der Besitz unterlag dem Fideikommiss, was hieß …«

»Dass nur ein männlicher Nachkomme erben konnte«, sage ich, bevor ich mich bremsen kann. »Aus diesem Grund konnte Geralds Familie es mieten. Aber nach dem Krieg, als so viele junger Männer gefallen waren, wurde der Fideikommiss aufgehoben und das Anwesen verkauft.«

Matt sieht mich an und verdreht die Augen. »Ich habe schon wieder Vorträge gehalten, oder? Damit treibe ich meine Kinder in den Wahnsinn.«

»Sie müssen sich nicht entschuldigen. Ich finde es faszinierend. Sollte ich wirklich ein Buch über Gerald Snowe schreiben, werden diese Hintergrundfakten sehr hilfreich sein.«

Matt hört mir aufmerksam zu, als ich ihm von meiner Karriere in der Verlagsbranche erzähle. David erwähne ich mit keinem Wort, und sollte Matt merken, dass ich ihm etwas verschweige, ist er höflich genug, nicht nachzufragen.

»Erasmus House wollte Kits Briefe herausbringen«, sagt er langsam. »Sie waren nicht gerade begeistert, als wir uns für einen größeren Verlag entschieden, aber wir brauchten so viel Geld wie möglich. Das Anwesen hier verschlingt unglaubliche Summen.«

Ich weiß noch, wie David an jenem Tag im Büro getobt hatte.

»Hoffentlich gibt es auch Verlage, die sich für mein Buch interessieren«, sage ich nur.

»Also ich finde, Sie haben ein sehr interessantes Thema«, beruhigt mich Matt. »Wäre es nicht großartig, wenn Sie eine Verbindung zu Kit Rivers fänden? Vielleicht gab es eine richtige literarische Szene hier in Cornwall, von der bislang niemand wusste. Stellen Sie sich das mal vor!«

Ich lache. »Das wäre ein Traum! Aber bis dahin will ich alles über Gerald Snowe erfahren. Geburts- und Todesdatum sind sicher leicht zu ermitteln, und ich kenne jemanden in der British Library, der für mich Nachforschungen betreibt, aber Geralds literarisches Leben scheint vollkommen ausgelöscht zu sein.«

»Und das mit Absicht, wenn man davon ausgeht, dass er selbst sein Buch vom Markt gezogen hat. Höchst faszinierend!«

»Ich hatte erwartet, irgendwo noch ein Originalmanuskript zu finden, so wie Sie bei Kit, aber es ist, als hätte Snowe nie etwas anderes geschrieben.«

Matt runzelt die Stirn. »Sehr merkwürdig. Normalerweise hinterlassen Schriftsteller Notizen oder Tagebücher. Schreiben ist für sie wie ein Zwang, deshalb gibt es meist Briefe und Kalender. Bei Kit war das so. Irgendwo muss es doch noch Quellenmaterial von Gerald Snowe geben. Oder ein Exemplar seines Buchs.«

»Leider nicht. Hamish bezeichnet es als verlorenes Meisterwerk.«

»Ein Meisterwerk, das aus dem Nichts kam, ohne eindeutige Entstehungsgeschichte, ohne Hinweis auf die literarischen Ambitionen des Autors. Einfach unglaublich! Wenn ich Sie wäre, würde ich versuchen, so viel wie möglich über Geralds Kindheit und Jugend herauszufinden. Gab es schon in der Schule Hinweise auf sein Talent? Las er gerne? Schrieb er Briefe oder Geschichten für seine Freunde?«

»Genau, da liegt viel Recherchearbeit vor mir«, nicke ich.

Ich habe das Gefühl, das alles würde zu nichts führen, aber Matt ist begeistert. »Ich beneide Sie! Das ist doch der Spaß daran. Ich finde, es ist wie eine Schatzsuche: Jedes neue Detail ist ein neuer Hinweis, mit dem man der Wahrheit einen Schritt näherkommt. Fangen wir mit dem an, was wir wissen: Die Familie Snowe kam 1904 nach Vyvyan Court. In diesem Jahr endete die direkte Linie der Trelyons mit einer Tochter, und ein entfernter Cousin erbte den Besitz. Die Snowes mieteten Vyvyan Court bis Anfang der zwanziger Jahre. Danach verliert sich alles im Dunkeln.«

»Wissen Sie den Grund?«

»Es war nichts Ungewöhnliches. Viele Dokumente gingen im Zweiten Weltkrieg verloren, als Vyvyan Court von der Armee beschlagnahmt wurde. Wie so viele der großen Anwesen war es in sehr schlechtem Zustand, nachdem die Armee abzog, und wurde schließlich aufgegeben. Selbst wenn Madalyn Trelyon – das ist die Tochter – es 1904 hätte erben dürfen, hätte sie es Anfang der vierziger Jahre an die Armee abtreten müssen.«

Madalyn Trelyon. Wie ein einzelner, auf einer Geige gespielter Ton, der noch lange nachklingt, nachdem der Bogen gesenkt wurde, hallt dieser Name in mir nach. Gehörten die Schmuckkämme ihr? Ist sie das Mädchen in Weiß, das das eigentlich ihr zustehende Ufer absuchte? Habe ich durch das löchrige Gewebe der Zeit einen Blick in die Vergangenheit geworfen?

»Es ist sehr ungerecht, dass sie nicht erben durfte.«

»Männliche Erben waren der Dreh- und Angelpunkt der Gesellschaft. Erst im Jahre 2011 erlaubte der Royal Marriage Act, dass eine Tochter den Thron besteigt, wenn sie die Erstgeborene ist. Aber das heißt noch lange nicht, dass die Aristokratie dem folgen wird – bislang ist sie es nicht. In fast keiner unserer adligen Familien kann eine Tochter den Besitz oder den Titel erben. Allerdings wird Madalyn diesen Umstand kaum hinterfragt haben, schließlich war sie erst sieben Jahre alt, als der Besitz an den entfernten Verwandten ging. Ihre einzige Bestimmung war es wohl, eine gute Partie zu machen, um ihre verwitwete Mutter zu unterstützen«.

»Und, hat sie das?«

»Ich habe keine Ahnung. Wie ich schon sagte, gibt es kaum Aufzeichnungen, und ich hatte nicht genug Zeit, um in die Tiefe zu gehen.« Matt sieht mich neugierig an. »Ich dachte eigentlich, Sie würden sich für Gerald Snowe interessieren.«

Ich weiß nicht, warum ich auf einmal so von Madalyn Trelyon fasziniert bin. Es ist, als hätte ich ein neues Fädchen in der Hand, würde sachte daran ziehen und einem neuen Muster in einem Wandteppich folgen.

»Meinen Sie, Madalyn hätte Gerald gekannt?«

»Möglich, obwohl ihre eigene Familie wohl nicht hier gelebt hat. Aber Madalyn und ihre Mutter könnten im Sommerhaus untergekommen sein – also im Oyster House. Die Familie behielt es, um es privat nutzen zu können.«

»Ich hoffe, sie wurde eine Suffragette, ging studieren und hatte ein wunderbares Leben«, sage ich trotzig.

»Viel wahrscheinlicher ist es, dass sie jemanden aus ihren Kreisen heiratete und eine pflichtbewusste Ehefrau wurde. Vielleicht finden Sie das ja heraus? Aber jetzt schauen Sie sich mal an, was ich gefunden habe.« Matt weist auf das Mosaik aus Fotos und Dokumenten, das er auf einem Tisch arrangiert hat. »Hoffentlich kann Ihnen davon etwas von Nutzen sein.«

Ich beuge mich über die Bilder, auf denen man Personen beim Krocketspiel, Jagdgesellschaften vor imposanten Herrenhäusern und sorgfältig arrangierte Familienporträts sieht. Die förmlich gekleideten Menschen blicken ernst aus einer Welt, die genauso bedeutungslos geworden ist wie die Namen, die zu ihren längst vergessenen Gesichtern gehören.

»Ich habe dieses Porträt in Alex Evans Frühwerk gefunden und glaube, das könnte die Familie Snowe sein.« Matt zeigt auf ein Foto, das eine Frau mit riesigem Wagenradhut zeigt, einen Mann mit buschigem Bart, der an die russischen Zaren des neunzehnten Jahrhunderts erinnert, und daneben einen dunkelhaarigen mürrisch dreinblickenden Jüngling. Sie stehen vor einem imposanten, mit Efeu bewachsenen Haus. Mein erster Eindruck ist, dass sie sich alle drei unbehaglich und fehl am Platze fühlen.

»Sehen Sie sich mal den jungen Mann genauer an«, fordert Matt mich auf. »Das könnte Gerald Snowe sein. Das Alter würde stimmen.« Der schlanke junge Mann hat ein bleiches Gesicht und einen ordentlich gestutzten Bart, trägt einen gestreiften Blazer und cremefarbene Hosen und verströmt eine Aura der Arroganz, die ich nur zu oft bei Davids Freunden gesehen habe. Der streitlustige Blick kommt mir bekannt vor, und auf einmal habe ich das Foto eines kleinen Jungen im Matrosenanzug vor Augen, der ähnlich störrisch in die Kamera blickt.

Henry.

Ist das möglich? Könnte er der kleine Junge vom Foto meiner Großmutter sein? Gerald Snowe?

»Woher wissen Sie, wo das aufgenommen wurde?«, frage ich Matt.
Das ernste Trio wirkt wie jede reiche Familie dieser Epoche, ungewöhnlich war allenfalls, dass sie offenbar nur ein Kind hatten.

»Das Foto wurde vor Vyvyan Court geschossen. Erkennen Sie das
Wappen der Trelyons über der Eingangstür?«

Ich schaue genauer hin. Tatsächlich sehe ich den Phönix vom
Schmuckkamm und der Kuppel über steinernen Flammen thronen.
Die Trelyons markierten gerne ihren Besitz.

»Die Zeit, in der das Foto aufgenommen wurde, passt auch zu den
Daten, die Sie mir genannt haben. Ich würde darauf wetten, dass dieser junge Mann Gerald Snowe ist. Derselbe junge Mann ist auch auf
diesem Foto zu sehen …,« er zeigt auf ein anderes Bild auf dem Tisch
»und zwar mit einer jungen Frau. Vom Arrangement her würde ich
sagen, es ist ein Verlobungsbild.«

»Aber Gerald Snowe war doch unverheiratet.«

»Vielleicht wurde die Verlobung gelöst.«

»Hamish meinte, sich an die Geschichte von einer geplatzten Ver-
lobung zu erinnern«, sage ich langsam. War es das? Der Grund für
Geralds Hass auf sein Buch? So etwas Einfaches und gleichzeitig
Kompliziertes wie Liebeskummer? Erinnerte ihn sein Buch an das
Mädchen, das er verloren hatte?

Ich nehme das Foto und betrachte es genauer. Ein junges Paar steht
vor demselben Herrenhaus, beäugt vom Phönix. Der dunkelhaarige
Mann ist jetzt ein bisschen älter und hat stolz das Kinn gehoben, als
wollte er dem Betrachter befehlen, die junge Frau zu bewundern, die
sich bei ihm eingehakt hat. Sein Stolz ist verständlich, denn sie ist von
zeitloser Schönheit.

Ich kann meinen Blick nicht von diesem Foto lösen, denn wenn ich
es nicht besser wüsste, würde ich schwören, dass dies die erwachsene

Prinzessin Clementine ist. Zwar ist ihr Blick nicht mehr kühn und herausfordernd, sondern züchtig gesenkt, doch es ist das vertraute herzförmige Gesicht mit dem Rosenknospenmund.

»Wissen Sie, wer das ist?«, frage ich Matt.

»Ich fürchte nein. Diese Fotos habe ich mir nie genauer angesehen. Sie sind ein wichtiger Bestandteil des Archivs, doch ich hatte so viel mit Evans Fotos aus dem Krieg zu tun, dass diese hier ein bisschen in Vergessenheit geraten sind.«

»Ich glaube, ich erkenne beide«, sage ich langsam.

»Wirklich? Wie das?«

Nun erzähle ich ihm doch, dass ein Fremder meiner widerstrebenden Urgroßmutter eine Kiste in die Hände drückte und erklärte, damit könnte unsere Familie ihr Glück machen. Als ich ihm auch noch die Spiele beschreibe, die meine Schwester und ich rund um die Kinder auf den Fotos erfanden, muss Matt lächeln.

»Meine Mutter schickt mir diese Kiste, und dann kann ich überprüfen, ob Gerald einer der beiden kleinen Jungen auf dem Foto war«, schließe ich.

»Das wäre ein ziemlich großer Zufall. Leider habe ich keine weiteren Fotos mit Gerald gefunden, aber Sie können sich die anderen gerne anschauen. Zumindest gewinnen Sie so einen Eindruck davon, wie das Leben damals aussah. Diese hier auf der linken Seite sind vom Einberufungstag in Trevellan. Ich finde sie sehr rührend. Diese jungen Männer hatten keine Ahnung, was ihnen bevorstand, und doch waren sie mit Feuer und Flamme dabei.«

All diese Bilder zeigen junge Männer, die stolz und ernst in den Dienst des Königs treten. Auf einem blicken zwei Freunde Arm in Arm in die Kamera in Erwartung des großen Abenteuers, das vor ihnen liegt. Glücklicherweise wissen sie noch nicht, dass sie dem Tod entgegentreten.

»M. Penwurthy und E. Carew«, lese ich laut. »Hey! Der Vater meiner Großmutter hieß Marrick. Ich glaube, das ist mein Urgroßvater!«

»Im Ernst?«

Unwillkürlich berühre ich meine wilden Locken, die identisch sind mit denen, die sich der junge Mann unter die Feldmütze gestopft hat. Fast kommen mir die Tränen, weil es mich rührt, meine eigenen Haare bei diesem Fremden zu sehen. Marrick war nicht immer ein finsterer Mann: Einst war er jung und unbeschwert und hatte Freunde.

Und ich sehe ihm sehr ähnlich.

»Ja, das ist er. Meine Großmutter hat oft von ihrem Vater erzählt. Er war Fischer.«

Matt nimmt das Bild und hält es neben mein Gesicht. »Ich meine sogar, eine gewisse Ähnlichkeit zu sehen. Ja, das Kinn und die Haare. Tatsächlich. Das ist einfach unglaublich, Lowenna! Hat Marrick den Krieg überlebt?«

»Ja. Granny May sagte oft, er hätte Glück gehabt, denn all seine Brüder starben an der Front. Ich frage mich, ob sein Freund es ebenfalls geschafft hat.«

Der Freund ist genauso groß wie Marrick und hat einen klaren Blick und hohe Wangenknochen. Sein helles Haar fällt ihm in die Stirn, und in der Wange hat er ein Grübchen. Auch ihn sehe ich nicht zum ersten Mal.

N. OS. 1914.

Dies ist der junge Mann aus dem Skizzenbuch, da bin ich mir absolut sicher. Genau wie Gerald Snowe hat er irgendetwas mit meiner Familie zu tun.

»Das ist Edward Carew aus Kits Gedicht. Wenn das wirklich Ihr Urgroßvater ist, neben dem er steht, dann haben Sie eine Verbindung zur Literaturgeschichte, Lowenna. Aber ich fürchte, Edward Carew starb im Kampf.«

Ich starre auf das Bildermosaik auf dem Tisch, die Gesichter junger Männer, die wie so viele im Krieg gefallenen sind. Das Blut der Gefallenen rot wie die Mohnblumen, die an den Krieg erinnern. War Gerald Snowe froh, dass er dem entkommen konnte? Oder fühlte er sich um die Chance betrogen, ein Held wie Kit Rivers oder wie mein Urgroßvater zu werden? Wer war die junge Frau an Geralds Seite? Und wer hat Edward Carew einst so liebevoll skizziert? Meine Urgroßmutter? Eine vergessene Geliebte? Oder vielleicht sogar Marrick? Wieso nicht?

Noch gibt es keine Antwort auf diese Fragen, aber als ich später zurück nach Oyster Shore fahre und im Rückspiegel das Herrenhaus vor einem gold und rosa gestreiften Abendhimmel verschwinden sehe, bin ich mir ganz sicher: Sobald ich in Erfahrung bringe, warum Gerald Snowe alles unternahm, um seinen großen Roman auszulöschen, werde ich den Antworten auf diese Fragen um einiges nähergekommen sein. Ich kann es kaum erwarten, Granny Mays Kiste zu bekommen. Denn ich habe das Gefühl, sie enthält den Schlüssel, um alles zu verstehen.

KAPITEL 12

LOWENNA
Gegenwart
Cornwall

Sie haben eine Verbindung zur Literaturgeschichte. Matts Worte verfolgen mich bis nach Hause, begleiten mich wie Irrlichter durch die dunkler werdenden kornischen Landstraßen und dann auf dem Weg zum Bootshaus. Als die Schatten länger werden und der Himmel sich violett färbt, gehe ich immer schneller. Bei Tageslicht lässt sich leicht über Flüche und Spukgeschichten lachen, doch je dunkler es wird, desto schwerer hat es die Vernunft im Kampf gegen die Angst. Das alte Haus liegt schon hinter mir, und doch werfe ich einen Blick zurück, um zu sehen, ob da ein Mädchen in Weiß oder ein kleiner Junge im Matrosenanzug hinter seinen Freunden herläuft.

Als ich geistesabwesend das Bootshaus betrete, begrüßt mich Breakspear mit überschäumender Freude. Ich fülle seinen Napf, schalte ein paar Lampen ein und mache mir einen Kaffee, bin in Gedanken aber bei zwei jungen Soldaten. Dem einen war es beschieden, im Kampf zu fallen, und dem anderen, mein Großvater zu werden. Der eine wurde durch ein Gedicht unsterblich und der andere durch eine Nachfahrin, die ihm entfernt ähnlich sieht. Nur wegen einer Laune des Schicksals, das Edward und nicht seinen Freund zu sich rief, bin ich überhaupt hier. Mir wird fast schwindelig, so beliebig und unsicher erscheint alles.

Ich mache mir Toast, setze mich an den Tisch und starre fasziniert auf das rote Auge des Phönix auf dem Kamm, den ich zur Inspiration vor mir platziert habe. Während mein Laptop versucht, sich mit dem

Hotspot des Handys zu verbinden, dudelt das Radio leise in der Küche, so beruhigend und vertraut wie die gebutterten Toastscheiben auf meinem Teller. Aber ich bin zu beschäftigt, um zu essen, denn ich frage mich, ob mein Urgroßvater der schmuddelige Dorfjunge von dem Foto war, der mit Henry und Prinzessin Clementine am Ufer von Oyster Shore spielte. Ist Marrick Penwurthy das fehlende Puzzlestück?

Als ich leichte Kopfschmerzen bekomme, merke ich seltsamerweise, dass ich David vermisse. Beruflich konnte man mit ihm sehr gut solche Fragen erörtern, und er liebte literarische Rätsel – vor allem, wenn sie sich kommerziell verwerten ließen. Seit dem Erfolg des Films über Kit Rivers lässt sich alles, was mit dem jungen Kriegsdichter zu tun hat, in Gold verwandeln, und David hätte nicht geruht, bis er das Geheimnis ergründet hätte. Er hätte unzählige Anrufe getätigt, Matt mit Fragen gelöchert und meine Mum so lange umgarnt, bis sie selbst die Treppe zum Speicher hochgeklettert wäre, um die Kiste zu holen. Dann hätte er den Einheimischen im Pub Drinks ausgegeben, um ihr Gedächtnis zu ölen, und selbst Treena Trehunnist hätte er mit seinem Interesse an Pendeln und Tarotkarten bezaubert. Davids Charmeoffensiven habe ich schon tausendmal erlebt. Damit gewinnt er Literaturagenten für sich und überzeugt große Autoren, bei einem kleinen Verlag wie seinem zu veröffentlichen. Deshalb ist er so erfolgreich. Wenn David Blake sich ein Ziel gesetzt hat, dann kann man ihn genauso wenig aufhalten wie die Flut. Doch kaum habe ich mich daran erinnert, verfliegt auch schon mein Anflug von Nostalgie. Ich will auf gar keinen Fall, dass er mein Buch beeinflusst, so wie er lange meine Karriere und mein Leben bestimmt hat. Dann kommt mir der Gedanke, dass ich es kaum erwarten kann, Noah von den Entdeckungen dieses Tages zu berichten, denn er interessiert sich genauso dafür wie ich, und ich weiß, dass er sich erst all meine Überlegungen dazu anhören wird, bevor er mit eigenen Vorschlägen kommt.

Perplex blicke ich auf. Wieso vergleiche ich plötzlich David, mit dem ich fast vier Jahre zusammen war, mit einem Mann, den ich erst seit ein paar Tagen kenne? Ich lasse mir etliche Gründe durch den Kopf gehen, verwerfe sie aber alle und befinde, dass ich einfach nur einsam bin und mich mehr auf meine Forschung und ein paar Spuren konzentrieren sollte, die wirklich zu etwas führen. Morgen werde ich ins Dorf gehen und versuchen, Selina Trewen zu einem Kaffee und einen Plausch über die hiesige Lokalgeschichte zu bewegen. Möglicherweise kann sie mir ein bisschen mehr über Madalyn Trelyon und die Verbindung der Familie zu Geralds Geschichte erzählen. Vielleicht hat Selinas Vater mal etwas darüber fallen lassen. Sie kommt mir vor wie eine scharfsinnige Frau, der nichts entgeht.

Schließlich verbinden sich Computer und Handy miteinander, und der helle Bildschirm bietet mir Zugang zu Informationen. Ich gebe *Schützengraben Soldat Trevellan Kit Rivers* in die Suchleiste ein und bekomme sofort *Im Graben*, eines seiner berühmteren Werke. Es ist ein erschütterndes Gedicht, das immer wieder mit Owens *Dulce et Decorum Est* verglichen wird, aber die Schrecken des Krieges viel brutaler zeigt, weil es schildert, wie eine Explosion im Bruchteil einer Sekunde ein Leben auslöscht. Beim Lesen höre ich förmlich die panischen Schreie und sehe die geschundenen Körper vor mir, da der Dichter das Chaos und Gemetzel mit blutigen Bildern heraufbeschwört.

Ich minimiere die Webseite. Es ist eine Sache, ein Gedicht aus akademischer Perspektive zu lesen, aber eine völlig andere, wenn man das Gesicht des jungen Mannes gesehen hat, der in der beschriebenen Explosion umkam. Auf der Suche nach mehr Hintergrundwissen lese ich einige Literaturkritiken dazu, die erörtern, ob Carew eine Christusfigur ist, die für Selbstaufopferung steht, oder lediglich ein Konstrukt, um einen politischen Standpunkt zu verdeutlichen. Doch der akademische Diskurs ist von der Hölle der Schützengräben weit entfernt. Nachdem ich einige Artikel überflogen habe, habe ich den Eindruck, dass nichts die Realität der Front näherbringt als das ursprüngliche Gedicht und das Foto von Edward Carew und Marrick Penwurthy. Mir scheinen diese beiden jungen Männer mittlerweile vertraut, es sind nicht länger nur die Namen unbekannter und nicht betrauerter Angehöriger. Eigentlich waren es noch Jungen, Jungen mit Hoffnung und Zuversicht, die das Leben noch vor sich hatten. Junge Männer, denen der Krieg das Leben geraubt hat. Sie standen am Beginn ihres Lebens, wie die jungen Männer, die man heutzutage sonnengebräunt und mit Surfboards unter dem Arm in Trevellan sieht

Ich rufe die Galerie auf meinem Handy auf und suche das Foto der beiden Freunde. Sie stehen dort, den Arm um die Schultern des anderen gelegt, und haben glücklicherweise keine Ahnung davon, dass weit in der Zukunft Professoren über ihre Bedeutung im Werk eines großen Dichters diskutieren werden. War mein Urgroßvater Marrick bei Kit Rivers und Edward Carew, als die Bombe explodierte? Versuchte er, seinen Freund aus den Trümmern zu befreien? Oder wurde auch er unter Schlamm und Leichen begraben, als die Welt um ihn herum in Stücke flog? War dies der Augenblick, in dem sich der junge Mann mit dem offenen Gesichtsausdruck in den zornigen Mann verwandelte, den zornigen Vater, vor dem Granny May sich fürchtete?

Ich lege mein Handy zur Seite und kehre zum Laptop und dem Gedicht zurück. Ganz gleich, wie schrecklich es ist, schulde ich es doch meinem Urgroßvater und allen Männern, die im Schützengraben kämpften, mich der Realität ihrer Kriegserfahrungen zu stellen. Wieder und wieder lese ich das Gedicht, und jedes Mal trifft es mich wie ein Schlag. Wie die meisten britischen Schulkinder habe ich Literatur aus dem Ersten Weltkrieg gelesen. Ich weiß alles über naive Jungen, die auf Ruhm und Abenteuer aus waren, über Soldatendichter, über schlammige Schützengräben und mutige Frauen, die Krankenschwestern wurden und Ambulanzen fuhren. Ich kenne Owen und Rivers und Sasson: Sie schrieben über junge, übermütige Männer, die in ein Inferno gerieten, Aristokraten und Metzgerjungen, die Seite an Seite in Gräben und gegen Gasangriffe kämpften. Davon zeugen zahlreiche Filme, Bücher und Theaterstücke, die einen Teil unserer Kultur ausmachen. Wie in Kits Gedichten gibt es dort kein edles Opfer und keinen Ruhm, sondern nur ein blutiges Gemetzel, in dem eine ganze Generation in eine Hölle aus Schlamm, Stacheldraht und Granattrichtern getrieben wurde.

Ja, solche Geschichten muss ich schon unzählige Male gehört und gelesen haben, doch nach meinem Besuch in Rosecraddick Manor und mit dem Foto von Marrick und Edward vor Augen ist es nicht länger ferne Vergangenheit, sondern schreckliche Realität, denn diese Soldaten waren *Jungen*. Es waren Heranwachsende mit Flaum auf der Oberlippe und schlaksigen Gliedmaßen, echte Menschen, die gelebt und geliebt hatten und meist ein hässliches, brutales Ende erlebten. Das alles ist so bedrückend, dass ich mir die Augen reibe, bis ich Sternchen sehe, weil ich eine Pause von Tod und Verzweiflung brauche. Und ein Glas Wein.

Gerade will ich mich deprimiert ausloggen, da erscheint eine neue Nachricht auf meinem Bildschirm. Meine Stimmung steigt, als ich sehe, dass sie von Drew stammt, was heißt, dass seine Frau etwas über Gerald Snowe ausgraben konnte.

Anna hat nicht viel über Snowe gefunden. Sie hat die Kopie einer Kritik seines Buches aus **The Mail** *von 1919 und ein paar Nachrufe aus der Zeit angefügt, die dir vielleicht helfen können. Ein Exemplar von Snowes Roman hat sie nicht auftreiben können, was wohl den Wirren der Zwischenkriegszeit geschuldet ist, wie sie sagt. Außerdem gingen offenbar viele Informationen verloren, vor allem aufgrund von Bombenangriffen im Zweiten Weltkrieg. Anna lässt ausrichten, dass die Sache sie jetzt auch fasziniert!*

Dein Gerald Snowe wurde 1918 veröffentlicht, in der gleichen Ära wie Proust, Freud und Hesse, also befand er sich in erlesener

*Gesellschaft. Faszinierend ist aber, dass sein Werk die Zeit nicht über-
dauert hat, obwohl sein Roman der Kritik nach außerordentlich gut
aufgenommen wurde. Anna hat dazu ein paar Dokumente beigefügt,
weil sie hofft, sie könnten dir helfen.*

Ich überfliege den Rest der E-Mail, wo es hauptsächlich um Drews
neuen Job als Leiter des englischen Fachbereichs einer großen Ge-
samtschule und seine allgemeine Verzweiflung über die Direktion
und den neuen Bildungsminister geht. Als ich die Anlagen aufrufe,
sind Erschöpfung und Gedanken an ein Glas Wein sofort verflogen,
denn ich habe eine Zeitungskritik von *Am Austernufer* aus dem Jahr
1919 vor mir, die zwar kurz ist, aber voll des Lobes – so wie ich es mir
für meine früheren Autoren gewünscht hätte.

*Der Roman erinnert in seiner Seelenschlichtheit und Nüchternheit
an Hardy und ist in einem Paradies angesiedelt, das vom Krieg bedroht wird. Zwar ist der Trost der Natur allgegenwärtig, doch die
Loyalitäten des Protagonisten teilen sich wie die schmalen Wasserkanäle, die sich unter seinem Bootshaus durch den Schlick ziehen.
Hier wird die Verbindung zwischen Natur und Vorstellungskraft in
einer klassischen Erzählung beleuchtet, die zugleich schlicht und in
ihrem lyrischem Überschwang komplex ist. Man liest die archaische
Geschichte eines Jungen und eines Mädchens, deren bedrohte Liebe
und Hoffnungen noch lange nachhallen. Gleichzeitig beschreibt der
Autor erschütternd und schonungslos die mechanisierte Kriegsfüh-
rung. Snowes* Am Austernufer *ist eine eindrucksvolle, originelle
Schöpfung der Phantasie und ein Triumph lyrischer Sprache.*

Ich lese die Kritik noch einmal, weil ich kein Detail übersehen will.
Dann lese ich sie ein drittes und ein viertes Mal. Und bei jedem
Mal wird die Bewunderung des Kritikers für Snowes Werk deutli-
cher.

»Erinnert an Hardy«, sage ich zu Breakspear. »Eine klassische Erzählung, die zugleich schlicht, in lyrischem Überschwang jedoch komplex ist. Von so einer Kritik träumt jeder Schriftsteller. Wieso also wollte Gerald sein Buch vernichten? Und wieso hat ein derart begabter Mensch nie wieder geschrieben?«

Ich lehne mich auf meinem Stuhl zurück und denke über das nach, was ich gerade erfahren habe. Mittlerweile habe ich eine vage Ahnung, wovon dieser verschollene Roman handelte. Die Kritik spricht von einer Liebesgeschichte, die jedoch mit einem Verlust enden muss, der so zwingend ist wie der Wechsel von Ebbe und Flut. Es ist ein lyrisches und gleichzeitig maßvolles Werk, schlicht im Stil und doch komplex in den dargelegten Ideen und Gefühlen. Es ist eine Geschichte darüber, wie Liebe durch die Zeit und den Krieg erodiert wird und wie edle Gefühle durch Pflicht und Status und Tod ersterben. Das alles klingt wundervoll, und wieder einmal wünschte ich mir, ich könnte den Roman lesen.

Zwar ist der Trost der Natur allgegenwärtig, doch die Loyalitäten des Protagonisten teilen sich wie die schmalen Wasserkanäle, die sich unter seinem Bootshaus durch den Schlick ziehen.

Von diesem Satz werde ich ganz kribbelig, denn ich hatte recht: Gerald Snowe verbrachte tatsächlich Zeit in diesem Bootshaus. Hat er genau hier an seinem Buch geschrieben? Hat er beobachtet, wie der Fluss Richtung Meer strebte und Ebbe und Flut sich abwechselten? Anders kann es nicht sein, denn es scheint mir, dass der Fluss durch jedes Wort seines Buches strömt. Die stillen Reiher und die munteren Wasseramseln müssen genauso auf den Seiten gelandet sein wie der knarrende Ponton und das seltsam verschnörkelte Bootshaus zwischen dem Wäldchen und der vergessenen Flussbiegung.

Bei der zweiten Anlage, die Drew mir geschickt hat, handelt es sich um den Nachruf auf Geralds Snowe, der nur kurz und wenig informativ ist. Dort findet sich kein Hinweis auf sein Buch, und man bekommt lediglich den Hinweis, dass er sich von Cornwall fernhielt und in einem Klosterkrankenhaus in London starb. Ich speichere das Dokument auf meinem Desktop und klicke die letzte Anlage an, bei der es sich um einen Ausschnitt aus einer kornischen Zeitung handelt. In Erwartung, noch einmal ähnliche Informationen über Gerald Snowe zu erfahren, bin ich überrascht, den Nachruf auf jemand ganz anderen zu finden.

Trelyon, The Hon. Madalyn Rose 1898–1917
Einzige Tochter von Rupert, dem Viscount Trelyon (verschieden) und
Constance, der Viscountess Trelyon, wohnhaft Chatton Place, Lon
don und Oyster House, Trevellan. Der tragische Verlust der jungen
Dame erfolgte in ihrem zwanzigsten Lebensjahr. Die Trauerfeier
wurde in der Kirche St. Nun abgehalten, wo eine Gedenktafel für sie
angebracht werden wird. Unser Mitgefühl gilt Lady Constance in
ihrer Trauer und Miss Trelyons Verlobtem Mr. Gerald Snowe von
Vyvyan Court.

Matt Enys lag richtig mit seiner Ahnung. Madalyn Trelyon, das Mädchen, das eigentlich Vyvyan Estate und Oyster Shore hätte erben sollen, war mit Gerald verlobt gewesen und hatte in Oyster Shore gelebt. Ich rufe das Foto von dem schönen, jungen Paar auf meinem Handy auf und betrachte das bezaubernde Mädchen. Wenn dieser stolze junge Mann Gerald Snowe ist, dann gebietet die Logik, dass die junge Frau Madalyn Trelyon ist, seine zukünftige Frau. Zwar erscheint Madalyn steif und ernst, doch das kann auch der Förmlichkeit der Fotografie geschuldet sein. Es ist nicht unbedingt ein Hinweis auf ihre Gefühle Gerald gegenüber, denn der ist auf eine etwas düstere Art recht attraktiv und außerdem sehr reich. Madalyn, die dazu erzogen wurde, jemand Vermögenden zu heiraten, um den Reichtum ihrer

Familie zu vergrößern, war vermutlich begeistert, eine solche Partie zu machen. Ihre Arbeit war getan, ihre Mission erfüllt.

Wer auch immer den Nachruf auf Madalyn schrieb, wusste, dass sie und Gerald verlobt waren. Ich bin sehr dankbar für die detektivischen Fähigkeiten von Drews Frau, denn meinen bisherigen Informationen zufolge war Gerald ein eingefleischter Junggeselle, der allein und fast vergessen starb. Vermutlich fand die Verlobung nur im kleinsten Kreis statt, aus Rücksicht auf Geralds Gesundheit und den Krieg, der auf der anderen Seite des Ärmelkanals tobte. Trauer um seine Verlobte, die er mit seinem Buch assoziierte, führte wahrscheinlich dazu, dass Gerald Snowe unbedingt sein Werk auslöschen und sich selbst davon distanzieren wollte. Trauer zeigt sich eben auf unterschiedliche Arten.

Nachdenklich kaue ich am Ende meines Stifts, schreibe *Madalyn Trelyon – tragischer Verlust* auf meinen Notizblock und unterstreiche die Wörter zweimal. Mit *tragischer Verlust* wurde das Geschehen bewusst vage gehalten. In diesem Alter ist jeder Tod tragisch. Wieso wurde die Todesursache nicht genannt? War es eine Krankheit? Ein Unfall? Mord? Je länger ich darüber nachdenke, desto überzeugter bin ich, dass gerade das, was *nicht* über Madalyn Trelyon gesagt wurde, von Bedeutung ist. Es wimmelt von Möglichkeiten, und ich prüfe jede einzelne auf ihre Wahrscheinlichkeit. Ein Mord wäre in die Zeitungen gekommen. Eine Krankheit wäre sicher erwähnt worden. Genauso wie ein Unfall. Was also wäre so schrecklich gewesen, dass es verschwiegen werden musste? Was wäre ein Tabu gewesen, von dem die Zeitungen niemals berichtet hätten? Hat Madalyn sich umgebracht? Oder, und dazu muss die Phantasie einen großen Sprung machen, gibt es eine andere Erklärung für Geralds Abneigung gegen das Buch: Hat er sie umgebracht? War es ein Verbrechen aus Leidenschaft? Vielleicht starb sie auch bei einem schrecklichen Unfall? Durch Ertrinken im Fluss?

Mit einem Mal kühlt die Atmosphäre merklich ab. Breakspear hebt ruckartig den Kopf und starrt hinaus in die Dunkelheit, wo der Fluss still und unsichtbar durch die Nacht strömt. Bei seinem starren Blick stellen sich mir die Nackenhärchen auf, und als er zu winseln anfängt, würde ich am liebsten aufspringen und die Vorhänge vor der Schwärze da draußen zuziehen. Hat Madalyn Trelyon dort ihr tragisches Ende gefunden? Ist Madalyn das ertrunkene Mädchen aus Granny Mays Geschichten und der Geist, von dem Davey Tuckey sprach?

»Wenn Treena hier wäre, würde sie ein Pendel schwingen und die Geister befragen«, sage ich zu Breakspear, aber der starrt immer noch in die Dunkelheit und winselt erneut.

»Was hast du denn, Junge? Was ist da draußen?«

Auch ich blicke in die schwarze Leere, sehe aber nur mein eigenes Gesicht in der Dunkelheit, bleiche Haut und riesige Augen. Sollte irgendetwas in der tintenfarbenen Welt jenseits der Scheibe lauern, so kann ich es nicht erkennen. Obwohl es wahrscheinlich nur ein vorbeihuschender Fuchs ist, der Breakspears Aufmerksamkeit geweckt hat, ziehe ich die Vorhänge mit einem energischen Ruck zu, und auf einmal ist das Bootshaus ein helles Rettungsfloß inmitten eines Ozeans aus Bäumen. Ich bin eben eine Städterin, die sich albernerweise fürchtet, wenn keine Straßenlaternen und erleuchtete Läden die Dunkelheit in Schach halten.

Ich gieße mir ein Glas Wein ein und kehre zu meiner Arbeit zurück. Abgesehen von Mord, für den es keinerlei Beweis gibt, liegt Selbstmord nahe, über den zu sprechen 1917 noch ein Tabu war. Wurde nicht erst kürzlich zugelassen, dass Selbstmörder auf geweihtem Boden beerdigt werden dürfen? Zu Beginn des zwanzigsten Jahrhunderts wurde Selbstmord wohl nicht als Verzweiflungstat angesehen, sondern als Schande, daher war es verständlich, dass es geheim gehalten wurde, vor allem bei einer so ranghohen Familie wie den Trelyons. Die Theorie scheint mir schlüssig. Granny Mays Geschichte über das ertrunkene Mädchen könnte durchaus auf dem tragischen Tod von Madalyn Trelyon beruhen, deren Geschichte sich im Laufe der Zeit zu einer lokalen Legende verwandelte. Selina Trewen war bei unserem Abschied frustriert, weil sie sicher war, irgendetwas über Oyster Shore vergessen zu haben. Könnte dies der mysteriöse Todesfall von Madalyn gewesen sein?

Gedankenverloren spiele ich mit meinem Kuli. Die Hypothese scheint mir wirklich einleuchtend. Es gibt keinen aufwändigen Grabstein für Madalyn – nur eine Gedenktafel, also keine Leiche. Und es wurde auch keine große Trauerfeier erwähnt, die der Tochter eines Viscounts doch zugestanden hätte. Es ist schon sehr seltsam, dass ihr Tod so beiläufig abgetan wurde, schließlich war sie die letzte direkte Nachfahrin einer Familie, die seit der Zeit des Feudalismus großen Einfluss in Trevellan hatte. Ein vertuschter Selbstmord wäre da durchaus denkbar, zumal die Leute in den Wirren des Krieges sicher nicht allzu viele Fragen stellten.

Eine Theorie aufzustellen ist einfach. Die eigentliche Schwierigkeit liegt darin, sie mit harten Fakten zu untermauern. Außerdem ist da noch die Frage, vor der ich immer wieder zurückscheue: Wer war das Mädchen in Weiß, das im Fluss Strandgut sammelte? Das Mädchen mit den roten Haaren, das der Ebbe folgte? Habe ich Madalyns Geist gesehen? Oder habe ich mir sie nur eingebildet, weil meine Phantasie in der hiesigen Atmosphäre mit mir durchgeht?

Halte dich strikt an die Tatsachen, befehle ich mir streng, als ich »Madalyn Trelyon« google. Fakten und nicht Intuition, Gefühle und Geister sind das Fundament einer Biographie. Ich muss alles ganz sachlich halten, und über die Familie Trelyon gibt es historische Fakten. Ihre Wurzeln reichen zurück bis zu Heinrich II. Sie hatten viele wichtige Ämter inne, und ihr Glück stieg und fiel mit den Monarchen, die sie unterstützten. Doch so lange ich mich auch durch die Ritter und Höflinge scrolle, bis zu den Parlamentsmitgliedern des zwanzigsten Jahrhunderts, nirgendwo wird eine Trelyon-Tochter erwähnt, die in so jungen Jahren zu Tode kam. Es ist, als wäre Madalyn aus der Familiengeschichte gelöscht worden.

Meine Suche endet im Nichts. Genau wie Geralds Buch scheint Madalyn nie existiert zu haben, was bei mir den Verdacht aufkommen lässt, jemand könnte sich sehr viel Mühe gegeben haben, beide von der Bildfläche verschwinden zu lassen. Und in diesem ganzen verwirrenden Geheimnis gibt es eine Verbindung zu Kit Rivers, Edward Carew und meinem Urgroßvater Marrick Penwurthy. Ich betrachte noch einmal das Foto von Marrick und seinem Freund, weil ich auf einmal überzeugt bin, dass diese beiden jungen Männer der Schlüssel zu diesem Rätsel sind. Ich vergrößere das Foto auf meinem Handy, zoome es immer mehr heran und entdecke plötzlich etwas, das dem Bild eine ganz neue Dimension verleiht. Spielen mir meine müden Augen etwa einen Streich?

»Unmöglich«, hauche ich und zoome das Foto noch näher heran, bis es ganz körnig wird und ich mich fragen muss, ob ich Halluzinationen habe. Ich versuche es noch mal mit einem anderen Bildausschnitt, zoome es erneut heran, aber es besteht kein Zweifel an dem, was ich auf dem vergilbten Foto entdeckt habe: Zwischen Daumen und Zeigefinger hält der unglückselige Gefreite Edward Carew den Schmuckkamm mit dem rubinäugigen Phönix.

KAPITEL 13

LOWENNA
Gegenwart
Cornwall

Nach all den Geistergeschichten, den alptraumartigen Beschreibungen von Schützengräben und aufgrund des Rätsels um den Schmuckkamm habe ich mit einer unruhigen Nacht gerechnet, doch ich schlafe überraschend gut und wache erst auf, als Sonnenlicht durch das Dachfenster fällt und mein Gesicht wärmt. Ich trinke einen Tee auf dem Ponton und sehe Breakspear zu, der am Ufer umherstreift. Ein riesiger Fischreiher erhebt sich wie ein aus der Zeit gefallener Pterodactylus in die Lüfte, und jetzt, bei Tageslicht und Vogelgezwitscher, kann ich leicht darüber lachen, dass ich am Abend zuvor so hastig die Vorhänge zugezogen habe.

An diesem Morgen kräuselt eine leichte Brise den Fluss, und Wölkchen wie aus Watte huschen über den pudrig blauen Himmel. Irgendwo fern im Tal brummt ein Traktor, und eine Flottille Segelboote aus Penhayes ist am Horizont zu sehen. Es ist ein perfekter, klarer Sommertag, und nach dem Frühstück breche ich auf nach Trevellan, weil ich Selina Trewen besuchen und ihr ein paar Fragen über die Trelyons stellen möchte.

Während ich die steile Auffahrt hinaufstapfe, beneide ich Breakspear, der mühelos im Zickzack vor mir her stromert, und tröste mich damit, dass ich hier auch ohne Fitnessstudio in Form komme. Zwar werden meine Schritte unwillkürlich schneller, als ich am Oyster House vorbeikomme, doch das Haus wirkt im Sonnenlicht heiter, und selbst die verrammelten Fenster schrecken mich nicht mehr ab. Ich kann mir vorstellen, wie das Mosaik in der Eingangshalle vom Licht aus der Phönix-Kuppel beleuchtet wird, die Sonnenstrahlen durch die Ritzen der Blendläden dringen und die dämmrigen Räume erhellen. Selbst die verrottende Veranda wirkt an diesem Morgen einladend und scheint der perfekte Ort für ein Frühstück zu sein. Hat Madalyn Trelyon hier gesessen und den vorbeiströmenden Fluss betrachtet, während ihr ein Dienstmädchen Tee aus einer Silberkanne einschenkte? Und spazierte sie Hand in Hand mit dem dunkelhaarigen, jungen Schriftsteller am Fluss entlang, wo er auf die Knie sank und ihr einen Antrag machte? Liebte sie Gerald wirklich? War sie glücklich? Oder wollte sie ihn nur seines Geldes wegen heiraten?

So viele Fragen, so wenige Antworten. Ich muss mich zügeln, sonst geht die Phantasie mit mir durch und ich erfinde immer neue Geschichten. Ich muss systematisch vorgehen. Es könnte reiner Zufall gewesen sein, dass der Gefreite Edward Carew den Phönix-Kamm in der Hand hielt. Vielleicht hatte er ihn gefunden. Oder er hatte ihn gestohlen und wollte ihn sich gerade in die Tasche stecken. Dass der Kamm in seinem Besitz war, bedeutete noch lange nicht, dass er Madalyn kannte, denn ein Dorfjunge wie er wäre weit unter ihrem Stand gewesen. Vielleicht arbeitete er im Oyster House und bekam von Madalyn den Schmuckkamm, um ihn seiner eigenen Liebsten zu schenken. Gut möglich, dass Selina ein paar Antworten darauf hat.

Eigentlich hatte ich gehofft, Granny Mays Kiste würde heute eintreffen, doch als ich am Eingang zum Grundstück in die alte Milchkanne spähe, die laut Immobilienmaklerin mein Briefkasten sein soll, sehe ich keinerlei Post – es sei denn, der Postbote überbringt keine Briefe, sondern Asseln und fette Spinnen. Also kommt sie vielleicht morgen? Es ist die reinste Folter, mich weiterhin gedulden zu müssen, und hätte Mum nicht angerufen, um zu melden, dass sie das Paket aufgegeben hat, wäre ich versucht gewesen, den ganzen Weg zurückzufahren, um es persönlich abzuholen. Ich will unbedingt wissen, ob meine Ideen eine reale Grundlage haben. Ist der Gefreite Carew der junge Mann auf den Skizzen? Ist Madalyn Trelyon meine Prinzessin Clementine und Henry im Matrosenanzug wirklich Gerald Snowe? Welche Bedeutung hat das zerlesene Buch? Wäre mein Leben ein Roman von Dan Brown, dann wäre es das einzig verbliebene Exemplar von *Am Austernufer*, und nach allem, was Hamish erzählt hat, würde ich damit wirklich mein Glück machen. Ein warmer Geldregen käme mir gerade recht, denn meine Ersparnisse reichen nicht ewig.

Aber das Ganze ist ziemlich unwahrscheinlich. Wenn Granny May noch ein Kind war, als der Fremde die Kiste brachte, dann wäre Geralds Buch zu diesem Zeitpunkt erst seit Kurzem vom Markt verschwunden. Und heute ist es nur deswegen so wertvoll, weil es so selten ist. Damals hätte niemand gewusst, dass *Am Austernufer* einmal der Stoff werden würde, von dem die Antiquare träumen. Viel wahrscheinlicher ist es, dass der Schmöker das Lieblingsbuch von jemandem war und zufällig in der Kiste landete. Ich meine mich zu erinnern, dass Marina und ich auch ein paar Legosteine und selbst gemalte Bilder hineingelegt haben. In meinen Augen sind das ebenfalls Schätze, und ich freue mich darauf, sie wiederzusehen.

In Erinnerungen versunken wandere ich zum Dorf, über Landsträßchen, die von dichter Vegetation gesäumt sind, und an alten Cottages, verwitterten keltischen Kreuzen und einsamen Farmhäusern vorbei mäandern. Würde mich nicht hin und wieder ein Auto zwingen, an Breakspears Leine zu zerren und mich mit ihm an den Straßenrand zu quetschen, hätte ich den Eindruck, mich im vergangenen Jahrhundert zu befinden. Im Gegensatz dazu befindet sich Trevellan in die Moderne, denn als ich dort eintreffe, leert die Müllabfuhr gerade die Tonnen auf den Straßen. Die Zufahrt zur Fähre wird von Autos verstopft, die warten müssen, während der Müllwagen im Schneckentempo vorbeikriecht und in einer Kakophonie aus Gläserklirren, Dosenscheppern, Motordröhnen und Bremsenquietschen seine stinkende Fracht lädt. Weiter die Straße hinauf vor dem Dorfladen bricht die Telefongesellschaft den Asphalt mit einem Presslufthammer auf, und an der einzigen Halte-stelle wartet ein Doppeldeckerbus mit laufendem Motor, weil der Fahrer mit einem Bekannten ein Schwätzchen hält. Selbst am Hafen gibt es Lärm, denn das Trelyon Arms wird gerade mit Bierfässern beliefert, die über das Kopfsteinpflaster rattern, während die Fischer mit einem Gabelstapler hin und her sausen und sich durch laute Zurufe verständigen. Bei all dem Getöse schweben Möwen krei-schend über die Dächer der alten Cottages und stürzen sich dort in die Tiefe, wo auch immer ein argloser Tourist versucht, etwas im Freien zu essen.

Ich bleibe einen Moment stehen, um die Lebendigkeit und Energie der Szenerie zu genießen, dann wende ich mich Richtung Kirche. Die Gasse, die kaum breiter ist als ein Handkarren, schlängelt sich durch den Ortskern, vorbei an pastellfarbenen Feriencottages, an der alten Polizeiwache und mehreren größeren Häusern, die zu Zweitwohn-sitzen umgebaut wurden. Die alte Schmiede ist heutzutage ein schmu-cker Bau mit leuchtend frischer Farbe und verschnörkelten Gittern aus Schmiedeeisen, und Pferdestärken haben hier nur noch die Range Rover. Selina Trewen hatte erzählt, dass ihr Vater sich für seine be-scheidene Herkunft geschämt hätte, und ich frage mich, was er wohl zu diesem veränderten Dorfbild gesagt hätte.

»Wenna!«

Noah Wilson winkt mir aus dem Vorgarten eines kleinen Cottages zu. Da er einen grünen Overall trägt, den er bis zu den Hüften he-runter gerollt hat, bemühe ich mich nach Kräften, nicht auf seinen muskulösen Oberkörper zu starren, sondern auf die Motorsense auf seiner Schulter, während Breakspear mich hechelnd die Gasse hinauf zerrt.

»Morgen«, sage ich.

Noah senkt die Motorsense und begrüßt meinen begeisterten Hund.

»Eigentlich schon Mittag«, erwidert er, als die Kirchenglocke wie aufs Stichwort zu läuten beginnt. Er richtet sich auf und wischt sich über die Stirn. »Manche von uns sind schon seit Sonnenaufgang bei der Arbeit.«

»Glauben Sie ihm kein Wort!« Selina Trewen erscheint in der niedrigen Haustür. Ihre weißen Haare zeichnen sich wie eine Pusteblume vor dem dunklen Eingang ab. »Dieser junge Mann hat um Punkt neun Uhr angefangen, keine Sekunde früher, und den ganzen Morgen nur Kekse gegessen. Hätte ich die Arbeit selbst erledigt, wäre es schneller gegangen, und ich hätte noch Kekse übrig. Das Gebäck kostet mich mehr, als die Arbeit wert ist, und ich habe keine Ahnung, was er den ganzen Tag macht. Wie es aussieht, flirtet er vor allem mit jungen Damen.«

Mit zuckenden Mundwinkeln wirft Noah mir einen Seitenblick zu. Der Rasen vor dem Cottage ist so glatt wie auf einem Golfplatz, die Blumenbeete sind makellos gepflegt und die Buchsbaumhecken ordentlich gestutzt. Noah hat sehr hart gearbeitet.

»Flirten? Schön wär's! Sehen Sie mich doch an! Sie sind eine Sklaventreiberin, Selina! Dagegen sind Düngen und Holzliefern der reinste Spaziergang!«

»Der Garten sieht großartig aus«, sage ich bewundernd. »Vielleicht sollte ich Sie damit beauftragen, rund ums Bootshaus Klarschiff zu machen?«

»Wollen Sie mir etwa den Rest geben?«, stöhnt er.

»Seien Sie nicht so ein Schwächling.« Selina kommt in den Garten und stützt sich dabei schwer auf ihren Stock. »Als Nächstes wollen Sie noch eine Tasse Tee!«

»Wo Sie davon sprechen …«, erwidert Noah. »Dafür könnte ich morden, wie es hier so schön heißt. Wenn man bedenkt, dass ich das Zeug nie getrunken habe, bevor ich herkam!«

»Sie sind schon fast ein richtiger Brite«, bestätige ich.

»Aber hallo! Sie haben recht. Schon bald esse ich lieber Marmite als Vegemite.«

Fast sage ich, dann wäre er der perfekte Mann für mich, kann mich aber noch bremsen und werde rot, weil es so knapp war. Zum Glück führen Selina und Noah mein erhitztes Gesicht auf den steilen Aufstieg zurück.

»Nun gut, wenn es sein muss, setze ich Wasser auf«, grummelt Selina, doch ihre blitzenden Augen verraten, wie sehr sie den Schlagabtausch genießt. »Kommen Sie herein, Lowenna, und der Hund darf auch mit – solange er nicht meine Katze ärgert.«

Das kann ich allerdings nicht versprechen. Breakspear kennt noch nicht viele Katzen und wird diese hier sicher faszinierend finden. Ich fasse seine Leine kürzer.

»Danke, aber ich wollte zur Kirche. Wissen Sie noch, dass ich Nachforschungen über Gerald Snowe betreibe? Den Schriftsteller?«

»Noch bin ich nicht ganz verkalkt!«

Ihr Ton verrät die ehemalige Lehrerin. Ich fühle mich, als hätte ich einen Tadel bekommen.

»Ich wollte nicht …«

»Natürlich nicht«, springt Noah rasch ein. »Seien Sie doch nicht so empfindlich, Miss Trewen. So hat Wenna das nicht gemeint. Jeder weiß doch, dass Sie einfach nur grantig sind.«

Ich halte die Luft an, weil ich fest damit rechne, dass auch er jetzt eine Abreibung bekommt, doch sie lächelt nur. »Tut mir leid, meine Liebe. Aber ich glaube, die Hitze setzt mir ein bisschen zu«, sagt sie. »Heute Morgen musste ich zum Laden, um Kekse zu kaufen, weil die Dose auf einmal leer war, und der Rückweg hier hinauf hat mich ziemlich geschafft. Es ist wirklich gottverdammt lästig, alt zu werden.«

»Der Weg ist extrem steil«, beruhige ich sie. Mir tun auch die Beine weh, dabei bin ich nicht mal halb so alt wie sie.

»Haben Sie noch etwas über ihn rausgefunden?«, erkundigt sich Noah, zieht den Overall über seine muskulösen Schultern und schließt den Reißverschluss.

Hastig konzentriere ich mich wieder aufs Thema. »Offenbar hatte Gerald Snowe eine Verlobte. Madalyn Trelyon.«

»Von Vyvyan Court?«, fragt Noah.

»Sie war die Letzte der Trelyons, aber der ganze Besitz fiel jemand anderem zu, weil sie ein Mädchen war.«

»Das war damals wohl so üblich, oder?«

»Ja, jedenfalls laut Matt Enys von Rosecraddick Manor.«

»Sie haben mit Matthew geredet?«, fragt Selina beifällig. »Wissen Sie, dass ich seinen Vater unterrichtet habe? Beide sind sehr kluge Burschen. Oxford-Absolventen.«

»Er hat mir geholfen, ein paar Lücken zu füllen.« Die Verbindung zu Kit Rivers oder meinem eigenen Urgroßvater behalte ich für mich. Ich will darüber nachdenken, bis ich mir im Klaren bin, was das bedeuten könnte. »Eine befreundete Archivarin hat einen Nachruf auf Madalyn gefunden, in dem sie als Geralds Verlobte bezeichnet wurde. Sie starb unter tragischen Umständen, was Geralds Verhalten vielleicht erklären könnte.«

»Das tut es ganz sicher«, bestätigt Noah leise.

Unvermittelt schlägt sich Selina die Hand vor die Stirn. »Das war es, was ich Ihnen neulich erzählen wollte! Ach, dieses lästige Alter! Mein Vater hat mal erzählt, die Liebste seines Freundes wäre im Fluss ertrunken. Deshalb wollte er nicht, dass meine Brüder und ich dort spielten. Pa meinte, es wäre ein tragischer Unfall gewesen. Das Ufer in Oyster Shore wurde tagelang abgesucht, aber die Leiche nie gefunden. Die Strömung kann dort in bestimmten Bereichen tödlich sein, vor allem, wenn man kein guter Schwimmer ist.«

»Meine Großmutter hat uns auch eine Geistergeschichte über ein ertrunkenes Mädchen erzählt«, sage ich langsam. »Vielleicht hat ihr Vater Madalyn gemeint?«

Das scheint zu passen, doch Selina schüttelt den Kopf. »Mein Vater sagte immer, die Ertrunkene sei die Liebste seines Freundes gewesen, und ganz gewiss teilten er und Gerald Snowe sich keine Freundin. Ich würde sogar behaupten, dass die beiden Feinde waren. Also kann sie es nicht gewesen sein.«

»Wieso waren sie denn Feinde?«, fragt Noah.

»Wahrscheinlich wegen einer alten Kindheitsfehde, die bis ins Erwachsenenalter andauerte. Ich könnte mir vorstellen, dass Gerald sich arrogant gegenüber den Leuten verhielt, und Pa war in dieser Hinsicht immer empfindlich, weil er nur der Sohn eines Schmieds war. In dieser Gegend vergessen die Leute nicht so schnell.«

»Also gab es zwei Mädchen, die zur selben Zeit ertrunken sind? Scheint mir ein etwas zu großer Zufall zu sein«, bemerkt Noah zweifelnd.

»Wir wissen doch gar nicht, ob Madalyn Trelyon ertrunken ist. Das habe ich nur angenommen. Im Nachruf steht lediglich etwas von einem tragischen Verlust«, entgegne ich.

»Für mich klingt das nach einem Euphemismus für Selbstmord«, erklärt Selina. »Damals nannte man das Kind nicht beim Namen, es war einfach ein Tabu.«

»Das habe ich mir auch gedacht«, nicke ich.

»Und Sie sind sich absolut sicher, dass Ihr Vater nicht mit Gerald befreundet war?« Noah tupft sich sein erhitztes Gesicht mit einem Handtuch ab.

»Ich habe nie erlebt, dass Pa auch nur ein gutes Wort über Gerald verloren hat. Ich glaube, er war richtig froh, als die Familie Snowe von hier verschwand. Genau wie die meisten Leute, würde ich sagen«, erklärt Selina. »Natürlich war das lange vor meiner Geburt, aber ich könnte mir vorstellen, es wurde nicht gut aufgenommen, dass der Sohn der Snowes nicht diente, während das Dorf so viele seiner Söhne im Krieg verlor.«

»Wenn das der Fall ist, was könnte Madalyn Trelyon denn Tragisches zugestoßen sein?«, frage ich.

Selina zuckt ihre schmalen Schultern. »Das war schon vor meiner Geburt längst Geschichte, aber vielleicht könnte es helfen, wenn ich

Ihnen ihre Gedenktafel zeige. Die Trelyons sind am östlichen Ende des Südflügels bestattet. Das war vor der der Reformation die Marien-kapelle.«

»Auch vor Ihrer Zeit, Miss T.?«, fragt Noah trocken.

»Frechdachs!«, lacht Selina. Noahs Charme wirkt offensichtlich auf Frauen jeden Alters.

»Zeigen Sie mir die Gedenktafel?«, frage ich Selina. Es gibt bestimmt nicht viele, die Trevellan besser kennen als sie.

Aber Selina ist nach ihrem Ausflug zum Dorfladen zu müde, also bietet Noah sich als Fremdenführer an. Nachdem er die Gartengeräte weggeräumt und sich umgezogen hat, brechen wir auf, und Breakspear rennt mit flatternden Ohren und wedelndem Schwanz voraus.

In St. Nun ist es kühl und so still, dass mir das Geräusch von Breakspears Pfoten auf den Steinquadern schrecklich laut vorkommt. In dieser Kirche haben Generationen von Dorfbewohnern gebetet, und gewiss hat sich nur wenig verändert, seit Gerald Snowe und Madalyn Trelyon auf ihren angestammten Bänken ganz vorn saßen, während meine Vorfahren mit den anderen Dörflern im Hintergrund bleiben mussten.

»Ich liebe diese Kirche«, bemerkt Noah, was mich überrascht, da ich ihn eher im Freien und in der Sonne sehe als in Sakralgebäuden mit ihrem Dämmerlicht. »Als ich hier ankam, war ich oft hier. Hier fühlte ich mich Kim näher.«

»War sie denn eine Kirchgängerin?«

Er lacht. »Nicht doch! Kim ging wie die meisten von uns nur an Weihnachten oder bei Hochzeiten in die Kirche. Sie hat wohl auch nicht an ein Leben nach dem Tod geglaubt, obwohl sie darüber nie viel geredet hat. Wir mieden das Thema, als es ihr noch gut ging. Es war ein bisschen …« Er verstummt und holt tief Luft, als würden die Erinnerungen ihm den Atem rauben.

»Zu gefährlich?«, schlage ich vor.

Er nickt. »Vermutlich. Es fühlte sich irgendwie defätistisch an, über den Tod zu sprechen, während sie dagegen ankämpfte. Wenn man über Krebs spricht, ist nur von Kämpfen und Widerstand die Rede, und alles andere wirkt so, als würde man aufgeben und alle enttäuschen. In der Behandlung ist es fast tabu, sich der Realität zu stellen, dass das Ende kommen wird. Man hat zwar die Palliativmedikamente in einem Schrank und auch Krankenschwestern, die auf Abruf bereitstehen, aber das ist nicht real. Das wird nicht passieren. Nicht einem selbst. Auf keinen Fall. Niemals.«

Ich weiß nicht, was ich sagen soll. Es liegt so außerhalb meiner eigenen Erfahrung, dass mir jegliche Äußerung von Mitgefühl banal und fast kränkend erscheint, aber Noah wartet auch nicht auf eine Reaktion.

»Die Zeit zwischen der Diagnose einer tödlichen Krankheit und dem tatsächlichen Ende ist eine Grenzerfahrung«, fährt er leise fort. »Jeden Tag fühlt man sich, als würde man durch Treibsand waten und es wäre nur eine Frage der Zeit, bis man untergeht. Man ist noch zusammen, aber die Trennung ist unvermeidlich, und obwohl das Leben so aussieht wie immer, erhascht man manchmal doch einen Blick hinter die Kulissen und dann ist das, was einem bevorsteht, so überwältigend, dass man nicht mehr atmen, denken oder handeln kann. Und wenn das Schlimmste eintritt, dann weiß man nicht, wie das Leben überhaupt weitergehen kann. Man will nicht mal, dass es weitergeht. Man will, dass die ganze Welt stillsteht.«

Was soll ich nur sagen? Was kann man überhaupt dazu sagen? Das Leben ist voller Wunder, aber auch voller Abschiede, und unsere Tage sind von Freude und Schmerz gleichermaßen durchzogen. Als Madalyn starb, fühlte sich Gerald so, wie Noah sich jetzt fühlt? War ihr Verlust so niederschmetternd, dass er sich nur helfen konnte, indem er das Leben und das Werk zerstörte, das er mit ihr verband? Noah Wilson reiste ans andere Ende der Welt, um sein Herz zu heilen. Jeder Mensch greift auf andere Hilfsmaßnahmen zurück.

»Diese Kirche erinnert mich daran, dass wir alle nur auf der Durchreise sind«, sagt Noah. »Wenn ich hierher komme, habe ich das Gefühl, Kim wäre nur im Nebenraum, also gar nicht so weit weg von mir. So viele Menschen waren hier in der Kirche und glaubten, dass es mehr gibt, als wir sehen oder wissen können. Vermutlich schenkt mir das die Hoffnung, sie eines Tages wieder zu sehen. Vielleicht ist das Unsinn, aber die Vorstellung hilft mir. Dies hier kann doch nicht alles gewesen sein! Es muss mehr geben, als wir sehen können.«

Er verharrt unter einem Buntglasfenster mit Heiligen und Engeln, die sich unter den Flügeln eines vertrauten blauen Phönix' zusammendrängen. Die Mauern hier tragen Gedenktafeln, Epitaphe und Inschriften für die Trelyons, die bis ins Mittelalter zurückreichen. Madalyn stammte aus einer sehr alten Familie.

»Kaum zu übersehen, wie?«, bemerkt Noah.

»Nicht gerade dezent«, bestätige ich und zeige auf die lebensgroße Statue eines Ritters in Kettenpanzer, der auf ewig die Hände zum Gebet gefaltet hat.

»Die sind schon seit Urzeiten hier. Wo fangen wir an? Hier müssen Hunderte von Gedenktafeln sein!«

Mir schmerzen bald die Augen von dem Versuch, die unzähligen Inschriften im Dämmerlicht zu entziffern. So viele Trelyons, aber keine Spur von Madalyn. Keine Engel, keine steinernen Schriftrollen, nicht mal eine Messingplatte mit ihrem Namen. Ich schiele schon fast, als Noah endlich eine Bronzeplakette entdeckt, die nicht größer ist als eine Badezimmerfliese und auch noch von einem Tischchen mit einer Blumenvase verdeckt wird.

Madalyn Rose Trelyon
Sehr geliebt, viel zu früh gegangen
1897–1917

»Auffallend unauffällig, nicht wahr?«, bemerkt Noah, als er den Tisch beiseiteschiebt. »Und das ist nur eine Gedenktafel. Nicht mal die letzte Ruhestätte wird erwähnt. Sie ist auch nicht über der Krypta platziert. Es wirkt, als wäre sie nachträglich angebracht worden.«

»Vielleicht ist sie nicht von ihrer Familie, sondern von Gerald?«

»Das ist auch komisch, denn weder er noch ihre Mutter wurden hier genannt, was doch üblich gewesen wäre. Kim hat in einem Gedenkgarten zu Hause eine Plakette, auf der steht, dass sie eine geliebte Ehefrau und eine schmerzlich vermisste Tochter und Schwester ist. Unsere Beziehungen und die Menschen, die wir zurücklassen, sind doch das, was wirklich zählt. Die Liebe, die uns entgegengebracht wurde. Das ist unser Vermächtnis. Wenn Gerald mit Madalyn verlobt war, wieso findet das hier keine Erwähnung?«

»Und wieso hat ihre Mutter die Trauerfeier für sie so unauffällig gehalten?«

Auch wenn ich keine Kinder habe, kann ich mir doch vorstellen, dass die Liebe zu ihnen unermesslich ist. Die Liebe zu einem Hund ist schon groß, und es würde mir das Herz brechen, wenn Breakspear etwas zustieße. Der Verlust eines Kindes muss unerträglich sein.

»Gräber und Gedenktafeln sind für die Überlebenden, denn wir sind es, die sie brauchen. Vielleicht gab es nach ihrem Tod niemanden mehr, der das Bedürfnis nach einer großen Gedenktafel hatte.«

»Oder es gab niemanden, dem es wichtig war, dass man sich an sie erinnerte? Schließlich war sie nur ein Mädchen. Sie hat die Familie nicht mal mit einer guten Partie gerettet«, sage ich.

»Vielleicht ließ ihre Mutter sie woanders beerdigen?«

»Wäre das dann nicht im Nachruf erwähnt worden?« Ich schüttele den Kopf. »Nein, Noah, ich glaube, da steckt mehr dahinter. Es muss etwas passiert sein, was man vertuschen wollte. Noch ein Rätsel. Davon scheint es hier viele zu geben.«

Breakspear wird unruhig. Er hat genug davon, hier in der Kirche brav zu sein, wo es doch draußen Möwen zu jagen und Wälder zu erforschen gibt. Noah tätschelt ihn.

»Ich glaube, wir brauchen jetzt alle einen Szenenwechsel. Wie wär's mit einem Drink und einem Sandwich im Pub? Dort gibt es köstliche Krabbenbrötchen.«

Wie aufs Stichwort knurrt mein Magen. »Das ist wohl ein Ja«, lacht Noah. »Wir könnten dort auch ein paar Theorien durchgehen. Vielleicht hilft das, man weiß ja nie.«

Der Gedanke an Krabbenbrötchen ist sehr verlockend. Für Essen, gute Gesellschaft und einen Gedankenaustausch könnte es sich lohnen, Fionas Zorn auf sich zu ziehen.

»Aber das geht auf mich«, erkläre ich. »Ich habe schon viel zu viel von Ihrer Zeit in Anspruch genommen.«

»Nein, ich zahle, denn es war meine Idee. Außerdem habe ich Sie damit beauftragt, mir bei der Fortführung der Recherchen meiner Mutter zu helfen. Da ist es viel billiger, Ihnen den Lunch zu spendieren, als Sie dafür zu bezahlen.«

Möchte Noah Wilson mit mir ins Pub gehen, oder ist er nur an meinen Recherchetalenten interessiert? Beunruhigend, wie meine Stimmung davon abhängt! Ich muss vorsichtig sein, denn mein angeknackstes Herz schmerzt noch.

»In diesem Fall betrachten Sie mich als eingestellt«, sage ich. »Und ich lasse mich sehr gerne mit Krabbenbrötchen bezahlen!«

Noah strahlt. »Super! Gehen wir raus in die Sonne. Die gibt's hier nicht so oft, da muss man jede Sekunde nutzen. Ach, und eins noch: Wir wär's, wenn wir uns duzen – wo wir doch jetzt Kollegen sind … Ich bin Noah«, sagt er und streckt mir die Hand entgegen.

Es ist nur ein Lunch, ermahne ich mich streng, als wir, mit Breakspear als voranstürmender Vorhut, ins Dorf gehen, nur Lunch und ein Gespräch über Geschichte. Mit Noah kann man gut offene Fragen erörtern, denn je länger wir über die kleine Gedenkplakette reden, desto sicherer bin ich, dass die Wahrheit über Madalyn Trelyon nicht in St. Nun zu finden ist, sondern viel eher im Schutz des Nebels und der Gezeiten in Oyster Shore. Dort liegen die Antworten, die mir helfen, das Rätsel zu lösen. Doch was die Frage betrifft, wieso mein Herz Purzelbäume schlägt, wann immer Noah mich anlächelt, der möchte ich heute lieber nicht nachgehen.

KAPITEL 14

LOWENNA

Gegenwart

Cornwall

W as höre ich da, Sie hatten ein Date mit Trevellans begehrtestem Junggesellen?«

Treena Trehunnist! Ich habe überhaupt nicht bemerkt, dass sie hinter mir in die Schlange getreten ist. Ich bin über den Fluss nach Penhayes gefahren, um mein Paket von der Post abzuholen. Und jetzt suche ich in einem der Feinkostläden, von denen meine Mutter so schwärmt, Schutz vor dem Platzregen.

»Ich wollte Sie nicht erschrecken«, entschuldigt sich Treena, als ich heftig zusammenzucke. »Haben Sie gedacht, es wäre Fi, die Sie zur Rede stellen will? Um der zu entkommen, ist Penhayes nicht annähernd weit genug weg.«

»Nein, vor der habe ich keine Angst, weil es wirklich nur ein Lunch war«, lache ich. »Aber woher wissen Sie das eigentlich?« Haben Sie Spione? Möwen mit Geheimkameras?«

Treena tippt sich an die Nase. »Das möchten Sie wohl gerne wissen.«

»Allerdings möchte ich das wissen. Ist der Pub verwanzt?«

»Nein, die Wahrheit ist viel langweiliger. In einem kleinen Ort wie Trevellan gibt's keine Geheimnisse, außerdem sind Sie neu hier und deshalb umso interessanter. Ihr Lunch ist jedenfalls das Aufregendste, seit die Talkmaster Richard und Judy vor zehn Jahren mal hier zum Essen auftauchten. Dave Tuckey nimmt schon Wetten entgegen, wann Ihre Verlobung stattfindet, und Fi lädt bereits ihre Schrotflinte.«

»Sehr witzig.«

»Glauben Sie etwa, ich mache Witze? Fiona kann ausgezeichnet schießen. Gareth lässt sie die Schädlinge auf der Farm jagen. Ist zwar nicht unbedingt Bio, aber er will nicht abwarten, bis ich sie weggezaubert habe.« Treena verdreht ihre stark mit Kajalstift geschminkten Augen. »Leben und leben lassen, sage ich immer, doch offenbar gilt das nicht für Ratten oder Kaninchen. Aber egal: Jetzt erzählen Sie mal von Ihrem Date mit dem schnuckeligen Noah.«

»Wir haben ein Sandwich gegessen, während ich ihm ein bisschen bei der Ahnenforschung geholfen habe«, erwidere ich, rücke ein Stück in der Schlange auf und zucke zusammen, da mir der Stoffbeutel mit Granny Mays Kiste darin gegen das Schienbein schlägt.

»Ich mach doch nur Spaß. Eigentlich freue ich mich, dass Sie befreundet sind.«

Da durchflutet mich Wärme, und mein Gesicht wird heiß. Damit Treena davon nichts mitbekommt, suche ich in meiner Tasche nach meinem Portemonnaie. Denn in Wahrheit haben Noah und ich eine sehr schöne Stunde miteinander verbracht. Wir haben in der Sonne gesessen, knusprige Brötchen mit kornischen Krabben gegessen, Cidre getrunken und uns ungezwungen miteinander angefreundet. Wir haben endlos über Gerald und Madalyn geredet, Theorien hinterfragt, die alle zu nichts führten, und sind dann ins Bootshaus zurückgekehrt, wo wir noch ein paar Stunden lang weitere Theorien aufstellten und endlos Tee tranken. Seitdem sind ein paar Tage vergangen, und wir haben uns nicht mehr gesehen, weil der Regen mich ans Haus gefesselt hat und Noah auf der Farm zu tun hatte, aber wir haben uns mehrere Male gesimst, und heute Abend will er mit den Unterlagen seiner Mutter vorbeischauen. Ich habe angeboten, für ihn zu kochen, deshalb bin ich in diesem Laden, doch wenn Treena erfährt, dass Noah zum Abendessen kommt, wird sie da sehr viel mehr hineindeuten.

»Unvorstellbar, was er durchgemacht hat«, bemerkt sie mitfühlend, während ich immer noch in der Tasche wühle, um meine Fassung wiederzugewinnen. »Es hat mich gefreut zu sehen, dass er mal ausgeht und etwas ganz Normales macht.«

»Aha! Dann haben Sie uns also gesehen? Nicht die Dorfspione?«

»Nein, die haben kläglich versagt! Ich war auf der Fähre und habe gewunken, aber Sie haben mich nicht bemerkt, weil Sie sich zu angeregt unterhalten haben.«

»Wir hatten uns kurz zuvor die Gedenktafel von Gerald Snowes Verlobter angesehen. Ich habe die Theorie, sie könnte in Oyster Shore ertrunken sein«, erkläre ich.

Das scheint Treena zu interessieren, doch ich habe die Theke erreicht, und der Ladeninhaber, herrlich altmodisch mit Strohhut und gestreifter Schürze, lächelt mich erwartungsvoll an. Treena späht über meine Schulter hinweg in die Auslage.

»Bitte, bitte, bitte kaufen Sie nicht die letzte Rindfleischpastete! Sonst muss Gareth Instantnudeln essen, weil ich eine ganz schlechte Hausfrau bin.«

»Aber nicht doch!«

»Doch, das ist sie«, versichert mir der Ladeninhaber. »Gareth ist in unserer Dartsmannschaft, und der arme Kerl hat immer so viel Hunger, dass er uns alle Sandwichs weg isst. Ist wirklich ein Rätsel, wieso er bei dir bleibt, Treena.«

»Ich bin gut im Bett«, kontert sie fröhlich, was ihm den Wind aus den Segeln nimmt. »Ich möchte die Pastete, Jago, und zwei Schottische Eier. Und ein bisschen Kartoffelsalat. Und Krautsalat.«

Als Treena fertig und Jago über den Schock hinweg ist, kaufe ich einen Backcamenbert und knuspriges Brot zum Stippen. Ein paar Häppchen sollten reichen, beschließe ich, als ich Treenas gelbem Regenmantel hinaus in den Regen folge; schließlich geht's mir nicht darum, Eindruck zu schinden. Noah ist nur ein Freund.

»Trinken wir doch einen Kaffee«, schlägt Treena vor, nimmt mich am Arm und zieht mich die Straße entlang. Autos fahren durch die Pfützen, und Möwen kauern sich zum Schutz vor dem Regen auf

Schornsteinen zusammen, sie sehen so missmutig drein wie die durchweichten Touristen. Ich habe ganz vergessen, dass man vom kornischen Regen innerhalb weniger Minuten nass bis auf die Knochen werden kann, und die Aussicht auf ein heißes Getränk ist sehr verlockend.

Wir finden ein geeignetes Café, sitzen schon kurz darauf auf einem riesigen, weichen Sofa und erfreuen uns an heißer Schokolade mit viel Sahne und ein paar Marshmallows.

»Allein davon werde ich mindestens ein Kilo zunehmen«, seufze ich, während die klapperdürre Treena drei Stückchen Zucker in ihren Kakao fallen lässt. Das Leben ist so ungerecht!

»Das werden Sie nicht, weil Sie ständig den Weg vom und zum Bootshaus laufen müssen. Wie ist das denn so?«

»Mittlerweile muss ich nur noch zweimal Pause machen, wenn ich die Steigung hinauf gehe, also werde ich wohl fitter.«

»Großartig. Das hört sich an, als kämen Sie gut im Bootshaus zurecht.«

»Es ist wunderbar, und ich glaube, dort kann ich wirklich schreiben. Wenn ich herausfinde, wieso Gerald Snowe alles daransetzte, seinen Roman verschwinden zu lassen, werde ich ein ganz besonderes Thema für ein Buch haben.«

Treena rührt in ihrem Kakao und leckt die Sahne vom Löffel. »Wir könnten ja mal eine Séance abhalten.«

»Nein danke, lieber nicht. Mein Herausgeber würde einen Plausch mit einem Geist nicht als zuverlässige Quelle ansehen.«

Treena winkt ab. »Kein Problem! Aber jetzt: guten Appetit!« Sie beisst so herzhaft in ein Cupcake, dass die grellbunte Füllung herausspritzt. So geht Treena alles im Leben an. Ich wünschte, ich wäre auch so, aber leider bin ich eine ewige Bedenkenträgerin. Jetzt mache ich mir schon wieder Gedanken, dass Noah heute Abend vorbeikommt, denn Treena hat zwar nur Spaß gemacht, doch muss ich ständig an ihn denken, was mich ziemlich kalt erwischt. Interessiert er sich für

Geschichte oder verbindet uns noch etwas anderes? Geht es ihm mit mir genauso wie mir mit ihm? Und will ich das überhaupt?

Wenn Männer wie Noah lieben, dann aus ganzer Seele und für immer.

Das ist natürlich alles Unsinn. Ich nippe an meinem Kakao und lehne mich zurück. Nachdem ein erneuter Regenguss einen weiteren Schwarm Touristen auf der Suche nach Schutz ins Café getrieben hat, hört die Kaffeemaschine jetzt auf zu mahlen, und es wird stiller. Ich atme tief durch und fange an, mich zu entspannen. Noah Wilson ist ein guter Freund und mehr nicht. Was uns verbindet, ist die Ahnenforschung. Alles andere bilde ich mir nur ein.

»Das war aber ein tiefer Seufzer«, bemerkt Treena mit vollem Mund und tupft sich mit einer Serviette das Kinn ab. »Was ist denn los?«

»Ich dachte gerade an all die Fragen, die noch beantwortet werden müssen, bevor ich mit meinem Buch überhaupt beginnen kann«, erkläre ich, aber das ist nur die halbe Wahrheit.

»Ich habe mit Grampy über Ihre Granny May gesprochen. Zwar ist er ein bisschen verkalkt, aber er erinnert sich an sie. Er meinte, sie wäre ein bisschen älter gewesen als er, aber wirklich hübsch, mit dunklen Locken. Anscheinend hatten alle Jungs im Dorf eine Schwäche für sie.«

Ich muss an meine rundliche Granny May mit ihrer grauen Dauerwelle, der Kittelschürze und den geschwollenen Knöcheln denken und kann sie mir kaum als junges Mädchen vorstellen, das viele Bewunderer hatte.

»Das hat er gesagt?«

»Nicht mit diesen Worten«, räumt Treena ein. »Er sagte, sie wären alle hinter May Penwurthy her gewesen, aber ihr Vater war sehr streng. Grampy erinnert sich noch, dass er mal angebrüllt wurde, weil er Mist mit den Netzen gebaut hatte – was danach nie wieder vorkam. Marrick Penwurthy war ein harter Mann, und offenbar hatte seine Frau auch nichts für Dummköpfe übrig.«

Ich denke an den jungen Mann auf dem Foto, der lachend in die

Kamera geblickt und seinen Arm um die Schultern seines besten Freundes gelegt hatte. Dieser Marrick Penwurthy war sorglos und für jeden Spaß zu haben. Dann kam der Krieg, seine Freunde wurden niedergemetzelt, und sein Herz verhärtete sich.

»Hat Gareths Großvater auch irgendwas über Gerald Snowe gesagt?«

»Nein. Grampy wurde erst lange nach seinem Verschwinden geboren. Aber er erzählte, dass sein Vater die Familie Snowe verachtete, weil keiner von ihnen im Krieg gekämpft hatte.«

»Selina Trewen sagte auch etwas in der Art. Damals gab es wohl viel Groll gegen Männer, die nicht in den Krieg zogen.«

»Also wird es für Gerald nicht leicht gewesen sein. Grampy erwähnte auch einen gewissen Ned, der ein Freund seines Vaters war. Er sagte, Ned hätte sich mit Gerald gestritten, doch er konnte sich nicht erinnern, weswegen.«

»Ned? Wer ist das denn?«

»Keine Ahnung, aber Grampy ist schon ein bisschen verwirrt. Er sagte, Ned wäre ein Kriegsheld gewesen, aber mehr wusste er nicht mehr.«

Ned war also ein Kriegsheld? Könnte er dann der Gefreite Carew aus Kit Rivers Gedicht gewesen sein? Der andere junge Mann auf dem Foto mit meinem Urgroßvater? Und ist er der junge Mann, von dem es tausend Zeichnungen im Skizzenbuch gibt? Ich spüre, wie Granny Mays Kiste in dem Beutel gegen meine Füße drückt, als wollte sie mich drängen, sie endlich zu öffnen. Mit zittrigen Händen greife ich in den Beutel und stelle die Kiste auf den Tisch. Mit ganz normaler Post verschickt, denke ich. Mum wollte kein Geld für Granny Mays Kram verschwenden.

»Diese Kiste ist von meiner Großmutter. Ich habe sie mir schicken lassen«, erkläre ich Treena. »Sie ist seit langer Zeit im Besitz unserer Familie, und ich glaube, sie hat mit all dem zu tun. Vielleicht sogar auch mit dem jungen Mann Ned.«

»Dem Kriegshelden? Wie das?«

»Ich glaube, Ned ist Edward Carew, der zusammen mit meinem Urgroßvater einberufen wurde. Ned könnte doch eine Abkürzung für Edward sein, oder nicht?«

Treena reißt die Augen auf. »Ja, schon. Was ist in der Kiste?«

»Ein wild zusammengewürfeltes Sammelsurium. Fotos, Murmeln, Skizzen von der Gegend und vielleicht auch von Oyster Shore, obwohl es Jahre her ist, dass ich sie mir das letzte Mal angesehen habe. Mit dem Inhalt sollte unsere Familie ihr Glück machen können, zumindest behauptete das Granny May, obwohl ich keine Ahnung habe, wie das möglich sein sollte. Meine Mutter meint, es wäre alles nur wertloser Kram.«

Treena schlägt sich die Hand mit den vielen Ringen vor den Mund. »Liebe Güte! Sie müssen ja darauf brennen, einen Blick hineinzuwerfen.«

Das stimmt, doch nun, da die Kiste direkt vor mir steht, inmitten von leeren Tellern und Gebäckkrümeln, zögere ich. Was ist, wenn Mum recht hat und wirklich nur wertloses Zeug darin ist? Oder wenn ich feststelle, dass mir die Phantasie einen Streich gespielt hat und ich Verbindungen und Zusammenhänge sehe, die es gar nicht gibt? Ich höre schon Davids Stimme, die mit falscher Besorgnis verkündet, ich hätte mich wohl zu Hirngespinsten verleiten lassen. Tja, mit meinem Instinkt, dass er mich betrügt, lag ich genau richtig, und jetzt sagt mir mein Instinkt, dass ich mich auch hier nicht irre. Es gibt eine Verbindung.

»Ich wollte warten, bis ich wieder im Bootshaus bin«, sage ich zögernd.

»Also ich würde vor Neugier platzen«, erwidert Treena. »Ehrlich gesagt werde ich vor Neugier platzen, wenn Sie die Kiste nicht auf der Stelle öffnen!«

»Es ist nichts Aufregendes drin. Nur alte Fotos und Zeichnungen, ehrlich, alles Sachen, die nur für mich eine Bedeutung haben – und nicht mal ich weiß, was sie wirklich bedeuten.«

»Aber vielleicht finden Sie jemanden, der Ihnen etwas dazu sagen kann. Vor allem, wenn die Sachen von hier stammen. Die Penhayes Historic Society wird von einem ansässigen Bibliothekar geleitet. Und vergessen Sie Hamish nicht! Er weiß alles über die Gegend hier.«

»Habe ich eben meinen Namen gehört, Mrs. Trehunnist?« Ein Riese in blauem Regenmantel, der ihm an den dünnen Beinen klebt, strahlt uns von oben herab an. Mit einem Becher heißem Kaffee in der Hand tropft er sacht auf den Fliesenboden und dampft in der Wärme des Cafés.

Wieder ein Zufall? Oder ist das, wie man so schön sagt, Gottes Versuch, meine Aufmerksamkeit zu erwecken? Ich werde das Gefühl nicht los, jemand wollte, dass ich dem Geheimnis nachgehe. Doch wer? Ned? Madalyn? Oder Gerald Snowe höchstpersönlich?

»Ich habe mich gerade mit jemandem vom Women's Institute getroffen.« Hamish schüttelt seine graue Mähne, dass es auf unseren Tisch regnet, zieht den Mantel aus und tupft sich mit einer Serviette das Gesicht ab. »Da wurde ich vom Wetter überrascht, und in meinem Alter kann man sich den Tod holen, wenn man nass bis auf die Knochen ist und nicht schnell ins Warme kommt. Darf ich mich zu den Damen gesellen?«

»Aber bitte doch«, sage ich und mache ihm auf dem Sofa Platz. »Und da Sie schon mal hier sind, Hamish … Es gibt da etwas, wobei Sie mir vielleicht helfen könnten …«

KAPITEL 15

LOWENNA

Gegenwart

Cornwall

Der Inhalt von Granny Mays Kiste sieht völlig unbedeutend aus, und doch habe ich das Gefühl, alte Freunde nach Jahrzehnten der Trennung wieder zu treffen. Der Fremde, der die Kiste übergab, und meine Urgroßmutter und Granny May sind seit Langem tot, doch diese alte Sammlung hat sie alle überlebt. Vielleicht gibt es sie noch, wenn ich ebenfalls längst vergessen bin, ein Gedanke, der mir Schwindel verursacht, als würde ich an einer Klippe stehen und einen Blick auf die Ewigkeit erhaschen. Kein Wunder, dass mir leicht schwummrig wird.

»Lassen Sie sich Zeit«, sagt Hamish freundlich.

Auf einmal bin ich wieder acht Jahre alt und streite mit Marina, wer den blauen Vogelkamm tragen und damit Prinzessin Clementine sein darf. Als uns das Spiel langweilig wurde, amüsierte ich mich damit, ein Glas mit Wasser zu füllen und Murmeln hineinplumpsen zu lassen, weil die Kugeln dann groß und leuchtend aussahen. Als ich jetzt die Postkarte von dem alten Herrenhaus betrachte und das Foto der altmodisch gekleideten Kinder, die so argwöhnisch in die Kamera starren, danach den Emaillekamm, das Skizzenbuch mit dem rissigen Einband und das eselsohrige Taschenbuch, könnte ich genauso gut wieder im Cottage meiner Großeltern sein, während der Regen an den Scheiben herunterrinnt und aus den moosverstopften Dachrinnen läuft. Eigentlich hatte ich mit einer Enttäuschung gerechnet, damit, dass mir die Erinnerung einen Streich gespielt hat, aber das Gegenteil ist der Fall. Es ist alles noch genau so, wie ich es in Erinnerung habe.

»Fangen wir damit an.« Ich lege die Fotos und die Postkarte auf den niedrigen Tisch. Hamish holt seine Brille hervor und studiert ausgiebig jedes einzelne Bild.

»Dieses Herrenhaus ist auf jeden Fall Vyvyan Court.«

»Auf der Postkarte?«, fragt Treena.

»Ja, das ist ein Amateurfoto, das auf Postkartenpapier gedruckt wurde. So was wurde Anfang des letzten Jahrhunderts oft gemacht, vor allem, wenn ein Ort ein lokales Wahrzeichen war. Wenn Sie genau hinschauen, können Sie sehen, dass der Phönix der Trelyons in den Stein über der Eingangstür gemeißelt wurde.«

»Aber diese Kinder hier stehen doch vor dem Oyster House, nicht wahr?«

Jetzt erkenne ich es, obwohl das Haus, mit dem ich mittlerweile vertraut bin, nur ein schwaches Echo des prächtigen Gebäudes auf dem alten Foto ist. Joe, Henry und Prinzessin Clementine starren mich mitleidig an. *Wie langsam du bist*, höre ich Henry mit seiner hochmütigen Stimme sagen. *Weißt du immer noch nicht, wer wir sind? Wann kapierst du denn endlich?*

»Ja, das ist Oyster Hose«, nickt Hamish. »War schon etwas ganz Besonderes, nicht wahr? Ich glaube, ich habe noch nie ein Foto aus seiner Glanzzeit gesehen. Kein Wunder, dass die Trelyons es behielten, als sie ihren Stammsitz vermieteten. Was für ein wunderschönes Anwesen!«

»Könnte Madalyn Trelyon dort gelebt haben?«

»Gut möglich, zumindest in den Ferien. Ohne Fideikommiss wäre alles an sie gefallen, also war es wohl das Mindeste, es der Familie zu überlassen, zumal Madalyn und ihre Mutter praktisch mittellos waren.« Hamish schüttelt seinen grauen Kopf. »Sie musste eine gute Partie machen.«

Ich hole mein Handy aus der Tasche und scrolle durch meine Galerie, bis ich die Bilder finde, die ich von Matt Enys Fotos abfotografiert habe. Genau wie ich mir gedacht hatte, stehen Gerald Snowe und Madalyn Trelyon auf den Stufen vor dem Haus auf der Postkarte. Mit Gerald als reichem Sohn und vielversprechendem Schriftsteller hatte Madalyn sich genau den richtigen Verlobten ausgesucht und damit ihre Aufgabe erfüllt –, und doch ereilte sie kurz nach dieser Aufnahme ein mysteriöses Schicksal, und Gerald gab das Schreiben auf.

Vielleicht liegt auch vor uns ein Schicksal, von dem wir nichts ahnen.

»Dieser kleine Kerl im Matrosenanzug könnte ohne weiteres Gerald Snowe sein«, bemerkt Hamish. »Die Kleider lassen auf einen hohen Status schließen.«

Ich zeige ihm das Verlobungsfoto.

»Matt Enys meint, dieser Mann von Vyvyan Court sei Gerald. Und der Junge und er sind doch ein und dieselbe Person, oder nicht? Schauen Sie mal die Haare, die fallen gleich.«

Mit leicht zusammengekniffenen Augen starrt Hamish auf das Display. »Ich würde auch sagen, dass dies dasselbe Mädchen ist. Erkennen Sie den entschlossenen Blick?«

Es freut mich, dass er ebenfalls den Eindruck hat. »Genau das dachte ich immer, als ich noch klein war. Meine Schwester und ich haben sie Prinzessin Clementine genannt.«

»Der erwachsene Gerald wirkt sehr stolz, weil er neben ihr stehen darf, und wer könnte es ihm verdenken? Sie ist eine Schönheit«, bemerkt Treena.

Stirnrunzelnd starrt Hamish auf mein Handy, so, als wäre er verwirrt. »Sie erinnert mich an jemanden, aber ich weiß einfach nicht, an wen. Irgendwas an ihr ist mir vertraut.«

»Aber wer war der andere kleine Junge?«, frage ich mich laut.

»Mit seinen nackten Füßen und den hochgekrempelten Hosenbeinen sieht er aus wie ein Dorfjunge«, erwidert Hamish.

»Könnte das Ihr Urgroßvater sein?«, schlägt Treena vor.

Wenn ich das nur wüsste! Spielte mein Urgroßvater zu einer Zeit mit Gerald, als es viel wichtiger war, wer besser auf Bäume klettern oder angeln konnte, als welchem Stand man angehörte?

»Er war bestimmt eines der einheimischen Kinder«, sage ich. »Granny May nannte ihn immer ›Schmuddelkind‹.«

»Jedenfalls war er mit den beiden anderen Kindern befreundet, sonst hätte er nicht so mit ihnen posiert. Und der Fotograf interessierte sich auch nicht für Klassenunterschiede«, denkt Hamish laut nach. »Höchst faszinierend. Ich frage mich, wer das wohl war? Kameras waren damals sehr selten.«

Ich berühre mit der Fingerspitze das Gesicht des Jungen. Seine Mundwinkel sind nach oben gezogen, sein Gesicht mit den Sommersprossen wirkt freundlich, und er hat einen dichten, blonden Haarschopf. Er sieht aus, wie jemand mit dem man lachen und Spaß haben konnte. Wie jemand, der schnell Freunde fand und Zuneigung weckte. Selbst auf dem verblichenen Foto ist er das genaue Gegenteil von dem dunkelhaarigen Gerald mit der hochmütigen Miene und dem bleichen verkniffenen Gesicht.

Hamish sieht sich jetzt das Foto meines Urgroßvaters in Uniform an. »Ah, eine Aufnahme von Alex Evans. Also ist das jemand von hier.«

»Dies ist mein Urgroßvater Marrick Penwurthy.« Ich scrolle durch die Fotos auf meinem Handy und zeige ihm eins. »Hier ist er mit seinem Freund Edward Carew. Über Edward hat Kit Rivers in seinem Gedicht geschrieben ...«

»*Im Graben*«, flüstert Hamish. »Er ist der junge Mann im Schützengraben. Guter Gott! Ihr Urgroßvater war mit ihm befreundet. Sie wurden zusammen einberufen.«

»Ich glaube, alle Jungen des Dorfs wurden an diesem Tag einberufen. Selinas Vater jedenfalls auch – und Gareth Urgroßvater«, wirft Treena ein. »Alle jungen Männer zogen in den Krieg, mit Ausnahme von Gerald Snowe. Kein Wunder, dass sie ihn hassten. Was ist denn noch in der Kiste?«

Ich lege den Kamm, die Murmeln und den fadenscheinigen Beutel mit den Seeglas-Stücken auf den Tisch. Es ist nur Krimskrams, aber alles ist vom Glanz der Kindheit umgeben. Wenn ich nur wüsste, was diese Gegenstände zu bedeuten hatten. Sie waren bestimmt wichtig. Ganz unten in der Kiste liegt das Skizzenbuch, dessen stoffbezogener Einband sich brüchig anfühlt und sich unter meinen Fingern aufzulösen droht. Ist der darin abgebildete Mann tatsächlich derselbe, den Kit Rivers in seinem Gedicht unsterblich werden ließ? Ich habe fast Angst nachzusehen, denn vielleicht habe ich mich getäuscht, doch als ich das Buch aufschlage und erneut in seine großen Augen blicke, weiß ich ohne jeden Zweifel, dass dies der Gefreite Edward Carew ist. Edward. *N. OS 1914.*

Ned.

Genau wie ich es in Erinnerung habe, liegt er auf die Ellbogen gestützt am Ufer, hat die Hemdsärmel aufgekrempelt und lacht mit zurückgelegtem Kopf über etwas, das der Künstler sagt. Auf anderen Skizzen sitzt er an einen Baum gelehnt und hat seinen blonden Schopf über ein Notizbuch geneigt; er liegt mit einem aufgeschlagenen Buch vor dem Gesicht im Gras, sitzt mit gesenkten Rudern in einem Boot und fährt mit einer Hand durchs Wasser. Jeder Strich, jede Linie ist schlicht und zeigt doch unverkennbar seine Energie und Lebensfreude und gleichzeitig – als Erwachsene erkenne ich das – die überwältigende Liebe des Künstlers zu ihm.

Hat Gerald diese Skizzen gezeichnet? Liebte Gerald Snowe Edward Carew, und als Madalyn die wahren Neigungen ihres Verlobten entdeckte, nahm sie sich das Leben? Auch das ist nur eine Theorie, doch sie scheint mir schlüssig. Extreme Schuldgefühle – und Trauer, als Ned in der Schlacht fiel – wären dann die Erklärung dafür, warum Gerald sich so seltsam verhielt.

Treena zeigt auf die Seite und stößt einen leisen Pfiff aus. »Himmel! Er war umwerfend. Haben Sie eine Ahnung, wer das war?«

»Ich glaube, das ist der junge Mann aus Kit Rivers *Im Graben*«, erwidere ich.

»Also der Kriegsheld, von dem Grampy sprach. Der, dessen Familie von den Snowes so schlecht behandelt wurde«, ruft Treena aufgeregt aus. »Jedenfalls hat Grampy das erzählt. Hey! Ist das cool, dass Sie Bilder von ihm haben!«

»Jedenfalls ist er der Mann vom Einberufungsfoto.« Ich blättere durch das Skizzenbuch, bis ich die Seite erreiche, auf der Edward, oder Ned, wie ich ihn bereits im Stillen nenne, auf einen Arm gestützt auf dem Bett liegt und den Künstler anlächelt. Das zärtliche Lächeln zeugt von Intimität, von körperlicher Liebe und tausend sinnlichen Freuden. Über seinem Blondschopf ragen dunkle Balken in die Höhe, und an ein kleines Fenster drücken sich Blätter. Ich schaue genauer hin und entdecke erstaunt, dass ich jede Nacht dieselben Balken vor Augen habe. Ned Carew war im Bootshaus! Er war in meinem Schlafzimmer, mit dem Künstler, dessen Identität der Schlüssel zu dem ganzen Geheimnis zu sein scheint.

»Der ist ein richtiger Hingucker geworden, oder?«, bemerkt Treena bewundernd.

»Wer?«, frage ich.

»Der kleine Junge auf dem Foto mit den Kindern. Der mit den nackten Füßen!« Sie beugt sich vor, nimmt das Foto und schiebt es zu mir. »Das ist er doch, oder? Man sieht es am Kinn und dem Grübchen. Hat aber ein paar mehr Muskeln gekriegt.«

Ich fasse es nicht, dass ich das nicht selbst bemerkt habe! Der kleine Junge mit den nackten Füßen und der Stoffkappe in den Händen, der Joe aus den Spielen meiner Kindheit, ist ohne jeden Zweifel eine jüngere Ausgabe des attraktiven jungen Mannes aus dem Skizzenbuch.

»Als Kinder kannten sie sich alle«, flüstere ich.

Hamish wirkt betrübt. »Eine Schande, dass Menschen durch das Leben und Standesunterschiede getrennt werden. Ich kann mir nicht vorstellen, dass Gerald oder Madalyn sich als Erwachsene noch mit dem armen Dorfjungen abgegeben haben.«

Da bin ich mir nicht so sicher. Ein Mitglied dieses Trios wollte, dass die Verbindung zwischen ihnen erhalten blieb. Diese Freundschaft hatte ihm alles bedeutet. War es Gerald Snowe selbst, der diese Andenken an meine Urgroßmutter übergeben hatte? Und wie passte mein Urgroßvater, Marrick Penwurthy, in die Geschichte?

Meine Ma wollte die Tür zuknallen, als sie den Besucher sah. Sie war wütend, doch er flehte sie an, die Kiste zu nehmen, die er mitgebracht hatte. Er meinte, damit könnten wir unser Glück machen. Ma fauchte wie eine Katze und wollte ihn nicht ins Haus lassen. Sie hatte ziemlich Temperament, meine Mum. Mit Elizabeth Penwurthy legte sich niemand an!

Doch trotz ihres Widerwillens behielt Elizabeth Penwurthy die Kiste und gab sie an die nächste Generation weiter. Etwas hatte sie dazu gebracht, sie für die Familie zu erhalten.

»Haben Sie irgendeine Ahnung, welche Bedeutung die anderen Sachen in der Kiste haben?«, fragt Treena.

»Vielleicht sind es Schätze aus der Kindheit«, schlage ich vor. »Genau wie die Legomännchen, die ich hineingelegt habe. Jemand hat auch Muscheln und Seeglas gesammelt.«

»Im Skizzenbuch sind ebenfalls Zeichnungen von Muscheln«, bemerkt Hamish und zeigt mir eine entsprechende Seite. »Wer auch immer der Künstler war, er hatte großes Talent.«

»Es gibt keine Skizzen von Männern in Uniform und keine Kriegszenen. Könnte Gerald der Künstler gewesen sein? Schließlich hat er nicht gedient«, frage ich.

»Könnte sein, aber ich würde keine voreiligen Schlüsse ziehen«, erwidert Hamish warnend. »Das würde Matt Enys sicher auch sagen.«

»Auf dem Einberufungsfoto hält Ned Carew den Phönix-Kamm in der Hand. Hatte er den von Madalyn? Hatte Ned als Erwachsener noch Kontakt zu ihr?«

»Wenn ja, warum liegt er dann jetzt in der Kiste? Wie ist er dahin gekommen?«, fragt Treena. »Wer ist der Künstler?«

Hamish blättert noch durchs Skizzenbuch. »Ich schätze mal, jemand, der höchst talentiert war und diesen Mann sehr liebte. Was wissen wir denn noch über Ned Carew, außer, dass er bei einer Bombardierung starb?«

Ich schüttle den Kopf, weil ich keine Antworten habe, sondern nur unzählige Hinweise, die zu nichts führen. Das ist es wohl, was Matt Enys mit einer Schatzsuche meinte.

»Wenn er von hier stammt, sollte man das herausfinden können. Fragen Sie doch mal Selina! Sie ist sehr belesen und weiß vielleicht mehr über den Hintergrund von *Im Graben*«, rät Hamish mir. »Jedenfalls haben Sie ein paar gute Anhaltspunkte, von denen Sie starten können, Lowenna. Die Kiste Ihrer Großmutter ist sehr hilfreich für Ihre Suche.«

»Wirklich? Jetzt habe ich noch mehr Fragen.«

»Aber auch Antworten. Sie wissen nun, wer die Kinder waren, und Sie haben den Mann aus dem Skizzenbuch identifiziert«, erklärt Hamish. »Außerdem haben Sie einige schlüssige Theorien, denen Sie nachgehen können. Ich würde sagen, das sind ziemlich gute Arbeitsresultate für einen Tag.«

»Aber ich möchte wirklich wissen, wie Ihre Familie damit Ihr Glück machen sollte«, bemerkt Treena.

»Ach, dem würde ich nicht allzu viel Bedeutung beimessen. Granny May meinte immer, das wäre nur eine unsinnige Behauptung gewesen.«

»Ich glaube, diese Kiste ist eine Sammlung von Beweisen«, sagt Hamish nachdenklich. »Einzeln besehen erscheinen sie vielleicht bedeutungslos, doch im richtigen Kontext weisen Sie den Weg zu einer Lösung. Doch wer weiß, wie die aussieht?«

»Vielleicht ist irgendwo eine Erstausgabe von *Am Austernufer* versteckt? Ist sie vielleicht das Buch da in der Kiste?«, fragt Treena gespannt.

Ich lache. »Wir sind hier nicht in einem Roman von Dan Brown! Ja, da ist ein Buch, aber leider nicht das gewünschte.«

Der letzte Gegenstand, den ich ihnen zeige, ist ein schmales Taschenbuch, dessen schlichter grüner Einband eingerissen ist. Schimmelflecken überziehen die Seiten. Als ich es Hamish reiche, spüre ich einen Kloß im Hals, denn es riecht leicht muffig wie das alte Cottage meiner Großeltern.

»*Die Rückkehr des Soldaten*«, liest er laut vor. »Anonymus. Haben Sie das Buch gelesen, Lowenna?«

»Leider nicht. Es hatte keine Bilder und viel zu viele Wörter für eine Achtjährige. Marina hat es versucht, meinte aber, es wäre langweilig.«

Ein Bild steigt vor meinem inneren Auge auf: Meine Schwester liegt bäuchlings auf dem Sofa und wirft entnervt das Taschenbuch beiseite. Wieso hat Granny keine anständigen Bücher? Marinas und meine Auffassung von anständigen Büchern gingen ziemlich weit auseinander. Sie wollte am liebsten Geschichten über kalifornische Highschools mit Cheerleaderinnen und Sportlern lesen, während ich ganz versessen auf alles von Enid Blyton war.

Da ich sie wie immer beschwichtigen wollte, blickte ich von meinen Murmeln auf. »Wovon handelt es denn?«

»Von irgendeinem Soldaten, der aus dem Krieg zurückkommt. Einfach nur *lang-wei-lig*. Er hat nur ein Bein und haut wieder ab, ohne was gemacht zu haben. Es passiert rein gar nichts. Er geht einfach.«

»Ohne sich bei seiner Mum zu melden?«

»Du verstehst ja noch gar nichts!«, hatte Marina erklärt. »Er ist erwachsen und liebt irgend so ein blödes Mädchen, aber sie liebt ihn nicht. Das sagt ihm sein Freund. Sonst passiert nichts. Ganz anders als in den Geschichten, die ich lese. Die würden jedenfalls eine Riesenparty schmeißen!«

»Meldet er sich auch nicht bei seiner Freundin?«

Meine Schwester hatte nur die Achseln gezuckt. »Kann sein, aber irgendjemand hat über alle Wörter Zahlen gekritzelt. Es war mir zu anstrengend weiterzulesen.«

»Aber du warst das nicht, oder?«, hatte ich besorgt gefragt. »Sonst bekommen wir Ärger.«

»Ich kritzle doch nicht mehr in Bücher, ich bin fast zwölf!«, hatte Marina hochmütig erwidert. »Aber jetzt gib mir die Murmeln. Ich bin dran.«

Irgendein Soldat, der aus dem Krieg zurückkommt. Er liebt ein blödes Mädchen, aber sie liebt ihn nicht. Das sagt ihm sein Freund.

Mit einem Mal spüre ich vor Aufregung ein Flattern in meinem Magen. Das hat etwas zu bedeuten. Da bin ich mir sicher.

Hamish dreht das Buch hin und her. Er hält es so behutsam, als wäre es ein kleines Vögelchen, und ich sehe, dass er sich am liebsten Baumwollhandschuhe anziehen würde, um die Seiten zu schützen.

»Das ist doch nichts Besonderes, also keine Angst«, setze ich an, doch er zieht seine zottigen Augenbrauen zusammen.

»Alle Bücher sind besonders. Sie sind die Essenz dessen, was uns ausmacht. Sie enthalten Zaubersprüche, Magie und Wunder. Bücher sind unsere einzige Hoffnung auf Wiederauferstehung.«

»Können Sie das hier wiederbeleben?«, fragt Treena mit dem Mund voller Cupcake. »Wieso ist der Autor anonym? Hat er sich für sein Buch geschämt? Wollte er deshalb nicht seinen Namen nennen?«

»Manchmal will der Autor aus persönlichen Gründen seine Identität verbergen, vor allem, wenn der Inhalt heikel ist«, sage ich.

»Ja, das ist verständlich. Manche Dinge will man vor seinen Eltern geheim halten«, nickt Treena. »Aber hier steht nicht mal ein Pseudonym drauf. Warum nur nicht?«

»Manchmal geraten Namen im Lauf der Zeit in Vergessenheit – wie bei *Beowulf* zum Beispiel, oder wenn das Buch ein Gemeinschaftswerk ist«, überlege ich, doch Treena ist nicht überzeugt.

»So alt wie *Beowulf* ist das Buch doch nicht!«

»Oft blieben Schriftsteller anonym, wenn ihr Werk etwas Kontroverses enthielt, Erotik oder Homosexualität zum Beispiel«, bemerkt Hamish nachdenklich. »Oder sie wollen unbekannt bleiben, wenn das

Buch von Korruption oder Politik allgemein handelt. Manchmal ist es für den Autor einfach sicherer, ungenannt zu bleiben.«

Treena scheint das nicht zu überzeugen. »Und dafür verzichten sie auf den Ruhm?«

»Also ich finde ja, dass die besten Bücher die sind, bei denen der Autor für lange Zeit geheim bleibt und wir alle rätseln müssen. Aber das ist in heutigen Zeiten schwierig geworden. Außerdem wollen alle berühmt werden. Wieso würde sonst jemand bei *Dating Shows im Fernsehen* mitmachen?«, erwidert er.

Sie kichert. »Um die Liebe zu finden, natürlich! Wollen Sie es nicht mal versuchen?«

»Haben Sie denn die Episode mit mir verpasst?«

Treena hält sich die Augen zu. »Manche Dinge werden wirklich besser der Phantasie überlassen. Nicht, dass ich jemals Phantasien über Sie gehabt hätte …«

Während die beiden sich gegenseitig aufziehen, denke ich an die Autoren, mit denen ich zusammengearbeitet habe. Sie alle waren darauf versessen, auf Plakaten in U-Bahnen und Bussen beworben und zu Interviews eingeladen zu werden. Mir fällt keiner ein, der unbekannt bleiben wollte wie dieser Autor. Oder wie Gerald Snowe …

Eine Idee schimmert in mir auf wie ein Fisch unter Wasser. Aber bevor ich sie fassen kann, entgleitet sie mir wieder.

»Auch der Verlag ist auf dem Einband nicht angegeben«, bemerkt Hamish. »Steht er im Impressum?«

Ich schlage das Buch auf. Auf den Seiten findet man unzählige Zahlen, so, als hätte jemand eine komplizierte Matheaufgabe lösen wollen. Es gibt zwar ein Inhaltsverzeichnis, doch sonst kaum etwas. Auch auf der letzten Seite steht nichts – nur weitere Ziffern. Sie ziehen sich durchs gesamte Buch.

»Nichts«, sage ich enttäuscht.

»Selbstverlag?«, überlegt Hamish.

»Gab's das damals schon?«, fragt Treena.

»Ja, allerdings. Selbstverlag ist nichts Neues. Charles Dickens hat *Der Weihnachtsabend* selbst herausgebracht, weil sich kein Verlag dafür finden ließ. Indie-Autoren, wie man sie heutzutage nennt, verkaufen sich manchmal großartig. E. L. James zum Beispiel.«

»E. L. James!«, ruft Treena aus. »Da sollte ich es auch mal versuchen! Ich könnte was über echt scharfe Sachen schreiben!«

Hamish hebt abwehrend die Hände. »Stopp! Sie müssen nur wissen, dass es durchaus möglich ist, dass dieser Autor genug Geld aufbrachte, um sein Buch selbst zu verlegen. Vielleicht war es Gerald? Wenn Sie das beweisen könnten, Lowenna, dann wäre das eine Goldgrube. Ein zweiter Snowe? Damit könnten Sie Ihr Glück machen!«

»Dann führe ich mir dieses Buch mal ganz schnell zu Gemüte«, sage ich.

»Ja, bitte beeilen Sie sich. Ich will unbedingt wissen, wovon es handelt. Ich könnte heute Abend vorbeikommen und Ihnen bei der Recherche helfen. Ich bin eine schnelle Leserin«, bietet Treena mir aufgeregt an.

»Nein, heute Abend kommt Noah zum Essen. Er bringt die Unterlagen seiner Mum mit«, entschlüpft es mir, bevor ich mich bremsen kann.

»Ach, das erzählen Sie erst jetzt?« Treena wirkt verblüfft und leicht gekränkt.

»Ist keine große Sache«, versichere ich, obwohl es sich unter ihrem vorwurfsvollen Blick genau so anfühlt. »Ich revanchiere mich damit nur für seine Hilfe.«

»Vielleicht kann er sich die Sachen hier auch mal anschauen? Ihm könnte etwas auffallen, das wir übersehen haben. Noah ist ein ziemlich kluger Kopf«, bemerkt Hamish.

»Den meisten von uns fällt nicht sein Kopf auf«, grinst Treena.

Ich verkneife mir jeden Kommentar. Was ich sagen könnte, wäre in jedem Fall unangemessen.

Während Hamish und Treena das Geschirr zur Theke bringen, lege ich die Sachen in die Kiste zurück. Ein obskures, selbst verlegtes Buch, alte Bilder und ein bisschen Krimskrams mag für die meisten bedeutungslos erscheinen, aber ich kann es kaum erwarten, mich in der friedlichen Umgebung meines Zuhauses weiter damit zu beschäftigen.

Erst nachdem ich mich von Treena und Hamish verabschiedet habe und bereits auf der Fähre bin, fällt mir auf, dass ich das Bootshaus als mein Zuhause betrachte. Mein Zuhause ist nicht mehr in Hanwell oder Davids Wohnung oder das Haus meiner Mutter in Harrow, sondern ein altes Häuschen zwischen Bäumen am Seitenarm eines Flusses. Mein Zuhause ist ein Ort, wo Möwen durch die Luft segeln, Krähen krächzen und der Himmel vom Wasser gespiegelt wird.

Das einsame, leicht melancholische, aber wunderschöne Oyster Shore ist mein Zuhause geworden, und es fühlt sich an, als wäre es das schon mein ganzes Leben lang gewesen.

KAPITEL 16

LOWENNA

Gegenwart

Cornwall

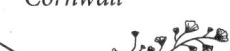

Sieht gut aus hier drinnen.« Noah reicht mir eine Flasche Wein und schaut sich beifällig im Bootshaus um. »Du hast es sehr gemütlich gemacht, perfekt an einem Abend wie diesem.«

Zwar herrscht draußen noch Tageslicht, doch ist es trüb und verhangen. Vom Fluss, der unter dem Ponton hindurchrauscht, treibt Nieselregen heran, und die überhängenden Bäume auf der anderen Uferseite sind in Nebel gehüllt. Schon bald werden Wald und Himmel miteinander verschmelzen. Wie ein Leuchtturmwärter, der etwaige Gefahren abwehren will, habe ich alle Lampen eingeschaltet, den Ofen befeuert und selbst in der Küche noch Teelichter angezündet, damit die dunklen Ecken gemütlicher wirken. Mit den Kissen und Decken auf allen Sitzmöbeln und dem Sofa, mit den Bildern an den Wänden und den Familienfotos auf den Regalen wirkt das kleine Haus vollkommen verändert. Jedes einzelne Accessoire hat die Dunkelheit weiter zurückgedrängt, und der Duft vom frisch aufgebackenen Brot trägt ein Übriges zur heimeligen Atmosphäre bei. Jetzt wirkt das Haus nicht mehr verlassen, sondern wie eine Geborgenheit spendende Zuflucht vor der Düsternis draußen – genau wie damals, als ein attraktiver junger Mann sich auf zerknitterten Laken ausruhte und der Stift eines Künstlers übers Papier huschte.

»Und du siehst auch aus, als hättest du dich gut eingewöhnt, Kumpel«, sagt Noah und tätschelt Breakspear, der es sich auf dem weinroten Sofaüberwurf gemütlich gemacht hat. Als mein Hund sich auf den Rücken rollt, um sich von Noahs starken, sonnengebräunten Händen streicheln zu lassen, frage ich mich unwillkürlich, wie sich seine Berührung wohl anfühlt – und konzentriere mich hastig darauf, den Wein zu öffnen. Meine Hände zittern, als ich versuche, den Deckel abzuschrauben, aber ich werde das Bild nicht los, wie Ned Carew nackt und zufrieden im Zimmer über uns auf dem Bett gelegen hat. Dass mir heiß wird, liegt nur am Kerzenlicht und der Wärme, rede ich mir ein. Vor meinem inneren Auge verschmelzen die beiden Männer miteinander, bis ich nicht mehr weiß, ob Ned Noah wirklich ähnlich sieht oder mein Kopf mir einen Streich spielt. Ich kann einfach das Gefühl nicht abschütteln, dass mir etwas an Neds Kieferpartie und dem Fall seiner Haare vertraut vorkommt. Im Gegensatz zur tragischen Figur aus dem Gedicht *Im Graben* ist mein Edward Carew jung und männlich, und wurde von dem geliebt, der ihn zeichnete und mit ihm zusammen die Laken zerknitterte. Dieser jemand ließ Neds vor Müdigkeit schwere Augen lebendig wirken, genau wie die tiefgrünen Augen, die mich in diesem Moment anfunkeln. Sie sehen wirklich gleich aus …

Fast entgleitet mir die Flasche aus den Händen.

»Komm, lass dir helfen!« Noah nimmt mir den Wein ab und öffnet ihn geschickt. »Tut mir leid, dass es kein teurer mit Korken ist, aber im Dorfladen gab es keine große Auswahl.«

»Nein, der ist großartig«, widerspreche ich, ohne meinen Blick von seinem Gesicht lösen zu können. Ist das Grübchen an der richtigen Stelle? Fällt das Haar wirklich genau gleich?

»Ist er nicht, Wenna«, erwidert er verblüfft. »Das ist grässliche Plörre.«

»Es ist Wein«, entgegne ich. »Ich hole zwei Gläser. Nimm dir was zum Knabbern.«

Nimm dir was zum Knabbern? So was habe ich in meinem ganzen Leben noch nicht gesagt. Knabbern lässt an sanftes Liebkosen denken, an die behutsame Berührung von Zähnen an Hals, die sich langsam nach unten vorarbeiten. Ned Carew von den Skizzen hat an jemandem geknabbert, und sein Blick und das leise Lächeln lassen darauf schließen, dass seine Liebkosungen erwidert wurden. Er war eben zum Anbeißen.

Knabbern? Ich zucke innerlich zusammen, als ich in der Küche die Gläser hole, denn genauso gut hätte ich gleich »Zieh dich aus« sagen können. Als mein Gesicht heiß wird, öffne ich den Kühlschrank unter dem Vorwand, Butter für das Weißbrot herauszunehmen. Das Fenster darüber ist blind, und da der Fluss sich näher an den Fußboden drückt und der Nebel immer näher an die Wände rückt, fühlt es sich an, als wären wir die einzigen Menschen in einer ausgelöschten Welt. Wir sind an einem Ufer gestrandet, wo es nur noch uns gibt. Das normale Leben mit all seinen Regeln existiert nicht mehr. Alles ist möglich.

»Sind das die Sachen aus der Kiste deiner Granny?« Noah steht am Tisch. »Aus der Kiste, von der du mir erzählt hast?«

»Ja, genau. Für sich gesehen scheinen sie keine Bedeutung zu haben, aber ich glaube, wenn man sie miteinander in Beziehung setzt, wird sich das ändern. Ich muss nur das Muster erkennen.«

Noah nickt. »Das wird dir bestimmt gelingen. Ah, die Gläser. Komm, ich gieße uns ein.«

Als jeder von uns ein flaschengrünes, pokalförmiges Glas in der Hand hält, erhebt er seins. »Auf die Frau mit dem ordentlichsten Bootshaus in Cornwall!«

»Glaub mir, das schwummrige Licht verbirgt die größte Unordnung«, erwidere ich und stoße mit ihm an.

»Trotzdem sieht man, wie fleißig du warst. Hattest du überhaupt Zeit zum Recherchieren?«

Ich schüttel den Kopf. »Nicht viel.«

Nachdem ich mit Breakspear spazieren gegangen bin und anschließend das Bootshaus auf Vordermann gebracht habe, verbrachte ich den restlichen Nachmittag damit, aus dem Inhalt der Kiste schlau zu werden. Schließlich kam ich zu dem Schluss, dass ich nur Fortschritte machen würde, wenn ich an mein Buch genauso herangehe wie an jedes andere Forschungsprojekt: Ich muss die Figuren rein sachlich betrachten und darf mich nicht emotional in etwas verwickeln lassen. Ned, Madalyn und Gerald sind nicht meine Freunde. Ich weiß von ihnen genauso wenig, wie ich weiß, wie Selinas Vater war oder ob Kit Rivers ein guter Offizier oder nur ein feiner Pinkel mit Titel war.

Nach dieser Erkenntnis tippte ich sorgfältig all meine Notizen vom Treffen mit Matt Enys ins Reine und las noch mal die Gedichte von Kit Rivers. Ich schrieb Hamishs Anregungen auf, dokumentierte Selinas Erinnerungen und die Erzählungen von Treena und den verschiedenen Gästen im *Trelyons Arms*. Am Schluss druckte ich alles aus, schrieb meine eigenen Gedanken dazu an den Rand, unterstrich ein paar Abschnitte und notierte noch Fragen oder Anregungen zu weiteren Nachforschungen. Als Nächstes möchte ich meine eigene Version einer Ermittlungspinwand erstellen, mit Fotos, Hinweisen und unzähligen Post-it-Zetteln. Diese werde ich mit der dünnen Schnur verbinden, von der ich eine Rolle in einer der Küchenschubladen gefunden habe. Ich war so vertieft in meine Arbeit, dass ich die Zeit vollkommen vergaß. Irgendwann warf ich einen Blick zur Gemüseuhr und stellte fest, dass Noah jeden Moment kommen sollte. Hektisch räumte ich meine Sachen zusammen, schaltete die Lampen ein und stellte das Essen auf den Tisch. Deshalb trage ich auch immer noch Jeans und einen alten Kapuzenpulli, und meine Haare habe ich in einem Dutt auf dem Kopf gebändigt, der von einem Kuli an Ort und Stelle gehalten wird. Zwar hatte ich mich gar nicht schicker anziehen wollen, doch als ich jetzt mein Spiegelbild im Fenster sehe, wünschte ich, ich hätte mich zumindest gekämmt.

»Kann ich dir was helfen?« Noahs Blick aus seinen dunkelgrünen Augen trifft meinen in der spiegelnden Glasscheibe. Da wir durch Nebel und Dämmerlicht von der Welt abgeschlossen sind, fühlt sich auf einmal alles ganz unwirklich an, und es ist, als wären wir selbst so substanzlos wie der Nebel. Mein in der Glasscheibe reflektiertes Ich drängt mich, meine Arme um seine Taille zu legen und meine Wange an sein Schulterblatt zu schmiegen. Ihn einfach zu halten. Welche Erleichterung wäre es doch, einfach nur seine Haut zu spüren! Es wäre der süße Abschluss einer langen Reise, die ich gar nicht als solche ausgemacht hatte. Die warme, salzige Luft des Hauses, das weiche Licht und das leise Gemurmel aus dem Radio bannen uns in einen Moment, der sich tief in mein Gedächtnis prägt; einen Moment, der alles ändern könnte, wenn ich es nur zuließe …

Rasch trete ich einen Schritt zurück. »Nein, danke, ich habe alles unter Kontrolle.«

»Na gut. Soll ich dann die Unterlagen meiner Mutter aus dem Wagen holen? Die könnten wir uns ansehen, und ich erzähle dir alles, was ich weiß.«

»Lass uns zuerst essen«, erwidere ich und ziehe rasch die Vorhänge zu, so dass die gemütliche Szene im Spiegelbild und die unheimliche Leere dahinter verschwinden und mit ihnen all die Möglichkeiten, die gerade noch im Raum standen.

»Essen klingt gut«, nickt Noah und beugt sich über den Tisch, um sich alles genauer anzusehen. Seine Haare sind feucht vom Nebel und berühren fast seine Schultern, er trägt ein gebügeltes blaues Hemd, und obwohl er immer noch leicht nach Dünger riecht, prägt sich mir sein Geruch nach Aftershave, Holzrauch und männlicher Haut ein. Er ist einfach unwiderstehlich. Und wieder taucht vor meinem inneren Auge die Skizze vom schamlos nackten Ned Carew auf, und ich spüre, wie sich mein Puls beschleunigt.

»Davon gibt es jedenfalls reichlich«, sage ich und mache mich zur Ablenkung an dem Brot und dem Backcamenbert zu schaffen.

Noah lacht. »Super, ich bin kurz vorm Verhungern. Gareth ist wie ein Roboter, der macht nicht mal Mittagspause.«

»Gut, ich glaube, ich habe viel zu viel eingekauft.«

»Wir sollten ein Fondue machen, ich kenne ein gutes Rezept. Und ehrlich gesagt, wäre der Wein dazu auch besser geeignet«, fügt Noah hinzu und kraust angewidert die Nase. »Gott, der ist wirklich grässlich.«

»Fondue? Ich dachte, du wärst Australier!«

»Also darf ich nur Fleisch am Strand grillen? Hast du mal rausgeguckt?«

»Tja, gutes Argument. Ist es hier oft so neblig?« Meine Stimme klingt etwas zittrig, worauf Noah mich sofort beruhigt.

»Nein, nein, so oft nicht. Und die Wetteraussichten für morgen sind viel besser. Morgen früh verfliegt er sicher. Eigentlich gefällt mir der Nebel. Dann ist alles so still, dass man fast spürt, dass Zeit nur ein Konstrukt ist. Verstehst du?« Er wendet sich zu den Fotos auf dem Tisch und schiebt sie mit dem Zeigefinger hin und her, als könnte sich dadurch eine neue Bedeutung ergeben. »Mir scheint es fast, als hätten die Kinder hier noch vor Kurzem am Ufer gespielt. Als ob wir sie sehen könnten, wenn der Nebel sich lichtet.«

Ich weiß genau, was er meint. Oyster Shore ist zeitlos.

»Vielleicht haben auch die Kinder das Gefühl, sie wären erst vor Kurzem verschwunden«, sagt er, mehr zu sich selbst und betrachtet die Fotos. »Sie mussten nie ihre Gefährten vermissen. Waren nie einsam. Sehnten sich nie nach ihren Freunden. Haben nie getrauert.«

Es liegt so viel Gefühl in seiner Stimme, dass ich weiß, er denkt an Kim. Wie muss es sein, so tiefe Liebe empfunden zu haben? Wunderbar und schrecklich zugleich, stelle ich mir vor, aber jeden Preis wert. Ich kippe Kesselchips in eine Schüssel und tröste mich mit der Gewissheit, dass es absolut richtig war, mich von David zu trennen. Ich will so angeschaut werden wie Ned Carew von dem Künstler, der ihn zeichnete. Ich will eine Liebe, die *alles* bedeutet.

»Also, welcher Junge ist Gerald?«, fragt Noah.

»Der mit dem Matrosenanzug.«

»Er sieht aus, als trage er Wut in sich, oder? Und das ist Oyster House und das hier Vyvyan Court.«

»Guck dir mal das Skizzenbuch an.«

Er nimmt es und blättert es durch. »Hey! Die sind gut. Richtig, richtig gut!«

Ich empfinde so etwas wie Stolz für den unbekannten Künstler. »Ja, nicht wahr?«

Noah nickt und zeigt auf Beweise für die Fähigkeiten des Künstlers, bewundert laut das, was er sieht, und hält immer wieder Seiten hoch, um zu verdeutlichen, was er meint.

»Die Proportionen sind absolut stimmig. Siehst du die Adern auf den Armen? Und die Zeichnung von diesem Fischreiher? Die Schlichtheit täuscht. Sie ist kühn und stark. Und in ihrer Komposition fast schon wie bei einem Vertreter der Moderne.«

»Sieh dir die letzte Seite an«, sage ich. »Hamish hat den Schluss gezogen, dass dies Edward Carew ist, der Soldat aus Kit Rivers Gedicht über die Bombardierung.«

Noah blättert zur letzten Seite und stößt einen leisen Pfiff aus. »Na, da ist der Krieg aber noch weit weg. Das ist ein Mann, der gerade eine wunderbare Zeit im Bett hatte.«

Die Sinnlichkeit der Skizze steigt mir zu Kopf. Ich spüre, wie mir das Blut den Hals hinauf bis in die Wangen schießt und würde am liebsten den Blick von Noah abwenden, in die Küche eilen und vorgeben, ich müsste mal nach dem Essen schauen – alles, um nur nicht über die zerknitterten Laken zu reden und den zerzausten jungen Mann, der sich darauf räkelt. Mein eigenes Bett im Schlafzimmer über uns ist ordentlich gemacht und mit Zierkissen bedeckt, weil niemand mich unter den schrägen Dachbalken im Arm gehalten und geliebt hat, weil niemand mich so zärtlich angeblickt hat, wie der junge Mann mit dem tragischen Schicksal einst den unbekannten Künstler.

Vielleicht wird mir das niemals vergönnt sein?

Ich spüre einen dumpfen Schmerz in der Brust, den ich sofort in die Nische schiebe, die ich meist ignoriere, die dunkle Ecke, wo all die Warnungen meiner Mutter über mein Alter, die biologische Uhr und die Gefahr, zu wählerisch zu sein, lauern. Dort kreisen meine Zweifel über die Liebe und die Angst, dass es dumm von mir ist, noch zu warten und auf mehr zu hoffen.

Noah betrachtet prüfend die Skizzen. »Irgendeine Ahnung, von wem die sind? Der Stil kommt mir vertraut vor.«

Gewaltsam richte ich meine Aufmerksamkeit aufs Hier und Jetzt. Konzentration, Lowenna! »Vielleicht ist es ein populärer Stil?«

Noah schüttelt den Kopf. »Würde ich nicht sagen. Er ist einzigartig, gehört unverkennbar zu diesem Künstler, obwohl es natürlich Einflüsse von anderen Künstlern gegeben hat.« Noah blättert immer wieder hin und her.

»Vielleicht war Gerald der Künstler? Er lebte und schrieb hier, und das Bett, in dem der Mann liegt, ist …« Wieder wird mir heiß. Ich trinke einen großen Schluck Wein, und als Noah mich fragend ansieht, schreibe ich meine weichen Knie und das Ziehen im Unterleib dem Alkohol zu.

»Was denn?«

Ich schlucke. »Es steht in meinem Schlafzimmer. Ich erkenne es am Fenster, den Dachbalken und dem Lichteinfall. Er war hier im Bett. Vielleicht mit Gerald? Das wäre ein schlüssiger Grund, alles zu vertuschen.«

»Eine geheime Affäre mit einem männlichen Diener würde wirklich erklären, wieso Gerald alles unter Verschluss halten wollte«, nickt Noah. »Vor allem, weil er verlobt war. Das nenne ich mal eine gute Arbeitshypothese.«

»Als bräuchte ich noch eine«, stöhne ich auf. »Außerdem habe ich mich gefragt, ob das Glück, das meine Urgroßmutter angeblich mit dieser Kiste machen konnte, damit zu tun hat. Vielleicht wusste sie von einem schockierenden Geheimnis, mit dem sie die Snowes erpressen konnte?«

»Das würde einiges erklären. Kam Madalyn dahinter, so dass Gerald die Wahrheit vertuschen musste? Hat er sie ertränkt? Menschen tun alles Mögliche, wenn sie sich in die Enge getrieben fühlen.«

Ich erschauere. »Das hoffe ich doch nicht, obwohl das Geheimnis immer komplexer wird. Ehrlich gesagt habe ich das Gefühl, bei all den Theorien ständig in Sackgassen zu landen.«

Noah legt das Skizzenbuch auf den Tisch zurück. »Hey, kein Grund, sich die Laune vermiesen zu lassen. Meine Mum hat immer gesagt, mit leerem Magen lässt sich gar nichts bewerkstelligen. Also, wieso essen wir nicht erst mal, und dann erzählst du mir, was du bislang herausgekriegt hast? Man weiß ja nie, möglicherweise kann ich irgendwas Hilfreiches beitragen. Ich habe auch ihre Unterlagen hier, in denen vielleicht was steht.«

»Das wäre großartig«, bestätige ich. »Und Essen ist wirklich eine gute Idee.«

»Wird auch den ekelhaften Wein aufsaugen«, lacht er. »Beim nächsten Mal bringe ich einen Besseren mit. Mein Cousin Elliott hat ein Weingut in Victoria und würde leugnen, mit mir verwandt zu sein, wenn er von dieser Plörre hier wüsste.«

Also wird es ein nächstes Mal geben, wo wir zusammen essen und ein, zwei Gläser Wein trinken? Was will er damit sagen? Ist das ein Hinweis, dass wir gute Freunde werden, oder will er mehr? Treenas Anzüglichkeiten mal beiseite gelassen, ertappe ich Noah doch hin und wieder dabei, wie er mich so intensiv ansieht, dass mir ganz heiß wird. Ich kann nicht leugnen, dass ich mich von ihm angezogen fühle.

»Ich entschuldige mich schon mal für meine Gefräßigkeit.« Noah nimmt eine Handvoll Chips und setzt sich aufs Sofa. »Düngen ist harte Arbeit!«

Ich lasse mich auf dem Sessel gegenüber nieder und nehme mir ein Stück Brot. »Vielleicht ist das kein so gutes Thema beim Essen?«

Er zieht die Nase kraus. »Ich kann's auch noch riechen, dabei habe ich dreimal geduscht! Also komm mir nicht zu nahe, oder wenn, dann halt die Luft an.«

»Wenn ich erst mal diesen Camenbert aufgeschnitten habe, werden wir gar nichts mehr riechen«, kontere ich, worauf Noah lacht.

»Los, schnell! Mein Aftershave verliert den Kampf!«

Während wir unser schlichtes Mahl aus Brot und Käse zu uns nehmen, unterhalten wir uns munter über unser Leben und die Launen des Schicksals, die uns an diesen wunderschönen Ort geführt haben. Oyster Shore und die Vergangenheit lassen wir einstweilen ruhen. Als die Weinflasche geleert und ein Großteil des Essens verputzt ist, herrscht völlige Unbefangenheit zwischen uns. Ich koche Kaffee, und als ich ihn ins Wohnzimmer bringe, liest Noah schon in dem Taschenbuch aus Granny Mays Kiste. Breakspear hat es sich neben ihm bequem gemacht, sieht ihn, mit dem Kopf auf Noahs Knie, seelenvoll an und stupst ihn hin und wieder, um von ihm beachtet zu werden. Noah streichelt ihn abwesend, während er in das Buch vertieft ist.

»Ist es gut?«, frage ich, stelle die Becher ab und reiße eine Packung Kekse auf. Noah nimmt sich einen und kaut selbstvergessen.

Er zeigt auf die Innenseite des Covers. »Wie erklärst du dir diese Zahlen? Die haben doch was zu bedeuten, oder nicht?«

»Ich hatte noch nicht die Zeit, sie mir genauer anzusehen«, gestehe ich. »Meine Schwester hielt nicht viel davon. Ich wollte es in Ruhe lesen, wenn ich Zeit dafür habe, aber ausgehend von dem, was ich bis jetzt gesehen habe, ist es nicht besonders gut geschrieben. Auf mich wirkt es wie ein Prestigeprojekt.«

»Ein Prestigeprojekt?«

»Der Autor hat bezahlt, damit es gedruckt wird.«

»Wäre das in Zeiten vor dem Internet nicht sehr teuer gewesen?«

»Doch, ich glaube schon. Derjenige muss wohl viel Geld gehabt haben.«

»In diesem Fall wollte er es wohl unbedingt gedruckt sehen und konnte sich das leisten. Vielleicht ist der Autor der Soldat in der Geschichte? Und die Geschichte selbst ist Teil einer größeren Botschaft? Viele der Sachen aus der Kiste deiner Großmutter scheinen für sich gesehen bedeutungslos zu sein, aber vielleicht sind sie zusammen genommen wichtig.«

»Das glaube ich auch«, sage ich nachdenklich. »Aber hätte meine Urgroßmutter nicht gewusst, was sie bedeuten?«

»Könnte doch auch sein! Deine Granny hat erzählt, ihre Mutter wäre zornig gewesen. Vielleicht wusste sie genau, was die Kiste und die Sachen darin bedeuteten, wollte sich aber nicht damit befassen.«

»Granny May hat gesagt, sie hätte die Kiste von einem Fremden bekommen.«

»Möglicherweise kannte deine Granny ihn nicht, weil sie damals noch ein Kind war – aber ihre Eltern könnten ihn gut gekannt haben. Man ist doch nicht zornig auf Leute, mit denen man nichts zu tun hat, oder?«

Er hat recht. Was, wenn dieser Mann kein Fremder war, sondern jemand, der einst ein Freund oder gar mehr war? Dies hieße, meine Hypothese, dass Gerald Snowe die Kiste überbracht hatte, wäre weiterer Nachforschungen wert.

»Was wäre denn, wenn der Mann deinen Großeltern eine Sammlung von Gegenständen überreichte, die nur Sinn ergaben, wenn sie jemand betrachtete, der um ihre Bedeutung wusste?«, überlegt Noah laut. »Aber vor lauter Zorn versteckte deine Urgroßmutter die Kiste, und nachdem sie und ihr Mann gestorben waren, konnte niemand mehr etwas mit ihrem Inhalt anfangen, weil er für jeden Außenstehenden nur noch ein willkürlich zusammengestelltes Sammelsurium war.«

»Ein Sammelsurium, mit dem meine Familie ihr Glück machen sollte.«

»Was sie gekonnt hätte, wenn die Bedeutung nicht verloren gegangen wäre. Hey, ich habe wirklich das Gefühl, wir sind da auf etwas gestoßen.«

»Auf ein weiteres Hirngespinst?«, scherze ich.

Aber er bleibt ernst. »Nein, ich habe wirklich den Eindruck, dass alles mit Gerald Snowe und Oyster Shore zu tun hat. Deine Familie muss einfach eine Verbindung dazu haben.«

»Wie denn? Die Penwurthies waren Fischer. Wenn sie überhaupt was mit den Snowes zu tun hatten, dann über die Fische, die sie deren Koch verkauften.«

»Wie wär's dann zum Beispiel mit einem unehelichen Kind? Könnte deine Granny Geralds Tochter gewesen sein?«

»Jetzt mal langsam! Gleich fängst du noch mit Vaterschaftstests und Lügendetektoren an!«, erwidere ich. »Nein, ernsthaft, davon habe ich nie was gehört, außerdem haben wir alle die Locken und die dicken Beine der Penwurthies.«

»Also geht auch diese Theorie den Bach runter«, räumt Noah ein. »Aber deine Beine sind absolut perfekt.«

Ihm sind meine Beine aufgefallen? Seit meiner Ankunft hier trage ich oft Shorts, trotzdem kann man meine kurzen, milchig weißen Beine kaum als perfekt bezeichnen. Ich starre ihn an.

»Wie auch immer, zurück zum Thema.« Mit einem Mal wirkt Noah verunsichert. Er durchbohrt das Taschenbuch mit einem ungerechtfertigt langen Blick, was mir verrät, dass er seinen Kommentar bereut. Irgendetwas zwischen uns verändert sich. Selbst Breakspear hebt den Kopf und starrt uns an.

Ich rette mich auf sicheres Terrain. »So viel ich weiß, handelt das Buch von einem Soldaten, der aus dem Ersten Weltkrieg zurückkehrt und feststellt, dass sich seine alte Welt verändert hat. Seine Liebste hat einen anderen, und wegen seiner Kriegsverletzung ist er für die Gesellschaft nutzlos geworden. Nicht gerade ein heiteres Buch, und ausgehend von dem wenigen, was ich gesehen habe, auch nicht gut geschrieben.« Ich hatte das Buch kurz durchgeblättert, aber die sperrige Sprache und die ungeschickte Wortwahl hatten mich abgeschreckt. Auch das Pathos wirkte aufgesetzt, so, als hätte der Autor sich nicht mit dem Protagonisten identifizieren können und einfach nur verschiedene Szenen vom Hörensagen zusammengeschustert. Meine schwache Hoffnung, dieses Büchlein könnte ein verschollenes Meisterwerk von Snowe sein, hatte sich rasch in Luft aufgelöst. Wäre es bei meinem früheren Verlag auf dem Haufen unangeforderter Einsendungen gelandet, hätte es ganz schnell ein kurzes Ablehnungsschreiben bekommen.

»Also kein verloren gegangenes Meisterwerk?«, vergewissert sich Noah.

»Leider nein.«

Stirnrunzelnd wiegt er das Buch in der Hand. »Gerald war nicht im Krieg, und dein Urgroßvater Marrick kehrte heim, heiratete und arbeitete wieder als Fischer, also ist die Geschichte nicht über ihn. Vermutlich kamen viele seiner Freunde um, und die Heimkehrer hatten sich völlig verändert. Wie der Soldat in diesem Buch wurden manche sogar von denen zurückgewiesen, die sie einst geliebt hatten.«

»Matt Enys hat eine Arbeit über Gesichtsverletzungen und die ersten Versuche plastischer Chirurgie im Ersten Weltkrieg geschrieben«, erkläre ich. Ich hatte sie online gelesen, und einige der Geschichten hatten mich zu Tränen gerührt. »Die Betroffen nannten sich *Zerstörte Wasserspeier,* und viele von ihnen begingen Selbstmord. Es war herzzerreißend.«

»Also mussten sie nicht nur in den Schützengräben leiden, sondern auch nach ihrer Heimkehr. Denn sie hatten sich physisch oder psychisch vollkommen verändert. Wie sollte es auch anders ein, nach allem, was sie durchgemacht hatten?«

»Granny May sagte immer, ihr Vater hätte furchtbare Stimmungen gehabt«, erzähle ich. »Es kam oft vor, dass er nachts schrie und tobte. Sie sagte, er hätte ihr Angst eingejagt.«

Noah nickt. »Trichtertrauma oder das, was wir heute als posttraumatische Belastungsstörung bezeichnen. Ich schätze, damals hieß es für die armen Kerle, die es nach Hause schafften, einfach nur ›Kopf hoch und weitermachen‹. Da gab es keinen großartigen Dank für ihr Opfer.«

»Es waren einfach andere Zeiten. In ihren Gedichten schreiben Kit Rivers und Wilfred Owens über verletzte junge Männer, die zwar den Krieg überlebt haben, aber danach am Rande der Gesellschaft standen.«

»Könnte es sein, dass dieses Buch von jemandem geschrieben wurde, der etwas Ähnliches gesehen hatte und es dokumentieren wollte, aber kein schriftstellerisches Talent hatte?«

»Könnte sein«, nicke ich. »Aber wer *war* er?«

Noah hebt mahnend den Finger. »Oder sie.«

»Stimmt«, lache ich.

»Okay, mit der Identität des Autors kommen wir nicht weiter, aber was ist mit den Zahlen, die sich durchs ganze Buch ziehen? Die müssen doch was bedeuten. Ab mit dir, Breakspear! Lass dein Frauchen mal gucken.« Noah schiebt den Hund sanft zur Armlehne des Sofas und klopft einladend auf die frei gewordene Stelle. »Hier ist noch Platz.«

Für Kate Moss vielleicht, denke ich, hole tief Luft und ignoriere nach Kräften, dass Noahs muskulöser Oberschenkel gegen meinen gedrückt wird. Wenn ich mich schmal mache, passt es so gerade.

»Dieses Buch muss bedeutsam sein, egal, wie gut oder schlecht es ist.« Noah knetet mit Daumen und Zeigefinger seine Nasenwurzel, als wollte er die Antwort dort hinein massieren. Als ich sehe, wie sich die Muskeln an seinem Oberarm bewegen, spüre ich ein köstliches Ziehen in mir. Hastig richte ich meinen Blick auf die Zahlenreihen, die ein Muster ergeben müssen. Ein ganzes Jahrhundert ist vergangen, seit sie mit mittlerweile verblichener blauer Tinte ins Buch gekritzelt wurden, und zwar so nachdrücklich, dass sie wie ins Papier gestanzt wirken.

»Ich wüsste nicht, was sie zu bedeuten haben«, sage ich. »Geburtsdaten sind es jedenfalls nicht.«

»Oder andere Daten. Es sei denn, der Fremde war ein Zeitreisender.«

»Das wäre eine echte Internetsensation«, lache ich. »Dann hätte ich wirklich einen Bestseller gefunden. Für mich sieht das eher aus wie Koordinaten. Vielleicht sollten wir eine Karte suchen. Und uns auf Schatzsuche begeben.«

»Genau, Wenna!«, ruft Noah aus. »Genau das sind diese Zahlen. Eine codierte Schatzkarte. Wer auch immer sie aufschrieb, wusste, dass der Empfänger, also dein Urgroßvater, sie entschlüsseln konnte. Vielleicht war das ein Spiel, das sie als Kinder spielten? Kinder lieben Geheimclubs und Geheimcodes.«

Ich kaue an meinem Stift und konzentriere mich. »Ein von Kindern erstellter Code wäre ziemlich einfach zu knacken, oder?«

»Ich glaube schon … Hey! Ich hab's. Unfassbar, dass ich das nicht sofort gesehen habe! Die Zahlen gehen nur bis 26, und so viele Buchstaben hat das Alphabet. Aber es ist umgekehrt, also ist A die 26 und Z die 1.«

Er hat recht, und die Entschlüsselung ist nur noch reine Fleißarbeit, weil unendlich viele Zahlenreihen in das Buch, auf jede freie Stelle und sogar zwischen die Wörter gekritzelt wurden. Ich notiere eine Sequenz nach der anderen mit den entsprechenden Buchstaben darunter, und Noah schreibt die Wörter in ein Notizbuch. Die Arbeit geht nur mühsam voran, wozu auch das schummrige Licht und der Wein einiges beitragen. Als mir die Zahlen und Buchstaben vor den Augen verschwimmen, mache ich eine Pause und koche uns einen sehr starken Kaffee.

»Das ergibt keinen Sinn«, bemerkt Noah und umfasst mit beiden Händen mutlos seinen Becher. »Vielleicht lag ich doch falsch?«

Wir haben seitenweise Wörter, die vollkommen willkürlich wirken, ganz gleich, wie wir sie anordnen, und die über unsere Gewissheit, den Code geknackt zu haben, zu spotten scheinen.

»Für die Entzifferung der Funksprüche in Bletchley Park hätte man uns ganz sicher nicht rekrutiert«, bemerke ich und studiere zum tausendsten Mal die Wörter.

»Ich schätze, der Anfang ist hier: *Mutter. Aber. Richtig. Rückkehr. Immer. Christus. König.*« Er pustet in seinen Kaffee. »Aber was hat das zu bedeuten?«

Ich kaue an meinem Stift. Dabei war ich mir so sicher, dass wir etwas entdeckt hatten! Enttäuscht kneife ich die Augen zu, um die Wörter mit reiner Willenskraft zu zwingen, sich in eine sinnvolle Ordnung zu bringen. Es steckt eine Botschaft darin. Ich weiß es einfach!

Mutter. Aber. Richtig. Rückkehr. Immer. Christus. König.

Die Buchstaben tanzen und verschwimmen vor meinen Augen. Die Reihe verändert sich, als von jedem Wort der erste Buchstabe plötzlich in den Vordergrund tritt. Sofort ist die Lösung so offensichtlich, dass ich nicht fassen kann, wieso ich sie erst jetzt erkenne. Ich nehme meinen Stift und unterstreiche die Anfangsbuchstaben der ersten sieben Wörter. *M̲utter. A̲ber. R̲ichtig. R̲ückkehr. I̲mmer. C̲hristus. K̲önig.*

»*Marrick!*«, hauche ich. »Das ist wirklich der Anfang. Diese Nachricht war an ihn gerichtet. Dies wurde für meinen Urgroßvater geschrieben.«

»Mein Gott«, nickt Noah. »Genau.«

Ich stelle mir vor, wie der Absender mit gesenktem Kopf mühselig das, was er loswerden wollte, mit Zahlenreihen codierte, die mein Urgroßvater entschlüsseln sollte. Wer war der Urheber? Ist es Gerald, der jetzt über die Jahrzehnte hinweg zu mir spricht und mir die Geheimnisse um sein verlorenes Meisterwerk verrät?

Noah hilft mir noch eine weitere Stunde, doch er hat einen langen Arbeitstag mit Gareth hinter sich, und nach ein paar Gähnattacken kapituliert er vor seiner Erschöpfung. Er bringt noch die beiden Taschen mit den Unterlagen seiner Mutter, tritt hinaus in die neblige Nacht und lässt sich von mir noch einmal versprechen, dass ich ihm alles erzählen werde, was ich herausfinde. Als er davonfährt, huscht das Licht seiner Scheinwerfer weiß über die Vorhänge, und die Rücklichter färben den Wohnraum kurz blutrot. Dann ist er fort, und ich bin allein. Doch jetzt setzt die Stille mir nicht zu, sondern ist ein friedlicher See, in den ich eintauchen kann, während ich mich meiner Aufgabe widme.

Ich konzentriere mich auf das vor mir liegende Rätsel. Mit jedem Wort, das ich entschlüssele und dem Wirrwarr aus Zahlen und Buchstaben entreiße, wächst meine Aufregung. Ich bemerke kaum, dass das Feuer im Ofen niederbrennt und das Bootshaus abkühlt. Was zählt, ist nur, die Aufgabe zu lösen, und als ich endlich meinen Stift beiseitelege, habe ich drei DIN-A4-Blätter vollgeschrieben. Ich lehne mich auf meinem Sitz zurück und denke nach …

Schließlich reibe ich mir die Augen. Ein paar Sterne trotzen noch dem sich ausbreitenden Tageslicht, das die letzten Spuren der Dunkelheit vertreibt. Der Nebel ist nur noch eine Erinnerung, als ich Breakspear ins Freie lasse und zusehe, wie er in der kühlen Morgenluft herumtollt. Vom Ponton steigt lautlos ein Reiher in die Lüfte, und irgendwo höre ich das Krächzen einer Krähe, ein Laut, der an Verlust und Leere erinnert. Dies ist ein Ort voller Abschiede und gebrochener Herzen. Die entschlüsselte Botschaft zittert in meiner Hand wie ein lebendes Wesen, das vor der Ungeheuerlichkeit der Nachricht erbebt, die den Leser zu einer Entscheidung zwingt: Ist er Beichtvater oder Richter? Wird er vergeben oder verurteilen? Wäre mein Urgroßvater vor die Wahl gestellt worden, wie hätte er reagiert? Und was soll *ich* tun?

Ich lasse mich auf den Stufen nieder und lege die Seiten auf meine Knie. Es herrscht Flut, die hungrig die grauen Sandinseln verschluckt, doch das nehme ich kaum wahr, denn in meinem Kopf hallt noch die Stimme desjenigen nach, der die Botschaft verfasst hat.

Ein ganzes Jahrhundert, nachdem Gerald Snowe den Stift niedergelegt hat, ertönt seine Stimme noch einmal in Oyster Shore:

Marrick,

ich weiß, du wirst diese Nachricht problemlos entschlüsseln. Ich schreibe sie über eurem alten Versteck im Bootshaus, sitze hier am Fenster und schaue auf den vorbeiströmenden Fluss. Ich schreibe sie in dem Code, den du und Ned erfunden habt, denn diese Botschaft ist nur für dich. Woher ich euren Code kenne? Ach, Marrick, du und Ned habt mich immer unterschätzt. Mich ausgeschlossen. Mich verachtet. Ihr habt nie mitgekriegt, dass ich euch beschattet habe und wusste, wo euer Versteck war. Ich habe gesehen, wie ihr die Fliese am Fenster angehoben und eure Schätze darunter versteckt habt. Was dachtet ihr denn, als hin und wieder etwas verschwand? Wer schlich sich wohl heimlich, still und leise ins Bootshaus, wenn ihr nicht aufpasstet? Wer stahl den Kamm und die Briefe und noch viel mehr? Ich hatte schon in jungen Jahren die Angewohnheit, mir einfach zu nehmen, was mir nicht gehörte. Sie führte zu meinem Untergang. Sie führte zu Madalyns Tod.

Das erbärmliche Büchlein mit dieser verschlüsselten Nachricht ist meine Version der Ereignisse, die zu jenem schrecklichen Ende führten. Es ist mein wahres Opus Magnum, das Geständnis, das ich an Madalyns Schicksal schuld bin. Es hat keinen literarischen Wert, ist aber authentisch. In der Kiste sind die Gegenstände, die ich aus eurem Versteck gestohlen habe und damit zurückgebe. Diebstahl ist zwar eine Sünde, aber ich liebte es sehr, die Fliese anzuheben und in euren Schätzen zu wühlen. Hattet ihr je einen Verdacht?

Nachdem ich Madalyn nicht retten konnte, wurde ich schwerkrank. Es hieß, die Krankheit wäre sowohl körperlich als auch seelisch, denn wie du dich erinnern wirst, war ich immer kränklich, und jetzt wäre ich fast gestorben. Ich wünschte, ich wäre es, denn es ist meine persönliche Hölle, mit dem Wissen um das zu leben, was ich getan habe. Zwar habe ich mich wieder erholt, bin nun aber ein anderer Mensch, Marrick. Gott hat mir befohlen, für den Rest meines Lebens zu büßen. Ned und Madalyn sind verloren, und ich kann meine Sünden nicht mehr bei ihnen wiedergutmachen, aber wenigstens kann ich mich bei dir darum bemühen.

Das Manuskript ist im alten Versteck. Es gibt keine gedruckte Ausgabe mehr. Dieses Original ist das einzige Exemplar. Der Titel gebende Ort war mein Fluch. Denn was nützt es dem Menschen, die ganze Welt zu gewinnen und Schaden zu nehmen an seiner Seele? Und meine Seele ist verloren, es sei denn, Gott – und Bess – vergibt mir. Alle Erlöse aus dem Buch wurden in einem Treuhandfonds für Neds nächsten Angehörigen angelegt. Oyster Shore, das Bootshaus und das Land im Umkreis von drei Meilen gehören ebenfalls für immer ihm.

Wie ich dieses Anwesen mit seinem Fluss hasse! Meine Abneigung steigt mit jeder Flut. Ich werde nie wieder hierherkommen. Nun, da Ned fort ist, gehört Am Austernufer *Bess. Im Versteck wirst du alle Schriftstücke und Dokumente finden, die das beweisen. Verfahre mit diesem Wissen, wie du willst! Verrate der Welt meine Schandtaten. Zerstöre mich. Oder schweige und verweigere mir die Absolution. Du hast die Wahl. Der Herr und du sollen meine Richter sein.*

Gerald M. Snowe

Ich werde nicht richtig schlau aus diesem seltsamen Brief, denn er spielt auf Ereignisse und Orte an, die nur mein Urgroßvater kannte. Und auf den ersten Blick wirkt er zwar reuig und gottesfürchtig, doch schwingt ein trotziger Unterton mit. Die kaum verhüllte Boshaftigkeit verursacht mir Unbehagen, und unwillkürlich blicke ich mich um, als könnte der Autor mich aus dem Schatten heraus beobachten.

Dies ist die Stimme von Gerald Snowe, und innerlich schrecke ich vor dieser mir neuen Version seiner selbst zurück. Seine Reue überzeugt mich nicht, und sein Geständnis, dessen Umfang ich nicht ermessen kann, beunruhigt mich. Kein Wunder, dass meine Urgroßmutter Elizabeth – oder Bess, wie der Urheber des Briefs sie nannte – ihn wegschickte und die Kiste unter der Treppe versteckte. Sie muss gewusst haben, was für ein Mensch Gerald war, und wollte nichts mit ihm zu tun haben. Konnte sein vorgeblicher Sinneswandel sie nicht überzeugen? Ließ sein Leid sie kalt? Oder hatte sie guten Grund, ihn zu verachten und von ihrer Familie fernzuhalten?

Bess Penwurthy mag Geralds Snowes Stimme zum Verstummen gebracht haben, doch ihre Großenkelin hat sie wieder zum Leben erweckt. Ich habe die Büchse der Pandora geöffnet, und jetzt drängt mich der ruhelose Geist darin, seine Geheimnisse zu lüften. Gerald Snowe will, dass seine Geschichte erzählt wird, und als Letzte der Penwurthies weiß ich, was ich zu tun habe: Ich muss das alte Versteck suchen und nachschauen, ob er sein Wort hielt.

Ich rücke den Tisch vom Fenster ab und trage den Stuhl an die Wand. An diesem Ende des Bootshauses habe ich den Boden mit einem meiner mitgebrachten Flickenteppiche bedeckt, doch darunter befindet sich der raffinierte schwarz-rote Fliesenboden, den ich bei meiner Ankunft bewundert habe. Er ist zwar wunderschön anzusehen, doch ziemlich fußkalt. Ich hatte mir gedacht, dass der Prince of Wales vielleicht eine Art Fußbodenheizung hatte. Außerdem waren ein paar Fliesen lose, daher wäre es nur eine Frage der Zeit gewesen, bis ich gestolpert wäre. Meilenweit weg vom nächsten Krankenhaus wäre ein Sturz auf den Steinboden das letzte gewesen, was ich gebraucht hätte – so schön das Mosaik auch sein mochte.

Aber jetzt drängt es mich, den Teppich zu entfernen. Ganz gleich, ob der Boden kalt und gefährlich ist, ich muss unbedingt die lose Fliese finden, unter der die Schuljungen einst ihre geheimen Botschaften versteckten. Ich gehe auf alle viere und halte die Luft an. Die gefühlsgeladene Beichte und die dringlichen Worte hallen noch in mir nach. Neben mir knien zwei aufgeregte kleine Jungs, ohne zu ahnen, dass ein missgünstiges Kind aus dem Schatten heraus beobachtet, wie sie ihre Schätze verstecken und Pläne schmieden.

Doch dann zögere ich: Sollten manche Geheimnisse nicht unentdeckt bleiben? Meine Hand schwebt über der Fliese. Ich bin nervös, denn ich spüre, dass darunter etwas wartet, das mein Leben für immer verändern wird. Aber ich kann nicht anders. Gerald sehnt sich verzweifelt danach, seine Sünden zu beichten, Madalyn Trelyon und Ned Carew wollen, dass ihre Geschichte erzählt wird, und die Stimme meines Urgroßvaters ruft nach mir. Selbst Kit Rivers ist hier, in seiner Uniform, und gehört genauso zu dieser Geschichte wie der innerlich zerrissene Gerald. Ihre Geschichte ist unvollendet, und etwas, das ich nicht erklären kann, hat mich nach Oyster Shore geführt. Selbst der vom Kummer gebrochene Noah wurde an einer unsichtbaren Schnur hierhergezogen. Wir sind beide Teil von etwas Größerem. Teil eines größeren Ganzen.

Ich muss sehen, was unter der Fliese liegt. Mir bleibt keine Wahl.

Ich umfasse den Rand der Kachel. Sie lässt sich ganz leicht anheben, als wäre sie erst vor Kurzem gelöst worden, und darunter sehe ich einen dunklen Zwischenraum, unter dem ein Gerüst aus Streben den gesamten Boden des Boothauses trägt. Das ganze Gebäude ist nichts als eine raffinierte Kulisse und war nie dazu gedacht, Boote zu beherbergen. Es ist eine Bühne, die die Illusion erwecken sollte, das Haus stünde am Ufer der Themse, und der wassernahe Lagerraum, wo die Boote, die Seile und Ruder normalerweise untergebracht wurden, war im Liebesnest eines Prinzen überflüssig. Diese kleine Öffnung ist der einzige Zugang zu einem geheimen, längst vergessenen Bereich. Kein Wunder, dass die Jungen es für ein ideales Versteck hielten.

Mit meiner neuen Taschenlampe leuchte ich in den dunklen Raum. Kälte dringt heraus und streicht mit eisigen Fingern über mein Gesicht. War Gerald Snowe der Letzte, der in diese Öffnung gespäht hat? Oder wurde das, was er hier hinterließ, schon längst entdeckt und von modernen Grabräubern mitgenommen? Möglich wäre auch, dass er nur ein grausames Spiel spielte und hier nie etwas versteckte. Bei der leichten Gehässigkeit, die ich in seinem Brief spürte, würde ich ihm einen solchen Streich durchaus zutrauen.

Doch ich gebe ihm einen Vertrauensbonus, stecke meinen Arm durch die Öffnung und versuche dabei krampfhaft, den Gedanken an

Ratten zu verdrängen. Ich liege auf dem Bauch, damit ich besser in das Loch schauen kann, und das Licht der Taschenlampe erhellt einen etwa einen Quadratmeter großen Raum, der sorgfältig mit Metall ausgekleidet wurde, um ihn gegen Wasser abzudichten. Dies ist nicht das Werk von Schuljungen. Kleine Jungen verstecken Murmeln, nichtige Botschaften und Krimskrams, ohne sich über Feuchtigkeit oder Schimmel Gedanken zu machen. Ihre Schätze haben keinen materiellen Wert, und nach dem zu urteilen, was ich von meinen Neffen weiß, verstecken sie ihre Schätze nicht lang genug, um sich über Verfall Sorgen machen zu müssen. Dieses Versteck hier aber war offensichtlich bewusst von jemandem angelegt worden, der sicherstellen wollte, dass das, was hier gelagert wurde, vor Nässe und Ungeziefer geschützt war.

Es wurde als so wertvoll empfunden, dass kein Risiko eingegangen wurde. Gut möglich, dass es ein kostbares Manuskript war.

Mit heftig pochendem Herzen strecke ich meinen Arm immer weiter aus und taste blind nach dem Gegenstand, bis meine Fingerspitzen gegen etwas stoßen. Es ist das trockene Leder einer Tasche, und als ich meinen Arm so weit wie möglich ausstrecke, bekomme ich den Griff zu fassen. Rückwärts kriechend kann ich die Tasche zu mir heraufziehen. Breakspear beobachtet mich aus einer Ecke, scheint sich aber nicht näher zu wagen. Spürt er, dass man dieses Vermächtnis besser ruhen lassen sollte? Kommt Gerald Snowe näher?

Schließlich, nach einem Jahrhundert im Versteck, liegt die Tasche auf den Fliesen. Es ist ein Schulranzen, dessen Leder trocken und abgenutzt ist. Der Griff ist glatt, die Ecken sind verschrammt, und es gibt dunkle Flecken, die alarmierend an Blut erinnern. Wahrscheinlich aber spielt mir meine Phantasie nur einen Streich, und diese Flecken stammen von etwas, das das Schulkind verschüttet hat. Wäre er nicht versteckt gewesen, könnte dies ein ganz normaler Tornister sein. Ich hole tief Luft, öffne die Schnallen und die Klappe. Beim Geruch von Leder und Kreide muss ich sofort an meine Grundschule, an tintenverschmierte Finger und längst vergessene Lehrer denken.

Auf der Rückseite der Klappe steht ein Name. Zwar wurde die Tinte vor langer Zeit vom durstigen Leder aufgesogen, dennoch kann ich die Spuren einer kindlichen Schrift erkennen.

E. Carew.

Edward Carew. Ned. Der Ned aus Kit Rivers Gedicht. Der Ned, auf den Gerald eifersüchtig war. Der beste Freund meines Urgroßvaters. Ned, der nackt im Schlafzimmer des Bootshauses lag. Ned, der Madalyn Trelyon kannte. Dies hier war sein Ranzen. Ned Carew ging damit zur Schule, ohne zu ahnen, dass er einst in Frankreich enden und in einem Gedicht unsterblich werden würde.

Er ist der eigentliche Schlüssel zu diesem Geheimnis, denn dies ist Ned Carews Geschichte, nicht Gerald Snowes.

Ich stecke die Hand in den Ranzen. Darin befinden sich Briefe, zusammengehalten von einem ausgeblichenen Band und bedeckt mit einer Handschrift, die mir unbekannt ist. Es gibt ein Foto von drei Männern im Schützengraben – einer von ihnen ist ganz sicher Kit Rivers –, vergilbte Zeitungsausschnitte, etwas, das aussieht wie ein Dokument, und eine rote Haarlocke mit einer grünen Schleife. Aber dann macht mein Herz einen Satz: ein ledergebundenes Notizbuch. Könnte es wirklich das Originalmanuskript des verschollenen Buches sein? Hat Gerald die Wahrheit gesagt, als er Marrick schrieb, es sei hier zu finden? Doch wieso hatte er es versteckt? Wieso übergab er sein größtes Werk an meine Urgroßeltern?

Ich weiß, die Antwort ist hier zu finden. Noch mal hole ich tief Luft, dann schlage ich das Notizbuch auf.

Am Austernufer

Ich wage kaum zu atmen. Da ist er: der sensationelle Fund. In meinen zitternden Händen halte ich das Originalmanuskript von *Am Austernufer.*

Mein Blick huscht zur Uhr. Es ist noch viel zu früh, um Noah oder

Hamish anzurufen, was heißt, für einen kurzen Zeitraum gehört dieser Schatz nur mir. Ich allein kann ihn an meine Brust drücken und bestaunen. Während die Welt noch schläft, kann ich die Geschichte lesen, die einst die Kritiker begeisterte und die Gerald Snowe mit aller Macht zerstören wollte. Dies ist das Buch, das er für Madalyns Tod verantwortlich machte. Dies ist sein ganz persönlicher Fluch. Die dunklen Geheimnisse, die er für immer bewahren wollte, sind auf diesen Seiten zu finden und drängen mich jetzt, sie zu befreien.

Mühsam stehe ich auf, arrangiere alle gefundenen Gegenstände sorgfältig auf dem Tisch und mache es mir dann mit einer Decke auf dem Sofa bequem, bereit, mich in einer Geschichte zu verlieren, die längst zur Legende wurde. Dann schlage ich das Buch auf und beginne zu lesen.

Es endete, wo es begann: in Oyster Shore ...

KAPITEL 17

NED

Mai 1904

Schulhaus, Trevellan

Violet Tucker sagt, das große Haus sei vermietet worden«, verkündete Neds Mutter am Frühstückstisch. »Vor lauter Aufregung hat sie kaum noch Luft bekommen. Offenbar stellen die neuen Mieter Leute ein, und sie hofft, dass sich für Timmy auch etwas findet. Vi ist überzeugt, er könnte als Diener anfangen und sich bis zum Butler hocharbeiten.«

Prustend spuckte Edgar Carew seinen Tee aus, traf seinen Toast und verpasste seine Zeitung nur, weil sie an der blauen Teekanne mit der angeschlagenen Tülle lehnte. »Du meinst den armen Tropf Timothy Tucker, den ich unterrichten muss? Der Junge, der die Kiste mit der gesamten Milch gleich zweimal fallen ließ, und der praktisch sein ganzes Schulbuch mit Tinte verunstaltet? Dieser Timothy Tucker soll mit Silbertablett und Saucière auf die Leute losgelassen werden?«

Lachend holte Matilda Carew ein Tuch von der Spüle, um die Bescherung aufzuwischen. Sie war an die wohlwollende Verzweiflung ihres Mannes gegenüber seinen Schülern gewöhnt, und die ganze Familie amüsierte sich über seine Geschichten mit ihren neuesten Streichen. Dabei war Timothy Tucker, der mit einem hübschen Gesicht und zwei linken Händen gesegnet war, oft die Hauptfigur eines Dramas.

»Ja, mein Lieber«, sagte sie, »genau der. Doch soll ich einer hingebungsvollen Mutter die Illusionen nehmen? Vi ist überzeugt, dass sein hübsches Gesicht ihn noch ganz weit bringen wird.«

»Sein Verstand wird es jedenfalls nicht«, versicherte Edgar, schob seine Brille hoch und nahm sich noch eine Scheibe Toast. »Er stellt meine pädagogischen Fähigkeiten noch mehr auf die Probe als du, Ned.«

Ned grinste. Er wusste, dass sein Vater ihn nur aufzog. Er war ein ausgezeichneter Schüler, und im Gegensatz zu seinem besten Freund Marrick, der Mühe beim Lesen und Schreiben hatte – allerdings nur, weil er lieber die Schule schwänzte und fischen ging –, fiel ihm das Lernen so leicht wie atmen. Allerdings half es, einen Lehrer zum Vater und ein Haus voller Bücher zu haben. Schon bevor Ned in die Schule kam, hatte er das Alphabet gelernt, weil er sich die Buchstaben auf den Buchrücken in Edgars Arbeitszimmer angeschaut und sie dann am Schreibtisch seines Vaters kopiert hatte, während er vor lauter Konzentration die Stirn runzelte und die Füße in der Luft schwang. Edgar Carew, ein Oxfordabsolvent und unermüdlicher Leser, liebte es, seinen Kindern vorzulesen, und Ned und Bess Carew wuchsen in der Gesellschaft von Austen, Chaucer und Dickens auf. Nun, da Ned fast neun Jahre alt war, bettelte er zusammen mit Oliver Twist, erzitterte, wenn Magwitch hinter einem Grabstein auftauchte, und hatte wochenlang Alpträume, in denen Graf Dracula ihn mit Fangzähnen und bleichem Gesicht verfolgte. Bess, die für Heathcliff schwärmte, hatte ihre eigenen Alpträume von windumtosten Gräbern und erhängten Hunden.

»Du solltest ihnen nicht solche Bücher vorlesen«, sagte Matilda tadelnd zu ihrem Mann, wenn sie von nächtlichen Schreien geweckt wurden. »Die sind nicht für Kinder geeignet.«

Da war Edgar anderer Meinung. Worte waren Wissen, und Wissen war Macht, erwiderte er. Und Edgar wollte, dass seine Kinder sich selbstständig Zugang zu dieser Macht verschaffen konnten. Matilda murrte dann, für ihn sei das ja kein Problem. Er müsse nicht mitten in der Nacht aufstehen und ein verängstigtes Kind beruhigen, bis es wieder einschlafe. Aber sie begehrte nur kurz auf, und Ned wusste, dass sie insgeheim stolz war auf ihren klugen Ehemann – und hoffentlich auch auf ihre klugen Kinder.

Ned war ein leidenschaftlicher Leser. Genau wie sein Vater hatte er morgens oft rote Augen, weil er die ganze Nacht im schwachen Mondlicht gelesen hatte. Gab es etwas Besseres, als durch Worte in eine andere Welt entführt zu werden? Etwas, das magischer oder erstaunlicher war? Ein Schriftsteller konnte den Leser Schiffbruch erleiden, in ein anderes Land und sogar in eine andere Zeit reisen lassen. Worte waren wie Zaubersprüche, und je mehr Ned las, desto größer wurde sein Wissen und desto heftiger sehnte er sich danach, selbst Geschichten zu ersinnen.

Eines Tages würde Ned in Oxford studieren, genau wie sein Vater, doch er träumte nicht davon, danach in einer kleinen Schule auf dem Land zu unterrichten oder auch Professor zu werden. Nein, Ned Carew wusste, dass er dazu bestimmt war, Schriftsteller zu werden. Wie sein persönliches Vorbild Charles Dickens würde Ned Bücher schreiben, die sich auf der ganzen Welt verkauften, und er würde überall Lesungen abhalten. Jeder Mensch würde seine Figuren und seine Geschichte genauso gut kennen wie er selbst. Dies war Neds größter Traum, und er hatte bereits ein Dutzend Notizbücher mit Romanentwürfen gefüllt. Meist ging es darin um kühne Abenteuer, um Helden mit violettblauen Augen, Sommersprossen und sonnengebleichten Haaren, die ihm ziemlich ähnlich sahen. Und dort endete die Ähnlichkeit nicht, denn Neds wagemutige Helden lebten ebenfalls an der Küste Südcornwalls, wo sie segelten, schwammen und auf einsamen, bewaldeten Uferabschnitten zelteten. Sie suchten Schätze, erkundeten verlassene Bootshäuser und erfanden verzwickte Geheimcodes, an denen die Bösewichte verzweifelten.

Ned las die Geschichten seinen Freunden vor, die nicht genug davon bekamen, und selbst seine Schwester, die über alles spottete, was er tat, verlangte lautstark nach Fortsetzungen. Begeistert, etwas zu erschaffen, das den anderen so viel Freude machte, und auch selbst neugierig auf die nächste Wendung in seinen Geschichten, suchte sich Ned oft ein stilles Plätzchen zum Schreiben. Zwar war das Haus der Carews ein Ort, der von Glück und Geborgenheit geprägt war, und viele Freunde wurden von der Wärme und dem Lachen dort angezogen, doch eignete es sich nicht besonders gut dazu, große Literatur zu erschaffen. Wordsworth hatte sich in die Natur zurückgezogen, und da Ned sich von seinen *Lyrischen Gedichten* inspiriert fühlte, steckte er Stift und Notizbuch in seinen Rucksack und suchte ebenfalls Ruhe und Einsamkeit in der Natur. Bei dieser Gelegenheit verfiel er dem Zauber eines majestätischen Anwesens im Dornröschenschlaf, das die Einheimischen Oyster Shore nannten.

In seiner gesamten Kindheit hatte Ned am Rand des St. Wyllow-Meeresarms gespielt, war im seichten Wasser geschwommen und hatte Krebse gefangen, wenn die Ebbe kam. Ein paar Meilen flussaufwärts befand sich ein verstecktes Anwesen, das einen eigenen Flussabschnitt hatte. Obwohl alles abgesperrt war, hatte Ned, als er durch die mit Brettern verrammelten Fenster spähte, staubige Böden und mit Laken verhüllte Möbel entdeckt. Wie bei *Miss Havisham* aus Charles Dickens' Roman hatte er mit einem furchtsamen Schauer gedacht oder wie im Unterschlupf von Graf Dracula. Das Gebäude war von Efeu überwuchert und drohte, in der immer näher heranrückenden Vegetation unterzugehen. Einst hatten die reichen Trelyons hier rauschende Sommerbälle und Picknicks am Fluss veranstaltet. Und Marrick, der ein Quell des Dorfklatsches war, behauptete, hier hätte sich der König, lange bevor er König wurde, mit seinen Konkubinen aufgehalten.

»Was ist eine Konkubine?«, fragte Timmy Tuckey an einem sonnigen Morgen, als Ned und seine Freunde sich ein Weilchen am Ufer ausruhten. Im Wasser spiegelten sich Himmel und Bäume, während sich draußen auf dem Meer eine kleine Yacht gegen den Wind stemmte. Wie Ned sich danach sehnte, damit in ein Abenteuer zu segeln!

»Eine Art Stacheltier«, erklärte Sammy Trewen mit dem Selbstbewusstsein, das er seinem Status als größter Junge in der Klasse und
als Sohn des Schmieds verdankte. »Nur viel größer.«

Darüber musste Ned so laut lachen, dass er von Sammy in den
Schwitzkasten genommen wurde. Als er wieder Luft bekam, erklärte
er, was das Wort wirklich bedeutete: Denn *Don Juan* hatte sich als
wesentlich lehrreicher erwiesen, als Matilda Carew ahnte. Daraufhin
machte Marrick ein paar sehr rüde Bemerkungen über das Benehmen
des Königs, die er wohl von seinem Vater hatte, wie Ned vermutete.
Alle in Trevellan wussten, dass Dick Penwurthy ein sehr loses Mund-
werk hatte, wenn er im Pub war. Ned war nur froh, dass Bess sie nicht
begleitet hatte.

»Aber was wollen sie denn hier? Die Konkubinen, meine ich?«,
wollte Sammy wissen.

»Meine Ma meint, die wirklich wichtigen Leute würden Penhayes
bevorzugen«, bemerkte Marrick, dessen Mutter auch von dort Aufträge für Wäscherei-Arbeiten annahm. »Und im Haus ist nicht mal
Gas. Wer will denn da wohnen?«

»In deinem Haus gibt es auch kein Gas«, warf Timmy ein. Er war
nicht gemein, sondern sprach nur in seiner üblichen taktlosen Art
eine Tatsache aus. Trotzdem versetzte Marrick ihm einen Boxhieb. Er
war empfindlich, was seine Familie betraf.

»Sie kommen nicht mehr her, weil hier niemand mehr wohnt«,
erklärte Ned Timmy, nachdem dieser sich wieder aufgerichtet hatte.
»Niemand veranstaltet mehr Bälle, zumindest seit der alte Lord gestorben ist. Ich glaube nicht, dass der neue Lord oft hierherkommt.
Und was Gas und Strom betrifft, hast du recht, Tim. Mein Vater sagt,
auf Vyvyan Court gäbe es beides nicht, daher findet der neue Lord es
zu altmodisch und unbequem.«

Timmys Stimmung hob sich, weil Ned ihm recht gab. Es war selten,
dass er mit etwas richtig lag.

Edgar hatte Ned erklärt, dass die frühere Lady Vyvyan das Anwesen als Zufluchtsort genutzt hatte, bis sie ein Jahr nach ihrem Mann starb. Es gab Geschichten von Geistern und Flüchen, und tatsächlich hatte die Familie Trelyon auch ziemlich Pech, da der Hauptzweig ausgestorben war. Es gab nur noch eine kleine Enkelin, weil der Sohn des früheren Viscounts ein ziemlich unglückseliges Ende genommen hatte, was auch immer das heißen mochte. Ned hatte seinen Vater bedrängt, das genauer zu erklären, doch nachdem seine Mutter den Kopf geschüttelt hatte, war das Thema beendet. Beendet, aber nicht vergessen, denn was auch immer passiert war, gehörte eindeutig in die Kategorie »nicht vor den Kindern«, was die Sache noch interessanter machte und sicher wunderbaren Stoff für eine Geschichte ergeben hätte.

Ned hatte Timmy alles erzählt, was er wusste, und er wünschte, er wüsste mehr, allerdings nahm er an, dass es Timmy nicht besonders interessierte. Dennoch hatte Timmy gefragt: »Darf die alte Lady deshalb hierbleiben?« Dabei konnte Ned sehen, dass Timmy schon darauf brannte, sich dem Ringkampf der anderen anzuschließen. Ned seufzte. Er hatte oft das Gefühl, nicht richtig dazuzugehören. »Vermutlich«, sagte er nur.

Edgar hatte auch erklärt, dass Vyvyan Court einem Fideikommiss unterlag, was bedeutete, dass nur ein Mann es erben konnte. Das hatte Bess sehr wütend gemacht, worauf Edgar verschlug, sie sollte ein bisschen fleißiger lernen, damit sie als Erwachsene solche Regeln ändern könnte.

»Es wird eine Zeit geben, da auch Frauen wählen dürfen«, hatte er mit vor Eifer leuchtenden Augen verkündet. »Dann kannst du zu denen gehören, die die Welt verändern, Bessy.«

Dabei wollte Bess gar nicht die Welt verändern. Sie war viel zu sehr damit beschäftigt, für Timmy Tuckey zu schwärmen und mit ihren Freundinnen Pläne zu schmieden, um Maikönigin zu werden. Manchmal beneidete Ned seine Schwester, genau wie er seine Freunde beneidete, die wie junge Hunde am Ufer umhertollten, anstatt melancholisch zu werden, weil die Zeiten mit eleganten Bällen und Bootspartien immer mehr verblassten. Die Vergänglichkeit rührte die anderen Jungen nicht zu Tränen, und es überkam sie auch keine Wehmut, weil in Oyster Shore kein Lachen und keine Musik mehr zu hören waren. Sie bedrückte nicht der Gedanke, dass das Haus in hundert Jahren verfallen und von der umliegenden Natur verschlungen sein würde.

Vielleicht würde sich in der fernen Zukunft jemand in dieses Fleckchen Erde verlieben, dachte Ned. Dann würde er das Haus wieder aufbauen, am Ufer entlanggehen und Austern und Muscheln sammeln. Man würde rauschende Feste mit prächtigen Kleidern feiern. Vielleicht würde er als berühmter Schriftsteller im Triumph nach Trevellan zurückkehren und selbst das Anwesen kaufen …

»Ned! Komm schon! Oder bist du zu feige?«

Marricks Ruf riss Ned zurück in die Gegenwart. Er schüttelte seine Träumerei ab und folgte den anderen ans Ufer, wo sie sich die Kleider vom Leib rissen, um sich in die Fluten zu stürzen.

»Wer als Letzter drin ist, ist ein Mädchen!«, schrie Marrick, dessen Lockenschopf bereits im Wasser hüpfte, und Ned, der nie einer Herausforderung widerstehen konnte, beeilte sich doppelt, bekam aber von Sammy ein Bein gestellt und wurde tatsächlich Letzter. Da er jedoch gut schwimmen konnte, stellte er seine Ehre sofort wieder her, weil er als Erster das gegenüberliegende Ufer erreichte. Als sie schließlich alle zurück am Ufer von Oyster Shore waren, wurden sie ruhiger und aalten sich in der Sonne wie Könige in ihrem geheimen Reich.

Eigentlich durften die Kinder nicht in Oyster Shore spielen. Genau genommen handelte sich es um unbefugtes Betreten eines Privatgrundstücks, denn das ganze Gelände gehörte zu Vyvyan Estate, doch der abgeschiedene Ort war so vernachlässigt und zugewuchert, dass er eher der Natur als den unbekannten Trelyons zu gehören schien. Seit Ned denken konnte, waren die Torflügel der Einfahrt mit einer Kette verschlossen, und die aufwändig gepflasterten Wege waren mit Unkraut und Moos bewachsen. Ein verfallener Brunnen stand einsam und verlassen auf einer Lichtung, war von Dornenranken überwachsen und mit verrottendem Laub und Brackwasser gefüllt, auf dem Froschlaich schwamm. Der weiße Putz des Hauses blätterte ab, die Vorhänge waren halb zugezogen und die Möbel mit Laken verdeckt. Die Trelyons hatten das Anwesen längst aufgegeben, und so nahmen Ned und seine Freunde es langsam in Besitz, teilten es nur mit den scheinbar reglosen Reihern und den ständig wechselnden Gezeiten.

In einer Flussschleife, verborgen von einem Wäldchen, balancierte ein Bootshaus auf Stelzen über der Wasseroberfläche. Die Jungen wagten sich nur selten dorthin, weil sie lieber schwammen und angelten, doch eines kalten Januarmorgens war die Tür von einem Sturm aufgedrückt worden, und Ned und Marrick, die vom Regen überrascht wurden, flüchteten sich hinein. Im Gegensatz zum großen Haus war dieses Gebäude leer, bis auf ein Messingbett auf dem staubigen Dachboden. Große Spinnweben hingen von den Dachbalken, und die prächtigen Samtvorhänge waren von Nagetieren angefressen worden. Staubflöckchen wirbelten in der Luft, und Ned hatte das Gefühl, der Raum würde die Eindringlinge genau beobachten.

»Satis House«, flüsterte er und bekam eine Gänsehaut. Wie angewurzelt stand er da und konnte sich nicht rühren.

Marrick hingegen hatte keine Hemmungen. Er sprang aufs Bett und jagte Staubwolken in die Luft. Seine hellen Locken und seine dunklen Augenbrauen waren schon bald grau, und Ned erahnte den grimmigen Fischer, der er einmal werden würde.

Irritiert blinzelte er ein paarmal, das Bild verschwand, und Marrick war wieder er selbst.

»Was für ein Haus?«, fragte Marrick zwischen zwei Hüpfern auf dem alten Bett.

»Satis House. Du weißt schon, das Anwesen von Miss Havisham in *Große Erwartungen*. Von Dickens.«

»Komm mir nicht schon wieder mit Büchern! Du bist so ein Streber! Ein richtiges Mädchen!« Marrick begann, schneller und höher zu springen.

Ned war schon öfter so aufgezogen worden, allerdings nie lange, da er im Sport genauso gut war wie in der Schule und ausgezeichnet kämpfen und auf Bäume klettern konnte. Nachdem er selbst aufs Bett gesprungen war und Marrick mit Boxhieben bearbeitet hatte, bis dieser um Gnade flehte, stellte Ned wieder Vergleiche zwischen dem alten Bootshaus und Schauplätzen von Dickens an, während Marrick an den niedrigen Dachbalken turnte wie ein Affe. Zwar hätte Ned ihn am liebsten daran gehindert, weil es ihm respektlos vorkam, doch wollte er nicht wieder gehänselt werden. Außerdem hatte die Erfahrung ihn gelehrt, dass sein Freund schon bald eine andere Beschäftigung finden würde. Marrick strotzte vor Energie und blieb nie lange bei einer Sache. Es war Ned ein Rätsel, wie er die Geduld fürs Angeln aufbrachte.

Ned betrachtete das Dachzimmer. Ihm gefielen die niedrige Decke und das grünliche Licht, das durch die efeubedeckten Fenster fiel. Während der Regen vom seehundgrauen Himmel pladderte und auf das Dach trommelte, stellte er sich vor, wie er es sich hier mit seinem Notizbuch gemütlich machte. Vielleicht würde er in diesem Zimmer seinen ersten richtigen Roman schreiben? Keine Abenteuergeschichte, sondern etwas Ernstes und Erwachsenes. Er konnte sich viel einfacher als Marrick den häuslichen Pflichten entziehen, und die anderen Jungen kamen selten hierher. Wieder erschauerte er, denn mit einmal war er sich sicher, dass dieser Ort für ihn wichtig werden würde. Sein Leben würde erst in Oyster Shore richtig beginnen. Er konnte es *fühlen.*

Neds Mutter hatte oft Vorahnungen und hörte immer auf ihre Intuition. Manchmal erwiesen sie sich als geradezu unheimlich richtig, zum Beispiel damals, als sie Marricks Vater davor warnte, aufs Meer zu fahren. Er ignorierte sie und geriet in einen Sturm, in dem sein

Boot fast gesunken wäre. Zu anderen Zeiten waren Matildas Voraussagen nur vage, weil ihre Gefühle ebenso unbestimmt blieben. Edgar zog sie immer damit auf und meinte, in einer anderen Zeit wäre sie auf dem Scheiterhaufen verbrannt worden. Dann konterte Matilda mit einem Zitat seines geliebten Shakespeares: »*Es gibt mehr Ding zwischen Himmel und Erde, als eure Schulweisheit sich träumen lässt, Horatio.*«

Damit brachte sie ihren Mann zum Schweigen, denn Shakespeare zu widersprechen, war im Hause Carew undenkbar. Außerdem, fügte Matilda dann immer hinzu und warf ihre dunklen Locken zurück, hatte sie mit ihren Ahnungen oft recht gehabt. Matilda Carew mit ihren tintenschwarzen Locken war wie ihre Tochter Bess von überwältigender Schönheit, doch es war Ned, der zusammen mit ihren großen, veilchenblauen Augen und dem sonnigen Gemüt ihre Begabung geerbt hatte, Schwingungen aus der Zukunft und Echos aus der Vergangenheit zu erspüren. Alte Häuser teilten ihre Geheimnisse mit ihm, alte Steine lockten ihn zu sich, und selbst der Wind schien manchmal seinen Namen zu flüstern. Hin und wieder fragte sich Ned, ob seine Geschichten wirklich seiner Phantasie entsprangen oder ob sie ihm von irgendwoher zugeflüstert wurden. Vielleicht vom Fluss? Oder spülte das Meer sie ihm mit seinen Wellen zu? Waren es wirklich *seine* Geschichten?

Matilda Carew mochte zwar nicht in Oxford studiert haben, doch sie war genauso klug, wie sie schön war, und Edgar liebte sie über alles. Eine der Familienlegenden besagte, dass er sich als junger Student Hals über Kopf in Matilda Carne verliebte, kaum, dass er sie in einem Teesalon in Truro gesehen hatte. Er war nicht mal in der Lage gewesen, auch nur einen Bissen zu essen, weil er an nichts anderes denken konnte als an die atemberaubend schöne Kellnerin. Es war Liebe auf den ersten Blick gewesen, genau wie bei Romeo und Julia, wie Bess mal sagte, was ihren Vater allerdings zum Lachen brachte.

»Ich wüsste nicht, dass Romeo bei ihrer ersten Begegnung Makronen essen wollte«, hatte er gescherzt, sie im Kreis herumgewirbelt und dann Neds Blondschopf zerzaust. »Außerdem gab es für die beiden kein Happy End, während Mama und ich ein sehr schönes Happy End haben, findet ihr nicht auch?«

Doch, das fanden die Kinder auch. Ihre Eltern lachten oft zusammen und hielten sich an den Händen, was ihre Kinder vorgeblich peinlich fanden, insgeheim aber genossen. Die Carews waren zwar nicht reich, aber ihre Kinder hatten ein warmes Zuhause voller Liebe und Herzlichkeit und immer gut zu essen. Matilda sang oft beim Backen, und Edgar war mit seine Arbeit als Lehrer höchst zufrieden. Bei ihnen herrschte ein offenes Haus, und Marrick, dessen Vater die meiste Zeit im Trelyons Arms verbrachte, gehörte praktisch zur Familie. Marrick rümpfte zwar die Nase über Edgars und Matildas offensichtliche Zuneigung und behauptete, das alles wäre kitschig und nur Mädchen würden an die Liebe glauben, aber Ned spürte, dass sein Freund nur neidisch war, und reagierte nicht auf seine Provokationen. Im Gegensatz zu Mrs. Penwurthy hatte Matilda Carew nie ein blaues Auge, denn Neds Eltern waren die besten Freunde und ihr Zuhause war erfüllt von Liebe. Ned hatte genug gelesen und Konflikte im Dorf miterlebt, um zu wissen, dass dies etwas sehr Seltenes war.

Ned wünschte sich, wenn er erwachsen und ein berühmter Schriftsteller wäre, auch ein Mädchen kennenzulernen, das seine beste Freundin werden würde. Sie würde Bücher und Gedichte mögen, gerne am Fluss spazieren gehen, um Vögel zu beobachten, und vielleicht sogar auch segeln. Sie würde klug und schön sein, und sie würden viele Kinder haben und in einem Haus wohnen, dessen Veranda Steinstufen, spiralförmige Säulen und rosa Kletterrosen hätte. Zwar konnte er sich noch nicht ihr Gesicht vorstellen, war aber überzeugt, wenn er ihr begegnete, würde er sie sofort erkennen. In dem Punkt konnte Shakespeare sich nicht geirrt haben.

Es war allerdings etwas Wahres an Bess' Bemerkung über Romeo und Julia gewesen, denn als Edgar Matilda heiratete, hatte er sich mit seiner Familie entzweit. Zwar handelte es sich nicht um eine Blutfehde, die schon Generationen zurückreichte, und so weit Ned wusste, war auch niemand ermordet oder verbannt worden, doch ihre Großeltern väterlicherseits hatten die Carew-Kinder nie kennengelernt, und Ned hatte einmal mitbekommen, wie Matilda ihrer Freundin Jenny Trehunnist erzählte, dass Edgar enterbt worden war.

»Eine Kellnerin war keine passende Partie für ihren Sohn«, hatte Matilda gesagt und Tee in die Tasse gegossen, die Jenny ihr hinhielt. Die blauen Augen ihrer Freundin waren dabei so groß wie die Untertasse, die sie auf ihrer Hand balancierte. »Vor allem, weil sie aus einer anrüchigen Familie stammt.«

»Aus was für einer Familie stammte denn dein Vater?«, fragte Jenny und lehnte sich so weit vor, dass ihr Tee auf den Tisch schwappte. Ned, der sie durch einen Spalt in der Küchentür beobachtete, hatte den Atem angehalten. Ihm gefiel die Vorstellung, dass er von Roma abstammte. Das war viel romantischer, als der Sohn eines Fischers zu sein oder – auch wenn er das nur ungern zugab – der brave Sprössling eines Schulmeisters. Es barg viel mehr Zauber als Kreide und Korrekturen, und vor seinem inneren Auge sah Ned bunt bemalte Pferdewagen und prasselnde Lagerfeuer.

Matilda lachte. »Ach, das also erzählt man sich im Dorf? Dass ein Rom meiner Mutter mit Schmeicheleien das Herz gestohlen hat?«

»Stimmt es denn?«, flüsterte Jenny. Obwohl sie eine mitfühlende Miene aufgesetzt hatte, bemerkte Ned, dass die Bäuerin jedes Wort dieser skandalösen Geschichte genoss und sich bereits darauf freute, sie im Dorfladen weiter zu tragen. Wenn die Erzählung dann erst den Metzger erreicht hätte, würde sie abenteuerlicher sein, als Ned sie sich je hätte ausdenken können.

Matilda zuckte die Achseln. »Im Ansatz schon. Ich glaube, seine Großmutter war eine Romni, aber mein Dad war ein ganz gewöhnlich

Stallknecht auf Rosecraddick Manor, wo meine Mum Hausmädchen war. Sie erzählte, dass er ein richtiger Pferdeflüsterer war. Ich habe ihn nie richtig kennengelernt, weil er starb, als ich noch klein war. Tut mir leid, dich enttäuschen zu müssen, aber die Wahrheit ist ziemlich langweilig. Ohne Wahrsagen oder feurige Gitarrenmusik.«

»Ja, klar«, nickte Jenny rasch, obwohl Ned fand, dass sie tatsächlich enttäuscht wirkte. »Ich dachte nur, das wäre der Grund, wieso Edgars Eltern ...« Ihr blieben die Worte im Hals stecken. Sie räusperte sich.

»Nicht wollten, dass ihr einziger Sohn mich heiratete?«, beendete Matilda den Satz. »Doch, genau das war der Grund. Edgars Eltern wollten, dass er jemand aus ihrer eigenen Klasse heiratete und nicht die Tochter von Dienstboten.«

Jenny gab mitfühlende Geräusche von sich, doch konnte Ned sich denken, dass sie überlegte, welcher Klasse sie wohl angehörten. Selbst er wusste das nicht ganz genau. Manchmal war es schwierig, der Sohn eines Dorfschulmeisters zu sein, weil die soziale Stellung unklar blieb. War man nur ein Dorfjunge? Oder der Sohn eines Gentlemans? Oder nichts von beidem? War Edgar ein Mann der Arbeiterklasse, wenn auch ein gebildeter? Oder war er etwas völlig anderes? Er sprach und kleidete sich wie ein Gentleman, wohnte aber in dem winzigen Haus, das ihm als Schulmeister gestellt wurde. Er besaß viele Bücher und konnte Latein und Griechisch lesen, doch seine Kleider waren geflickt, und sie mussten regelmäßig in den Läden des Dorfs anschreiben lassen. Vielleicht waren sie verarmte Adlige wie die Bennets?

Waren die Dorfkinder ihm also gleichgestellt? Im Grunde interessierte Ned das nicht, solange ihm Marrick und die anderen nicht allzu sehr seine gepflegte Sprache unter die Nase rieben oder ihn als Streber hänselten. Er konnte genauso schnell rennen wie sie, war der beste Schwimmer und wurde sehr für seine Kletterkünste bewundert. Er war beliebt, weil er den anderen bei den Schularbeiten half und im Schach genauso gut war wie beim Kirschkernspucken. Also war es eigentlich vollkommen unwichtig. Es interessierte Ned nicht im Geringsten, dass Marricks Vater Fischer und Sammy Trewens Vater Schmied war. Wieso aber gaben sie ihm immer das Gefühl, er wäre anders als sie?

Edgar meinte oft, es sei reiner Zufall, in welche Familie man geboren werde. Er beharrte darauf, dass man nicht besser oder klüger sei, wenn man aus einer alten oder reichen Familie stammte, und war überzeugt, dass irgendwann nicht mehr die Herkunft wichtig wäre, sondern nur der Mensch an sich. Ned war sich da nicht so sicher. In einem kleinen Dorf wie Trevellan war Herkunft entscheidend. Hier kam die Familie Trelyon direkt nach Gott; ihr Phönix-Wappen war allgegenwärtig, sie besaßen riesige Ländereien, und die meisten Dorfbewohner arbeiteten für sie. Als Nächstes kam Reverend Tullis, befand Ned, und danach kämpften Bauern und Händler um den Vorrang. Dann kamen Dienstboten und Wildhüter und ganz zuletzt die Fischer.

Blieb nur die Frage, wo Edgar Carew hingehörte.

»Und deshalb hat Mr. Carew Oxford verlassen? Weil seine Familie sich von ihm abwandte?«, hauchte Jenny und drückte die Hände gegen ihre füllige Brust.

Matilda nickte. »Aber das war für Trevellan ein Glück, denn Edgar ist ein wunderbarer Lehrer. Im ganzen Land gibt es bestimmt keine Schule mit einem so gebildeten Schulmeister.«

Jenny Trehunnist gab ein Geräusch von sich, das man sowohl als Zeichen ihrer Zustimmung deuten oder auch dem Kauen zuschreiben konnte. Sie wollte das Thema unbedingt weiter vertiefen, doch am Tonfall seiner Mutter erkannte er, dass das Gespräch beendet war.

Ned hatte ebenfalls gehofft, noch mehr zu hören, doch Matilda lenkte die Unterhaltung geschickt auf Jennys Söhne, die ihr Ein und Alles waren. Allerdings bekam sich Ned mit ihnen regelmäßig in die Wolle. Die Trehunnist-Zwillinge waren blond, stämmig und sehr von sich überzeugt. Glücklicherweise war Ned schneller und wendiger, sowohl körperlich als auch geistig. Als er die Lobpreisungen ihrer Mutter nicht mehr ertragen konnte, zog er sich zurück, mit dem Kopf voller neuer Ideen für Geschichten und mit einem größeren Verständnis dafür, wieso sein Vater eine vielversprechende akademische Karriere aufgegeben hatte, um ein bescheidener Dorfschulmeister zu werden.

Das war wunderbarer Stoff für eine Geschichte, und Neds Notizbücher waren schon bald mit neuen Entwürfen gefüllt. Vielleicht würde sein reicher Großvater nach ihm suchen, so wie Magwitch Pip in Charles Dickens' Roman gesucht hatte. Oder würde Ned von zu Hause weglaufen, sich den Roma anschließen und ein berühmter Pferdeflüsterer werden? Das allerdings war unwahrscheinlich, da Ned noch nie auf einem Pferd gesessen hatte. Andererseits mochte er das Pony des Gemüsehändlers und gab ihm oft einen Apfel, also lag ihm die Reitkunst vielleicht im Blut? Oder würde er sich auf die Suche nach den grausamen Carews machen, um Rache zu üben wie der Graf von Monte Christo? Nur hätte das einen langem Atem und einen nachtragenden, grimmigen Charakter erfordert, und da Ned ein fröhlicher Junge war, der versuchte, in jedem das Gute zu sehen, und der ihm zugefügtes Unrecht schnell vergaß (was für Marrick ein Glück war), gab er diese Idee rasch auf. Schließlich hatte er mit Schule, Freunden und seinen Geschichten schon genug im Kopf.

Vor allem jedoch hatte er Oyster Shore als sein ganz privates Reich.

Wann immer Ned allein sein wollte, zog er sich an diesen abgeschiedenen Uferabschnitt zurück. Wenn seine Freunde ihn zu sehr hänselten oder Bess ihn triezte, bahnte er sich seinen Weg durch Büsche und Bäume, um sich ans Ufer zu setzen, mit dem Rücken an einen Baumstamm gelehnt, und seinen Stift zu zücken. Es beruhigte ihn, das Kommen und Gehen des Wassers zu beobachten, und wann immer er sich hierher zurückzog, flossen die Worte aus seiner Feder. Sein Lieblingsort war das Bootshaus, in das er sich flüchtete, wenn es regnete, um dem Trommeln der Tropfen auf dem Dach zu lauschen, und diesen Ort teilte er nur mit Marrick. Die Jungen hatten unter einer losen Fliese ein Geheimversteck entdeckt, wo sie ihre Schätze lagerten oder verschlüsselte Nachrichten hinterließen, die zu Neds komplizierten Spielen gehörten. Ned versteckte dort auch seine Notizbücher in einem alten Ranzen, und so sehr er die Zeit mit Marrick genoss, so fühlte er sich doch am wohlsten, wenn sein Freund auf dem Meer war und er das Bootshaus für sich allein hatte. Dann lag er auf seine Ellbogen gestützt auf dem Boden und ließ seinen Stift über das Papier fliegen, so schnell, wie der Eisvogel über die Wasseroberfläche flog. Wenn Marrick dabei war, ruderten sie den Seitenarm hinunter, machten am Ponton fest und angelten, bevor sie am Lagerfeuer Makrelen grillten und Krabben kochten. Die namensgebenden Austern mit den teuflisch scharfkantigen Schalen gab es hier in Hülle und Fülle, niemand sammelte sie, und Marrick löste sie von den Steinen, bevor er sie mit seinem Messer öffnete. Das Fleisch im Innern glitzerte wie nasser Sand und schmeckte nach Salzwasser und Geheimnissen. Die beiden Jungen versorgten sich gut mit dem, was sie finden konnten.

Als Ned also beim Frühstück hörte, dass die Trelyons ihr Anwesen vermietet hatten, sackte ihm das Herz in die Hose. Würde er aus seinem Paradies vertrieben werden wie einst Adam und Eva?

»Wurde alles vermietet? Auch Oyster Shore?«, fragte er und bemühte sich vergeblich um einen beiläufigen Tonfall.

Edgar warf seinem Sohn über seine Lesebrille hinweg einen Blick zu.

»Ich denke schon, Edward – doch was hat das mit dir zu tun? Du hast mir versprochen, niemals dorthin zu gehen.«

Ned kreuzte seine Finger unter dem Tisch. Geflunkert hatte er nicht, redete er sich ein. Denn Oyster Shore gehörte ja eigentlich gar nicht zum Anwesen. Schließlich war es völlig vernachlässigt und damit ganz anders als die gepflegten Parkanlagen und das prächtige Herrenhaus.

»Ich frage ja nur«, sagte er und strich beiläufig mit dem Messer über seinen Toast. Allerdings ohne Butter – und Bess fing an zu kichern, bis Ned sie gegen das Schienbein trat und sie quiekte.

»Das reicht«, sagte Edgar in einem Ton, der sofort in einer Klasse voller lärmender Kinder für Ruhe gesorgt hätte. Zu Ned gewandt fügte er hinzu: »Ich weiß sehr wohl, dass Marrick und du Oyster Shore als euer eigenes Reich betrachtet, doch sollten die neuen Mieter auftauchen, muss das ein Ende haben. Ich will nicht hören, dass der Sohn des Schulmeisters unbefugt in Privatgelände eindringt. Du hast dich von Oyster Shore fernzuhalten. Ist das klar?«

Ned spürte, wie es ihm den Hals zuschnürte. Sich vom Bootshaus fernhalten? Vom Ufer mit den Trauerweiden? Von seinem besonderen Kletterbaum? Bei der Vorstellung kamen ihm fast die Tränen.

»Ned?«, hakte Edgar streng nach.

Ned schluckte den Kloß im Hals hinunter. »Ich verstehe, Papa.«

Damit hatte er nicht versprochen, sich fernzuhalten. Er hielt die Luft an und rechnete schon damit, dass sein Vater ihn dazu zwang, es ausdrücklich zuzusagen. Anlügen konnte er seinen Vater nicht. Edgar war sein Held.

»Wer sind denn die neuen Mieter?«, fragte Bess rasch und zwinkerte Ned verschwörerisch zu. Sie mochte nur ein Mädchen sein und eine Nervensäge noch dazu, doch ganz so übel war sie nicht, fand Ned. Er schuldete ihr mindestens ein Stück Lakritz, weil sie ihren Vater abgelenkt hatte.

»Violet meint, eine reiche Familie aus London hätte alles gemietet. Mary und Arthur Snowe. Sie glaubt, sie haben irgendwas mit Seife zu tun. Sie selbst hat schon fast geschäumt vor lauter Aufregung«, lachte Matilda.

Edgar stöhnte. »Kann ich mir vorstellen. Sie wird ihnen auflauern, bis sie Timmy eingestellt haben.«

»Snowe? Wie Snowes Seifenschaum?«, fragte Bess mit großen Augen? »›Weißer waschen als Schnee‹?«

Der Slogan kam Ned bekannt vor, und plötzlich sah er vor seinem inneren Auge eine fröhliche Waschfrau mit weißem Häubchen (das genaue Gegenteil von Marricks missgelaunter Mutter mit ihren rot gescheuerten Händen), deren Arme tief in einer Wanne mit Seifenlauge steckten. Aus dem Schaum stiegen Seifenblasen in Form von Schneeflocken zu einer Wäscheleine mit blenden weißen Laken auf.

Matilda nickte. »Ich glaube schon. Gewerbetreibende, sagt Vi – aber sehr reich.«

Das relativierende »Aber« hing in der Luft. Da war es wieder, dachte Ned, die Klassenzugehörigkeit. Sehr verwirrend. Die Snowes waren reich, und trotzdem rümpfte eine wichtigtuerische Fischhändlerin über sie die Nase. Was war das Problem damit, Geld zu verdienen?

»Vielleicht haben sie auch eine Tochter mit einem Pony«, äußerte Bess hoffnungsvoll. Sie malte immer Bilder von Pferden und wünschte sich sehnlichst ein eigenes. Schon mehrfach hatte sie Ärger bekommen, weil sie versucht hatte, ohne Sattel das Pony des Vikars zu reiten. Matilda hatte sie zwar dafür gescholten, aber dennoch Verständnis gehabt – und geflüstert, dass daran wahrscheinlich ihre Vorfahren schuld waren.

»Ich glaube, sie haben einen Sohn«, sagte sie jetzt zu Bess, »aber ich kann mir nicht vorstellen, dass er viel reitet, weil Vi gesagt hat, er sei kränklich. Die Ärzte haben ihm Seeluft und körperliche Ertüchtigung empfohlen. Deshalb haben sie Vyvyan gemietet.«

»Woher weiß sie das denn alles?«, fragte Edgar ungläubig.

Matilda tippte sich an die Nase. »Frauen haben da so ihre Methoden. Du wärst überrascht, was wir alles wissen.«

»Nein, ich wäre schockiert«, konterte er. »Aus Teeblättern? Oder Kristallkugeln?«

Seine Frau lachte. »Nein, viel banaler, mein Lieber. Ihre Kusine ist mit dem Wildhüter der Snowes verheiratet. Violet hat gestern mit ihnen Tee getrunken und dabei alle Neuigkeiten erfahren. Sie hofft, die beiden legen ein gutes Wort für Timmy ein.«

»Er ist ein netter Junge mit einem guten Herzen. Es gibt sicher eine geeignete Stelle für ihn, nur darf sie keine Geschicklichkeit erfordern«, sagte Edgar, faltete seine Zeitung zusammen und fügte fast ehrfürchtig hinzu: »Ein Seifenmagnat im Herrenhaus. Die Zeiten haben sich wahrlich geändert. Seht ihr, Kinder? Ihr könnt werden, was ihr wollt, wenn ihr nur entschlossen seid.«

Ned nickte, doch er wollte immer noch ein berühmter Schriftsteller werden. Das kam ihm edler vor, als Seife zu verkaufen.

»Wieso haben die Snowes Vyvyan Court denn nur gemietet?«, fragte Matilda, schob ihren Stuhl zurück und begann, den Tisch abzuräumen. »Warum haben sie es nicht gleich gekauft, wenn sie so reich sind? Oder sich selbst ein Haus gebaut? Das machen doch viele.«

»Einen Besitz wie Vyvyan kann man weder kaufen noch bauen, meine Liebe. Es ist viel mehr als nur ein Gebäude. Es ist Ruhm und geschichtsträchtige Vergangenheit und bringt Prestige mit sich, das man mit Geld nicht kaufen kann. So ein Anwesen gewährt Einlass in die höchsten Kreise.«

Matilda verdrehte die Augen. »Das hätte direkt von deinem Vater stammen können.«

»Stimmt, aber er wusste ganz genau, wie es zugeht auf der Welt«, nickte Edgar. »Auf Vyvyan Court können die Snowes jeden empfangen, der Rang und Namen hat. Es wertet sie auf und bietet ihnen Zugang zu einem sehr elitären Club. Glaub mir, meine Liebe, es ist nur eine Frage der Zeit, bis die wichtigen Familien hier bei Arthur Snowe vorsprechen. Im Gegenzug werden seine Frau und sein Sohn von der Crème de la crème hier eingeladen und in die höchsten Kreise vorgelassen. Dann folgen Einladungen zu Soiréen und Diners, nach Ascot, Henley, in die Logen in Covent Garden und so weiter – und genau das ist der eigentliche Grund, warum Arthur Snowe Vyvyan Court mietet. Er will in der Gesellschaft aufsteigen, er will, dass seinem Sohn Zugang zu höheren Kreisen gewährt wird, was nicht leicht ist für einen Industriellen.«

Edgar sprach aus Erfahrung, und nicht zum ersten Mal fragte sich Ned, welches Leben sein Vater geführt hatte, bevor er Matilda Carne heiratete. Er wusste, Edgar Carew konnte sich in einem Opernhaus genauso ungezwungen benehmen wie im Trelyon Arms, in Rosecraddick Manor ebenso problemlos essen wie in einem Pub. Papa würde von den höheren Kreisen akzeptiert werden, doch was seine Kinder betraf, hatte Ned seine Zweifel. Er jedenfalls gehörte nirgendwo richtig hin, und wenn Oyster Shore ihm verwehrt war, wohin sollte er dann, wenn er wirklich er selbst sein wollte?

Es war einfach unmöglich, Oyster Shore fernzubleiben. Schlichtweg undenkbar.

In einem Anflug von Trotz steckte er die letzte Scheibe Toast ein, um sie an die Schwäne zu verfüttern. Es war nur eine kleine, aber befriedigende Rebellion, und als er den Tisch abräumte und Wasser holte, um es auf dem Ofen zu erhitzen, wusste er, dass er sein Refugium nicht aufgeben würde, was auch immer sein Vater gebot. Das Bootshaus und das dazugehörige Ufer gehörten zu ihm, auch wenn er es nicht erklären konnte. Sein Schicksal lag in Oyster Shore, und er, Ned Carew, konnte ihm nicht fernbleiben, selbst wenn er es gewollt hätte.

KAPITEL 18

GERALD

Mai 1904

Vyvyan Court, Trevellan

Das Haus war alt und düster, und Gerald hasste es. Es lag am Eingang eines schmalen Tals und war nur über eine lange, gewundene Zufahrt zu erreichen. Als Gerald durch das Fenster spähte, nachdem er mit dem Ärmel über die beschlagene Scheibe gewischt hatte, wusste er schon, dass er Vyvyan Court auch dann auf den ersten Blick gehasst hätte, wenn er nicht unter Übelkeit und Kopfschmerzen von der langen Zugfahrt gelitten hätte. Er kam sich vor wie in einer Unterwasserwelt. Seit der Zug die phantastische Brunel-Brücke überquert hatte, hate es geregnet. Zinnfarbene Wolken drückten gegen das alte Bauwerk aus Granit, und angesichts des nicht nachlassenden Regens, der an den Scheiben hinabtropfte, überkamen Gerald Beklemmung und Niedergeschlagenheit. Selbst die Hügel schienen näher zu rücken, und er ließ sich mutlos in den Sitz sinken und sehnte sich zurück nach London mit seinen Parks und den vielen Menschen. Er vermisste bereits das vertraute, elegante Stadthaus, in dem er aufgewachsen war.

»Reißen Sie sich zusammen, Master Gerald«, zischte seine Nanny. »Und ziehen Sie nicht so ein Gesicht! So etwas möchten Ihre Eltern nicht sehen!«

Seinen Eltern wäre es gleichgültig, welche Miene er machte. Es wäre sogar erstaunlich, wenn Arthur und Mary auf ihn warteten; schließlich war es bereits nach sieben, um diese Zeit waren sie bestimmt bei einem gesellschaftlich wichtigen Ereignis. Ganz sicher würde er in seinem Zimmer ein kaltes Abendessen bekommen und ins Bett müssen, ohne sie gesehen zu haben. Das würde sich in Cornwall nicht ändern. Dennoch setzte er sich gerade auf und gab sich Mühe, interessiert zu wirken. Seine Nanny hatte so ihre Methoden, einem Jungen Regeln beizubringen, wo er doch vom Glück so begünstigt war – und Lebertran spielte dabei eine große Rolle.

Als die Kutsche knirschend über die Kieseinfahrt rollte, wehrte sich Gerald nach Kräften gegen den Eindruck, dass Vyvyan Court aussah wie ein verwunschenes Spukhaus, die in Form geschnittenen Sträucher an Grabsteine erinnerten und der riesige Phönix über dem imposanten Eingang sich jeden Moment mit seinen scharfen Krallen auf ihn stürzen konnte. Er redete sich ein, es würde ihm nichts ausmachen, dass alle Fenster schwarz waren, dass die Fassade in der Dunkelheit geradezu grimmig wirkte und die massive, schwer beschlagene Eichentür eher zu einer Festung passte. Es war ein hochherrschaftliches, ein prunkvolles Gebäude und genau das, was Papa verdiente.

Vyvyan Court war selbst für Gerald, der die ersten neun Jahre seines Lebens in prächtigen Häusern verbracht hatte, herausragend. Mit seiner endlos langen, von mächtigen Eichen, einer geschwungenen Parkanlagen und einem dichten Wäldchen gesäumten Auffahrt war das ganze Anwesen zu dem Zweck gestaltet, den überwältigten Besuchern einen Eindruck von Reichtum, Würde und Bedeutung zu vermitteln. Es war ein Besitz, der perfekt zu einem so erfolgreichen und bedeutsamen Mann wie Arthur Snowe passte. Vyvyan Court entsprach ihrer gesellschaftlichen Stellung. Es war für einen König erbaut, oder in ihrem Fall für einen Mann, der so reich war wie ein König.

Gerald wusste das, weil sein Vater es ihm viele Male erklärt hatte. Es hatte sich ihm tief eingeprägt, wie wichtig es war, der Welt zu zeigen, dass die Snowes überaus erfolgreich waren. Er verstand, dass Auftreten und Besitz alles waren, und dass es anstößig war, mit der Welt des Handels in Verbindung gebracht zu werden. Hätte er das nicht schon gewusst, hätten seine Mitschüler im Internat ihm das sehr schnell klar gemacht. Gerald wusste schon nicht mehr, wie oft ihm seine Mitschüler Seife in den Mund gestopft oder seinen Kopf unter Wasser getaucht hatten. Er hatte versucht, es seiner Mutter zu erzählen, und jedes Mal herzzerreißend geweint, wenn die Ferien vorüber waren, aber sie sagte nur, er wäre undankbar. Wusste er nicht, wie teuer es war, einen Jungen nach St. Hugh's zu schicken? Wusste er nicht, wie glücklich er sich schätzen konnte? Welche Chance er bekam? Wollte er denn nicht nach Harrow? Und dann nach Oxford?

Ehrlich gesagt, nein, das wollte Gerald nicht. Auf gar keinen Fall wollte er dorthin, wenn St. Hugh's ein Vorgeschmack darauf war. Er wollte sich gar nicht erst vorstellen, wie sein Leben an der weiterführenden Schule aussehen würde. Er mochte kein Rugby, er hasste es, »Seifling« genannt zu werden, und er lebte in ständiger Angst vor den anderen Jungen. Nachts bemühte er sich nach Kräften, nicht zu weinen, aber manchmal gehorchten seine Tränen nicht den stummen Befehlen seines panischen Geistes, sondern strömten ihm über die Wangen und nässten sein Kissen. Die anderen Jungen hänselten ihn und machten ihm mit tausend verschiedenen Schikanen das Leben zur Hölle. So wie Tiere den Schwächsten im Rudel triezen, wussten Geralds Mitschüler, dass er im Grunde nicht dazu gehörte. Er mochte reich sein, aber das Geld seines Vaters stammte aus Fabriken. Sie bezeichneten seine Mutter als Waschfrau, drückten ihm ihre schmutzige Wäsche ins Gesicht und hinterließen manchmal sogar Exkremente in seinem Bett. Gedemütigt und in dem Wissen, dass er die oberste Regel des Schülerkodexes brechen und es sein Leben nur noch schlimmer machen würde, wenn er sie verpetzte, verriet Gerald nichts davon, sondern träumte von Rache und schwor sich, wenn er erst älter wäre, würde er jeden, der sich gegen ihn wandte, schwer dafür büßen lassen.

Es hätte vielleicht geholfen, wenn Gerald gut in Sport gewesen wäre, doch er hatte eine schwache Lunge und musste regelmäßig auf die Krankenstation, um dort hustend und spuckend heißen Dampf aus einer Schüssel zu inhalieren. Er hasste Rugby und landete jedes Mal, wenn er den Ball hatte, unter einem Haufen wilder Jungen, weil er sich starr vor Schreck nicht hatte rühren können. Wegen seiner mangelnden Koordination kamen auch Tennis und Squash nicht in Frage. Und um das Ganze noch schlimmer zu machen, war er auch ein schlechter Schüler. Lateindeklinationen waren für ihn die reinste Tortur, und er konnte schon nicht mehr zählen – die bittere Ironie entging ihm nicht –, wie oft er es wegen seiner Mängel in Arithmetik mit dem Rohrstock bekommen hatte.

»Seifling Snowe hat nur Schaum im Hirn«, höhnten dann die anderen, und ein Lehrer bastelte, sehr zum Vergnügen der Schüler, einen Spotthut für ihn. Als Gerald mit diesem Schandmal auf dem dunklen Schopf allein in einer Ecke saß, keimte Hass in seinem Innern, der von den Tränen gewässert wurde, die ihn ihm aufstiegen und die er aber nicht zu vergießen wagte. Wenn er erst mal erwachsen wäre, würde sich niemand trauen, sich über ihn lustig zu machen! Alle würden Respekt vor Gerald Snowe haben. Niemand würde Witze über Seife reißen oder den Yorkshire-Akzent seines Vaters nachäffen.

Von all dem wusste Arthur Snowe nichts, und Gerald vermutete, selbst wenn er seinen Eltern von seinem elenden Dasein in der Schule berichtet hätte, wäre es ihnen eher gleichgültig gewesen. Was Arthur interessierte, war ein Sohn, mit dessen Leistungen er angeben konnte und der später das Geschäft übernehmen würde. Er wollte einen Sohn, der jagen, Rugby spielen und seinen Platz in der Gesellschaft einnehmen konnte. Dafür bezahlte er schließlich! St. Hugh's war eine exklusive Privatschule, mit der er gegenüber jedem prahlte, der ihm zuhörte. Söhne von Herzögen, Grafen und Baronen besuchten diese Schule! Ihre Söhne und sein Sohn waren Gleichgestellte und Freunde! Arthur Snowes Sohn würde seinen Platz unter den Besten der Welt einnehmen! Er würde in die größten Häuser des Landes eingeladen werden! Auf den prestigeträchtigsten Anwesen würde er jagen, schießen und angeln. Er würde auf Soiréen und Bälle gehen und eines Tages die Tochter einer alten, angesehenen Familie heiraten. Über seinen Sohn würde Arthur Snowe seinen Platz in der besseren Gesellschaft einnehmen.

Diese Illusion wollte Gerald seinem Vater nicht rauben. Es stimmte, dass er im gleichen Schlafsaal untergebracht war wie der Erbe des Herzogs von Cirencester und zusammen mit dem Sohn des ehemaligen Justizministers lernte. Der junge Graf von Cressex war der Sprecher seines Hauses. Aber es stimmte auch, dass sie ihm das Leben schwermachten und eher zum Mond geflogen wären, als ihn auf ihre Stammsitze einzuladen. Gerald wusste nicht, wie sich das jemals ändern sollte, es sei denn, er würde auf einmal superschlau, entdeckte eine geheime Schwäche für irgendeinen Sport oder würde eines Tages mit einem hübschen sonnengebräunten Gesicht und dichten Haaren aufwachen. Nachts lag er auf seiner harten Pritsche im Schlafsaal und betete zu Gott, dass dies geschehen möge. Er verhandelte mit dem Allmächtigen und versprach, ein besserer, freundlicherer und großzügiger Mensch zu werden, wenn er nur ein bisschen sportlicher, klüger oder beliebter sein könnte. Doch seine Gebete wurden nicht erhört, und Gerald lernte schnell, dass selbst Gott sich nicht mit elenden Kreaturen wie ihm abgab. Nach der Episode mit dem Spotthut hatte er Gott ganz abgeschrieben.

Gerald Snowe war auf sich allein gestellt.

Es war sinnlos, irgendetwas von all dem seinem Vater zu erzählen. Mit nur neun Jahren hatte Gerald mehr über die Tücken und Fallstricke der feinen Gesellschaft gelernt als seine Eltern. Er wusste, dass die Leute seinen Vater verachteten und dass seine Mutter nur eingeladen wurde, weil ihr Mann reich und sie eine großzügige Gastgeberin war. Selbst wenn sein Vater jemals zum Ritter geschlagen werden sollte – was sein größter Traum war –, würden die Snowes immer Fabrikanten bleiben. Sie würden niemals von der feinen Gesellschaft akzeptiert werden. Es war ganz gleich, dass Henry Cressex' Vater seine Grafschaft in den Ruin getrieben hatte oder dass der Vater des Ehrenwerten Rupert ein notorischer Spieler mit Schulden und Mätressen in ganz London war: Sie hatten ihr Geld nicht mit Seife verdient.

Daran würde auch Vyvyan Court nichts ändern, dachte Gerald, als er die riesige Eingangshalle betrat und die gewölbte Decke, die Wappen und die Ritterrüstungen betrachtete. Sein Vater machte sich etwas vor, wenn er meinte, dadurch würden ihn die besseren Kreise akzeptieren. Denn dieses ganze Anwesen war nur geliehen – gemietet! Es gehörte ihnen nicht. Niemand würde sich davon täuschen lassen. Es hätte sich nicht mal etwas geändert, wenn sein Vater Windsor Castle gemietet hätte. Es gab Dinge im Leben, die man nicht mit Geld kaufen konnte, und dafür war Vyvyan Court ein gutes Sinnbild. Eine ständige, aus Stein gemauerte Erinnerung an ihre Unzulänglichkeit.

Dieses Haus und der damit verbundene Status war nichts als Fassade. Die Snowes waren Emporkömmlinge, und Vyvyan Court, der Stammsitz der Trelyons wusste, dass sie nicht hierhergehörten. Wenn Gerald die zugigen Gänge erkundete, die Treppen hinauf und hinunter lief, die Türen zu den großen Salons mit Chaiselongues, gepolsterten Fußschemeln und Samtsofas voller dicker Kissen aufstieß, spürte er, wie die ausgestopften Hirsche ihn aus ihren glasigen Augen spöttisch anstarrten. Das Personal, Einheimische, die von seiner Mutter eingestellt worden waren, verhielten sich höflich und ehrerbietig, doch Gerald, dem es zur zweiten Natur geworden war, andere aus dunklen Ecken zu belauschen, hatte sie tuscheln hören und wusste, dass sie die neuen Bewohner ebenfalls als Emporkömmlinge betrachteten. Innerlich loderte er vor Zorn.

Seine Eltern bekamen vom Snobismus der Dienerschaft nichts mit und gestalteten Vyvyan Court nach ihrem eigenen Geschmack um. Die sanitären Einrichtungen wurden modernisiert und Gas installiert. Mary Snowe kaufte neue Möbel und Vorhänge für den Salon, weil sie das antike Mobiliar der Trelyons altmodisch und schmutzig fand. Sie befahl den Dienern, alles, was ihr nicht gefiel, auf den Dachboden zu schleppen. Gerald sah die verächtliche Miene des Butlers und merkte sie sich genauso wie die hundert kleinen Kränkungen, die ohnehin schon auf seinen schmalen Schultern lasteten. Eines Tages würde es allen, die über ihn und seine Familie lachten, noch leidtun! Das schwor er sich, während er durchs Haus schlich und auf geflüsterte Unterhaltungen und unterdrücktes Gelächter horchte. Sie würden dafür bezahlen!

Draußen auf dem Anwesen war es nicht besser. Arthur schmiedete Pläne, die Ställe mit hochgezüchteten Jagdpferden zu füllen und im Herbst ein Rudel Jagdhunde zu kaufen, obwohl er kaum reiten konnte. Gerald, der jede Sekunde im Sattel hasste, fürchtete sich schon vor dem kommenden Oktober. Es wurde eine Jagd organisiert, und Gerald krümmte sich vor Scham, als er seinen Vater in brandneuer Kluft und einem großkalibrigen Jagdgewehr, das er niemals benutzen würde, durch die Parkanlagen stolzieren sah. Seine Mitschüler würden ihn fertigmachen, wenn sie so was jemals mitbekämen! Was wäre, wenn seine Eltern die Nachbarfamilien einladen würden? Colonel Rivers, ein Furcht erregender Mann mit stechendem Blick und Walrossschnäuzer, den Gerald einmal während eines Antrittsbesuchs mit seiner Mutter gesehen hatte, würde seinen Vater auf den ersten Blick als Scharlatan enttarnen. Und Kit, der schmale, blonde Sohn des Colonels, der Gerald schüchtern angelächelt hatte, würde auch ihn mit Verachtung strafen. Gerald befand, dass ihr Umzug nach Cornwall alles noch viel schlimmer gemacht hatte. Er hasste diesen Ort: Das Haus und die Welt, für die es stand, waren der Inbegriff all der Qualen, die er in der Schule durchlitt.

Deshalb war es auch ziemlich paradox, dass seine Familie Vyvyan Court nur seinetwegen gemietet hatte. Da er schon immer kränklich gewesen war (seine Kinderschwestern staunten, dass er das Säuglingsalter überstanden hatte, und seine Nanny schwor, dass er nur dank ihrer abhärtenden Gewaltmärsche und der Verabreichung von Lebertran neun Jahre alt geworden war), hatten die Kälte in den Schlafsälen von St. Hughs, das schlechte Essen und das allgemeine Elend seinen gesundheitlichen Zustand so verschlechtert, dass er fast starb, als eine Scharlachepidemie durch die Schule fegte. Doch dieses eine Mal waren seine verzweifelten Gebete erhört worden und er durfte nach London zurück, um sich zu erholen. Zwar war er wieder gesund geworden, doch war er nun noch dünner und schwächer und litt an Herzrasen und Atemlosigkeit. Ein Vorteil war, dass er deshalb nicht mehr zurück ins Internat konnte (möglicherweise hatte er seine Symptome ein kleines bisschen übertrieben, was nur fair war, weil er für seine schlimme Krankheit ja irgendwie entschädigt werden musste). Nachteilig war allerdings, dass er das Haus nicht mehr verlassen durfte und damit praktisch der Gefangene seiner Nanny war. Sein Vater kaufte ihm Bücher, die Gerald vorgab zu lesen, und seine Mutter kam hin und wieder ins Krankenzimmer, um ihm die Stirn abzutupfen, doch meist war er allein und hatte viel Zeit, über all die Kränkungen zu brüten, die ihm in der Schule zugefügt worden waren, und Notizbücher mit ausgefeilten Racheplänen gegen jeden einzelnen seiner Peiniger zu füllen. Alles in allem war sein Leben friedlich und – von ständigen Verabreichungen von Lebertran einmal abgesehen – ganz angenehm. Zufrieden befand er, dass er diesen Status quo erhalten könnte, bis er für St. Hugh's und vielleicht sogar für Harrow zu alt wäre.

Obwohl seine Eltern in Geralds Leben kaum eine Rolle spielten, waren sie verständlicherweise besorgt über den Zustand ihres Sohnes gewesen und hatten sich die Dienste eines angesehenen Arztes aus der Harley Street gesichert. Zu Geralds größter Überraschung ergab dessen gründliche Untersuchung, dass er kränker war, als er je vorgetäuscht hatte. Allerdings war die Gefahr eines Herzanfalls alarmierend und die Aussicht auf die vom Arzt empfohlene Isolation und regelmäßigen Aderlass erschreckten ihn. Eine Rückkehr zur Schule war ausgeschlossen, erklärte der Arzt, gerade als Gerald den Mund öffnete, um zu protestieren, dass er sich schon viel besser fühlte. Master Snowe musste fortan von einem Hauslehrer unterrichtet werden. Als er das hörte, schloss Gerald seinen Mund ganz schnell wieder. Vielleicht gab es doch einen Gott.

»Ich empfehle Seeluft und nahrhaftes Essen, damit dieser junge Mann wieder zu Kräften kommt. Das Schlimmste für ihn ist die schlechte Stadtluft«, hatte der Arzt verkündet. »Ich lege Ihnen Cornwall ans Herz, dort habe ich ein Landhaus in Penhayes, und es gibt nichts Besseres auf Gottes schöner Erde als die salzige Brise und mäßige körperliche Ertüchtigung. Genau das braucht dieser junge Mann, um wieder gesund zu werden.«

Dabei war Gerald in dem Stadthaus der Familie mitten im quirligen Treiben der Großstadt vollkommen zufrieden. Wenn er sich körperlich ertüchtigen sollte, würde er seinen Reifen auf den Wegen von Hampstead Heath rollen lassen, während die Nanny mit ihren Freundinnen schwatzte. Doch seine Eltern hatten andere Pläne und mieteten innerhalb weniger Wochen Vyvyan Court an. Gerald wusste nicht, wieso dieser Ort seiner Gesundheit zuträglicher sein sollte als ihr Haus in London, da es zugig und schimmelig war. Die erholsame salzige Brise brachte Feuchtigkeit mit sich, und seit ihrer Ankunft in Cornwall war ein Bataillon von Stürmen den Ärmelkanal hinaufgerückt, das Regensalven auf die Fenster abfeuerte. Nachts war die Dunkelheit so undurchdringlich, dass er das Gefühl hatte, sie würde wie ein Sargdeckel auf ihn drücken, und das alte Gemäuer ächzte und stöhnte. Manchmal hörte Gerald das Geräusch schwerer Schritte, die vor seiner Tür innezuhalten schienen. Er lag dann mit angehaltenem Atem erstarrt unter seiner Decke, bis sie sich wieder entfernten. Seine Nanny war es nicht, die über den Flur schritt, denn er hörte sie im Nebenzimmer schnarchen. Der Dienstbotenflügel lag über seinem Zimmer, also konnte es nur ein ruheloser Geist sein. Vielleicht ein längst verstorbener Trelyon, der durch das Heim seiner Vorfahren wanderte, um die Eindringlinge zu vertreiben. Schon bald schlief er in Vyvyan Court genauso schlecht wie in der Schule, und dass er sich tatsächlich nach St. Hugh's zurücksehnte, zeigte, wie sehr er das Haus hasste. Wieso hatten seine Eltern unbedingt hierherkommen wollen?

Doch eines Morgens wachte er auf, und die Welt glitzerte im hellen Sonnenschein. Der Himmel vor seinem Fenster war strahlend blau, der Park glich einem grünen Mosaik, und der dünne Streifen des Meeres hinter den waldigen Hügeln glitzerte wie die Diamanten seiner Mama. Als wäre ein Bann gebrochen, waren Wind und Regen verschwunden, und als Gerald sein Fenster öffnete, war die Luft süß und weich. Auch seine gedrückte Stimmung war wie verflogen. Die Welt erschien in neuem Glanz und wartete darauf, entdeckt zu werden. Während er seine weich gekochten Eier aß und pflichtbewusst seine morgendliche Dosis Lebertran schluckte, hatte er Mühe, still zu sitzen, weil er plötzlich geradezu strotzte vor Aufregung und Energie. Es gab hier Wälder und einen Strand. Alle möglichen Abenteuer riefen, und er konnte es kaum erwarten, ihrem Ruf zu folgen. Vielleicht würde er sogar auf einen Baum klettern? Das hatte er schon immer tun wollen!

Leider hatte seine Nanny andere Pläne. Sie erinnerte ihn, dass er an der Schwelle zum Tod gestanden hatte und aufpassen musste, sich nicht zu erkälten. Und auf sein schwaches Herz musste er ebenfalls achtgeben. Zu seiner Empörung musste Gerald einen dicken Mantel tragen und unter dem wachsamen Blick seiner Nanny im Ziergarten hin- und hergehen. Er bemerkte, dass zwei junge Bedienstete ihn beobachteten und der eine, ein großer Junge mit blonden Haaren und fröhlichem Gesicht, etwas zu dem anderen sagte, worauf beide lachten. Gerald fühlte sich gedemütigt. Er wusste, dass sie über ihn lachten, den erbärmlich verweichlichten reichen Jungen, der von seinem Kindermädchen beaufsichtigt wurde und wie ein Schwächling Wintersachen tragen musste, obwohl es schon Mai war! Erbost trat er nach den Blumen in einer der kunstvoll angelegten Rabatten, worauf es Blütenblätter wie Konfetti regnete. Gerald wünschte, er hätte die

Jungen auch so treten können. Er sehnte sich danach, ihnen heimzu-
zahlen, dass sie gewagt hatten, sich über ihn lustig zu machen. Er biss
sich so fest auf die Innenseiten seiner Wangen, dass es blutete, und
schwor sich, die jungen Diener auf seine schwarze Liste zu setzen.
Eines Tages, wenn dieser Bursche es am wenigsten erwartete, würde
er ihn büßen lassen! Der metallische Geschmack von Blut auf seiner
Zunge besiegelte seinen Schwur.

Nach diesem Vorfall hatte Gerald kaum noch Lust, vor die Tür zu
gehen. Lieber blieb er im Haus, anstatt sich verspotten zu lassen. Er
ging nur kurz ins Freie und wagte sich nicht weit weg. Auf keinen Fall
wollte er irgendwo landen, wo Bedienstete oder Gärtner lauerten!
Doch als ein sonniger Tag auf den nächsten folgte und die kornische
Luft durch die Spalten in den Fenstern drang, schmiedete Gerald
einen Fluchtplan, um sich unbeaufsichtigt weiter aufs Anwesen zu
wagen.

Seine Chance kam an einem Samstagnachmittag, als seine Nanny
frei hatte und nach Bodmin fahren wollte, um neue Strickwolle und
Nachschub von seinem gefürchteten Lebertran zu besorgen. Geralds
Mutter war zum Tee bei Lady Rivers auf Rosecraddick Manor, und
sein Vater hatte geschäftlich in der Stadt zu tun. Gerald sollte in der
Bibliothek lesen, einem vernachlässigten Raum, der vom Boden bis
zur Decke mit deprimierend dicken Büchern gefüllt war, die er niemals alle würde lesen können. Er wusste, dass niemand sein Fehlen
bemerken würde. Endlich zahlte es sich aus, sich still und unauffällig
zu verhalten. Dies war die Gelegenheit, seine Chance, auf Erkundungstour zu gehen!

Schon bald ließ er das aufgeschlagene Buch auf dem Tisch liegen
und drückte seine Nase so fest gegen das Fenster, dass die Scheibe be-
schlug. Er traute sich nicht, mit der Hand darüber zu wischen, weil er
befürchtete, dass er bemerkt und ein Diener nach ihm geschickt
würde. Er wusste, wenn er nur lange genug wartete, würde die Luft
rein sein. Tatsächlich erschien schon bald der Zweispänner mit seiner

Nanny neben dem Kutscher. Gerald versteckte sich hinter einem staubigen Vorhang und hielt den Atem an, während die Kutsche die Auffahrt hinunter- und dann durch das Tor fuhr. Nannys bester Strohhut wippte noch kurz über den gestutzten Hecken und verschwand dann aus seiner Sicht. Doch noch rührte Gerald sich nicht; sie war dafür berüchtigt, unerwartet umzukehren – »die Blase« war ihre übliche Erklärung –, daher zählte er bis zehn, und danach sicherheitshalber noch mal bis zehn. Kein Strohhut in Sicht! Erst jetzt schlüpfte er aus der Bibliothek. Dies war der Moment, auf den er gewartet hatte! Er war frei!

Für jemanden wie ihn, der leicht übersehen wurde, war es ganz leicht, das Haus zu verlassen. Gerald hatte die anderen Jungen um ihre strahlende Präsenz beneidet und sich danach gesehnt, auch ein Kind zu sein, auf das alle Erwachsenen ihre Blicke richteten. Es schmerzte zutiefst, klein, blass und wenig bemerkenswert zu sein, während die Klassenkameraden für ihre Leistungen auf dem Rugbyfeld oder im Unterricht gepriesen wurden. Mittlerweile hatte er sich daran gewöhnt, immer übersehen zu werden. Wenn die anderen Jungen ihn suchten, um ihn zu triezen, zog sich Gerald geschickt in den Schatten oder in Nischen zurück, um sich unsichtbar zu machen. Diese Fähigkeit war weitaus nützlicher als Latein oder Rugby, fand er jetzt, als er an der Haushälterin vorbeischlich und durch die Waffenkammer huschte. Selbst die Spaniel, die in ihren Körbchen dösten, hoben kaum den Kopf, und als Gerald die Riegel an der Tür zurückschob, glühte er vor Stolz. Also hatte er doch eine Fähigkeit! Er war die unbemerkte Person im Schatten, der Beobachter in einer dunklen Nische. Wer wusste schon, was er so mitbekommen und erfahren würde? Und was er mit diesem Wissen anfangen konnte? Niemand würde mehr über ihn lachen, wenn er die dunkelsten Geheimnisse der anderen kannte!

Sie würden es nicht wagen.

Vor ihm erstreckte sich das Anwesen, eine grüne, endlose Wildnis, erfüllt von salziger Luft und tausend Möglichkeiten. Gerald warf einen Blick über die Schulter und rechnete schon halb damit, dass seine Nanny auftauchen und ihn zurückbeordern würde, doch an den Fenstern von Vyvyan Court regte sich nichts, und das Personal war beschäftigt. Überwältigt von der Freiheit stand er auf der Terrasse. Wohin sollte er gehen?

Die gebückten Rücken zweier Gärtner, die in den Ziergärten gruben, unterbanden die Erkundung dieses Bereichs. Der Gemüsegarten lockte ihn so wenig wie die Orangerie, viel mehr interessierte er sich für den Wald hinter dem Tiergehege. Er hatte ihn von seinem Zimmer aus betrachtet und es gleichzeitig faszinierend und beängstigend gefunden, dass er sich bis in die Unendlichkeit zu erstrecken schien, die Hänge des Tals vollkommen bedeckte und bis zum Fluss hinunterreichte. Angeblich sollte es dort geheime, mittlerweile verfallene Häuser geben und zugewucherte Gärten mit vergessenen Brunnen. Der König hatte Vyvyan besucht, als er noch der Prince of Wales war. Das hatte sein Papa erzählt, aber dann hatte Mama ihm über den Esstisch hinweg einen scharfen Blick zugeworfen. Gerald hatte keine Ahnung, wieso der König an so einen abgeschiedenen und erbärmlichen Ort kommen wollte, doch als Gerald seinen Vater fragte, wechselte der das Thema. Rätselhaft!

Er konnte nicht widerstehen, den Wald zu erkunden und nach dem geheimen Unterschlupf des Königs zu suchen. In Hochstimmung wanderte Gerald durch das Tiergehege. Er hielt sein Gesicht zum Himmel, als verwandelte er sich, wenn er nur genug Sonne tankte, in einen Jungen, der über Stock und Stein springen und auf Bäume klettern konnte, und wäre nicht länger ein kränkliches Kind, das im Bett liegen und Lebertran zu sich nehmen musste. Er hüpfte über den Damm, flitzte über die Wiese, wo das hohe Gras an seinen Beinen kitzelte, weil seine Socken heruntergerutscht waren, und kletterte über einen Zaun. Etwas orientierungslos folgte er ein Stück der Begrenzung, bis er einen zugewucherten Pfad fand, der einst mit Kies, aber inzwischen von Moos, Blättern und Erde bedeckt war. Der Weg schlängelte sich durch den Wald, und als er ihm folgte, schienen die Bäume auf beiden Seiten immer mächtiger zu werden und mit Dornengestrüpp und hochragenden Rhododendren um Platz zu kämpfen. Dickicht und Unterholz krochen immer näher, bis Gerald erkannte, dass er mitten im Wald war. Irgendwo in den geheimnisvollen Tiefen knackte ein Ast wie ein Pistolenschuss, als ein unsichtbares Tier die Flucht ergriff. Geralds Herz fing an zu rasen. Schon befürchtete er, wie ein Mädchen in Ohnmacht zu fallen, da erkannte er ein Reh, das zwischen den Bäumen weghuschte. Ein Reh hatte ihn so erschreckt?

»Peng, peng!«, rief er, zückte den Zeigefinger wie eine Pistole und jagte ihm nach. »Ich hab dich! Du bist tot!«

Jubelnd und schreiend rannte er ihm nach und tat so, als würde er Pfeile und Kugeln abschießen. Hier in der wilden Natur war er nicht mehr der kränkliche Junge im Matrosenanzug, der mit einem Stock fuchtelte, sondern ein Großwildjäger in der Savanne Afrikas. Die Flucht des Rehs erfüllte ihn mit einer ungezügelten, morbiden Freude, denn in diesem Moment war er mächtig und stark. Er konnte töten, wenn er wollte, und das Reh wusste es. Es hatte Angst! Angst vor ihm!

Es mochte Angst haben, doch es war auch leichtfüßig und kannte sich aus. Rasch war es im Wald verschwunden. Erschöpft blieb Gerald stehen und stützte sich auf die Knie, um wieder zu Atem zu kommen. Die Jagd hatte ihn tief in den Wald geführt, wo die Bäume so dicht zusammenrückten, dass der Himmel durch ihre Kronen nicht mehr zu sehen war. Efeu kroch über den Boden, und dicke Wurzeln drückten sich wie Adern aus der feuchten Erde. In der Stille klang sein Atem abgehackt und schrecklich laut. Schließlich richtete er sich auf und runzelte die Stirn. Aus welcher Richtung war er gekommen? Wo war das Haus?

Er schaute sich in der Hoffnung um, einen Pfad zu entdecken, sah jedoch nur undurchdringliches Unterholz. Also weiter, beschloss Gerald. Runter zum Fluss. Hatte Papa nicht gesagt, dort wäre das geheime Haus des Königs? Am Fluss? Er wollte unbedingt den Fluss und das Haus sehen und bahnte sich einen Weg durchs Dickicht, ohne zu bemerken, dass die Dornenranken an seinen Kleidern rissen und seine nackten Beine verkratzten. So aufgeregt war er. Vielleicht würde es Spaß machen, ein Boot zu haben und schwimmen zu lernen! Das wäre doch toll! Einmal hatte Gerald seine Mama gefragt, ob er im Badeteich für Männer am Hampstead Heath schwimmen lernen dürfte, doch bei der Erwähnung von kaltem Wasser hatte sie so entsetzt geguckt, dass Gerald sofort begriff, dass sie es nie erlauben würde. Aber hier vielleicht, in der frischen Seeluft, die alle so priesen.

Erfreut über diese Idee pflügte er durchs Gestrüpp, bis er schließlich am Flussufer landete, wo Goldregensträucher und Weiden wuchsen. Es herrschte Ebbe, und der Sand glitzerte in der Sonne. Wie gebannt stand Gerald eine Weile da und betrachtete die golden glänzenden Pfützen, durch die Wasservögel mit ihren langen Beinen stolzierten. Ein Strand! Er hatte einen eigenen Strand!

Er stieß einen entzückten Schrei aus, zog sich aufgeregt Schuhe und Socken aus, rannte über das pieksende Gras und sprang in den Sand. Wer brauchte schon eine Umkleide oder ein albernes Badekostüm! Er würde einfach am Wassersaum entlanglaufen und plantschen. Endlich würde er ein bisschen Spaß haben!

Aber der glatte Sand am Ufer erwies sich als trügerisch, und innerhalb weniger Minuten schwand Geralds Hoffnung auf Spaß genau wie das zurückweichende Wasser. Der Sand war eher Schlick, der Boden sank unter seinem Gewicht ein, und Schlamm quoll ihm durch die weißen Zehen. Gerald verzog das Gesicht, stapfte mühselig vorwärts, keuchte über die Kälte und grunzte vor lauter Anstrengung, seine Füße immer wieder aus dem saugenden Schlick zu ziehen. Er war wild entschlossen, bis zum Wasser vorzudringen und dort zu plantschen, doch der glitzernde Streifen wollte einfach nicht näherkommen, sondern blieb immer unerreichbar vor ihm wie eine Fata Morgana. Je weiter er sich vom Ufer fort wagte, desto weicher und tiefer wurde der Schwemmlandboden. Austernschalen schnitten ihm scharf in die Füße, und vom kalten Schlamm taten ihm die Zehen weh. Gerald war schwer enttäuscht. Was für ein Pech, dass sein Vater ausgerechnet ein Haus ausgesucht hatte, dass keinen Strand, sondern nur einen Sumpf hatte! Aber er wollte sowieso nicht in dem blöden Fluss plantschen. Plantschen war etwas für Mädchen! Er würde jetzt umkehren.

Er wollte sich umzudrehen, doch als er seinen rechten Fuß hob, versank sein linkes Bein bis zum Knie im Flussbett. Sein Magen zog sich vor Furcht zusammen, als er dasselbe mit dem linken Fuß versuchte. Der graue Sumpf zog ihn nach unten, und mit jedem Versuch, sich daraus zu befreien, sank er ein bisschen tiefer ein. Ganz gleich, wie sehr er sich bemühte, er konnte nicht umkehren, und nachdem er ein paar Minuten gekämpft hatte, dämmerte ihm die furchtbare Erkenntnis, dass er hier im Flussbett feststeckte. Er sah schon, wie das Wasser mit der Flut stieg. Das kannte er bereits aus seinen Schulbüchern, aber es war doch etwas anderes, wenn man es direkt vor Augen hatte.

»Hilfe!«, brüllte Gerald und spürte, wie Panik in ihm aufstieg. »Hallo! Hilfe!«

Aber seine panischen Schreie wurden vom Wald geschluckt und verwehten im Wind.

»Hilfe! Helft mir!«

Hektisch schaute Gerald sich um und hoffte verzweifelt, ein kleines Boot würde die schmale Wasserrinne hinuntergesegelt kommen. Oder vielleicht erschien ein kühner Jäger am gegenüberliegenden Ufer? Doch der Fluss war menschenleer, und auf der gegenüberliegenden Böschung war nichts als Wald. Die einzige Antwort auf sein Rufen war das spöttische Kreischen der Möwen. Gerald wurde flau vor Angst. Niemand wusste, wo er war. Wer würde darauf kommen, ihn am Fluss zu suchen? Die Nanny würde sein Fehlen erst bemerken, wenn es Zeit zum Abendessen war, aber bis dahin wäre es viel zu spät, weil er im Wasser der Flut ertrunken wäre.

Tränen brannten in Geralds Augen. Er würde sterben. Das kalte Wasser würde immer näher kriechen, seinen Körper hinauf wandern, bis es seine Brust erreicht hatte, sein Kinn, seinen Mund und schließlich seine Nase. Und dann würde es über seinen Kopf fließen! Es würde genauso sein wie damals, als Henry Cressex seinen Kopf unter Wasser hielt. Nur würde diesmal nicht die Hausmutter kommen und ihn retten. Er würde sterben, heute, in diesem Flussbett, und niemand würde je davon erfahren. Gerald hatte sich schon oft gewünscht zu sterben – er hatte Gott angefleht, ihn einfach einschlafen zu lassen, so wie er es auf Grabsteinen von verstorbenen Kindern gelesen hatte. Aber jetzt, da der Tod ihm wirklich nah war, erkannte Gerald, dass er eigentlich gar nicht sterben wollte. Im Gegenteil, er wollte unbedingt weiterleben.

»Hilfe!«, brüllte er wieder.

»Hilfe! Hilfe!«, kreischten die Möwen, die über ihm kreisten. »Hilfe! Hilfe!«

Gerald begann zu weinen. Da er vollkommen allein im Schlick feststeckte und niemand ihn sehen und verspotten konnte, schluchzte er lauthals los. Er weinte aus Angst vor dem, was ihm bevorstand, und aus Verzweiflung über eine Welt, in der Jungen schikaniert und gehänselt wurden und mutterseelenallein sterben mussten. Er schrie nach seiner Mutter, nach seinem Vater, sogar nach seiner Nanny und weinte um all die Dinge, die er nie sehen und tun würde. Als die Sonne hinter dem waldigen Hügel verschwand und das Wasser immer näher kroch, dachte er, er würde vor Angst ohnmächtig. Wenigstens würde er dann nicht merken, wie er ertrank!

»Hey! Du! Nicht bewegen!«

Der Schrei ertönte hinter ihm, und ganz kurz dachte Gerald, er hätte sich das nur eingebildet, denn wer sollte an so einem gottverlassenen Ort vorbeikommen? Die Warnung war überflüssig, denn er hätte sich keinen Zentimeter rühren können, selbst wenn er gewollt hätte; er steckte fest. Eine Träne rollte ihm über die Wange und tropfte in den Schlamm.

»Hilfe!«, schluchzte er. »Bitte! Helft mir!«

»Keine Panik. Ich komme.«

Er hatte sich das nicht nur eingebildet! Da war jemand. Ein Junge, wie es sich anhörte, und einer, der gepflegt sprach.

»Ich kann mich nicht bewegen!«, heulte Gerald auf.

»Versuch es auch nicht. Bleib ganz ruhig. Wenn du in Panik gerätst, wird alles noch schlimmer.« Er hörte ein Knacken, wie von einem Ast. »Wehr dich nicht!«

»Aber ich sitze fest, und die Flut kommt«, jammerte Gerald. »Ich werde ertrinken!«

»Nein, wirst du nicht«, gab der Junge zurück und klang sehr sicher. »Wir haben hier alle schon mal festgesteckt, oder, Marrick?«

»Klar«, ertönte eine zweite Stimme, mit einem Dialekt, der genauso klang wie der des Personals auf Vyvyan Court. »Hier gibt's ein paar sumpfige Stellen, wo man, wenn man sie nicht kennt, leicht steckenbleiben kann. Deshalb kommen wir nicht her.«

Gerald fühlte sich gemaßregelt und begehrte auf: »Das wusste ich doch nicht!«

»Wie auch, wenn dir das keiner erzählt hat«, sagte die erste Stimme freundlich. »Jedenfalls helfen wir dir jetzt da raus. Du musst dich rückwärts fallen lassen und auf den Bauch drehen. Dann kannst du Richtung Ufer robben und den Ast ergreifen. Wir ziehen dich raus.«

Gerald war entsetzt. Der Sumpf würde ihn runterziehen, und er würde Schlamm in Mund und Nase kriegen! »Ich geh doch unter«, wimmerte er.

»Nein, gehst du nicht«, sagte der erste Junge beruhigend. »Das glaubt man zwar, aber dein Körper hat so eine größere Oberfläche, und dein Gewicht wird gleichmäßiger auf dem Sumpf verteilt. Grundlagen der Physik. Ich verspreche dir, dass du ziemlich problemlos auf dem Bauch zum Ufer robben kannst.«

»Du bist so ein Klugscheißer, Ned«, sagte der andere Junge abfällig.

Gerald verdrängte seine Angst. Die Vorstellung, sich nach hinten fallen zu lassen, gefiel ihm gar nicht, aber der Junge hatte überzeugend geklungen, außerdem blieb ihm kaum eine andere Wahl. Die Jungen sollten ihn auch nicht für eine Memme halten. Er kniff die Augen zu und ließ sich platschend in den Sumpf fallen. Der Schlamm war von der Sonne gewärmt und fühlte sich gar nicht so unangenehm an.

»Dreh dich auf den Bauch«, wies ihn der erste Junge an, was Gerald mit immer noch geschlossenen Augen tat. Als er die Augen öffnete, sah er zu seiner enormen Erleichterung, dass er nicht unterging, sondern wie versprochen auf der Oberfläche des Sumpfs schwebte. Am Ufer lagen zwei Jungen, einer mit Lockenkopf, der andere mit weißblondem Schopf, ebenfalls auf dem Bauch und streckten ihm einen dicken Ast entgegen.

»Jetzt robben!«, brüllte der mit den Locken. »Komm schon. Mach hin!«

Gerald war es nicht gewohnt, Befehle entgegenzunehmen, doch heute protestierte er nicht. Zentimeter für Zentimeter schob er sich auf allen vieren über die sumpfige Oberfläche, bis seine Finger die Blätter des dicken Asts ergreifen konnten.

»Festhalten«, sagte der mit dem Blondschopf. »Bist du bereit, Marrick? Eins, zwei, drei!«

Gemeinsam zogen sie den Ast zum Ufer, und Gerald klammerte sich aus Leibeskräften daran und scherte sich nicht darum, dass sein Matrosenanzug ruiniert und sein Gesicht vollkommen verweint war. Als er spürte, wie er mit dem Bauch festen Boden berührte und Gras sein Gesicht kitzelte, schluchzte er auf vor lauter Erleichterung, in Sicherheit zu sein und nicht ertrinken zu müssen. Er wischte sich mit dem Handrücken die Tränen ab, bekam dadurch aber Schlamm in die Augen.

»Hier, nimm das«, sagte der weißblonde Junge und drückte ihm ein Taschentuch in die Hand. Als Gerald sich damit das Gesicht abwischte und die Nase putzte, bemerkte er, dass es frisch gewaschen war und nach Veilchen duftete. Er wollte es dem Jungen, diesem Ned mit den Physikkenntnissen zurückgeben, doch der winkte ab.

»Du brauchst das dringender als ich.«

Der Junge war noch außer Atem von der Anstrengung, doch seine Stimme klang freundlich, und er wirkte besorgt. Im Gegensatz zu dem anderen, der lauthals loslachte.

»Kann man so sagen! Du solltest dich sehen! Total verdreckt!«

Gerald starrte ihn finster an. Obwohl er immer noch erschüttert und natürlich erleichtert über seine Rettung war, wollte er sich doch nicht von einem gewöhnlichen Dorfjungen mit geflickter Hose und Nagelschuhen auslachen lassen.

»Es war ein Unfall«, fauchte er, »weil ich nicht wusste, dass das Flussbett hier sumpfig ist. Ich wohne erst seit Kurzem hier.«

»Dann hast du es unmöglich wissen können«, nickte Ned versöhnlich und streckte ihm die Hand hin. »Ich bin Ned Carew, und das ist Marrick Penwurthy. Wir wohnen schon unser ganzes Leben hier.«

Besänftigt durch Neds Ungezwungenheit ergriff Gerald die ihm angebotene Hand. Neds Griff war fest und zeugte von einer Selbstsicherheit, um die Gerald ihn sofort beneidete. Aber Marrick bot ihm nicht die Hand, vermutlich, weil er wusste, dass er ihm gegenüber eigentlich niedriger gestellt war.

»Danke für eure Hilfe«, sagte Gerald förmlich. »Ich bin Gerald Snowe von Vyvyan Court. Ihr werdet dafür belohnt werden.«

»Sei nicht albern«, wehrte Ned ab. »Du hättest dasselbe für uns getan.«

Da war sich Gerald nicht so sicher. Vermutlich wäre er vor Schreck erstarrt gewesen.

»Du gehörst zu denen, die das Trelyon-Anwesen gemietet haben«, bemerkte Marrick.

Auch das ging Gerald gegen den Strich. Es gefiel ihm gar nicht, wie dieser ganz gewöhnliche Junge mit den rauen Arbeiterhänden das sagte – so, als wären die Snowes irgendwie weniger wert als ihre Vorgänger. Er ließ es eindeutig an Ehrerbietung mangeln. Also war es Zeit, diese Dorfjungen auf ihre Plätze zu verweisen.

»Ich bin Gerald Snowe. Und dies ist Privatbesitz, also hat hier eigentlich niemand was zu suchen«, erklärte er hochmütig. Die Botschaft dahinter war klar.

Ned und Marrick tauschten einen raschen Blick.

»Da hast du aber Glück gehabt, dass wir hier waren«, konterte Marrick. »Sonst wärst du jetzt immer noch tief im Schlamm. Oder schon drunter.«

Alle drei blickten zum Fluss. Die Stelle, wo Gerald noch fünf Minuten zuvor festgesteckt hatte, war mittlerweile von Wasser bedeckt. Beklommen wandte Gerald den Blick ab.

»Man weiß nie, wann es nützlich ist, Leute in der Nähe zu haben«, bemerkte Marrick vielsagend. »Vor allem, wenn man wo neu ist und sich nicht auskennt. Hier gibt's gefährliche Strömungen und Minenschächte und Geister. Du hättest echt schlimm in der Patsche sitzen können.«

»Hör nicht auf ihn. Hier gibt es keine Minenschächte«, sagte Ned zu Gerald, und um seine ungewöhnlich violett schimmernden Augen bildeten sich Lachfältchen. »Und starke Strömungen gibt es nur an der Flussmündung, wo sowieso niemand schwimmen geht. Meide nur diesen Uferabschnitt, dann kannst du nicht einsacken oder feststecken.«

Gerald wartete darauf, dass er noch hinzufügen würde, es gäbe auch keine Geister hier, doch als Ned das nicht tat, überlief Gerald ein Schauer. Mit einem Mal kam ihm der Fluss vor wie ein Ort voller Gefahren, und er befand, dass es ihm hier ganz und gar nicht gefiel. Hier waren schlimme Dinge passiert und konnten auch wieder passieren. Vielleicht sogar ihm! Eine düstere Vorahnung überkam ihn, und so saß er zitternd da und musste schon wieder gegen die Tränen ankämpfen.

»Deine Leute wissen nicht, dass du hier bist, oder?«, fragte Marrick.

Gerald hob das Kinn. »Selbstverständlich wissen sie das.«

»Wieso hat dich dann keiner gesucht?« Marrick nahm einen Grashalm zwischen Daumen und Handballen. Als er dagegen blies, ertönte ein sirrendes Pfeifen. Gerald suchte angestrengt nach einer vernünftig klingenden Antwort. Ihm war klar, wie die beiden anderen ihn sehen mussten: als einen jämmerlichen Schwächling, der nicht mal ohne Aufsicht an den Fluss durfte. Eine Welle der Scham überrollte ihn. Wie er Marrick hasste, weil er ihn so dumm dastehen ließ!

»Ich glaube, du bist deinen Leuten entwischt, um mal die Gegend zu erkunden«, fuhr Marrick nachdenklich fort. Er zeigte auf Geralds verdreckten Matrosenanzug und auf die schicken Schuhe mit den Silberschnallen und die weißen Socken, die er am Ufer zurückgelassen hatte. »Wenn du das vorher geplant hättest, wärst du ganz anders angezogen gewesen. Ich glaube, du wolltest mal frei sein.«

Gerald war beeindruckt von Marricks Schlussfolgerungen. Außerdem gefiel ihm die Vorstellung, ein Junge zu sein, der frei sein wollte und den Erwachsenen entwischte. Das klang so kühn und interessant. Auf einmal schien Gerald Snowe, der von allen gehänselte Prügelknabe, ganz weit weg.

Gespielt gleichmütig zuckte er die Achseln. »Na gut, du hast mich durchschaut. Sie können mich ja nicht die ganze Zeit im Auge behalten, oder? Also habe ich die Chance ergriffen.«

»Aber wird man dich nicht mittlerweile vermissen?« Ned sah ihn ehrfürchtig an, und Gerald sonnte sich in der ungewohnten Bewunderung. »Und dann werden sie doch wütend werden. Bekommst du jetzt Ärger?«

Die Wahrheit war, dass bislang niemand sein Fehlen bemerkt haben würde. Die Nanny würde noch nicht aus der Stadt zurück sein, und seine Mutter würde vor lauter Aufregung über ihren Besuch bei den Rivers gar nicht an ihn denken.

Doch das würde keine gute Geschichte ergeben, also dachte Gerald angestrengt nach. »Die glauben bestimmt, ich bin im Garten. Oder in der Bibliothek.«

Ned riss die Augen auf. »Ihr habt eine Bibliothek?«

»Sicher«, sagte Gerald leichthin. Und zwar eine ziemlich langweilige, mit lauter staubigen Wälzern, hätte er fast hinzugefügt, aber Ned wirkte beeindruckt, also verkniff er sich das. Eine Bibliothek machte ihn in den Augen der Jungen wichtig, und nur das zählte, wenn man mit Schlamm bedeckt war und sich fühlte wie ein Idiot.

»Du und deine verdammten Bücher«, murrte Marrick und verdrehte die Augen. »Ned ist ein richtiger Streber, Gerry. Ein Lehrerliebling!«

Gerald öffnete schon den Mund, um ihm zu sagen, dass es für ihresgleichen »Master Gerald« hieß, doch Marrick und Ned waren viel zu sehr mit einer erbitterten Rangelei beschäftigt, um zu hören, was er sagte. Er beobachtete, wie sie sich boxend und tretend im Gras herumrollten, und als Ned schließlich auf Marrick saß und ihn zwang, sich zu entschuldigen, war der passende Moment bereits vergangen. Was wahrscheinlich auch gut war. Bei diesen erstaunlich wilden Jungen wollte er nicht affektiert wirken.

»Mein Vater ist der Lehrer von Trevellan«, erklärte Ned, nachdem er von Marrick abgelassen und sich ins Gras gelegt hatte. »Deshalb lese ich so viel. Wenn ich älter bin, werde ich Schriftsteller.«

»Ist er schon«, keuchte Marrick und ließ sich auf den Rücken fallen. »Ned schreibt großartige Geschichten. Er wird mal der berühmteste Schriftsteller des zwanzigsten Jahrhunderts.«

Gerald war beeindruckt, mit welcher Überzeugung er das verkündete. Ned Carew war selbstbewusst, klug, sportlich und begabt. Er kannte sich hier am Fluss aus, hatte ein ansehnliches Gesicht und konnte kämpfen. Außerdem hatte er einen besten Freund, der ihn bewunderte. Kurz gesagt: Ned war genau so, wie Gerald sein wollte. Er konnte kaum aufhören, ihn anzustarren.

»Mein Pa ist Fischer«, fügte Marrick stolz hinzu. »Und ich werde bestimmt auch mal einer. Alle Penwurthies sind Fischer.«

»Mein Vater …«, setzte Gerald an, hielt dann aber inne und runzelte die Stirn, denn … was genau war sein Vater eigentlich? In der Schule hatten die anderen Jungen ihn gehänselt, weil er Seife verkaufte, aber irgendwas sagte ihm, dass diese beiden das nicht tun würden. Er versuchte es noch einmal. »Mein Vater ist Fabrikbesitzer.«

»Ich dachte, er macht Seife«, erwiderte Marrick.

Gerald starrte ihn böse an. »Er ist Geschäftsmann.«

»Mein Vater sagt, er sei Industrieller«, warf Ned diplomatisch ein. »Er sagt, Männern wie deinem Vater gehöre die Zukunft.«

Das gefiel Gerald. Gut, dass Ned und seine Familie wussten, dass Arthur Snowe ein wichtiger Mann war!

»Und er ist reich«, grinste Marrick. »Das wissen alle, schließlich hat er Vyvyan, und das halbe Dorf arbeitet für ihn.«

Das gefiel Gerald noch mehr, doch er wusste, dass ein Gentleman nicht prahlte. Außerdem konnte er sich großzügig zeigen, nun, da die beiden Jungen ihren Platz kannten.

»Wie ich schon sagte, wird er euch belohnen, weil ihr mir heute geholfen habt«, erklärte er gnädig. Er sah schon vor sich, wie die beiden Jungen mit sauber geschrubbten Gesichtern, die Kappe in der Hand, an der Hintertür standen, wo er und sein Vater ihnen ein paar Schillinge gaben und die Dienstboten bewundernd klatschten. Vor lauter Vorfreude wurde ihm ganz warm und kribbelig. Blieb nur noch das Problem, dass sein Vater herauskriegen würde, was passiert war, und dann wütend wäre …, aber darüber würde er später nachdenken.

»Gut«, nickte Marrick. »Kann ich ein Sixpencestück haben?«

Ned schoss ihm einen scharfen Blick zu. »Danke, aber wir brauchen keine Belohnung. Jeder anständige Mensch hätte dasselbe getan.«

Marrick sah aus, als wollte er protestieren, aber Gerald erkannte, dass er sich das Ned zuliebe verkniff.

»Kann schon sein«, murrte er.

Ned wandte sich lächelnd zu Gerald. »Außerdem hast du doch gesagt, dass du eigentlich gar nicht hier sein dürftest. Also würde dein Vater wütend sein, und wir wollen nicht, dass du Ärger bekommst. Man weiß ja nie, aber vielleicht hat er auch gar nichts dagegen, dass du irgendwann zum Spielen und Angeln hierherkommst. Dann könnten wir dir die besten Angelplätze, den Kletterbaum und unser geheimes Bootshaus zeigen.«

Gerald riss die Augen auf. Also gab es das wirklich!

»Da war der König mit seinen Frauen«, grinste Marrick. »Der dreckige Teufel!«

»Wozu denn?« Gerald konnte sich nicht vorstellen, warum die Damen mit ihren Sonnenschirmen und Korsetts dieses einsame Plätzchen aufsuchen sollten. Seine Mama konnte kaum vom Ankleidezimmer zur Kutsche gehen, so eng war ihr Korsett und so schwer waren ihre Röcke.

»Für Schäferstündchen natürlich«, sagte Marrick, als läge das nahe. Nun war Gerald kein bisschen schlauer.

»Hauptsächlich, um Feste zu feiern«, erklärte Ned. »Die Trelyons waren für ihre Festivitäten berühmt. Sie hatten ein Sommerhaus in der Nähe. Mittlerweile ist es verrammelt und verriegelt, aber wenn du willst, können wir es dir ein anderes Mal zeigen. Wir kennen uns hier in Oyster Shore ziemlich gut aus.«

»Oyster Shore?«, wiederholte Gerald, und dabei schienen die Wunden an seinen zerschundenen Füßen zu pochen. Wie er das alles hasste! Das Anwesen. Den Fluss. Die Austern. Ganz Cornwall!

»So heißt der Uferabschnitt hier, wegen der wilden Austernbänke«, erklärte Marrick. »Bei denen musst du aufpassen, Gerry, aber das hast du wahrscheinlich schon bemerkt. Deine Füße sehen echt schlimm aus.«

Er freundete sich widerstrebend damit an, Gerry genannt zu werden, und Marrick hatte recht. Seine Füße taten furchtbar weh.

»Oyster Shore ist Privatgelände und gehört zu Vyvyan Court. Wenn ihr die neuen Mieter seid, gehört es genau genommen deinem Vater«, sagte Ned mit verlegener Miene. »Also dürften wir eigentlich nicht hier sein.«

Dem konnte Gerald nicht widersprechen. »Ja, ihr seid unbefugt hier«, nickte er.

»Kann sein, aber du darfst eigentlich auch nicht hier sein«, konterte Marrick, »doch wenn du deinem Vater nicht erzählst, dass du festgesteckt hast und wir dir geholfen haben, wird er nie davon erfahren. Und was er nicht weiß, macht ihn nicht heiß, oder? Wenn du uns nicht verrätst, können wir uns wieder treffen und dir alles zeigen. Zum Beispiel, wo man nicht ins Wasser gehen sollte.«

Gerald nickte. Das klang einleuchtend, obwohl er sich nicht sicher war, ob er überhaupt noch mal zu diesem verhassten Fluss kommen wollte. Andererseits machte es Spaß, sich mit Marrick und Ned zu treffen, ihnen beim Kämpfen zuzusehen und beim Plaudern zuzuhören. Sie waren ihm auch sehr nützlich, weil er schon jetzt etwas über die Gefahren von sumpfigen Stellen gelernt hatte, und wie man ihnen entkommen konnte. Als Nächstes wollte er unbedingt herausfinden, was »Schäferstündchen« waren. Er hatte den Verdacht, dass es irgendwas Verbotenes war, etwas, über das die Jungen in St. Hugh's kichern würden – weswegen seine Nanny es ihm auch nicht erklären würde. Seine einzige Hoffnung, all die wichtigen Dinge zu lernen, die er wissen musste, bestand also darin, sich mit Ned und Marrick anzufreunden, auch wenn es nur gewöhnliche Dorfjungen waren.

»Ihr würdet euch mit mir treffen und mir alles zeigen?«, fragte er vorsichtig. Da er Ablehnung gewohnt war, rechnete er schon fast damit, dass sie ihn auslachen und wegschicken würden.

»Natürlich«, sagte Ned. »Manchmal kommen noch mehr von uns. Sogar meine Schwester und ihre Freundinnen, wenn die Sonne scheint. Wenn du nichts dagegen hast, dass wir uns auf dem Anwesen deines Vaters herumtreiben, dann könntest du dich uns anschließen. Wenn du möchtest.«

Gerald starrte Ned ungläubig an. In den vier Jahren in St. Hugh's war er nicht ein einziges Mal aufgefordert worden, sich den Jungen anzuschließen. Mit einem Mal wollte Gerald nichts sehnlicher, als von Ned und Marrick gemocht zu werden. Er wollte wissen, wo die gefährlichen Strömungen und die Verstecke waren. Er wollte lernen, wie man kämpfte und auf Bäume kletterte. In seiner Phantasie war er nicht länger mager und schwächlich, sondern stark und sonnengebräunt. Er würde durch die Wälder rennen und den Fluss durchqueren. Er würde segeln, schwimmen und klettern, und alle Dorfjungen würden zu ihm aufschauen, weil Oyster Shore ihm gehörte. Wenn sie hier spielen wollten, mussten sie tun, was er sagte. Sie würden ihn unendlich bewundern, und irgendwann würde nicht mehr Ned Carew ihr Anführer sein, sondern er. Er wäre sowieso besser dazu geeignet, weil er ein Gentleman war. Das war nur recht und billig. Er musste also lediglich geheim halten, dass die Jungen hier spielten, dann würde er alles bekommen, was er sich je gewünscht hatte. Es war ja auch nichts Schlimmes dabei, alles geheim zu halten. Seine Eltern würden sowieso niemals hierherkommen. Sie wussten nicht mal, dass dieser Ort hier existierte, und selbst wenn, würde es sie nicht interessieren.

»Was ist, kannst du den Mund halten?«, fragte Marrick drängend. »Schwörst du?«

Gerald nickte. »Wenn ihr mir alles zeigt, verrate ich niemandem, dass ihr hierherkommt. Das ist dann unser Geheimnis.«

»Ehrenwort und Hand drauf? Wenn du uns verrätst, bist du verflucht«, sagte Marrick. Das war Kinderkram, trotzdem rieselte Gerald ein Schauer über den Rücken.

»Ist gut, ich schwöre«, sagte er.

»Dann sind wir jetzt Freunde?« Neds Lächeln war offen und arglos. Gerald fragte sich, wie jemand glauben konnte, dass alle Freunde sein konnten und die Welt ein einziges großes Abenteuer war. Sein erster Impuls war, eine spöttische Antwort zu geben, doch im Grunde beneidete er den Jungen um seinen Glauben.

»Freunde?«, wiederholte Marrick drängend und streckte ihm die Hand entgegen. »Hand drauf?«

Konnten sie überhaupt Freunde sein? Sollte er ihr Treffen geheim halten? Selbst wenn es ihm gelänge, sich wieder zurückzuschleichen und seine Abwesenheit und die ruinierten Kleider zu erklären: Wollte er diese Jungen wiedersehen? Sie waren kein angemessener Umgang für ihn, konnten aber nützlich sein. Alles um ihn herum schien plötzlich den Atem anzuhalten und auf seine Antwort zu warten. Sogar die Möwen verstummten, und Gerald hatte plötzlich das seltsame Gefühl, der Rest seines Lebens hinge von diesem Augenblick ab; seine Antwort würde für immer den Verlauf seines Lebens ändern. Es gäbe kein Zurück.

Er holte tief Luft und schüttelte ihre Hände. »Freunde«, sagte er fest. »Mein Ehrenwort, ich schwöre und möge ich verflucht sein, sollte ich euch jemals verraten.«

KAPITEL 19

NED

Juli 1904
Trevellan

Ich komm nicht mit. Ich hab zu tun.«

Marrick stand an Deck des väterlichen Fischerboots, schirmte die Augen vor der Nachmittagssonne ab und blickte hoch zum Hafenkai. Ned, der auf einem Haufen Krabbenfallen hockte, runzelte die Stirn.

»Was denn?«

Er war überrascht. Es herrschte Ebbe und im Kiesbett des kleinen Hafens von Trevellan war vom Wasser zurückgelassener Tang zu sehen, der malerisch an den Felsen klebte. Es war ein Samstagnachmittag in den Schulferien, und obwohl schönes Wetter war, peitschte der Nordwestwind weiße Schaumkronen über den Fischgründen auf, und alle Fischerboote blieben im Hafen. Die Seile auf dem Boot von Marricks Vater waren ordentlich aufgerollt, das Deck war geschrubbt, und die Netze lagen geflickt für den nächsten Fischzug bereit. Marricks Vater saß schon im Pub, und seine Mutter trank im Schulhaus ein Tässchen Tee, plauderte mit Matilda und lenkte sich davon ab, dass sie schon wieder ein blaues Auge hatte. Es gab für Marrick nicht das Geringste zu tun. Warum also wollte er nicht mit nach Oyster Shore?, fragte sich Ned.

Marrick zuckte die Achseln und mied Neds Blick. »Darum.«

Ned versuchte es noch mal. »Kann das, was du zu tun hast, nicht warten? Ich habe ein paar Würmer ausgegraben und dachte, wir könnten vom Ponton aus Krabben fangen und sie nachher kochen. Gerald hat gesagt, er hat eine neue Angel, die könnten wir mal ausprobieren.«

»Schön für ihn«, brummte Marrick. »Aber die will ich gar nicht haben! Unsere sind doch vollkommen in Ordnung! Oder sind die für Lord Gerald nicht gut genug?«

Ned unterdrückte einen Seufzer. So war Marrick in letzter Zeit oft. Ständig nörgelte er an Gerald herum. Allerdings musste er zugeben, dass Gerald sich ihm gegenüber auch nicht besser benahm. Seit die drei Zeit miteinander verbrachten, hatte Ned immer stärker das Gefühl, zwischen den beiden vermitteln zu müssen.

»Doch, na klar«, erwiderte er. »Ich glaube, er ist nur aufgeregt und will sie unbedingt ausprobieren. Sein Vater hat sie in London gekauft.«

»Na, dann ist sie auf jeden Fall besser als unsere«, bemerkte Marrick grimmig. »Wahrscheinlich hat der König die gleiche.«

Das konnte sogar sein, denn die neue Angelrute war von Fortnum & Mason, ein Umstand, auf den Gerald bei ihrem letzten Treffen besonderen Nachdruck gelegt hatte. Ned beschloss jedoch, dies Marrick zu verschweigen, weil der das nur als einen weiteren Beweis für Geralds Angeberei gesehen hätte. Der Gerechtigkeit halber musste er zugeben, dass Gerald wirklich ziemlich oft prahlte und jede Gelegenheit nutzte, die Jungen daran zu erinnern, dass sie es nur seiner Großzügigkeit verdankten, in Oyster Shore spielen zu dürfen. Doch Ned, der in diesem Sommer viel Zeit mit Gerald verbracht hatte, wusste, dass er mit seiner Prahlerei nur über seine Unsicherheit hinwegtäuschen wollte.

Gerald Snowe mochte reich sein, aber beim Klettern war er ein hoffnungsloser Fall, er konnte nicht schwimmen, geriet beim Rennen immer in Atemnot und hatte keine Ahnung, welche Beeren und Pilze giftig waren. Die Fähigkeiten, die Ned und seine Freunde für vollkommen selbstverständlich hielten, waren für Gerald genauso ein Buch mit sieben Siegeln wie die quadratischen Gleichungen, die Reverend Tullis ihm beizubringen versuchte und die Ned insgeheim für ihn löste. Im Gegenzug lieh Gerald Ned Bücher aus der Bibliothek von Vyvyan Court und bewahrte Stillschweigen darüber, dass die

Dorfkinder in Oyster Shore spielten. Ned hatte viele Stunden geduldig darauf verwendet, Gerald das Angeln und Klettern beizubringen, doch ohne Erfolg. Alle Fische schienen einen weiten Bogen um Geralds Angelhaken zu machen, und da er furchtbar ungeschickt war, drehte sich Ned jedes Mal vor Schreck der Magen um, wenn Gerald auf einem Baum abrutschte oder einen Ast verfehlte.

Kein Wunder, dass Arthur Snowe für seinen Sohn keine Reit- und Schießlehrer mehr einstellte, dachte Ned resigniert, als er sah, wie Gerald sich abmühte, den untersten Ast der alten Kastanie mitten im Wald zu erreichen. Marrick und Ned konnten mühelos den ganzen Baum hinaufklettern, bis sie wie die Könige der Welt den Wipfel erreichten, doch Gerald schaffte es nicht mal die untersten Äste hinauf. Bei jedem gescheiterten Versuch wurde er rot vor Zorn. Beim letzten Mal hatte er so wütend gegen den Baum getreten, dass er weinen musste und drohte, den Baum von seinem Vater fällen zu lassen. Alarmiert hatte Ned viel Zeit und Mühe darauf verwendet, ihn zu beruhigen.

Marrick hingegen war angewidert nach Hause gegangen. »Du gibst den Baum die Schuld, weil du nicht draufklettern kannst?«, hatte er über die Schulter hinweg gerufen. »Dann ist wohl auch der Fluss schuld, weil du nicht schwimmen kannst? Der Einzige, der schuld ist, bist du, Gerry. Du Jammerlappen!«

Gerald trat immer noch wütend nach dem Baum und antwortete nicht, aber Ned bemerkte, dass er Marrick einen bösen Blick zuwarf, bei dem Ned unbehaglich zumute wurde. Gerald Snowe, das wurde immer deutlicher, war sehr nachtragend und hegte tiefen Groll gegen alle und jeden, obwohl er doch alles hatte, was ein Junge sich wünschen konnte. Hätte Ned die Einsamkeit und Schönheit von Oyster Shore nicht so dringend gebraucht, hätte er vielleicht nicht ganz so viel Zeit mit Gerald verbracht.

Als die Sommerferien begannen und sich Wochen voller Freiheit vor ihnen erstreckten, gesellten sich noch andere Jungen zu ihnen, und manchmal kamen sogar Bess und ihre Freundinnen, um Ketten aus Gänseblümchen zu flechten und im flachen Gewässer zu plantschen. Ned und die Jungen schwammen im Fluss, tauchten und zischten wie Fische durchs Wasser und ließen sich danach tropfnass und außer Atem auf die Uferböschung fallen, um in der Sonne zu trocknen. Für Ned war das der größte Spaß der Welt, aber Gerald, der nicht schwimmen konnte, weigerte sich, seine dicken Wollstrümpfe auszuziehen und auch nur einen Zeh ins Wasser zu tauchen. Ganz gleich, wie oft die anderen Kinder versuchten, ihn zu ermutigen, er schüttelte nur den Kopf und behauptete, das wäre langweilig. Ned dachte oft mitleidig, dass ihm unfassbar heiß sein musste mit seinem steifen Kragen, den Knickerbockern, den Strumpfhaltern, den Wollsocken und den robusten Stiefeln. Bestimmt war es die reine Folter zu sehen, wie die anderen Jungen ihre Baumwollhemden und Shorts abstreiften, um ins kühle Wasser zu springen. Doch wie oft Ned Gerald auch gut zuredete, sich ihnen anzuschließen, er weigerte sich. Ned vermutete, dass er insgeheim Angst vor dem Wasser hatte, dies aber nicht zugeben wollte.

»Du musst keine Angst haben«, sagte er eines Nachmittags leise, als sie die anderen vom Ufer aus beobachteten. Die warme Luft war erfüllt vom ausgelassenen Platschen und Kreischen der anderen, und Ned sehnte sich danach, es ihnen gleichzutun, doch er fühlte sich verpflichtet, seinem neuen Freund Gesellschaft zu leisten. »Hier ist es ganz flach, und der Boden gibt auch nicht nach, versprochen.«

Gerald wurde rot. »Ich habe keine Angst.«

»Na, dann komm doch mit!«

Gerald schüttelte den Kopf. Er zog die dunklen Augenbrauen zusammen und schürzte verächtlich die Oberlippe. »Ich will nicht mit den Dorfjungen schwimmen.«

Ned war verletzt. »Aber ich bin doch auch ein Dorfjunge!«

»Aber nicht wie die anderen. Du bist der Sohn des Schulmeisters. Dein Vater war in Oxford, und du hast gesagt, er wäre der Sohn eines Gentlemans.«

Das stimmte, aber jetzt wünschte Ned, er hätte das nicht gesagt. Die Jungen hatten sich über ihre Familien ausgetauscht, und Ned hatte mit Edgar geprahlt, weil er stolz war auf seinen schlauen Papa und wollte, dass Gerald verstand, wieso er Bücher liebte und Schriftsteller werden wollte. Er hatte nicht versucht, besser dazustehen als Marrick und die anderen, aber jetzt wurde ihm heiß vor Scham bei der Vorstellung, Gerald würde das vielleicht denken.

»Ich wohne im Dorf, deshalb bin ich ein Dorfjunge«, sagte er entschieden. »Komm schon, Gerry, sei kein Spielverderber! Zieh die Socken aus und versuch es erst mal am Rand. Es wird dir gefallen.«

Vom Ufer ertönten ein Schrei und ein lautes Platschen, als Marrick sich in den Fluss stürzte. Sie sahen zu, wie er zum gegenüberliegenden Ufer kraulte, dicht gefolgt von Sammy und den Trehunnist-Brüdern. Geralds Miene verfinsterte sich noch mehr.

»Du kannst mir schwimmen beibringen, wenn wir allein sind«, erklärte er. Im Grunde war das ein Befehl, was beide wussten, denn was Oyster Shore betraf, hatte Gerald das Sagen. Dieser Ort gehörte jetzt seiner Familie, und wenn Ned und die anderen hier sein wollten, mussten sie ihn mit größter Vorsicht behandeln. Gerald war empfindlich, und manchmal hatte sogar der gutmütige Ned es satt, darauf zu achten, in welcher Stimmung sein neuer Freund war, oder Dinge zu vermeiden, die Gerald als kränkend empfinden konnte. Ned hatte auch sehr schnell gelernt, dass Gerald es hasste, in irgendetwas zu versagen, weil er das als Beweis von Minderwertigkeit betrachtete. Etwas schlechter zu können als ein ganz normales Dorfkind, war eine riesige Kränkung seines Stolzes. Ned versuchte oft, ihm begreiflich zu machen, dass es ganz normal war, schwimmen, segeln und klettern zu können, wenn man in Cornwall aufgewachsen war. Er bemühte sich nach Kräften, ihn mit dem Hinweis zu besänftigen, dass keines der Kinder wusste, wie man lateinische Nomen deklinierte oder welches Messer man wann bei einem Diner benutzte.

»Aber du weißt das alles«, konterte Gerald dann und starrte Ned finster an, so, als wäre er wütend, dass Ned sowohl schwimmen und klettern konnte, die Tischmanieren in höheren Kreisen beherrschte als auch lateinische Übersetzungen bewältigen konnte. Etwas an seiner Miene stieß Ned ziemlich ab, also gesellte er sich rasch zu seinen Freunden in den Fluss und tauchte einmal tief unter in der Hoffnung, das Wasser würde sein Unbehagen wegspülen. Gerald war nur eine Laus über die Leber gelaufen, redete er sich ein. Er wollte niemandem etwas Böses.

Trotzdem fürchtete Ned sich davor, Gerald das Schwimmen beizubringen. Denn wenn der es nicht schaffen würde, nach nur fünf Minuten das gegenüberliegende Ufer zu erreichen, würde er entweder ertrinken oder von seinem Vater verlangen, dass der ganze Fluss trockengelegt wurde. Vielleicht würde er auch Ned die Schuld an seinem Versagen geben und sich an ihm rächen. Ned würde ziemlichen Ärger bekommen, wenn Edgar erführe, dass er immer noch nach Oyster Shore ging, denn Arthur Snowe hatte mehr als deutlich gemacht, dass Vyvyan Court Privatbesitz war. Jeder, der versuchte, ein Kaninchen zu wildern, würde belangt werden, und die Wildhüter waren damit beschäftigt, die Zäune zu sichern und sich in Vorbereitung auf die Jagdsaison im Oktober um die Gehege mit den Fasanen zu kümmern. Was, wenn Gerald behauptete, er hätte den Jungen niemals erlaubt, in Oyster Shore zu spielen, und Ned zum Dorfpolizisten musste? Wenn es Aussage gegen Aussage stand, würde niemand Ned und Marrick glauben.

Sein Pa würde sich zu Tode schämen – aber diesen beunruhigenden Gedanken verdrängte Ned lieber. Gerald war aufbrausend und oft neidisch auf die dümmsten Dinge. Der Junge hatte eben kein glückliches Leben gehabt, mehr nicht. Er erzählte Ned oft, wie unglücklich er in der Schule gewesen sei und dass er eine sehr schlimme Krankheit gehabt habe. Da so viele Dorfbewohner auf Vyvyan Court arbeiteten, wusste Ned, dass Mr. und Mrs. Snowe oft fort waren und Gerald ganz allein in dem großen Haus mit seinen langen, hallenden

Korridoren zurückließen. Gesellschaft leistete ihm nur seine alte Nanny. Timmy Tuckey, der zum Entzücken seiner Mutter jetzt Hilfsdiener war, behauptete, Gerald würde manchmal nachts das ganze Haus zusammenschreien, weil er Albträume habe. Matilda und Timmys Mutter hatten das einmal ausführlich besprochen, und Ned hatte unbemerkt mitgehört. In Trevellan herrschte allgemein die Auffassung, dass der Junge sträflich vernachlässigt wurde. Ned hatte Mitleid mit seinem neuen Freund und wünschte sich oft, er könnte ihn mit nach Hause nehmen, wo es immer Kuchen gab und jemanden, mit dem man reden und lachen konnte. Aber natürlich würde Gerald das als tief unter seiner Würde betrachten. Ned hingegen war überzeugt, dass ihm ein paar Stunden in Gesellschaft von Edgar und Matilda sehr guttun würden. Ned hatte Gerald ein bisschen vom Leben in seinem Elternhaus erzählt und beschrieben, wie viel Spaß ihre Familie zusammen hatte und wie Edgar sie bei Tisch zu angeregten Gesprächen über Literatur und Wissenschaft ermutigte. Gerald hatte da sehr wehmütig gewirkt.

»Mama und Papa dinieren fast nie zu Hause«, hatte er gesagt. »Und wenn sie da sind, ist Mutter normalerweise im Salon beschäftigt und mein Vater in seinem Arbeitszimmer. Ich verbringe nicht viel Zeit mit ihnen.«

Aus dem Wenigen, das Gerald durchblicken ließ, schloss Ned, dass er die meiste Zeit entweder mit seiner Nanny verbrachte, der Furcht erregenden alten Frau, die man manchmal im Dorfladen sah, oder mit Reverend Tullis, der sein Privatlehrer war. An den Nachmittagen und Wochenenden sollte Gerald lesen oder innerhalb der sicheren Grenzen des Parks spazieren gehen, da seine Gesundheit offenbar immer noch Anlass zur Sorge gab. Zu diesen Zeiten konnte er sich davonstehlen, um sich mit Ned zu treffen. Ned hinterließ ihm Nachrichten an der Tür des Bootshauses – keine verschlüsselten Botschaften wie für Marrick, die er in das Geheimversteck zu den Notizbüchern und anderen Schätzen legte –, oder sie trafen sich auf der

Terrasse von Oyster House. Dann erfand Ned raffinierte Spiele oder erzählte Geschichten, die Gerald begeisterten. Wenn die anderen Jungen dabei waren, schlugen sie ein Lager auf und taten so, als wären sie Robin Hood und seine Gefährten. Das war Geralds Lieblingsspiel, und er wollte immer Robin Hood sein, der den anderen Befehle erteilte. Marrick, der fand, Gerry würde einen viel besseren Sheriff von Nottingham abgeben, verabschiedete sich dann ziemlich oft und behauptete, er müsste seinem Vater helfen. Im Laufe der Ferien kam Marrick immer seltener zum Spielen, und Ned vermisste ihn sehr. Er vermisste auch Bess, die ebenfalls kaum noch mitspielen wollte.

»Komm doch mit! Du darfst Lady Marian sein«, flehte er sie eines sonnigen Nachmittags an. »Wenn du willst, kannst du auch Polly und Annie mitbringen.«

Bess schaute von dem Buch auf, das sie gerade las. »Ist er auch da?«

»Wer?«, fragte Ned, obwohl er genau wusste, wen seine Schwester meinte.

»Dein neuer Freund natürlich. Gerald.«

Ned strich mit der Spitze seines Schuhs über den Boden. »Wahrscheinlich. Wieso?«

»Weil ich ihn nicht leiden kann«, erklärte Bess rundheraus. »Neulich hat er Polly ein Bein gestellt. Extra. *Polly,* Ned! Wer macht denn so was?«

Polly Polmartin hatte Kinderlähmung gehabt und musste eine Prothese tragen. Die Dorfkinder liebten sie abgöttisch.

Ned konnte seiner Schwester nicht in die Augen gucken. »Er hat es bestimmt nicht absichtlich gemacht.«

»Doch, das hat er«, beharrte Bess. »Er hat den Fuß ausgestreckt und gelacht, als sie hinfiel. Er hat es getan, als keiner von euch hinschaute. Außerdem hat er versucht, mich an den Zöpfen zu ziehen, aber ich habe ihm in den Bauch geboxt. Das hat es ihm ausgetrieben.«

Das konnte Ned sich gut vorstellen. Seine Schwester sah zwar recht zart aus, aber sie konnte es mit jedem aufnehmen, sogar mit Marrick, den sie einmal zu Boden gerungen hatte, als er sie hänselte. Bess Carew war in ganz Trevellan berüchtigt für ihr Temperament.

»Bei Sammy oder Marrick hätte er sich das nicht getraut«, erklärte sie. »Gerry ist gemein und sagt boshafte Sachen. Ich kann ihn nicht leiden.«

Ned seufzte. »Er glaubt, die anderen machen sich über ihn lustig.«

»Er ist den anderen egal, sie machen sich nicht über ihn lustig«, konterte Bess. Ned wusste, dass sie recht hatte. Für Gerald gab es nur eins, was noch schlimmer war als ausgelacht zu werden: gar nicht beachtet zu werden. Er war besessen von der Angst, ausgeschlossen oder hintergangen zu werden. Wenn Ned und Marrick zu ihrem Geheimversteck wollten, hatten sie immer große Mühe, ihn loszuwerden.

»Er beobachtet auch alle wie eine Spinne, die ihr Netz spinnt und sich freut, wenn sich Fliegen darin verfangen«, fügte Bess hinzu. »Verschwende kein Mitleid an ihn, Ned. Er ist kein netter Mensch.«

Ned lief ein Schauer über den Rücken, denn seine Schwester hatte recht: Gerald beobachtete Menschen so genau, als wollte er Schwächen bei ihnen entdecken, die er dann ausnutzen konnte. Ein Mädchen an den Zöpfen zu ziehen, war Kinderkram (Ned musste gestehen, dass er das auch schon gemacht hatte), aber einem Mädchen ein Bein zu stellen, war etwas ganz anderes, insbesondere, wenn es eine Beinprothese trug.

»Ich weiß nicht, wieso du dich überhaupt noch mit ihm abgibst.« Bess knallte ihr Buch zu, stand auf und sah ihn entschieden an. »Ich jedenfalls tue es nicht.«

Ned wusste nicht, wie er ihr erklären sollte, welchen Reiz Oyster Shore auf ihn hatte. Konnte Bess verstehen, wie sehr ihn das ewig strömende Wasser und die Seevögel lockten? Dass die Bäume sich raschelnd Geschichten erzählten und der Ruf der Möwen sein Herz mit Gefühlen anschwellen ließ, die er erst noch benennen musste? Er musste dorthin, um zu schreiben, denn dort würde sein großer

Roman entstehen. Dort zu sein war mittlerweile so lebenswichtig für ihn wie atmen.

»Sein Vater besitzt Oyster Shore«, sagte er nur.

Bess warf ihre dunklen Locken zurück und sah ihn mit ihren violett schimmernden Augen verächtlich an. »Und das heißt, er kann uns rumkommandieren? Und sich als Herr über alles aufspielen?«

Ned seufzte. Wahrscheinlich stimmte das. Gerald Snowe wurde wohl nur von den anderen toleriert, weil sein Vater Vyvyan Court gemietet hatte.

»Er meint es nicht so, Bessy. Er fühlt sich nicht wohl in seiner Haut.«

Manchmal hatte Ned das Gefühl, zwischen die Fronten von Gerald und den Dorfjungen geraten zu sein. Er spürte Geralds Verachtung für sie genauso, wie er sich schämte, wenn jemand Gerald auslachte, weil er über eine Wurzel stolperte oder wegen einer Wespe aufkreischte. Es war nicht leicht, zwischen den Stühlen zu sitzen.

Bess schnaubte. »Als er Polly ein Bein stellte, fühlte er sich aber sehr wohl! Er hat *gelacht*, Ned. Er fand es *lustig* – und dann tat er so, als wäre gar nichts passiert. Er lügt! Du kannst ja gern mit ihm spielen und Ausreden für ihn erfinden, aber ich werde das nicht tun!«

Dieses Gespräch verstörte Ned sehr, denn es steckte viel Wahrheit in dem, was seine Schwester sagte. Gerald konnte wirklich witzig sein, doch sein Humor war grausam. Er war ein großartiger Imitator, und wenn er Reverend Tullis nachmachte, der an Heuschnupfen litt und den ganzen Sommer über in sein Taschentuch trompetete, dann kamen Ned und Marrick vor lauter Lachen die Tränen. Was das Lügen betraf, so erzählte Gerald oft hochtrabende Geschichten, an die er wirklich zu glauben schien, und wurde ziemlich wütend, wenn jemand nachhakte. Eines Nachmittags, als Gerald und er sich vor dem Regen ins Bootshaus geflüchtet hatten und auf das Prasseln auf dem Dach und das Platschen der Tropfen lauschten, die in die Eimer fielen, hatte Ned seinem neuen Freund von der Idee für ein Spiel erzählt –

nur um zu hören, wie Gerald sie ein paar Tage später Sammy präsentierte und behauptete, sie sei von ihm. Ned hatte zwar nichts gesagt, doch es hatte ihn zutiefst verletzt. Von dem Tag an hatte er Gerald nie mehr Zutritt in seine geheime Welt gewährt, sondern darauf geachtet, dass all seine Notizen und Geschichten sicher unter der Bodenfliese im Bootshaus versteckt waren. Weder er noch Marrick hatten Gerald von diesem Versteck erzählt, und das würden sie auch nie tun. Ned wollte Gerald zwar helfen, ein Teil der Gruppe zu werden, aber vertrauen konnte er ihm nicht mehr.

»Ich habe ein weiteres Kapitel für mein neues Buch geschrieben«, sagte Ned jetzt zu Marrick, als er am Hafenkai stand und ihn zu überreden versuchte, mit nach Oyster Shore zu kommen. Marrick wollte immer mehr von seiner neuesten Geschichte über zwei Jungen hören, die auf einer einsamen Insel gegen Piraten kämpften. Und Ned brannte genauso darauf, ihm die neuesten Entwicklungen zu erzählen. »Das wollte ich dir im Bootshaus vorlesen.«

»Wie ich schon sagte, habe ich zu tun. Dad hat mir aufgetragen, ein paar Netze zu flicken, und wenn die Flut kommt, fahre ich raus und werfe welche aus. Du kannst ja mitkommen, wenn du willst.«

Das war ein verlockendes Angebot. Ned liebte es, mit Marrick hinaus aufs Meer zu fahren, andererseits sehnte er sich aber auch danach, die Seevögel zu hören und am Wassersaum entlangzuwandern. In Oyster Shore herrschte eine ganz besondere Atmosphäre, nach der sich sein Herz verzehrte.

»Die Flut kommt doch erst in ein paar Stunden. Also können wir das auch später machen«, entgegnete er. »Nach dem Krabbenfischen.«

»Nein danke.« Marrick fing an, die Netze zu sichten und von einer Seite des Bootes auf die andere zu verteilen. Für ihn war das Gespräch beendet. »Viel Spaß mit Gerry. Aber pass auf, dass er nicht auf einem Baum festsitzt. Dann wird er dir die Schuld geben.«

Ned gab es auf. Wenn Marrick Penwurthy sich erst einmal etwas in den Kopf gesetzt hatte, war es ihm kaum noch auszureden. Er konnte es Marrick auch nicht verübeln, dass er genug von Gerald hatte. Beim letzten Mal hatten sie einen Damm am Fluss gebaut, und Marrick hatte gewitzelt, Gerald solle nur aufpassen, dass sein makellos sauberer Matrosenanzug nicht schmutzig werde. Es war nur ein Spaß gewesen, und er hatte Ned genauso aufgezogen, doch Gerald hatte gehässig gekontert, glücklicherweise gebe es Waschfrauen, die die Kleider der besseren Gesellschaft säuberten. Marrick, der die Ehre seiner Mutter verteidigen wollte, hätte sich fast auf Gerald gestürzt, und nur weil Ned dazwischen gegangen war, hatte Gerald keine blutige Nase bekommen, die er eigentlich verdient hatte.

»Wir machen beim nächsten Mal was alleine«, versprach er ihm.

»Wenn du meinst«, erwiderte Marrick.

Ned seufzte. Marrick war immer noch wütend, und wieder einmal stand Ned zwischen den Fronten. Geralds Erscheinen hatte einiges komplizierter gemacht. Als er den Pfad an der Mündung entlangging, merkte Ned, dass er sich tatsächlich auf den Herbst freute, wenn die Schule wieder anfing. Gerald würde dann zurück nach St. Hugh's gehen, die Verwalter des Anwesens wären durch die Jagd abgelenkt, und die Dorfkinder könnten ungestört in Oyster Shore herumstreifen.

Wie verabredet wartete Gerald am alten Brunnen auf Ned. Obwohl es ein sonniger Tag war, trug er einen förmlichen Tweedanzug mit steifem Kragen und Krawatte und dazu robuste Stiefel. Allein vom Anblick wurde Ned heiß, und nachdem sie eine Stunde damit verbracht hatten, Frösche zu fangen, die in der Tiefe des Brunnens hockten, schlug er vor, hinunter zum Fluss zu gehen. Dort wehte ein kühler Wind, und da Ebbe war, konnten sie die Schuhe und Strümpfe ausziehen, im kühlen Sand laufen und sich die Füße in den eisigen Rinnsalen kühlen, die noch durch das Flussbett strömten.

Gerald, der hochrot und schweißüberströmt war, stimmte dem Plan zu und folgte Ned durch den Wald, vorbei am Kletterbaum, an dem er sich noch versuchen musste, und hinunter zum Bootshaus. Das Gezwitscher der Vögel in den Bäumen begleitete sie, und irgendwann zogen sie ihre Jacken aus und gingen nur im Hemd weiter. Als sie aus dem Wald traten, schien die Hitze sie niederzudrücken, während sich am Himmel Schleierwolken zusammenzogen. Die Luft wirkte wie aufgeladen und verhieß ein Gewitter. Die Wasserrinnsale glitzerten im Flussbett. Es schien, als würde die ganze Welt den Atem anhalten, und noch bevor Ned einen Blick auf das Mädchen in Weiß erhaschte, das am Ufer stand, wusste er bereits tief in seinem Innern, das sein Leben an einen Wendepunkt gekommen war.

Da war es. Das Mädchen, für das er bestimmt war. Es fühlte sich an, als hätte er es schon sein ganzes Leben gekannt, und jetzt war es da.

Es stand am flachen Ufer, eine schmale Gestalt in Weiß, allein in einer Welt, die glitzerte wie Diamanten und aus der die heiße Sommerluft alle Farbe gesogen zu haben schien. Es hatte seinen Rock vorn gerafft, doch hinten schleifte er über den nassen Sand und wurde sehnsüchtig von den eisigen Fingern des verebbenden Stroms liebkost. Das Gesicht des Mädchens war abgewandt, es betrachtete das Flussbett so versunken, dass Ned der Atem stockte, denn er erkannte eine verwandte Seele, die sich in der Welt der Kreativität verlor. Erst viel später nach dieser wundersamen, freudigen Begegnung fiel ihm auf, dass das Haar des Mädchens das gleiche Rot hatte wie die Kastanien, die Marrick und er jeden Oktober sammelten, dass seine Haut so weiß war wie Sahne und seine Augen genauso leuchtend grün schimmerten wie die kleinen Felsentümpel im Fluss. Die berückende Schönheit des Mädchens zeigte sich in der Makellosigkeit seines Gesichts und gleichzeitig in der Konzentration, mit der es eine Muschel gegen das Licht hielt.

Gebannt starrte Ned das Mädchen an. Die Unbekannte prägte sich tief ins Gedächtnis von Oyster Shore ein: Sie trug weder einen Hut, um ihr Gesicht abzuschirmen, noch Handschuhe, um ihre Hände zu schützen. Sie ging auf im zeitlosen Muster der Muscheln. Ihre Brust hob und senkte sich im Takt des Seetangs, der vom Atem des fernen Ozeans bewegt wurde. Über die Welt der Sinne wurde sie an den magischen Ort getragen, wo Kunst, Musik und Poesie entstanden, und Ned wusste, dass sie genauso zu diesem Ort gehörte wie die Gezeiten, wie der Nebel und die einsamen Flussreiher. Sie war für Oyster Shore geschaffen.

»*Oh, sie nur lehrt die Kerzen hell zu glüh'n*«, flüsterte er und konnte den Blick nicht von ihr lösen. Dieses Zitat, das Edgar in den Sinn gekommen war, als er Matilda zum ersten Mal sah, hatte sich Ned bis dahin nie erschließen können. Insgeheim hatte er gedacht, eine Konditorei sei doch ein viel zu banaler Ort für eine derart mächtige Empfindung, doch jetzt verstand er es vollkommen, denn was ihn wirklich ergriff, war das Gefühl der Vertrautheit bei einer Fremden.

»Wer ist denn das?«

Ned schrak zusammen, als er Geralds Stimme hörte. In seiner Entrückung hatte er vergessen, dass er nicht allein war, und nun war es fast ein kleiner Schock, sich mit dem anderen Jungen hier am Ufer wiederzufinden. Gerald starrte das Mädchen ebenfalls an, doch seine Miene zeigte Empörung.

»Sie darf gar nicht hier sein. Dies ist Privatgelände.«

»Vielleicht weiß sie das nicht«, sagte Ned, ohne den Blick von ihr zu lösen. »Es wirkt, als würde Oyster Shore ihr gehören.«

Gerald nickte unwillig. »Sie ist ziemlich dreist. Wohnt sie im Dorf?«

Ned schüttelte den Kopf. Die Mädchen aus dem Dorf trugen weder weiße Kleider noch Seidenbänder im Haar, außer am Maifeiertag. Es gab kein Mädchen in Trevellan, das so aussah wie sie. War sie überhaupt real oder war sie nur eine Fata Morgana in der flirrenden Hitze? Oder war er selbst am Ufer eingeschlafen und Puck aus dem *Sommernachtstraum* spielte ihm einen Streich?

»Ich habe sie noch nie gesehen«, sagte er.

Das Mädchen war zu weit weg, um sie zu hören, und schlenderte weiter. In einer Hand hielt sie ein Eimerchen, und hin und wieder bückte sie sich, hob etwas auf und hielt es gegen das Licht, bevor sie es hineinlegte. Ned ging auf, dass sie Strandgut sammelte, aber nicht so lebhaft und beiläufig wie seine Schwester, sondern mit Bedacht, als suchte sie Objekte, die näherer Betrachtung wert waren.

»Hallo, Miss?«, rief Gerald und winkte ihr. »Hallo!«

Zwar dämpfte die Hitze seine Stimme, doch offenbar hörte sie doch etwas, denn sie löste sich von ihrem Tun und drehte sich um, so dass ihre langen Zöpfe schwangen. Erschrocken taumelte sie auf dem Sand zurück, rutschte aus und landete schwer auf ihren Händen. An diesem Abschnitt des Flusses wimmelte es von Austern, aber Neds warnender Ruf kam zu spät. Obwohl sie keinen Laut von sich gab, konnte er selbst vom Ufer aus sehen, wie ihre blassen Hände sich tiefrot färbten.

»Bleib, wo du bist!«, rief er aus, obwohl er nicht wusste, ob er Gerald oder das Mädchen meinte. Vielleicht beide? Nicht, dass Gerald sich auch nur einen Zentimeter rührte. Dazu war er viel zu sehr damit beschäftigt, den Schaden zu begutachten.

»Das passiert, wenn man unbefugt fremdes Gelände betritt«, bemerkte er selbstgefällig.

Ned sparte sich jeden Kommentar, und streifte sich schon Schuhe und Strümpfe ab. Er ließ Gerald stehen und rannte über den feuchten Sand, bis er das Mädchen erreichte, das seine linke Hand betrachtete. Blut tropfte auf ihr Kleid und erblühte auf dem nassen Musselinstoff zu Rosen.

»Das sieht übel aus«, bemerkte Ned.

Das Mädchen schaute zu ihm auf. Ihre tiefgrünen Augen schimmerten vor Tränen, die sie durch heftiges Blinzeln zu vertreiben suchte. Da Ned sich schon oft Hände und Füße an den Austernschalen verletzt hatte, wusste er, wie schwer es war, nicht vor Schmerzen zu schreien. Er bewunderte ihre Tapferkeit.

»Wenigstens ist es nicht die rechte Hand«, sagte sie zittrig. Ihre

Stimme war so geschliffen wie das Seeglas in ihrem Eimer, und obwohl sie Schmerzen hatte und ihr Kleid ruiniert war, hielt sie sich wie eine Prinzessin. Ned fühlte sich wie ein Ritter aus der Artussage, der eine edle Jungfrau rettet.

»Wäre das denn schlimmer?« fragte er.

»Aber natürlich«, erwiderte das Mädchen, als wäre das offensichtlich. »Dann könnte ich nicht mehr zeichnen.«

»Du bist Künstlerin.« Das war nicht als Frage gemeint. Denn hatte Ned das nicht schon auf den ersten Blick gewusst?

Sie nickte, und ihre dunkelroten Locken wippten bestätigend. »Ich sammle Objekte, die ich zeichnen will.«

Sie blickten beide in den Eimer, der fast bis zum Rand gefüllt war mit Seeglas, Muscheln und winzigen Scherben alter Keramik.

»Ich brauche diesen Eimer, um die Hand zu spülen, Miss …« Ned verstummte, denn dieses Mädchen mit seiner stolzen Haltung, den wunderschönen Kleidern und einer Sprache, bei der selbst Gerald wirkte wie der Abkömmling einer Familie von Grubenarbeitern, war ohne jeden Zweifel eine Dame. Er widerstand dem Drang, sich hinzuknien und ihr die Treue zu schwören.

»Madalyn«, sagte sie.

Ned verneigte sich. »Ich würde Ihnen die Hand schütteln, Miss Madalyn, aber das wäre bestimmt schmerzhaft.«

Sie lachte, wobei ihre Nase sich krauste und die Sommersprossen auf ihren Wangen tanzten. Unwillkürlich musste auch Ned lächeln. »Madalyn reicht völlig. Bei ›Miss‹ komme ich mir vor, als wäre ich schon hundert. Dabei bin ich erst acht.«

»Ich bin fast neun«, verkündete Ned stolz. Das fand er schon ziemlich alt, obwohl zehn natürlich noch besser gewesen wäre.

»Ich werde nächsten Monat neun«, erwiderte Madalyn. Sie lächelten sich an, weil sie beide schon so alt waren.

»Ich heiße Ned«, sagte er, als er endlich aufhören konnte zu grinsen. »Edward Carew.«

»Sir Edward«, korrigierte sie ihn. »Ein galanter Ritter, der edle Jungfern in Nöten rettet.«

Ned wurde über und über rot. Hatte sie seine Gedanken gelesen? Mit ihrer blassen Haut und den flammendroten Haaren sah Madalyn aus, als stammte sie direkt aus einem Werk von Sir Walter Scott. Da wusste er, dass er ihr mit Freuden sein Leben zu Füßen legen würde, um ihr zu dienen.

»Darf ich den Eimer haben?«, fragte er, und zum ersten Mal verlor sie die Fassung.

»Ach, brauchst du den wirklich? Ich habe eine Ewigkeit gebraucht, die Sachen darin zu sammeln, und freue mich schon darauf, sie zu zeichnen.«

Ned begriff sofort: Genau wie er ausdrucksstarke Wörter und Szenen in seinen Notizbüchern sammelte, um sie in seinen Geschichten zu verwenden, hatte Madalyn Strandgut gesammelt, das sie ansprach und auf Papier festgehalten werden wollte. Er zog seine Kappe ab und kippte den Inhalt des Eimers hinein.

Madalyn holte erschrocken Luft. »Aber deine Kappe! Sie wird ruiniert sein!«

Ned fand, wenn sie nur glücklich war, lohnte es tausend ruinierte Kappen. »Die trocknet schon wieder. Ich will nur den Eimer mit Wasser füllen, um deine Wunden zu spülen. Dann können wir ans Ufer und deine Hand verbinden.«

»Du hast Verbandszeug dabei? Wie vorausschauend«, bemerkte sie mit hochgezogenen Augenbrauen. Sie zog ihn nur auf.

»Mutter gibt mir immer ein sauberes Taschentuch mit.« Ned klopfte sich auf seine Hosentasche. »Das wird reichen, bis deine Hand anständig versorgt wird.«

Er ging mit dem Eimer zum tiefsten Rinnsal und spülte ihn erst aus, bevor er ihn bis zum Rand mit Wasser füllte.

»Möchtest du mal Arzt werden? Du scheinst viel über Wundversorgung zu wissen«, sagte Madalyn zu Ned, als sie vorsichtig zwischen den scharfen Austernschalen und Steinen zum Ufer gingen, wo Gerald sie beobachtete. Ned hatte sogar einen Streifen von seinem Hemd abgerissen und um ihre Hand gewickelt, sah aber besorgt, dass die Wunde weiter blutete.

»Ich habe mir schon oft hier die Füße verletzt. Da bekommt man Übung, die Risse zu versorgen.« Er hielt inne, weil er unsicher war, ob er noch etwas sagen sollte, aber Madalyn schaute ihn mit ihren großen, grünen Augen so neugierig an, dass er Mut fasste. Er holte tief Luft und wagte den Sprung ins kalte Wasser: »Eigentlich möchte ich Schriftsteller werden. Ich komme zum Schreiben her, so oft ich kann.«

Madalyn sagte nicht: *Wie wunderbar* oder *Wie klug du sein musst* oder *Was für ein Buch schreibst du denn*, sondern »Aber dann bist du doch schon Schriftsteller! Ein Schriftsteller ist wie ein Künstler; das wird man nicht, man ist es schon. Eines Tages werde ich sehr berühmt sein und auf der ganzen Welt Ausstellungen meiner Werke haben.«

Ned bewunderte ihre Selbstsicherheit, und als er ihr zum Ufer folgte, merkte er, dass er nicht im Geringsten an ihr zweifelte. Das kleine Mädchen hatte eine Aura, die zu bedingungsloser Hingabe inspirierte.

An der Böschung setzte Madalyn sich hin und arrangierte ihren in Mitleidenschaft gezogenen Rock wie eine Königin, die sich zu einem Bankett niederlässt.

»Hallo«, sagte sie zu Gerald, schälte den blutigen Stoffstreifen ab, der einst ein Hemdzipfel gewesen war, und hielt ihn Ned mit majestätischer Geste hin. Dabei rannen hellrote Tropfen über ihren weißen Unterarm und fielen ins Gras. »Ich bin nun bereit für meinen Verband.«

»Du blutest«, sagte Gerald schwach. Mit hervorquellenden Augen starrte er auf das Blut und wurde leicht grün. Ned hatte schon mitbekommen, wie Gerald aussah, wenn die anderen Jungen Fische ausnahmen, und hoffte nur, dass er nicht in Ohnmacht fiel.

»In der Tat«, stimmte Madalyn zu. »Guter Gott, du hast aber eine komische Farbe! Wenn du Angst vor Blut hast, solltest du weg-schauen.«

Gerald schluckte. »Ich habe keine Angst vor Blut.«

»Um so besser«, erwiderte Madalyn. »Weil hier ziemlich viel ist. Mein Kleid ist vollkommen ruiniert.«

»Im kalten Wasser sehen Blutungen schlimmer aus, als sie sind«, bemerkte Ned, nahm ihre Hand und tauchte sie in den Eimer. Zu-mindest hoffte er, dass das stimmte. Denn wenn nicht, war das Mäd-chen übel dran. Vielleicht sollte er Gerald bitten, Hilfe zu holen. An-dererseits sah Gerald aus, als ginge es ihm schlechter als Madalyn. Er hatte Schweiß auf der Stirn, und während Ned Madalyns Hand wusch und staunte, dass sie kaum zusammenzuckte, bemerkte er, dass Ge-rald schwankte.

»Alles klar?«

»Sicher doch«, fauchte Gerald und starrte angestrengt in die Ferne. »Schließlich bin nicht ich es, der blutet.«

Madalyns Augen glitzerten. »Nein, aber du bist es, der ganz grün wird. Fall bloß nicht in Ohnmacht … Aua!«, keuchte sie, als Ned ihre Hand abtupfte. »Das tut aber weh.«

»Tut mir leid«, sagte er. »Gleich wird's besser.«

Mit finsterer Miene fächelte Gerald sich Luft zu. »Ich fall doch nicht in Ohnmacht! Was für ein Blödsinn! Mir ist nur heiß.«

»Kein Wunder, wenn du einen Tweedanzug trägst. Wieso hast du dich angezogen, als wolltest du zur Jagd?«, fragte Madalyn erstaunt. »Jeder weiß doch, dass es bis dahin noch Monate hin ist. Zu dieser Jahreszeit trägt man Tennis- oder Kricketkleider, aber doch keine Knickerbocker! Niemand trägt Jagdkluft im Sommer, es ist doch noch Schonzeit!«

Ned krümmte sich innerlich, da Gerald tatsächlich seine brand-neuen Jagdkleider trug. Sie waren letzte Woche eingetroffen, zusam-men mit einem glänzenden Gewehr, und er stolzierte sein Tagen damit herum und merkte gar nicht, dass er sich zum Narren machte. Da er Geralds Reizbarkeit kannte und wusste, wie empfindlich er auf Kränkungen reagierte, und seien sie auch nur eingebildet, hatte Ned sich jede Bemerkung über Geralds alberne Prahlerei verkniffen. Seine Ehrfurcht vor Madalyn stieg mit jeder Sekunde.

Gerald kniff unheilvoll die Augen zusammen. »Ich weiß nicht, für wen du dich hältst, aber du dürftest nicht mal hier sein. Dies ist ein Privatgrundstück. Wenn ich wollte, könnte ich dich sogar abführen lassen. Dieses Anwesen gehört meinem Vater.«

Selbstzufrieden wartete er auf eine Reaktion. Ned vermutete, dass er sogar auf Tränen hoffte. Das war jedenfalls das Ergebnis gewesen, als er ein paar Mädchen aus dem Dorf befohlen hatte, Schuhe und Strümpfe zu tragen, weil er sie sonst beim Verwalter anschwärzen würde. Marrick hatte Gerald gesagt, es wäre erbärmlich, Mädchen zu drangsalieren, und Ned hatte das bekräftigt. Gerald hätte niemals gewagt, so mit den Trehunnist-Brüdern zu reden.

Aber Madalyn lachte nur. »Das ist ja lächerlich! Dieses Anwesen gehört doch nicht deinem Vater!«

Geralds Gesicht wurde dunkelrot. Er ertrug keinen Widerspruch, und das Schlimmste war, wenn ihn ein Mädchen auslachte.

Um ihn abzulenken, warf Ned rasch ein: »Gerald, könntest du mir etwas Moos holen, das da drüben bei dem Goldregen wächst? Meine Mutter hat gesagt, das hilft, um Blutungen zu stoppen.«

Aber Gerald wäre es auch vollkommen egal gewesen, wenn Madalyn hier und jetzt verblutet wäre. Er war fuchsteufelswild: »Un ob es ihm gehört! Oyster Shore ist unser Privatbesitz, und du bist unbefugt hier! Ich könnte die Polizei rufen und dich verhaften lassen!«

Ned, entsetzt über Geralds rüdes Verhalten, wurde rot. »Gerald! Madalyn hat doch nichts Böses getan!«

»Sie hat hier nichts zu suchen!«, zischte Gerald. »Dies ist das Anwesen meines Vaters, und sie hat kein Recht, hier zu sein.«

Aber Madalyn blieb unbeeindruckt. »Mach dich nicht lächerlich«, sagte sie. »Dieser Besitz gehört nicht deinem Vater – wie du sehr wohl weißt! Es gehört meinem Cousin zweiten Grades, St. John Trelyon, und ich nehme an, dein Vater hat das Herrenhaus gemietet, was ihn zu unserem Mieter macht. Dieser Teil des Anwesens, also Oyster Shore, wurde als Privatsitz für meinen Cousin vorbehalten und aus dem Mietvertrag ausgeschlossen. Er ist für die Mieter nicht zugänglich, denn das Haus wurde als Familiensitz behalten – als Sitz meiner Familie –, also glaube ich, *du* befindest sich unbefugt auf *meinem* Grundstück. Ich bin Madalyn Trelyon. Und wer bist du?«

Kann man sich auch schon mit acht Jahren verlieben? Ned war sich ganz sicher, denn in diesem Augenblick spürte er, wie sein Herz geradezu überquoll vor lauter Liebe zu Madalyn Trelyon – im Gegensatz zu Gerald, dem es die Sprache verschlagen hatte und der sie mit offenem Mund ungläubig anstarrte. Ned tat der Prahlhans fast schon leid, denn in Madalyns Beschreibung hatten das vernachlässigte Sommerhaus und das zugewucherte Grundstück geradezu grandios gewirkt, da sie mit dem angeborenen Selbstvertrauen einer seit Jahrhunderten privilegierten Familie gesprochen hatte. Gerald mochte einen reichen Vater haben, doch von Madalyns Status konnte er nur träumen.

»Nun? Hast du auch einen Namen?«, verlangte sie zu wissen.

Gerald wurde rot. »Ich bin Gerald Snowe. Mein Vater hat dieses Anwesen gemietet.«

»Hat er denn kein eigenes?«, gab Madalyn zurück.

Nun presste Gerald die Lippen fest zusammen. Rote Flecken breiteten sich über sein Gesicht aus und erreichten sogar seine Ohren. Ned dachte, wenn Haare rot werden könnten, hätte Gerald jetzt dieselbe Haarfarbe wie Madalyn.

»Sein Vater ist Industrieller«, sprang er ihm mitleidig bei.

»Ach ja! Mama hat so etwas erwähnt«, nickte Madalyn, während Ned ihre Wunde mit seinem Taschentuch verband und einen Schritt zurücktrat, um sein Werk zu begutachten. »Als wir gestern Abend ankamen, meinte sie, St. John hätte das Herrenhaus an Gewerbetreibende vermietet. Das ist also deine Familie?«

»Du wohnst hier?«, fragte Ned rasch, bevor Gerald explodieren konnte. Bitte, bitte sag Ja, bettelte er stumm. Es war so befriedigend zu sehen, wie Gerald in seine Schranken verwiesen wurde, und Ned hatte so eine Ahnung, dass das Leben in Oyster Shore mit Madalyn Trelyon noch viel interessanter werden würde.

Sie nickte. »St. John hat uns Oyster House für den Sommer oder länger überlassen. Was nur gerecht ist, da mein Vater der Erbe des gesamten Besitzes war. Läge nicht der Fideikommiss darauf, würde *ich dich* meines Grundstücks verweisen, Gerald Snowe!«

Gerald starrte sie an. Man sah, dass er ihr glaubte. Ein Anflug von Bewunderung huschte über sein Gesicht. »Wenn das wahr ist, wieso hast du nicht das Anwesen geerbt?«

»Du weißt schon, was ein Fideikommiss ist, oder?«, fragte Madalyn hochmütig. »Sag nicht, du hast keine Ahnung.«

Ned wusste, dass Gerald keine Ahnung hatte und verspürte Mitgefühl mit ihm. Obwohl sein Freund sich furchtbar grob verhalten hatte, ertrug er doch nicht, dass er gedemütigt wurde. Gerald war sehr empfindlich, was seine schulischen Leistungen betraf, die sich mit Neds nicht vergleichen ließen.

»Natürlich weiß er, was das bedeutet«, sagte Ned entschieden. »Das Erbe geht rechtmäßig an den nächsten männlichen Nachkommen in der Familie. Wie in *Vernunft und Gefühl*, wo die Dashwoods Norland Park verlassen müssen.«

»Oh ja!«, sagte Madalyn und wandte sich mit leuchtenden Augen zu ihm. »Genau so. Oder wie bei den Bennets in *Stolz und Vorurteil*. Es ist einfach nicht gerecht.«

»Ist es wohl«, entgegnete Gerald, der wieder gehässig wurde, weil er nichts mit den literarischen Anspielungen anfangen konnte. »Mädchen können nicht erben wie Männer.«

»Und was ist mit der alten Queen?«, konterte Madalyn. »Sie war noch ein junges Mädchen, als sie gekrönt wurde. Und was ist mit Queen Anne? Und Elizabeth I.?«

»Das ist was anderes«, murmelte Gerald. Debattieren war nicht seine Stärke.

»Wieso?«, wollte Madalyn wissen. Sie war ein Mädchen, das kein Theater wegen einer verletzten Hand machte, wohl aber bei Ungerechtigkeiten aufbegehrte. Ned fand sie hinreißend. »Nun?«

Ned beschloss, dazwischen zu gehen. »Es ist ein dummes Gesetz, das sicher irgendwann mal abgeschafft wird. Mein Vater sagt, es kommt eine Zeit, da die Dinge sich ändern werden, und meine Mutter glaubt das auch. Sie sind für das Wahlrecht für Frauen – und Vater ist überzeugt, dass es irgendwann kommt.«

Gerald schnaubte. »Was für ein Unsinn! Nur Männer können wählen. Frauen müssen tun, was ihre Ehemänner ihnen sagen. Das ist Gesetz, und das wird sich auch nicht ändern.«

Jetzt verzog Madalyn finster das Gesicht. »Kein Ehemann wird *mir* sagen, was ich zu tun habe. Ich werde niemals heiraten!«

»*Niemals heiraten?*«, wiederholte Gerald ungläubig und starrte sie an, als käme sie vom Mond. »Aber was willst du denn ohne Ehemann machen?«

»Malen und eine große Künstlerin werden«, verkündete Madalyn, als wäre das schon beschlossene Sache.

Gerald war verwirrt. »Aber Frauen arbeiten doch nicht.«

»Doch natürlich«, gab sie zurück. »Wer schrubbt denn deine Böden und kocht dein Essen?«

Gerald kickte gegen eine Wurzel. »Ich meinte, echte Damen. Keine Waschweiber wie Marricks Ma.«

»Lass das Marrick nicht hören«, warnte ihn Ned. »Dann kriegst du eine Abreibung.«

»Das kann er ja mal versuchen«, gab Gerald zurück und reckte die Brust. Das war nur Imponiergehabe vor Madalyn, denn Ned wusste, dass Gerald vor Angst sterben würde, wenn Marrick ihn angreifen würde.

»Mein Vater sagt, Frauen können alles, was Männer auch können«, sagte Ned zu Madalyn. »Er ist Lehrer und sagt, Mädchen sind so schlau wie Jungen.«

»Oh! Vielleicht kann er mich dann unterrichten«, erwiderte Madalyn. »Ich bin schrecklich weit im Stoff zurück. Mama musste meiner Gouvernante kündigen, weil wir sie nicht mehr bezahlen konnten. Wir haben nicht viel Geld.«

Gerald war schockiert. »Aber du bist eine Trelyon!«

»Ein guter Name ohne Geld. Papa hat alles verloren«, sagte sie so nüchtern, als spräche sie vom Wetter. »St. John hat das Anwesen geerbt, und damit Mama und mich. Wir sind die armen Verwandten, um die er sich kümmern muss, aber tief in seinem Innern weiß er, dass das Anwesen an mich hätte gehen müssen. Deshalb hat er uns Oyster House angeboten, als Mama eine Luftveränderung brauchte. Das konnte er uns nicht verweigern, weil er der Erbschleicher ist.«

Ned fand, dass sie wie eine Prinzessin aus dem Märchen war. Da ihr Schloss und Erbe verweigert wurden, musste sie auf einem abgelegenen Anwesen in einem schäbigen Haus leben, wo sie Vögel zeichnete und auf ihre Rettung wartete. Obwohl er zugeben musste, dass Madalyn Trelyon aussah, als würde sie sich ohne weiteres selbst retten können. Sie würde eine wunderbare Heldin abgeben, und Ned konnte es kaum erwarten, sein Notizbuch aus dem Geheimversteck zu holen, um den Nachmittag mit Schreiben zu verbringen. Er wollte Madalyn unbedingt unsterblich machen.

»Mama sagt, ich muss reich heiraten und uns retten, aber dazu habe ich überhaupt keine Lust«, teilte Madalyn dem ungläubig guckenden Gerald mit. »Sollte ich keine berühmte Künstlerin sein, wenn ich alt bin, sagen wir mal, zwanzig, dann werde ich Entdeckerin und suche Schätze und neue Länder.«

Ned sah förmlich vor sich, wie sie an Deck eines Segelschiffs stand und durchs Fernrohr spähte, um neue Ufer zu sichten. Oder wie sie mit einem Schmetterlingsnetz durch den Dschungel stapfte. Sie würde umwerfend sein!

»Mädchen können keine Entdecker sein«, murmelte Gerald, klang aber längst nicht mehr so sicher wie sonst.

»Wer sagt das?«, konterte Madalyn.

Darauf zog er nur eine Schulter hoch; eine Geste, die Ned schon kannte und die anzeigte, dass Gerald nicht weiterwusste. »Außerdem wurde schon alles entdeckt.«

»Woher weißt du das?«, fragte sie und legte den Kopf schräg. »Hast du England jemals verlassen? Ich war schon in Paris und Prag. Papa war fünf Jahre in Indien und hat eine Diamantenmine entdeckt. Eines Tages werde ich dorthin fahren und meine Ansprüche geltend machen.«

Gerald war mattgesetzt. Mit einer Diamantenmine konnte eine Seifenfabrik nicht mithalten. Und ganz eindeutig konnten weder er noch Ned es mit Madalyn Trelyons wendigem Geist aufnehmen.

»Du könntest auch zu den Sternen reisen«, brach es aus Ned hervor. Sie konnte selbst ein Stern sein, so hell strahlte sie.

»Ja, wieso nicht?«, nickte Madalyn nachdenklich und dann schenkte sie Ned ein warmes Lächeln, das besagte, dass sie das Gleiche dachten. »Eines Tages werden die Menschen das sicher tun. Warum also nicht ich?«

Ned fiel kein Grund ein, und dieses eine Mal kam auch von Gerald kein bissiger Kommentar. Stattdessen starrte er Madalyn mit so glühendem Blick an, dass Ned eine Gänsehaut bekam. Es gab keinen logischen Grund für sein plötzliches Unbehagen, keine rationale Erklärung für seinen Drang, sie von dem anderen fernzuhalten, aber Matilda hatte ihm beigebracht, auf seine Gefühle zu hören – ganz gleich, wie irrational sie scheinen mochten.

»Wie geht's der Hand?«, fragte er Madalyn rasch, worauf Gerald wie beabsichtigt den Blick abwandte.

Madalyn bewegte ihre Finger. Der Verband hielt, und es war kein frisches Blut zu sehen. »Sie schmerzt noch, aber es geht schon. Seid bedankt, Sir Ned, mein galanter Ritter.«

Ned wurde rot. Auf keinen Fall wollte er, dass Madalyn sich jetzt für immer verabschiedete. »Sollen wir dich zum Haus zurückbringen?«

Sie lachte. »Sehr aufmerksam, aber ich glaube, ich finde allein zurück.«

»Wenn du möchtest, könntest du zum Tee nach Vyvyan kommen«, bot Gerald ihr an. »Da gibt es immer was Feines zu essen. Brot, Butter und zweierlei Sorten Kuchen.«

Die Einladung schloss Ned nicht mit ein, aber Ned verstand das. Er war kein richtiger Umgang für Gerald, zumindest fand Gerald das, und für Madalyn schon gar nicht. Ned konnte gegen Drachen kämpfen, Abenteuer bestehen und ihr aus der Ferne huldigen, aber er konnte nicht Sandwiches und Kuchen mit ihr essen. So war das eben auf dieser Welt.

Das allerdings schien Madalyn anders zu sehen. »Bring doch morgen Nachmittag was mit. Dann könnten wir ein Picknick veranstalten, und ihr zeigt mir die besten Plätze hier. *Vielleicht* vergebe ich dir dann, dass du hier unbefugt eingedrungen bist, und lass dich wieder herkommen.« Madalyns Miene war unbewegt, als sie das sagte, doch Ned sah, dass ihre Augen verschmitzt funkelten.

»Du willst uns erpressen? Kuchen gegen die Erlaubnis, hierher zu kommen?«, fragte er scherzend.

Madalyn hob ihre verbundene Hand. »*Ihr* könnt nach Oyster Shore kommen, so oft Ihr wollt, Sir Ned. Ihr seid mir zur Rettung geeilt.«

»Und ich?«, begehrte Gerald auf, der nicht ausgeschlossen werden wollte. »Kann ich auch kommen?«

Madalyn neigte den Kopf zur Seite und dachte nach. »Wenn der Kuchen gut ist, vielleicht«, erklärte sie. Dann winkte sie mit ihrer gesunden Hand, sprang auf und verschwand im Dunst des Nachmittags. Ned und Gerald starrten ihr nach, als wollten sie einen verblassenden Traum festhalten. Ihre Silhouette prägte sich tief in ihr Gedächtnis ein, und eine Vorahnung flüsterte Ned zu, dass von diesem Moment an keiner von ihnen beiden mehr Augen für eine andere haben würde.

Das Erscheinen von Madalyn Trelyon hatte alles verändert.

KAPITEL 20

MADALYN

Ende Juli 1904
Vyvyan Court

Sitz doch still, Madalyn! Sonst zerknittert dein Kleid«, zischte Lady Constance, als die Kutsche durch den Park fuhr. Sie neigte sich vor und stupste ihre Tochter leicht in die Seite. »Halte dich gerade und zieh nicht so ein Gesicht! Was soll denn Lady Rivers denken? Und Mrs. Snowe?«

Ist doch egal, dachte Madalyn gereizt. Wieso war es Mama immer so wichtig, was Fremde über sie dachten? *Du bist eine Trelyon und musst den Namen der Familie hoch halten,* würde als Nächstes kommen, gefolgt von einem tiefen Seufzer und einer gequälten Miene. Dies bedeutete: Alle Welt wusste zwar, dass Lady Constance und ihre Tochter arm wie Kirchenmäuse waren und von St. Johns Wohlwollen abhingen. Alle tuschelten hinter vorgehaltener Hand über Madalyns Vater, den berüchtigten neunten Viscount, der sich durch Glücksspiel und Trunksucht früh ins Grab gebracht hatte. Und doch war es zwingend notwendig, dass sie zwei sich benahmen, als würde das imposante Herrenhaus, auf das sie über die endlos lange Auffahrt zufuhren, immer noch ihnen gehören.

»Du bist eine *Trelyon*«, sagte Constance scharf. »Soll etwa jeder glauben, dass wir mit unserem Vermögen auch unsere Manieren verloren haben?«

In Wahrheit scherte sich Madalyn keinen Deut darum, was die Nachbarn dachten, außerdem hatten sie, die Frau und die Tochter von Viscount Trelyon, doch wirklich ihr ganzes Vermögen verloren. Das wussten alle. Warum sonst mussten sie in einem feuchten Gemäuer ohne Gas und nur mit einer Handvoll Diener leben? Zwar war Oyster Shore für Madalyn der Himmel auf Erden, doch wusste sie, für ihre Mutter war es die reinste Hölle. In einem anderen Leben, das ihr doch rechtmäßig zustand, wäre es Constance gewesen, die gnädig zum Tee auf Vyvyan Court geladen hätte. Als Enkelin eines Earls und Ehefrau des Erben von einem der prestigeträchtigsten Anwesen in ganz England hätte Constance Trelyon niemals damit gerechnet, sich in derart bescheidenen Verhältnissen wiederzufinden. Kein Wunder, dass sie sich meist mit Migräne in ihr Boudoir zurückzog.

»Nun?«, fauchte Constance, als ihre Tochter nicht antwortete.

»Nein, Mama«, sagte Madalyn hastig. Auf gar keinen Fall wollte sie, dass ihre Mutter sich über ihr Benehmen ärgerte oder sorgte und deshalb ihre letzten Juwelen verkaufte, um eine Gouvernante einzustellen. Das würde Madalyn die wundervolle Freiheit rauben, die sie seit ihrer Ankunft in Cornwall genoss. Die Vorstellung, im Haus sitzen zu müssen und französische Verben zu konjugieren, während die Jungen sich draußen amüsierten, erfüllte sie geradezu mit Panik. Sie liebte es, auf Bäume zu klettern und durch flaches Wasser zu waten. Sie lernte sogar, in einem kleinen Holzboot zu rudern, das Neds Fischerfreund gehörte. Sie war bereits hundertmal besser als Gerald, der immer noch im Kreis herumruderte. Sie musste lächeln, wenn sie daran dachte, wie wütend er gewesen war, als sie mühelos die Ruder ins Wasser getaucht und wieder hochgezogen hatte. Doch ihr Lächeln verblasste, als sie sich daran erinnerte, wie Gerald ein Ruder aus der Dolle gerissen und ins Wasser geschleudert hatte, um danach ins flache Wasser zu springen und zum Ufer zu waten. Er hatte ausgesehen, als wollte er sie gleich hinterherschmeißen, und ganz kurz bekam Madalyn fast Angst vor ihm. Hinter seinem bleichen Gesicht mit den wachsamen Augen lauerte ein unberechenbares Temperament.

»Das ist Marricks Ruder!«, hatte Ned ihm nachgerufen. »Hol's zurück!«

»Hol's doch selber«, hatte Gerald zurückgebrüllt. »Du mit deinem blöden Boot und den blöden Rudern!«

Ned hatte Madalyn mit seinen violett schimmernden Augen angesehen, und beide hatten entnervt eine Grimasse geschnitten, bevor Ned ins Wasser sprang, um das Ruder zurückzuholen. Dabei hatte er das Boot hinter sich hergezogen, während Madalyn sich auf dem Holzsitz zurücklehnte.

»Du siehst aus wie die Lady von Shalott«, sagte Ned, wurde rot und wandte rasch den Blick ab, um seine Verlegenheit zu überspielen.

Madalyn richtete sich auf. »Ist sie nicht gestorben?«

»Ja, aber das meinte ich nicht. Ich meinte, du siehst aus wie eine Prinzessin.«

Jetzt war sie rot geworden – obwohl seine Bemerkung Unsinn war, denn Madalyn wusste sehr wohl, dass Prinzessinnen lange, goldene Locken und lilienweiße Haut hatten, das zeigten alle Gemälde und Märchenbücher. Prinzessinnen hatten keine roten Locken, die sich im salzigen Wind verhedderten wie der Seetang am Ufer. Sie hatten auch keine verschrammten Knie vom Klettern, und ganz gewiss hatten sie keine von der Sonne gebräunten Gesichter mit Sommersprossen. Nur gut, dass Mama sich keine Nanny oder Gouvernante mehr leisten konnte, denn die hätten bei ihrem Anblick nur Wutanfälle bekommen. Glücklicherweise war ihre Mama auch viel zu sehr mit ihren Krankheiten beschäftigt, um zu bemerken, was Madalyn wirklich machte, wenn sie lesen und zeichnen sollte. Der Gerechtigkeit halber muss gesagt werden, dass sie tatsächlich zeichnete, aber nicht Stillleben, wie ihr Kunstlehrer ihr aufgetragen hatte, sondern ihre Skizzenbücher wimmelten von Naturstudien und Zeichnungen vom mäandernden Fluss.

»Nun, wenn ich über Bord ginge, wäre ich ziemlich rasch tot«, bemerkte sie, um das Thema zu wechseln und die Peinlichkeit zu überspielen. »Ich kann nämlich nicht schwimmen. Zwar hat Mama gesagt, wir könnten in Penhayes im Meer baden, aber ich glaube, für einen

Ausflug hat sie nicht die Kraft. Außerdem sind Badehütten schrecklich teuer.«

»Um zu schwimmen, musst du doch nicht nach Penhayes«, wandte Ned ein. »Ich kann es dir hier beibringen.«

Sie riss die Augen auf. »Ohne Badehütte?«

Er steckte die Hand ins Wasser und bespritzte sie mit eiskalten Tropfen, worauf sie aufschrie. »Bessy und ich hatten auch keine. Hast du einen Badeanzug?«

Madalyn bezweifelte das, doch das sollte sie nicht aufhalten. Mit einem Mal wollte sie nichts lieber, als sich im kalten Fluss zu tummeln. Ihre Haare sollten sich wie bei einer Nixe auf der Wasseroberfläche ausbreiten. Sicher hatte Mama doch noch irgendwo ein Badekleid. Sie hatte drei Schrankkoffer mit nach Cornwall genommen, mit Kleidern aus ihren glanzvollen Zeiten mit Bällen und Opernbesuchern, als sie alle Blicke auf sich gezogen hatte. Irgendwo musste auch ein Badekleid sein.

Ned zog das Boot zum Ponton und machte es dort fest. »Wenn du einen hast, bringe ich dir schwimmen bei. Wir können direkt hier üben. Bei Flut hat der Fluss eine gute Tiefe, und hier sackt man nicht ein.«

Sie nickte und wollte schon zustimmen, da sagte Gerald, der wieder zu ihnen gestoßen war: »Aber du wolltest doch *mir* das Schwimmen beibringen!«

»Mache ich ja auch«, versicherte Ned. »Ich kann's euch beiden beibringen. Das wird Spaß machen.«

Gerald wirkte nicht überzeugt, im Gegenteil, er verzog finster die Miene.

»Hast du Angst, ich könnte besser sein als du?«, scherzte Madalyn, aber Gerald fand das gar nicht lustig.

»Ich will nicht mit einem schwachen Mädchen schwimmen.«

»Bess schwimmt genauso gut wie ich«, erwiderte Ned. »Ich glaube, man kann nicht besser schwimmen, bloß weil man ein Junge ist, Gerald.«

»Genau wie beim Klettern«, konnte Madalyn sich nicht verkneifen. Manchmal war Gerald wirklich unerträglich. Ständig regte er sich über eingebildete Kränkungen auf. Am Tag zuvor war er grün vor Neid geworden, als sie es geschafft hatte, Ned bis zum Wipfel des Kletterbaums zu folgen, wo sie in luftiger Höhe über das grüne Blättermeer und den blauen Ozean dahinter geblickt hatten. Gerald hatte ihr weder gratuliert noch hatte er selbst versucht, hinaufzuklettern. Er hatte sich getrollt und schmollend gegen einen Ameisenhaufen getreten.

Wie Madalyn rasch festgestellt hatte, war Ned Carew das genaue Gegenteil von Gerald Snowe. Deswegen suchte sie stets seine Gesellschaft, so natürlich, wie die Blumen sich zur Sonne drehen, und mied Gerald, der immer wütend war und gemeine Bemerkungen machte, wenn sie dabei war. Madalyn gewöhnte sich an, ihn zu ignorieren. Obwohl sie Ned noch nicht lange kannte und er nur ein Dorfjunge war, wusste sie bereits, dass es keinen besseren Freund geben konnte, und sie war insgeheim entschlossen, ihn zu heiraten, wenn sie erwachsen wären. Er würde Bücher schreiben, die sie illustrieren konnte, und sie würden gemeinsam durch die Welt reisen, neue Länder entdecken und großartige Abenteuer bestehen. Wenn sie beide reich wären, würden sie nach Oyster Shore zurückkehren, und St. John wäre so entzückt, derart berühmte Verwandte zu haben, dass er ihnen Oyster Shore schenken würde.

Das war mittlerweile ihr unangefochtener Lieblingstraum.

Am Tag nach ihrer ersten Begegnung war Madalyn mit einem Früchtekuchen und drei Flaschen Limonade gekommen, die sie aus der Vorratskammer gemopst hatte, als die Haushälterin gerade nicht hinschaute. Als sie den Treffpunkt erreichte, saß Ned am Ufer und vertrieb sich die Zeit damit, auf einem Grashalm zu blasen, um den Ruf eines Brachvogels nachzuahmen. Von Gerald war keine Spur zu sehen, was Madalyn nicht bedauerte, denn seine Blasiertheit hatte sie genervt. Zwar hatte es Spaß gemacht, ihm ihre höhere Stellung vor Augen zu führen und ihm damit den Wind aus den Segeln zu nehmen, aber sie wollte nicht, dass Ned sich unbehaglich fühlte. Und was nützte es, eine Trelyon zu sein, wenn man kein Geld hatte und von der Wohltätigkeit eines fernen Verwandten abhing? Madalyn hatte schon vor einiger Zeit entschieden, dass es keinen Grund gab, mit dem Namen Trelyon zu prahlen.

Gerald hatte Unterricht, wie Ned erklärte, als sie nach ihm fragte. Es waren zwar Ferien, doch Gerald musste wegen seiner Krankheit Stoff nachholen.

»Er geht nach Harrow«, schloss Ned. »Wie Byron.«

»Verrückt, böse und gefährlich?«, entschlüpfte es Madalyn, bevor sie sich entsetzt den Mund zuhielt, weil sie so abfällig über Neds Freund gesprochen hatte.

Ned grinste. »Das wird Gerald gefallen! Hast du was von Byron gelesen? Mein Vater hat *Childe Harolds Pilgerfahrt* und *Don Juan*.«

Madalyn war beeindruckt. Mama hatte auch irgendwo ein Exemplar von *Don Juan*, doch es wurde als gewagt und unpassend für Damen betrachtet, genau wie der Dichter selbst.

»Ich habe noch nichts von ihm gelesen, aber er ist mit meinem Großvater zur Schule gegangen«, sagte sie.

Als Ned sie anstarrte, spürte sie, wie sich eine Kluft zwischen ihnen auftat. Um sie zu überbrücken, sagte sie rasch: »Also, zeigst du mir jetzt die besten Stellen hier?«

»Geht das denn mit deiner Hand?«

»Natürlich. Ich spüre kaum noch was«, flunkerte Madalyn, denn ihre Hand tat schrecklich weh, und sie konnte kaum die Faust ballen, aber lieber würde sie sterben, als Schwäche zu zeigen. »Ich dachte, du könntest heute mit mir zum Bootshaus gehen. Und auf einen Baum klettern?«

»Das willst du noch? Obwohl Gerald nicht mit einem Picknick gekommen ist?«

Madalyn hielt ihren Korb in die Höhe. »Das habe ich selbst mitgebracht.«

»Und ich habe deine Muscheln«, erwiderte Ned und klimperte damit in seinen Hosentaschen.

»Dann können wir tauschen«, sagte sie hocherfreut, und Ned nickte und nahm ihr galant den Korb ab.

Während die Kutsche sich jetzt Vyvyan Court näherte, wanderten Madalyns Gedanken zurück zu jenem ersten Nachmittag, den Ned und sie allein in Oyster Shore verbracht hatten. Ned hatte ihr gezeigt, wo der Eisvogel nistete, und ihr herrliche Geschichten von Schmugglern und Piraten erzählt. Dann hatten sie dem Fluss den Rücken gekehrt und waren um eine Landzunge mit dichter Vegetation bis zu einem zwischen Bäumen versteckten Bootshaus gewandert. Dort hatten sie auf dem rutschigen Ponton gepicknickt, Limonade getrunken, Kuchen gegessen und geplaudert, bis die Schatten länger wurden und die Luft kühl. Es war der schönste Tag, seit Madalyn denken konnte, und sie hatte nicht bedauert, dass der Junge mit dem blassen Gesicht und dem durchdringenden Blick nicht hatte dabei sein können. Als sie und Ned sich an der Abzweigung des Weges trennten, der zum Oyster House führte, hatte sie gehofft, Gerald würden den ganzen Sommer anderweitig beschäftigt sein.

Leider wurde ihre Hoffnung nicht erfüllt, denn Gerald war beim nächsten Mal dabei und störte ihr unbefangenes Beisammensein wie ein schmerzhaftes Steinchen im Schuh. Manchmal kamen auch die Dorfkinder zum Spielen nach Oyster Shore, und Madalyn merkte schnell, wie sehr es Gerald ärgerte, dass er sie nicht mehr herumkommandieren oder entscheiden konnte, wer bleiben durfte und wer nicht. Wenn die anderen Jungen mit ihnen zusammen schwammen oder kletterten, hielt er sich stets abseits und beobachtete alles mit einem hungrigen Ausdruck in seinem Gesicht.

Neds Schwester Bess und ihre Freundinnen waren oft im Bootshaus, wollten aber mit Madalyn immer nur Teeparty spielen, was Madalyn, die im wahren Leben oft dazu gezwungen wurde, abschreckte. Sie ging dann lieber Strandgut sammeln. Außerdem merkte sie, dass die Dorfkinder sich in ihrer Gegenwart nicht ganz wohl fühlten, weil sie nicht wussten, wie sie sich gegenüber einer der erlauchten Trelyons verhalten sollten. Das wiederum bescherte Madalyn Unbehagen, zumal die anderen ihre Zurückhaltung als Verachtung missdeuteten und schon bald nicht mehr nach Oyster Shore kamen. Ned behauptete zwar, sie hätten zu Hause Pflichten zu erledigen, aber Madalyn wusste, dass er nur freundlich sein wollte. Ihre Anwesenheit machte die anderen Kinder unsicher, und schon bald spielten nur noch sie drei in Oyster Shore. Madalyn wünschte sich, sie wären nur zu zweit. Wenn Ned und sie allein waren, vergingen die Stunden wie im Flug, denn er erzählte ihr faszinierende Geschichten, und ihr Stift flog geradezu übers Papier, um Muscheln und Vögel zu zeichnen. Doch wenn Gerald dabei war, verbarg sie ihre Zeichnungen. Sie befürchtete, er würde abfällige Bemerkungen darüber machen oder ihr gar das Skizzenbuch entreißen und in den Fluss schmeißen. Natürlich würde er behaupten, es wäre ein Versehen gewesen, aber Madalyn kannte die Wahrheit: Sie hatte gesehen, wie er die Mädchen triezte, und einmal hatte er sogar das Ruderboot losgebunden, als Marrick nicht aufpasste, und es wegdriften lassen. Sie hatte sehr schnell erkannt, dass Gerald Snowe ein Mensch war, der die Macht genoss, anderen Ungemach zufügen zu können.

Bei ihr aber würde er das nicht machen, das würde sie nicht zulassen, beschloss sie, als die Kutsche vor Vyvyan Court hielt. Gerald Snowe konnte nichts tun, um eine Madalyn Trelyon zum Weinen zu bringen. Doch wie gern hätte sie darauf verzichtet, mit ihm und seiner Familie Tee zu trinken! Es war ein herrlicher Nachmittag, und sie hätte viel lieber in Oyster Shore nach Muscheln gesucht oder ihre ersten Schwimmversuche gewagt. Sie wollte den kalten Sand an ihren nackten Füßen spüren und nicht von dicken Strümpfen und Schnürstiefeln eingeschränkt sein. Ihr war heiß, sie fühlte sich in ihrem besten Kleid eingeengt und musste gleich stundenlang mit geradem Rücken auf der Terrasse sitzen, an ihrem Tee nippen, an winzigen

Sandwiches knabbern und die Gesellschaft von Gerald, seiner Mutter und dem Sohn einer sehr wichtigen und reichen Nachbarsfamilie ertragen. Alles in ihr sperrte sich dagegen.

Wieso konnte Mama nicht heute einen ihrer berüchtigten Migräneanfälle haben?

»Zieh nicht so ein Gesicht, Madalyn, das macht dich hässlich.«

Constances Bemerkung traf sie wie eine Ohrfeige. Madalyn wusste, dass sie nichts Schlimmeres tun konnte, als hässlich auszusehen – es war weitaus schlimmer, als sich in die Hand zu schneiden oder ihren Rock im Brombeerdickicht zu ruinieren. Hässliche Mädchen mit Geld konnten immer noch eine gute Partie machen. Aber hässliche Mädchen, die zwar einen guten Namen hatten, aber kein Vermögen, bekamen keinen Ehemann ab. Madalyn spielte mit dem Gedanken, ihrer Mutter zu entgegnen, dass Frauen eines Tages wählen dürften und keinen Ehemann bräuchten, überlegte es sich aber anders. Denn dann hätte sich Mama vielleicht dafür interessiert, woher diese empörenden Ideen kamen, und dann wäre es aus mit ihren ungestörten Spielen in Oyster Shore. Also hielt sie sich zurück und zwang sich zu einem Lächeln.

Constance erschauerte. »Liebe Güte, das ist ja noch schlimmer! Sei einfach höflich zu Lady Rivers und Mrs. Snowe und sprich nur, wenn du gefragt wirst.« Sie neigte sich zu ihr, strich ihr die Haare glatt, die sich in der Hitze zu kräuseln begannen, und drückte ihr den Hut fester auf den Kopf. »Vergiss nicht, wenn dein Vater nicht gestorben wäre, dann wären *wir* diejenigen, die hier Gäste empfangen würden. Halte den Namen der Trelyons in Ehren.«

Das hatte Madalyn schon tausendmal gehört. Sie war überzeugt, dass Papa, eine verschwommene Gestalt, die nach Pferden und Cognac gerochen hatte, nicht mit Absicht gestorben war. Das Trinken hatte ihn umgebracht, so zumindest hatte sie es mitbekommen, als ihre Nanny es ihrer neuen Gouvernante erzählte, obwohl Madalyn nicht wusste, wie das genau vonstatten gegangen war. Eine Zeit lang hatte sie den Alptraum gehabt, er wäre wie in *Richard III.* in einem Fass mit Wein ertrunken, aber nun, da sie älter war, wusste sie, dass es in Wirklichkeit weit weniger spektakulär gewesen war.

Vor dem Eingang von Vyvyan Court halfen die Bediensteten den Damen aus der Kutsche, eine hübsche Dienstmagd nahm ihre Hüte und Mäntel entgegen, und ein Butler wies ihnen den Weg. Als Madalyn die große Halle durchquerte, beobachteten ihre Vorfahren sie missbilligend aus der Ahnengalerie, und die zugigen Korridore schienen ebenfalls ihr Missfallen darüber auszudrücken, dass sie nur noch Besucher waren. Dabei war Madalyn eigentlich froh, nicht hier wohnen zu müssen, denn das riesige Gemäuer war ein menschenleeres Labyrinth aus endlosen Gängen und dunklen Nischen, in denen Marmorbüsten mit ausdruckslosen Augen und sinistre Statuen ohne Arme standen. An jeder Ecke erwartete sie das Wappen mit dem rotäugigen Phönix – der hier ganz anders schien als in der Kuppel im Oyster House. Dort funkelte und tanzte er im Licht, aber hier wirkte er, als wollte er sie verschlingen. Die riesigen Kamine jedoch, die von barbusigen flachköpfigen Nymphen bewacht wurden, sahen aus wie flammende Schlünde. Wie hatte ihr Papa es nur ertragen, hier aufzuwachsen?

Mit einem Mal war sie sehr dankbar für Oyster House mit seinen schlichten Wänden, den verzogenen Fenstern und dem Sonnenlicht, das sich überall über die polierten Dielenböden ergoss. Auch wenn die Teppiche fadenscheinig und die Tapeten verblasst waren, auch wenn die Diener sich ständig beklagten, weil es keine Gasbeleuchtung gab, so war das Haus doch warm und freundlich. Nachts hörte man Käuzchen, und morgens watschelten dicke Enten über die Terrasse und verlangten laut quakend nach den Brotkrumen, die Madalyn immer an sie verfütterte. Im Vergleich zum prächtigen Vyvyan Court war es eine bescheidene Bleibe, doch als sie jetzt ihren Stammsitz betrachtete, konnte sie das Bedauern ihrer Mutter nicht verstehen. Sie würde hier nicht wohnen wollen. Dieses riesige, abweisende Gemäuer hatte ihrer Familie kein Glück gebracht und jagte ihr fast Angst ein. Zum ersten Mal empfand sie einen Anflug von Mitleid für Gerald, weil er in einem solchen Mausoleum wohnen musste.

Zu Madalyns Erleichterung wurde der Tee auf der Terrasse serviert. Hier draußen war die Pracht weniger bedrückend, und die elegante Teetafel an der Balustrade bot einen Blick auf die gepflegten Parkanlagen. Auf der untersten Terrasse machten sich ein paar Gärtner zu schaffen, von denen einer ein Freund von Ned war. Auch der Diener, ein hübscher, aber linkischer Bursche, der fast die Etagère mit Teegebäck fallen gelassen hätte, als er zu ihnen kam, war ein Freund von Ned. Sie versuchte, seinen Blick auf sich zu ziehen, und lächelte, doch als er peinlich berührt durch sie hindurch blickte, wurde Madalyn rot vor Scham, weil sie so dumm gewesen war, sich einzubilden, sie hätte hier Freunde. Diese Jungen konnten niemals ihre Freunde sein: Die Hoffnung von Neds Vater, dass Herkunft eines Tages unwichtig sein würde, schien hier auf Vyvyan nur eine Illusion zu sein.

Sie schluckte und starrte in einem Anflug von Elend über den Graben hinweg, der den Park begrenzte. Hätte Ned sie auch ignoriert, wenn er sich hier über ein Blumenbeet gebückt hätte, oder hätte er ihren Blick gesucht und ihr heimlich zugelächelt, um sie an ihre gemeinsamen Träume, ans Muschelnsammeln und Geschichtenerzählen zu erinnern? Ihr wurde leichter ums Herz, denn sie war sich sicher, dass Ned immer ihr Verbündeter sein würde, ganz gleich, wo er war.

Gerald saß bereits am Tisch. Mit seinem frisch gestärkten Matrosenanzug und der gegelten Schmachtlocke auf der Stirn verkörperte er den Inbegriff des jungen Lords, obwohl die plumpe Frau neben ihm, die sichtlich die Gastgeberin war, sich ständig über ihre Frisur strich und auf die Lippen biss. Sie hatte dieselben vorstehenden blauen Augen und schlaffen, dünnen Haare wie Gerald, also musste sie wohl Mrs. Snowe sein. Madalyn war überrascht, denn sie wirkte so gar nicht imposant, obwohl sie die Herrin von Vyvyan Court war.

Ihre eigene Mutter hingegen war mit ihrem Perlenkollier, dem geräuschten, sorgfältig umgearbeiteten Nachmittagskleid aus ihrer Pariser Garderobe und den Elfenbeinkämmen in ihrem dichten, braunen Haar ein überaus repräsentabler Anblick.

Gegenüber von Mrs. Snowe saß, steif wie ein Stock, eine Dame in einem makellosen Kleid aus lila Spitze; ihre Taille war so eng geschnürt, dass Madalyn nicht wusste, wie sie darin etwas essen sollte. Da sie den Tag fürchtete, an dem Mama sie zwingen würde, ein Korsett zu tragen, entschied sie, so viel Kuchen und Sandwichs wie möglich zu essen. Sie war auch entschlossen, heimlich ein paar Leckereien in das Ridikül zu schmuggeln, das ihr am Handgelenk baumelte, um sie später mit Ned zu teilen.

»Das ist Lady Rivers«, erklärte ihr ihre Mutter. »Die Gattin von Colonel Rivers von Rosecraddick. Sie hat viele Verbindungen, und der Junge neben ihr ist ihr einziger Sohn Kit. Er hat exzellente Aussichten und wird ein Vermögen erben.«

Die Botschaft war eindeutig: Dieser Junge mit dem Gesicht eines Engels, der sich bereits höflich erhob, als die Damen erschienen, war eine gute Partie, und Madalyn durfte diese Möglichkeit nicht vermasseln. Sie seufzte, obwohl es auch schlimmer hätte kommen können – wenigstens wollte Mama sie nicht mit Gerald verheiraten. Dann würde sie eher ins Kloster gehen!

Madalyn nahm am Tisch Platz, während sie alle einander vorgestellt wurden und mehrere Dienstmädchen mit heißem Wasser in Silberkannen herumeilten. Gerald sagte kaum etwas, aber Kit Rivers war freundlich, und während sich die Erwachsenen unterhielten, bemühte er sich, sein jüngeres Gegenüber aus der Reserve zu locken, und fragte ihn, ob er gerne segelte oder ritt. Aber Gerald antwortete so einsilbig, dass es fast schon unhöflich wirkte. Schließlich gab Kit auf und wandte sich an Madalyn.

»So viel Essen für sechs Personen«, bemerkte er. »Ich hoffe nur, du hast Hunger.«

Der Tisch war wunderschön eingedeckt mit einer schneeweißen Leinentischdecke, ziseliertem Silberbesteck und Porzellanplatten voller raffinierter Gurkensandwiches, Brot und Butter in dekorativen Formen, einem riesigen Biskuitkuchen, aus dem die Sahne quoll, und Pyramiden aus warmen Scones. Schälchen mit roter Marmelade und dicker Sahne zogen Wespen an, die Mrs. Snowe erschreckten, wenn sie zu nahe kamen, so dass sie einem Diener befahl, sie zu verscheuchen.

»Ich sterbe vor Hunger«, sagte Madalyn zu Kit, damit er dachte, sie wäre ein gieriges kleines Mädchen, und keine Fragen stellte, wenn sie etwas für Ned einsteckte. Der unbeholfene Diener reichte ihr Sandwiches, von denen mehrere fast auf ihrem Schoß landeten, dann zwei Scones und ein Stück Kuchen, was ihre Mutter veranlasste, ihr wegen ihrer undamenhaften Gefräßigkeit einen strafenden Blick zuzuwerfen. Als die Erwachsenen in ihre Unterhaltung vertieft waren, ließ Madalyn ihre Beute unauffällig in ihrem Ridikül verschwinden. Dann nahm sie weitere Sandwiches, um ihren Vorrat aufzustocken.

»Menschenskind«, sagte Kit, als er ihren leeren Teller sah. »Ich bin beeindruckt, wie groß dein Appetit ist. Mein Freund Rupert kann fünf Makronen auf einmal verdrücken, aber ich glaube, nicht mal er könnte so viele Sandwichs essen.«

»Sie isst sie nicht, sie stiehlt sie«, meldete sich Gerald. »Ich habe gesehen, wie sie sie in den Beutel geschoben hat.«

Madalyn schoss das Blut in die Wangen. »Ich *stehle* sie doch nicht, sondern nehme nur welche für Ned mit, weil er nicht eingeladen ist.«

»*Natürlich* ist er nicht eingeladen«, konterte Gerald gehässig. »Das wäre unpassend gewesen.«

Kit blickte neugierig zwischen Gerald und Madalyn hin und her. »Wer ist denn dieser hungrige Bursche?«

»Nur ein Junge aus dem Dorf«, erklärte Gerald.

»Der unser Freund ist«, parierte Madalyn scharf. Gerald war wirklich ein grässlicher Snob. Sie musste sich eine bissige Bemerkung über Seifenhersteller verkneifen, die ihn sofort auf seinen Platz verwiesen hätte. Nur weil er gehässig war, musste sie nicht auch noch gemein werden. Sie wandte sich von ihm ab und schenkte Kit ein Lächeln. »Neds Vater ist der Schulmeister von Trevellan. Er weiß alles.«

»Guter Gott«, sagte Kit, »ich wollte, das könnte man auch von mir sagen.«

»Gerald und ich spielen manchmal am Ufer auf der anderen Seite des Waldes. Es gehört meiner Familie und heißt Oyster Shore. Ned weiß alles darüber und bringt uns auch das Schwimmen bei.« Sie holte tief Luft und fügte hinzu: »Ich finde es ungerecht, dass er nicht zum Tee eingeladen ist. Er ist der klügste Mensch, den ich kenne, und unser bester Freund.«

Gerald schnaubte. »Man lädt doch nicht die Dorfjungen zum Tee ein! Oder, Rivers?«

Kit ignorierte ihn.

»Ich finde es auch unfair, dass er nicht kommen darf«, sagte er stattdessen zu Madalyn. Er nahm drei Gurkensandwichs und gab sie ihr. »Hier, nimm die für Ned mit. Freunde müssen sich doch umeinander kümmern.«

Madalyn strahlte Kit an. Der Sohn und Erbe der wichtigsten Familie im Umkreis stimmte ihr zu. *Das* verwies Gerald an seinen Platz. Er zog ein Gesicht, von dem die Milch hätte sauer werden können.

»Ja, das müssen sie«, nickte sie. »Oh, ich wünschte, du könntest ihn kennenlernen, Kit! Er kann die wunderbarsten Geschichten erzählen. Ned will Schriftsteller werden, wenn er erwachsen ist.«

Da strahlte auch Kit. »Ich auch! Das heißt, kein Schriftsteller, sondern Dichter!«

»Dann *musst* du ihn kennenlernen«, sagte Madalyn. »Du wirst es großartig finden, einen anderen Schriftsteller zu treffen.«

»Wer ist Schriftsteller?«, durchschnitt Lady Constances geschliffene Stimme ihr Gespräch. Sie hatte ein unheimliches Gespür dafür, wenn Madalyn versuchte, etwas vor ihr zu verbergen. »Madalyn! Von wem sprichst du?«

Madalyn sah Gerald panisch an. Er würde doch nichts verraten? Zwar war er manchmal bösartig, aber er spielte genauso gern mit Ned wie sie. Er würde seinen Freund nicht verlieren wollen.

»Nun?«, hakte Constance nach.

Madalyns Mund wurde trocken. Sie wusste nicht, was sie sagen sollte und dachte angestrengt nach. Da sprang Gerald ein.

»*Ich* bin Schriftsteller«, erklärte er selbstbewusst. »Und wenn ich erwachsen bin, werde ich berühmt. Auf der ganzen Welt werden Menschen meine Werke kennen, und die Romanfiguren werden ihre Freunde sein. Ich will meine Leser an neue Orte führen und ihrem Leben einen Hauch Magie verleihen.«

Diese Erklärung war Wort für Wort genau das, was Ned ihnen an einem verregneten Nachmittag im Bootshaus verkündet hatte, während sie darauf warteten, dass die Wolkendecke wieder aufriss. Madalyn klappte der Mund auf, weil sie nicht gedacht hätte, dass Gerlad das mitbekommen hatte. Normalerweise warf er immer nur seine eigenen Ideen und Ansichten in den Raum, ohne Interesse an denen der anderen zu zeigen. Es war schon schockierend und ein bisschen befremdlich zu hören, dass er sich Neds großen Traum einfach angeeignet und mit solcher Überzeugung präsentiert hatte. Ihr lief ein Schauer über den Rücken.

Mrs. Snowe, die gerade einen dick bestrichenen Scone zum Mund führen wollte, schaute ihn an. »Ach wirklich, Schatz?«

»Aber ja«, sagte Gerald entschieden. »Das habe ich schon immer gewollt, Mama. Ich glaube, das Werk von Charles Dickens hat mich dazu inspiriert. Seine Sprache ist so lebendig und detailreich. Ich kann nur davon träumen, es ihm gleich zu tun, aber alles in meinem Innern«, er legte die Hand auf sein Herz und sah seine Mutter direkt an, »sagt mir, dass ich es zumindest versuchen muss. Ich habe keine Wahl, Mama, es ist eine Berufung. Genau wie bei Wordsworth und Coleridge.«

Auch das waren Neds Worte, und er hatte sie, hochrot vor Scham, unsicher stotternd hervorgestoßen. »Ich weiß, es klingt anmaßend«, hatte er entschuldigend gesagt, »aber so empfinde ich es eben.«

Madalyn hatte ihn vollkommen verstanden. »So fühle ich das auch in Bezug auf meine Kunst. Es ist in mir. Ich muss einfach zeichnen.«

»Und was ist mit dir, Gerald? Was wünschst du dir mehr als alles andere?«, hatte Ned gefragt und damit wie immer versucht, ihn ins Gespräch einzubinden.

Gerald hatte die Nase gerümpft. »Ich will doch nichts *tun!* Gentlemen arbeiten nicht, genauso wenig wie ihre Ehefrauen.«

»Und deshalb werde ich nie eine Ehefrau sein «, hatte Madalyn gesagt.

»Und ich nie ein Gentleman«, hatte Ned gelacht.

Madalyn überkam ein sehr unbehagliches Gefühl, als sie sich jetzt am Teetisch daran erinnerte, während die Damen gerührt Geralds Ausführungen lauschten. Der ehrenwerte Kit Rivers, der sich so wohl in seiner Haut fühlte und alles besaß, was das Leben einem jungen Menschen bieten konnte, hatte Neds Traum wertgeschätzt, und genau deshalb hatte Gerald ihn sich angeeignet. Je mehr Gerald zum Beifall der Damen Ned imitierte, desto klarer wurde Madalyn, dass er langsam wirklich an das glaubte, was er sagte, und Neds Gefühle für sich beanspruchte. Es war bizarr und auch beängstigend, und je mehr die Erwachsenen Gerald nachsichtig anlächelten, desto schlechter fühlte sich Madalyn.

Kit griff unter den Tisch und holte einen kleinen Kasten hervor. »Verzeihung, Mrs. Snowe, ich habe mich gefragt, ob wir uns entschuldigen dürften, um damit einen Spaziergang im Garten zu machen?«

»Ist das eine Brownie-Kamera?«, stieß Gerald hervor.

Kit nickte. »Sie gehört meinem Vater, aber er war so nett, sie mir zu leihen. Ich dachte, es könnte amüsant sein, ein Foto zu machen.«

»Wie wundervoll«, sagte Mrs. Snowe. »Aber natürlich, mein Lieber, macht das. Oh, ich wünschte, Arthur wäre hier. Erst neulich hat er mir erzählt, er wollte in eine Firma investieren, die diese Kameras herstellt. Er meint, mit Fotografie könnte man viel Geld verdienen.«

Gerald schoss ihr einen finsteren Blick zu, und Mary Snowe errötete wegen ihres Fauxpas. Glücklicherweise waren Lady Rivers und Lady Constance viel zu höflich, um auf ihre Anspielung auf Gelderwerb zu reagieren, und Kit schien sich für derlei Etikettefragen nicht zu interessieren. Er plauderte leichthin über Kompositionen, arrangierte alle Gäste um den Tisch, schob Kuchen und Tassen hin und her, bis er zufrieden war, und schoss dann mehrere Aufnahmen. Alle saßen ganz still und bemühten sich, vollkommen reglos zu bleiben und nicht nach den Wespen zu schlagen. Als Kit zufrieden war, durften er und die Kinder sich vom Tisch erheben, während die Damen sich aus der Sonne ins Haus zurückzogen.

»Ausgezeichnet! Ich glaube, wir haben eine Stunde für uns, bevor Mama eine Suchmannschaft losschickt.« Kit hängte sich den Fotoapparat über die Schulter. »Ich möchte wirklich gern den Fluss sehen und euren Freund Ned treffen.«

Gerald rümpfte die Nase. »Er wird wahrscheinlich nicht da sein. Wie wär's, wenn ich dir den Fischteich zeige?«

»Doch, er ist da. Er hat gesagt, er würde im Bootshaus schreiben«, widersprach Madalyn. Sie war stolz auf Ned und konnte es kaum erwarten, ihn Kit vorzustellen. »Wenn wir direkt durch den Wald gehen, ist es nicht weit. Weißt du, Oyster House ist die Sommerresidenz von Vyvyan Court. Es wurde gebaut, um eine Badegelegenheit zu haben und Picknicks zu veranstalten.«

»Und für Schäferstündchen«, prahlte Gerald mit seinem Wissen, »der König hat Damen dorthin gebracht.«

Kit wirkte schockiert.

»Das ist schon lange her«, sagte Madalyn rasch, »zu Zeiten meines Großvaters, als der König noch der Prince of Wales war.«

Beruhigt folgte Kit Madalyn und Gerald durch den Park und dann in den Wald. Mittlerweile war der Weg nach Oyster Shore vom Seitenbewuchs befreit, wofür Madalyn dankbar war, denn Tilly, ihr Dienstmädchen war es sichtlich leid, die Risse in ihren Röcken zu flicken. Während sie Richtung Ufer liefen, erklärte Gerald, wo sich der alte Brunnen, die Kletterbäume und die besten Angelplätze befanden, gerade so, als wäre er der Besitzer und würde Kit Zugang zu seinem Reich gewähren. Das wurmte Madalyn, aber sie sagte nichts. Geralds Laune konnte jederzeit kippen, und sie befürchtete immer noch, er könnte sie wegen der Sandwichs verpetzen. Besser, man provozierte ihn nicht.

Sie fanden Ned am Ponton, wo er seine nackten Füße über dem Wasser hängen ließ. Er hatte ein Notizbuch auf dem Schoß und schrieb, die Stirn gerunzelt, die Augen leicht zum Schutz vor dem Sonnenlicht zugekniffen, das von der Wasseroberfläche reflektiert wurde. Als er sie kommen hörte, blickte er verwirrt auf, als wüsste er nicht, wo er sich befand.

»Ich habe dir Sandwiches mitgebracht«, rief Madalyn, raffte den Rock und rannte über das büschelige Gras. »Wie versprochen.«

Ned schob das Notizbuch in seine Tasche und stand lächelnd auf, doch als er Kit bemerkte, wirkte er alarmiert. Madalyn erkannte, dass ihn die Ankunft eines weiteren Fremden, der sichtlich der Oberklasse angehörte, kalt erwischte. Dieser Junge mit dem frischen Gesicht, den etwas zu langen, blonden Haaren, den makellos weißen Kricketkleidern und dem Fotoapparat über der Schulter kam eindeutig nicht aus dem Dorf. Wahrscheinlich fürchtete Ned, er könnte des Grundstücks verwiesen werden.

»Das ist Kit. Er will Dichter werden«, sagte Madalyn, stolz auf ihren neuen Freund.

»Kit *Rivers*«, fügte Gerald mit Nachdruck hinzu, »von Rosecraddick Manor.«

Ned schluckte nervös, und Madalyn ging auf, dass er sehr gut wusste, wer Kit war. Wieso war Gerald immer so darauf erpicht, anderen Unbehagen einzuflößen? Kit schien es ziemlich egal zu sein, dass er der Sohn eines vornehmen Gutsherrn war, und trug seinen Titel so leicht wie die Kamera, die gegen seine Hüfte schlug. Er streckte die Hand aus.

»Hallo. Ich habe gehört, du bist Schriftsteller?«

Ned, verblüfft über Kits Freundlichkeit, gewann seine Fassung zurück und ergriff Kits Hand. Schüchtern lächelten sich die beiden Jungen an.

»Würde ich gern werden.«

»Nein, du bist schon einer«, beharrte Madalyn. Sie war sehr stolz auf ihren Freund. »Ned schreibt wunderbare Geschichten, Kit.«

»Ich wünschte, meine Gedichte wären auch wunderbar«, seufzte Kit. »Manchmal habe ich Schwierigkeiten mit den Reimen. Liebe und Triebe. Herz und Schmerz. Es ist grässlich. Als ich meiner Freundin Emmy meinen letzten Versuch vorlas, hat sie Tränen gelacht. Ich brauche dringend eine Unterstützerin wie dich.«

Kit war so bescheiden, dass Ned sich augenblicklich entspannte. »Maddy ist einfach nur nett«, sagte er. »Ich erfinde irgendwas, und sie hört zu.«

»Ich schreibe auch«, warf Gerald ein. »Ich schreibe meine eigenen Geschichten, Kit. Wenn du das nächste Mal zum Tee nach Vyvyan Court kommst, lese ich dir was vor.«

Das gibt dem kleinen Aufschneider Zeit, etwas zusammenzustoppeln, dachte Madalyn. Vielleicht würde Gerald Ned auch fragen, ob er ihm eine seiner Geschichten leihen würde. Sie konnte sich einfach nicht vorstellen, wie Gerald sich hinsetzte und selbst schrieb. Sie hatte noch nie gehört, dass er ein Buch las, geschweige denn eines verfasste.

»Das klingt gut«, sagte Kit höflich zu Gerald.

»Nimm dir ein Sandwich, bevor sie ganz trocken werden«, forderte Madalyn Ned auf und wechselte damit das Thema, bevor Gerald wieder das Gespräch an sich riss. »Ich dachte, wir könnten Kit die Gegend zeigen, und er könnte Fotos machen.«

»Ich habe nicht viel Zeit«, erklärte Kit nach einem Blick auf eine schöne, silberne Taschenuhr. »Mama will um fünf die Kutsche rufen.«

»Dann lasst uns unterwegs essen«, schlug Ned vor. »Ich führe dich herum, es gibt ein paar gute Stellen für Fotos. Du könntest dir die Aufnahmen später anschauen und darüber ein Gedicht schreiben.«

»Ein Bildgedicht«, nickte Kit. »Ausgezeichnete Idee, Ned. Danke.«

Darauf erkundeten die Kinder Oyster Shore und teilten sich das Essen, das Madalyn in ihren Beutel geschmuggelt hatte. Im Freien hatten sie wieder Appetit, und selbst Kit hatte noch Platz für ein Scone. Nur Gerald schmollte, murrte etwas über gestohlenes Essen, und wollte nichts. Ned zeigte Kit das Bootshaus, das einst der König besucht hatte, dann den verfallenen Brunnen, den Kit unbedingt fotografieren wollte, und den Kletterbaum, den Madalyn unter Kits Beifall hinaufstieg. Als sie zum Weg zurückschlenderten, unterhielten sich Ned und Kit angeregt über Bücher, während Gerald ihnen mit mürrischer Miene nachtrottete.

»Das gehört sich nicht«, brummelte er und trat gegen ein Steinchen. »Kit ist der Erbe von Rosecraddick Manor. Er dürfte nicht so vertraulich mit Carew reden.«

Im Klartext hieß das: Kit sollte *ihm* seine Aufmerksamkeit schenken, dachte Madalyn. »Reiß dich zusammen, Gerry. Wenn sich der Wind dreht, bleibt deine Miene so, wie sie jetzt ist, und wer will dich dann noch heiraten?«, scherzte sie.

»*Du*, weil ich sehr reich sein werde«, gab er zurück. »Du darfst dann auf Vyvyan wohnen, und deine Mama muss keine alten Kleider und keine abgewetzten Schuhe mehr zum Tee tragen. Mama hat das bemerkt, weißt du, und Lady Rivers auch. Es muss sehr demütigend für euch beide sein, so arm zu sein.«

Madalyn spürte, wie Entsetzen in ihr aufstieg, dicht gefolgt von heißer Scham.

»Lieber würde ich in diesem Fluss ertrinken, als dich zu heiraten, Gerry Snowe«, konterte sie.

Gerald schürzte verächtlich die Lippen. »Das sagst du jetzt, aber du wirst deine Meinung noch ändern. Wart's nur ab.«

Mit einem Mal verschwand die Sonne hinter einer Wolke, und das Wasser wurde stahlgrau. In der Mündung tanzten spitze Wellen.

Madalyn wollte gerade erwidern, lieber würde sie ins Kloster gehen, da winkten Kit und Ned, die Oyster House schon erreicht hatten, und riefen, sie sollten sich beeilen. Kit hielt die Kamera in die Höhe und zeigte auf die Terrasse.

»Ich hatte gerade die Idee zu einem Gedicht über Kindheit und Brunnen! Ist mir einfach so gekommen«, verkündete er aufgeregt. »Ihr müsst euch alle auf die Terrasse stellen, mit Oyster House im Rücken.«

»Ich weiß nicht«, protestierte Ned. Er blickte auf seine nackten Füße und knetete die Kappe in seinen Händen. »Für ein Porträt bin ich nicht richtig angezogen.«

»Es geht nicht darum, wie du aussiehst. Sondern nur darum, dass es ein Moment ist, der in der Zeit festgehalten wird. Der Jungbrunnen sprudelt nicht ewig«, sagte Kit mit ernster Miene.

Gerald war verwirrt. »Was für ein Brunnen?«

»Das ist eine Metapher«, erklärte Ned.

Kit strahlte. »Ganz genau, Ned! Eine Metapher.«

Gerald verschränkte die Arme und sah Ned finster an. »Das wusste ich doch. War nur Spaß.«

Jetzt riss Madalyn der Geduldsfaden. Was für ein Aufschneider er doch war! »Nein, wusstest du nicht, sonst hättest du damit geprahlt. Wenn du wirklich Schriftsteller werden willst, Gerald, dann solltest du an deiner Phantasie arbeiten«, fauchte sie, drückte sich den Hut fester auf den Kopf und strich sich ihr Kleid glatt.

Gerald erwiderte nichts, doch als er sich neben ihr auf die Terrasse stellte, spürte Madalyn seine Wut, und als Kit das Foto machte, kniff er sie fest in den Arm, weil er genau wusste, dass sie es nicht wagen würde, aufzuschreien oder zurückzuzucken. Es war kein Versehen.

Er machte es absichtlich, und Madalyn erkannte in diesem Moment, dass sie ihn hasste.

Als das Foto geschossen war, rieb sich Madalyn den Arm und blinzelte die aufsteigenden Tränen weg. Sie war sicher, dass sie einen großen blauen Fleck bekommen würde. Der würde irgendwann verblassen, aber Geralds Groll würde immer weiterwachsen und irgendwann gefährlich werden. Als sie nach Vyvyan zurückgingen und Ned und Kit sich munter miteinander unterhielten, während Gerald mit finsterer Miene gegen Grasbüschel kickte, spürte Madalyn ein wachsendes Unbehagen, das sie nicht benennen und nicht erklären konnte.

KAPITEL 21

NED

August 1904
Oyster Shore

Der Sommer von 1904 war der heißeste, den Ned je erlebt hatte. Wie ein lebendiges Wesen drückte die Hitze Trevellan nieder, selbst der Fluss strömte lustlos dahin, als wäre er erschöpft von der Hitze. Das Getreide auf der Farm der Trehunnists war ungewöhnlich früh reif, und als das Gras und die Ähren sich verfärbten, sah die ganze Welt aus wie vergoldet. Alle Kinder im Dorf mussten bei der Ernte helfen und liefen tagelang hinter den von Pferden gezogenen Erntemaschinen her, um die Ähren zusammenzuharken und zu Garben zu binden.

Die Familie Carew half ebenfalls immer bei der Ernte. In Trevellan war unwichtig, dass Edgar kein Farmer war, sondern Schulmeister, denn zur Erntezeit musste das ganze Dorf mithelfen, sogar Reverend Tullis rollte die Ärmel auf und packte mit an. Genau wie in der Bibel, sagte er zu Ned und Bess, denn hatte der Herr nicht das Gleichnis vom Sämann erzählt? Ned gefiel es, Teil einer Gemeinschaft zu sein, und zusammen mit seinen Freunden auf den Feldern zu arbeiten, bis die Dunkelheit hereinbrach und der Mond rosa am Himmel erschien.

Dieses Jahr allerdings bedeutete die Erntezeit auch, nicht mit Madalyn zusammen zu sein. Es drängte Ned immer wieder, sich davonzustehlen. Es war schwer zu ertragen, dass Gerald jetzt allein mit ihr am Oyster Shore sein konnte, fast so schwer, wie sich jeglichen Kommentar zu verkneifen, als Gerald verkündet hatte, er würde Schriftsteller werden. Die Frage war nur, ob Gerald von Kit Rivers beeindruckt gewesen war oder ob er Ned einfach nur übertrumpfen wollte.

Vielleicht beides, entschied Ned. Normalerweise hätte ihn das nicht gestört – schließlich gab es genug Wörter und Geschichten für sie beide –, doch da er sich so daran gewöhnt hatte, jeden Tag am Ufer zu schreiben, während Madalyn zeichnete oder Muscheln sammelte, war der Gedanke schwer auszuhalten, dass Gerald jetzt ihre Gesellschaft genoss, während er ihr fernbleiben musste.

Außerdem flößte Geralds Verhalten Ned Unbehagen ein. Madalyn hatte zwar ihm gegenüber nichts gesagt, doch er wusste, dass sie nicht gern mit Gerald zusammen war und sich oft unter einem Vorwand verabschiedete, wenn er sich zu ihnen gesellte. Sie weigerte sich rundweg zu schwimmen, wenn Gerald dabei war. Ned verstand das nicht, denn Madalyn konnte wesentlich besser schwimmen als Gerald, der schon aufschrie, wenn eine Schlingpflanze seinen großen Zeh streifte.

»Ich will nicht mit Gerald zusammen schwimmen«, sagte Madalyn.

»Daran ist nichts Anstößiges«, versicherte Ned ihr. »Du hast doch einen Badeanzug.«

Das stimmte, allerdings war er aus schwerer Wolle und eignete sich deshalb nur zum Plantschen im seichten Wasser. Jedes Mal, wenn sie versuchte, damit zu schwimmen, sog er sich voll Wasser und drohte, sie nach unten zu ziehen. Daher hatte sie angefangen, in ihrem Unterkleid zu schwimmen, was Gerald ziemlich skandalös fand. In ihrer letzten Schwimmstunde hatte er sie so angeglotzt, dass Madalyn vor lauter Befangenheit immer wieder unterging. Entmutigt hatte sie sich schließlich zum Bootshaus zurückgezogen, um in der Sonne zu trocknen, während Gerald mit viel Spritzen und Platschen wie ein Hund durchs Wasser gepaddelt war.

»Zieh doch den Badeanzug an, wenn dir dann wohler ist«, sagte Ned rasch, als er sah, dass sie den Tränen nah war. »Ehrlich, Maddy, mit ein bisschen mehr Übung wirst du schwimmen wie ein Fisch. Sollen wir es morgen noch mal versuchen?«

»Nur, wenn Gerald nicht da ist. Beim letzten Mal hat er mich ständig bespritzt.«

»Nur weil er neidisch ist, weil du besser schwimmen kannst. Er fühlt sich minderwertig, wenn ein Mädchen besser ist als er.« Ned zeigte immer noch Nachsicht mit Gerald. Manchmal tat er ihm wirklich leid.

Madalyn zog die Knie an die Brust und schlang die Arme darum. »Wenn du nicht da bist, ist es nicht dasselbe, Ned. Ich versuche, wie sonst auch zu zeichnen und zu spielen, aber er macht gar nichts. Er kaut nur an seinen Nägeln und starrt mich an.«

»Weil er schüchtern ist.«

»Nein, Ned. Er ist grausam. Als Mama und ich das letzte Mal beim Tee auf Vyvyan waren, habe ich gesehen, wie er das Schoßhündchen seiner Mutter getreten hat.«

Ned war schockiert. Mrs. Snowe hatte einen dicken Mops, der immer schnaufte und ächzte. Meist musste Mrs. Snowe ihn tragen. Man konnte sich kaum eine harmlosere Kreatur vorstellen.

»Das war, als wir Kit vor seiner Abreise nach London das letzte Mal sahen«, erzählte Madalyn leise. »Als Kit mir das Foto gab, das er von uns geschossen hatte. Es war Gerald ganz egal, dass Kit ihm ein wunderschönes Buch gekauft hatte, in das er schreiben konnte. Er wollte das Foto. Aber Kit ließ sich nicht erweichen, er wollte, dass du es bekommst, weil es zu dem Gedicht gehört, von dem ihr gesprochen hattet.«

»Der Jungbrunnen«, nickte Ned. Kit hatte dem Foto einen ersten Entwurf des Gedichts beigelegt und sich entschuldigt, dass es so unfertig war. Dabei hatte Ned es ziemlich gut gefunden, obwohl man schon seine Phantasie bemühen musste, sich »Hunnen« in Cornwall vorzustellen, die nur dort landeten, weil sie sich auf »Brunnen« reimten. Ned war sehr stolz darauf gewesen, dass Kit ihn ins Vertrauen zog und ihm sein Gedicht zu lesen gab. Er hatte sowohl das Gedicht als auch das Foto in sein Geheimversteck gelegt und eine verschlüsselte Nachricht für Marrick hinzugefügt, dass er nicht drangehen sollte. Denn in letzter Zeit schien sein Freund immer wieder Dinge herauszunehmen und zu verlieren. Die Murmeln waren verschwunden, genauso wie eine Zeichnung, die Madalyn ihm geschenkt hatte. Marrick schwor Stein und Bein, dass er nichts angerührt hatte, aber sonst kam keiner in Frage, denn nur Marrick und er wussten von dem Versteck. Ned war verwirrt und Marrick beleidigt. Sie hatten immer noch nicht zu ihrer alten Freundschaft zurückgefunden, und Ned fühlte sich schlecht. Vielleicht bildete er sich das alles nur ein?

»Da habe ich gesehen, wie er den armen Henry getreten hat«, erklärte Madalyn. »Kit hat das nicht bemerkt, aber ich schon.«

»Vielleicht ist Gerald über Henry gestolpert?«, wandte Ned ein. »Kleine Hunde geraten einem schon mal zwischen die Füße.«

Madalyn war genervt. »Nein, er ist *nicht* gestolpert, sondern hat den armen kleinen Hund getreten, als er dachte, es bekommt niemand mit! Ich glaube, eigentlich wollte er mich treten. Er kann mich nicht leiden.«

»Nein, das stimmt doch nicht«, protestierte Ned. »Ich glaube, er ist wütend, weil er uns nicht mehr in Oyster Shore herumkommandieren kann. Gerald hat nun mal gern das Sagen.«

Madalyn warf ihre wilden Locken zurück. »Aber mich wird er niemals herumkommandieren. Das wird *niemand*.«

Ned glaubte ihr; Madalyn Trelyon folgte ihren eigenen Regeln. Er hatte noch nie ein Mädchen getroffen, das so entschlossen war, so mutig und, wie er insgeheim dachte, so hübsch. Madalyn war sogar noch hübscher als Tamsyn, die Tochter des Gastwirts mit dem engelsgleichen Gesicht, die immer zu Maikönigin gekrönt wurde.

»Ich finde es am schönsten, wenn er nicht dabei ist«, gestand Madalyn. »Ich weiß, er ist dein Freund, Ned, aber es ist schwer, ihn zu mögen.«

»Er ist komisch, aber ich glaube, er meint es nicht böse«, entgegnete Ned. Auch er fand Gerald manchmal anstrengend, aber er verstand, dass der Junge oft Mühe hatte, mit ihnen mitzuhalten, und dies als bittere Kränkung empfand. Dennoch hatte Madalyn recht: Es war schwer, ihn zu mögen, und wenn er auf Vyvyan Court bleiben musste, konnten Ned und Madalyn still beisammen sitzen, zeichnen, schreiben und die Gesellschaft des anderen genießen. Gerald war ein Störfaktor, er war immer unruhig und wollte den Ton angeben. Normalerweise endete es damit, dass sie ein Spiel spielten, bei dem er die Regeln festlegte, die sie befolgen mussten. Aber immer öfter ging Madalyn kurz darauf nach Hause, und selbst Ned gab vor, er müsste zum Abendessen heim.

Heute, als Ned das Korn zu Garben zusammenband, war er nicht richtig bei der Sache. Selbst die Erlaubnis, die brandneue Erntemaschine zu lenken, entschädigte ihn nicht für die verlorene Zeit, in der er Geschichten erfand, die Madalyn dann illustrierte. Mit ihrem übers Papier huschenden Bleistift erweckte sie Menschen und Orte zum Leben, die bis dahin nur in seiner eigenen Phantasie existiert hatten. Noch nie hatte er so mühelos und so viel geschrieben, und sie beide waren entschlossen, eines Tages zusammen zu arbeiten. Madalyn erklärte, sie würden nach Ägypten reisen, wo Ned Geschichten über Pharaonen und vergessene Schätze schreiben würde, während sie die Pyramiden und die schilfgesäumten Ufer des Nils malen würde. Dieser Traum war mehr als verlockend, und er konnte es kaum erwarten, das nächste Kapitel seiner neuen Geschichte zu schreiben. Mit Madalyn in Oyster Shore zu sein, war sogar noch besser, als Heuhaufen herunterzurutschen oder mit den Dorfjungen zu ringen, und kaum war sein Tagwerk getan, stahl er sich mit der Begründung zum Fluss, er wollte schwimmen gehen. Falls die anderen Jungen sich fragten, warum er nicht mit ihnen zum Hafen kam, ließen sie sich das nicht anmerken.

Die Arbeit auf dem Feld war schwer und schweißtreibend, und als Edgar entschied, die Familie Carew würde für diesen Tag Schluss machen, brannte Ned darauf, sich in den kühlen Fluss zu stürzen. Bess versuchte ihn zu überreden, mit Marrick und Sammy in der Bucht schwimmen zu gehen, doch Ned sehnte sich nach der Stille von Oyster Shore. Er rannte den ganzen Weg durch den Wald und streifte sich nur die Schuhe ab, bevor er sich in Hemd und Hose in den Fluss warf. Das Wasser war so kalt, dass er aufkeuchte, doch gleichzeitig war es eine himmlische Erfrischung. Ned ließ sich eine Weile auf dem Rücken treiben, bis er zwei Gestalten am Ufer entdeckte und hinüber schwamm.

Die Ebbe hatte eingesetzt, und Madalyn und Gerald wateten im seichten Wasser. Man sah ihre bleichen Beine, denn sie hatte den Rock gerafft und er die Hosenbeine hochgerollt. Dieses eine Mal neigten sich ihr roter und sein dunkler Schopf in Harmonie zueinander. Als Ned sich zu ihnen gesellte, sah er, dass sie einen Fund begutachteten. Manchmal spuckten Schlamm und Kies wahre Schätze aus, Dinge, die vor langer Zeit geliebt und verloren worden waren. Ned dachte immer, dass im Wasser Geschichten darauf warteten, enthüllt zu werden.

»Was habt ihr gefunden?«, fragte er.

»Du tropfst mich voll«, beschwerte sich Gerald und wich zurück. Er verbarg etwas in seiner Faust, die dunkel vom Schlick war.

»Zeig es ihm«, befahl Madalyn. »Außerdem habe ich es gefunden!« Gerald starrte sie böse an. »Hast du nicht. Ich hab's zuerst gesehen.«

»Was ist es denn?«, wiederholte Ned, der spürte, dass ein Streit drohte.

»Eine Kette, ich glaube, von den Römern«, stieß Madalyn aufgeregt aus. »Ich wollte sie zeichnen, aber Gerald will sie mitnehmen.«

»Sie gehört in ein Museum«, erklärte Gerald geziert.

»Zeig sie ihm«, drängte Madalyn, worauf Gerald einen Finger nach dem nächsten öffnete und einen runden, bräunlichen Stein an einer grünen Kette enthüllte.

»*De puella perdidit monili*«, flüsterte Ned. Es war tatsächlich eine Kette, und zweifellos eine sehr alte. Auf dem Bernsteinanhänger prangte das Bildnis eines Mannes, der hochmütig blickte und an

Caesar erinnerte. Ned fragte sich, wer die Kette wohl verloren hatte. Ein Mädchen vielleicht, das im Fluss gebadet hatte, als es hier Villen mit Mosaiken gab und Sklaven auf dem Land arbeiteten, wo er sich eben noch abgeplagt hatte? Sie hatte beim Baden ihre Tunika hochgebunden und erst später den Verlust der Kette bemerkt, als sie sich an den Hals fasste und entdeckte, dass sie nicht mehr da war. Oder hatte ein Sklave sie ihr im verzweifelten Drang nach Freiheit entrissen, war dann, verfolgt von Jagdhunden, atemlos durch die Bäume bis zum Fluss gerannt, der seine einzige Hoffnung war, nicht geschnappt und grausam hingerichtet zu werden? Entglitt die Kette seinen zitternden Händen, als er über die Steine stolperte und im Schlamm ausrutschte? Wie auch immer die Kette in den Fluss geraten war, sie gehörte seit tausend Jahren zu Oyster Shore. Wenn sie sprechen könnte, was würde sie erzählen? Es juckte Ned in den Fingern, nach seinem Stift zu greifen.

»Ich werde Papa bitten, sie ins Britische Museum zu bringen«, verkündete Gerald hochtrabend und schloss wieder seine Finger darum. »Er ist ein großer Mäzen, sie werden also gezwungen sein, sie sich anzusehen.«

Madalyn wirkte enttäuscht. Ned wusste, sie hatte gehofft, die Kette behalten zu können, um sie zu zeichnen, bis ihr die Augen weh taten und ihre Kerze heruntergebrannt war.

»Gute Idee«, sagte er forsch zu Gerald. »Dann gibt es hier vielleicht eine Ausgrabung. Wäre das nicht aufregend, Maddy? Vielleicht könntest du dabei sein, schließlich wurde die Kette auf deinem Land gefunden. Wahrscheinlich würde alles, was hier gefunden wird, der Trelyon-Schatz genannt werden.«

Das gab Gerald zu denken. Im Stillen fing Ned an zu zählen. Er kam nur bis zwei, bis Gerald antwortete.

»Wahrscheinlich ist die gar nicht römisch. Hier, wenn du sie wirklich haben willst«, schnaubte Gerald und gab sie Madalyn.

»Danke«, sagte sie überrascht. »Wie nett von dir!«

Gerald wurde knallrot. Dieses eine Mal fehlten ihm die Worte.

»Ich frage mich, was noch im Flussbett liegt?«, sagte Madalyn zu Ned, als sie die Kette in ihre Tasche schob.

»Ach, alles Mögliche«, antwortete er. »Wir finden immer was, wenn wir Strandgut sammeln gehen. Einmal habe ich ein Tintenfass gefunden und Marrick eine Tonpfeife. Ich frage mich dann immer, wer im Laufe der Zeit hier gewohnt und etwas ins Wasser fallen gelassen hat. Man kommt sich dann so unbedeutend vor. Wenn wir was reinfallen lassen, werden andere eines Tages über uns nachdenken.«

»Oh ja, lass uns das machen!«, rief Madalyn aus und klatschte in die Hände. »Schmeißen wir alle etwas in den Fluss, das Menschen in der Zukunft dann finden werden.«

»Was denn?«, fragte Gerald.

»Etwas, was sie sich ansehen und studieren können. Etwas, was ihnen einen Hinweis darauf gibt, wer wir waren. »Sie griff sich in ihre Locken, die durch zwei Phönix-Kämme gezähmt wurden. »Ich werfe einen von denen ins Wasser, weil darauf der Phönix der Trelyons ist. So findet vielleicht irgendwann jemand etwas über mich heraus.«

»Ist der nicht wertvoll?«, fragte Ned beunruhigt.

Madalyn zuckte die Achseln und zog die Kämme aus dem Haar, das sich daraufhin über ihren Rücken ergoss wie ein Lavastrom. »Kann sein, aber sie sind schwer und hässlich. Sie gehörten meiner Großmutter. Wenn Mama es bemerkt, sage ich, sie sind mir rausgefallen – aber sie wird nichts merken, sie liegt neuerdings ständig im Bett. Ihre Nerven, versteht ihr, weil sie eine Frau ist.«

Ned wusste nicht, was Madalyn meinte. *Seine* Mutter war nicht im Geringsten nervös und Bess auch nicht. Aber Tatsache war, dass Lady Trelyon sich ständig in ihrem Schlafzimmer aufhielt. Wenn die Kinder auf der Terrasse saßen und Limonade tranken, waren ihre Vorhänge immer zugezogen, und Tilly, das Dienstmädchen der Trelyons, ermahnte sie ständig, ganz leise zu sein. Ned fand Frauen ziemlich mysteriös. Bess und Polly hatten ständig etwas zu kichern. Glücklicherweise war Madalyn für ihn wie ein offenes Buch.

»Ich schmeiße den ins Wasser. Er ist richtig teuer.« Gerald wollte sich wieder mal nicht ausstechen lassen und zerrte sich einen breitkronigen Siegelring vom Mittelfinger. »Was ist mit dir, Carew?«

Ned steckte die Hand in die Tasche und umschloss eine große Murmel, die er von Marrick gewonnen hatte.

»Das ist alles, was ich habe.«

»Die ist aber schön!«, rief Madalyn bewundernd aus. Sie legte gerne Murmeln in Wassergläser, um sie zu zeichnen, weil sie dann so groß und unwirklich aussahen wie ferne Planeten. »Wenn wir jetzt unseren Schatz in den Fluss schmeißen, müssen wir uns was wünschen. Aber seid vorsichtig mit eurem Wunsch, denn er wird erfüllt werden!«

Ned musste nicht lange überlegen. Als er seine Murmel in die Mitte des Flusses schleuderte, wünschte er mit aller Kraft, er würde ein Buch schreiben, das die Herzen der Leser gewinnen und von dem man noch hundert Jahre nach seinem Tod sprechen würde. Als Madalyn ihren Kamm warf und das rubinrote Auge des Phönix noch mal unheilvoll aufblitzte, bevor er in der Wasserwelt versank, wusste Ned, dass sie sich wünschte, eine berühmte Künstlerin zu werden. Doch als Gerald mit vor Anstrengung verzerrtem Gesicht seinen Ring von sich schleuderte, konnte Ned sich nicht vorstellen, welchen Wunsch der geheimnistuerische Junge haben mochte.

»So«, sagte Madalyn zufrieden. »Wir haben uns etwas gewünscht, und der Fluss wird dafür sorgen, dass unsere Wünsche in Erfüllung gehen.«

»Wirklich?«, fragte Gerald zweifelnd.

Madalyn überlegte kurz. »Wenn der Wunsch rein ist, dann ja. Wenn nicht, fällt er auf dich zurück und verwandelt sich in einen Fluch. Den Fluch von Oyster Shore.«

»Was für ein Blödsinn!«, schnaubte Gerald.

»Ach ja?«, erwiderte Madalyn. »Nun, das werden wir ja sehen, oder? Unsere Zukunft wird die Wahrheit ans Licht bringen. Eines Tages wird jemand unsere Schätze finden, nachforschen, wem sie gehörten, und uns damit wieder zum Leben erwecken. Dadurch werden wir unsterblich.« Sie hielt Ned den zweiten Kamm hin. »Da der hier jetzt allein ist, muss er gut aufbewahrt werden. Nimmst du ihn? Als Talisman?«

»Den kann ich in den Safe meines Vaters legen, da ist er viel sicherer«, bot Gerald sofort an und sah aus, als wollte er ihn an sich reißen.

»Der Safe ist vollkommen sicher, mein Vater nimmt ihn überallhin mit. Selbst wenn er mit dem Ozeandampfer nach Amerika fährt.«

Madalyn schüttelte so entschieden den Kopf, dass ihr die wilden Locken über die Schulter fielen. Ned fand, dass sie aussah wie eine keltische Kriegerin.

»Besser, er bleibt in Cornwall, wo er hingehört und wo sein Zwilling ruht. Eines Tages werden sie wieder zusammen sein. Was zusammengehört, darf niemals getrennt werden. Hier, Ned. Nimm ihn. Er wird dir Glück bringen, das weiß ich.«

Sie blickte ihn mit ihren grünen Augen unverwandt an, und Ned wusste, dass sie auch über sich selbst sprach und ihm ein Versprechen gab, das nur er verstand. Eines Tages würde ein reicher Mann auftauchen, um Madalyn Trelyon in einen goldenen Käfig voller Annehmlichkeiten zu sperren, in ein Leben fern von Wasser, Sand und Gezeiten. Aber das wollte Madalyn nicht. Sie gab Ned zu verstehen, dass sie immer die Freiheit der Natur und den endlosen Himmel am Fluss wählen würde, denn sie gehörte mit ihm hierher, genauso wie er zu ihr gehörte. Obwohl sie noch ein Kind war, wusste sie, dass sie sein Schicksal war und er ihres. Madalyn Trelyon war auf immer für Ned Carew bestimmt.

Als Ned den Kamm, dessen Zähne scharf gegen seine Finger drückten, in die Tasche schob, war ihm bewusst, dass sie einen stummen Schwur geleistet hatten, der genauso feierlich und bindend war wie der in der Kirche. Er würde diesen Kamm ehren und beschützen, so wie er Madalyn Trelyon ehren und beschützen würde. Obwohl er noch ein Kind war, wusste Ned, dass dies für sein ganzes Leben galt, ganz gleich, wie lang es sein mochte, denn Madalyn war seine Muse, jetzt und für immerdar, und es gab nichts, was Ned Carew nicht für sie tun würde. Rein gar nichts. Alles, was er hatte, was er war und jemals sein würde, gehörte ihr. Er liebte sie aus tiefstem Herzen.

KAPITEL 22

GERALD

August 1904

Vyvyan Court

Gerald hatte kaum geschlafen. Während er im Bett lag und im Nebenzimmer seine Nanny schnarchen hörte, durchlebte er immer wieder die Ereignisse des Vortages. Wie in einem Kaleidoskop wirbelten vor seinem inneren Auge grelle Bilder von Kämmen, Ketten und dem strahlend blauen Himmel umher. Als das erste Licht der Morgendämmerung unter den schweren Vorhängen hereinkroch, glühte er vor lauter Erschöpfung und Verbitterung.

Wieso hatte Madalyn Ned den Kamm gegeben und nicht ihm? Diese Frage hatte sich in Geralds Kopf festgesetzt, und sie schmerzte ihn, denn es gab nur eine Antwort: Sie mochte Ned lieber als ihn. Natürlich mochte sie ihn lieber, denn Ned war stark und selbstbewusst. Er konnte mühelos auf Bäume klettern und schwamm wie ein Otter im Fluss. Er konnte segeln, angeln und die Namen aller Sterne benennen. Ned hatte dicke, helle Haare, die von Sonne und Salzwasser gebleicht waren, und nach der Arbeit auf dem Feld war er so braun wie eine Nuss. Darum beneidete Gerald ihn nicht – schließlich wusste jeder, dass Gentlemen nicht arbeiteten, und schon gar nicht auf dem Feld –, doch er beneidete Ned glühend darum, dass er bei Marrick und den anderen Jungen so beliebt war. Allerdings waren sie nur gewöhnliche Dorfjungen. Jegliche Verbindung mit ihnen würde ihn herabwürdigen. Trotzdem schmerzte es, dass sie ihm nie ihre Freundschaft angeboten hatten. Er hätte gerne die Wahl gehabt, sie verächtlich zurückzuweisen.

Während er sich auf seiner durchgeschwitzten Matratze hin und her wälzte, brütete Gerald darüber, dass Ned und Marrick Geheimnisse vor ihm hatten und ihm nichts von ihrem Versteck mit den verschlüsselten Botschaften im Bootshaus erzählt hatten. Ned mochte zwar schlau sein, weil er all die langweiligen Bücher las, die Gerald ihm aus seiner Bibliothek lieh, aber er war nicht annähernd so schlau, wie er dachte, sonst hätte er schon vor Wochen gemerkt, dass Gerald ihm heimlich gefolgt war und das Versteck entdeckt hatte. Wenn Ned wirklich schlau gewesen wäre, hätte er gewusst, dass nichts von seinen Geschichten und seinem heimlichen Geschreibsel ihm gehörten, denn Gerald konnte, wenn er wollte, jederzeit alles an sich nehmen. Bislang war Gerald vorsichtig gewesen und hatte jeweils immer nur eine Sache entwendet. Es war amüsant, sich vorzustellen, wie Ned in seiner Ahnungslosigkeit Marrick beschuldigte. Gerald fühlte sich wie ein Gott, der zu seiner eigenen Unterhaltung mit den Sterblichen spielte. Das Gefühl der Macht war berauschend.

Es erfüllte ihn auch mit großer Befriedigung, dass er etwas von Ned in seinem Besitz hatte. Die gestohlenen Murmeln lagen unter seinem Bett, neben den Seeglasscherben in einem schwarzen Samtbeutelchen, die Madalyn Ned geschenkt hatte. Ziemlich mickrige Schätze hatte Gerald verächtlich gedacht, als er sie aus dem Versteck holte, und doch hatten diese Dinge einen hohen Wert, weil sie Geschenke waren – Geschenke, die ihm verweigert worden waren. Nun, jetzt gehörten sie Gerald, und er konnte sie behalten, solange er wollte. Vielleicht, dachte er, als er die Decke zurückschlug und zum Fenster tappte, um in den Park zu starren, würde er den albernen Kamm auch an sich nehmen. Eigentlich war es nur rechtens, denn er war wertvoll, und Madalyn hätte ihn nicht einem Dorfjungen schenken sollen, sondern ihm. Sie war eine Trelyon von Vyvyan Court, und Gerald war der reichste Junge im Umkreis, also gehörte sich das so. Verstand Madalyn das nicht? Oder wollte sie ihn damit kränken?

Gerald ging wieder ins Bett, wo er eine weitere ruhelose Stunde überlegte, wie er Madalyn dafür büßen lassen konnte, dass sie ihn zurückwies. Er konnte an ihren Zöpfen ziehen oder sie unter Wasser tauchen, wenn Ned nicht hinschaute, oder er konnte dafür sorgen, dass seine Mutter von ihrem undamenhaften Verhalten erfuhr. Es ziemte sich wohl kaum für die Tochter eines Viscounts, auf Bäume zu klettern oder in Unterwäsche zu schwimmen. Zum Beispiel konnte er einen anonymen Brief schreiben und sich als jemand ausgeben, der um den guten Ruf der Trelyons besorgt war. Diese Idee gefiel ihm ausnehmend gut. Es würde ganz leicht sein, ihn nach Oyster House bringen zu lassen. Sobald es dunkel wäre, könnte er den ungeschickten Diener zwingen, den Brief zu überbringen, denn wenn er sich weigerte, würde Gerald ihm drohen, eine Vase zu zerdeppern und ihm die Schuld in die Schuhe zu schieben. Allein die Vorstellung, wie Madalyns Mutter beim Frühstück den beschämenden Brief las und ihr hochmütiges Gesicht erbleichte, war so köstlich, dass Gerald versucht war, sich sofort ans Werk zu machen. Dieser Brief würde auch Ned in Schwierigkeiten bringen, denn er hatte Madalyn ermutigt. Und dann durfte er nicht mehr durch Oyster Shore streifen, als gehörte es ihm. Dann würde Madalyn niemanden mehr zum Spielen haben außer ihm, Gerald.

Nur die Sorge, er selbst würde mit Madalyns Missetaten in Verbindung gebracht werden, hielt Gerald davon ab, den Brief zu schreiben. Wenn seine Mama herausfand, dass auch er auf Bäume kletterte und im Fluss schwamm – ganz gleich, wie unzulänglich –, würde sie einen hysterischen Anfall bekommen, und das wäre dann das Ende seiner mühsam errungenen Freiheit. Gerald konnte nur deshalb so viel Zeit in Oyster Shore verbringen, weil seine Nanny glaubte, die frische Luft tue ihm gut, was durch seinen größeren Appetit bewiesen war. Gerald wusste, dass sie ihre Nachmittage gerne frei hatte, um in der Küche zu plaudern und an einem Glas Sherry zu nippen, und auch er wollte auf gar keinen Fall wieder stundenlang mit ihr im

Zimmer eingesperrt oder gezwungen sein, mit seiner Mutter Krocket zu spielen.

Nein, die Idee mit dem Brief würde also nicht funktionieren.

Außerdem, dachte Gerald, als er die Augen zukniff und versuchte, wieder einzuschlafen, wollte er nicht, dass Madalyn ihn hasste. Er wollte, dass sie ihn so ansah, wie sie Ned ansah. Er wollte derjenige sein, dem sie Muscheln und Seeglasscherben und Kämme schenkte, mit dem sie auf Bäume kletterte und ruderte, und dessen Geschichten sie sich anhörte, um sie dann in ihrem Skizzenbuch nachzuzeichnen. Aber wenn Madalyn Gerald verdächtigte, sie bei ihrer Mama angeschwärzt zu haben, dann würde sie all das nicht tun. Gerald musste sich also etwas Besseres ausdenken, wenn er wollte, dass Madalyn Trelyon seine Freundin wurde. Und Worte würden da nicht reichen. Er würde etwas tun müssen, das sie beeindruckte. Etwas, das ihn genauso gut dastehen ließ wie Ned Carew – wenn nicht gar noch besser!

Als sie alle ihre Schätze in den Fluss geworfen und sich etwas gewünscht hatten, hatte Gerald die Wünsche der anderen genau gekannt. Ned wünschte sich, ein berühmter Schriftsteller zu sein, genau wie sich Madalyn wünschte, eine berühmte Künstlerin zu werden. Gerald beneidete sie darum, dass sie so sehr an ihre Träume glaubten. Er war nur froh, dass niemand seinen Wunsch kannte, denn es war einfach erbärmlich, sich zu wünschen, wie jemand anderes zu sein.

Als Gerald Snowe seinen Siegelring ins Wasser geworfen hatte, wünschte er sich mit ganzer Seele, einfach so wie Ned Carew zu sein. Obwohl Ned nur ein Dorfjunge war, stellte er alles dar, was Gerald insgeheim sein wollte. Ned war stark und mutig, aber auch sanft und freundlich, jedoch nicht wie ein Mädchen, sondern so, dass alle mit ihm zusammen sein und von ihm anerkannt werden wollten. Wäre Ned im Internat gewesen, wäre er der Mannschaftskapitän beim Rugby und Vertrauensschüler gewesen, außerdem hätte er gute Noten und unzählige Freunde gehabt. Niemand würde Ned je ganz zuletzt in sein Team wählen oder sich weigern, bei den Hausaufgaben neben ihm zu sitzen. Niemand würde ihn mit Spitznamen hänseln. Selbst Kit Rivers fand Ned, einen Jungen, der weit unter ihm stand, einfach bewundernswert. Gerald war neidisch!

Neds Eltern liebten ihn und liebten einander. Gerald hatte die Familie Carew in der Kirche beobachtet und gesehen, wie Neds Vater ihm liebevoll durchs Haar fuhr, während seine Mutter ihre Hand auf seine Schulter legte, als sie sich ein Gesangbuch teilten. Wie war es wohl, jemanden wie Matilda Carew als Mutter zu haben? Sie war eine Schönheit mit ihrer schmalen Taille, den dunklen Locken und den faszinierenden violett schimmernden Augen. Gerald hatte bemerkt, wie sie die Blicke der Männer, von seinem eigenen Vater bis hin zu Reverend Tullis, magisch anzog. Matilda schien ihre Aufmerksamkeit gar nicht zu bemerken, sondern folgte aufmerksam dem Gottesdienst. Allerdings hatten sie und ihr Mann sich öfter angelächelt, als teilten sie ein schönes Geheimnis miteinander. Daraufhin hatte Gerald seine Eltern genauer beobachtet und bemerkt, dass sie außer *Gib mir das Salz* oder *Heute soll es schönes Wetter geben* kaum etwas zueinander sagten. Ganz gewiss lächelten sie sich nicht an, und er sah sie auch nur selten zusammen. Ned redete immer fröhlich von seiner Familie, und es war eindeutig, dass die Carews in der Gemeinde hoch angesehen waren, da sich nach der Kirche viele zu ihnen gesellten. Was die Snowes betraf, grüßten die Leute sie zwar respektvoll und lupften dabei ihre Hüte, doch niemand wollte mit ihnen reden. Niemand mochte seine Familie.

War Gerald neidisch auf Neds Familie? War er neidisch, dass Ned einen Schulmeister als Vater hatte und eine gut aussehende Frau als Mutter? Wollte er mit seiner Schwester spielen? An einem blank gescheuerten Tisch in einem winzigen Schulhaus essen? Gerald ging in sich und erkannte, dass er all das nicht wollte, und Ned trotzdem glühend beneidete. Seine eigenen Eltern waren viel zu wichtig und beschäftigt, um Zeit mit ihm zu verbringen, und seine Nanny liebte ihn nicht. Sie erledigte nur die Arbeit, für die sie bezahlt wurde, und wenn sie ihm Lebertran verabreichte, kam Gerald sogar der Verdacht, dass sie ihn – und im Grunde alle Kinder – nicht leiden konnte. Selbst Reverend Tullis hatte die Aufgabe, ihn zu unterrichten, an den neuen Vikar abgetreten, der diese Last offensichtlich mit christlicher Demut ertrug. Neds Geschichten, wie er mit seinem Vater zusammen las und beim Abendessen über Literatur sprach, waren Legenden aus einem fernen Land – einem Land, das Gerald nie besucht hatte, nach dem er aber merkwürdigerweise heftiges Heimweh empfand.

Nicht nur seine Eltern gingen ihm aus dem Weg, sondern sogar Henry, der Mops. Dieser schnaufende Köter erinnerte ihn ständig daran, dass auch Kit Rivers Ned ihm, Gerald, vorzog, denn mit Ned hatte Kit über Poesie geredet, er hatte Ned das Foto geschenkt, und – das war das schlimmste von allem – es waren Neds Geschichten gewesen, die er bewundert hatte, obwohl er sie für Geralds gehalten hatte …

Die Täuschung war zunächst nicht beabsichtigt gewesen. Gerald hatte eine von Neds Geschichten aus dem Versteck mitgenommen, um sie zu lesen. Es war eine sehr anschauliche Schilderung über einen Jungen, der sich im Nebel verirrte und in ein fremdes Land geriet, wo eine rothaarige Prinzessin vor ihren eigenen Ängsten gerettet und durch ein Labyrinth voller Gefahren geführt werden musste. Gerald hatte sie in einem Rutsch durchgelesen und sich geradezu in der Landschaft verloren, die Ned erschaffen hatte. Ihm stockte der Atem, wenn der Held zu scheitern drohte, und sein Herz schwoll vor Stolz und Freude, als alles gut ausging. Die Erzählung war traurig und wunderschön zugleich, und Gerald hatte sich so sehr gewünscht, sie wäre von ihm, dass er spürte, wie sich sein Magen schmerzlich zusammenzog. Ohne lange nachzudenken, hatte er sich in die Bibliothek geschlichen und die Geschichte in das Notizbuch übertragen, das Kit Rivers ihm geschenkt hatte. Am Schluss hatte er schwungvoll seinen eigenen Namen darunter gesetzt. Als Kit und Lady Rivers sie das nächste Mal an einem regnerischen Tag besuchten, hatte Gerald Kit die Geschichte zur Unterhaltung vorgelesen. Es war doch wohl egal, wer der Autor war. Kit würde nie die Wahrheit erfahren. Niemand würde das.

Staunend hatte Kit den Kopf geschüttelt, als die Geschichte endete.

»Du hast wirklich ein seltenes Talent, Gerald. Das war wunderbar! Ich konnte mir alles genau vorstellen. Himmel, jetzt sind mir meine eigenen Arbeiten ziemlich peinlich.«

Es war herrlich, sich in Kits Bewunderung zu sonnen, selbst wenn sie eigentlich gar nicht ihm galt, und Gerald jubelte innerlich. Seitdem hatte er sich mehrere Geschichten ausgeliehen und sorgfältig in sein Buch übertragen, bevor er sie ins Versteck im Bootshaus zurücklegte. War Ned verwirrt, weil immer wieder Sachen verschwanden und wieder auftauchten? Fiel ihm das überhaupt auf? Wenn, dann gab er hoffentlich Marrick die Schuld. Dann würden die beiden sich zerstreiten, und Ned käme vielleicht seltener nach Oyster Shore. Und dann bliebe Madalyn nichts anderes mehr übrig, als mehr Zeit mit ihm zu verbringen.

Gerald gefiel es gar nicht, dass Madalyn Ned lieber mochte als ihn. Auch wenn ihre Familie verarmt war, wie seine Mutter oft sagte und dabei die Nase rümpfte, als würde schon das Wort schlecht riechen, stammte Madalyn doch aus der ältesten und angesehensten Familie im Umkreis und war die Tochter eines Viscounts (auch wenn es mit ihm ein böses Ende genommen hatte). Daher war sie eine gute Partie. Gerald konnte es viel schlechter treffen, als eines Tages ein Mädchen wie sie zu heiraten. Diese Information hatte Gerald im Hinterkopf, obwohl er Mädchen eigentlich ziemlich albern fand. Bess und ihre Freundinnen tuschelten ständig, und er war überzeugt, dass sie über ihn lachten. Allerdings hatten sie sofort damit aufgehört, als er eine von ihnen zu Boden gestoßen hatte. Damit hatte er es ihnen gezeigt! Falls Madalyn tat, was man ihr sagte, und sich wie eine Dame benahm, würde er sie vielleicht heiraten und damit die Letzte der Trelyons vor der Armut bewahren. Gerald stellte sich gern vor, wie dankbar Madalyn ihm sein würde. Wenigstens konnte sie keinen Dorfjungen wie Ned heiraten – da war Gerald einmal im Vorteil.

Als die Sonne durch den Spalt zwischen den Vorhängen drang und einen weiteren schönen Tag ankündigte, beschloss Gerald, dass es Zeit war, Madalyn für sich zu gewinnen. Es war Donnerstag, also würde der Vikar nicht kommen und Gerald hätte frei, sobald er ein paar Stunden so getan hatte, als würde er in der Bibliothek lernen. Da Ned bei der Ernte auf den Feldern helfen musste, war Madalyn allein. Die Köchin würde ein Picknick für ihn vorbereiten, wenn er nett fragte. Das konnte er mit Madalyn teilen, und vielleicht würde sie ihm dann eine Seeglasscherbe oder eine Haarspange schenken.

Das war ein guter Plan. Sofort schwand seine schlechte Laune, er wurde munterer und vergaß seine schlaflose Nacht. Er verputzte gleich zwei Portionen Porridge und ein paar Bücklinge, und nicht mal die Lateinübersetzung, die der Vikar ihm aufgetragen hatte, fiel ihm besonders schwer. Es fühlte sich an, als könnte an diesem Tag gar nichts schief gehen. Das Wetter war herrlich. Die Köchin hatte ihm einen Picknickkorb zusammengestellt, mit dem er voller Vorfreude nach Oyster Shore aufbrach.

Madalyn saß mit gerafftem Rock auf dem Ponton und ließ die nackten Füße ins Wasser hängen. Es war Hochwasser, Springflut, wie Ned das nannte, obwohl es Sommer war, und der Fluss sah aus, als wollte er sogar über das Ufer treten. Madalyn trug keinen Hut, und ihre langen, roten Haare wehten im warmen Wind.

»Madalyn!«, rief Gerald und winkte. »Hallo!«

Madalyn zuckte zusammen, und als sie ihn sah, huschte ein Ausdruck über ihr Gesicht, in dem Gerald Enttäuschung las. Das tat weh. Sah sie denn nicht, wie viel Mühe er sich gemacht hatte?

»Ich habe uns ein Picknick mitgebracht.« Er stellte den Korb ab, setzte sich neben sie, achtete aber darauf, dass seine Schuhe kein Wasser abbekamen. Salzwasser ruinierte Leder, das wusste jeder.

»Ein Picknick?«

»Genau. Ich habe Wildpastete, hart gekochte Eier und einen halben Früchtekuchen. Außerdem Limonade. Ich dachte, wir könnten zum alten Brunnen gehen, wo es kühl ist, und dort essen.« Er fächelte sich Luft zu, weil ihm in seinem Tweedjackett und den dicken Strümpfen heiß war, und er sich nach Schatten sehnte. »Was meinst du?«

Aber Madalyn schüttelte den Kopf. »Ich warte auf Ned. Er hat gesagt, er würde mir heute Nachmittag mit dem Ruderboot zeigen, wo die Otter sind. Ich will sie zeichnen.«

Ned, immer wieder Ned! Weißglühender Zorn durchzuckte Gerald, doch er bezwang ihn. »Ned muss bei der Ernte helfen, fürchte ich.«

Sie verzog das Gesicht: »Oh nein! Ich wollte doch die Otter zeichnen! Bist du sicher, dass er nicht kommt? Wieso sonst wäre das Boot hier?«

»Ich wollte mit dir rudern.«

Sie starrte ihn an. »Aber das kannst du doch gar nicht.«

»Glaubst du! Aber ich habe heimlich geübt!«

Manchmal, wenn ihm eine Lüge herausrutschte, glaubte Gerald fast selbst daran, und als er jetzt zu dem Boot blickte, das sacht im Wasser wippte, kam es ihm so vor, als könnte er wirklich rudern. So schwer konnte das doch nicht sein! Er hatte Ned oft genug dabei beobachtet, und in St. Hugh's hatten viele der Jungen gerudert. Also war es doch sicher nur eine Frage des Timings?

»Ehrlich?«, fragte Madalyn zweifelnd.

»Ehrlich. Wir können den Picknickkorb mitnehmen und unterwegs essen.«

»Und du weißt, wo die Otter sind?«

»Selbstverständlich.«

Es konnte doch nicht so schwer sein, die Otter aufzuspüren. Wenn er keine fand, konnte er immer noch sagen, dass sie woanders hingegangen waren. Sie folgten doch ihren eigenen Gesetzen, oder?

Er sprang so energisch auf, dass der Ponton unter ihm wackelte, worauf ihm leicht schwindelig wurde. Er stemmte die Beine in den

Boden, wie er es bei Ned gesehen hatte, und bot Madalyn seine Hand. »Kommst du?«

Madalyn warf einen Blick über die Schulter, als würde Ned aus dem Wald auftauchen. »Ist das dein Ernst? Du willst mich wirklich zu den Ottern rudern?«

»Wieso sollte das nicht mein Ernst sein?«

»Ach, manchmal spielst du einem einen Streich. Und du sagst gemeine Sachen. Ned macht das nie.«

Schon wieder Ned! Der Junge war praktisch ein Heiliger! »Ich mein's aber nicht so«, erwiderte er. »Ich werde nur manchmal wütend.«

»Zum Beispiel, als du Henry getreten hast?«

»Das war ein Unfall, ich bin über ihn gestolpert. Du weißt doch, wie er ist. Komm schon, Madalyn. Willst du nicht die Otter zeichnen?«

Er sah, dass sie hin und her gerissen war zwischen dem Wunsch, die Otter zu sehen, und der Hoffnung, Ned doch noch zu treffen, wenn sie hierbliebe.

»Und wenn Ned sich loseisen kann und wir ohne ihn gefahren sind?«

»Er kommt nicht«, beharrte Gerald und band das Boot los. »Aber wenn du die Otter nicht sehen willst, bleib ruhig hier. Es liegt ganz bei dir.«

»Ich will sie schon sehen, aber nur, wenn du wirklich mit dem Boot umgehen kannst. Wir können beide noch nicht richtig schwimmen.«

»Aber ich kann rudern«, behauptete Gerald selbstbewusst. »Das ist viel einfacher, als man denkt.«

Er sprang ins Boot und half Madalyn hinein. Kaum hatte sie Platz genommen und ihren Hut festgesteckt, stieß er sich vom Ponton ab und zog die Leine ein, wie er es bei Ned gesehen hatte. Dann hockte er sich auf die schmale Bank ihr gegenüber, nahm die Ruder und zog sie langsam zu sich. Er hatte Glück: Sie glitten mühelos durchs Wasser und spritzten kaum. Das Boot wurde mehr von der Strömung als von Geralds Ruderkünsten den Fluss hinunter bewegt, und Madalyn ließ ihre Hand durch das kühle Wasser gleiten. Eine Schar Enten kam an ihnen vorbei, paddelte angestrengt in die entgegengesetzte Richtung und wurde mühelos von zwei Schwänen überholt. Während Gerald ruderte, hatte er erneut das Gefühl, dass sich ausnahmsweise alles zu seinen Gunsten wenden würde. Der goldene Tag, das sanft fließende Wasser, der blühende Ginster am Ufer, die flirrende Hitze: All das war magisch, und ihm wurde jeder denkbare Segen zuteil. Das Ruderboot bewegte sich nach seinem Kommando, der Fluss strömte genauso so, wie er es wollte. Selbst Madalyn lächelte ihn an.

»Also, wo sind denn jetzt die Otter?«, fragte sie schließlich.

»Wir müssen nur noch an dem Felsvorsprung vorbei«, sagte Gerald, da rutschte ihm ein Ruder aus der Hand und er konnte es gerade noch schnappen. Seine Hände waren schweißnass, und er spürte bereits, dass er Blasen bekam.

Madalyn runzelte die Stirn. »Hinter Oyster House? Bist du sicher? Ich dachte, sie wären stromaufwärts?«

Gerald umklammerte fest das Ruder. Es war schwer und drohte ihm immer wieder zu entgleiten. »Nein. Sie sind definitiv in dieser Richtung.«

Hinter ihm ragte Oyster House in die Höhe. Ein schmaler Kiesstreifen erschien am Ufer, und der dicht bewachsene Vorsprung, der diesen geheimen Uferabschnitt von Penhayes abschirmte, kam rasch näher.

Madalyn setzte sich ruckartig auf. Jetzt lächelte sie nicht mehr. »Gerald, sie sind nicht stromabwärts! Sie leben dort, wo das Ufer dicht bewachsen ist und es tiefere Tümpel gibt. Hier aber wird der Fluss breiter und mündet ins Meer. Ned sagt, hier gibt es starke Strömungen. Wir sollten umkehren.«

Ein ängstlicher Unterton hatte sich in ihre Stimme geschlichen. Auch Gerald, der spürte, wie die Ruder dem immer stärkeren Widerstand des Wassers ausgesetzt waren, beschlich Angst. Aber er verdrängte sie. Er würde Madalyn zu einem Picknick fahren. »Nein, ist schon gut. Wir sind fast da. Ich kenne eine perfekte Stelle zum Anlegen.«

»Kehr um, Gerry!«, befahl Madalyn mit aller Autorität, die eine Trelyon aufzubringen vermochte. »Ich will sofort zurück.«

Aber Gerald wusste nicht, wie er das Boot wenden sollte. Wie hatte Ned das gemacht? Irgendwas mit dem linken Ruder? Oder mit dem rechten? Oder mit beiden, aber in unterschiedliche Richtungen? Der Druck auf die Ruder wurde stärker, und seine Finger schmerzten.

»Mach nicht so ein Theater! Wir sind fast da«, keuchte er.

»Ich sagte: Kehr um!«

»Oder was? Schnappst du dir selbst die Ruder? Oder springst du über Bord und schwimmst ans Ufer?«

»Du weißt genau, dass ich nicht richtig schwimmen kann!« Madalyn war so bleich geworden, dass ihre Sommersprossen aussahen wie ein Ausschlag. »Ach, warum bist du nur immer so!«

»Wie denn?«

»Als würdest du ständig alles besser wissen. Als wärest du etwas Besseres als alle anderen. Tja, aber das bist du nicht, und du kannst auch nicht rudern. Versuch nicht mal, so zu tun! Wenn du jetzt nicht umkehrst, werden wir deinetwegen ertrinken!«

Ihre Stimme war schrill vor lauter Angst, und Gerald spürte, wie sich das Gefühl auf ihn übertrug. Hektisch zerrte er an den Rudern. Ihm war, als würde er viel eher in seiner Angst ertrinken als im Wasser. Was, wenn sie ins offene Meer trieben? Oder wenn die Wellen, die nun das Wasser aufwühlten, nachdem sie den Schutz des Seitenarms verlassen hatten, das Boot umkippen ließen? Madalyn hatte recht: Sie würden ertrinken! Vor lauter Entsetzen wurde sein Mund ganz trocken.

»Ich will zurück. Bitte, Gerry«, flehte Madalyn.

Jetzt befand sich das Boot auf einer Höhe mit Oyster House, nur wenige Minuten vom Felsvorsprung und der Mündung in offenes Gewässer entfernt. Der Fluss zog so heftig an den Rudern, dass Geralds Arme von der Anstrengung schmerzten, sie festzuhalten. Auf gar keinen Fall durfte er sie verlieren! Er versuchte, sich gegen das linke Ruder zu stemmen, um das Boot zu wenden, wie er es bei Ned gesehen hatte, doch er hatte nicht genügend Kraft, um gegen die Strömung anzukommen. Die Ruder klapperten in ihren Dollen, und als das Boot zu wackeln anfing, verlor er fast eines der beiden.

»Achtung!«, rief Madalyn und klammerte sich krampfhaft am Boot fest. »Wenn du die Ruder verlierst, treiben wir aufs offene Meer!«

Gerald strengte sich noch mehr an, aber gegen die gnadenlose Strömung kamen seine bereits zitternden Arme nicht an, und das kleine Boot wurde immer weiter stromabwärts gezogen.

»Hilf mir rudern«, keuchte er, »schnell, nimm ein Ruder, bevor ich sie beide verliere.«

Madalyn stand so schnell auf, dass das Boot ins Schwanken geriet und zur Seite kippte. Sie fiel über Bord und platschte ins tiefe Wasser. Ihr Rock breitete sich in einem großen, weißen Kreis um sie herum aus, und Gerald sah, dass sich der Stoff vollsog. Schon bald wäre er so schwer, dass sie von ihm in die Tiefe gezogen würde. Für ein paar Schrecksekunden verschwand Madalyns Kopf unter Wasser, dann tauchte sie spuckend und keuchend wieder auf. Sie schlug wild um sich und versuchte, zu schwimmen, doch der schwere Stoff zog sie erneut unter Wasser. Dieses Mal tauchte sie nicht wieder auf. Gerald spürte, wie ihm alles Blut aus dem Gesicht wich. Madalyn Trelyon würde ertrinken! Er würde großen Ärger kriegen! Was würden sie mit ihm machen?

»Gerald! Wirf ihr die Leine zu. Sofort!«

Die Stimme kam vom Ufer, und als er den Kopf wandte, sah er dort eine Gestalt entlanglaufen, deren blonder Schopf im Sonnenlicht wirkte wie ein Heiligenschein. Ned winkte und schrie, aber Gerald war starr vor Angst und bekam kaum mit, was er rief.

»Hilfe!« Madalyn war wieder aufgetaucht, spuckte und schlug mit den Armen um sich. »Hilfe!«

»Das Seil, Gerald! Wirf ihr das Seil zu«, brüllte Ned. »Wenn sie noch mal unter geht, kommt sie nicht mehr hoch!«

Willenlos vor Schock ließ Gerald die Ruder los, ging taumelnd in dem schwankenden Boot zur Fangleine und warf sie in Madalyns Richtung. Dieses eine Mal zielte er richtig, und sie griff hustend und keuchend danach.

»Zieh die Ruder ein, sonst wird sie von ihnen getroffen!«, schrie Ned. »Und verlier die Ruder nicht, das Boot driftet noch!«

»Halt dich fest«, sagte Gerald zu Madalyn und zog die Ruder ein, »ich helf dir ins Boot.«

Er beugte sich vor, um das Seil zu packen, doch da schwankte das Boot so heftig, dass er fast selbst über Bord gegangen wäre. Wimmernd hielt Gerald sich fest und fing an zu weinen. Das war alles Madalyns Schuld, weil sie unbedingt die Otter sehen wollte! Wieso hatte sie sich nicht einfach mit einem Picknick am Ufer zufriedengegeben?

»Durchhalten, Maddy! Ich komme!«

Mit einem lauten Klatschen sprang Ned in den Fluss. Gerald schluckte seine Tränen herunter. Jetzt konnte er nur noch auf Rettung warten, denn er hatte nicht mal die Kraft, Madalyn ins Boot zu ziehen. Aber was, wenn Ned nur Madalyn rettete und ihn zurückließ? Würde er ganz alleine nach Frankreich treiben? Oder vorher verdursten oder verhungern? Und würde das irgend jemanden kümmern?

Kraftvoll kraulte Ned durchs Wasser und sah aus, als könnte die Strömung ihm nichts anhaben. Selbst in seinem Elend und seiner Angst spürte Gerald einen Anflug von Neid. Als Ned, nur mäßig außer Atem, das Boot erreichte, wandte Gerald vor lauter Scham über seine Angst den Blick ab. Wieso nur spielte das Leben ihm so übel mit?

»Ist schon gut, Maddy«, hörte er Ned sagen. »Ich bin ja jetzt da. Leg die Arme um meinen Hals und halte dich fest. Ich ziehe uns ins Boot. Du kannst das Seil loslassen, ich hab dich. Vertrau mir. Ich lass nicht zu, dass dir was passiert.«

Madalyn hatte nicht mehr genügend Luft, um etwas zu sagen, aber sie ließ das Seil los, umschlang mit beiden Armen Neds Hals und klammerte sich wie ein Äffchen an ihn, während Ned heftig mit den Beinen paddelte und sich mit einer Hand am Bootsrand festhielt.

»Ich zieh uns beide rein«, wiederholte er. »Los, Gerry, hilf mir!«

Entsetzt starrte Gerald ihn an. »Dann kippt das Boot um!«

»Nein, du musst schnell sein«, widersprach Ned. »Dann wird unser Gewicht es ausgleichen. Bist du bereit?«

Gerald fühlte sich ganz und gar nicht bereit. Am liebsten hätte er sich taub gestellt. Sollten die beiden sich doch am Boot festhalten, bis jemand zur Rettung kam! Irgendjemand musste doch heute auf dem Wasser unterwegs sein, denn in Penhayes wimmelte es vor Vergnügungsbooten.

»Jetzt, Gerald«, drängte Ned. »Beeil dich!«

Er klammerte sich ans Boot, als er versuchte, sich und Madalyn hineinzuhieven. Gerald taumelte zu ihnen und packte Ned am Hemd. Das Boot schwankte, seine Stiefel rutschten auf dem nassen Holz, und er hörte sich selbst vor Angst aufschreien. Doch er ließ nicht los, sondern zog mit aller Kraft und kippte dann nach hinten, als Ned und Madalyn ins Boot gelangten. Alle drei Kinder lagen an Deck und schnappten nach Luft wie Fische auf dem Trockenen.

»Wieso habt ihr das Boot genommen?«, fragte Ned Madalyn, nachdem er wieder zu Atem gekommen war. »Wieso habt ihr nicht auf mich gewartet?«

Madalyn hatte nicht genug Kraft zu antworten, aber als sie einen finsteren Blick zu Gerald warf, wusste er, sie würde Ned genau schildern, was passiert war, wenn sie erst mal wieder genug Luft bekäme. Würde Madalyn es auch ihrer Mutter erzählen? Allein bei dem Gedanken wurde Gerald schon schlecht.

»Setz dich an den Bug«, befahl Ned ihm. Er gehorchte und sah zu, wie der andere Junge die Ruder packte und das Boot geschickt wendete. Ihm war elendig zumute. Obwohl die Strömung stark war und Ned vom Schwimmen erschöpft war, gelang es ihm, die Ruder gegen die Strömung zu bewegen, und das Ufer kam rasch näher. Der Kiesstrand glitzerte in der Sonne. Er war mittlerweile wesentlich breiter als bei ihrer Abfahrt. Der Fluss führte immer noch genug Wasser, so dass sie den Ponton erreichen konnten. Schweigend erreichten die Kinder Oyster Shore, doch kaum hatte Ned das Boot festgemacht und Madalyn auf den Ponton geholfen, wandte er sich zu Gerald.

Sein normalerweise freundliches Gesicht war wutverzerrt. »Wieso hast du das Boot genommen? Du kannst doch nicht rudern und weißt genau, dass Madalyn noch nicht richtig schwimmen kann! Ihr hättet beide ertrinken können!«

Gerald schreckte vor Neds Zorn zurück, doch selbst jetzt verteidigte er sich noch, anstatt sich zu entschuldigen. »Schrei mich nicht an, Carew! Vergiss nicht, wen du vor dir hast!«

»Das habe ich ganz und gar nicht vergessen. Du bist ein verdammter *Idiot*!«, brüllte Ned. »Was hast du dir gedacht? Ihr könnt beide nicht rudern oder schwimmen!«

»Madalyn wollte unbedingt die Otter sehen«, erwiderte Gerald in dem Versuch, die Schuld von sich zu weisen. »Und ich kann rudern!«

»Kannst du eindeutig nicht!«, zischte Madalyn. Sie zitterte vor Kälte, aber in ihrem Blick loderte flammende Wut. »Das ist schon wieder eine deiner Lügen. Genau wie mit den Ottern! Ich habe dir gesagt, Ned würde mir zeigen, wo sie sind, aber du hast gesagt, du wüsstest es auch. Du hast gesagt, er käme heute nicht, und du würdest mich hinbringen!«

»Ich *lüge* nicht«, protestierte Gerald mit hochrotem Kopf.

»Doch, das tust du!« Madalyn schüttelte so heftig den Kopf, dass ihre Locken flogen. Sie sah aus wie eine tropfnasse Medusa, und Gerald bekam richtig Angst vor ihr. Ihre Stimme war so kalt, dass er

Gänsehaut bekam. Er wagte nicht, sie anzuschauen, vor lauter Angst, zu Stein zu erstarren.

»Du bist ein Lügner, Gerald Snowe«, verkündete sie. »Ein mieser, kleiner Lügner, der Hunde tritt und ständig heimlich herumschleicht. Kein Wunder, dass dich keiner leiden kann.«

»Nicht, Maddy«, sagte Ned leise. Gerald wusste nicht, was schlimmer war: das Mitleid in Neds Augen oder der Zorn in Maddys. »Gerald hat das alles bestimmt nicht gewollt. Er hat die Springflut unterschätzt. Bei Springluft ist dieser Abschnitt ziemlich gefährlich.«

Ungläubig blickte Madalyn zwischen Ned und Gerald hin und her. »Wieso entschuldigst du ihn immer? Er ist nichts als ein grässlicher kleiner Lügner, und ich habe genug von seiner Prahlerei. Er behauptet, dass er rudern, schwimmen, schreiben und auf Bäume klettern kann. Ständig erfindet er irgendwas, aber in Wahrheit kann er *gar nichts*. Er ist einfach nur erbärmlich!«

Da spürte Gerald Wut in sich aufsteigen, die stärker und wilder war als alles, was er bisher empfunden hatte. Wie konnte Madalyn Trelyon es wagen, ihn derart zu beschimpfen? Ein Mädchen ohne einen Cent, mit einem Vater, der in Scham und Schande umgekommen war? Und wie konnte Ned Carew es wagen, der nichtswürdige Sohn eines Schulmeisters, ihn zu bemitleiden? Er würde es ihnen zeigen. Allen beiden! Niemand zweifelte an Gerald Snowes Wort!

Niemand.

Er sprang auf. »Euch werde ich es zeigen. Passt nur auf!«

Getrieben von seiner Raserei rannte er am Ufer entlang Richtung Wald. Dieses eine Mal gehorchten ihm seine Füße, sprangen geschickt über abgebrochene Wurzeln und berührten kaum den Boden. Der Pfad schlängelte sich zwischen den Bäumen hindurch und stieg dann steil zur Lichtung an, wo der alte Brunnen im Zwielicht schlummerte und die große Kastanie sich zum Himmel reckte. *Komm und kletter an mir hoch*, schien sie zu sagen. *Zeig den beiden, dass du alles kannst, was sie können.*

Gerald reckte den Kopf und blickte nach oben. Beim Anblick der Schwindel erregenden Höhe wurde ihm flau. Seine Hände kribbelten, sein Herz raste beim Anblick des riesigen Baumes, der unendlich weit hinauf in ein Meer aus Blau und Grün ragte. Wie war es wohl, den Wipfel zu erreichen? Wie würde es sich anfühlen, ganz nach oben zu klettern? Während er den gefurchten Stamm betrachtete, hatte er den Eindruck, jeder Ast würde nach ihm rufen und jeder Zweig würde ihn zu sich winken. Er konnte es schaffen, schließlich hatte er oft genug gesehen, wie Ned und Marrick genau diesen Baum hinaufgeklettert waren, und dies mit einer Leichtigkeit, nach der er sich immer gesehnt hatte. Selbst Madalyn hatte ihn bezwungen, und sie war nur ein Mädchen. Andererseits hatte er sich oft die Hände und Knie zerschrammt bei dem Versuch, auch nur den niedrigsten Ast zu erreichen. Wie oft hatte er mit Schwindel und brennendem Magen aufgegeben, während die anderen oben die Aussicht genossen?

Du bist ein Lügner. Kein Wunder, dass dich keiner leiden kann!

Madalyns Anklage dröhnte in seinen Ohren. Er konnte sie nicht verdrängen, denn tief in seinem Innern wusste er, dass sie recht hatte: Er log. Es stimmte nicht, dass er in der Schule glücklich war, dass er keine Angst vor der Dunkelheit hatte und dass es ihm egal war, ob man ihn mochte oder nicht. Dass es ihn nicht störte, wenn sein Vater von den Rivers und den Trelyons schräg angesehen wurde. Er log, wenn er vorgab, seine Aufgaben nicht zu verstehen. Er log, dass er Geschichten schreiben konnte, über die die Leute nur staunen konnten. Heute hatte er vorgegeben, rudern zu können, und er hatte Madalyn belogen, als er ihr sagte, dass Ned nicht kommen würde. Aber vor allem war Gerald unehrlich zu sich selbst. Er sehnte sich danach, dass die Menschen ihn mochten – konnte sich diesen Wunsch aber nicht eingestehen und redete sich ein, etwas Besseres zu sein.

Nun, nie wieder würde er sich darum scheren, was andere über ihn dachten! Er würde es allen zeigen, wenn er reicher und mächtiger war als jeder einzelne von ihnen. Und vor allem würde er es Madalyn und Ned zeigen. Es würde ihnen noch leidtun, dass sie an ihm gezweifelt hatten!

Er streckte die Arme in die Höhe und griff nach dem ersten Ast.

»Gerald! Warte!«

Sich nähernde Schritte trieben ihn hinauf auf den untersten Ast. Seine Wut verlieh ihm neue Energie, und schon bald war er den nächsten Ast hinaufgeklettert. Seine Erbitterung verlieh ihm Mut und eine Skrupellosigkeit, die er noch nie zuvor empfunden hatte. Mit grimmiger Entschlossenheit und dem unbedingten Wunsch, den anderen zu beweisen, dass sie sich in ihm irrten, kletterte er immer weiter. Er würde den Wipfel dieses elenden Baums erreichen, und dann konnten Madalyn und Ned ihn nicht länger einen Lügner nennen. Dann würden sie sehen, dass Gerald Snowe alles konnte, und sie würden sich bei ihm entschuldigen müssen.

»Gerald! Komm runter«, brüllte Ned mit sich überschlagender Stimme.

Offensichtlich hatte Ned Angst, dass Gerald ihn übertrumpfen würde. Dann würde Ned nicht mehr so gut dastehen. Wieso hatten sie so ein Theater um diesen Baum gemacht? Gerald griff nach dem nächsten Ast und zog sich hoch. Als der Ast schwankte, drehte sich ihm der Magen um, dennoch kletterte er immer weiter. Er würde nicht aufgeben. Nicht jetzt.

»Du bist erschöpft und unterkühlt!«, rief Ned und stieg ihm nach. »Komm jetzt runter. Wir machen das ein andermal.«

Gerald ignorierte ihn. Er zitterte, aber nicht vor Kälte, sondern vor Aufregung. Er schaffte das. Er konnte das wirklich schaffen!

»Ich habe doch gesagt, dass ich klettern kann«, krähte er nach unten, während er nach dem nächsten Ast griff. Seine Füße rutschten ab, fanden aber am massiven Stamm Halt. Er ließ sich nicht abschrecken. »Guckt doch, wie hoch ich schon bin! Willst du mich wirklich einen Lügner schimpfen, Madalyn? Wag es nur nicht!«

»Ich hab's nicht so gemeint! Ich war wütend und erschrocken«, rief Madalyn. »Ach bitte, komm doch runter, Gerry. Du bist schon so hoch!«

»Ich weiß«, brüllte Gerald.

Madalyns Stimme war vor lauter Angst schon ganz schrill. »Bitte komm runter. Es tut mir wirklich leid, dass ich dich geärgert habe.«

»Ich werde bis ganz nach oben klettern!« Nichts und niemand würde ihn jetzt aufhalten. Ihm wurde schwindelig, aber nicht vor Angst, sondern vor Begeisterung, denn er war der König der Wälder. Von Oyster Shore. Von der großen, weiten Welt! »Passt nur auf!«

»Wir wissen, dass du das kannst«, brüllte Ned zurück. »Komm runter und wärm dich auf. Wenn du willst, können wir auch picknicken!«

Gerald, der schon die Hälfte geschafft hatte, wollte kein Picknick, aber er wollte hinunterschauen und sich an seiner Leistung freuen. Es würde amüsant sein, aus der Ferne die dummen, ungläubigen Gesichter von Ned und Madalyn zu sehen. Er neigte den Kopf – und mit einem Mal kippte die ganze Welt. Sein Mund füllte sich mit Spucke und schmeckte metallisch. Madalyn war mindestens zwanzig Meter unter ihm und viel kleiner, als er je gedacht hätte. Sie war so weit unter ihm, dass ihr Gesicht nur noch als heller Fleck zu erkennen war. Sie stand da und blickte zu ihm auf wie eine Papierpuppe, die seine Nanny ihm früher ausgeschnitten hatte, damit er sie ausmalen konnte. Doch er konnte sich nicht über seine Leistung freuen, denn alles drehte sich um ihn, und sein Magen sackte nach unten. Seine Beine, die gerade noch so voller Kraft gewesen waren, schienen plötzlich wie aus Gummi, seine Hände kribbelten und brannten, und sein Gesicht wurde ganz taub. Himmel! Wie hoch er war! Ihm wurde schwindelig. Er kniff die Augen zu, doch trotzdem spürte er, wie alles kippte, und in seinen Ohren dröhnte.

»Gerald! Komm runter!«

Madalyns Stimme erreichte ihn wie das Echo von einem fernen Ort, wo alberne Dinge wie Zank und Wettstreit wichtig waren. Gerald klammerte sich an einen Ast und fing an zu weinen. Er konnte sich nicht mehr bewegen und fürchtete, gleich ohnmächtig zu werden.

»Er kann nicht«, hörte er Ned zu Madalyn rufen. »Manchen Menschen wird von der Höhe schwindelig. Sammy Trewen könnte nicht mal von der Kaimauer springen, wenn es um sein Leben ginge. Er kann sich buchstäblich nicht mehr rühren.«

»Was machen wir denn nur?«, schluchzte Madalyn. »Eine Leiter holen?«

»Nein, währenddessen könnte er fallen. Ich helfe ihm runter«, erwiderte Ned. »Halt durch, Gerald. Ich bin fast da.«

Gerald hörte es rascheln und knacken, als Ned immer höher kletterte. Geralds bereits vom Rudern geschwächte Arme fingen an zu zucken, seine Hände waren vollkommen gefühllos, aber er konnte nicht zulassen, dass Ned ihn schon wieder rettete. Diese Demütigung könnte er nicht ertragen, dann wollte er lieber sterben!

»Mir geht's gut«, krächzte er. Er log schon wieder, und alle wussten es.

»Kannst du einen Fuß auf den Ast unter dir stellen?«, fragte Ned und klang schon näher. »Halte die Augen geschlossen und taste dich nach unten, Gerry. Es sind nur ein paar Zentimeter.«

»Kannst du hochkommen?«, flüsterte Gerald. Er hatte die Augen so fest zugekniffen, dass er sich nicht vorstellen konnte, wie er sie je wieder aufbekommen sollte.

»Der Ast ist nicht stark genug für uns beide, aber ich bin direkt bei dir. Wenn du den Fuß auf den Ast unter dir setzt, kann ich dich vom Baum leiten. Wir machen es langsam, einen Schritt nach dem anderen.«

Geralds linker Fuß tastete nach dem Ast, fühlte aber nur Luft. Als sein rechter Fuß abrutschte, drehte sich ihm wieder der Magen um, und in seinem Kopf begann sich alles zu drehen.

»Festhalten«, brüllte Ned. »Nicht nach unten gucken! Kneif die Augen zu!«

Aber Gerald konnte nicht anders, er musste zwanghaft nach unten schauen. Kaum hatte er den Blick gesenkt, drehte sich wieder alles, bis der blaue Himmel, die grünen Blätter und das Mädchen in Weiß ineinander verschwommen. Wie auf einem Karussell wirbelten sie alle in seinem Kopf umher. Er wusste nicht mehr, wo oben und wo unten war, und das raubte ihm noch mehr Kraft. Es war sogar zu anstrengend, sich den Farbstrudel anzuschauen, und am Rand seines Sichtfelds wurde alles schwarz. Er fühlte sich schläfrig und benommen. Und wer hätte gedacht, dass Schneeflocken schwarz sein konnten?

»Nicht loslassen! Festhalten! Ich bin hier! Nicht ohnmächtig werden, Gerry. Tief durchatmen!«

Gerald hörte Neds verzweifelte Anweisungen, doch gingen sie in einem Schrei unter, der seinen ganzen Kopf erfüllte und über die Lichtung hallte. Es war ein Schrei, bei dem einem das Blut in den Adern gefror und der, wie er mit merkwürdig distanziert feststellte, tief aus seinem Innern kam.

Und dann herrschte nur noch Schweigen. Nun lachte niemand mehr über Gerald Snowe.

KAPITEL 23

MADALYN

Mai 1914

Oyster House

Madalyn hätte nicht gedacht, Oyster Shore noch einmal wiederzusehen. Als das Automobil die Zufahrt mit den tiefen Spurrillen hinunterkroch, hielt sie die Luft an, so freute sie sich über das plötzliche Aufblitzen des blauen Wassers durch das Grün der dichten Vegetation. Der einst hier verbrachte Sommer war nur noch ein Mosaik aus verschwommenen Erinnerungen mit ein paar glasklaren Bildern hier und da, doch die Empfindungen, die diese Bilder auslösten, waren so lebhaft, dass sie sich oft realer anfühlten als ihr monotones Leben in Miss Millingdons Privatschule für junge Damen.

Das Eintauchen eines Ruders. Ein lächelndes Gesicht voller Sommersprossen. Sand, kühl und glatt unter ihren nackten Füßen. Durchsichtiges Wasser. Klagende Möwen. Der dumpfe Aufprall eines Körpers auf harter Erde …

»Wird diese Reise denn niemals enden?« Constances müde Stimme riss Madalyn aus ihren Gedanken. Sie wandte sich ihrer Mutter zu. Constances Gesicht mit den geschlossenen Augen über den hohlen Wangen erinnerte mehr an eine Totenmaske als an eine lebende Frau. Madalyn biss sich auf die Lippe. Würde die kornische Luft wirklich so heilsam sein, wie die Ärzte versprochen hatten? Oder wurde ihre Mutter innerlich von etwas aufgezehrt, das weder frische Luft noch Bäder im Meer kurieren konnten?

»Wir sind fast da, Mama. Nur noch die Auffahrt hinunter«, sagte sie beschwichtigend.

Constance verzog das Gesicht, als der Wagen über ein Schlagloch hüpfte. »Mir graut davor, in welchem Zustand das Haus sein wird. Es war schon vor Jahren schlimm genug. Ich weiß nicht, was St. John sich dabei gedacht hat, uns hierher zu verfrachten. Er hat doch ein sehr schönes Anwesen in Dorset. Dort hätte ich mich genauso erholen können.«

Fast hätte Madalyn gesagt, dass St. John Trelyon seinen fernen Verwandten nicht das Geringste schuldete, doch sie verkniff es sich. Es hätte ihrer entkräfteten Mutter nicht gutgetan, sich darüber aufzuregen, dass ihr eine grausame Wendung des Schicksals das Leben raubte, für das sie geboren worden war. Und ihr selbst hätte es nicht gutgetan, sich eine weitere bittere Tirade darüber anhören zu müssen, dass ihr Vater ein Taugenichts war und sie leider nur ein Mädchen. Als wäre sie nicht selbst viel lieber als Junge geboren worden! Dann hätte sie weder ein Korsett tragen noch acht elende Jahre in einem Internat lernen müssen, wie man auf Französisch Konversation betrieb, stickte und Blumen arrangierte (was ebenfalls St. John zu verdanken war, denn er hätte die Erziehung einer fernen Verwandten auch ohne weiteres vernachlässigen können). Als Junge wäre sie der Erbe eines Vermögens gewesen und, was noch wichtiger war, Herr über ihr eigenes Schicksal. Einem Viscount Trelyon konnte niemand vorschreiben, wen er heiratete, um eine gute Partie zu machen. Hätte Viscount Trelyon Künstler werden und dafür nach Paris fahren wollen, hätte niemand ihn aufgehalten.

Beim Gedanken an diese Ungerechtigkeit und das Gefühl, in einem verhassten Leben gefangen zu sein, schlug Madalyns Herz wie die Flügel eines gefangenen Vogels. Daher war der neueste Krankheitsausbruch ihrer Mutter und der deswegen erforderliche Aufenthalt in Cornwall eine willkommene Unterbrechung von all den Maßnahmen, sie in die Gesellschaft einzuführen. Sie konnte eben nicht endlos Tee mit irgendwelchen Witwen und ihren eindeutig nicht interessierten Söhnen trinken, Anproben für viel zu teure Kleider und heimliche

Besuche beim Pfandleiher ertragen, um dort die Reste der Familienjuwelen zu verkaufen, die all das finanzieren sollten. Als St. John ihnen für eine unbestimmte Zeit Oyster House anbot, witterte Madalyn den Duft der Freiheit wie eine Gefangene, die durch ein vergittertes Fenster die Sterne sieht.

»Es war sehr freundlich von ihm, uns das Haus anzubieten, Mama. Die Luft hier wird uns sicher guttun, und Tilly und William werden alles für unsere Ankunft vorbereitet haben. Wir werden alle Annehmlichkeiten haben«, sagte sie entschieden.

Eine winzige Falte erschien auf Constance Trelyons Stirn. »Das, meine liebe Madalyn, ist Ansichtssache. Von Rechts wegen sollten wir in Vyvyan residieren.«

Darauf konnte Madalyn nichts erwidern. Genauso gut hätte ihre Mutter fordern können, dass es keine Ebbe und Flut mehr gäbe. Das Leben war eben so, und dagegen konnte man nichts machen, so ungerecht es auch war. Madalyn hatte vom Wahlrecht für Frauen gelesen, und hoffte, die Dinge würden sich in Zukunft vielleicht ändern, doch da Constance sie nie unbeobachtet ließ, konnte sie sich zu keiner Versammlung schleichen. Wenn sie doch nur auf eine Kunstschule oder die Universität hätte gehen können! Wie herrlich wäre es gewesen, neue Ideen zu sammeln und Teil eines Größeren zu sein, anstatt in den engen Grenzen ihrer Welt zu bleiben. Ach, es war so frustrierend!

»Da ist das Haus, Lady Trelyon«, meldete der Kutscher über seine Schulter hinweg. »Wir sind jetzt da.«

Tatsächlich schimmerte Oyster House weiß durch das dichte Grün und wurde zusammen mit den fluffigen Wolken und den Trauerweiden vom Fluss gespiegelt. Zwar behielt Madalyn ihre ruhige Miene bei und ließ ihre behandschuhten Hände im Schoß gefaltet, doch innerlich jubelte sie, denn alles war noch genau so, wie sie es in Erinnerung hatte.

Auch wenn ihr die Erinnerung an Oyster Shore manchmal vorkam, als sei sie einem ihrer Fieberträume während der langen Krankheit entsprungen, die die Unterkühlung im Fluss ausgelöst hatte, verspürte Madalyn bis heute oft eine heftige Sehnsucht nach diesem Ort. Wenn sie das Echo längst verhallter Stimmen in ihrem Innern hörte, antwortete ihre Seele mit stillem Wehklagen. Manchmal blätterte sie ihr ältestes Skizzenbuch mit den beschämend unfertigen Zeichnungen durch, und immer wieder fesselten sie die Kraft und Energie, die sich in den Linien zeigten. Jede Skizze offenbarte eine Magie und eine Intensität, die sie seither nie mehr hatte erzeugen können. Man sah Vögel, die durch das seichte Wasser staksten, Muscheln mit kunstvollen Gehäusen und einen kleinen Jungen mit fröhlichem Gesicht, der auf einem Ponton angelte oder barfuß am Wassersaum entlang ging.

Ned, flüsterte Madalyn unhörbar, als sich das Automobil dem Ort näherte, wo alles begonnen hatte. Ned Carew. Ihr Freund aus Kindertagen. Ihr bester Freund. In Wahrheit ihr einziger Freund, da ihre Mitschülerinnen bei Miss Millingdon sich nicht mit einem Mädchen gemein machen durften, das trotz seiner Herkunft und seines guten Namens so schlechte Aussichten hatte. Der kleine Dorfjunge Ned hatte sich um solche Dinge nicht geschert. Sie hatten ihre Träume geteilt, er hatte ihr das Klettern beigebracht und das Leben gerettet. Einen besseren Freund hatte sie nie kennengelernt.

Madalyn hatte sich oft gefragt, was wohl aus Ned Carew geworden war. Lebte er noch in Trevellan? Oder hatte er seinen Traum wahr gemacht und war Schriftsteller geworden? Seit dem schrecklichen Tag, an dem das Boot den Fluss hinuntergetrieben und Gerald Snowe vom Baum gefallen war, hatte sie nichts mehr von ihm gehört. Sie hatte ihm geschrieben, aber nie eine Antwort bekommen. Normalerweise blieben Dorfbewohner ihr Leben lang dort, wo sie aufgewachsen waren, also hatte Ned sie vermutlich einfach ignoriert, was sie immer noch, nach all den Jahren, mit Traurigkeit erfüllte. Höchstwahrscheinlich lebte er in Trevellan und arbeitete vielleicht als Schulmeister oder als Fischer. Möglicherweise würde sie ihn in der Kirche sehen. Würde er sich dann an sie erinnern? Oder hatte Ned Carew beschlossen, die verzauberten Tage, an denen sie Strandgut gesammelt oder am Fluss gepicknickt hatten, wegen jenes furchtbaren letzten Tages zu vergessen? Eine andere Erklärung für sein Schweigen wollte ihr nicht einfallen.

Wie sehr wünschte sie sich, sie könnte diesen letzten Tag in Oyster Shore vergessen! In den Wochen nach Geralds Unfall, in denen sie fast an Lungenentzündung gestorben wäre, sah sie in ihren Fieberträumen immer wieder die schwarze Silhouette eines Jungen, der wie Ikarus aus dem blauen Himmel fiel. Danach lag er mit verdrehtem Bein auf dem Boden, vollkommen reglos und still. Madalyn schrie und weinte im Schlaf und strampelte die verhedderten Laken von sich, wenn sie davon träumte. Sie sah sich selbst, wie sie neben Gerald kniete, während Ned losrannte, um Hilfe zu holen. Das dauerte so lange, dass Madalyn schon befürchtete, für Gerald käme jede Hilfe zu spät. Noch nie hatte sie so inbrünstig gebetet. Sie hatte mit Gott verhandelt, was sie alles tun würde, wenn er Gerald nur am Leben ließe. Sie konnte sich nicht mehr erinnern, was sie versprochen hatte, doch als die Diener mit Decken und einer behelfsmäßigen Trage auftauchten, war sie fast besinnungslos vor Angst, und ihre Zähne klapperten so heftig, dass sie kaum sprechen konnte.

An das, was danach an diesem Tag geschah, hatte sie keine Erinnerungen. Sie wurde krank, das Fieber erfüllte ihre Träume mit tausend Schrecken, und sie wurde von Hustenanfällen geschüttelt. Als sie sich so weit erholt hatte, dass sie sich aufsetzen und heiße Brühe nippen konnte, stellte sie fest, dass sie in London war und die besten Ärzte sich um sie kümmerten. Arthur Snowe hatte sich um ihre Heimreise und die ärztliche Versorgung gekümmert, denn wie Madalyn später von Tilly erfuhr, hatte Gerald die volle Verantwortung dafür übernommen, dass sie fast ertrunken wäre. Tilly meinte, es hätte auch Unstimmigkeiten darüber gegeben, ob ein Dorfjunge an den Vorfällen beteiligt gewesen wäre. Sie konnte aus ihr herausquetschen, dass Ned Carew die Verantwortung hatte übernehmen wollen. Nachdem Madalyn sich wieder erholt hatte, wollte sie mehr herausfinden und schrieb mehrfach an Ned, an die Adresse des Schulhauses von Trevellan, und bat Tilly, die Briefe zur Post zu bringen. Als sie keine Antwort bekam, konnte sie nur davon ausgehen, dass er sie vergessen wollte. Kurz danach kam sie auf die Privatschule, und als die Jahre vergingen, verblassten die Erinnerungen an die Ereignisse in Oyster Shore, bis sie nur noch wie eine Geschichte aus der fernen Kindheit anmuteten.

Glücklicherweise überlebte Gerald Snowe seinen Sturz vom Baum, doch sein Bein hatte großen Schaden genommen – laut Tilly war es vollkommen zertrümmert, und das war keine Übertreibung, denn St. John Trelyon hatte erklärt, es hätte fast amputiert werden müssen.

»Der Junge wird für den Rest seines Lebens Probleme mit dem Laufen haben«, hatte er geseufzt, als er sie unter dem Vorwand besuchte, sich nach Madalyns Gesundheit zu erkundigen, in Wahrheit aber, um ihnen mitzuteilen, dass das Haus, in dem sie wohnten, für seinen Sohn gedacht war, und Lady Trelyon daher in ein kleineres in einem weniger vornehmen Viertel ziehen musste. Madalyn erinnerte sich, dass Constance sich darüber wesentlich mehr aufregte als über die Verletzungen des armen Gerald.

»Dieser Junge muss noch mal ganz neu laufen lernen«, hatte St. John hinzugefügt, »und er wird sein Leben lang einen Gehstock brauchen. Es ist eine verdammte Schande! Er kann dieses Jahr nicht mal die Schule besuchen und wird niemals Rugby spielen oder jagen können. Er kann von Glück sagen, dass er sich nicht das Genick gebrochen hat.«

Madalyn wusste, wie sehr Gerald St. Hugh's und jegliche Art körperlicher Betätigung hasste – er war immer sehr wütend geworden, wenn Ned und sie schneller rannten als er –, also würde diese Aussicht ihn wohl nicht allzu sehr treffen. Aber wie furchtbar war es doch, nicht mal richtig gehen zu können? Sicher würde Gerald irgendjemanden für sein Unglück bestrafen wollen. Gab er ihr die Schuld? Oder Ned? Würde er sich an ihnen rächen wollen? Madalyn ging davon aus, denn sie kannte Gerald Snowe als jemanden, der empfundene Kränkungen nie vergaß und alte Rechnungen immer beglich. Sie war nur froh, dass sie so weit von ihm entfernt lebte!

Denn trotz Geralds Unfall blieb die Familie Snowe auf Vyvyan Court, und mittlerweile waren über zehn Jahre vergangen. Also war alles ferne Vergangenheit, redete Madalyn sich ein, als das Automobil die letzte Biegung der Auffahrt entlangfuhr. Zwar hatte sie seitdem kaum noch etwas von der Familie gehört, doch sie nahm an, dass Gerald sich weitestgehend erholt hatte und das Leben eines reichen, jungen Mannes führte. Madalyn hoffte, dass er glücklich war, zweifelte aber daran, da sie sich an sein finsteres Gemüt erinnerte. Er war ihr nie wie ein Mensch erschienen, der ein Talent zum Glücklichsein hatte – im Gegensatz zu Ned, der für sie mit seinem Lachen Fröhlichkeit verkörperte.

Was würden die Jungen von ihr halten, nun, nachdem die langen, elenden Jahre in der Privatschule ihr jede Lebendigkeit genommen hatten? Sie rannte und hüpfte nicht mehr, sondern ging gemessenen Schrittes, mit geradem Rücken und erhobenem Kinn, und das einzige Geräusch, das sie dabei von sich gab, war das Rascheln ihrer Röcke. Seit jenem fernen Sommer hatte sie weder in einem Ruderboot gesessen noch zu schwimmen versucht, und ihr heller Teint wurde sorgfältig mit großen Hüten vor der Sonne geschützt. Selbst ihre wilden Locken wurden gezähmt und von Tilly zu kunstvollen Frisuren aufgetürmt. Ihre Träume von Abenteuern und einem Dasein als Künstlerin waren ebenso gezähmt worden, doch tief im Innern, in ihrem Herzen, hielt Madalyn an ihnen fest, und sie malte und zeichnete, wann immer es ihr möglich war. Sie war begabt – das sagten alle ihre Kunstlehrer –, und hätte an der Royal Academy ausstellen können, doch sie wusste, dass ihr dies nicht vergönnt war: Ihre Aufgabe war es, reich zu heiraten und ihre Mutter zu unterstützen. Constance Trelyon war kränklich, und Madalyn musste sich um sie kümmern. In der nächsten Saison würde Constance Madalyn in die Gesellschaft einführen und inbrünstig darum beten, dass ein guter Name und ein hübsches Gesicht ein fehlendes Vermögen aufwogen. Eine andere Hoffnung blieb ihnen nicht.

Aber bis dahin war es noch lange hin, beschwichtigte Madalyn sich selbst, als ihr bei dieser Aussicht wie immer der Mut schwand. Im Augenblick war sie in Oyster Shore sicher, und vor ihr erstreckte sich ein ganzer Sommer im goldenen Glanz sonniger Tage, die sie mit Zeichnen am Fluss und Baden in Penhayes verbringen konnte. Heirat und Pflicht lagen in ferner Zukunft.

Das Automobil hielt vor dem Haus. Während der Chauffeur Constance aus dem Wagen half, starrte Madalyn die vertrauten weißen Mauern empor, die heute von Blauregen bedeckt und mit Lichtreflexen vom nahen Fluss gesprenkelt waren. Das Haus war noch genau so, wie sie es in Erinnerung hatte, und als ihr im Inneren des Hauses der Phönix keck von der Kuppel zuzwinkerte, überkam sie ein überwältigendes Gefühl der Vertrautheit. Während William die Koffer nahm und Tilly ihre Hüte und Handschuhe, schlenderte Madalyn durch die Räume und erwartete fast, ihrem achtjährigen Ich zu begegnen, das sich mit Skizzenbuch und Eimer in der Hand auf Entdeckungsreise begab. Die Aussicht auf den Fluss, den Wald und das Ufer wurde immer noch von den hohen Fenstern eingerahmt wie Kunstwerke von Bilderrahmen, und selbst der Geruch hatte sich nicht verändert, es war eine köstliche Mischung aus Bienenwachs, Salz und dem Lauf der Zeit. Am Fuß der Treppe zählte die Standuhr wie gewohnt laut tickend die Stunden, und als Madalyn sich im großen Spiegel der Eingangshalle sah, fragte sie sich, wie viele Stunden vergangen waren, seit sie das letzte Mal hier gestanden hatte.

»Möchten Sie Ihren Nachmittagstee, Mylady?«, fragte Tilly Constance, die mit schlaffer Hand abwehrte.

»Dazu bin ich viel zu erschöpft. Die Reise war furchtbar anstrengend.«

Madalyn unterdrückte ein missbilligendes Schnauben. Sie waren nur aus Plymouth angereist, da sie die Reise von London am Vorabend unterbrochen hatten, und die heutige Fahrt im Rolls-Royce der Snowes war wesentlich bequemer gewesen als in einer Kutsche. Im Gegensatz zu ihrer Mutter sprühte Madalyn vor Energie – ein Gefühl, das sie in ihrem langweiligen Dasein in London fast vergessen hatte. Sie hoffte verzweifelt, ihre Mutter würde sich für ein paar Stunden zurückziehen, damit sie all ihre alten Lieblingsplätze aufsuchen konnte. Da sie nur wenige Diener hatten, und Tilly voll und ganz mit den Bedürfnissen ihrer Herrin beschäftigt war, hatte Madalyn alle Freiheit, über das Anwesen zu streifen, zu zeichnen und im seichten Wasser zu waten. Sie konnte es kaum erwarten!

»Sir Arthur Snowe hat Sie für heute Abend zum Essen nach Vyvyan Court eingeladen, Mylady«, sagte Tilly zu Constance und wies auf eine Karte auf dem Kaminsims. »Sein Diener sagte, man würde um sieben einen Wagen schicken.«

»Dafür bist du doch viel zu müde, Mama«, sagte Madalyn rasch. Auf gar keinen Fall wollte sie Small Talk mit den Snowes betreiben, und der Gedanke, auch noch Gerald zu sehen, der aufgrund seiner Verletzung vermutlich mürrischer denn je war, entsetzte sie. »Du sollst dich doch hier erholen.«

Aber Constance wurde angesichts der Einladung nach Vyvyan sofort munterer. »Ich kann mich heute Nachmittag ausruhen, Madalyn. Die Höflichkeit gebietet es, mit Sir Arthur zu dinieren und ihm für seine Freundlichkeit zu danken, dass er uns den Wagen geschickt hat.«

Mittlerweile hieß es *Sir* Arthur Snowe.

»Schick einen der Jungen nach Vyvyan, um Sir Arthur und Lady Snowe zu melden, dass wir ihre Einladung mit Freuden annehmen«, sagte Constance zu Tilly und wandte sich zur Treppe. »Sobald du mir geholfen hast, legst du Miss Madalyns französisches Abendkleid heraus. In dem sieht sie besonders reizend aus.«

Madalyn öffnete schon den Mund, um zu protestieren, weil das elegante, grüne Kleid sie so sehr einengte, dass sie keinen Bissen mehr herunterbringen würde (selbst wenn Gerald nicht dabei sein und ihr nicht den Appetit verderben würde), doch Constance stieg bereits die Treppe hinauf, und an ihrer steifen Haltung erkannte Madalyn, dass sie keinen Widerspruch dulden würde.

Madalyn sank das Herz. Es gab nur einen einzigen Grund, wieso ihre Mutter wollte, dass sie reizend aussah: Constance betrachtete Gerald als gute Partie, da er der Erbe von Sir Arthurs Vermögen war. Mit einem Mal musste Madalyn an einen keuchenden kleinen Hund denken, der sich in den Schatten drückte, und sie erschauerte.

Lieber gehe ich ins Kloster, verkündete ihr achtjähriges Ich, und Madalyn stimmte dem zu.

Sie zog sich auf ihr altes Zimmer zurück, um ihre Fassung wiederzugewinnen. Zu ihrer Freude hatte sich der Raum in den letzten zehn Jahren kaum verändert. Die Fenster waren weit geöffnet, die geblümten Vorhänge blähten sich im Sommerwind, und auf die abgenutzten Dielen fielen Sonnenstrahlen. Madalyn stützte sich auf das Fensterbrett, hielt ihr Gesicht in die Sonne und ignorierte alle Warnungen vor Sommersprossen und einem ruinierten Teint. Hinter der Terrasse lag der Fluss, ein silbern glitzerndes Band voller Versprechungen, und obwohl sie schon so lange nicht mehr hier gewesen war, spürte sie doch, dass die Ebbe nahte. Schon bald würde sich das Wasser von dem weichen Sandboden mit den Wurmlöchern zurückziehen, und sie könnte Muscheln, die Gerippe alter Boote und viele andere wunderbare Dinge zum Zeichnen finden. Niemand würde sie ermahnen, dass junge Damen nicht barfuß gingen und stets einen Sonnenschirm bei sich haben mussten. Sobald sie die Landzunge umrundet hätte, die Oyster House vom alten Bootshaus trennte, würde sie sogar ihre Haare lösen und ihre Schuhe und Strümpfe ausziehen. Wie herrlich würde es sich anfühlen, den Wind in den Haaren und das Gras unter den Füßen zu spüren!

Da Tilly bei ihrer Mutter beschäftigt war, gab Madalyn die Hoffnung auf, sich etwas Leichteres anzuziehen, und legte nur die Jacke und den gefiederten Hut ihres Reisekostüms ab. Die feine Batistbluse war perfekt für einen sonnigen Nachmittag, und den dunkelblauen Rock konnte sie an ihrem breiten Gürtel feststecken, wenn sie ihre Füße ins Wasser tauchen wollte. Sie griff nach ihrem Strohhut, drückte ihn sich auf ihre kastanienroten Locken, steckte ihn mit einer Hutnadel fest und nahm ein Etui mit gespitzten Bleistiften und ihr neues Skizzenbuch: unzählige Seiten aus schwerem, cremefarbenem Papier, die nur darauf warteten, mit den noch ausstehenden Erlebnissen des Sommers 1914 gefüllt zu werden. Sie verstaute sie in den tiefen Taschen ihres Rocks, und bevor irgendjemand eine Aufgabe für sie oder auch nur einen Grund finden konnte, warum sie im Haus bleiben musste, floh sie die Treppe hinunter und dann ins Freie. Natürlich wusste sie, dass junge Damen nicht rennen sollten, doch konnte sie einfach nicht anders, als die drei Stufen von der Terrasse auf den Rasen zu springen. Sie war frei!

Ihre Füße liefen wie von selbst über den weitläufigen Rasen und folgten dann dem Pfad, der zum alten Bootshaus führte. Am Ufer zischten Eisvögel entlang, und von der gegenüberliegenden Seite beobachtete sie ein Reiher, der so reglos auf einer alten Eiche saß, dass man ihn kaum wahrnahm. Madalyn widerstand dem Drang, einfach loszurennen, bis Oyster House hinter ihr verschwunden war und sie niemand mehr beobachten und ihr Verhalten missbilligen konnte.

Nach dem Lärm in London war der Frieden hier einfach wundervoll; es waren nur die Vögel im Wald und hin und wieder das ferne Klagen einer Möwe zu hören. Madalyn setzte sich auf einen umgefallenen Baumstamm, zog sich Schuhe und Strümpfe aus und drückte ihre nackten Füße ins Gras. Kühn nahm sie den Strohhut ab und zog sich dann so schnell die Nadeln aus dem Haar, dass sich ihre kunstvoll geflochtenen Zöpfe fast verhedderten. Schließlich lösten sie sich, und ihre Locken flossen ihr bis zur Taille hinunter. Es war herrlich, die Hitze auf der Haut und den Wind in den Haaren zu spüren. Mit einem Mal fühlte sie sich wieder wie ein Kind, steckte sich den Rocksaum im Gürtel fest und kletterte die Uferböschung hinab zum glitzernden Flussbett.

In Oyster Shore wechselten die Gezeiten immer sehr schnell, und mit jeder Minute wurde der Kiesstrand breiter. Der Wassersaum, wo Seeglas und andere Schätze darauf warteten, aus dem kalten Sand unter ihren Füßen geborgen zu werden, zog Madalyn magisch an. Als sie sich bückte, fragte sie sich, ob der Phönix-Kamm erwachen und einen Siegelring und eine riesige Murmel drängen würde, sich bereit zu halten.

Mit sandigen Händen und den Taschen voller Strandgut folgte Madalyn dem Fluss, bis sie das Bootshaus erreichte. Es war noch genauso, wie sie es in Erinnerung hatte: ein märchenhaftes Gebäude mit rautenförmigen Fenstern am Ende eines großen Stegs. Mit einem Mal wurde sie von einer wahren Erinnerungsflut überwältigt: drei Kinder mit Angelruten am Ende des Pontons, Gerald beklagte sich, dass seine nicht funktionierte; sie hingegen interessierte sich weniger für Fische und mehr für ihre verzerrten Spiegelbilder im Wasser; Ned holte eifrig einen wild zappelnden Dorsch ein. Wo waren diese Kinder geblieben? Gab es sie noch, an irgendeinem magischen Ort, wo die Zeit stillstand und niemand je alt werden musste?

Madalyn wollte sich schon wieder dem Strandgut zuwenden, als ihr auffiel, dass aus dem Schornstein des Bootshauses Rauch aufstieg. Als sie genauer hinschaute, bemerkte sie eine provisorische Wäscheleine auf der Veranda, an der weiße Hemden hingen, und einen ordentlich gestapelten Holzstoß neben der Tür. Neben der Veranda sah man ein Gemüsebeet, und am Ponton war ein Holzboot festgemacht, das sich im Sand räkelte wie ein Hund, der vor einem Laden angebunden worden war.

Im Bootshaus wohnte jemand. Sie war nicht allein. Mit einem Mal war sie sich ihrer nackten Beine und ihres unbedeckten Kopfes mehr als bewusst und wütete innerlich darüber, dass die Einsamkeit ihres magischen Orts von einem Eindringling gestört wurde. Sollte ihr die Freiheit, von der sie so lange geträumt hatte, etwa entrissen werden, noch bevor sie sie richtig zu fassen bekommen hatte? Vor lauter Enttäuschung hatte sie einen dicken Kloß im Hals. Wenn St. John Trelyon dieses Haus einem anderen armen Verwandten überlassen hatte, wären alle ihre Hoffnungen zerstört, ungestört den Fluss genießen und zeichnen zu können. Selbst jetzt schon war es möglich, dass sie jemand beobachtete und sich von ihrer mangelnden Sittsamkeit gestört fühlte. Vielleicht plante er bereits, einen Brief an den Viscount zu schreiben, um sich über sie zu beschweren. Constance würde zutiefst gedemütigt sein und darauf bestehen, wieder abzureisen – und dann bliebe Madalyn nichts weiter als die erdrückenden Erwartungen ihrer Mutter, eine gute Partie zu ergattern. Dann wäre Oyster Shore für sie verloren.

Angesichts dieser Vorstellung überkam Madalyn Verzweiflung. Aber vielleicht war es noch nicht zu spät. Vielleicht konnte sie unentdeckt das Ufer erreichen und sich zwischen den Bäumen verstecken, so dass niemand von ihrer Anwesenheit erführe. Dann wäre nichts geschehen, was sie hätte kompromittieren können. Sie würde ihre Freiheit im Wald und weiter flussabwärts genießen. Madalyn drehte sich um und suchte sich einen Weg über die härteren, kiesbedeckten Abschnitte, um nicht in den gefährlichen Schlamm zu geraten, doch sie war außer Übung und kam deshalb nur langsam voran. Als sie endlich das Ufer erreichte, taten ihr die Beine weh und ihr Gesicht glühte. Sie stützte sich auf die Knie, um wieder zu Atem zu kommen, und ließ ihre Haare wie einen Vorhang vors Gesicht fallen. Dann richtete sie sich auf und holte erschrocken Luft, als sie in die veilchenblauen Augen eines jungen Mannes starrte, der auf den Stufen zum Bootshaus stand. »Hallo, Madalyn«, sagte Ned Carew.

KAPITEL 24

NED

Mai 1914
Oyster Shore

Zuerst dachte Ned, seine Phantasie spiele ihm einen Streich und zeige ihm das Bild seines geheimsten und sehnsüchtigsten Wunsches. Er rieb sich die Augen und sagte sich, dass er einfach zu hart gearbeitet habe. Es war einfach zu viel gewesen, nach einer durchgeschriebenen Nacht das Gemüsebeet in der Hitze umzugraben. Es musste sich um eine Halluzination handeln, denn es konnte einfach nicht wahr sein. Es war schlichtweg unmöglich. Dieses rothaarige junge Mädchen, das mit gerafftem Rock und nackten, wohlgeformten Waden im Fluss herum watete, konnte nur ein Trugbild sein. Sie war nicht hier. Sie *konnte* nicht hier sein.

Er rieb sich ein zweites Mal die Augen, doch das junge Mädchen war immer noch da. Sie verschwand auch nicht, ganz gleich, wie oft Ned blinzelte oder sich in den Arm kniff. Ihr Haar schimmerte im Sonnenlicht, und obwohl sie ihm den Rücken zuwandte, wusste Ned, dass ihre Augen so grün waren wie die Schlingpflanzen, die ihre Füße umschmeichelten. Er wusste, dieses junge Mädchen war mutig und witzig und entschlossen. Sie war begabt und empfindsam und seine Seelenverwandte.

Es war Madalyn. Endlich war sie zurückgekommen, und Ned wusste, dass er über die Hälfte seines Lebens auf diesen Augenblick gewartet hatte. Alles, was er war und sein würde, hatte ihn zu diesem Moment geführt. Warum sonst hatte er St. Johns Angebot angenommen, sich um das Grundstück von Oyster Shore zu kümmern, und war nicht Schulmeister geworden? Er konnte zwar Marrick erzählen, dass es ihm um das mietfreie Wohnen im Bootshaus ging, oder seine Mutter davon überzeugen, dass die Inspiration am Fluss ihm mehr bedeutete als eine akademische Laufbahn, er konnte sich sogar selbst einreden, dass er es genoss, das Anwesen in Schuss zu halten und reichlich Fisch und Wild dafür als Lohn zu bekommen. Doch die Wahrheit war, dass er immer nur auf die Rückkehr von Madalyn Trelyon gewartet hatte. Und jetzt war sie endlich da, so strahlend schön wie ein Engel. Und als sein Herz anfing zu rasen, wusste Ned, dass er sie mit achtzehn noch genauso anbetete wie mit acht.

Bis zu dem Augenblick, als Madalyn aus dem Wäldchen und damit wieder in Neds Leben getreten war, hatte er einen ganz normalen Nachmittag verbracht. Anders als in den Geschichten, die er gelesen oder zu schreiben versucht hatte, war er von keinerlei Vorzeichen gewarnt worden, dass sein ganzes Dasein schon bald auf den Kopf gestellt werden würde. Nach Erledigung seiner Arbeit hatte er es sich in dem alten Sessel bequem gemacht, den Marrick und er durch den Wald bis zum Bootshaus geschleppt hatten. Als der Sessel seinen Platz am Fenster im Bootshaus gefunden hatte, hatte Ned seinen Stift gezückt und eine neue Seite seines Notizbuchs aufgeschlagen. Wenn es je einen Ort zum Schreiben gegeben hatte, dann war es dieser hier. Jetzt musste er nur noch darauf warten, dass ihn die Muse küsste, und dann würde er loslegen. Es war lediglich eine Frage der Zeit.

»Jetzt hast du keine Ausreden mehr, jetzt musst du dein Meisterwerk schreiben«, hatte Marrick bemerkt, als der Sessel am Fenster stand. Danach hatten sich die beiden Freunde ein Bier auf dem Ponton geteilt und ihre Beine wie einst als Schuljungen mit verschrammten Knien über dem Wasser mit ihren verzerrten Spiegelbildern baumeln lassen. »Ich erwarte eine Beteiligung am Erfolg, denn ich glaube, ich habe mir für immer die Schulter zerstört, als ich den verdammten Sessel hierher geschleppt habe.«

Ned lachte, aber Marrick hatte recht: Der Sessel war schwer. Es war ein riesiger Trumm aus Leder, mit abgewetzten Armlehnen, der an den Nähten aufplatzte. Früher hatte er in Edgars Arbeitszimmer gestanden, und jedes Mal, wenn Ned sich daraufsetzte, fühlte er sich seinem Vater näher. Als die geschockte und trauernde Familie Carew nach dem Tod seines Vaters an einem trüben Novembertag für immer das Schulhaus verließ, hatte Ned darauf bestanden, dass der Sessel Matilda ins Pfarrhaus begleitete, wo sie eine Stelle als Haushälterin angenommen hatte. Jetzt aber stand der Sessel am Fenster des Bootshauses, wo Ned schrieb. Er war sicher, dass er hier, in der Stille und Einsamkeit, mit dem wechselnden Anblick des Flusses und des Waldes vor Augen, sein Meisterwerk verfassen konnte, und es kam ihm passend vor, auf dem Sessel seines Vaters sitzend zu schreiben.

Edgar Carew mochte nun schon seit drei Jahren tot sein, doch wenn Ned das rissige, raue Leder durch den Stoff seines Hemdes spürte, wurde er sofort wieder in die Zeit zurück katapultiert, in der er als kleiner Junge auf dem Schoß seines Vaters gesessen und seinen Geschichten von Rittern, Drachen und edlen Abenteuern gelauscht hatte. In einer Welt, in der Edgar Geschichten erzählte, war alles gut. Die Welt, in der er über dem Klassenraum wohnte und in seinem Arbeitszimmer Pfeife rauchte, war so, wie sie sein sollte. Matilda backte in der Küche, Bess kicherte mit ihren Freundinnen, und Ned wollte in die Fußstapfen seines Vaters treten und nach Oxford gehen. In dieser Welt war Ned kein Waldarbeiter, Bess kein Hausmädchen auf Vyvyan Court – und Matilda wäre ganz sicher nicht die Frau von Reverend Tullis!

Allein von diesem Gedanken tat Ned alles weh. Hätte Matilda nicht die Haushälterin des Reverends bleiben können? Warum nur musste sie wieder heiraten? Und so schnell? Hatte Edgar ihr so wenig bedeutet? Hatte sie ihren Vater nicht geliebt?

»Die Entscheidungen einer Frau sind nie leicht, mein Schatz, und beim Heiraten geht es nicht immer um Liebe«, hatte Matilda nur gesagt, als Ned seine Empörung äußerte. Er hatte es ganz und gar nicht verstanden. Wieso sollte Matilda, die schöne, strahlende Frau, die Edgar unendlich geliebt und an jedem Tag ihrer Ehe mit ihm gelacht hatte, einen alten Hagestolz wie den Reverend heiraten wollen? Es war im besten Fall unbegreiflich und im schlimmsten Fall eine Schmähung ihres Vaters.

Matildas Entscheidung hatte Neds Ideal der wahren Liebe infrage gestellt. Sollte er danach suchen wie ein edler Ritter in alten Zeiten, oder sollte er sich, wie Marrick ihn ständig anstachelte, an den Reizen der Mädchen im Dorf erfreuen? Tamsyn, die blonde Tochter des Wirts, war sicher ein verlockender Anblick, doch Ned wahrte Distanz, da er die Liebe seiner Eltern und die Erinnerung an ein Mädchens mit flammend roten Haaren und leuchtend grünen Augen mit sich trug. Marrick behauptete mit unterschwelligem Neid, seine Reserviertheit würde die Mädchen nur noch mehr anziehen, und er könne sich jede aussuchen, doch Ned glaubte, dass es mehr geben musste als ein kurzes Beisammensein auf dem Heuboden. Es gab Menschen, die für die Liebe ihr Leben opferten. Die *alles* dafür aufgaben. Von Romeo und Julia bis zu Antonius und Cleopatra: Was war edler, als sich selbst für die wahre Liebe zu opfern? Liebe, das hatte Ned immer geglaubt, war einfach *alles*. Warum also heiratete seine Mutter einen Mann, den sie nicht liebte, wie Dorothea ihren Casaubon in George Eliot's *Middlemarch*? Es ergab keinen Sinn und stellte alles infrage, an das Ned je geglaubt hatte.

»Heirate ihn nicht!«, flehte er Matilda an. »Du liebst ihn doch nicht, Mama! Nicht, wie du Vater geliebt hast. Wieso solltest du ihn heiraten?«

Traurig schüttelte seine Mutter den Kopf. »Ach, Ned. Dein Vater hat uns nur Bücher und Schulden hinterlassen. Seine Familie hat uns schon vor Jahren ausgeschlossen, und jetzt sind wir ganz allein. Michael Tullis ist ein guter Mann. Durch die Heirat behalten Bess und ich unsere gesellschaftliche Stellung. Was bleibt uns anderes übrig?«

»Eine Anstellung und eine Unterkunft«, beharrte Ned. »Bess geht es doch gut im großen Haus, und ich bin in Oyster Shore. Wir brauchen ihn nicht.«

Doch die Traurigkeit wollte nicht aus Matildas Augen weichen. »Verstehst du denn nicht? Deine Schwester und ich brauchen ihn eben doch. Wir brauchen Sicherheit und Ehrbarkeit, und Reverend Tullis bietet uns genau das. Er hat sogar gesagt, er wird dir helfen, eine Stellung in der Kirche zu finden, und dich als Vikar übernehmen. Ich weiß, das ist nicht Oxford, mein Schatz, aber doch ein ehrbarer Beruf. Du solltest es in Betracht ziehen.«

Ungläubig starrte Ned sie an. »Du willst, dass ich für die Kirche arbeite? Obwohl ich mich nicht berufen fühle?«

Da senkte Matilda den Kopf, und es versetzte ihm einen Stich, als er graue Strähnen in ihren dunklen Locken sah.

»Viele Männer tun das, und es wäre ein gutes Leben«, sagte sie leise. »Ich habe deinen Vater aus ganzem Herzen geliebt, aber er war ein Träumer, und von Träumen kann man nicht leben. Träume bieten einem keine Sicherheit. Sie füllen dir weder den Magen noch bezahlen sie die Rechnung beim Bäcker oder Metzger. Träume verschaffen dir keine Kleidung und bezahlen auch nicht die Arztrechnung. Sag mir doch, welche Sicherheit Edgars Träume uns geboten haben, nachdem er starb? Wir haben über Nacht unser Zuhause verloren. Wir haben *alles* verloren. Und das darf sich nie mehr wiederholen, Ned. Ein Mann kann seiner Frau nichts Schlimmeres antun, als sie arm und angreifbar zurückzulassen. Wenn sie alles verkauft hat, was bleibt ihr noch, außer ihr selbst?«

Diese Worte trafen Ned wie ein Schlag. Matilda hatte ihren Ehering verpfänden müssen, um die Arztrechnung nach Edgars Krankheit zu bezahlen und all ihre Gläubiger zufrieden zu stellen. Sie war sogar gezwungen gewesen, die meisten von Edgars kostbaren Büchern zu verkaufen. Die wenigen, die Ned hatte retten können, standen jetzt in dem Regal aus Orangenkisten, das er unter das Fenster im Bootshaus gestellt hatte. Sie waren ein armseliger Anblick, und manchmal konnte Ned sie nicht einmal anschauen.

»Denke über das Angebot des Reverends nach, Ned. Lehne es nicht gleich ab«, drängte Matilda. »Du wirst dir deinen Platz in der Welt erobern müssen. Das wäre ein guter Anfang.«

»Siehst du mich wirklich als Mann der Kirche?«, fragte Ned.

An ihrer bekümmerten Miene las er ihre Antwort ab. »Ich will doch nur das Beste für uns alle. Bess wird sicher heiraten und hat dann einen Mann, der für sie sorgt. Genau wie ich. Aber was wird aus dir? Ich mache mir Sorgen um dich, mein Schatz. Du brauchst so viel mehr.«

Sie wirkte so traurig, dass Neds Empörung verrauchte. »Ich werde Schriftsteller, hast du das vergessen?«, erwiderte er. »Ich brauche keinen anderen Beruf, und du musst dir keine Sorgen um mich machen. Ich habe meine Arbeit in Oyster Shore, die mir mein Auskommen sichert, und eine Unterkunft, wo ich schreiben kann. Ich kann bei Ebbe Krabben fischen, Gemüse anbauen und Austern essen, wann immer mir danach ist. Also kann ich mich wahrlich glücklich schätzen!«

Weil er ihr nicht noch mehr Kummer machen wollte, hatte er sie umarmt und ihr seinen Segen gegeben.

Also fand die Hochzeit statt: eine bescheidene Zeremonie, gefolgt von Tee und Tanz im Gemeindehaus. Die schöne Matilda Carew wurde Pfarrersfrau und füllte diese Rolle so mühelos aus wie einst ihre Rolle als Frau des Schulmeisters.

Bess war hocherfreut, nicht mehr als Dienstmädchen arbeiten zu müssen, und schien sich gut im Pfarrhaus einzuleben, aber Ned fühlte sich, als würde er in einem winzigen, leck geschlagenen Boot dahindriften, so, als gehörte er nirgendwohin und entfernte sich immer weiter von dem Familienleben, das ihm einst Zuflucht und Anker gewesen war. Wäre nicht Oyster Shore gewesen und Neds Überzeugung, dass dies der für ihn bestimmte Ort war, hätte er vielleicht Trevellan verlassen und sein Glück woanders gesucht.

Seitdem lebte er selbstgenügsam in Oyster Shore. Im Wesentlichen blieb er sich selbst überlassen, sorgte dafür, dass die Wälder und Wege begehbar blieben und sich kein Wilderer auf das Gebiet traute, das vom einst riesigen Anwesen der Trelyons geblieben war. Im Winter half er Sir Arthurs Wildhüter, arbeitete während der Jagdsaison als Treiber und Helfer und ging Gerald nach Möglichkeit aus dem Weg. Nicht, dass Gerald oft in Cornwall gewesen wäre – und selbst wenn, dann konnte er sich nicht an den Jagden beteiligen. Nach dem Sturz vom Baum hatten die Snowes ihn sofort nach London gebracht, um die besten Ärzte für ihn zu verpflichten. Nun musste Gerald am Stock gehen, einem eleganten Gehstock mit silbernem Knauf, der wahrscheinlich mehr kostete, als die meisten im Dorf in einem Jahr verdienten. Bei den seltenen Gelegenheiten, da sie sich begegnet waren, hatte Gerald deutlich gemacht, dass ein schlichter Waldarbeiter so weit unter ihm stand, dass er ihn nicht mal grüßen musste. Ned verstand das, so war das eben, doch er sehnte sich danach, Gerald sein Bedauern über den Unfall und seine furchtbare Verletzung auszudrücken. Wenn es möglich gewesen wäre, hätte Ned sofort mit ihm getauscht.

Ihm wurde immer noch ganz flau im Magen, wenn er daran dachte, wie Gerald versucht hatte, auf den Baum zu klettern, und das Geräusch seiner brechenden Knochen würde ihn bis zum Ende seines Lebens verfolgen. Jedenfalls hatte er noch wochenlang Schmerzen von den Schlägen, die Edgar ihm danach verabreicht hatte, und den Rest des Sommers musste er lateinische Deklinationen üben, bis seine Hand wehtat und alles vor seinen Augen verschwamm. Ned hatte versucht, über Bess Briefchen an Gerald und Madalyn zu schmuggeln, doch sie waren alle ungeöffnet zurückgekommen. Als er endlich wieder vom Hausarrest befreit war und nach Oyster Shore durfte, stellte er fest, dass Oyster House wieder verschlossen und Madalyn verschwunden war. Er hörte, dass sie krank gewesen war, denn Violet Trehunnist hatte Matilda sensationslüstern zugeflüstert, das Trelyonmädchen habe sich beim Sturz ins Wasser den Tod geholt und sei fast gestorben. Ned dachte, er würde den Verlust seiner Freundin nicht überleben, gleichzeitig jedoch war ihm klar, dass sein Unglück nichts im Vergleich zu Geralds Leiden war. Der Dorfarzt berichtete, Gerald habe sich die Hüfte und das Bein zertrümmert und man könne nur von Glück sprechen, dass er sich nicht das Genick gebrochen habe. Über den Rest wurde geschwiegen, und es fühlte sich an, als hätte es die Freundschaft dieses Sommers nie gegeben. Da Ned nichts mehr von Madalyn hörte, musste er davon ausgehen, dass sie ihm die Schuld für die Ereignisse an jenem letzten gemeinsamen Tag in Oyster Shore gab.

Die Jahre vergingen so langsam und doch so schnell wie immer, wenn man heranwächst, und nun, zehn Jahre später, erschien ihm der längst vergangene Sommer wie eine Geschichte, die er über einen anderen Jungen gelesen hatte. Manchmal sah er Gerald in einem Automobil und tippte grüßend an seine Kappe, doch Gerald blickte geradewegs durch ihn hindurch. Bess, die in Vyvyan Court gearbeitet hatte, behauptete, Gerald würde hinken und wäre so mürrisch wie eh und je, obwohl er das Internat Harrow besuchte und danach nach Oxford gehen sollte. Manchmal, wenn Ned im alten Versteck im Bootshaus nachschaute, hatte er das Gefühl, die Atmosphäre habe sich verändert, doch es sah alles aus wie immer, nichts fehlte und es gab keinerlei Zeichen, dass jemand auch nur im Bootshaus gewesen war.

Oyster House war dem Verfall preisgegeben. Die Snowes mieden das Haus, und selbst die Trelyons schienen es vergessen zu haben. Dem Wetter ausgesetzt, verzog sich die Terrasse, und Efeu schlang seine Finger um die Balustraden und zupfte an dem weichen Holz, bis die Farbsplitter wie Schneeflocken den von Unkraut überwucherten Park bedeckten. Im Haus legte sich Staub auf die Dielen und die verhüllten Möbel. Ned überkam oft das Gefühl, dass sich das Haus genau wie er nach einem Mädchen mit herbstroten Locken und meergrünen Augen sehnte.

Vom Haus selbst hielt er sich fern, weil es nicht zu seinem Aufgabenbereich gehörte, doch er pflegte das Grundstück, wie St. John ihm aufgetragen hatte, und kümmerte sich um das Bootshaus und den Ponton. Auch die Auffahrt hielt er so ordentlich wie möglich, aber es war eine Sisyphosarbeit, und er fragte sich oft, für wen er das eigentlich machte: St. John Trelyon lebte in Brighton und litt an Altersarthritis, und die Snowes mieden verständlicherweise diesen Teil des Anwesens. Tat er es für Madalyn? Mähte, sägte und fällte er für ihre Rückkehr?

Vielleicht, denn sie war seine Viola. Seine Julia. Seine Isolde. Sie war mit Tom Sawyer auf Bäume geklettert und mit Robin Hood durch den Sherwood Forest geritten. Madalyn war seine Königin der Tafelrunde und wie Cathy für Heathcliff. Sie war die Heldin jedes Romans, den er zu schreiben versucht hatte. Zählte er die Tage, bis sie zurückkehrte, wieder seine Muse war und er endlich das Buch schreiben konnte, das er in sich trug?

Vielleicht, denn Ned wusste, dass er auf der Stelle trat. Manchmal fuhr er mit Marrick aufs Meer und fischte nach Makrelen oder Hummern, oder half Sammy Trewen in der Schmiede. Danach gingen die jungen Männer im Trelyon Arms Bier trinken, wo Ned ein bisschen mit Tamsyn flirtete, doch bevor sie ihn lächelnd mit lockenden Blicken erobern konnte, schlüpfte er ins Freie und wanderte durch den dunkler werdenden Wald zurück zum Bootshaus, wo er bei Kerzenlicht bis in die frühen Morgenstunden schrieb.

Oyster Shore war die Heimat seiner Seele. Im Rhythmus der wechselnden Gezeiten, im Fluss des träge dahinfließenden Wassers fand er seine Poesie. Inspiration blitzte hier und da auf wie die Eisvögel, schwer zu entdecken und unmöglich festzuhalten, und seine Gedanken erinnerten an das Schwemmland, denn wer wusste schon, was im weichen Boden oder in der Vergangenheit vergraben war? Irgendwo im Flussbett ruhten die Schätze der Kindheit, tief im Schlamm, tief im Gedächtnis verborgen, doch genauso real wie an dem Tag, als sie fortgeschleudert wurden. Genauso real wie sein früheres Ich, der Junge, der auf Bäume kletterte und Madalyn liebte. Das Leben hier war einfach, und Ned war zufrieden mit seinen Möbeln aus Treibholz, er wusch sich gern im Fluss und aß nach Schlamm schmeckenden Fisch. Die Feuchtigkeit, das löchrige Dach und das Kerzenlicht störten ihn nicht. Nachts schlief er unter den Dachbalken auf einem alten Messingbett und lauschte dem Schrei der Eulen oder dem Pladdern des Regens. Wenn er auf Edgars Sessel saß, flossen ihm die Geschichten aus dem Stift, so wie der Fluss am Ponton vorbeiströmte. Aber Ned wusste, dass seine größte Geschichte erst noch geschrieben werden musste.

Und jetzt, als er zusah, wie sich die schlanke junge Frau zum Bootshaus wandte, begriff er, dass alles in seinem Leben auf diesen einen Punkt zugelaufen war. Sein größtes Werk konnte nur hier geschrieben werden, in Oyster Shore, und mit Madalyn Trelyon an seiner Seite. Nun kam seine Zeit.

Wie von einer unsichtbaren Strömung getrieben, löste sich Ned von seinem Notizbuch und trat in den sonnigen Nachmittag, mit dem der Rest seines Lebens beginnen sollte.

»Hallo, Madalyn«, sagte er.

Madalyn stützte sich keuchend auf die Knie, außer Atem von der Anstrengung, ihre Füße aus dem zähen Schlamm zu ziehen. Als sie sich aufrichtete, riss sie ungläubig die tiefgrünen Augen auf.

»Ned?«, flüsterte sie so leise, dass der Wind ihre Worte im Tal zu verwehen drohte. »Bist du es wirklich? Oder träume ich nur?«

Die Freude in ihrer Stimme und ihr staunender Blick waren für Ned Beweis genug, dass Madalyn immer noch genauso empfand wie er. Sie lächelten sich an, dann zeigte Madalyn auf ihren sandigen Rock. »Wenn ich gewusst hätte, dass es heute ein Wiedersehen gibt, hätte ich mich feiner angezogen.«

Neds Blick wanderte von ihren schlanken Beinen zu ihrer geschwungenen Taille und ihren Brüsten unter der dünnen Baumwollbluse. Die prächtigen roten Haare, die ihr über die Schulter fielen, hätten aufgesteckt und unter einem Hut verborgen sein müssen, und von der Sonne bekam sie bereits Sommersprossen auf der Nase und rosige Wangen. Obwohl sie noch Madalyn war, seine liebste Gefährtin und beste Freundin aus Kindertagen, war sie es doch nicht mehr, denn ihr neues Ich war so berückend schön, dass er, der Wörter liebte und so viele kannte, nun kein einziges fand, um etwas zu sagen.

»Nein, du bist perfekt«, brachte er schließlich hervor. Denn das war die Wahrheit. Mit der Nachmittagssonne, die ihr Haar entflammte und ihre Bluse wie hauchzartes Gespinst wirken ließ, war sie wie Botticellis Venus – allerdings eine sandige, schlammige Version, umgeben von scharfen Austernschalen und Wasservögeln statt von Blumen und ätherischen Wesen.

»Da wäre meine Mutter wohl anderer Meinung«, seufzte Madalyn und blickte auf ihre nackten Füße und den schmutzigen Rock. »Vermutlich würde sie sagen, dass all die Jahre bei Miss Millingdon reine Verschwendung waren. Wenn jemand mich so sähe, würde St. John sofort auf Erstattung der Kosten drängen.«

»Dann bringen wir dich besser mal in Ordnung«, erwiderte Ned. »Die Reiher werden ihre Schnäbel halten, doch was die Möwen betrifft, bin ich mir nicht so sicher. Sie werden es in ganz Trevellan herumtratschen.«

»Himmel, dann stecke ich in Schwierigkeiten.« Madalyn streckte die Hand nach Ned aus, so dass er sie ans Ufer ziehen konnte. »Schnell! Bevor man mich so sieht!«

Als er ihre Hand nahm und sie zu sich zog, roch Ned ihre warme Haut und den schwachen Duft von etwas Süßem, das sie sich auf die Handgelenke getupft hatte. Ihm schwirrte der Kopf.

Madalyn lächelte ihn an und strich sich eine Locke hinters Ohr. »Was ist?«, fragte sie verlegen. »Habe ich Schlamm auf der Nase?«

»Nein, deine Nase ist wahrscheinlich die einzige Stelle, wo du keinen hast«, erwiderte Ned und grinste aus purer Freude von einem Ohr zum anderen.

»Was ist dann so lustig?«

Er drückte ihre Hand. »Nichts. Ich bin nur so glücklich, dich wiederzusehen. Ich fasse es einfach nicht, dass du hier bist. Das ist doch kein Traum, oder?«

Madalyn entzog ihm ihre Hand und zeigte auf ihre Füße. »Wenn du willst, beweise ich dir, dass es kein Traum ist, Ned Carew. Dann hinterlasse ich in deinem Haus überall schlammige Fußabdrücke!«

Er lachte. »Weißt du noch, wie schmutzig wir ständig waren? Marricks Mutter schimpfte immer, weil sie sich um unsere Wäsche kümmern musste. Ich glaube, sie hat dank uns in jenem Sommer das Geld für das neue Boot der Penwurthies verdient. Wenn Sie immer noch die Alte sind, Miss Trelyon, dann mache ich Wasser heiß, damit Sie sich Ihre Füße waschen können. Vermutlich haben Sie Ihren Hut und die Schuhe am Ufer zurückgelassen? So wie immer?«

Madalyn legte den Kopf in den Nacken und betrachtete mit leuchtenden Augen sein Gesicht.

Natürlich war er jetzt viel größer geworden, das war Ned klar, fast einen Meter achtzig, während sie zierlich war. Längst vergangen waren die Zeiten, in denen sie gleich groß gewesen waren. Neds Arme waren von der körperlichen Arbeit sehnig, seine Beine muskulös, und selbst seine Hände, die vom Holzhacken Schwielen hatten, schienen doppelt so groß geworden zu sein. Seine Haare waren länger und dicker und reichten als weißblonde Mähne fast bis zu seinen Schultern – weswegen es Matilda ständig in den Fingern juckte, ihm einen Haarschnitt angedeihen zu lassen. Jetzt wünschte Ned, er hätte auf seine Mutter gehört, schließlich war Madalyn Trelyon eine Dame. Was musste sie von ihm denken?

Allerdings schien Madalyn von seinem ungepflegten Äußeren nicht abgeschreckt zu sein, und es wirkte ganz und gar nicht damenhaft, als sie sich die Hände am Rock abwischte und meterweise Stoff aus dem Gürtel zerrte.

»Ich konnte einfach nicht anders«, erwiderte sie. »Oh, Ned! Wie lange habe ich davon geträumt, wieder hier zu sein! Ich kann es kaum glauben. Ist das ganz sicher nicht nur wieder ein Traum?«

»Ich bin kein Experte, was Freuds Traumdeutung betrifft, aber Schlamm kommt da, glaube ich, nicht vor«, sagte Ned.

Madalyn zog eine Augenbraue in die Höhe. »Nein, mit Schlamm beschäftigt er sich wohl nicht.«

Ned lachte. Sie hatte sich kein bisschen verändert.

»Jedenfalls mache ich mich jetzt wirklich besser sauber«, fuhr Madalyn fort. »Ich will doch nicht, dass Mama bei meinem Anblick wieder Migräne kriegt und mir befiehlt, im Haus zu bleiben und zu sticken.«

»Gott bewahre«, nickte Ned. »Das dürfen wir nicht zulassen!«

Er führte sie zum Bootshaus, platzierte sie auf dem Sessel seines Vaters und setzte einen Topf mit Wasser auf dem bauchigen Holzofen auf. Während sie darauf warteten, dass es warm wurde, zog er einen Hocker zu ihr und setzte sich neben sie. Er konnte es immer noch nicht glauben, dass sie da war.

»Ich habe dieses Häuschen immer geliebt, und du hast es in ein schönes Zuhause verwandelt«, sagte Madalyn anerkennend. »Natürlich mit vielen Büchern.«

Ned wurde rot. »Wahrscheinlich habe ich die Stelle nur angenommen, weil der Viscount mir erlaubte, im Bootshaus zu wohnen. Dort habe ich schon immer am liebsten geschrieben.«

»Ich weiß«, nickte sie. »Das war schon früher so. Ich hatte keine Ahnung, dass du immer noch in Trevellan lebst. Eigentlich dachte ich, du wärst mittlerweile in Oxford. Hattest du das nicht vor?«

Ned zuckte die Achseln. Es schmerzte ihn immer noch sehr, nicht nach Oxford gehen zu können. »Das College war nichts für mich.«

»Das glaube ich nicht.« Sie zeigte auf das Notizbuch, das aufgeschlagen auf der Armlehne lag. »Aber du schreibst doch noch, oder?«

»Ja, und ich will immer noch Schriftsteller werden. Dieser Traum ist geblieben. Was ist mit dir? Willst du immer noch Künstlerin werden?«

»Ich *bin* Künstlerin«, konterte Madalyn mit einem Anflug ihres alten Feuers. »Mein Lehrer sagte, wenn ich ein Mann wäre, könnte ich Mitglied der Royal Academy sein. Mein Pech mal wieder. Aber du bist doch ein Mann, was hält dich also auf? Wenn ich ein Mann wäre, würde mich nichts aufhalten. Wieso bist du nicht in Oxford? Warum bist du hiergeblieben?«

»Weil mein Vater gestorben ist.«

Ned starrte auf den Fliesenboden. Mit einem Mal tat sich die Kluft der Klassenunterschiede zwischen ihnen auf. Er fragte sich, ob Madalyn begriff, welche Konsequenzen Edgars Tod für die Carews gehabt hatte.

»Oh, Ned, das tut mir unendlich leid. Wie furchtbar!«

Mit Tränen in den Augen legte sie ihm eine Hand auf den Arm. Da wusste Ned, dass sie alles begriff. Natürlich, denn es verstand wohl niemand besser als Madalyn Trelyon, wie der Tod des Vaters alles veränderte. Zwar musste er nichts weiter erklären, doch als er heißes Wasser und ein Handtuch holte, erzählte er ihr doch, was sich in den letzten zehn Jahren für die Carews geändert hatte. Während sie sich den Schlamm von den Beinen wusch, beschrieb sie ihm im Gegenzug, wie sich sowohl die Gesundheit ihrer Mutter als auch ihre finanziellen Verhältnisse immer mehr verschlechtert hatten. Er und Madalyn waren gleich, wie hatte er je daran zweifeln können? Sie waren zwei Hälften einer Seele, und was sie fühlte, fühlte auch Ned. So war es seit jeher gewesen.

»Gerald war immer neidisch auf deine Familie«, bemerkte Madalyn nachdenklich, als sie sich auf den neuesten Stand gebracht hatten. Ned hatte wieder Wasser aufgesetzt und konnte sein Glück nicht fassen, dass Madalyn den ganzen Sommer in Oyster Shore bleiben würde.

»Neidisch auf mich? Das glaube ich nicht.«

»Doch Ned. Es hat ihn förmlich aufgefressen. Deshalb ist er auch auf den blöden Baum geklettert, weißt du nicht mehr? Um zu beweisen, dass er genauso gut ist wie du?«

»Aber er hat auf mich herabgeschaut. Wieso sollte er auf einen Dorfjungen neidisch sein?«

Madalyn schnaubte genervt. »Weil du bist, wie du bist!«

»Wie ich *bin*?«, fragte Ned verwirrt. Gerald betrachtete ihn als gewöhnlich. Als Mann der Arbeiterklasse. Als ein Niemand. Und da sollte er ihn beneiden?

»Ach, das muss dir doch klar sein!« Madalyns Gesicht war hochrot, und sie konnte ihn kaum ansehen, als es aus ihr hervorsprudelte: »Du bist klug und mutig und stark. Alle mochten dich.« Sie verstummte kurz. »*Ich* mochte dich.«

Fast hätte Ned die Teeblätter verschüttet, die er gerade in die Kanne löffelte. »Wirklich?«

»Ja natürlich!«, rief sie aus. Da ließ die Sonne ihr Haar auflodern. Es blendete ihn. *Sie* blendete ihn.

»Ich mochte dich auch«, sagte er leise.

»Und jetzt?«, wollte Madalyn wissen. Ihre Augen waren so dunkelgrün wie Moos, als sie ihn ansah. »Magst du mich immer noch?«

Neds Herz raste. Er wollte Madalyn Trelyon sagen, was er empfand. Er wollte ihr gestehen, dass nicht ein einziger Tag vergangen war, ohne dass er an sie gedacht hatte. Dass er jeden Tag nach ihr Ausschau gehalten hatte, dass er versucht hatte, sie mit reiner Willenskraft heraufzubeschwören, und dass sie in seinem Herzen wohnte. Doch vor allem sehnte er sich danach, sie in die Arme zu nehmen, sie ganz festzuhalten und sie nie wieder loszulassen. Er liebte Madalyn Trelyon. Er hatte sie immer geliebt und würde sie immer lieben.

»Ja«, sagte er. »Ich mag dich und werde dich immer mögen. Daran darfst du nicht zweifeln, Maddy.«

Ihr alter Spitzname sprengte den Damm der Zeit, der sie getrennt hatte. Madalyn atmete aus, als hätte sie ein ganzes Jahrzehnt den Atem angehalten. Mit einem Mal zählte es nicht mehr, dass sie eine Dame war und er nur ein Waldarbeiter. Er war Ned, und sie war Maddy. Sie waren beste Freunde. Sie kannten ihre größten Geheimnisse und teilten ihre Hoffnungen und Träume. Erklärungen waren überflüssig und die anfängliche Befangenheit hatte sich gelegt.

»Wieso hast du mir nicht zurückgeschrieben?«, fragte Madalyn. »Ich habe dir so viele Briefe geschickt, Ned. Als du nie geantwortet hast, befürchtete ich, du hättest mir die Schuld an den Geschehnissen gegeben. Stimmt das?«

Er hörte ihr an, wie verletzt sie war, und es traf ihn tief. Er kümmerte sich nicht weiter um das Teewasser, hockte sich zu ihr, griff nach ihren Händen, küsste sie und drückte sie sich an die Wangen.

»Niemals, Maddy! Keine Sekunde! Außerdem habe ich nie einen Brief von dir bekommen.«

Sie war geschockt. »Nicht? Aber ich habe dir etliche geschrieben!«

»Ich hätte sie an meinem Herzen getragen«, versicherte Ned inbrünstig. »Ich habe alles aufbewahrt, was du mir je geschenkt hast. Der Kamm, das Seeglas und deine Zeichnungen sind alle hier, aber deine Briefe hätte ich immer bei mir gehabt und so oft gelesen, bis ich sie auswendig gekonnt hätte.«

Tränen strömten ihr über die Wangen. »Ich dachte, du gäbst mir die Schuld. Jahrelang habe ich das gedacht.«

»Aber nie im Leben! Wenn überhaupt, dann gab ich mir die Schuld, weil ich Gerald das Boot gezeigt und auf den Baum geklettert bin. Natürlich wollte er auch rudern und bis ganz nach oben klettern! Wer wollte das nicht? Seine und auch meine Eltern haben jedenfalls mir die Schuld an dem Unfall gegeben. In jener Nacht bekam ich die Prügel meines Lebens. Ich konnte eine ganze Woche lang nicht sitzen.«

»Wie ungerecht! Es war doch alles seine Idee! Und es war seine Schuld, dass wir alle fast ertrunken wären.«

Ned zuckte die Achseln. »Kann sein, aber ich war derjenige, der es besser hätte wissen müssen. Schließlich durfte ich ja nicht mal in Oyster Shore sein, oder? Mein Vater hätte wegen all dem fast seine Stelle verloren. Der Viscount war fuchsteufelswild, und Sir Arthur verlangte Gerechtigkeit. Dazu kam, dass Gerald mir einen Stapel Bücher aus der Bibliothek von Vyvyan Court geliehen hatte, und sein Vater meinte, ich hätte sie gestohlen. Es war alles sehr hässlich.«

Madalyn war entsetzt. »Hat Gerald seinem Vater denn nicht erklärt, dass er sie dir geliehen hatte?«

»Gerechterweise muss man sagen, dass er gar nicht in der Lage war, irgendwas zu erklären, und ich kann mir vorstellen, dass er, als er es konnte, ganz andere Probleme hatte. Er musste schließlich wieder lernen zu laufen.«

Madalyn schwieg. Ned spürte das Heben und Senken ihrer Brust an seinem Arm und die Wärme ihres Körpers. Von ihrer Nähe schwirrte ihm der Kopf. Noch nie hatte er sich von der Nähe eines anderen Menschen derart berauscht gefühlt. Es war überwältigend, erschreckend und wundervoll zugleich.

»Aber später hätte Gerry was sagen können«, bemerkte sie schließlich. »Aber das hat er nicht, oder?«

»Nein«, sagte Ned leise, »aber das habe ich ihm nicht verübelt. Gerald hatte eine schwere Zeit durchgemacht. Er muss bis heute einen Gehstock benutzen. Er war wütend und suchte einen Sündenbock. Wer würde das nicht?«

»Du?«, gab sie zurück. »Du warst immer viel zu nachsichtig mit ihm, Ned. Gerald war ein gemeiner Junge. Ich weiß noch, dass er aus reiner Bosheit den armen Hund getreten hat.«

»Mir tat er leid«, erklärte Ned. Er erinnerte sich an den hungrigen Blick, mit dem Gerald ihn immer angesehen hatte, und an die Düsternis in seinen Augen. Trotz all der Reichtümer und Privilegien, die das Leben Arthur Snowes Erben bot, war er ein unglücklicher Junge gewesen. »Vielleicht hat er sich verändert? Schließlich ist das alles schon sehr lange her.«

»Mama und ich werden heute Abend in Vyvyan Court dinieren, danach kann ich dir sagen, ob Gerry sich verändert hat – aber irgendwie habe ich meine Zweifel. Hast du dich verändert? Oder ich?«

Ned umfasste ihr Geischt mit seinen Händen. »Ja, Maddy, du hast dich verändert. Du bist jetzt noch schöner.«

Leichte Röte überzog ihren Hals. »Ich bin doch nicht schön.«

»Doch«, sagte er leise. Ihre Haut fühlte sich unter seinen Fingern an wie Seide, er sehnte sich danach, sie mit seinen Lippen zu berühren. Er brannte darauf, sie in den Arm zu nehmen, sie zu berühren. Ihr zu huldigen. Sie zu lieben. Der Ansturm seiner Gefühle überwältigte ihn. Ned wusste kaum, wie ihm geschah.

»Ich kann nicht aufhören, die Wahrheit zu verkünden«, flüsterte er. »Du bist so strahlend schön wie der helle Tag, Maddy. Du bist wie das Sonnenlicht auf dem Sand, die Diamanten im Wasser, das Aufblitzen eines Eisvogels. Du bist wie Vogelgesang, wie der Wind in den Weiden. Du bist wie alles, was wahr und schön ist.«

Madalyn drückte ihre Stirn an seine. »Ich kann nicht gut mit Worten umgehen. Das ist *deine* Begabung, doch du bist in jeder Linie, die ich gezeichnet habe und je zeichnen werde. Weißt du eigentlich, wie oft ich diesen Ort gezeichnet habe? Oder dich? Wie sehr ich mich danach gesehnt habe, das alles hier – und *dich* – noch einmal wiederzusehen? Als wir Kinder waren, hast du mir alles bedeutet – und das ist noch immer so. Wie kann es sein, dass sich das nicht geändert hat? Hat dieser Ort magische Kräfte?«

Er legte ihr seinen Zeigefinger unters Kinn und hob ihr Gesicht, und als ihre Blicke sich trafen, wusste Ned ohne jeden Zweifel, dass seine Gefühle von Madalyn erwidert wurden.

»Ja, hier herrscht eine ganz besondere Magie«, sagte er leise, »ein Zauber, der niemals enden wird. Nun, da du wieder hier bist, werde ich etwas ganz Besonderes schreiben, Madalyn, etwas Wunderbares, das für immer Bestand haben wird. Denn du wirst in jeder Zeile sein, die ich schreibe. Jedes Symbol wird für dich stehen und für dich sein. Jedes Wort und jeder Satz wird von dir inspiriert sein. Ich kann es fühlen, hier, wo du bist. Wo du immer warst und immer sein wirst.«

Er presste ihre Hand an sein Herz. Spürte Madalyn, wie es unter dem Stoff seines Hemdes raste? Als er nach Worten suchte, die sie hören musste, die Worte, die er unbedingt sagen musste, nickte sie. Da wusste Ned, dass ihr Herz genauso raste wie seins.

»Maddy, ich weiß, ich habe dir nichts zu bieten, und ich weiß, du solltest eigentlich einen reichen Mann heiraten …«

Ihr Kopf ruckte zurück. »Du meinst, meine Pflicht erfüllen? Mich an den Höchstbietenden verkaufen, um die Schulden meiner Mutter zu tilgen? Name und Status gegen Geld? Mein Plan, als Künstlerin und Entdeckerin nach Ägypten zu reisen, war nur ein dummer Traum. Wir haben immer gewusst, was die Zukunft für mich vorgesehen hat.«

»Damals war es nicht greifbar, Maddy, es lag so weit in der Zukunft, dass es wirkte wie die Geschichte von jemand anderem. Aber doch nicht wie *deine* Geschichte.«

»Aber sie handelt von mir! Mama ist darauf angewiesen, dass ich eine gute Partie mache. Das hat sie mir mein ganzes Leben lang eingebläut.«

Die Vorstellung, dass Madalyn einen Mann heiraten würde, der nicht ihren Geist liebte, der nicht zu schätzen wusste, dass sie auf Bäume klettern, Kieselsteine übers Wasser hüpfen lassen und zeichnen konnte, erfüllte Ned mit rasendem Zorn. Es würde Madalyn zerstören! Sie war viel zu kostbar, um auf dem Altar der Familienehre geopfert zu werden. Madalyn musste doch wissen, dass es mehr im Leben gab. Er blickte auf seine schwieligen, von Arbeit gezeichneten Hände und holte tief Luft.

»Aber es ist dein Leben, nicht ihres. Du bist viel mehr als nur die Ware für eine geschäftliche Transaktion.«

Madalyn lachte bitter auf. »Eben nicht! Ich bin nur ein nutzloses Mädchen, hast du das vergessen?«

»Aber nicht doch! Für mich bist du *alles*!« Nun, da sie hier war, konnte Ned seine Gefühle genauso wenig zurückhalten, wie man die Flut davon abhalten konnte, zurück ins Flussbett zu strömen. »Maddy, ich liebe dich seit unserer ersten Begegnung. Es ist seitdem nicht ein Tag vergangen, an dem ich dich nicht geliebt und mich nicht nach dir gesehnt habe.«

»Du liebst mich?«, flüsterte sie. »Wirklich?«

»Aus ganzem Herzen«, bekräftigte Ned. »Ich habe dir nur mein Herz zu bieten, aber es gehört dir und wird nie jemand anderem gehören. Ich verspreche dir, dich jeden Augenblick unseres restlichen Lebens zu lieben und noch darüber hinaus. Ich liebe dich bis zum Ende aller Zeiten.«

Langsam rann ihr eine Träne über die Wange. »Oh, Ned.«

Eine Leichtigkeit überkam Ned, obwohl seine Hände zitterten und sein Herz raste. Endlich konnte er seine Gefühle ausdrücken, und selbst wenn Madalyn Trelyon wieder gehen musste, konnte sie doch nie mehr daran zweifeln, wie viel sie ihm bedeutete. »Ich liebe dich, Maddy. Ich liebe es, wie du die Muscheln betrachtest. Wie beim Zeichnen deine Zungenspitze zwischen deinen Lippen hervorlugt. Ich liebe deinen Mut, deinen Witz und deine Entschlossenheit. Ich liebe es, dass alles voller Magie und voller Möglichkeiten ist, wenn ich mit dir zusammen bin. Nichts wünsche ich mir mehr, als immer an deiner Seite zu sein. Es gibt nichts im Leben, das mir mehr Freude macht, als mit dir zusammen zu sein.«

Madalyn zeigte ihm ihre Handfläche, wo blasse Narben zu sehen war. »Ich habe auch nie aufgehört, an dich zu denken, Sir Edward, mein galanter Ritter«, flüsterte sie. »Jener Sommer war die glücklichste Zeit meines Lebens. Es brach mir das Herz, als ich fortmusste. Du warst mein bester Freund. Ich glaube, ich wusste schon damals, dass ich für dich bestimmt bin. Es ist doch unser Schicksal, zusammen zu sein, oder nicht? Ganz gleich, was geschieht? Damals wie heute hat uns das Schicksal zusammengeführt, und ich weiß, dass auch ich dich liebe. Ach, wenn doch alles nur so einfach wäre und wir für immer in diesem Bootshaus leben könnten!«

Ned küsste ihre Hand. »Wieso nicht? Wir könnten jeden Tag Austern essen. Oder Krabben!«

»Und du kannst schreiben und ich malen. Genau wie früher!«

»Aber wir klettern nicht mehr auf Bäume«, sagte er mahnend.

Madalyn verzog das Gesicht. »Und wir rudern auch nicht. Ich kann immer noch nicht schwimmen.«

»Das bringe ich dir bei! Am Ende des Sommers wirst du schwimmen wie eine Nixe.«

»Dieser Sommer darf nicht enden. Ich lasse es einfach nicht zu«, erklärte Madalyn, doch ein Schatten huschte über ihr Gesicht. Da wusste Ned, dass sie trotz all seiner Worte immer noch an die nahende Zeit in London und an ihre Pflicht dachte. Sie umklammerte fester seine Hände. »Reden wir nicht über das Ende, Ned. Sonst habe ich das Gefühl, dunkle Wolken würden über uns aufziehen. Genießen wir einfach die Zeit, die wir jetzt haben.«

Ned verstand sie. Es war nicht der richtige Augenblick, von einem Ende zu sprechen, wo sie gerade ihre Freundschaft wieder entdeckt hatten und über ihre erblühende Liebe staunten. Allerdings schwebte seit längerer Zeit eine dunkle Wolke über seinem Gemüt, denn Reverend Tullis glaubte, es würde Krieg geben. Nach dem, was Ned den Schlagzeilen in der Zeitung entnehmen konnte, war die Lage auf dem Kontinent angespannt. Aber Krieg? Das kam ihm unwirklich vor, vor allem, wenn die Ringeltauben gurrten, der Himmel strahlte und wilder Knoblauch in den Wäldern blühte. Wie konnte es Krieg geben, wenn die Welt so schön war und er verliebt?

»Der Sommer hat gerade erst begonnen und wird ganz wunderbar werden«, sagte er – doch aus irgendeinem Grund kam es ihm vor wie ein leeres Versprechen. Meldete sich Matildas Gabe, die

Zukunft zu erahnen? Was kroch da langsam auf sie zu? Er erschauderte.

Madalyn ahnte nichts von irgendwelchen Schatten. Sie schmiedete lächelnd Pläne. »Wir haben unzählige Tage vor uns. Ist das nicht herrlich?«

»Herrlich«, nickte er und küsste ihre Hand.

»Aber herrlich oder nicht, ich muss jetzt wieder zurück«, seufzte Madalyn. »Ich muss mich noch für das Diner auf Vyvyan Court umziehen. Wenn ich noch länger bleibe, fällt meine Abwesenheit auf, und Mama schickt einen Suchtrupp los.«

Der Himmel über den Baumwipfeln leuchtete immer noch in strahlendem Blau, doch die Schatten wurden länger, und Schwalben schwirrten auf der Suche nach Insekten über die Wasseroberfläche. Ned wusste, das Ende ihres unerwarteten Wiedersehens nahte, und fühlte sich jetzt schon beraubt.

»Das dürfen wir nicht zulassen. Wenn ein Suchtrupp deine verlassenen Schuhe am Ufer findet, wird man denken, du wärst verschwunden.«

»Oder ich wäre schwimmen gegangen und ertrunken! Oh, wie sehr ich mir das wünsche. Dann würde niemand mehr nach mir suchen, und ich könnte für immer hierbleiben!«, rief sie aus.

Zu zweiten Mal innerhalb weniger Minuten überlief Ned ein Schauer, und seine Nackenhärchen stellten sich auf. Es brachte Unglück, vom Ertrinken zu reden. Marrick, mittlerweile Fischer, wäre entsetzt gewesen, und Ned hatte im Lauf der Jahre so viel vom Aberglauben im Dorf aufgenommen, dass auch ihm bei Madalyns Worten unbehaglich wurde. Sogar Matilda hätte gesagt, man solle das Schicksal nicht herausfordern. Ned unterdrückte das Bedürfnis, sich zu bekreuzigen. Ach, hätte er doch nur nicht diese merkwürdigen Vorahnungen!

»Es besteht kein Grund, dir das zu wünschen. Denn du kannst jetzt jederzeit herkommen«, versprach er.

»Es gibt nichts, was ich lieber tun würde«, erwiderte Madalyn.

Ned verdrängte sein Unbehagen und zog sie in seine Arme. Als er sie an sein Herz drückte, passte ihr Kopf genau unter sein Kinn. Madalyn und er waren füreinander bestimmt. Das Schicksal hatte sie zusammengefügt.

»Madalyn«, murmelte er, und ihr Name war Gebet, Wunsch und Segen zugleich. »Madalyn. Meine Madalyn. Meine Liebe.«

»Ja«, sagte sie, »ich bin *deine* Madalyn, und du bist *mein* Ned. Wir gehören einander. Das war schon immer so und wird immer so sein.«

Daraufhin strich Ned mit seinem Mund über ihre Lippen, und Madalyn erwiderte seinen Kuss, so leicht, wie sich die Flügel eines Schmetterlings öffnen. Ned hatte schon andere Mädchen geküsst, doch nie hatte ihn ein solcher Rausch erfasst, ein solches Drängen, sie an sich zu drücken und zu beschützen. Es war ein überwältigendes, verwirrendes Gefühl, und er wusste kaum noch, wo er endete und Madalyn begann. Er spürte nur, dass das Schicksal sie endlich wieder zu ihm geführt hatte. Seine schöne, wunderbare Madalyn. Seine beste Freundin. Seine Seelenverwandte. Die Lichtgestalt, in die er sich verliebt hatte, kaum dass er sie das erste Mal in Oyster Shore gesehen hatte.

Ganz gleich, was der Sommer bringen würde: Nichts würde sie trennen, dachte Ned, als sie lachend und Küsse tauschend durch den Wald zurückgingen, um Madalyns Sachen zu holen. Sie waren nach Hause gekommen, denn sie waren einander Heimat. Und als ihm immer mehr Wörter und Bilder und Szenen durch den Kopf schwirrten, wusste Ned ohne jeden Zweifel, dass Madalyn Trelyon ihn zu seinem größten Werk inspirieren würde. Für den Rest seines Lebens war sie der Grund für jeden einzelnen seiner Atemzüge.

KAPITEL 25

GERALD
Mai 1914
Vyvyan Court

Für Gerald boten die Dinnerpartys seiner Eltern keinen Anlass zur Freude. Normalerweise waren die Gäste langweilig und die Gespräche alles andere als anregend. Wäre nicht Madalyn Trelyon unter den Gästen des heutigen Abends gewesen, hätte er Schmerzen im Bein vorgeschützt und sich in sein Zimmer zurückgezogen.

Aber dieses spezielle Diner wollte Gerald nicht verpassen. Er war neugierig und seltsam nervös bei der Vorstellung, Madalyn wiederzusehen. Seine Erinnerungen an jenen Sommer vor zehn Jahren in Cornwall waren bunte Flecken in einer ansonsten ziemlich monochromen Farbpalette, und hatten ihm durch die Trübnis seiner Schuljahre und das Elend der unzähligen Arztbesuche geholfen. Es war ein goldenes Zeitalter gewesen, als er sein Bein noch nicht nachziehen musste, eine Ära, in der die Welt tausend Möglichkeiten bot, und ein kleiner Junge namens Gerald noch rennen, klettern und schwimmen konnte – ganz gleich wie dürftig. Diesen Jungen gab es schon lange nicht mehr, doch manchmal war es doch ein Schock, sein schmales Gesicht mit dem ordentlich gestutzten Bart im Spiegel zu sehen. Wer war dieser gepflegte junge Gentleman mit dem lahmen Bein und dem eleganten Gehstock? Wo war der Mann, der Gerald Snowe hätte werden sollen?

Ned Carew hatte ihm dieses Leben genommen. Ned Carew mit der Löwenmähne, den tiefblauen lachenden Augen und den gesunden Gliedmaßen hatte den Menschen getötet, der Gerald hätte werden sollen – und zwar so, als hätte er ihn persönlich vom Baum gestoßen. Es war Ned, der Gerald in jenem Sommer dazu ermutigt hatte, zu klettern, zu rudern und zu schwimmen, also gab es nur einen Schluss: Für den Unfall war ganz allein Ned verantwortlich. Gerald war nur mit Madalyn den Fluss hinuntergerudert, weil Ned ihm das Boot gezeigt hatte, und er war nur auf den Baum geklettert, um zu beweisen, dass er Ned ebenbürtig war. Ned war dafür bestraft worden, dass er sich unbefugt auf ihrem Anwesen aufgehalten und Bücher gestohlen hatte. Fast hätte St. John Trelyon von seinem Recht als Lehnsherr Gebrauch gemacht und den Schulmeister entlassen. Nur Edgar Carews guter Ruf im Dorf hatte ihn gerettet. Doch ein paar Jahre später war er als gebrochener Mann gestorben, das hatte Gerald zumindest gehört, und die Familie musste sich als Angestellte verdingen – das war nur gerecht, wie Gerald fand.

Hin und wieder hatte er Ned bei den Wildhütern von Vyvyan gesehen, und seine freche Schwester hatte eine Zeit lang als Hausmädchen bei ihnen gearbeitet, doch die in ihrer Kindheit geknüpften Bande waren schon vor langer Zeit gekappt worden, und Gerald hätte sich lieber auch noch das andere Bein gebrochen, als sich dazu herabzulassen, sich mit ihnen gemein zu machen. Wenn Ned jetzt groß, breitschultrig und attraktiv genug war, um ihre Hausmädchen zum Kichern zu bringen, wann immer sie ihn sahen, dann konnte Gerald damit leben, denn Ned Carew würde nie ein Gentleman sein. Und ganz gewiss würde er auch kein Schriftsteller werden, da ihm eine akademische Laufbahn verwehrt blieb. Jetzt lag Ned Carews Zukunft buchstäblich am Boden und nicht mehr in literarischen Salons, während Geralds Zukunft ruhmreich sein würde. Das Gleichgewicht war wieder hergestellt. Der Gerechtigkeit war Genüge getan.

Während sein Kammerdiener die Schulterpartie seines Abendanzugs ausbürstete, betrachtete Gerald sich im Spiegel und bewunderte den gepflegten jungen Mann, der seinen Blick mit dem Wissen um seine Überlegenheit und der Gewissheit erwiderte, dass er ein vermögender Erbe war und schon bald in Oxford studieren würde. Es war nicht sein Schicksal, für einen Hungerlohn als Waldarbeiter zu schuften.

»Welche wünschen Sie für diesen Abend, Sir?« Geralds Kammerdiener zeigte ihm eine Auswahl Manschettenknöpfe. Gerald entschied sich für schlichte kreisförmige aus Gold und ging zum Fenster, um sie bei besserem Licht zu befestigen. Als der Kammerdiener seine Manschetten und die Anzugsjacke straff zog, fiel Geralds Blick auf seinen Schreibtisch am Fenster, auf dem ein Notizbuch mit Monogramm und ein teurer Federhalter lagen und auf Inspiration warteten. Schon bald würde er die Seiten mit gefälliger Prosa füllen; es war nur noch eine Frage der Zeit, bis er eine Geschichte schrieb, die ihm zu literarischem Ruhm verhelfen würde. Wenn er immer noch Neds Geschichten wieder aufbereitete, dann nur, weil er auf die brillante Idee wartete, mit der er sich einen Namen machen konnte. Schon bald würde Gerald in literarischen Kreisen so gefeiert werden wie Dickens und Austen. Und dann würde Ned Carew wissen, dass er geschlagen war, und seine Träume würden zu Staub zerfallen.

Immer noch kam es vor, dass Gerald Auszüge seiner Arbeit Kit Rivers zeigte, der sich weiterhin an Gedichten versuchte – die nach Geralds Ansicht kompliziert und irgendwie unwürdig waren. Gerald hingegen war weit davon entfernt, seinen eigenen Roman abzuschließen, und wartete auf Inspiration. Aber an diesem Abend würde sich alles ändern, denn Gerald war überzeugt, Madalyn würde seiner Vorstellungskraft neuen Schwung verleihen. Sie würde seine Muse sein.

Er hatte sie nie vergessen. Nach seinem Unfall hatte er erfahren, dass sie fast an einer Lungenentzündung gestorben wäre und in ein Sanatorium gebracht worden war. Er hatte sich gefragt, ob sie wieder im Oyster House leben würde, wenn es ihr besser ging, um an der Seeluft ihre Genesung zu unterstützen, aber sie war auf ein Internat geschickt worden und nicht zurückgekehrt. Jahre später, als Gerald mit Hilfe seines Gehstocks laufen konnte und wieder in London war,

hatte er hin und wieder eine schlanke Gestalt mit roten Haaren gesehen, und sein Herz hatte einen Satz gemacht. Doch wenn die betreffende Dame sich dann umdrehte, war es nie Madalyn. Außerdem
suchten Gerald oft Albträume heim, wenn er am wenigsten damit
rechnete: von Angst erfüllte grüne Augen, die ihn anflehten, umzukehren, Haare, die sich wie Schlingpflanzen im Wasser ausbreiteten,
ein bleiches Gesicht, das aus den Tiefen zu ihm herauf schimmerte.
Manchmal erlebte er noch mal seinen Sturz, bei dem sich die Sekunden bis in die Unendlichkeit erstreckten, oder er befand sich in einem
kleinen Boot, das von einer unbarmherzigen Strömung aufs offene
Meer getrieben wurde. Aus diesen Träumen schreckte er immer mit
rasendem Puls auf, in schweißnassen, verhedderten Bettlaken und
mit einer wilden Wut auf Ned Carew, der die Schuld an alldem trug.

»Das reicht.« Ungeduldig scheuchte Gerald seinen Kammerdiener
weg und wünschte nur, dasselbe auch mit seinen Erinnerungen tun
zu können. Er wandte sich wieder dem Spiegel zu. Seine Erscheinung
war perfekt. Teurer Abendanzug, ordentlich gestutzter Bart, der ein
vielleicht etwas zu schwächliches Kinn verbarg, und der elegante Gehstock mit dem silbernen Knauf. Sein Taschentuch duftete nach frischem Kölnisch Wasser, sein dunkles Haar war mit Pomade zurück-
gestrichen. Er war reich, gepflegt und, wie er fand, nicht gänzlich
unattraktiv. Ob Madalyn Trelyon wohl noch so schön war, wie er sie
in Erinnerung hatte? Oder war sie aufgeblüht wie eine Pfingstrose und
frühzeitig in sich zusammengefallen? Welche Enttäuschung, wenn
seine Muse nicht mehr makellos wäre! Dann würde er es bereuen,
sich zur Dinnerparty seiner Eltern bereit gefunden zu haben, und sich
unter einem Vorwand zurückziehen.

Zufrieden mit seinem Fluchtplan machte sich Gerald auf den Weg
zum Salon, tappte mit seinem Stock den zugigen Gang entlang und
die tückischen Treppenstufen hinunter. Längst verstorbene Trelyons
bedachten ihn aus ihren goldenen Rahmen mit ihren mittlerweile
vertrauten missbilligenden Blicken. Madalyns grüne Augen und ihr

kühner Ausdruck richteten sich durch die Jahrhunderte hindurch auf ihn, um ihn und seine Familie zu verurteilen – genau wie es die gehobene Gesellschaft von Südcornwall heute Abend tun würde. Es war ihm ein Rätsel, warum Sir Arthur auf derlei demütigende Veranstaltungen bestand. Gerald nahm an, es lag an seinem doch recht erbärmlichen Verlangen nach gesellschaftlicher Anerkennung – die er, ob zum Ritter geschlagen oder nicht, niemals bekommen würde. Während der elenden Schulzeit hatte Gerald weitaus mehr gelernt als die Klassiker zu lesen, und obwohl ihm das Geld seines Vaters Zugang zu den höheren Kreise erkauft hatte, waren ihm doch die unentwegten Bemerkungen seiner Mitschüler über sein Dasein als Fabrikantensohn schmerzlich bewusst. Die bessere Gesellschaft von Cornwall war genauso wie seine Mitschüler, die ihm das Leben zur Hölle gemacht hatten, und Gerald wusste, dass die Snowes nur wegen ihres Reichtums toleriert wurden.

Er fragte sich oft, ob seine Mutter überhaupt merkte, dass ihre Nachbarn nur aus Höflichkeit mit ihnen dinierten, und weil Sir Arthur einen der besten Weinkeller im Umkreis hatte. Der wurde vor allem von Lord Julyan Pendennys geschätzt, ein notorischer Trinker, der normalerweise spätestens beim Abschluss des Diners das Bewusstsein verlor und nur eingeladen wurde, weil seine Tochter Emily die Alleinerbin des Familienanwesens war. Lady Snowe wollte ihren Sohn unbedingt mit einer blaublütigen jungen Frau verkuppeln. Er vermutete, dass seine Mutter dankbar war, dass er trotz seiner Verletzung als gute Partie galt. Im Laufe des vergangenen Jahres hatte sie ihm so viele geeignete junge Frauen wie möglich vorgestellt. Jede von ihnen wäre bereit gewesen, ihn zu heiraten und ihm einen Sohn und Erben für das Snowesche Seifenimperium zu schenken, doch Gerald waren sie alle egal gewesen, weil keine von ihnen Madalyn Trelyon das Wasser reichen konnte. Sie oder keine, entschied Gerald, als er in der Halle dem Lachen folgte, das aus dem Salon drang. Und sie würde seine Frau werden, denn jeder wusste, dass die Trelyons ihr Vermögen verloren hatten. Also würden sie alles dafür tun, damit er Madalyn einen Antrag machte.

Allerdings musste Gerald zugeben, dass, abgesehen von Madalyn, auch Emily Pendennys seinem Ideal einer Frau näherkam als die meisten anderen. Sie war eine furchtlose Reiterin mit Kurven, die selbst einen Heiligen in Versuchung geführt hätten. Sie wurde oft zur Jagd nach Vyvyan eingeladen, doch da sie häufig Zeugin seiner wenig ruhmreichen Reitversuche geworden war, erwies sich eine mögliche Verbindung problematisch. Emily sprang mit ihrem Pferd über die größten Hindernisse und Gräben, während er immer verzweifelt nach einer Lücke suchte. Hin und wieder meinte er gesehen zu haben, wie sie sich ein Lächeln verkniff, und dann war Ingrimm in ihm aufgestiegen. Um das Ganze noch schlimmer zu machen, zog sie Kit Rivers' Gesellschaft eindeutig vor, redete bei allen Feiern nur mit ihm und ließ Gerald links liegen. Im letzten Monat hatte Gerald bei der Dinnerparty auf Rosecraddick Manor vor Wut gekocht. Welches Recht hatte die ehrenwerte Emily Pendennys denn, ihn derart von oben herab zu behandeln? Auch wenn ihre Vorfahren bis in die Zeit der normannischen Eroberung zurückreichten, wusste doch jeder, dass ihr Vater das Familienvermögen verspielt hatte und nun auch Gefahr lief, das Anwesen zu verlieren. Eigentlich sollte *sie* darum betteln, von ihm, Gerald Snowe, zur Kenntnis genommen zu werden.

Als er sich vorstellte, wie die hochnäsige Emily ihn unter Tränen anflehte, fühlte er sich gleich ein bisschen besser. Während er vor dem Salon kurz innehielt, um sich zu sammeln, gönnte er sich die köstliche Phantasie, in der er Pendennys Place einfach kaufte und Emily auf die Straße warf. Dann würde es ihr leidtun, ihn bei der Jagd bloßgestellt und ihn ausgelacht zu haben. Niemand lachte Gerald Snowe aus. Niemand.

»Gerry? Was lungerst du da draußen herum? Komm herein, mein Sohn!«

Die dröhnende Stimme seines Vaters riss Gerald aus seinen düsteren Gedanken. Wie immer krümmte er sich innerlich angesichts seiner gewöhnlichen Ausdrucksweise, setzte jedoch eine höfliche Miene auf und betrat den Salon.

Die Szene war ihm vertraut: Eine Gruppe von Gästen in feiner Abendgarderobe saß oder stand an dem blank polierten Tisch, auf dem die Diener Getränke bereit gestellt hatten, die Sir Arthur, der nicht wusste, was sich gehörte, großzügig an die Eingeladenen ausschenkte. Colonel und Lady Rivers plauderten mit einem älteren Paar, dessen Name Gerald entfallen war, Kit lehnte am Kamin und redete mit seinem dicken Londoner Freund Rupert Elmhurst über die Spannungen in Preußen, und Lady Snowe bemühte sich um eine zerbrechliche Frau am Fenster, die einen Schal über ihre knochigen Schultern drapiert hatte. Etwas an der Neigung ihres Kopfs und an ihren prägnanten Wangenknochen kam Gerald vertraut vor. Doch es war der Anblick der schlanken, von ihm abgewandten Gestalt, der seinen Atem stocken ließ.

Madalyn Trelyon. Endlich war sie zurückgekehrt, und selbst Vyvyan Court schien zu wissen, dass sie an ihrem rechtmäßigen Platz war, denn die Abendsonne schien durchs Fenster und tauchte sie in goldenes Licht. Wieso starrten Kit und Rupert sie nicht an? Oder sein Vater? Oder der Colonel? Merkten sie denn nicht, dass eine Göttin unter ihnen weilte?

Obwohl Gerald ihr Gesicht nicht sehen konnte, wusste er sofort, dass Madalyn noch viel schöner war als in seiner Erinnerung. Ihr kastanienrotes Haar war kunstvoll frisiert und mit Blumen aus dem Treibhaus geschmückt, und in ihrem dunkelgrünen Kleid wirkten ihre Schultern so weiß und glatt wie Sahne. Ihre Taille war so schmal, dass er sie mit seinen Händen hätte umfassen können, doch ihre Hüften waren beeindruckend kurvig. Gerald spürte, wie ihm der Mund trocken wurde. Wie angewurzelt stand er da und war auf einmal wieder der unbeholfene kleine Junge im Matrosenanzug, der unsicher und ungeliebt den anderen nachgerannt war. Er schloss die Augen, verbittert, dass ihn schon wieder dieses verhasste Gefühl überkam, doch als er sie öffnete, winkte Mary Snowe ihn zu sich. »Gerald, Schatz! Du erinnerst dich doch bestimmt an Lady Constance und ihre Tochter Madalyn?«

Da erkannte er, dass Lady Constance die gebrechliche Frau auf dem Stuhl war. In seiner Kindheit war sie lediglich eine Schattengestalt gewesen, die sich ständig mit Kopfschmerzen oder Influenza in ihr Zimmer zurückgezogen hatte. Jetzt war sie nur noch ein Schatten ihrer selbst. Im Vergleich zu ihrer strahlenden Tochter so substanzlos wie das Mondlicht im Vergleich zum Sonnenschein. Halt! Sollte er das nicht aufschreiben? Gerald konnte sich nicht erinnern, je einen derart poetischen Gedanken gehabt zu haben, und spürte einen Anflug von Aufregung. Hatte er nicht immer gewusst, dass Madalyn Trelyon Großes auslösen würde?

Er durchquerte den Raum, um die neuen Gäste zu begrüßen, ging langsam, um nicht zu stolpern, und tappte mit seinem Gehstock über den Perserteppich. Wie er es hasste, derart eingeschränkt zu sein! Wie er sich danach sehnte, mit großen Schritten den Raum zu durchqueren, so wie Ned manchmal über den Stallhof schritt, voller Kraft und Selbstbewusstsein wie ein junger Gott. Er war nur froh, dass Madalyns Aufmerksamkeit momentan dem Garten galt, denn auf keinen Fall wollte er, dass ihr erster Eindruck von ihm war, dass er auf einen Stock angewiesen war.

»Lady Constance, welche Freude, Sie wiederzusehen!« Er nahm ihre faltige Hand, küsste sie, als wäre es die der Königin, und erkundigte sich besorgt nach ihrer Gesundheit. Allerdings beachtete er ihre Antwort nicht, denn seine Aufmerksamkeit wurde von Madalyn angezogen wie Eisenspäne von einem Magneten. Alles an Madalyn drohte ihn zu überwältigen, von der Rosenröte ihrer Wangen und dem Blumenduft, der sie umgab, bis zur Weichheit ihrer Haut, als er ihre Hand nahm, und dem Funkeln in ihren bezaubernden meergrünen Augen. Madalyn Trelyon war lebende atmende Poesie, und in ihrem strahlenden Glanz verblasste jede andere Frau.

»Gerald«, bemerkte Madalyn mit einem angespannten Lächeln. »Ohne Matrosenanzug habe ich dich kaum erkannt.«

»Aus dem bin ich herausgewachsen, Madalyn. Diese Zeiten sind längst vorbei.« Gerald wusste, dass er kurz angebunden klang, doch er war weder ein Poet wie Kit noch ein begabter Sprachkünstler wie Ned. Außerdem hatte er nie gelernt zu flirten – wenn das denn Flirten war. Es erinnerte ihn eher an das Gefühl von früher, an seine Unzulänglichkeit, wie er als Junge Madalyn nachgelaufen war und Jagdkleider außerhalb der Saison trug. Hässliche rote Flecken bildeten sich an seinem Hals.

Mary Snowe, die sich in der gehobenen Gesellschaft immer noch schnell einschüchtern ließ, lachte nervös.

»Wie lustig, meine liebe Madalyn! Mittlerweile ist Gerald doch ein richtiger Gentleman geworden. Im Herbst geht er nach Oxford.«

Madalyn blickte ihn direkt an. »Und willst du dann in die Rudermannschaft deines Colleges?«

Das saß. Er wurde knallrot.

»Aber meine liebe Madalyn, Gerald kann doch nicht rudern. Nicht seit seinem schrecklichen Unfall«, sagte Mary Snowe und blickte besorgt von Gerald zu Madalyn.

»Ach ja, wie dumm von mir.« Madalyn drückte ihre Finger gegen ihre Schläfen. »Die Erinnerung daran ist immer noch ein bisschen verschwommen. Ich meine aber, dass ich mir an diesem Tag eine Lungenentzündung geholt habe. Es tat mir sehr leid zu hören, dass du eine so schlimme Verletzung hattest, Gerald.«

Mary Snowe war hoch entzückt, diese Mitleidsbekundung von Madalyn zu hören. »Nun, davon hat er sich aber im Großen und Ganzen erholt, Madalyn. Nach dem Essen musst du unbedingt mit ihm im Garten spazieren gehen.«

»Aber ja«, erwiderte Madalyn, ohne ihren Blick von ihm zu lösen. »Wir haben uns eine Menge zu erzählen.«

Damit gab Madalyn ihm zu verstehen, dass sie sich durchaus an den Unfall erinnerte und ihm allein die Schuld daran zuschrieb, das verstand Gerald ganz deutlich. Obwohl schon über zehn Jahre vergangen waren, ergriff sie immer noch Partei für Ned. Wut stieg in ihm auf und dämpfte seine Angst. Jetzt wurde ihm wieder bewusst, dass er der Erbe eines Vermögens war, der Sohn eines der mächtigsten Männer des Landes und Madalyn nur die mittellose Tochter einer gebrechlichen Frau. Sie war ein *Nichts*, und wenn sie klug war, würde sie sich bald überlegen, wem ihre Loyalität galt.

»Schluss jetzt mit dem Geplauder«, dröhnte Sir Arthur und bot Lady Constance seinen Arm. »Gehen wir ins Esszimmer. Gerald, kümmere dich um Miss Trelyon. Ihr habt bestimmt eine Menge nachzuholen.«

Gerald nickte, und Madalyn legte ihm ihre behandschuhte Hand auf den Arm, damit er sie ins Esszimmer führen konnte. Sie sagte nichts mehr, sondern spielte formvollendet ihre Rolle: erlaubte ihm, ihr einen Stuhl zurecht zu rücken, bevor die Bediensteten die Servietten ausbreiteten und Getränke servierten. Da Gerald neben ihr saß, achtete er während des Essens darauf, dass ihr Weinglas stets gefüllt war. Sie aß nur wenig, schob ihr Essen auf dem Teller herum und starrte verträumt in ihr Glas, während ein leises Lächeln ihre Lippen umspielte. Gerald fragte sich, woran sie wohl dachte. An einen anderen Mann?

An Ned Carew?

Allein der Gedanke verursachte ihm Übelkeit, und mit einem Mal konnte er die üppigen Speisen nicht mehr sehen. Das war doch nicht möglich, oder? Die Trelyons waren erst an diesem Morgen angekommen – der Chauffeur seines Vaters hatte sie aus Plymouth abgeholt –, da konnte Madalyn noch keine Zeit gehabt haben, Ned zu sehen. Außerdem war Carew mittlerweile ein Bediensteter, und Madalyn, so wunderschön in Seide und Perlen, war eine Dame. Sie wusste, wie es zuging auf der Welt, wusste, dass sie eine gute Partie machen musste. Da würde sie nicht so dumm sein, sich an einen gewöhnlichen Waldarbeiter zu verschwenden.

Nein, befand Gerald, als er seinen Wein herunterkippte und das Glas eine Spur zu heftig absetzte, wahrscheinlich war sie nur erschöpft von der Reise und dachte an irgendwas, woran Frauen eben dachten – wer wusste schon, was in ihren Köpfen vorging? Er verdrängte seine Wut und unterhielt sich mit ihr über London und gemeinsame Bekannte. Hin und wieder erhaschte er einen Blick von ihnen beiden im Spiegel über der Mahagoni-Anrichte und dachte dann, was für ein hübsches Paar sie doch abgaben. Mit einer so schönen Frau wie Madalyn an seiner Seite würde wohl keiner mehr wagen, ihn zu verspotten oder zu bemitleiden. Im Gegenteil, jeder Mann würde ihn beneiden, und Madalyn würde gut daran tun, ihn zu akzeptieren. Das verstohlene Lächeln seiner Mutter vom anderen Ende des Tischs legte nahe, dass ihre Gedanken in eine ähnliche Richtung gingen.

Das Diner schritt nur langsam voran. Madalyn wandte sich an Kits Freund, einen dicklichen, jungen Mann, der offenbar ein brillanter Jurist war, und sie unterhielten sich über die Gegend. Gelangweilt bedeutete Gerald einem Bediensteten, sein Glas zu füllen, während er seine Aufmerksamkeit auf die Unterhaltung zwischen Colonel Rivers und seinem Vater richtete.

»Glauben Sie mir, es wird Krieg geben«, sagte der Colonel und klang ziemlich angetan von der Aussicht. »Das ist nicht zu vermeiden. Die Deutschen sind maßlos und ihre Versprechungen wertlos. Wir müssen unsere großartige Nation schützen und ihnen einen Dämpfer verpassen. Bei Gott, wenn ich jünger wäre, wäre ich der Erste, der es ihnen zeigen würde.«

»Hört, hört«, erwiderte Arthur Snowe. »Wir dürfen uns von den Deutschen nichts bieten lassen. Sie brauchen eine kurze, harte Lektion, und wer könnte das besser übernehmen als wir?«

»Zu meiner Zeit habe ich den einen oder anderen Buren erledigt. Da kann ich es sicher auch mit den Hunnen aufnehmen«, nuschelte Julyan Pendennys.

»Dabei helfe ich Ihnen«, nickte Arthur. »Ich habe eine gut bestückte Waffenkammer.«

Gerald hörte belustigt zu. Sein Vater hatte keinerlei militärische Erfahrung, und wenn es Krieg gab, waren er und Colonel Rivers viel zu alt, um auch nur in die Nähe eines Schlachtfelds zu kommen.

Bei der Erwähnung des Krieges blickte Kit Rivers mit besorgter Miene auf.

»Hoffen wir, dass es nicht so weit kommt, Vater, und dass der Premierminister ihnen ihre Friedensversicherungen glaubt«, sagte er leise. »Der Krieg nützt niemandem außer ein paar Politikern und Waffenherstellern.«

»Unsinn«, bellte der Colonel, und sein Schnäuzer sträubte sich. »Völliger Unsinn! Genau so was braucht ihr jungen Leute. Nichts lässt einen schneller zum Mann reifen als ein bisschen Erfahrung auf dem Schlachtfeld. Wenn der Krieg kommt – und glaubt mir, er *wird* kommen –, dann erwarte ich, dass du die Familie Rivers repräsentieren und stolz machen wirst.«

»Aber dann ist er doch in Oxford, mein Lieber«, wandte Lady Rivers schüchtern ein, doch ihr Mann schnaubte.

»Die Rivers verstecken sich nicht hinter Büchern! Echte Männer kämpfen für ihr Land!«

»In der Tat«, bekräftigte Arthur. »Es sei denn natürlich, sie können es nicht, so wie mein Sohn. Wegen seines Beines, verstehen Sie? Es ist eine verdammte Schande, dass er nicht in den Krieg ziehen kann, aber es geht eben nicht.«

Jetzt wäre Gerald am liebsten im Erdboden versunken. Selbst Madalyn bedachte ihn mit einem mitfühlenden Blick.

»Ich bin durchaus in der Lage zu kämpfen«, sagte er gepresst. Zwar wusste er nicht, ob das stimmte und ob er überhaupt kämpfen wollte, wenn der Krieg wirklich kam. Aber auf gar keinen Fall wollte er schwächer dastehen als die anderen jungen Männer am Tisch.

»Echte Männer folgen ihrem Gewissen, Papa«, entgegnete Kit leise. »Ich glaube, wahrer Mut ist es, seinem Gewissen zu folgen. Nur Dummköpfe folgen blind irgendwelchen Befehlen.«

Mit einem Mal trat Stille ein. Die Aufmerksamkeit aller richtete sich auf Kit, der langsam rot wurde. Lady Rivers wirkte zutiefst bestürzt, und selbst dem Colonel hatte es die Sprache verschlagen. Colonel Rivers war ein zu Gewaltausbrüchen neigender Mann. Ihm war es durchaus zuzutrauen, seinen Sohn zu züchtigen, ganz gleich, wie alt er war. Gerald empfand unwillkürlich Bewunderung für Kit Rivers. Seine Gedichte mochten gefühlsduselig sein, aber Mut hatte er.

Kits Londoner Freund Rupert griff über den Tisch nach einem Brötchen. »Gott, ich hoffe, man wird nicht *mich* einziehen«, sagte er gedehnt, brach das Brötchen auf und bestrich die Hälften dick mit Butter. »Erstens bin ich zu fett, um in Uniform die Damen zu beeindrucken – auch wenn die Damen angeblich keinem Mann in Uniform widerstehen können –, und zweitens sind meine Augen so schlecht, dass ich wahrscheinlich auf die Falschen zielen würde.«

Seine Selbstironie lockerte die angespannte Atmosphäre, und die Gäste lachten erleichtert. Der unangenehme Augenblick verflog, doch Gerald bemerkte, dass Kit für den Rest des Diners nichts mehr sagte, sondern gedankenverloren vor sich hinstarrte und die bösen Blicke seines Vaters nicht zu bemerken schien. Glücklicherweise wurde die Unterhaltung schon bald vom Krieg auf den neuesten Klatsch gelenkt, kurz darauf wurden die Teller abgeräumt, und die Damen erhoben sich, um sich in den Salon zu begeben. Als Madalyn sich ihnen anschloss, machte Geralds Herz einen Satz. Er durfte sie nicht gehen lassen, bevor er nicht mit ihr gesprochen hatte.

Er stand auf und verneigte sich vor den Tischgenossen. »Gentlemen, bitte entschuldigen Sie mich. Ich brauche ein bisschen frische Luft.«

Er griff nach seinem Gehstock und durchquerte das Esszimmer Richtung Halle, wo er eine grün gewandete Gestalt zum Salon streben sah. Mit einem Mal konnte er so schnell gehen, dass seine Ärzte gestaunt hätten.

»Madalyn!«

Madalyn presste die Hand gegen die Brust. »Du hast mich erschreckt«, sagte sie, ging aber dennoch weiter in den Salon.

Er folgte ihr und fragte: »Kommst du mit in den Garten?«

Sie schüttelte den Kopf. »Ich muss dafür sorgen, dass Mama es auch bequem hat.«

Lady Constance winkte mit schlaffer Hand ab. »Nein, ich komme zurecht, Madalyn. Geh du nur und genieße mit Gerald die frische Luft.«

»Du bist erschöpft, Mama, ich kümmere mich darum, dass du Tee bekommst und vielleicht ein bisschen von der Tinktur gegen die Kopfschmerzen. Möglicherweise sollten wir sogar nach dem Wagen läuten und nach Hause fahren?«

»Mach nicht so ein Theater, Madalyn. Mir geht es vollkommen gut«, fauchte Constance.

»Ich habe Tee und ein kühlendes Lavendeltuch bestellt, meine Liebe«, fügte Mary Snowe hinzu. »Ich werde mich sehr gut um deine Mutter kümmern. Genießt ihr beiden jungen Leute nur die frische Luft. Die Rosen sind gerade erblüht, das solltest du Madalyn zeigen, Gerald. Sie sind ganz wunderbar.«

»Natürlich, Mama, obwohl sie kaum mit ihrer Schönheit mithalten können«, sagte er galant.

Daraufhin wechselten die beiden Mütter einen verschwörerischen Blick, und Gerald verkniff sich ein Lächeln. Er hatte recht: Sie hatten bereits entschieden, dass Madalyn und er ein schönes Paar waren. Damit war schon mal die halbe Schlacht gewonnen. Um den Rest würde er sich kümmern.

Er bot Madalyn seinen Arm, und da sie sich dieses Mal geschlagen geben musste, gingen sie in den dämmrigen Garten, wo das Licht der Lampen nur bis zur Terrasse reichte. Am Himmel waren die ersten Sterne erschienen. Schweigend schlenderten sie an den Fenstern des Esszimmers vorbei, wo die Männer in dichten Rauch gehüllt saßen, und stiegen die breiten Stufen zur Rasenfläche hinunter. Hinter den Buchshecken und der untersten Terrasse senkte sich Dunkelheit über die Bäume, und ein schwacher silbriger Schimmer verriet, wo der Fluss entlangführte. Die Abendluft duftete süß nach gemähtem Gras, und über den Giebeln von Vyvyan Court flatterten Fledermäuse durch die Dämmerung.

Madalyns Röcke streiften raschelnd über das Gras. Gerald konnte nur daran denken, wie nah sie ihm war und wie warm ihre Hand auf seinem Arm. Er wollte sie mehr, als er je etwas gewollt hatte. Sie war schlichtweg vollkommen.

Als sie weit genug in den Rosengarten vorgedrungen waren, um mit der Dunkelheit zu verschmelzen und damit vor neugierigen Blicken geschützt zu sein, blieb er stehen. »Madalyn, ich muss mit dir sprechen.«

»Aber du willst mir jetzt nicht anbieten, mich irgendwohin zu rudern, oder?«, entgegnete sie. »Denn dann lautet die Antwort ›Nein‹.«

Gerald stützte sich auf seinen Stock und blickte in ihr Gesicht, das im Zwielicht des aufgehenden Mondes blass war und gleichzeitig leuchtete. Ihm stockte der Atem, so schön war sie. War es nicht unwichtig, dass sie keinen Cent besaß und einst die Gesellschaft eines gewöhnlichen Dorfjungen vorgezogen hatte? Er verdiente eine schöne Frau, und er wollte sie. Sie war arm, und er glaubte fest daran, mit Geld ihre Hand gewinnen zu können, selbst wenn er ihr Herz nicht haben konnte.

»Ich möchte, dass du mich heiratest«, sagte er.

Eigentlich hatte er das so früh nicht äußern wollen, doch die Worte waren ihm irgendwie herausgerutscht.

»Sei nicht albern!«, lachte Madalyn.

Ihr Spott schmerzte wie eine Ohrfeige. Erkannte sie denn nicht, was er ihr anbot? Wie glücklich sie sich schätzen konnte?

»Was ist denn so lustig?«, fragte er zutiefst gekränkt.

»Du«, erwiderte sie kopfschüttelnd. »Du trägst zwar keinen Matrosenanzug mehr, aber ansonsten hast du dich kein bisschen verändert, oder, Gerry? Es geht immer noch ausschließlich darum, was *du* willst, nie um jemand anderen.«

»Ich meine es ernst, Madalyn. Heirate mich.«

Er wollte nach ihrer Hand greifen, doch sie lachte wieder und trat einen Schritt zurück. »Als Nächstes wirst du mir erzählen, dass du jetzt doch rudern kannst! Gott, wenn du dann auch noch versuchst, auf einen Baum zu klettern, bin ich wirklich beunruhigt. Was ist nur los mit dir, Gerald? Hast du ein bisschen zu viel Wein getrunken?«

»Verzeih mir, wenn das übereilt klingt, aber ich bitte dich in aller Form um deine Hand«, sagte er mit äußerster Höflichkeit. »Du solltest erfreut sein. Ist es nicht das, was jede Frau sich wünscht?«

Da verging Madalyn das Lachen. Mit einem Mal musste sie so schwer atmen, dass sich ihr Busen unter ihrem grünen Kleid hob und senkte. »Erfreut? Ich bin vollkommen verwirrt. Wieso glaubst du, ich würde deine Frau werden wollen? Wir kennen uns nicht mal.«

Gerald hatte vergessen, wie schwierig Madalyn sein konnte. Er unterdrückte seine wachsende Ungeduld.

»Wir kennen uns seit unserer Kindheit, aber das nur nebenbei«, sagte er. »Du musst reich heiraten, das ist kein Geheimnis, und ich bin reich. Ich kann für dich und deine Mutter sorgen, eure Schulden begleichen und euch beiden ein angenehmes Leben bieten. Deshalb solltest du mich heiraten. Weil es vernünftig ist.«

Er trat auf Madalyn zu, um sie zu umarmen, aber sein Stock war ihm im Weg. Als er das verdammte Ding endlich unter den Arm gesteckt hatte, war Madalyn so weit zurückgewichen, dass sie fast im Blumenbeet stand und die Dornen der Rosen die Seide ihres Kleides gefährdeten.

»Es ist überhaupt nicht vernünftig, denn ich liebe dich nicht«, entgegnete sie. »Und ich weiß, dass du mich auch nicht liebst.«

Erneut schluckte Gerald seinen Ärger hinunter. Liebe? Wieso kam sie ihm jetzt damit? Frauen waren wirklich komisch.

»Liebe entsteht im Laufe der Ehe«, behauptete er kühn, und als er das sagte, glaubte er fast selbst daran. Madalyn war so schön, dass ihr keine Frau, die er bislang kennengelernt hatte, das Wasser reichen konnte. Er wollte, dass sie die Seine war. Er wollte sie den Blicken der Welt entziehen. Er wollte sie ganz für sich haben. Das war doch wohl Liebe, oder? »Außerdem liebe ich dich doch. Wir waren doch mal Freunde, oder nicht?«

Madalyns Blick war auf den dunkler werdenden Wald gerichtet, der das Tal bedeckte und Oyster Shore abschirmte. »Meine Erinnerung sagt mir etwas anderes, Gerald. Du warst gemein. Du hast mich gekniffen, als Kit das Foto schoss, und deinetwegen wäre ich fast ertrunken.«

»Das tut mir leid. Ich war nur ein dummer Schuljunge«, erklärte er. »Ich versuchte, deine Aufmerksamkeit zu erregen, und wusste es nicht besser. Ich war wohl ziemlich abstoßend.«

»Du warst gemein«, beharrte sie. »Ned war nie gemein. Nicht mal dir gegenüber, auch wenn du es verdient hattest. Du hast zugelassen, dass ihm die Schuld für deinen Sturz gegeben wurde, Gerald. Wieso hast du das getan?«

Gerald umklammerte den Knauf seines Gehstocks, um nicht die Beherrschung zu verlieren. Zur Hölle mit dem verdammten Ned! Wieso stand er ihm immer im Weg? Ein Untergebener! Ein Niemand!

»Ich war noch ein Kind, Madalyn, außerdem war ich tagelang bewusstlos. Ich erinnere mich nicht mal mehr an den Sturz.« Das war eine glatte Lüge, aber das konnte niemand beweisen, also fuhr er fort: »Nach dem Unfall bin ich fast gestorben und muss seitdem jeden Tag mit den Folgen leben.«

»Ned auch«, konterte sie. »Es lässt auch ihn nicht los.«

Gerald kniff leicht die Augen zusammen. Also hatte sie Carew doch getroffen!

»Du hast mit ihm gesprochen?«

»Er arbeitet in Oyster Shore für St. John, kümmert sich um das Anwesen und hält die Auffahrt frei.«

Gerald war erleichtert, dass sie ihn nicht extra aufgesucht hatte, und dass sie wusste, dass er jetzt als Gärtner arbeitete.

»Das ist doch alles längst vorbei. Ich hege keinen Groll mehr gegen Carew«, log er, »aber ich weiß jetzt auch, dass unsere Freundschaft nicht passend war. So was verstehen Kinder oft nicht, oder?«

Madalyn sah aus, als wollte sie ihm widersprechen, hielt sich aber zurück. Wahrscheinlich war ihr klar, dass er recht hatte.

»Unsere Verlobung hingegen wäre mehr als passend«, fuhr er fort, als sie nicht antwortete. »Es hat keinen Sinn, die Schüchterne zu spielen, Madalyn. Wir wissen doch beide, wie es zugeht in der Welt. Denk nur, wie erfreut deine Mutter wäre, wenn du die Herrin von Vyvyan Court werden würdest.«

»Wir *kennen* uns nicht mal«, beharrte sie.

»Doch! Wir sind zusammen aufgewachsen.«

»Wir haben nur einen Sommer miteinander verbracht, und als ich dich das letzte Mal sah, wäre ich fast ertrunken.«

»Das war nicht meine Schuld.«

»Also war es meine?«

Gerald wollte schon sagen, dass es Neds Schuld war, aber er musste sich gut überlegen, welche Schlachten er schlagen musste, um den Krieg zu gewinnen. Hatte Chaucer nicht mal gesagt, Frauen wünschten sich nichts mehr, als dass ihnen ihr Willen gelassen würde? Jedenfalls meinte sich Gerald daran zu erinnern.

»Du hast recht, es war meine Schuld, und ich bedaure es zutiefst«, sagte er und senkte den Kopf. »Ich war nur ein kleiner Junge und wollte dir imponieren. Das will ich wohl immer noch, denn im Inneren bin ich immer noch der kleine Junge, der nicht rudern, rennen und klettern kann. Ich könnte es nie mit dir aufnehmen, Madalyn, denn du stehst so weit über mir wie die Sterne –, aber ich schwöre dir, wenn du mich heiratest, wird es dir an nichts fehlen. Und deiner Mutter auch nicht. Das verspreche ich. All ihre Sorgen werden ein Ende haben.«

Er rechnete schon mit Madalyns Protest, doch der blieb aus. Also war ihre Mutter ihr Schwachpunkt. Gut zu wissen. Jetzt galt es, weiter in diese Kerbe zu schlagen.

»Hast du nicht immer gesagt, du müsstest eine gute Partie machen? Einmal hast du sogar erklärt, es wäre deine Pflicht.«

Sie nickte widerstrebend. »Ja, das habe ich tatsächlich gesagt.«

»Dann lass mich dir doch helfen! Es ist das, was deine Familie wünscht, es ist die perfekte Lösung. Ich behaupte sogar, dass unsere Mütter in diesem Augenblick genau das planen. Wir könnten alle glücklich machen.«

Er dachte schon, sie würde seinen Antrag annehmen, da verdüsterte sich ihre Miene. »Tut mir leid, Gerald, aber meine Antwort hat sich nicht geändert.«

Sie war wirklich stur! Gerald musste sich sehr beherrschen. »Dann denk wenigstens darüber nach. Ich weiß, du hast mich als kleines Biest kennengelernt, aber ich habe mich verändert. Und ich schwöre, dass ich seitdem keinen Hund mehr getreten habe.«

Er hoffte, ihr damit ein Lächeln zu entlocken, doch sie verzog keine Miene. »Ich werde meine Meinung nicht ändern. Bitte frag mich nicht noch mal, Gerry.«

Sie wies ihn zurück? Eine vollkommen mittellose Frau, die vor Dankbarkeit auf die Knie hätte sinken müssen? Das war absurd.

»Gibt es einen anderen?«

Sie wandte sich so rasch ab, dass die Rosen, die sich an ihrem Kleid festklammerten, den Stoff einrissen.

»Mir ist kalt. Ich gehe wieder hinein.«

»Ich fragte, ob es jemand anderen gibt?«

»Und ich antworte nicht darauf.« Madalyn trat so abrupt einen Schritt zurück, dass sie ins Beet taumelte. »Das Gespräch ist beendet. Ich will nie wieder mit dir darüber reden.«

Dunkle Blutstropfen bildeten sich auf ihren blassen Armen, wo die Dornen ihre zarte Haut aufgerissen hatten, aber sie schien es nicht zu bemerken. Sie war zu sehr damit beschäftigt, ihren Rock zu befreien, bevor sie mit starrem Rücken und hoch erhobenem Kopf zum Haus zurückging.

Gerald folgte ihr nicht. Sie hatte seine Frage nicht beantwortet – was Gerald sagte, dass ihr Herz einem anderen gehörte. Er holte sein Zigarettenetui aus seiner Jacke, zündete sich eine Zigarette an und sog den Rauch tief in seine Lungen.

Hatte Madalyn immer noch eine Schwäche für Ned Carew? Sicher nicht. Ned war ein niederer Angestellter. Ein Niemand. Sein Traum vom Studium hatte sich in Luft aufgelöst, und eher würde er zum Mond fliegen, als ein literarisches Meisterwerk zu schreiben. Niemals könnte er eine Trelyon heiraten, denn für Madalyn würde es den gesellschaftlichen Abstieg bedeuten. Niemand anderes konnte ihr bieten, was Gerald ihr bot, und das würde sie irgendwann erkennen. Bis dahin hieß es nur, Geduld zu bewahren. Seine Chance würde kommen.

»Du wirst mich heiraten, Madalyn«, sagte er leise, »denn ich schwöre, wenn ich dich nicht haben kann, dann kann dich niemand haben. Am wenigsten Ned Carew.«

Der Abendwind raschelte durch die Bäume und wehte seinen rauchgeschwängerten Schwur über die Wipfel hinweg bis nach Oyster Shore, wo Ned Carew, der nichts von dem Drama ahnte, das sich nur eine Meile von ihm entfernt abspielte, in einem alten Ledersessel saß und auf die erste Seite eines brandneuen Notizbuchs schrieb: »Alles endete, wie es begann, in Oyster Shore ...«

KAPITEL 26

MADALYN

Juni 1914
Oyster Shore

Nicht bewegen! Ich bin noch nicht fertig!«

Madalyns Stift huschte über das Papier. Ihr Blick flog immer wieder zu ihrem Modell, das sich aufs Bett stützte, der sonnengebräunte Arm ein goldener Kontrast zu den weißen Laken, die sie erst kurz zuvor abgeschüttelt hatte, um sich wieder ihrer Zeichnung zu widmen. Oh, es war perfekt, einfach perfekt! Das Licht fiel genau richtig, um seine langen Wimpern und die Schatten zu betonen, die sein schönes Gesicht prägten. Der Stoff, der sich um seine Beine schlang, verhüllte nur ansatzweise die Muskeln und Sehnen seines starken Körpers und ließ auf männliche Kraft und Stärke schließen. Sie musste sich beeilen, denn gleich würde sich das Licht verlagern oder Ned würde die Geduld verlieren und sie wieder ins Bett ziehen. Doch wenn sie diesen Augenblick mit ihrem Stift festhalten konnte, dann würde etwas Wunderbares von diesem herrlichen goldenen Sommer verewigt werden, das wusste Madalyn.

»Deine Zunge lugt schon wieder zwischen deinen Lippen hervor«, bemerkte Ned. »Glaubst du, Michelangelo hat das auch gemacht, als er seinen David modellierte?«

»Das Modell für den David hat nicht so herumgezappelt wie du«, konterte Madalyn und schraffierte die Mulde an seiner Hüfte und den Schatten der schlanken Flanke. Ihr stockte der Atem, so makellos war sein Körper. Die Künstlerin in Madalyn – und nicht die Frau, die Ned

Carew wahnsinnig liebte – dachte, dass Michelangelo für so ein Modell wohl getötet hätte.

»Vielleicht doch«, sagte Ned und reckte sich gähnend. »Und vielleicht ist der arme David deshalb nicht so ganz gelungen. Der Künstler hat sich gerächt.«

»Wenn du nicht stillhältst, räche ich mich auch«, erwiderte sie und drohte ihm mit dem Stift. »Und wenn ich eine berühmte Künstlerin bin und diese Skizze im Louvre hängt, wird es dir leidtun, nicht mal fünf Minuten stillgehalten zu haben.«

Ned lachte. »Was glaubst du wohl, wieso ich das Laken bis zum Bauch gezogen habe? Ich weiß doch, wie grausam Künstler sein können. Sieh dich doch an, du sitzt da drüben, viel zu weit weg von mir. Komm wieder her!«

Madalyn geriet in Versuchung. Ihre Liebe und Sehnsucht nach Ned Carew drückte sich sicher in ihrem Bild aus, zeugte von ihrem Verlangen, und jeder, der diese Studie betrachtete, wüsste eindeutig, dass der Künstler diesen jungen Mann abgöttisch liebte. Ihn anbetete. Nur für ihn lebte. Selbst während Madalyn ihn zeichnete, musste sie gegen den Drang ankämpfen, ihre Arbeit beiseitezuschieben, sich zu Ned zu legen, mit ihren Fingerspitzen und Lippen die Muskeln und Sehnen seines goldenen Körpers nachzufahren und ihre Hände in seinen dichten Haaren zu vergraben, während er sie in die Arme nahm und sein Mund den ihren suchte

In diesem Sommer hatten Ned und sie himmlisches Glück entdeckt, und das alte Messingbett unter den Dachsparren des Bootshauses war ihr ganz persönliches Paradies geworden. Dort besiegelten sie ihr Versprechen von jenem Nachmittag im Mai, als sie das Flussbett verließ und entdeckte, dass Ned Carew am Ufer auf sie wartete. Dort fanden sie eine Seligkeit, die sie nie für möglich gehalten hatten. Ned bedeutete ihr alles. Er war ihr Leben, und nun, da sie ihn wieder gefunden hatte, konnte sie sich nicht vorstellen, jemals von ihm getrennt zu sein. Genauso gut hätte sie dann aufhören können zu atmen.

Nach Geralds schockierendem Antrag hatte Madalyn davor zurückgeschreckt, wieder zu Ned zu gehen, weil sie ihm keinen Ärger bescheren wollte. Sie erinnerte sich noch daran, wie rachsüchtig Gerald in ihrer Kindheit gewesen war, und wie sehr er es gehasst hatte, etwas zu verlieren, das er als sein Eigentum betrachtete. Natürlich war sie nie die Seine gewesen und würde es auch nie sein, aber jetzt waren sie keine Kinder mehr, und wenn Gerald den Verdacht bekam, dass sie etwas für Ned empfand, konnten die Folgen katastrophal sein. Sie hoffte nur, Geralds aberwitziger Vorschlag war einem Übermaß an Alkohol geschuldet und kein ernstzunehmender Plan. Seitdem war er nicht mehr darauf zurückgekommen, aber es standen weitere gesellschaftliche Zusammenkünfte auf Vyvyan Court an, und Madalyn befürchtete, dass Gerald auf Zeit spielte. Ihre Mutter jedenfalls schien zuversichtlich und hatte sich angewöhnt, nachmittags zum Tee zu Lady Snowe zu fahren. Madalyn vermutete, dass sie einen Plan schmiedete, und ihr graute vor dieser Vorstellung.

Sie schwor sich, lieber ins Wasser zu gehen, als Gerald zu heiraten. Er hatte etwas an sich, das sie unerklärlicherweise beunruhigte. Wie in seiner Kindheit wirkte er immer noch so, als würde er auf etwas lauern, und seine Anwesenheit bescherte ihr Unbehagen, obwohl er sich ihr gegenüber wie ein Gentleman verhielt. Er schickte ihr Orchideen aus dem Wintergarten von Oyster House, doch ihr wurde übel von dem durchdringenden Geruch. Und wenn er in Oyster House vorsprach, angeblich, um sich nach Lady Constances Zustand zu erkundigen, waren seine Besuche beherrscht von peinlichen Schweigepausen. Dann dachte Madalyn, während sie Tee einschenkte und die perfekte Gastgeberin spielte, immer wieder an Neds Kuss und träumte davon, wie ihr Leben sein würde, wenn sie ihrem Herzen folgen dürfte.

»Was ist denn bloß los mit dir, Madalyn?«, fragte ihre Mutter gereizt und nahm einen Strauß Lilien, ein weiteres Geschenk von Gerald, das Madalyn auf die Veranda verbannt hatte, weil der Geruch sie an den Tod erinnerte. »Ist dir nicht klar, was eine Verbindung mit den Snowes für uns bedeuten würde? Es wäre die Lösung für all unsere Probleme, und etwas Besseres könnten wir uns gar nicht wünschen.« Mit gequälter Miene gab sie den Strauß an Tilly weiter. »Sie brauchen Wasser, und dann kommen sie auf den Kaminsims im Salon. Mr. Snowe soll sehen, dass wir dankbar für seine Aufmerksamkeiten sind.«

Aber Madalyn war nicht dankbar, nicht im Geringsten, und ganz gleich, wie viele Bemerkungen ihre Mutter über eine Heirat machte, sie war entschlossen, Gerald unter allen Umständen aus dem Weg zu gehen. Als sie eines Morgens am Fluss spazieren ging – allerdings nicht Richtung Bootshaus, weil sie sonst vor Wehmut und Sehnsucht vergangen wäre –, überlegte sie, ob sie sich nicht ins Wasser stürzen sollte, um wieder eine Lungenentzündung zu bekommen. Bis sie sich davon erholt hätte, wäre Gerald längst in Oxford und dann wäre sie sicher vor seinen unwillkommenen Aufmerksamkeiten und den Machenschaften ihrer Familien. Das war schon ein ziemlich dramatischer Plan, doch manchmal fühlte sich Madalyn wie einer der Schmetterlinge, die aufgespießt hinter Glas die Gänge von Vyvyan Court schmückten: gefangen, bewundert, leblos. Sie war nur ein Ding. Eine Handelsware. Eine Trophäe. Interessierte es denn niemanden, was sie wollte? War sie denn niemandem *als Mensch* wichtig?

Ned schon, doch der war für sie genauso unerreichbar wie die Segelboote am Horizont. Seine Liebe zu ihr würde ihn nur unglücklich machen, und lieber zerbrach Madalyn selbst, als ihm Kummer zu bereiten. Sie wusste, dass Ned auf sie wartete, und wollte auf gar keinen Fall, dass er dachte, sie hätte ihn verlassen. Schon mehrfach hatte sie einen Brief angefangen, in dem sie ihm ihr Herz ausschüttete, doch hatte sie niemanden, den sie damit beauftragen konnte, ihn zum Bootshaus zu bringen. Tilly stand loyal zu Constance, und die anderen Dienstboten würden schreckliche Ärger bekommen, wenn man sie ertappte. Vielleicht war es doch das Beste, wenn Ned glaubte, sein

Kuss und seine innigen Worte würden ihr nichts bedeuten und sie hätte sich von ihm abgewandt. Wenigstens wäre es das Sicherste für ihn.

In der Kirche hatte sie Ned aus dem Augenwinkel gesehen, doch als sie nach dem Gottesdienst an ihm vorbei ging, hatten sich ihre Blicke nur ganz kurz getroffen. In den Tiefen seiner veilchenblauen Augen hatte sie tausend Botschaften gelesen, darunter Traurigkeit, Verwirrung und Liebe. Und es hatte sie ihre gesamte Willenskraft gekostet, einfach weiter den Gang hinunterzugehen und ins Freie zu treten. Gerald ging mehrere Schritte hinter seinen Eltern, und sein Blick bohrte sich in ihren Rücken. Sie umklammerte ihr Gesangbuch und betete zu Gott, dass er ihre wahren Gefühle nicht durchschimmern ließ. *Beschütze Ned*, flehte sie, während der Chauffeur der Snowes ihr in den Wagen half, *halte Gerald von ihm fern*.

Es war die reinste Folter zu wissen, dass Ned nur ein paar Minuten zu Fuß von Oyster House entfernt war. Jeden Morgen stand Madalyn auf und ging über den Rasen zum Fluss. Sie sah zu, wie er vorüber floss und beneidete ihn darum, dass er noch kurz zuvor bei Ned gewesen war. Einmal, als das rosige Lächeln der Morgenröte sich über der Welt ausbreitete, sah sie Ned vorbeirudern, und der Drang, das Fenster aufzureißen und seinen Namen zu rufen, war so stark, dass sie sich den Mund zuhalten musste, bis das Boot mit Ned außer Sichtweite war. Dabei hatte sie stumme Tränen vergossen, die über ihre Wangen geströmt und ihr durch die Finger getropft waren. Sie hatte sich gezwungen, tief durchzuatmen, sich das Gesicht zu waschen und sich zum Frühstück mit Constance zu gesellen. Doch hatte sie keinen Bissen herunterbekommen und so elend ausgesehen, dass Constance keine Einwände erhob, als sie sich mit Kopfschmerzen zurückzog. Danach konnte sie, während ihre Mutter Rosecraddick Manor besuchte, ungestört von Ned träumen, sein Gesicht wieder und wieder zeichnen und weinen, bis sie wirklich Kopfschmerzen bekam.

Im Gegensatz zu Madalyns Gemütszustand war der Juni 1914 hell und heiter. Der Himmel strahlte in einem pudrigen Blau, und die grünen Wiesen und Weiden Cornwalls strotzten von Fingerhut und Gänseblümchen. Wie betäubt vor Elend sah Madalyn kaum etwas von der Schönheit, während sie sich um ihre Mutter kümmerte und zu endlosen Essen und Gartenpartys begab. Die Veranstaltungen schienen nahtlos ineinander überzugehen; die anwesenden Männer redeten nur vom Krieg, und soweit Madalyn hörte, nahmen die Spannungen in Europa mit jedem Tag zu. Auf dem Kontinent wurden Truppen mobilisiert, und dem Kaiser war offenbar nicht zu trauen, doch auf ihrem kleinen Fleckchen Erde in Cornwall verging das Leben in einem anmutigen Reigen aus gesellschaftlichen Verpflichtungen und sonnigen Nachmittagen auf der Terrasse von Oyster House. Die Drohung eines Krieges wirkte wie eine Geschichte aus einer anderen Welt.

Zwei Wochen nach ihrer Ankunft in Oyster House wurden die Damen Trelyon zu einem Mittagessen auf Rosecraddick Manor eingeladen. Lady Constance sprach schon seit Tagen von kaum etwas anderem, aber Madalyn konnte sich nichts Schlimmeres vorstellen. Eingeschnürt in ein weißes Spitzenkleid und mit einem Hut, der mit einer Nadel auf ihrer Hochsteckfrisur befestigt war, hatte sie jetzt schon das Gefühl, kurz vor einem Zusammenbruch zu stehen. Ihr Korsett war so eng, dass sie kaum Luft bekam, und ihr dröhnte der Schädel.

»Mama, ich muss mich ausruhen«, sagte sie, und nachdem Constance prüfend die Hand auf die Stirn ihrer Tochter gelegt hatte, bekam sie die Erlaubnis.

»Du bist sehr heiß, mein Schatz. Hoffentlich hast du dich nicht erkältet, weil du abends immer noch lange draußen sitzt. Die kühle Luft kann sehr gefährlich sein.«

Madalyn hatte es sich angewöhnt, in der Dämmerung zu beobachten, wie die rote Sonne hinter den Bäumen versank. Sie wusste, Ned würde ebenfalls den Sonnenuntergang betrachten und die Szene mit seinen Worten festhalten, so wie sie es mit ihrem Pinsel tat. Sie fühlte sich ihm näher, wenn der Himmel von Rosa und Orange übergossen wurde und die Sonne unterging. Denn am nächsten Morgen würde sie wieder aufgehen, ein neuer Tag würde anbrechen und damit die Möglichkeit aufschimmern, dass sie einen Blick auf Ned erhaschen konnte.

»Vielleicht sollten wir beide hierbleiben. Du legst dich hin, und ich kümmere mich um dich, was meinst du?«, fuhr Constance widerstrebend fort. »Du wirkst ziemlich blass.«

Madalyn, die sich danach sehnte, ein paar Stunden im Schatten mit ihrem Skizzenbuch zu verbringen, dachte angestrengt nach.

»Nein, mach dir keine Sorgen, Mama, ich brauche nur ein bisschen Ruhe. Morgen früh zur Kirche wird es mir schon wieder besser gehen.«

Constance, die darauf brannte, loszufahren, erlaubte Madalyn, im Haus zu bleiben, und wies Tilly an, ihr eine Tasse Pfefferminztee zu bringen. In dem Wissen, dass ihre Mutter den gesamten Nachmittag wegbleiben würde, lag Madalyn auf ihrem Bett, betrachtete die Vorhänge, die sich im Wind blähten, und hörte zu, wie Tilly unten mit Timmy lachte, dem ungeschickten, aber gutwilligen Diener. Als die beiden einen Spaziergang miteinander machten, glühte Madalyn geradezu vor Neid, weil die Romanze ihrer Dienerin so umkompliziert war. Wieso hatte sie keine freie Wahl? Wieso konnte sie nicht mit dem Mann zusammensein, den sie liebte? Wieso war sie hier eine Gefangene? Warum wurde sie dafür bestraft, dass ihr Vater nicht mit Geld umgehen konnte und sie nicht erben durfte? An alldem hatte sie keine Schuld. Es war so ungerecht!

In diesem Augenblick hatte Madalyn genug. Die Schlafzimmertür war nicht abgeschlossen. Niemand achtete auf sie. Es stand ihr frei, ihr Skizzenbuch zu nehmen, das Haus zu verlassen und zu gehen, wohin sie wollte. Sollte sie zufällig am Bootshaus landen, war das eben so. Sie hatte es satt, den Regeln der anderen zu folgen. Was war aus dem kleinen Mädchen geworden, das auf Bäume kletterte und im Fluss schwamm? Dem Mädchen, das Gerald herausgefordert hatte, das versucht hatte, im Fluss zu schwimmen, und ein Erbstück ins Wasser geworfen hatte? Wie enttäuscht wäre dieses kleine Mädchen doch, wenn es die feige, fügsame Frau sähe, die sie geworden war.

Sie wollte nicht länger die pflichtbewusste Tochter sein. Sie wollte nicht mehr unglücklich sein. Die einzigen Fesseln, die sie banden, waren in ihrem Kopf. Es stand Madalyn frei, mit Ned zusammen zu sein, wenn sie sich dafür entschied. Niemand konnte sie daran hindern – es sei denn, sie ließ es zu!

Wie in Trance entfernte sich Madalyn immer weiter von Oyster House und tauchte in den Wald. Ihre Füße schienen kaum den Boden zu berühren, als sie den Weg hinuntereilte. Es fühlte sich an, als würde sie sich selbst von außen beobachten: eine junge Frau, die mit gerafftem weißem Rock und wehenden roten Haaren zwischen den Bäumen hindurch rannte, und die schließlich die Stufen zum Boothaus hinaufstürmte und so heftig die Tür aufstieß, dass sie den jungen Mann am Fenster erschreckte.

»Es tut mir leid, Ned«, schluchzte Madalyn, »so leid!«

Ned rührte sich nicht. Er wirkte fast erschrocken, und in diesem Augenblick erkannte Madalyn, wie sehr auch er gelitten hatte, denn ihr Kuss hatte auch ihm alles bedeutet. Er hatte mutig seine Seele vor ihr ausgebreitet, und sie hatte ihm das Herz gebrochen, als sie einfach verschwand. Allein bei dem Gedanken brach es auch ihr wieder das Herz.

»Warum bist du nicht mehr gekommen?«, fragte Ned.

Sie ließ den Kopf hängen. »Ich hatte zu viel Angst.«

»Angst? Vor mir?« Ned klang entsetzt. »Weil ich dich geküsst habe? Habe ich dich erschreckt? Mein Gott, Maddy! Ich würde dir doch nie wehtun!«

»Nein! Aber doch nicht vor dir! Niemals!«

Sie rannte zu ihm, schlang ihre Arme um seinen Hals und drückte tausend Küsse auf sein Haar. Er roch wunderbar, nach Salz und warmer Erde, und nach seinem köstlichen Eigengeruch. Vor lauter Freude, wieder bei ihm zu sein, fing sie an zu weinen. Er war ihr *Ein und Alles*!

Ned nahm sie in seine Arme. Er zog sie auf seinen Schoß, wiegte sie sanft und murmelte ihr Koseworte zu, bis sie sich beruhigte. Dann griff er in seine Tasche und holte ein Taschentuch hervor. »Es ist sauber, ehrlich. Marricks Mutter kümmert sich immer noch gut um mich.«

Madalyn lachte unter Tränen und tupfte sich die Augen mit dem weichen Tuch ab. »Danke.«

»Ist mir ein Vergnügen«, erwiderte Ned und schüttelte dann den Kopf. »Nicht, dass es mir ein Vergnügen wäre, dich weinen zu sehen. Im Gegenteil, es bricht mir das Herz. Aber wovor hattest du denn Angst, Maddy? War ich zu aufdringlich?«

Da wusste sie, es gab nur einen Weg, ihn zu überzeugen, dass seine Befürchtungen ohne jede Grundlage waren. Sie legte ihre Hand an seine Wange, strich mit den Fingerspitzen über seine goldenen Bartstoppeln und küsste ihn mit einer Leidenschaft, die ihm alles über ihre Gefühle verriet. Als Ned ihren Kuss erwiderte, zögernd zuerst und dann mit zunehmender Intensität, verflog das Elend der vergangenen Tage, und Madalyn fragte sich, wie sie es überhaupt ausgehalten hatte, von ihm getrennt zu sein.

Ned strich ihr die feuchten Locken aus dem Gesicht und küsste ihr die Tränen von den Augen und den Wangen. »Kannst du mir sagen, was dich so verängstigt hat?«, fragte er. »Ich möchte nicht, dass wir Geheimnisse voreinander haben, Maddy. Nichts, was du sagst oder tust, kann je meine Gefühle zu dir ändern, das verspreche ich, denn ich liebe dich. Ich liebe dich so sehr!«

»Ich liebe dich auch!«, schluchzte sie. »Deshalb bin ich dir ja ferngeblieben. Ich hatte Angst, dass du Ärger bekommst. Ich wollte Mama nicht im Stich lassen. Ich hatte Angst vor meinen Gefühlen. Aber vor dir hatte ich niemals Angst. Ich habe dich so vermisst, dass ich dachte, ich würde sterben. Ach Ned, es war unerträglich. Ich kann nicht ohne dich sein. Ich kann es einfach nicht!«

Mit einem Mal strömte alles aus ihr heraus, sie erzählte ihm alles. Ned hörte ihr zu, ohne sie zu unterbrechen, allerdings zuckte ein Muskel an seiner Wange, als sie ihm von Geralds Antrag erzählte. Als sie schließlich endete, kannte er ihre größten Ängste und ihre geheimsten Hoffnungen. Er wusste alles von ihr.

»Du darfst Gerald nicht heiraten, nur weil deine Mutter es will«, sagte Ned vorsichtig. »Eine Ehe ist mehr als nur Pflicht. Du musst doch ein Leben führen, das dir entspricht, das du dir wünschst. Sonst stirbst du innerlich. Sonst bist du nur noch eine Hülle.«

Wenn er es so ausdrückte, klang es so einfach.

»Aber Mama ist darauf angewiesen, Ned. Das habe ich immer gewusst. Gerald ist die Lösung für all ihre Sorgen!«

»Aber ist er auch die Lösung für deine?«

»Natürlich nicht!«, rief Madalyn aus. Sie war empört, dass er überhaupt fragte. »Mir graut vor ihm, und er könnte dir das Leben sehr schwer machen.«

»Gerry kann uns nicht schaden«, erwiderte Ned fest und drückte sie noch enger an sich. »Er ist ein Mensch, der von Neid und Groll zerfressen wird, aber er kann mir weder schaden noch dich zwingen, ihn zu heiraten. Es gibt keinen Grund, Angst vor ihm zu haben. Er kann nichts machen.«

Doch da war sich Madalyn nicht so sicher. »Er könnte St. John sagen, dass er dich entlassen soll.«

Ned zuckte die Achseln. »Na und? Was dann? Dann hätte er keinerlei Macht mehr. Ist doch viel besser für ihn, mich schwitzen zu lassen. Denn das will Gerry, der arme Kerl! Außerdem, wenn du mich heiraten willst, muss ich dir schon mehr bieten als einen Schuppen am Fluss. Also würde er mir einen Gefallen tun, wenn ich gekündigt würde.«

Madalyns Herz setzte kurz aus. War dies etwa ein Antrag? Anders als bei dem anderen Antrag sehnte sie sich danach, diese Worte noch mal zu hören. Ihre Antwort würde ein lautes Ja sein!

»Aber was würdest du denn ohne diesen Job machen?«

Ned küsste sie auf die Nasenspitze. »Das fragst du noch? Ich werde meinen Roman schreiben. Ich habe bereits mehrere Kapitel fertig, und die sind das Beste, was ich je zustande gebracht habe! Wirklich, Madalyn! Es liegt eine ganz besondere Magie darin, das sehe ich, und mit diesem Roman werden wir unser Glück machen. Weißt du auch, warum?«

Mitgerissen von seiner Begeisterung und Überzeugung lachte sie. »Nein! Warum?«

»Weil ich den Roman für dich schreibe! Es ist *dein* Roman, Maddy, es ist unsere Geschichte. Jedes Wort, das ich schreibe, rührt aus meinen Gefühlen zu dir. Du bist meine Muse. Du bist einfach alles für mich!«

Da erhob sich ihr Herz wie ein Heißluftballon, und mit einem Mal schimmerte die Welt voller Hoffnung. Wenn Madalyn bei Ned war, schien alles möglich.

»Bis dahin, also bis wir unser Glück machen, können wir durchbrennen«, fuhr Ned fort, küsste ihren Hals, das Grübchen an ihrem Schlüsselbein und die weiche Haut über ihrem Leibchen, bis sie dahinschmolz. »Ich habe einen Onkel in Australien, zu dem wir gehen könnten. Oder wie wär's mit Amerika? Das ist ein Land voller Möglichkeiten. Oder sollen wir gleich zu den Sternen? Wohin du auch willst!«

Madalyn küsste ihn. »Mit dir würde ich überall hingehen.«

»Aber wir werden kein Geld haben«, warnte Ned sie, als sie kurz innehielt. »Schriftsteller sind bekannt dafür, dass sie in Dachkammern hausen und bettelarm sind.«

»Künstler müssen auch leiden, um groß zu werden«, erwiderte sie. »Vielleicht sollten wir nach Paris durchbrennen und uns eine Dachkammer suchen. Dort kann ich malen und du kannst schreiben.«

»Und wir können Crêpes essen, an der Seine spazieren gehen und am Eiffelturm Kaffee trinken«, verkündete Ned. »Wenn ich nicht schreibe, gebe ich Englischunterricht und bin Lehrer wie mein Vater. Was für ein Leben, Maddy! Wäre das nicht wunderbar?«

Er stand auf und wirbelte sie in seinen Armen herum. Lachend hingen sie ihrem Traum nach. Von nun an würden sie zusammen sein. Nichts würde mehr zwischen ihnen stehen. Ned nahm Madalyn auf den Arm und trug sie die schmale Treppe hinauf zum Schlafzimmer unter dem Dach. Als er sie auf das alte Messingbett legte, lächelte sie ihn an und staunte, dass sich solche Stärke mit solcher Zärtlichkeit und Schönheit verbinden konnte. Nichts wollte sie lieber, als Ned ganz nah zu sein und ihn zu lieben, bis es keine Sonnenuntergänge mehr gab und alle Sterne erloschen waren. Sie wollte ihn nie wieder loslassen. Nie wieder wollte sie ohne Ned Carew sein.

Den Rest des Nachmittags verbrachten sie unter dem Dach, hielten einander in den Armen, liebten sich und verloren sich in einer Welt des Fühlens und Staunens, in der es keine Worte mehr gab, sondern in der sie sich in einer ganz anderen Sprache verständigten. Als sie erzitterte und die Welt sich um sie drehte, wickelte Ned Madalyn sorgsam in seine Decke und kochte ihnen Tee, der aber kalt wurde, weil sie sich erneut liebten. Schließlich schlief Madalyn ein, erschöpft vor lauter Leidenschaft und Glück, und als sie die Augen wieder aufschlug, lag Ned auf einen Ellbogen gestützt neben ihr und betrachtete sie.

»Womit habe ich es nur verdient, dass all meine Träume wahr werden?«, flüsterte er, wickelte eine Strähne ihres Haars um seinen Finger und drückte sie an seine Lippen. »Wie konnte ich nur je ohne dich leben? Ich liebe dich so sehr, Maddy. Ich liebe dich mit jeder Faser meines Herzens, und das wird immer so sein!«

Da überkam Madalyn eine solche Welle der Liebe, dass sie keine Worte fand, sondern ihn nur küsste und ihren Körper sprechen ließ. Nur weil die Schatten länger wurden und der Abend nahte, verloren sie sich nicht noch einmal ineinander. Der Abschied war schmerzlich, doch als Ned sie am Ende des Weges küsste, hatte Madalyn die Sicherheit, dass ihre Trennung nur vorübergehend sein würde: Ned Carew war ihre andere Hälfte, der Hüter ihres Herzens, und nichts konnte sie voneinander fernhalten.

Danach verbrachten Madalyn und Ned so viel gestohlene Zeit miteinander, wie es ihnen möglich war, allerdings musste er arbeiten und sie immer häufiger ihren gesellschaftlichen Verpflichtungen auf Vyvyan Court und Rosecraddick Manor nachkommen. Solche Veranstaltungen waren zwar immer noch die reinste Qual für sie, doch mit ihrem wundervollen Geheimnis ertrug sie voller Anmut jede einzelne Minute und schaffte es sogar, Gerald mit Höflichkeit zu begegnen, wenn sie ein Zusammentreffen nicht vermeiden konnte. Gerald hatte zwar nie wieder von Heirat gesprochen, aber er sorgte oft dafür, dass er beim Essen neben ihr saß, und Madalyn vermutete, dass auch ihre Mutter ihre Pläne nicht aufgegeben hatte. Nun, sollten Constance Trelyon und Mary Snowe Ränke schmieden, wie sie wollten! Madalyn und Ned hatten eigene Pläne für ihre Zukunft, und nach diesem Sommer würden sie heiraten und ein ganz neues Leben beginnen! Ned war überzeugt, Reverend Tullis würde ihnen wohlgesinnt sein, schon allein Matilda zuliebe. Er war zuversichtlich, dass sich alles fügen würde. Er würde eine Stelle als Lehrer und hoffentlich auch einen Verlag für sein Buch finden. Ihre Zukunft würde einfach herrlich werden!

»Stell dir das nur vor, Maddy!«, sagte er dann, wies er auf sein in Leder gebundenes Notizbuch, das mittlerweile zur Hälfte mit seiner schönen, geschwungenen Handschrift bedeckt war. »Mit diesem Buch könnten wir unser Glück machen.«

»Wir *werden* damit unser Glück machen«, erwiderte sie, weil sie von Neds Talent überzeugt war. Gerald, der sich immer als Autor aufspielte, aber tatsächlich kaum zu schreiben schien, würde kochen vor Zorn, wenn er wüsste, wie begabt Ned wirklich war. Das Wenige, das sie bereits gelesen hatte, war einfach wundervoll.

Als der Juni in den Juli überging, gönnten sich Ned und Madalyn immer noch möglichst viele gestohlene, köstliche Stunden zu zweit. Sobald sich Constance zu ihrem Mittagsschläfchen auf ihr Zimmer begab, schlich sich Madalyn zum Boostshaus. Dort picknickten sie im Wald, und manchmal ruderte Ned sie auf die Mitte des Flusses, wo sie sich auf den Rücken legten und die Wolken über ihnen beobachteten. Aber am schönsten war es, wenn sie sich in die Dachkammer zurückzogen und sich ihrer Leidenschaft hingaben. Wenn Madalyn danach in seinen Armen lag, las Ned ihr aus seinem Buch vor. Seine Worte entführten Madalyn in eine Welt, die ihr vertraut war, eine Welt, in der die Gezeiten wechselten, Vögel mit staksigen Beinen den Wassersaum absuchten und Liebende sich danach sehnten, zusammen zu sein. Neds Prosa war so schön, dass es fast wehtat, und Madalyn wandte oft den Kopf ab, damit Ned nicht die Tränen in ihren Augen sah. Wie würde die Geschichte für die Liebenden enden? Glücklich? Mit einer Heirat? Oder mit einer Trennung? Manchmal überkam sie die Angst, das Buch könnte ein Orakel sein und das Ende, das Ned wählte, würde auch ihr Schicksal besiegeln.

Allerdings hielt nicht nur Ned ihre goldenen Tage fest, denn Madalyn zeichnete mehr denn je, da ihre Liebe zu Ned die Tore zu ihrer Kreativität weit aufstieß. Sie spürte, dass ihre Werke reicher und reifer wurden, und das erfüllte sie mit großer Begeisterung. Sie sammelte Muscheln und Seescherben für ihre Stillleben, und sie zeichnete endlos Austerndiebe und Seeschwalben, doch am meisten liebte sie es, Ned auf Papier zu bannen – zumindest, wenn er stillhielt und sie nicht wieder ins Bett zog.

»Ich warne dich, Madalyn Trelyon! Ich weiß nicht, wie lange ich noch meine Finger von dir lassen kann! Leg auf der Stelle den Stift nieder – sonst komme ich dich holen!«

Damit streifte Ned das Laken von sich, sprang aus dem Bett und kam mit großen Schritten zum Fenster, wo sie über ihren Skizzenblock geneigt saß. Bei Anblick seines nackten Körpers war die Kunst sofort vergessen. Als er sie hochhob, schienen all ihre Befürchtungen zu verblassen, denn sobald Neds Roman fertig und der Sommer vorbei wäre, würden sie heiraten. Wenn sie erst einmal vor Gott verbunden waren, konnte niemand sie mehr trennen, und dann würde ihr gemeinsames Leben wahrhaft beginnen.

Sie konnte es kaum erwarten.

KAPITEL 27

NED

Juli 1914
Oyster Shore

Ich komme gleich zur Sache«, sagte Marrick mit seinem Bierglas in der Hand. »Ich will Bess heiraten.«

Ned prustete in sein Glas. Etliche Tröpfchen landeten auf der Theke, und Tamsyn, die immer in der Nähe war, sobald er im Trelyon Arms erschien, wischte die Bescherung auf und sah ihn mit ihren blauen Augen an.

Unempfänglich für ihre Reize starrte Ned Marrick an. »Was?«

»Ich sagte, Bess und ich wollen heiraten. Ich bitte dich um deinen Segen, weil du ihr Bruder und das Oberhaupt der Familie bist.«

Ned fragte sich, ob das ein Witz sein sollte. Gleich würde Marrick in lautes Gelächter ausbrechen, ihm einen Schlag auf den Rücken versetzen und ihn aufziehen, weil er darauf hereingefallen war. Also wartete er. Aber sein bester Freund lachte nicht.

»Also, kriege ich deinen Segen?«, hakte Marrick nach. »Nächste Woche können wir das Aufgebot bestellen und kurz darauf heiraten. Reverend Tullis wird das für seine Stieftochter ermöglichen.«

Ned wusste nicht, wann er Marrick je so ernst gesehen hatte. Er hatte die Arme über seinem groben, blauen Fischerhemd verschränkt, sein Blick wirkte wild entschlossen, und selbst seine blonden Locken waren unter der Kappe gezähmt.

»Ihr seid doch erst seit Kurzem zusammen«, protestierte Ned. Er war überrascht gewesen, als Bess verkündete, sie würde mit Marrick ausgehen, und auch ein bisschen besorgt, da er wusste, welch ein

Draufgänger sein Freund war. Als er seine Schwester warnen wollte, hatte die nur geschnaubt.

»Er kann von Glück sagen, mit mir zusammen zu sein«, hatte sie gesagt. »Ich bin jetzt die Stieftochter des Vikars, schon vergessen? Also hätte ich was viel Besseres verdient als einen Fischer. Wenn Marrick Penwurthy weiß, was gut für ihn ist, wird er sein ganzes Leben lang kein anderes Mädchen mehr anschauen.«

Da hatte ihm Marrick fast leidgetan. Bess war eine zu allem entschlossene junge Frau und in ganz Trevellan für ihr Temperament berühmt. Wenn sein Freund tatsächlich mit ihr zusammen war, dann wären seine wilden Junggesellenzeiten für immer vorbei. Doch zur Verblüffung der meisten Dorfbewohner erwies sich ihre Beziehung als stabil und glücklich. Marrick tauchte viel seltener im Pub auf, und Ned hörte keine wilden Gerüchte mehr über irgendwelche Liebschaften. Sein Freund war nur noch auf dem Meer und arbeitete hart, um das Geld für ein eigenes Fischerboot zusammenzusparen.

»Wir sind jetzt neun Wochen zusammen«, erklärte Marrick geduldig. »Genug Zeit also, um zu wissen, dass ich Bess liebe und sie zu meiner Frau machen will. Außerdem gibt es für Liebe kein Zeitmaß. Du als Schriftsteller solltest das doch wissen, oder?«

Dem konnte Ned nicht widersprechen. »Du hast vorher noch nie vom Heiraten geredet«, wandte er ein.

Marrick schoss ihm einen scharfen Blick zu. »Ich habe dich in letzter Zeit ja auch kaum gesehen.«

Das klang missbilligend. Marrick wusste von Neds Beziehung mit Madalyn. Es war Ned unmöglich gewesen, sie vor ihm zu verbergen, da sie die Angewohnheit gehabt hatten, an den meisten Abenden gemeinsam auf dem Ponton zu angeln und Bier zu trinken. Es war nur eine Frage der Zeit gewesen, bis Marrick im Bootshaus auf Madalyn traf. Er musste versprechen, darüber Stillschweigen zu bewahren, und Ned hätte ihm sein Leben anvertraut. Doch Marrick traute Madalyn nicht und hatte aus seinem Argwohn keinen Hehl gemacht.

»Sie zieht das nicht durch«, hatte er Ned gewarnt. »Mädchen wie sie heiraten keine Jungs wie uns. Sie spielt nur mit dir, aber heiraten wird sie einen feinen Pinkel wie Gerry. Eine wie sie ist dazu geboren, reich zu heiraten.«

»Nein, Madalyn nicht«, widersprach Ned.

Marrick zuckte nur die Achseln. »Wenn das rauskommt, bist du deinen Job los.«

»Das ist sie wert.«

»Wenn du meinst. Aber im November, wenn du bei Windstärke sieben mit mir aufs Meer musst, wirst du das anders sehen. Kannst du dir nicht eine andere nehmen? Madalyn Trelyon hat dir schon immer nur Ärger gebracht.«

»Ich liebe sie, Marrick«, antwortete Ned leise. »Ich habe sie immer geliebt. Das weißt du doch.«

Marrick verdrehte die Augen. »Dabei gibt es doch viel mehr Fische im Meer! Ich sollte es wissen.«

»Sehr komisch.«

»Nein, ich mein's ernst, Kumpel. Tamsyn ist verrückt nach dir, und Polly auch. Sogar Amy Trewen, und die ist echt wählerisch. Vergiss Madalyn Trelyon! Zugegeben, sie ist hübsch, aber eben nichts für uns. Ein Mädchen wie sie schafft nur Probleme!«

Marrick würde ihn niemals verstehen, denn er sah nicht *Madalyn*, sondern nur irgendein Mädchen der Oberschicht. Einmal mehr erkannte Ned, wie die Klassenschranken, von denen Edgar einst gesprochen hatte, alle beeinflussten, selbst seinen Freund. Würde sich dieses System tatsächlich einmal ändern, so, wie sein Vater es erträumt hatte? Es kam Ned unwahrscheinlich vor, denn was sollte die Welt so erschüttern, dass alles auf den Kopf gestellt würde?

»Ich liebe sie«, beharrte er.

Marrick schüttelte den Kopf. »Mit dir kann man ja nicht mehr vernünftig reden. Also, ich halte die Klappe, vertrau mir, aber ich würde auf den guten alten Gerry aufpassen. Wenn der das rauskriegt, steckst du in Schwierigkeiten. Das wird ihm gar nicht gefallen.«

»Nein, Gerald ist schon in Ordnung«, wehrte Ned ab, weil er sich immer noch für Geralds Unfall verantwortlich fühlte.

»Also jetzt weiß ich, dass du wirklich verrückt geworden bist! Snowe ist ein gemeiner Bastard! Das war er schon immer. Ich wette, er war's, der die Sachen aus unserem Versteck geklaut hat.«

»Ach, komm schon, Marrick! Das kannst du nicht beweisen. Wahrscheinlich haben wir sie nur verlegt. Wir waren doch noch klein.«

»Deine Geschichten verlegt? Oder die Murmeln, die unsere größten Schätze waren? Maddys Kamm? Außerdem sind sie irgendwann wie von selbst wieder aufgetaucht, schon vergessen?« Marrick knallte sein Glas auf die Theke, als Zeichen, dass dazu alles gesagt sei. »Pass auf dich auf, Ned. Gerry ist kein rachsüchtiger kleiner Junge mehr, sondern ein reicher, mächtiger Mann, der seine Rachepläne in die Tat umsetzen kann.«

Ned hatte Marricks Warnung ernst genommen. Zwar versuchte er, Madalyn immer wieder zu versichern, dass Gerald harmlos war, doch war es ihm selbst kalt den Rücken hinuntergelaufen, als er seinen Blick letzten Sonntag in der Kirche auf sich spürte. Gab Gerald ihm die Schuld für den Sturz, der ihn bis heute beeinträchtigte? Verfluchte er Ned bei jedem qualvollen Schritt und jedem Stolpern? Oder waren diese Befürchtungen nur Einflüsterungen seines schlechten Gewissens? Ned gab sich teilweise die Schuld für die Ereignisse an diesem schicksalhaften Tag. Zwar hatte er Gerald nicht dazu gebracht, ins Boot zu steigen oder auf den Baum zu klettern, doch er hatte immer gewusst, dass der andere Junge sich ausgeschlossen fühlte, und besser als jeder andere verstanden, dass er sich nach Madalyns Bewunderung sehnte. Vielleicht wäre alles anders gekommen, wenn Ned ein bisschen netter gewesen wäre, als er Gerald und Madalyn rettete. Wenn er Gerald nicht zusammengestaucht hätte. Dann hätte Gerald nicht das Gefühl gehabt, sich beweisen zu müssen, und der Unfall wäre nie passiert. Wie seltsam, dass eine ganze Zukunft von einem unbedachten Wort, einer vorschnellen Entscheidung abhängen sollte! Ned beschloss, sich ganz vorsichtig zu verhalten, denn auch Madalyn hatte erwähnt, dass Gerald als Junge tiefen Groll gehegt habe und dass es keinerlei Beweis für eine Veränderung seines Charakters gebe.

»Trau ihm nicht«, hatte sie gesagt, und Ned hatte gespürt, wie sie in seinen Armen erzitterte. »Er ist zornig und spielt nur auf Zeit. Du weißt ja nicht, wie er mich ansieht, Ned. Als könnte er mich verschlingen.«

Ned drückte ihr einen Kuss auf die Haare. Ihre Locken waren so weich wie Daunen und rochen nach Sommer und Sonnenschein. Er hasste es, sie so ängstlich zu sehen. »Gerald ist schon in Ordnung.«

»Wieso entschuldigst du ihn immer? Sogar jetzt noch? Wann wirst du endlich aufwachen, Ned? Nicht jeder ist so anständig wie du.«

Ihre Haut schimmerte pfirsichfarben, ihre Glieder waren lang und geschmeidig, und ihre Augen brannten mit dem ihr eigenen Feuer. Madalyn Trelyon raubte ihm den Atem. Es drängte ihn, seinen Füller zu nehmen und ihre Schönheit auf Papier zu bannen. Mit welchen Bildern und Metaphern würde er ihr gerecht werden?

»Mir tut er leid«, sagte er leise. »Mir tut jeder Mann leid, der nicht mit dir zusammen sein kann, Maddy, denn ich bin im Himmel, doch sie sind für immer dazu verdammt, nur von außen zuzusehen. Wie muss sich das anfühlen? Einfach unerträglich. Wie die Hölle.«

»Mit *ihm* musst du kein Mitleid haben«, erwiderte sie, aber ihr Zorn war verraucht, und sie kam wieder zu ihm unter die Decke und schmiegte sich so fest an ihn, dass Ned dachte, sie würde ihm die Luft aus den Lungen quetschen. Es war, als wollte sie ihn mit reiner Willenskraft beschützen.

»Nimm dich vor ihm in Acht, Ned«, flüsterte sie. »Sei vorsichtig.«

Ned versprach, vorsichtig zu sein, doch da drückten sich Madalyns Lippen auf seinen Mund und ihre weiche Haut an seinen Körper, und da hätte er alles versprochen. Außerdem würde er sich wegen Gerald keine Sorgen mehr machen müssen, wenn Madalyn und er erst einmal verheiratet wären. Sobald sein Roman fertig war, würden sie heiraten und Trevellan verlassen, um ein neues Leben zu beginnen. Vielleicht würden sie nach London ziehen, wenn er einen Verlag fand. Neds Roman schrieb sich jetzt fast von selbst, und angetrieben von seiner Liebesgeschichte arbeitete Ned mittlerweile bis tief in die Nacht und in jeder freien Minute daran. Er wusste, dass er niemals besser geschrieben hatte. Mit *Am Austernufer* würde er sich einen Namen machen, das wusste Ned so sicher, wie er wusste, dass er Madalyn liebte. Er wusste auch, dass er ohne sie niemals mit solcher Kraft und Leidenschaft schreiben könnte. Madalyn Trelyon war seine Muse. Seine Seelenverwandte. Sein Daseinsgrund. Sein Ein und Alles.

Nichts davon konnte er Marrick erklären. Marrick kannte sich mit Wind, mit Ebbe und Flut und den Jahreszeiten aus. Seine Arbeit war rein körperlich, nicht geistig, und über die Vorstellung von einer Muse hätte er gelacht. Er fand es verrückt von Ned, alles für Madalyn zu riskieren, und seine Abneigung ihr gegenüber trieb einen Keil zwischen die beiden Freunde. Ned konnte sich nicht daran erinnern, wann er das letzte Mal mit seinem Gefährten aus Kindertagen mehr als eine Stunde verbracht hatte. Deshalb hatte er sich auch so gefreut, als er im Bootshaus vorbeikam, um mit ihm etwas trinken zu gehen. Jetzt verstand er, warum Marrick sich persönlich mit ihm treffen wollte. Es ging nicht um die Rettung ihrer Freundschaft, sondern um die Heirat mit Bess.

»Also?«, fragte Marrick drängend. »Haben wir deinen Segen?«

»Neun Wochen sind nicht besonders lang«, sagte Ned ausweichend.

Marrick bedachte ihn mit einem amüsierten Blick. »Das sagst ausgerechnet du? Madalyn ist erst seit ein paar Tagen zurück, und ihr benehmt euch wie Romeo und Julia!«

Ein Schauer durchlief Ned bei der Anspielung auf die Tragödie. »Wir reden jetzt nicht über mich.«

»Da hast du recht«, nickte sein Freund. »Wir reden über zwei Menschen, die sich seit ihrer Geburt kennen und fast alles gemeinsam haben. Bess und ich sind gemeinsam aufgewachsen. Wir sind zusammen zur Schule gegangen. Wir waren in derselben Klasse. Wir haben dieselben Freunde. Ich weiß, dass sie einen fiesen rechten Haken hat, und sie weiß, dass ich Leber hasse. Es wird keine Überraschungen geben.«

Dagegen konnte Ned keinen einzigen Einwand vorbringen. »Du heiratest meine Schwester also, weil sie niemals Leber kochen wird?«

Marrick hielt Tamsyn sein Glas hin. »Also ist es abgemacht, dass ich sie heirate?«

Derart überrumpelt nickte Ned, und Marrick stieß triumphierend seine Faust in die Luft.

»Noch ein Bier für Ned, Tam! Er wird mein Schwager. Ich heirate Bess!«

Im Pub brach Tumult aus. Mehrere Fischer kamen, um Marrick auf den Rücken zu klopfen, und Tamsyns Vater verkündete, die nächste Runde ginge aufs Haus.

»Bess hat gewusst, dass du zustimmen würdest«, verriet Tamsyn Ned und klimperte mit den Wimpern, während sie ihm ein Bier zapfte. »Eine Frau kriegt am Ende immer ihren Willen, Ned Carew!«

Das war unmissverständlich. Je schneller er Madalyn heiratete, desto besser, dachte Ned, denn Tamsyn stand kurz davor, ihren Zug zu machen, und dann musste er eine schlüssige Erklärung vorbringen, denn kein Mann in Trevellan würde Tamsyn ohne guten Grund abweisen.

Er wandte sich zu Marrick. »Hast du mit meiner Mutter gesprochen?«

»Noch nicht. Bess meinte, ich könnte sie erst offiziell fragen, nachdem ich mit dir geredet hätte.«

Bess hatte alles genau geplant. Ned bewunderte seine Schwester für ihre Entschlossenheit und beneidete sie darum, wie problemlos ihre

Beziehung war. Hätte er doch auch so offen seine Liebe zu Madalyn zeigen können! Er wäre der stolzeste und glücklichste Mann auf Erden gewesen.

»Wir wollen so schnell wie möglich heiraten«, erklärte Marrick. »Spätestens zur Erntezeit, aber besser früher.«

»Wieso denn so schnell?« Ned packte Marrick am Arm und zog ihn so nah zu sich, dass sich fast ihre Nasen berührten. »Hast du mir etwa was zu sagen?«

Marrick entriss ihm seinen Arm. »Sei nicht so blöd! Sie ist nicht schwanger, wenn du das meinst. Wir wollen verheiratet sein, bevor der Krieg erklärt wird. Wenn ich mich dann melde, kriegt Bess meinen Sold.«

»Wovon redest du denn? Welcher Krieg?«

»Komm schon, Ned. Hast du vor lauter Liebe gar nicht mitgekriegt, dass der Krieg vor der Tür steht? Seit Wochen ist von nichts anderem die Rede! Spätestens seit dem Attentat auf den Erzherzog. Es ist nur noch eine Frage der Zeit, bis die Deutschen Serbien den Krieg erklären. Und dann sind auch wir dabei – davon sind alle überzeugt.«

Ned hatte das Gefühl, der vom Bier klebrige, abgenutzte Boden des Pubs würde unter ihm nachgeben. Natürlich hatte er immer wieder von den Unruhen auf dem Kontinent gehört, doch hatte er nicht besonders darauf geachtet, da er mit den Gedanken immer bei Madalyn und seinem Buch war.

»Woher weißt du das alles?«

»Hauptsächlich von Bess«, gestand Marrick. »Deine Schwester ist richtig schlau und liest jeden Tag die *Times* vom Vikar, wenn er sie durch hat. So erfährt sie alles, was in der Welt vorgeht. Sie weiß alles, sie ist eine richtige Expertin.«

Ned lächelte. »Das klingt wirklich nach meiner Schwester. Sie hätte als Mann geboren werden sollen.«

»Auf gar keinen Fall!«, protestierte Marrick. »Jedenfalls sagt sie, seit der Erzherzog Franz Ferdinand in Sarajewo erschossen wurde, befinden sich Deutschland und Frankreich in einem Konflikt, und wir müssen bald den Franzosen helfen, gegen die Deutschen zu kämpfen. Wie es aussieht, stehen wir unmittelbar vor einem Krieg. Und wenn es so weit ist, werde ich mich natürlich für mein Land melden.«

Madalyn hatte auch erwähnt, dass auf Vyvyan Court ständig vom Krieg geredet wurde, und dass Kit River seinen Widerwillen gegenüber der chauvinistischen Kriegstreiberei geäußert habe. Ned, der nur an Madalyn und seinen Roman dachte, hatte das alles als leeres Gerede abgetan. Offenbar hatte er sich geirrt.

»Du bist doch Fischer, Marrick, und kein Soldat«, sagte er.

Marrick kippte sein Bier hinunter und wischte sich mit dem Handrücken über den Mund. »Ich weiß – aber wenn es Krieg gibt, werde ich für König und Vaterland kämpfen. Wie wir alle, oder nicht?«

Mit einem Mal spürte Ned einen kühlen Luftzug, und ein Schauer lief ihm über den Rücken. Er vermutete, dass vom Meer Nebel durchs Fenster dringen würde, doch dann sah er, dass draußen die Sonne schien und die Tür geschlossen war. Der eisige Hauch kam aus seinem Inneren. *Jemand geht über mein Grab*, so hatte es seine Mutter oft bezeichnet, und es hatte nie etwas Gutes bedeutet.

Ned fühlte sich unbehaglich. »Wahrscheinlich«, sagte er langsam. »Trotzdem hoffe ich, du irrst dich, und es kommt nicht dazu.«

»Mach nicht so ein Gesicht!«, beruhigte Marrick ihn. »Könnte doch ein Abenteuer werden, meinst du nicht? Ich jedenfalls krieg dann was von der Welt zu sehen, und mein Lohn ist besser als beim Fischen. Danach kann ich mir mein eigenes Fischerboot kaufen und deine Schwester richtig gut versorgen.«

Aber nur, wenn du auch zurückkommst, hätte Ned fast gesagt, doch konnte er sich noch rechtzeitig bremsen. Allein der Gedanke konnte schon Unglück bringen. Wenn er ihn aussprach, verlieh er ihm eine unheimliche Macht.

»Du solltest dich auch melden«, schlug Marrick vor. »Dann kannst du Geld sparen, bevor du deinen Roman verkaufst.«

»In Uniform wirst du unglaublich gut aussehen, Ned!«, bekräftigte Tamsyn mit leuchtenden Augen. »Alle Mädchen schwärmen für Soldaten!«

Ned lachte. »Nein, danke, ich bleibe beim Schreiben. Und du bleibst beim Fischen und sorgst für meine Schwester, Marrick Penwurthy, sonst wirst du dich vor mir verantworten müssen.«

Marrick streckte die Hand aus. »Du kannst dich auf mich verlassen, Ned. Ich schwöre, ich werde den Rest meines Lebens für Bess sorgen. Deiner Schwester wird es an nichts fehlen.«

Ned ergriff seine Hand. Er bekam einen Kloß im Hals, als er den vertrauten, festen Griff spürte. »Ich weiß«, sagte er. »Sie kann sich glücklich schätzen.«

Kurz darauf verließen sie das Trelyon Arms, Marrick, weil er darauf brannte, Bess Neds Zustimmung zu überbringen, und Ned, weil er sich nach dem Frieden von Oyster Shore sehnte, wo Konflikte, Erzherzöge und verfeindete Länder keine Rolle spielten. Aber heute rasten Neds Gedanken rastlos hin und her und wollten sich einfach nicht beruhigen. Es würde keinen Krieg geben, redete er sich ein. Die Sonne schien, die Ernte nahte und alles war voller Hoffnung – ein Krieg schien unendlich weit weg. Marrick ließ sich zu schnell beeinflussen, sagte er sich. Alles würde gut werden. Kein Mensch wollte Krieg. Ned schon gar nicht. Er wollte nur mit dem Mädchen zusammensein, das er liebte.

»Marrick glaubt, es gibt Krieg«, erzählte er Madalyn, als sie sich das nächste Mal trafen. Das Wetter, das sie wochenlang mit Sonnenschein verwöhnt hatte, war plötzlich umgeschlagen und hatte ihnen Unwetter beschert, die Madalyn ans Haus fesselten. Sechs Tage ohne sie waren für Ned die reinste Folter, umso mehr, da er wusste, dass ihre idyllischen Stunden mit Zeichnen und Schreiben, Baden im Fluss und Zusammensein im Bett höchst wahrscheinlich gezählt waren. Sollte es tatsächlich Krieg geben, würde Ned sich melden und kämpfen müssen, das war ihm klar. Er hatte keine andere Wahl.

Nach dem Gespräch mit Marrick hatte Ned seine Mutter und seinen Stiefvater im Pfarrhaus aufgesucht, wo er die Zeitung gelesen und sich lange mit Reverend Tullis unterhalten hatte. Als er Madalyn endlich wieder in seinen Armen hielt, hatte Ned erkannt, dass nicht mal Liebende dem Sturm entkommen konnten, der sich über dem Kontinent zusammenbraute. Als die Familie Trehunnist das Heu mähte und als das Korn reifte, warf der Krieg seinen immer längeren Schatten voraus. Es nahte eine dunkle Gefahr, und tief im Innern spürte Ned, dass er dies schon lange geahnt hatte. Vielleicht sogar schon sein ganzes Leben.

Es war früher Abend. Ned und Madalyn saßen auf dem Ponton, ließen ihre Beine über dem Wasser baumeln und sahen zu, wie ihr Spiegelbild auf der Oberfläche zitterte. Schwalben jagten über dem Fluss nach Insekten, und in den Tiefen drifteten große, dunkle Fische so majestätisch und geheimnisvoll wie Seeungeheuer vorbei.

Ned drückte Madalyns Hand. Er hielt sie so fest, als wäre sie die Einzige, die ihn davor rettete, in tiefer Verzweiflung zu versinken. »Hörst du mich, Maddy? Ich glaube, es wird bald Krieg geben.«

Zwar hatte sie ihr Gesicht abgewandt, aber er wusste, dass sie den Tränen nahe war. »Auf Vyvyan reden sie von nichts anderem mehr«, bemerkte sie. »Und Reverend Tullis hält ihn für unvermeidlich. Er meint, wir haben keine andere Wahl, wenn Belgiens Neutralität nicht gewahrt bleibt.«

Das hatte Ned schon bis zum Überdruss gehört. Was sollte das überhaupt bedeuten? Kriegspolitik hatte in seiner Welt nichts zu suchen, hier zählten nur der Wechsel der Gezeiten, das hin und her strömende Wasser und das Mädchen, das er liebte. Was wusste er schon von Deutschland, Serbien oder der Neutralität Belgiens!

»Colonel Rivers scheint ziemlich angetan zu sein, genau wie Sir Arthur. Selbst Gerald – aber für ihn ist das ja kein Problem. Er muss nicht kämpfen wegen seines Beins.« Ihre Stimme war voller Bitterkeit.

»Aber es ist auch nicht leicht für ihn, denn wenn es losgeht, muss er hierbleiben«, wandte Ned ein. »Auch Marrick ist ziemlich aufgeregt. Er betrachtet es als Abenteuer, als Möglichkeit, Geld zu verdienen und etwas von der Welt zu sehen. Er glaubt, bis Weihnachten ist sowieso alles überstanden.«

Da sah Madalyn ihn an, und aus ihren grünen Augen leuchtete die Angst. »Und was glaubst du, Ned?«

Er legte seinen Zeigefinger unter ihr Kinn und hob es an. »Ich glaube, das einzige Abenteuer, das ich mir wünsche, ist das, was wir beide erleben werden.«

Er küsste sie sanft, und Madalyn erwiderte seinen Kuss, doch er spürte ihre Traurigkeit und wusste, dass ihr das Herz brach, denn er hatte ihr nicht die Antwort gegeben, die sie sich gewünscht hatte. Madalyn wusste, was Ned tun musste, wenn der Krieg erklärt würde.

»Du wirst dich also freiwillig melden.« Das war keine Frage.

»Ich muss. Das ist meine Pflicht. Was sollte ich sonst tun?«

»Jedenfalls nicht *das*! Du hast doch auch eine Pflicht mir gegenüber! Was ist mit unserem Versprechen? Unseren Plänen? Mit deinem großen Roman? Oder war all das nur ein Traum? Soll das alles gewesen sein? Waren du und ich auch nur wieder eine deiner Geschichten? Etwas, das du dir ausgedacht hast, um dir die Zeit zu vertreiben?«

Entgeistert starrte Ned sie an. »Natürlich nicht!«

»Das sagst du so. Aber gleichzeitig erklärst du, du würdest mich verlassen und weit weg gehen, um in einem dämlichen Krieg zu kämpfen. Du spielst lieber Soldat, als mit mir zusammen zu sein. Dabei hast du mir doch so viel versprochen. Wie kannst du nur!«

»Das ist doch Unsinn«, wehrte Ned ab. »Und das weißt du auch.«

»Ach ja? Da wäre ich mir nicht so sicher. Vielleicht sollte ich Gerald doch heiraten? Wenigstens *weiß* ich schon, dass er ein *Lügner* ist!«

Letzteres spuckte sie förmlich aus, bevor sie aufsprang und den Ponton hinunterstürmte. Ned sah ihr nach, wie sie durch das hohe Gras am Ufer stapfte und im Wald verschwand, und sein Herz zog sich vor Mitgefühl zusammen. Er folgte ihr nicht und flehte sie auch nicht an, zurückzukommen, denn er verstand, dass sie nur aus Angst so grausam war. Ein Teil in ihm fragte sich sogar, ob Madalyn recht hatte: War er ihr gegenüber wortbrüchig geworden? War er, statt dem Vaterland, nicht der Frau, die er liebte, zur Treue verpflichtet, der Frau, der er so viele Versprechen gegeben hatte?

Er stöhnte auf. Wenn es wirklich Krieg geben sollte, wie sollte er sich da drücken? Wenn er sein Land und seine Heimat nicht verteidigte, wenn er Madalyn nicht verteidigte, war er nicht der Mann, den sie verdiente. Dann war er eigentlich überhaupt kein Mann mehr. Je länger er über das nachdachte, was auf sie zukam, und je mehr er davon begriff, desto überzeugter war er, dass er sich melden musste, selbst wenn es ihnen beiden das Herz brechen würde.

Nach seiner Unterhaltung mit Reverend Tullis hatte sich Ned immer und immer wieder gefragt, wie er sich entscheiden sollte. Er hoffte zwar, diese Frage wäre rein hypothetisch, befürchtete aber, dass es schon im August so weit sein könnte. Er fragte sich auch, was sein Vater dazu gesagt hätte. Mehr denn je vermisste er ihn und hätte liebend gerne noch einmal einen Rat von ihm erhalten. Hätte Edgar gesagt, dass er den Krieg den anderen überlassen und bei Madalyn bleiben sollte? Oder hätte er verlangt, dass er seine Pflicht tat, auch wenn es ihm das Herz brach?

Ned glaubte, die Antwort zu kennen. Edgar hätte gesagt, dass ein Mann sich immer treu bleiben müsse, ganz gleich, was es ihn koste. Obwohl es Ned drängte, Madalyn so schnell wie möglich zu heiraten und danach vielleicht mit ihr nach Australien zu seinem Onkel zu fliehen, wo der Krieg weit weg war, würde er seine Selbstachtung verlieren, weil er Marrick und seine Freunde kämpfen ließ, während er sich in Sicherheit brachte. Darauf würden Schuldgefühle und Selbsthass folgen und ihre Liebe und ihre Hoffnungen auf eine bessere Zukunft so schnell zerstören wie jeder Krieg. Ned Carew hatte keine Wahl: Wenn der Krieg tatsächlich kam, dann musste er sich melden und für sein Land kämpfen.

Er erhob sich und ging vorsichtig über den wackligen Ponton, der unter seinen Füßen tröstlich nachschwang. Durch die Ritzen zwischen den Planken glitzerte das tiefe Wasser kühl und einladend und flüsterte ihm zu, dass er sich in ihm verlieren konnte. Ned streifte Schuhe und Hemd ab, sprang hinein und keuchte auf, als das eiskalte Wasser über ihm zusammenschlug. In einer solchen Kälte konnte man unmöglich nachdenken. Er schwamm los, zum fernen Ufer auf der gegenüberliegenden Seite, und konzentrierte sich nur auf den Rhythmus seiner mächtigen Kraulbewegungen. Drüben angekommen drehte er sich auf den Rücken und sah zu, wie die Wolken ihre Zeichen auf die blaue Himmelstafel schrieben. Dann drehte er sich wieder um und blickte zum Oyster Shore zurück. Seine Augen waren von der Sonne so geblendet, dass er einen Moment glaubte, ein Engel käme über das Ufer zum Fluss und schritte mit Heiligenschein und sich blähenden weißen Röcken über das Wasser. Erst nachdem er ein paarmal geblinzelt hatte, erkannte er, dass es Madalyn war, die geradewegs immer weiter in den Fluss watete, obwohl das Wasser ihr schon bis an die Knie reichte.

»Maddy! Nein! Du kannst doch nicht schwimmen!«

Der Fluss war tief genug, um ein Boot zu Wasser zu lassen. Sie konnte ertrinken. Sie *würde* ertrinken.

»Bleib stehen! Ich komme!«

Ned machte sich auf den Weg zum gegenüberliegenden Ufer. Madalyn war schon so tief im Wasser, dass er nur noch ihren leuchtenden Kopf sah, der über der Oberfläche wippte, während ihr Haar sich wie Seetang ausbreitete und ihre bleichen Arme das Wasser teilten. »Ich schwimme, Ned!«, rief sie. »Ich schwimme!«

Erst als Madalyn schon in der Mitte des Flusses war, konnte Ned sie endlich erreichen. Er traute seinen Augen kaum und blieb an ihrer Seite. Sie konnte sich nur spritzend und spuckend an der Oberfläche halten, aber es war eindeutig: Sie schwamm. Ned war verwirrt. Maddy hatte doch nicht schwimmen können. Wie hatte sie das geschafft?

»Es tut mir leid! Es tut mir so leid! Ich hab's nicht so gemeint. Ich hatte Angst, Ned. Ich liebe dich so sehr!«

Atemlos vor Anstrengung hielt sie sich an seinen Schultern fest, drückte ihre kalten Lippen auf seine Wangen, seine Augen und seine Lippen, während er sie beide über Wasser hielt. Er hielt sie fest, und als sie sich aneinanderklammerten, schlangen sich ihre Beine umeinander, gespenstisch weiß unter der Oberfläche. Ihre Tränen vermischten sich mit dem Flusswasser, und ihre Lippen trafen sich in einem Kuss, der das Ausmaß ihrer Angst verriet.

»Ich habe das alles nicht so gemeint«, schluchzte sie. »Ich liebe dich, Ned. Ich liebe dich unendlich.«

»Ich weiß, ich weiß«, sagte er tröstend. »Ich liebe dich auch, Maddy. Ich werde dich immer lieben. Daran kann kein Krieg etwas ändern. Nichts kann uns daran hindern, zusammen zu sein. Das verspreche ich dir.«

Er wusste, sie glaubte, dass er dieses Versprechen vielleicht nicht halten konnte, so überzeugt er auch davon war.

»Da staunst du, dass ich schwimmen kann, oder?«, sagte sie. »Ich habe bei Ebbe geübt. Eigentlich wollte ich es dir erst zeigen, wenn ich es besser kann, aber als du eben weggeschwommen bist, wollte ich unbedingt zu dir, um dir zu sagen, dass ich all die schrecklichen Sachen gar nicht so gemeint habe …«

Ned brachte sie mit einem Kuss zum Schweigen. Sein Herz raste, vor Angst und vor Anstrengung. Er hatte wirklich und wahrhaftig gedacht, sie würde ertrinken, und es war grauenhaft gewesen. Als sie ins Wasser sank, kam es ihm fast so vor wie ein Fluch, so, als wäre es vorherbestimmt gewesen, dass Madalyn Trelyon ihr Leben im Fluss beendete. *Alles endete, wie es begann, in Oyster Shore …*

Er verdrängte diesen Satz. Das war reine Fiktion und keine Vorahnung.

»Ja, ich staune«, nickte er. »Obwohl ich eher geschockt bin.«

»Aber bist du stolz?«

»Ich bin immer stolz auf dich, meine mutige, schöne Madalyn«, sagte Ned und strich ihr zärtlich übers Gesicht, während sie sich immer noch an ihn klammerte. »Und du bist wirklich mutig, viel mutiger, als dir bewusst ist.«

Ihre Lippen zitterten. »Ich gebe mir Mühe, Ned. Was auch immer passiert, ich werde mir Mühe geben, das verspreche ich dir.«

Er gab ihr einen Kuss auf die Nasenspitze und hatte das Gefühl, sie nie so geliebt zu haben wie in diesem Augenblick, als sie nass und schlaff an ihm hing.

»Komm, dir wird kalt. Lass uns zusammen zurückschwimmen.«

»Ja, zusammen, Seite an Seite«, bekräftigte sie mit ihrer alten Entschlossenheit. »Ganz gleich, was auch geschehen mag, Ned Carew, wir werden immer zusammen sein. Daran kann nichts etwas ändern.«

Langsam und mit viel Geplatsche schwammen Ned und Madalyn ans Ufer zurück und ließen sich erschöpft zwischen hohen Gräsern und tausend Gänseblümchen niedersinken. Alle Gedanken an den Krieg verblassten, als sie mit Küssen ihr Versprechen besiegelten, das ihre Herzen für immer halten würden.

KAPITEL 28

GERALD

Ende August 1914
Oyster Shore

Für Gerald bestand Trevellan aus kaum mehr als ein paar Hütten, die um einen winzigen Hafen gruppiert waren. Er zog Penhayes mit seinem Segelclub und den eleganten Hotels vor. Abgesehen vom obligatorischen Kirchgang mied er das Dorf, denn wann immer er einen Blick auf Ned Carew erhaschte, erfüllte ihn unchristlicher Zorn.

Hätte es Carew nicht gegeben, wäre Gerald an diesem Morgen in schicker Offiziersuniform durchs Dorf geschritten und hätte die einfachen Männer ermutigt, sich freiwillig zum Krieg zu melden. Diese Soldaten in scharlachroter Uniform, die im Gleichschritt an ihm vorbei marschierten, die Kapelle und die bunten Wimpel hätten ihm zur Ehre gereicht. Die klatschenden Kinder hätten ihn bewundert. Die jungen Mädchen des Dorfs hätten ihm schüchtern kleine Sträuße mit Wildblumen geschenkt. Jede im Wind flatternde Fahne hätte von seinem Mut gekündet, und wenn der Oberstabsfeldwebel auf die Treppe zum Trelyon Inn getreten wäre, um die Männer in einer mitreißenden Rede anzuspornen, wäre Gerald stolz gewesen, und alle hätten in seine Richtung geschaut.

»Seht euch Sir Arthurs Sohn an«, hätten sie bewundernd geflüstert und ihre Söhne angestoßen. »Er hat sich sofort gemeldet. Ist er nicht ein schmucker Offizier? Ihr müsst seinem Beispiel folgen und eure Pflicht tun. Ihr müsst so mutig sein wie Gerald Snowe.«

Das war ein schöner Traum, der aber in der Sekunde platzte, als der Oberstabsfeldwebel ausrief, der König brauche jeden gesunden Mann, der für ihn und das Vaterland kämpfe. Er zeigte auf die Menge der Dorfbewohner und schien jedem einzelnen Mann in die Augen zu blicken, während er sie aufforderte, ihre Pflicht zu tun.

»Unsere tapferen Jungs in Frankreich brauchen euch! Euer Land braucht euch! Wer meldet sich noch heute und empfängt den Sold des Königs? Wer erfüllt seine Pflicht und macht seine Familie stolz?«

Gerald, der mit seinen Eltern im Hintergrund der Menge stand, wäre am liebsten im Erdboden versunken. Wieso hatte sein Vater unbedingt die Rekrutierungskampagne ansehen wollen? Begriff er nicht, wie demütigend es für Gerald war, dass alle jungen Männer von Trevellan unter dem Jubel und Applaus der Menge nach vorn traten? Im Schutz der lauten Musik der Kapelle würden die Leute sicher tuscheln, dass Sir Arthurs Sohn ein Feigling war. Für ihn gab es weder die Bewunderung der Mädchen noch die Anerkennung der älteren Leute, sondern nur Scham und Schande.

»Bei Gott, auch wenn wir nicht persönlich kämpfen können, werden wir doch die, die kämpfen, unterstützen«, hatte Sir Arthur beim Frühstück verkündet. Enthusiastisch hatte er sich mit einer Serviette den Mund abgewischt – eine Geste, bei der sich Gerald immer innerlich krümmte. »Unsere Jungs haben ein Löwenherz, und wir werden ihnen zujubeln.«

Ganz kurz hatte Gerald überlegt, ob er sich mit Schmerzen im Bein oder Kopfweh entschuldigen sollte, doch als er den Blick seines Vaters sah, entschied er sich dagegen. Hier stand er nun mit seinen Eltern und schaute zu, wie im Hafen die Männer für die Armee angeworben wurden. Er hatte schon von der Rekrutierungskampagne in Rosecraddick gehört, und er freute sich nicht gerade über die ausgelassene Stimmung, in der Fotografen das Geschäft ihres Lebens machten und die Blaskapelle »God save the King« spielte. Viel lieber wäre er in der Bibliothek geblieben und hätte (wieder einmal) versucht, mit seinem großen Roman zu beginnen.

Drei Wochen zuvor war der Krieg erklärt worden, was Gerald kaum überrascht hatte, da sein Vater seit Monaten von nichts anderem mehr redete. Doch bis zum heutigen Tag schien sich nur wenig geändert zu haben. Das Leben auf Vyvyan Court lief wie immer gemächlich ab, die Stunden zwischen dem spätem Frühstück und dem Nachmittagstee auf der Terrasse dehnten sich, doch bei den Gesprächen auf den Dinnerpartys drehte sich alles nur darum, wie man die Deutschen am besten schlagen könne – und dazu hatten Colonel Rivers und Sir Arthur dezidierte Meinungen. Der Krieg würde bis Weihnachten vorbei sein, denn die Deutschen würden schnell merken, dass die Briten ihnen überlegen waren, verkündete der Colonel. Gerald vermutete allerdings, dass sein Vater, der gerade einen Vertrag zur Vorsorgung der Truppen mit Seife aushandelte, darauf hoffte, dass er doch etwas länger dauern würde.

»Wir Snowes mögen nicht kämpfen können, mein lieber Junge, aber wir tragen unseren Teil bei und sorgen dafür, dass die Truppen sauber bleiben«, dröhnte Sir Arthur und schlug Gerald auf die Schulter. »Kein Grund, sich zu schämen. Es gibt mehr als einen Weg, diesen Krieg zu gewinnen.«

Gerald, der sich eigentlich nicht für die Schlachten, sondern nur für seine eigene Wirkung in einer schmucken Uniform interessierte, hatte sich während der Dinnerpartys große Mühe gegeben, enttäuscht zu wirken, aber hier in Trevellan, als immer mehr junge Männer vortraten, war das etwas ganz anderes. Die Kapelle stimmte einen Marsch an, und unter lautem Jubel meldete sich Marrick Penwurthy als Erster. Gerald fiel ein, dass Marrick jetzt verheiratet war, und zwar mit Neds Schwester Bess, die ihm mit ihren stechenden, violett schimmernden Augen und ihrem aufbrausenden Temperament in Erinnerung geblieben war. Wo war Ned? Gerald reckte den Kopf auf der Suche nach einem Blondschopf mit breiten Schultern. Würde Ned sich zusammen mit seinen Freunden melden, oder verkroch er sich in Oyster Shore, schrieb Geschichten und träumte von Madalyn?

Es ärgerte Gerald, dass Ned im Bootshaus wohnte. Es frustrierte ihn auch, dass er dort jetzt nicht mehr unbemerkt hineinschleichen und einen Blick in das alte Versteck werfen konnte. Da hatte Ned immer sein Geschreibsel gelagert, und Gerald hätte alles für einen Blick auf das gegeben, was er in letzter Zeit verfasst hatte.

»Bravo, Jungs!«, donnerte Saul Trewen, der Schmied, und strahlte seinen Sohn an, der sich in die Schlange der hiesigen Jungen eingereiht hatte. »Wir werden es ihnen zeigen!«

»Es ist die Pflicht jedes Mannes, für sein Land zu kämpfen«, bemerkte Reverend Tullis salbungsvoll. »Wir stehen auf der richtigen Seite, und es ist Gottes Wille, dass ein Mann seinem König gehorcht.«

Niemand sprach Gerald direkt an, aber er hatte das Gefühl, alle Bemerkungen wären gleichzeitig auf ihn abgeschossene giftige Pfeile. Während Dorfjungen und Bauernsöhne sich mit eifriger Miene nach vorn drängten, stützte sich Gerald schwer auf seinen Stock und kämpfte gegen den Drang, sich ins Automobil zu flüchten. Spotteten nicht alle über ihn? Über den gehbehinderten Gerald, der weder auf Bäume klettern noch in den Krieg ziehen konnte? Hielten sie ihn für einen Feigling?

»Ich hoffe nur, *du weißt schon wer* meldet sich auch, Polly! In Uniform würde er sicher sehr schneidig aussehen«, kicherte ein Mädchen neben ihm.

Als er sich umschaute, sah er die hübsche Tochter des Wirts mit einer Freundin. Sie steckten lachend die Köpfe zusammen, und die Bemerkung war eindeutig gegen ihn gerichtet, weil er keine Uniform trug. Er umklammerte den Knauf seines Stocks.

»Alle Mädchen lieben Soldaten, Tamsyn«, erwiderte ihre Freundin. »Wenn Sammy Trewen Uniform trägt, bekommt er einen Kuss von mir. Er wird sicher sehr gut aussehen!«

Untergehakt schoben sie sich durch die Menge. Gerald sah, wie sie ein paar jungen Männern in der Schlange zuwinkten und sie anfeuerten. Konnte er sich denn nicht auch melden, obwohl er am Stock gehen musste? Möglich war es vielleicht schon, und eine große Versuchung. Selbst der dickliche Anwalt Rupert Elmhurst machte was her in seiner Uniform, und Gerald hatte mitbekommen, wie die Hausmädchen kichernd rot wurden, wenn sie Kit Rivers in seiner eleganten Ausgehuniform sahen. Verrieten Arthurs lautstarke Bemerkungen darüber, dass auch die Snowes ihren Teil beitragen würden, nicht auch, dass er sich für seinen Sohn schämte, der in Frankreich nicht kämpfen konnte? Wünschten sich seine Eltern nicht insgeheim, sie könnten mit dem Regiment prahlen, dem ihr Sohn beigetreten war? Und empfanden die Nachbarn deshalb nicht noch mehr Häme gegen sie?

Dies war eine weitere Demütigung, die er Ned Carew verdankte. Ein weiterer Grund neben zahlreichen anderen, die er im Laufe der Jahre gesammelt hatte, dass dieser Dorfjunge unbedingt auf seinen Platz verwiesen werden musste. Allein der Gedanke an Ned mit seinem sorglosen Lachen, seinen starken, sonnengebräunten Gliedmaßen und seinem Talent zu schreiben veranlasste Gerald, seine Faust um den Knauf seines Gehstocks zu ballen. Madalyn ließ kaum etwas durchblicken, war mit ihren Gedanken stets woanders, und ihre immer zahlreicheren Sommersprossen mussten eigentlich doch jedem zeigen, dass sie mal wieder ohne Hut mit ihrem alten Gefährten im Freien herumstrich. Gerald wusste das sicher, denn er hatte einen Dorfjungen dafür bezahlt, ihr nachzuspionieren, und der behauptete, sie würde sich ständig mit Carew am Bootshaus treffen. Gerald hegte den Verdacht, dass sie ein Liebespaar waren. Allein bei der Vorstellung fraß die Eifersucht ihn innerlich auf.

Seit ihrer Rückkehr nach Cornwall beobachtete Gerald Madalyn bei allen gesellschaftlichen Anlässen, die sie beide besuchten. Zwar war sie höflich, tanzte mit ihm oder hakte sich bei einem Spaziergang durch den Garten bei ihm ein, doch sie war reserviert und sagte kaum etwas. Einmal war ein Fotograf auf der Durchreise angeheuert worden, um von den Gästen der Snowes Porträtaufnahmen zu machen, und Gerald und Madalyn hatten sich auf den Stufen vor Vyvyan Court in Pose gestellt. Als sie ihre kleine Hand auf seinen Arm gelegt hatte, und er ihre Wärme an seiner Haut spürte, hatte er das Gefühl gehabt, sie gehörte zu ihm, und ein paar selige Augenblicke lang hatte er sich vorgestellt, sie wäre seine Verlobte.

»Was für ein schönes Paar!«, hatte seine Mutter ausgerufen und in die Hände geklatscht. »Finden Sie nicht auch, Constance?«

Lady Trelyons Augen, die so grün waren wie Madalyns, doch so kalt wie der Ärmelkanal, waren über sie hinweg gehuscht. »In der Tat«, hatte sie gesagt und langsam genickt. »Ein sehr schönes Paar.«

Madalyn war bei dieser Bemerkung erstarrt, hatte sich jedoch nicht gerührt, während der Fotograf, ein rothaariger junger Mann, von dem in diesem Sommer alles schwärmte, was Rang und Namen hatte, die Aufnahme vorbereitete. Madalyn hatte stur geradeaus geblickt, aber Gerald wusste, sie begriff genauso wie ihre Mutter, dass eine Verbindung zwischen ihr, Lady Trelyons Tochter, und Sir Arthurs Erbe mehr als passend war. Herkunft und Geld: Das ergab für beide Seiten eine gute Partie. Es war Gerald vollkommen klar, dass nicht er persönlich Lady Constances Billigung fand, schließlich wusste niemand besser als er, dass er nicht gerade stattlich war und dazu noch gehbehindert. Nein, die ältere Dame lächelte ihn so herzlich an, weil ihre Tochter vor dem Haus ihrer Vorfahren stand. Wie die Snowes glaubte sie, dass es nur eine Frage der Zeit war, bis Gerald und Madalyn ihre Verlobung bekannt gaben und die Trelyons wieder ihren rechtmäßigen Platz einnahmen.

Ein Glück nur für Lady Constance, dass sie nichts vom skandalösen Benehmen ihrer Tochter wusste, hatte Gerald gedacht und hochmütig in die Kamera geblickt. Lady Trelyon wäre nicht mehr annähernd so stolz, wenn sie wüsste, was ihre Tochter hinter ihrem Rücken trieb. In ihrem weißen Kleid mochte Madalyn wie ein Engel wirken, doch dies war nur eine Illusion. Wenn Gerald wollte, konnte er sie beide ruinieren, und das ein für alle Mal. Er konnte einen solchen Skandal auslösen, dass niemand mehr in der feinen Gesellschaft mit ihnen gesehen werden oder der gefallenen Tochter gar einen Heiratsantrag machen wollte. St. John würde sie rauswerfen, sie würden bettelarm sein, und dann würde Madalyn sich aus ganzem Herzen wünschen, netter zu Gerald gewesen zu sein. Sie würde ihn anflehen, sie zurückzunehmen. Sie würde weinen und darum betteln, dass er ihr verzieh und ihr eine zweite Chance gab. Die würde er ihr gewähren – natürlich, denn er liebte sie und wollte sie seit ihrer Kindheit, außerdem wäre es ein besonderes Vergnügen, sie Ned wegzunehmen –, aber zuerst musste sie sich vor ihm in den Staub werfen.

Es schmerzte, dass Madalyn sich für Ned entschieden hatte, obwohl er, ein Gentleman, sie um ihre Hand gebeten hatte, aber darüber konnte Gerald hinwegsehen. Er behielt diese Tatsache für sich, drehte und wendete sie in seinem Kopf. Früher oder später würde ihm einfallen, was er mit diesem Wissen anfangen konnte, und bis dahin schwelgte er in dem Gedanken, dass Ned und Madalyn keine Ahnung davon hatten, dass ihr Geheimnis entdeckt worden war. Madalyn hielt sich wohl für sehr schlau, weil sie die sittsame Dame spielte, aber Gerald wusste Bescheid.

Und das verlieh ihm Macht.

Wenn er ihre Affäre auffliegen ließ, würde allein schon der Skandal Madalyn ruinieren, und Ned würde aus Oyster Shore verbannt. Ohne seinen Rivalen wäre für Gerald die Bahn frei, Madalyn zu heiraten und die Trelyons vor der Schande zu retten. Nachts lag er oft wach und spielte dieses Szenario immer wieder durch, doch so befriedigend es war, hatte es doch eine nicht zu leugnende Schwachstelle: Madalyn konnte sich durchaus gegen die Wünsche ihrer Mutter sperren und mit Carew durchbrennen. Geralds zweiter Plan war zwar weniger befriedigend, doch letzten Endes erfolgversprechender: Er konnte auf lange Sicht agieren und darauf abzielen, dass Madalyn sich mit ihm anfreundete. Zwar hatte sie ihm weder den Bootsunfall verziehen noch traute sie ihm, doch mit der Zeit würde er sie dazu bringen, ihre

Sicht auf ihn zu ändern. Und dann konnte er ihr langsam den Hof machen. Sie würde erkennen, dass nicht Ned, sondern er der bessere Mann war.

Das größte Problem war nur, dass Madalyn einen starken Willen besaß und sich bereits für Ned entschieden hatte. Solange Carew noch im Spiel war, würde seine strahlende Erscheinung sie blenden, wie die Sonne alle blendete, die sie betrachteten, so dass sie die kühlere Schönheit des wachsamen Mondes nicht mehr sahen. Ja, wenn Ned Trevellan verlassen musste, weil Gerald ihre Liebesaffäre hatte auffliegen lassen, dann wäre alles verloren, da Madalyn stur genug war, um sich für Armut und Liebe zu entscheiden statt für finanzielle Sicherheit. Also brauchte Gerald etwas, um seinen Rivalen verschwinden zu lassen, ohne dass es auf ihn zurückfiel. Wenn Ned erst mal aus dem Weg war, konnte er Madalyn für sich gewinnen, und da er ihre Mutter auf seiner Seite hatte, war es nur eine Frage der Zeit, bis Madalyn einknicken würde. Während er jetzt zusah, wie alle jungen Männer von Trevellan sich in den Dienst des Königs stellten, hätte er fast laut aufgelacht, weil das Schicksal ihm direkt in die Hände spielte. Ned Carew würde sich niemals vor seiner Pflicht drücken. Ganz gleich, wie sehr Ned Madalyn lieben mochte: Er konnte sich einfach nicht unehrenhaft verhalten, weil das für den Rest seines Lebens an ihm nagen würde. »Was für ein Idiot!«, dachte Gerald verächtlich. Wie dumm von Ned, wenn er nicht sah, wie seine sogenannte Ehre und seine Ideale dafür sorgten, dass Madalyn schutzlos war. Wenn Ned sie an den Besseren verlor, dann war das ganz allein seine Schuld!

Als hätten sich seine Gedanken materialisiert, sah er plötzlich in der Menge einen sonnengebleichten Haarschopf. Ned Carew hatte sich in die Schlange der Freiwilligen eingereiht. Alles lief ganz genau so, wie Gerald gehofft hatte.

»Bist ziemlich spät dran, was?«, rief jemand.

»Besser spät als nie«, erwiderte Ned. »Außerdem musste ich noch was holen.«

»Was denn?«, fragte Marrick, der sich einen Weg durch die Menge gebahnt und ihm einen Arm um die Schultern gelegt hatte. »Was hat dich denn aufgehalten?«

»Ein Glücksbringer«, erklärte Ned und zeigte ihn seinem Freund. Er wurde durch seine Hand verdeckt, doch als ein Sonnenstrahl darauf fiel, war das Aufblitzen von Gold und Rot so vertraut, dass Gerald aufkeuchte. Ned war im Bootshaus gewesen, um den Phönix-Kamm zu holen, den Madalyn ihm vor all den Jahren geschenkt hatte. Wieder überkam ihn Eifersucht bei dem Gedanken, dass sie ihn schon damals vorgezogen hatte. Gerald wusste, dass er den Kamm als Trophäe hätte behalten sollen. Er hätte ihn niemals zurückgeben dürfen! Sobald Ned weg war, würde er noch mal ins Bootshaus gehen und ihn sich für seine Schatzsammlung aus dem alten Versteck holen.

»Verdammt, es hat dich schlimm erwischt«, sagte Marrick. »Trag den nur nicht, wenn die Fotos von uns gemacht werden. Das würde dem Sergeant gar nicht gefallen.«

»Keine Panik, ich werde ihn in der Hand halten«, erwiderte Ned und schob den Kamm in die Tasche. »Ich werde zwar kämpfen, aber der hier zeigt, wem mein Herz gehört.«

»Du bist ein echtes Weichei«, spottete Marrick. »Wetten, du trägst den am Herzen, wenn du in die Schlacht ziehst?«

Ned lachte. »Nein, der ist viel zu wertvoll, den lasse ich hier. Er kann am gewohnten Ort auf mich warten.«

Während die Kapelle spielte und sich die ansteckende Begeisterung im ganzen Ort verbreitete, beobachtete Gerald, wie Ned Carew sich dem Tisch näherte, an dem ein Offizier die Freiwilligen registrierte. Er fragte sich, ob Ned tatsächlich den ganzen Unsinn über König und Vaterland glaubte, über die Deutschen, die brave Engländerinnen schänden und alles dem Erdboden gleichmachen wollten. Sicher nicht. Gerald hasste Ned, aber er wusste, dass er intelligent und belesen war. Ned würde wissen, dass die Deutschen sich gar nicht so sehr von den Engländern unterschieden. Er würde wissen, dass die patriotischen Reden im Grunde nur hohle Phrasen waren.

Aber Ned hatte ein ganz anderes Motiv, sich freiwillig zu melden. Es ging ihm nicht um Ruhm oder Geld, nicht mal um den König. Carew kämpfte für die Welt, die er kannte. Die Welt von Oyster Shore mit den Gezeiten, wo die Ebbe alte Kähne aus dem Wasser auftauchen ließ wie die Gerippe von mythischen Ungeheuern, und wo ein Mädchen in einem weißen Kleid am Wassersaum Schätze suchte. Er kämpfte für den Frieden dieses Ortes, für den Schutz der Menschen, die er liebte, doch vor allem kämpfte er für Madalyn. Als Ned am Tisch angelangt war und sich mit einem Stift in den tintenbeschmierten Fingern über die Dokumente beugte, hielt Gerald den Atem an, denn dies war der Augenblick, in dem Ned die wichtigste Schlacht in seinem ganz persönlichen Krieg verlor. Die natürliche Ordnung würde wieder hergestellt werden. Es war nur eine Frage der Zeit, bis ein gesichtsloser Deutscher den Rest erledigte.

Gerald war überzeugt, dass Madalyn Trelyon nun so gut wie ihm gehörte – genau wie der Phönix-Kamm, wenn er ihn aus dem Versteck im Bootshaus geholt hatte. Und wenn er ihn erst mal an sich genommen hatte, hieß es nur noch abzuwarten, wie lange Ned Carew ohne seinen Talisman überlebte.

KAPITEL 29

MADALYN

April 1915

Oyster Shore

Da ist jemand für Sie, Miss Madalyn«, verkündete Tilly.

Irritiert über die Unterbrechung blickte Madalyn von ihrem Skizzenbuch auf. Ihr Bild von einem einsamen Fischreiher am fernen Ufer war fast fertig. Wenn sie es jetzt weglegen musste, wäre die Arbeit eines ganzen Vormittags umsonst. Wieso beachtete es niemand, dachte sie gereizt, als sie ihren Stift niederlegte, wenn sie erklärte, sie wollte nicht gestört werden? Es blieb ihr täglich nur wenig freie Zeit, denn sie musste sich um ihre Mutter kümmern, deren Zustand sich immer weiter verschlechterte. Nur die treue Tilly und eine Frau, die jeden Tag aus Trevellan kam, arbeiteten noch im Oyster House, und die Leitung des Haushalts fiel nun Madalyn zu. Seit alle Gärtner und Bediensteten sich freiwillig für den Krieg gemeldet hatten, musste Madalyn sich auch um den Garten kümmern. Längst vergangen waren die Zeiten, als man sich noch wegen rauer Hände und Sommersprossen sorgte!

Aber Madalyn war froh über die Beschäftigung. Wenn sie den Tag damit verbrachte, im Garten zu arbeiten, den Haushalt in Schuss zu bringen und die Wäsche zu waschen, fiel sie abends todmüde ins Bett und hatte keine Energie mehr, ihren dunkelsten Ängsten um Ned nachzugeben. Die kurzen Augenblicke, in denen sie Skizzen von Oyster Shore anfertigen konnte, waren eine willkommene Ruhepause von der allgegenwärtigen Furcht, die ihr ständig im Nacken saß und sich blitzartig in ihrem ganzen Körper ausbreitete, wann immer sie den Telegrammboten sah.

Madalyns Zeichenstunden waren umso kostbarer, als all ihre Skizzen für Ned gedacht waren. So gewährte sie ihm Einblicke in sein Zuhause, während er an der Front war. In seinen sehnsüchtig erwarteten Briefen, in denen ein Großteil vom Zensor der Armee geschwärzt war, und die sie trotzdem immer wieder las, schrieb Ned oft, dass diese Zeichnungen ihm Oyster Shore in einer Weise vor Augen führten, wie es selbst sein Schreiben nicht vermochte. Er arbeitete zwar immer noch an seinem Buch, doch manchmal, so bekannte er, fühlte es sich an, als gehörte es zu einer verlorenen Welt, und es war schwer für ihn, zum Fluss und dem darauf tanzenden Licht zurückzukehren. Gab es immer noch einen Ort, wo meilenweit kein Stacheldraht zu sehen war? Und war der Frühling irgendwo immer noch eine Zeit, in der neues Leben erwachte und alles in frisches Grün getaucht wurde? Wo er war, da gab es nur Schlamm, Geschützfeuer und Tod.

Es erfüllt mich mit Hoffnung, dass es jenseits von diesem von Gräben durchzogenen Schlamm, von diesem pockenübersäten Ödland noch Schönheit gibt, hatte er in seinem letzten Brief geschrieben, *und ich träume davon, mit dir wieder am Ufer entlangzuschlendern, Maddy, genauso wie ich davon träume, dich im Arm zu halten und zu lieben. Die Felder hier sollten übersät sein mit Ruchgras und Wildblumen, nicht mit Mörserkratern und von Stacheldraht umgebenem Schlamm. Dies ist von Menschen geschändetes Land. Aber in deinen Skizzen sehe ich Schönheit und weiß, es gibt mehr als dies hier, etwas, wofür es sich zu kämpfen lohnt und das gleichzeitig bedeutsamer ist als jeder Konflikt. Eines Tages wird dieser Krieg nur eine kleine Fußnote in einem Geschichtsbuch sein, doch Oyster Shore ist ewig, Blätter wehen wie Fähnchen vor dem blauen Himmel, und die Bäume weichen dem Fluss, wo die Gezeiten wechseln wie Stimmungen. Mein Buch wird diesen Ort verewigen, und noch lange, nachdem du und ich vergessen sind, wird er seine Magie entfalten. Wisse, dass ich immer an dich denke, bis wir uns dort wiedersehen. Jede Nacht, bevor ich die Augen schließe, küsse ich die Locke, die du mir geschenkt hast, und bete, dass schon bald die Zeit kommt, da ich dich wieder in meinen Armen halten kann.*

Madalyn war nur froh, dass Ned etwas von ihr mitgenommen hatte. Eine Locke ihres Haares, zusammengehalten von einem roten Samtband, war zwar nichts Besonderes, doch dadurch fühlte sie sich Ned näher. Als würde sie über ihn wachen. Wie sehr wünschte sie sich, das wäre möglich! Wie sehr vermisste sie ihn!

Ihr Abschied war qualvoll gewesen, und danach hatte Madalyn sich mit Kopfschmerzen auf ihr Zimmer zurückgezogen und mit dem Gesicht zur Wand weinend auf ihrem Bett gelegen, bis sie keine Tränen mehr hatte. Wie sollte sie ohne Ned leben? Wie konnte sie in einer Welt ohne ihn existieren und so tun, als wäre alles in Ordnung, wenn ihr Herz vor Panik erstarrt war? Madalyn hatte genug vom Horror der Front mitbekommen, um Angst um Ned zu haben. Sie wusste, dass der Krieg kein Spiel oder Abenteuer war.

Er war ein Gemetzel.

Ned kämpfte für sie und für Oyster Shore. Er hatte gesagt, er persönlich habe keinen Streit mit den Deutschen, aber er liebe seine Heimat und werde dafür kämpfen. Er werde ihre Lebensart verteidigen, ein Leben, wo Boote aufs Meer fuhren und Fischer ihre Netze auswarfen, ein Leben, wo Eisvögel am Ufer entlangzischten und Mädchen in weißen Kleidern Tee auf dem Rasen tranken. Madalyn wusste, gäbe es keine Männer wie Ned und seine Kameraden, wäre es gut möglich, dass der Krieg über ihre Grenze schwappte und ihr Land ebenfalls mit Tod und Zerstörung überzog. Dass der Krieg dieses Ufer mit Gräben zerstümmelte und mit Stacheldraht fesselte, genau wie Ned es in seinen Briefen beschrieb. Ohne Männer wie Ned würde der Gesang der Vögel Kanonendonner weichen. Krater würden das Anwesen von Vyvyan Court mit Pockennarben verunstalten, so wie in Frankreich. Wenn sie von Neds Briefen aufblickte und zum Fluss sah, der so friedlich und zeitlos war, kam es ihr unglaublich vor, dass es die Gräuel, die Ned beschrieb, in einer Welt geben konnte, die so viel Schönheit barg.

Madalyn las Neds Briefe so oft, dass das Papier immer durchscheinender wurde und drohte, an den Knicken zu brechen. Sie waren ihr Rettungsring, ihr Grund, morgens aufzustehen. Doch waren sie auch qualvoll, da Ned seiner Kunst und ihrem Versprechen, ehrlich zueinander zu sein, treu blieb und nichts verschwieg. Er erzählte ihr lustige Geschichten über die anderen Soldaten, beschrieb Fußballspiele im Schlamm und berichtete von wochenlangen Versuchen, eine Ratte, so groß wie eine Katze, zu dressieren. Er schrieb von Marrick und Sammy, die sich gleichzeitig mit ihm gemeldet hatten, und sprach in höchsten Tönen von einem Soldaten namens Alex, der Fotograf war und sich bemühte, alles in Bildern zu dokumentieren.

Die Armee sieht es gar nicht gern, wenn Soldaten Kameras haben, schrieb Ned, *denn sie arrangiert lieber Szenen, die die allgemeine Bevölkerung nicht schockieren, sondern die Moral heben. Das erscheint sinnvoll, doch ist das die Wahrheit oder die Fortsetzung der Lüge? Alex meint, er fühle sich berufen, die Wahrheit über den Krieg mit seinen Fotos zu vermitteln, und seine Arbeit ist wirklich unglaublich – hässlich und abschreckend, das gewiss, aber auch unfassbar kühn und brillant. Ich wünschte nur, ich könnte dasselbe mit Prosa bewirken, doch habe ich nicht die Gabe, so direkt über den Krieg zu schreiben. Liegt es mir eher, mit Bildern und Allegorien zu arbeiten? Mag sein, doch ich weiß, Kameraden wie Kit Rivers haben das Talent, diese Wahrheit frei zu legen und in Versen zu beschreiben.*

Es hatte Madalyn gefreut, als sie erfuhr, dass Ned im selben Regiment diente wie Kit Rivers. Zwar hatte sie den Sohn ihrer Nachbarn nur ein paarmal getroffen, doch sie wusste, dass Kit sich nicht von Versprechungen von ruhmreichen Schlachten und heroischen Taten blenden ließ. Er würde seine Pflicht tun und das gut, weil er seine Männer ermutigte und inspirierte. Es tröstete Madalyn, dass Kit an der Seite des Mannes kämpfte, den sie liebte. Und auch Marrick und Sammy würden auf Ned aufpassen, genau wie in ihrer Kindheit, und mit diesem Wissen musste Madalyn sich zufrieden geben.

Der Krieg war zu Weihnachten nicht schon vorbei, wie Colonel Rivers und Sir Arthur Snowe geglaubt hatten, und die Neuigkeiten von der Front klangen immer entmutigender. Reverend Tullis forderte alle Männer in endlosen Predigten dazu auf, ihre patriotische Pflicht zu erfüllen, und jede Woche wurde die Kirche leerer, weil sich nach und nach immer mehr Männer zum Kriegsdienst verpflichteten. Mittlerweise wurden die Farmen von Frauen bewirtschaftet. Die blonden, langgliedrigen Töchter der Trehunnists führten die alten Ackergäule, die die Armee ihnen gelassen hatte, und Vyvyan Court wirkte vernachlässigt, weil es kein Personal mehr gab. Die Fasanengehege im Wald waren leer, das Rotwild wagte sich bis in den Rosengarten, und tückische Dornenranken krochen langsam über den Rasen und zogen Brennnesseln und Ackerwinden mit sich. Es gab Gerüchte, dass Vyvyan Court in ein Lazarett umgewandelt werden sollte, und Madalyn hätte sich gerne als Krankenschwester ausbilden lassen, um das Ihre zum Krieg beizutragen. Doch Constance war kränklich und kam allein nicht zurecht. Es kam Madalyn so vor, als wäre sie dazu verdammt, einsam am Ufer entlangzuwandern, während sie sich nach Ned sehnte und versuchte, Oyster House vor weiterem Verfall zu bewahren. Im Bootshaus weinte sie stumme Tränen im Messingbett unter den Dachsparren und rollte sich auf Neds Sessel zusammen, um seine Briefe zu lesen, die sie zusammen mit den anderen Schätzen in dem alten Versteck aufbewahrte. Manchmal hatte sie das Gefühl, sie wäre nicht die Einzige, die hierherkam, und ihr Kamm und ihr Skizzenbuch schienen unerklärlicherweise verschwunden, aber wahrscheinlich bildete sie sich das nur ein. Sie vermutetet, dass sie vor lauter Elend nicht mehr wusste, was Ned im Versteck gelassen hatte.

Im nun unbewohnten und feuchten Bootshaus bildete sich Schimmel an den Wänden. Madalyn fand es nur passend, dass es ohne Ned so trostlos wirkte, wie sie sich fühlte. Der Weg durch den Wald wucherte langsam zu und würde bis zum Ende des Sommers unbenutzbar sein. Manchmal dachte Madalyn, sie könnte sich hierher zurückziehen und warten, während die Vegetation sich immer enger um sie zusammenschloss, bis Ned eine Schneise schlug und sie rettete wie der Prinz in einem der Spiele ihrer Kindheit.

Oyster House lief Gefahr, ein ähnliches Schicksal zu erleiden. Hätte Sir Arthur ihnen nicht hin und wieder ein paar alte Gärtner zur Hilfe geschickt, wäre die Auffahrt schon vor Monaten von Farnen und Baumsprösslingen überwuchert worden, während das Haus ein grünes Korsett aus Ranken bekam. Allerdings kümmerte das Madalyn kaum, denn wegen Constances angegriffener Gesundheit unternahmen und empfingen sie kaum noch Besuche. Ihr Ponywagen war längst Vergangenheit, da die Armee alle Pferde requiriert hatte, und Sir Arthur schickte ihnen freundlicherweise jeden Sonntag einen Wagen, so dass Madalyn zur Kirche kommen konnte, doch sie ging immer bis zum Haupttor und wartete dort, um dem Kutscher die unwegsame Auffahrt zu ersparen. Ein bisschen genoss Madalyn auch diese Atmosphäre der Abgeschiedenheit, wenn sie sich mal ein Stündchen frei machen konnte, um am Flussufer spazieren zu gehen. Dann konnte sie sich der Illusion hingeben, durch die Zeit zu reisen, und sah vor ihrem inneren Auge das Bootshaus, aus dessen Schornstein Rauch aufstieg, und Ned, der auf den Stufen auf sie wartete, mit lächelndem Gesicht und einem Buch in den Händen.

Doch Ned war fort und hatte ihr Herz und ihre Seele mit sich genommen. Daher zog Madalyn es vor, die Zeit bis zu seiner Rückkehr abgeschottet von der Welt mit ihrer Mutter zu verbringen. Sie verließ Oyster Shore nur noch selten, Tilly, die mittlerweile mit dem Diener verlobt war, wegen seiner Abwesenheit aber genauso unglücklich war wie ihre Herrin, machte Besorgungen im Dorf, während der alte William Essen und anderes Lebensnotwendiges mit einem Handkarren zum Haus schaffte.

In letzter Zeit kam Gerald sie öfter mit dem Automobil besuchen, brachte Früchte aus dem Treibhaus für Lady Constance oder Bücher, die Madalyn vielleicht gefallen konnten. Seine Aufmerksamkeiten hatten Madalyn überrascht und zunächst mit Argwohn erfüllt, weil sie befürchtete, Gerald würde sie wieder bedrängen, da er einer der wenigen jungen Männer war, die zu Hause blieben. So hatte sie sich nach seinem ersten Besuch gegen eine Wiederholung seines Heiratsantrags gewappnet, doch zu ihrer Verblüffung schien Gerald nicht mehr an Heirat zu denken und betrieb lediglich Small Talk. Er schien wirklich nur an ihrer Gesellschaft interessiert, und als die Monate vergingen, merkte Madalyn, dass sie immer weniger nervös wurde, wenn er vorbeikam. Im Gegenteil, sie freute sich sogar über seinen Besuch, denn mit Gerald konnte sie in Kindheitserinnerungen an ihren Sommer am Fluss schwelgen und Ned erwähnen, ohne dass es komisch wirkte. In Neds Abwesenheit war es ihre größte Freude, seinen geliebten Namen auszusprechen, und wenn Geralds Besuche ihr die Möglichkeit boten, ihr Ned zurückzubringen – wenn auch nur im Geiste –, dann war sie bereit, Gerald dafür dankbar zu sein. Er hatte immer noch etwas an sich, das ihr Unbehagen einflößte. Seine blassblauen Augen waren so wachsam und durchdringend wie eh und je, doch Gerald hatte sich als überaus freundlich erwiesen, so dass ihre Abneigung aus Kindertagen verschwunden war. Vermutlich hatte der Krieg sie alle gezwungen, erwachsen zu werden.

Madalyn saß auf der Terrasse und zeichnete, als Tilly zu ihr kam. »Normalerweise erscheint Mr. Gerald doch erst nach Mittag«, bemerkte Madalyn und schlug ihr Zeichenbuch zu. »Führe ihn bitte ins Wohnzimmer, Tilly, ich komme gleich nach. Und bring uns Tee.«

Unbehaglich verlagerte Tilly ihr Gewicht von einem Fuß auf den anderen. »Verzeihung, Miss, aber es ist nicht Mr. Snowe, sondern Mrs. Penwurthy.«

Madalyn blickte abrupt auf. »*Bess* ist hier?«

Es war sehr ungewöhnlich, dass Neds Schwester vorbeikam, denn obwohl sie ihr Neds Briefe verstohlen nach dem Kirchgang zusteckte und Madalyn sie in Empfang nahm, zeigte Bess ihre Missbilligung doch sehr deutlich. Bess Penwurthy mochte zwar von ihrem Bruder ins Vertrauen gezogen worden sein und sich widerstrebend bereitgefunden haben, als Überbringerin der Briefe zu fungieren, doch mochte sie Madalyn nicht und vertraute ihr auch nicht. Madalyn konnte es ihr nicht verübeln, da sie wusste, welche Probleme ihre Kinderfreundschaft den Carews beschert hatte. Doch sie hoffte, Bess eines Tages beweisen zu können, wie sehr sie Ned liebte.

Eines Tages, wenn sie seine Frau wäre.

»Miss Madalyn?«, fragte Tilly, als ihre Herrin, versunken in Gedanken an Apfelblüte und weiße Kleider, nicht reagierte. »Normalerweise führe ich jeden Besucher ins Wohnzimmer, aber da es Mrs. Penwurthy ist, habe ich sie gebeten, vor der Küche zu warten.«

Die unterschwellige Botschaft dieses Satzes lautete, dass die Frau eines Fischers genau dorthin gehörte. Madalyn seufzte, weil sie einen weiteren Strich auf Bess' Liste gegen sie befürchtete. Schon in ihrer Kindheit hatte Neds scharfzüngige Schwester sie eingeschüchtert. Wieso war Bess hier? Was war so dringend, dass es nicht bis Sonntag warten konnte. Doch wohl nicht …

Kalte Furcht durchströmte sie, und vor ihren Augen verwandelte sich die Welt in einen Strudel aus grellen Farben. Nein. Das darf nicht wahr sein. Bitte lieber Gott, bitte nicht. Mit einem Mal überkam Madalyn wieder ein Gefühl wie vor Jahren, als sie dachte, sie würde ertrinken. Wie Wasser schwappte die Angst über ihrem Kopf zusammen, während sie verzweifelt nach anderen Erklärungen suchte. Vielleicht hatte Bess eine Nachricht, die nicht warten konnte? Vielleicht bekam Ned Urlaub? Oder sie hatte andere Neuigkeiten?

»Sie ist mir in den Garten gefolgt!«, rief Tilly entrüstet aus. »Wie dreist von ihr! Ich bitte um Verzeihung, Miss Madalyn, aber ich habe sie wirklich gebeten, an der Hintertür zu warten!«

Bess Penwurthy wartete auf niemanden, das wusste Madalyn, und tatsächlich marschierte sie schon so energisch über den Rasen auf sie zu, dass ihre Röcke im ungemähten Gras wie eine Heckwelle hinter ihr aufwallten. Madalyn erhob sich. Jetzt wusste sie, warum Bess gekommen war und nicht an der Küchentür warten wollte. Die schreckliche Gewissheit überkam sie nicht, weil Bess' Gesicht angespannt war oder weil sie Schwarz trug. Im Jahr 1915 war eine junge Frau in Trauer kein ungewöhnlicher Anblick, und Bess hatte Madalyn oft mit Missfallen beäugt. Nein, nichts davon war Hinweis genug. Was ihr das Blut in den Adern gefrieren ließ, war das in Leder gebundene Notizbuch, das Bess an ihre Brust drückte.

Es war *Am Austernufer.*

»Nein«, flüsterte sie, »bitte nicht. Bitte nicht!«

»Miss Madalyn? Geht es Ihnen nicht gut?« Tilly trat zu ihr, um sie zu stützen, aber Madalyn wehrte sie ab. Freundlichkeit würde ihr jetzt nur die mühsam aufrecht erhaltene Beherrschung rauben.

»Lass uns allein, Tilly«, sagte sie mit brüchiger Stimme. »Ich rede mit Mrs. Penwurthy.«

»Hier, Miss? Vielleicht sollten Sie sich lieber in den Schatten setzen.«

»Nein, hier, Tilly«, beharrte Madalyn. »Bitte störe uns nicht.«

Tilly warf Bess einen zornigen Blick zu. »Da du dich entschieden hast, mir in den Garten zu folgen, kannst du nicht mit einer Erfrischung rechnen. Und bleib nicht zu lange! Die Sonne ist schon ziemlich heiß, und Miss Trelyon kann sich nicht ungeschützt hier aufhalten.«

Madalyn dachte, auch wenn die Sonne noch tausendmal heißer brennen würde, wäre ihr doch kalt bis ins Mark.

Kaum war das Hausmädchen außer Hörweite, wandte sie sich zu Bess. »Es ist Ned, nicht wahr?«

Als Bess sie aus verweinten Augen direkt ansah, wusste Madalyn, dass ihre Befürchtung stimmte. Das Blut rauschte in ihren Ohren, und sie dachte, sie würde einfach umkippen.

»Ja, Mutter geht es furchtbar, daher kann ich nicht lange bleiben, aber ich dachte, du solltest es sofort erfahren. Er liebte dich, Gnade ihm Gott, er hat dich immer geliebt. Ich weiß, seine letzten Gedanken galten sicher dir.«

Seine letzten Gedanken. Das waren so schreckliche Worte, dass Madalyn sich nur mit äußerster Mühe zusammenreißen konnte, um nicht laut aufzuheulen. Hilflos sank sie ins Gras und presste eine Hand an ihre Brust.

Das Rauschen in ihren Ohren wurde lauter. »Bist du sicher?«, flüsterte sie.

Madalyn hatte immer gedacht, sie würde es spüren, wenn Ned starb. Sie hatte geglaubt, wenn sie nachts zu den Sternen schaute, würde sie ihn dort sehen, wie er vom Himmel auf sie herunterblickte. Oder sie hätte das Gefühl gehabt, dass die Sonne weniger warm und leuchtend schien. Es war einfach unmöglich, dass Ned Carew diese Welt verlassen hatte, ohne dass sie es spürte. Wenn Ned wirklich tot war, wie konnte Madalyn weiterhin zeichnen, Strandgut sammeln und sich Sorgen machen, ihre Mutter würde sich aufregen, wenn es zum Tee nur Brot mit Marmelade gab?

Bess nickte. »Das Telegramm ist gestern Abend gekommen.«

»Telegramme können sich irren«, widersprach Madalyn stur. »Es muss in der Hitze des Gefechts eine Verwechslung gegeben haben.«

»Es gab keine Verwechslung. Marricks Brief und auch Neds persönliche Sachen sind heute Morgen angekommen. Aus irgendeinem Grund gab es eine Verzögerung beim Versand des Telegramms, aber es steht fest. Marrick hat alles mit eigenen Augen gesehen. Er sagt, Ned hätte ihm das Leben gerettet.« Bess rannen Tränen über die Wangen, aber sie machte keine Anstalten, sie wegzuwischen. »Mein Bruder hat sein Leben geopfert, um meinen Mann zu retten.«

Madalyn umklammerte Bess' Arm. »Was genau ist passiert? Erzähl mir alles.«

Bess griff in die Tasche ihres Rocks und zog einen zerknitterten Brief heraus, der tintenverschmiert und zu großen Teilen vom Zensor geschwärzt war. Als Madalyn ihn mit zittrigen Händen entfaltete, sah sie eine unsichere Schrift und Tintenflecken, wo die Tränen des Verfassers aufs Papier getropft waren.

Meine liebste und schönste Bessy, der Brief war voller Rechtschreibfehler, aber aus ihm sprach die Liebe eines Mannes zu seiner Frau. Gerührt blickte Madalyn auf. Dieser Brief war nicht für ihre Augen gedacht. Vielleicht sollte sie Bess bitten, ihn ihr vorzulesen?

»Marrick war nie ein Bücherwurm«, sagte Bess verteidigend, weil sie Madalyns Zögern missdeutete, »aber er gibt sein Bestes. In diesem Brief steht ganz genau, was passiert ist. Ich glaube, du liest ihn am besten selbst. Du wirst genauso stolz sein wie wir, weil du ihn auch geliebt hast.«

Geliebt hast. Die Vergangenheitsform traf sie wie ein Schlag.

»Ich werde ihn immer lieben«, erwiderte Madalyn leise. »Das wird sich niemals ändern.«

Bess nickte. »Ich weiß, dass er dich auch liebte. Wir haben ihm alle gesagt, er wäre verrückt, und ich habe Gott weiß mein Bestes gegeben, um es ihm auszureden, aber Ned wollte einfach nicht hören. Für ihn gab es nur dich. Lies Marricks Brief. Dann weißt du, was geschehen ist.«

Benommen wandte sich Madalyn wieder dem Brief zu. Zuerst hatte sie Mühe, Marricks eigenwillige Schreibweise zu erfassen, doch schon bald hörte sie durch das mühsame Gekrakel hindurch Marricks Stimme und bekam einen Augenzeugenbericht von den Geschehnissen drei Wochen zuvor.

Es war Ende März, doch der Winter wollte noch nicht weichen, und die Erde, die die Soldaten ausgegraben hatten, um ihre Verteidigungslinien zu verstärken, war steinhart. Die Männer taumelten unter dem

Gewicht der Sandsäcke und Laufbretter, die sie zu den Verbindungs-gräben schleppten, und nachts wagten sich Patrouillen ins Niemands-land, um zu prüfen, ob der Stacheldrahtzaun überall intakt war und kein Feind anrückte. Manche Männer genossen diese Nachtpatrouil-len, schrieb Marrick, denn es war aufregend, sich von den sicheren Schützengräben zu entfernen, und fast berauschend, wenn man die Deutschen belauschen konnte. Zumindest war es eine Abwechslung zu den endlosen Stunden im nassen Graben, wo die Stiefel immer durchweicht waren und die Hände vor Feuchtigkeit runzlig wurden. Tagsüber spielten die Männer Karten, aßen Konservenfleisch (was Marrick verabscheute) und kochten Tee. Captain Rivers schrieb in dieser Zeit Berichte oder Gedichte und zeigte diese manchmal Ned, der unaufhörlich an seinem Roman arbeitete, wenn er nicht gerade an Madalyn schrieb. Hin und wieder führten Kit und Ned Gespräche über Literatur, denen Marrick nicht folgen konnte. Dann döste er ein bisschen, weil er wusste, dass die Sinne eines Soldaten nachts schärfer sein mussten als die Klinge eines Bajonetts.

Es war eine Nacht, die stiller war als sonst – was Marrick, rück-blickend gesehen, eine Warnung hätte sein sollen. Sein befehlsha-bender Offizier glaubte, die Deutschen rückten näher an die Ver-teidigungslinie der Alliierten, und die Vorstellung, die Deutschen könnten sich anschleichen, während er und seine Kameraden in ihren Schützengräben hockten, machte Marrick fuchsteufelswild. Wie immer hörten sie den fernen Donner der Geschützfeuer, aber der Aufprall der Mörser im Norden störte sie so wenig wie Kiesel, die ins Wasser geworfen wurden. *Komisch, an was man sich alles gewöhnt, wenn man muss,* hatte Marrick geschrieben, *ist vielleicht genauso wie wenn man weit draußen auf dem Meer ist und nicht weiß, ob man es nach Hause schafft.* Er fand, es sei durchaus ver-gleichbar, und als Fischer sei er besser als andere in der Lage, mit Heimweh und Entbehrungen umzugehen. Aber was er nicht ertrage, sei Untätigkeit.

Marrick hatte sich am Vorabend das Handgelenk an einem Stacheldraht aufgerissen, als er durch den Schlamm und das Geröll robbte, die das Niemandsland zwischen den feindlichen Linien kennzeichneten, und Captain Rivers hatte ihm befohlen, die heutige Nachtpatrouille ohne ihn ziehen zu lassen, was Marrick wütend machte.

»Nein, ist doch nur ein Kratzer, Sir«, hatte er protestiert, obwohl sein ganzer Arm höllisch wehtat und seine Finger kribbelten. »Ich bin dienstfähig.«

»Das habe ich zu entscheiden, Gefreiter Penwurthy«, erwiderte Kit. »Es wird noch viele Patrouillen geben. Auch wenn wir im Krieg sind, heißt das noch lange nicht, dass ich das Leben meiner Männer unnötig aufs Spiel setze.«

»Bei allem Respekt, Sir, aber ich bin Ihr bester Mann.«

Kit lächelte matt. »Ein weiterer Grund, Sie nicht zu gefährden. Oder die anderen, wenn Sie wegen der Verletzung einen Fehler machen.«

»Ich mach keine Fehler«, brauste Marrick auf. Für wen hielt Rivers sich eigentlich, dass er so mit ihm redete! Sie waren jetzt nicht mehr in Cornwall!

»Sie bleiben hier, und das ist ein Befehl. Abtreten, Gefreiter!«

Marrick starrte Kit finster an, widersprach aber nicht. Niemand tat das. Captain Rivers war mutig und gerecht, aber er war auch hart wie Stahl, und sein Ton signalisierte, dass die Entscheidung gefallen war. Wenn Marrick sich nicht damit zufriedengab, riskierte er eine Strafe.

»Was ist denn?«, fragte Ned, als Marrick in den Unterstand stürmte und sich auf seine Pritsche warf. Ned saß am Tisch und hatte sein Notizbuch vor sich. Das war sein großer Roman, der offenbar endlich fertig war und mit dem Ned sein Glück machen wollte – wenn sie je diesem Höllenloch entkamen, dachte Marrick finster.

»Rivers sagt, ich kann nicht auf Patrouille«, knurrte er. »Typisch feiner Pinkel, will mir vorschreiben, was ich zu tun habe.«

»Er ist unser befehlshabender Offizier, und außerdem bist du verletzt«, entgegnete Ned, schlug das Buch zu und schob es in seinen

Tornister. »Bloß weil du mal eine Nacht hierbleibst, werden die Deutschen nicht gleich den Krieg gewinnen.«

»Könnten sie aber. Außerdem wollte ich mir mal die alte Ruine angucken. Neben dem Trampelpfad. Das wäre ein perfekter Unterschlupf für einen Scharfschützen. Also anstelle der Deutschen würde ich da einen positionieren.«

»Dann gucken wir uns das heute Nacht mal an«, erwiderte Ned geduldig. »Ruh du dich nur aus und mach das Beste aus deiner Schonfrist, du Glückspilz. Außerdem darf ich nicht zulassen, dass Bess denkt, ich würde nicht auf ihren Mann aufpassen. Gegen sie würden die Deutschen wie Waisenknaben wirken, wenn sie den Eindruck bekäme, ich würde dich verletzt kämpfen lassen.«

»Ist doch nur ein Kratzer«, wehrte Marrick ab, obwohl die Wunde in Wahrheit heiß war und juckte. Vielleicht hatte Kit doch recht, und er blieb am besten im Unterstand? Kopfschmerzen hatte er auch. Gereizt schloss er die Augen.

Offenbar war er eingeschlafen, denn als er wieder aufwachte, nach seinen Zigaretten tastete und vor sich hin blinzelte, war es dunkel geworden und der Unterstand ruhig. Die anderen waren wohl auf Patrouille und hatten nur ihn und einen Soldaten mit Bauchschmerzen zurückgelassen.

»Wie lang habe ich geschlafen?«, fragte Marrick und rieb sich mit den Fingerknöcheln die Augen, bis er Sternchen sah.

»Lang genug, dass ich Mitleid mit deiner Frau gekriegt hab, weil du so schnarchst«, gab der andere zurück.

»Und ich hab Mitleid mit deiner, wenn du zu Hause auch so müffelst. Hier stinkt's wie auf dem Klo!«

Sein Kamerad drückte grinsend seine Zigarette aus und schwang die Beine von der Pritsche. »Wart nur ab, bis *du* den Scheiß kriegst, Kumpel. Dann wirst du auch nicht mehr gut duften. Wie wär's, ich zünde den Ofen an und koch uns Tee. Dann könn …«

Doch Marrick erfuhr nie, was sie als Nächstes tun konnten, denn mit einem Mal wurden sie bombardiert. Die Luft füllte sich mit beißendem Rauch, und in der Dunkelheit zuckten weiße und grellgrüne Blitze. Beide Männer warfen sich zu Boden, als eine Granate über sie hinwegzischte und hinter ihnen explodierte. Die Erde bebte, als wollte sie sie aus dem Graben spucken, und Marrick krallte sich am Untergrund fest. Erde und Geröll regneten auf ihn, und als sich Nase und Mund damit füllten, überkam ihn Panik. So würde es also enden. Er würde in diesem gottverdammten Sumpf fern der Heimat bei lebendigem Leib begraben werden. So viel dazu, dass er Geld verdiente, um ein Boot zu kaufen und für Bess zu sorgen. Wer würde sich um sie kümmern, wenn sie Witwe war?

Nur wenige Meter von ihm entfernt schlug ein weiterer Mörser ein, und wieder hob und senkte sich die Erde. Er hörte seinen Kameraden stöhnen, und dann knatterten Maschinengewehre. Ganz kurz dachte er an Ned und die anderen der Patrouille, und sein Herz zog sich zusammen, doch dann bebte die Erde erneut, und alles wurde dunkel. Eine Weile driftete er im Nirgendwo, hörte Stiefel im Stakkato über die Bohlenwege stampfen, die in den Rhythmus des Rat-tat-tat der Maschinengewehre einfielen. Dicke Schlammspritzer fielen auf sein Gesicht und gerieten ihm in die Nase. Als Erde sein ganzes Gesicht bedeckte und er die Augen nicht mehr öffnen konnte, wusste er, dass er erledigt war.

»Sie sind hier drin!«, hörte er jemanden brüllen – Ned?

»Ned!«, wollte Marrick schreien, doch sein Mund war voller Schlamm, und er brachte nur ein Krächzen hervor. Waren seine Lungen schon voller Dreck? Kehrte er jetzt zur Erde zurück, wie Reverend Tullis immer versprach? Wie gern hätte er jetzt gebetet, aber er glaubte schon seit langer Zeit nicht mehr an Gott. Hier an der Westfront gab es keinen Gott.

»Ned«, flüsterte er. »Ned!«

»Zurück, Männer!« Das war Kit Rivers. »Wartet auf die Sanitäter! Carew! Evans! Mir nach!«

Schritte, dann eine weitere Explosion und ein Warnschrei. Und dann, wie durch ein Wunder, war Ned bei ihm in der Hölle aus Rauch und Geröll.

»Nehmen Sie Simpson, Sir!«, hörte er Ned über das Geschützfeuer und die Explosionen zu Kit rufen. »Ich hab Marrick. Komm schon, Marry! Wieso bist du immer so lahm!«

Er spürte, wie er von jemandem auf die Arme gehoben wurde, und obwohl er im dichten Rauch nichts sehen konnte, spürte er, dass es Ned war, und sie waren nicht mehr in einem Unterstand in der Fremde, sondern wieder Jungs: beste Freunde in Oyster Shore, die einander herausforderten, den Sprung ins kalte Wasser zu wagen oder auf den höchsten Baum zu klettern.

»Ned ...« Marricks Stimme war nur ein heiseres Krächzen. Er spürte, wie Ned unter seinem Gewicht durch die Dunkelheit wankte. »Ned.«

Dann gab es eine weitere Explosion, blendend schön und Unheil bringend wie ein gefallener Engel, die Marrick mit dem Gesicht voran in den Schlamm warf, während Ned mit ausgebreiteten Armen und aufgerissenen Augen in die Luft geschleudert wurde. Als Marrick wieder zu sich kam, sah er neben sich die blutigen Überreste eines menschlichen Körpers – und mittendrin ein blutbespritztes Notizbuch mit Ledereinband. Marrick drehte den Kopf zur Seite und übergab sich. Dann schloss sich die Dunkelheit gnädig um ihn.

Als er das nächste Mal zu Bewusstsein kam, lag er mit verbundenem Kopf im Lazarett. Die Schwester, die ihn pflegte, sagte, dass er Glück gehabt habe, denn die gesamte Verteidigungslinie war von einem Überraschungsangriff dem Erdboden gleichgemacht worden. Aber Marrick fühlte sich nicht, als habe er Glück gehabt.

»Wo ist Ned?«, fragte er sie und packte verzweifelt ihren Ärmel, als sie bei ihm vorbeischaute. »Der Gefreite Carew! Wo ist er?«

Die Krankenschwester, eine junge Frau mit frischem Gesicht, die ihn an die Mädchen von Trevellan aus einem anderen Leben erinnerte, drückte ihn behutsam in die Kissen zurück. »Ruhen Sie sich aus, mein Lieber. Sie waren fast zwei Tage bewusstlos.«

»Ich kann mich nicht ausruhen, wenn ich nicht weiß, was mit Ned ist!«, wehrte Marrick sich panisch. »Er ist etwa so groß wie ich und hat blonde Haare. Ein gut aussehender Bursche! Den müssen Sie bemerkt haben!«

»Ich fürchte, er ist nicht hier.«

Ein Bild tauchte vor seinem inneren Auge auf. Er wusste nicht, ob es aus einem Albtraum stammte, und versuchte es erneut: »Er könnte sein Bein verletzt haben. Haben Sie einen Soldaten mit einem verletzten Bein gesehen?«

»Nein, nur Sie sind hier gelandet. Jemand hat über Sie gewacht.«

Sie hatte recht: Tatsächlich hatte jemand über Marrick gewacht und mit seinem Leben dafür bezahlt. Marrick weinte bittere Tränen um Ned. Wie sollte er Bess in dem Bewusstsein unter die Augen treten, dass Ned gestorben war, um ihn zu retten? Wie sollte er sich freuen, dass er dem Tod wundersamerweise von der Schippe gesprungen war, wenn Ned Carew nur noch ein Name auf der Vermisstenliste war? Wie konnte er den Rest seines Lebens ohne seinen Freund durchstehen? Hätte Marrick sich nicht auf der Patrouille die Hand verletzt, hätte Ned es gar nicht riskieren müssen, während der Bombardierung zum Unterstand zurückzurennen. Wenn Ned Carew umgekommen war, trug allein er, Marrick, dafür die Verantwortung.

Nachdem Marrick vom Stabsarzt für gesund erklärt worden war, suchte Marrick den Unterstand auf, der im Schlamm nur noch zu erahnen war. Nichts zeugte davon, dass ein Mann hier sein Leben geopfert hatte. Es herrschte keine besondere Atmosphäre, es gab keinen Hinweis darauf, dass sein bester Freund sich in die Fänge des Todes geworfen hatte, um ihm das Leben zu retten. Alles fühlte sich vollkommen sinnlos an, und als er das Geschützfeuer hörte, mit dem Männer andere Männer töteten, gegen die sie persönlich nichts hatten und mit denen sie zu anderen Zeiten Karten gespielt und Bier getrunken hätten, überkam Marrick tiefste Verzweiflung. Was sollte das alles überhaupt? Würde sich in hundert Jahren noch jemand um diesen Konflikt scheren? Würde man sich überhaupt noch daran erinnern? Wofür zum Teufel verreckten sie hier?

Captain Rivers hatte sich zu ihm begeben, und so betrachteten sie eine Weile die bedrückende Kraterlandschaft, in der Sanitäter mit grimmiger Miene Bahren mit leblosen Körpern zu den Krankenwagen trugen. Zwei Träger vom Roten Kreuz schwankten mit schwerer Last durch Schlamm und Geröll. Als einer der Männer stolperte, rutschte unter der dünnen, grauen Decke ein marmorweißer Arm hervor und schwang wie ein Pendel hin und her. Marrick wandte den Blick ab.

»Ein paar von Neds persönlichen Sachen konnten aus den Trümmern geborgen werden«, bemerkte Kit und legte ihm eine Hand auf die Schulter. »Da Sie sein Schwager sind, habe ich sie für Sie beiseite gelegt.«

Neds Tornister lag auf dem Tisch im Offiziersquartier. Marrick nahm ihn und zog das ledergebundene Notizbuch hervor. Erleichtert sah er, dass der Einband nur wenige Blutspritzer trug. Jemand hatte es sorgfältig abgewischt und in den Tornister gesteckt. Jemand, der wusste, welche Bedeutung das Buch hatte.

»Danke, Sir«, sagte er zu Kit.

»Er hat mir daraus vorgelesen. Es ist überragend«, erwiderte Kit. »Ich hoffe nur, es wird eines Tages veröffentlicht. Er hatte eine seltene Begabung.«

Mit zitternden Fingern schlug Marrick es auf der ersten Seite auf.

Alles endete, wie es begann, in Oyster Shore …

Aber Ned Carews Leben hatte nicht in Oyster Shore geendet. Er musste im Krieg sterben, in einem von Ratten verseuchten Unterstand in Frankreich. Marrick schob den Roman zurück in den Tornister und zurrte den Riemen darum fest. Dieses Buch gehörte nicht ihm. Es gehörte dem Menschen, der Ned dazu inspiriert hatte. Marrick kannte seinen Freund gut genug, um zu wissen, dass für ihn Madalyn Trelyon die Inspiration für alles war, was Ned je geschrieben hatte.

Sie war seine Muse, und das Buch gehörte ihr.

»Ich schick die Sachen meiner Frau«, sagte Marrick zu Kit. Dann kehrte er in sein neues Quartier zurück, leerte eine Flasche Scotch und schrieb dabei bis in die frühen Morgenstunden einen Brief an Bess, in dem er seiner Trauer freien Lauf ließ. Er konnte nicht schreiben wic Ncd, aber er konnte Neds Schwester und seiner geliebten Muse schildern, wie Ned in mutiger Selbstlosigkeit sein Leben hingegeben hatte, damit ein weitaus weniger würdiger Mensch weiterleben konnte.

Gib das Buch Mädlinn, ich weiß, ihr hat sein letzter Gedanke gegolten. Alle seine Gedanken galten nur ihr.

Madalyn weinte und wünschte, sie könnte Ned dorthin folgen, wo er jetzt war. Sie spürte, wie Bess ihre Hand ergriff. Die beiden jungen Frauen klammerten sich aneinander, bis die Ebbe kam und das Wasser zurückwich. Wie gern hätte sich Madalyn hineingestürzt! Wie sehnte sie sich danach, dass das kalte Wasser über ihrem Kopf zusammenschlug und sie fortbrachte, weit weg, dorthin, wo Ned auf sie wartete. *Am Austernufer* lag auf ihrem Schoß. Der erste Satz, den sie auswendig kannte, sagte ihr, dass Ned schon vor langer Zeit das Ende ihrer Geschichte geschrieben hatte.

Sie schloss die Augen. Wie aus Mitgefühl zog sich die Sonne hinter eine Wolke zurück, und die ganze Welt wurde grau. Da erkannte Madalyn, dass eine Welt ohne Ned Carew nie wieder Farbe haben würde, denn für sie war er die Sonne, der Mond und alle Sterne. Er war der Vogelgesang in den Wäldern. Er war das Glitzern des Wassers, der warme Sand unter ihren Füßen. Für sie war Ned Carew einfach alles gewesen, und ohne ihn war die Welt öd und leer. Die ihr verbliebenen Jahre musste sie absitzen wie in einem Gefängnis. Wie konnte Ned sie nur verlassen? Er hatte ihr doch versprochen, für immer bei ihr zu bleiben. Dabei musste er doch gewusst haben, dass er dieses Versprechen nicht würde halten können! Mit der ihm eigenen Fähigkeit, in die Zukunft zu sehen, musste er geahnt haben, dass sie beide hier enden würde. Ihr Schicksal war schon seit langer Zeit besiegelt.

Noch lange, nachdem Bess gegangen war, stand Madalyn am Fluss. Sie blieb sogar noch da, als sich die Dämmerung über den Wald senkte und die Fledermäuse von Wipfel zu Wipfel flatterten. Schließlich wurde ihr bewusst, dass Constance sie brauchen würde, wischte sich mit dem Ärmel über die Augen und drückte das Notizbuch an ihr Herz. Dies war ihr kostbarster Schatz, das Einzige, was ihr von Ned geblieben war. Dieses Buch trug Neds Stimme, und Madalyn schwor, sie würde alles in ihrer Macht Stehende tun, damit sie eines Tages wieder gehört wurde. *Am Austernufer* würde Neds Vermächtnis sein. Damit würde sein Name über alle Grenzen hinweg bekannt werden.

Sie stand auf und starrte auf den dunkler werdenden Fluss.

»*Alles endete, wie es begann!*«, flüsterte sie, »*in Oyster Shore.*«

KAPITEL 30

DER PATIENT

September 1917

Allington House, Cotswolds

Der Patient saß auf der Terrasse, hatte die Hände ordentlich im Schoß gefaltet und den Blick auf die Hügel gerichtet. Als der Sommer in den Herbst überging, betrachtete er die Farben, benannte so viele, wie er konnte, und schrieb sie in das Notizbuch, das Dr. Bell ihm gegeben hatte. Er kniff leicht die Augen zusammen und sah zu, wie sich die Grüntöne in leuchtendes Ocker, in Bronze und Weinrot färbten, umrandet mit Gold und durchsetzt von Apricot. Der Wind warf Wellen in das goldene Kornfeld. Näher am Haus färbten sich die Blätter der Linden gelb, und die Kastanien reiften in ihren stachligen Hüllen.

Die Spitze seines Füllfederhalters kratzte über das Papier. Irgendwo in den Tiefen seines verwirrten Geistes, in einem von Spinnweben durchzogenen Raum, den er, so sagten die Ärzte, zugesperrt hatte, wusste er, dass er schon früher über diese Farben des Herbstes geschrieben hatte. Und über das Wasser, das wie ein Spiegel kreidefarbene Himmelsschleier reflektierte, dort, wo die Bäume das Ufer küssten und Dornenranken mit Brombeeren das kühle, versteckt liegende Wäldchen schützten. Immer wieder tauchten diese Bilder vor ihm auf, doch wie der Rauch einer ausgepusteten Kerze verflüchtigten sie sich, bevor er sie erfassen oder sich an ihren Ursprung erinnern konnte.

Wie viele Farben zeigten sich im glänzenden Federkleid des prächtigen Pfaus, der am Rand des Blumenbeetes entlangstolzierte? Und wie konnte die Kapuzinerkresse, die aus den moosbesetzten Töpfen quoll, so viele Orangetöne zeigen? Siena. Kurkuma. Chili. Senf. Terracotta. All diese Farben drängten sich dicht an dicht, akzentuiert von hellgrünen Blättern und dunklem Efeu, und der Stift des Patienten tanzte über das Papier und zog Schnörkel und Schleifen, die so raffiniert waren wie die Verzierungen der Blumentöpfe und Pflanzkübel.

»Schreiben Sie wieder?«

Als der Patient aufschaute, sah er, dass Dr. Bell, dessen Brillengläser in der Sonne blinkten, hinter ihm aufgetaucht war.

»Verzeihung, alter Knabe, ich wollte Sie nicht erschrecken.« Der Arzt ergriff einen Stuhl an der Rückenlehne, drehte ihn um und setzte sich damit an den Tisch. »Ist Ihnen etwas Nützliches eingefallen, Will?«

Will Shakespeare. So nannte man ihn hier. Denn als er hierhergebracht wurde, hatte er in einem Zustand zwischen Schlafen und Wachen Monologe aus Hamlet vor sich hin gemurmelt. Dr. Bell, ein erst kürzlich eingestellter Freudianer, hatte die Verse erkannt und dem Patienten diesen Spitznamen gegeben, da niemand seine richtige Identität kannte. Nach achtzehn Monaten und vielen Schreibübungen, die ihm in der Hoffnung verordnet worden waren, in seinem Unterbewusstsein etwas auszulösen, waren sie seiner wahren Identität noch keinen Schritt nähergekommen. Also war er Will Shakespeare geblieben. Der Patient selbst fand es seltsam, dass er zwar keine Ahnung hatte, wie er wirklich hieß, doch jedes Mal zusammenfuhr, wenn er mit seinem Spitznamen angesprochen wurde. Der verborgene Teil in ihm, der laut Dr. Bell in Träumen und Bildern zu ihm sprach, beharrte darauf, dass dies nicht sein Name war, und schien ziemlich empört, dass er eine neue Identität angenommen hatte.

Will wünschte sich wahrhaftig, sein Unterbewusstsein würde endlich seinen echten Namen hervorbringen, denn er hatte es satt, sich selbst fremd zu sein. Manchmal kam ein passendes Puzzlestück zum Vorschein, doch er wusste nie vorher, wann das geschah oder was es auslöste. Einmal hörte er einen anderen Patienten sprechen, dessen ausgeprägter Dialekt aus dem Südwesten Englands das sommersprossige Gesicht eines Mannes vor seinem inneren Auge heraufbeschwor. Er kannte diesen Mann, das spürte er, denn sein Herz hüpfte vor Freude, und der Name lag ihm ganz kurz auf der Zunge, bevor sich seine Erinnerung wieder eintrübte. Ein anderes Mal hatte er einen Gedichtband in die Hände bekommen und entdeckt, dass er einen Großteil davon auswendig konnte. Die Verse flossen geradezu aus ihm heraus, woraufhin Dr. Bell, ganz aufgeregt über diese Entwicklung, ihm die große Bibliothek von Allington gezeigt und ihn ermutigt hatte, sich darin umzuschauen. Will war mit den Fingerspitzen über die Buchrücken gefahren und hatte das Gefühl gehabt, dass ihm nicht nur die Titel bekannt vorkamen, sondern dass er viele dieser Bücher bereits gelesen hatte und gut kannte. Ganz flüchtig hatte er einen Mann vor sich gesehen, der in einem großen Ledersessel saß und einem kleinen Jungen auf seinem Schoß vorlas. Da hatte sich seine Kehle zusammengeschnürt vor lauter Trauer über einen Verlust, den er nicht benennen konnte.

In seinen Träumen sah er immer wieder einen Fluss, dessen Wasser sich oft zurückzog und nur noch ein murmelndes Bächlein mit leuchtend grünen Schlingpflanzen zurückließ, an dem ein Mädchen, dessen weißes Kleid über den feuchten Sand streifte, Muscheln sammelte. Wann immer dieser Traum endete, wachte Will mit tränennassen Wangen auf, und der Schmerz in seinem Herzen war schlimmer als der Phantomschmerz in seinem Bein.

Er klammerte sich an diese Spuren, denn ohne sie war er dazu verdammt, Will Shakespeare zu bleiben, der Schatten eines Mannes ohne Vergangenheit, dessen linkes Hosenbein auf Kniehöhe festgenäht war. Er wusste nun, dass er ein gebildeter Mann mit einem Freund aus Südwestengland war und in der Nähe eines Flusses gelebt hatte. Das war ein Anfang, aber sein Gehirn geizte mit Erinnerungen. War das Mädchen seine Liebste? Wahrscheinlich, denn er sehnte sich jeden wachen Augenblick des Tages nach ihr. Glaubte sie, er wäre tot, und weinte um ihn? Oder war sie nur das Gespinst eines geschädigten

Hirns, so wie die Träume von Mörsern, Rauch und Geschützfeuer, die ihn nachts auffahren ließen?

Manchmal vergaß Will, wie lang er schon in Allington war, denn am Anfang seiner Genesung flossen die Tage ineinander. Er hatte das Militärkrankenhaus in Frankreich verlassen dürfen, als seine furchtbaren Verletzungen verheilt waren und er auf Krücken laufen konnte, und war nach Allington gekommen. Im Genesungsheim fragte er sich, was er dort tun sollte. Er konnte sich nicht erinnern, wer er war oder was er vor dem Krieg getan hatte, und mit seinen Verletzungen würde es schwer werden, eine Arbeit zu finden. Es wäre besser gewesen, er hätte nicht überlebt.

Im Militärhospital hatte sich Will, wenn sein Körper sich vor Schmerzen krümmte und er nur noch keuchend atmen konnte, oft gewünscht, er wäre auf dem Schlachtfeld gestorben.

»Reden Sie doch nicht so«, hatte eine der Schwestern ihn getadelt, als er das laut aussprach. »Es ist ein Wunder, dass Sie überlebt haben. Gott muss etwas ganz Besonderes mit Ihnen vorhaben, weil er Sie verschont hat.«

Wie konnte sie denn von Gott und göttlicher Fügung reden, solange die Kanonen immer noch donnerten und den Himmel erschütterten? Er glaubte noch weniger an einen Gott, seit er die endlose Prozession der vom Krieg gezeichneten Männern gesehen hatte, deren Körper verstümmelt und deren Gesichter vor Schmerz verzerrt waren. Doch auch wenn er an keine höhere Macht mehr glaubte, wusste Will, dass sein Überleben ein Wunder war. Als er schließlich wieder zu sich kam, nachdem seine Morphiumdosis gesenkt worden war, hatte er von den Krankenschwestern erfahren, dass er nach einem Bombenangriff auf die britischen Linien zwischen ungezählten leblosen Körpern gelegen hatte. Während des kurzen, inoffiziellen Waffenstillstands, der nur dazu diente, auf beiden Seiten die Toten einzusammeln, landete sein Körper auf einem Karren mit Leichen, die beerdigt werden sollten. Da bemerkte eine aufmerksame Ordonnanz vom Roten Kreuz, dass er seine Finger zur Faust ballte.

»Man hat Sie für tot gehalten«, erzählte eine Schwester Will, als sie seinen Verband wechselte und beim Anblick seiner Wunden leicht die Augen zusammenkniff. »Kein Wunder bei Ihrem Zustand. Hätte die Ordonnanz nicht Ihr Lebenszeichen bemerkt, hätten Sie die Nacht nicht überlebt. Nur seinetwegen wurden Sie ins Lazarett gebracht.«

Im Laufe seiner Genesung sollte er diese Geschichte noch oft hören, und nach und nach erfuhr er einige Einzelheiten, die ihn hoffen ließen, sie würden ihm irgendwann seine richtige Identität verraten. Er war in der Uniform eines Gefreiten gefunden worden und nicht in der eines Offiziers, obwohl er belesen war und sich gut ausdrücken konnte, was darauf schließen ließ, dass er der Arbeiterklasse angehörte und nicht dem Adel. Zwar trug er keinen Ehering, trug in seiner Brusttasche aber eine rote Haarlocke, die ein grünes Band zusammenhielt, was nach Meinung der Krankenschwestern darauf hinwies, dass er eine Freundin hatte – schließlich war er ein recht gut aussehender Bursche. Eine der Schwestern, eine hübsche junge Frau, die immer rot wurde, wenn er sie ansprach, hatte behauptet, durch die gebrochene Nase wäre er nun noch attraktiver. Will fragte sich, ob sein mangelndes Interesse an ihr davon zeugte, dass er sein Herz bereits vergeben hatte. Wartete irgendwo eine Frau auf ihn – und Kinder? Das kam ihm zwar unwahrscheinlich vor, aber was wusste er schon! Er konnte ja nicht mal sagen, was sein Lieblingsessen oder seine Lieblingsfarbe war!

Einige Verletzte, die aus dem Feldlazarett kamen, wälzten sich unter Qualen auf ihren Pritschen, und im Fieberdelirium fingen sie an zu schreien. Erwachsene Männer riefen heulend nach ihrer Mutter. Andere stießen die Namen ihrer Liebsten aus, und eine gepeinigte Seele gestand im Chaos von Blut, Fleisch und Geheul sogar einen Mord. Will fragte sich, ob auch er im Fieberwahn geredet hatte und ob seine Äußerungen Hinweise enthalten hatten. Vielleicht den

Namen einer Liebsten? Den Namen des rothaarigen Mädchens? Oder gar seinen eigenen?

Zu seiner Enttäuschung hatte die Ordonnanz vom Roten Kreuz, der er seine Rettung verdankte, nichts zu berichten, und die Feldchirurgen hatten ihm während der Operation so viel Morphium verabreicht, dass er in seinem tagelangen Albtraum aus Schmerzen kein Wort gesprochen hatte. Eine der Schwestern erinnerte sich allerdings, dass er sie als »verrückt« bezeichnet habe, weil er immer wieder »mad« gerufen habe, wenn das Betäubungsmittel nachließ.

»Kein Wunder, mein Lieber«, sagte sie. »Hier tobt wirklich der Wahnsinn. Wenn Sie nach Allington verlegt werden, wird alles besser. Wer kann in der Nähe der Front denn klar denken oder sich gar erholen?«

Schließlich war Will nach England zurückgeschickt worden. Die Reise nach Kent verlief so unruhig, dass viele seekrank wurden – er allerdings nicht. Obwohl das Schiff stark geschaukelt hatte, als der Wind zunahm und die Wellen immer höher wurden, hatte Will an Deck gesessen und völlig unbeeindruckt aufs Meer gestarrt. War dies ein weiterer Hinweis? War er in seinem früheren Leben zur See gefahren? Oder hatte er an der Küste gelebt? Die Taurollen an Deck und die Art, wie die Matrosen die Seile warfen, kamen ihm vertraut vor. Vielleicht hatte er zum Vergnügen gesegelt? Will bemühte sich nach Kräften, seine Erinnerungen zu wecken, doch je mehr er sich anstrengte, desto weniger gelang es. Dr. Bell meinte, es wäre das Beste, sich nicht zu zwingen oder unter Druck zu setzen. Er glaubte, mit der Zeit kämen die Erinnerungen von selbst zurück.

Allington war eine moderne Heilanstalt, die speziell auf die Genesung und Rehabilitation verwundeter Soldaten ausgerichtet war. Nachdem Will sich eingelebt und daran gewöhnt hatte, das Zimmer mit einem Mann namens Foster zu teilen, der nachts schrie und schreckliche Visionen hatte, bei denen Dante vor Neid erblasst wäre, bemühte er sich, wieder laufen zu lernen und seinen geschwächten

Arm zu stärken. Erst als er ohne fremde Hilfe Treppen hinauf- und hinuntergehen konnte, erkannte er die wahre Bestimmung von Allington: Hier wurden nicht nur körperliche, sondern auch seelische Wunden behandelt.

Die meisten Ärzte in Allington House, das sich als Militärkrankenhaus ausgab, im Grunde aber eine Verwahranstalt für Männer mit Nervenkrankheiten war, wurden aus Will nicht schlau. Er hatte überhaupt keine Erinnerungen und abgesehen von seinen körperlichen Verletzungen kein sichtbares Trauma. Weder schrie er nachts, noch kratzte er sich wund, noch schien er geschockt davon, auf einem Haufen Leichen gelegen zu haben. Schon allein sein ruhiger Gemütszustand war faszinierend und bot für die Ärzte viel Stoff für Diskussionen, sowohl beim Abendessen als auch in Fachzeitschriften.

Im Gegensatz zu seinen Kollegen war Bell ein überzeugter Freudianer und plädierte dafür, die verborgenen Nischen des Geistes zu erforschen, um auch körperliche Krankheiten zu heilen. Er behauptete, Will würde schrecklich leiden und nur dann geheilt werden können, wenn man sein Gedächtnis wiederherstellte. Er ermutigte seine Patienten zu malen, zu zeichnen und zu schreiben, weil er glaubte, dies würde einen Zugang zum Unterbewusstsein schaffen und einen Weg zur Heilung ermöglichen. Er nahm sich Zeit, jeden Patienten als Individuum kennenzulernen. Will mochte Bell und glaubte, dass sie in einem anderen Leben Freunde hätten sein können. Doch er war sich sicher, dass er an keiner Krankheit litt, die geheilt werden musste. Er wollte nur, dass seine Erinnerungen zurückkehrten. Dann würde er wieder gesund sein.

»Es ist schon seltsam mit Ihnen, Will«, sinnierte Bell eines Tages, als sie sich dem Ende einer Therapiesitzung näherten, »normalerweise möchte ich, dass meine Patienten ihr Trauma verarbeiten, damit sie es loslassen und ihr Leben weiterführen können, aber bei Ihnen ist es das komplette Gegenteil. Sie, mein Freund, sind ein medizinisches Rätsel!«

Der Patient lachte. »Damit wäre ich doch eine ideale Fallstudie und ein noch besserer Soldat. Ohne meine Beinverletzung könnte ich direkt wieder an die Front geschickt werden. Arbeit erledigt, würde ich meinen.«

Bell wirkte beunruhigt. »Das also machen wir Ihrer Meinung nach? Die Männer zusammenflicken, damit sie wieder an die Front geschickt werden und die Reihen auffüllen können?«

»Stimmt es denn nicht? Wir verlieren mehr Männer, als ich mir vorzustellen wage. Also ist es doch gut, so viele wie möglich wieder fronttauglich zu machen.«

Der Patient blickte dem Arzt geradewegs in die Augen.

Bell wandte als Erster den Blick ab. »In gewisser Hinsicht haben Sie recht. Aber obwohl wir in erster Linie ein Militärkrankenhaus sind, geht es hier um weitaus mehr, als die Truppen zu verstärken. Ich möchte mehr über die Arbeitsweise des Geistes verstehen, ich möchte wissen, wieso er die Macht hat, einen Mann in die Knie zu zwingen, obwohl er körperlich fit und gesund ist. In der Psychiatrie geht es darum, den ganzen Menschen zu heilen, nicht nur seinen Geist, und ich glaube, es ist die am wenigsten verstandene Disziplin der Medizin. Sie haben die Männer hier doch gesehen, Will. Gregory zum Beispiel: Er wäscht sich ständig, bis seine Haut rot und wund ist, was ...«

»Ein Ausdruck seiner Schuldgefühle ist«, beendete Will den Satz für ihn. »Er hat getötet und will sich davon reinwaschen. Erinnert sehr an Shakespeare.«

»*Fort, verdammter Fleck*«, bestätigte der Arzt. »Der arme Kerl sieht aus wie eine ägyptische Mumie.«

Wir reisen nach Ägypten. Du kannst Geschichten über die Flüche der Pharaonen und verlorene Schätze schreiben, und ich male den Nil und die Pyramiden.

Die Stimme erklang so klar und laut, dass der Patient sich umdrehte. Für eine Sekunde meinte er ein kleines Mädchen mit flammenfarbenen Haaren und großen, grünen Augen zu sehen, das ihn anstrahlte. Er blinzelte.

»Mad …«

Das Wort erstarb in seiner Kehle. Das war noch nicht alles, aber das Fragment aus seiner Erinnerung verblasste so rasch, wie es aufgetaucht war.

»*Mad?* Verrückt? So würde ich das nicht gerade nennen«, sagte Bell tadelnd.

Der Patient schüttelte den Kopf. »Ich habe jemanden gesehen … ein Mädchen.«

Der Arzt beugte sich über seinen Schreibtisch. »Eine Erinnerung?«

»Kann sein. Sie war da, ganz flüchtig. Sie ist jemand, den ich früher kannte.«

»Ihre Liebste?«

Der Patient runzelte die Stirn. »Nein, es war ein kleines Mädchen. Etwa sieben Jahre alt.«

»Vielleicht Ihre Tochter? Haben Sie das Gefühl, Sie hätten Familie?«

Will dachte angestrengt nach und starrte in den Garten, wo Patienten auf der Terrasse auf Liegestühle verfrachtet worden waren, um, ob sie es wollten oder nicht, die Aussicht zu bewundern. Andere hinkten oder hüpften auf Krücken über die Kieswege.

Will barg das Gesicht in den Händen. »Ich weiß es nicht.«

»Sie wissen aber, dass es sie gibt, und das ist ein Durchbruch«, erklärte Bell.

»Aber warum kann ich mich nicht erinnern? Was ist mit mir?«

»Sie haben einen schweren Schlag auf den Kopf bekommen. Allein das würde schon den Gedächtnisverlust erklären, auch ohne das Trauma, das danach kam.«

»Aber ich fühle mich gar nicht traumatisiert. Nicht wie Gregory oder die anderen. Ich kann mich einfach an nichts erinnern.«

»Ganz genau«, sagte Bell in seinem geduldigsten Psychiatertonfall. Er holte seine Taschenuhr hervor und warf einen Blick darauf: Das war seine übliche Geste kurz vor Beendigung einer Sitzung. »Sie können von Glück sagen, Will, dass Sie es überhaupt bis hierher geschafft haben. Das hätten nicht viele gekonnt, aber Sie haben so hart gekämpft, dass es irgendetwas geben muss, für das sich das Kämpfen lohnt. Bleiben Sie dran. Stück für Stück wird Ihre Erinnerung zurückkommen.«

»Aber garantieren können Sie mir das nicht, oder?«

»Leider nicht. Der Geist ist viel komplexer, als wir uns das vorstellen können. Aber geben Sie die Hoffnung nicht auf, mein Freund. Manchmal kommen die Erinnerungen durch einen ganz kleinen Auslöser, wie einen Duft oder eine Melodie, zurück. Das habe ich schon oft gesehen. Es gibt es keinen Grund zu glauben, dass es bei Ihnen anders ist.«

Der Arzt erhob sich, klopfte seinem Patienten auf die Schulter und hielt ihm die Tür auf. Will verstand den Hinweis und trat aus dem Zimmer.

»Gut gemacht, mein Freund. Sie sind bestimmt erschöpft«, sagte Bell.

»Erschöpft? Vom Reden?«

»Das ist Arbeit, mein Freund. Reden ist unsere Arbeit.«

Will meinte jemanden zu kennen, der darüber nur verächtlich geschnaubt hätte, doch der Name dieses Jemands und die Erinnerung an ihn entzogen sich ihm. Seufzend ging er durch den langen Korridor Richtung Speisesaal, und sein Kopf war voller Fragen, die, so befürchtete er, nicht mal die Ärzte beantworten konnten.

Nach dieser Sitzung war Will wild entschlossen, seinem Gedächtnis auf die Sprünge zu helfen, und die nächsten Tage wartete er geduldig darauf, dass weitere Bilder vor seinem inneren Auge auftauchten. Er hörte sich Schallplatten auf dem Grammophon an und bat sogar die Krankenschwestern, ihm Taschentücher mit einem Tropfen ihres Parfüms zu bringen, um eine Erinnerung auszulösen. Doch so bereitwillig sie seiner Bitte auch folgten und ihn unangenehmerweise sogar aufforderten, an ihrem Handgelenk oder ihrem Hals zu schnuppern, wollte sein Geist doch nicht kooperieren. Will Shakespeares Vergangenheit blieb ein unbeschriebenes Blatt, das sein Namensvetter sicherlich mühelos mit Geschichten bedeckt hätte.

Die Tage gingen ineinander über wie die Gezeiten an vergessenen Ufern, und wurden erst zu Wochen und dann zu Monaten. Schließlich hatte Will das Gefühl, er wäre schon immer hier gewesen, hätte Spaziergänge auf dem Anwesen unternommen, mit Dr. Bell geredet und anderen Patienten das Lesen und Schreiben beigebracht. Bell meinte, als Lehrer sei Will ein Naturtalent, weil er jedem Schüler geduldig die benötigte Zeit lasse, auch dann, wenn es nur stockend voranging, und weil er im richtigen Moment lobende Worte fand. Will begann, den anderen Patienten vorzulesen, und es dauerte nicht lange, bis sich abends viele Zuhörer um ihn versammelten und auf das nächste Kapitel warteten. Schließlich überredete Bell den Chefarzt, einen der unbenutzten Salons in einen Klassenraum mit mehreren Tischen und einer wackligen Tafel auf Rädern umzugestalten, wo Will seine Schüler besser unterrichten konnte.

»Sie sind ein Naturtalent, Will«, bekräftigte Bell, nachdem er ihm einmal beim Unterricht zugeschaut hatte. »Wenn Sie uns verlassen, sollten Sie Schulmeister werden. Vielleicht waren Sie ja auch einer, bevor Sie an die Front gingen?«

Will nickte. Es gefiel ihm, die Männer zu unterrichten. Ihn überkam große Freude, wenn er sah, dass jemand ein schwieriges Konzept endlich begriff, und tiefe Befriedigung, wenn er jemandem das Lesen beigebracht hatte. Bell hatte recht mit seiner Beobachtung, dass ihm das Unterrichten so leicht fiel, als wäre es ein angeborenes Talent, und der Klassenraum war ihm so vertraut wie sein eigenes Gesicht. Vielleicht war er wirklich Schulmeister gewesen, dachte er, doch tief in seinem Inneren spürte er, dass dies nicht seine Berufung gewesen war. Es hatte noch etwas anderes gegeben, zu dem er sich immer hingezogen gefühlt hatte …

Jetzt war es verloren. Würde er es jemals wiederfinden? Er drohte, die Hoffnung zu verlieren. Sein einziger Trost waren Geschichten und Erzählungen, die er selbst schrieb, die er kontrollieren konnte und die er genau so gestaltete, wie er es wollte. Er schrieb düstere Märchen über Kinder, die in einem Wald aus ineinander verschlungenen Gedanken verloren gingen. Bell las diese Geschichten mit wachsender Begeisterung und murmelte dabei etwas über das Dickicht des Unterbewusstseins.

Will hatte den ernsten Arzt, der für die an Leib und Seele verwundeten Patienten alles gab, ins Herz geschlossen und zeigte Bell bereitwillig einige seiner Geschichten. Es freute ihn, dass er sie für gut hielt, doch schrieb er auch anderes, was er für sich behielt, weil er sie nicht einer psychoanalytischen Prüfung unterziehen lassen wollte. Er schrieb von einem Fluss, der sich mit den Gezeiten veränderte, von Reihern, die an Tanghaufen zupften, und von waldigen Hügeln, die geschwungen waren wie die Kurven einer Frau. Diese Welt war der Schlüssel zu seiner Identität, denn sie fühlte sich für ihn realer an als Allington. Sobald er die Heilanstalt verlassen konnte, würde er durch ganz England reisen, bis er sie gefunden hatte. Bis dahin würde Will seinen Geist durchsieben und sich seiner neuen Rolle als Lehrer widmen.

Von den unzähligen Männern, die Station in Allington machten, fanden viele von ihnen Zuflucht im Klassenraum. Einige verloren sich in Keats und Dickens, andere verarbeiteten durch Schreiben ihre Erlebnisse, etliche lernten aber auch zum ersten Mal im Leben lesen. Alle machten Fortschritte, nur Will nicht, dessen Gedächtnis so blank blieb wie die Tafel, die er am Ende des Tages sauber wischte. Seine körperlichen Wunden waren längst geheilt, und er konnte sich mühelos auf seinen Krücken bewegen. Selbst die Brandnarben auf seinen Händen waren nur noch silbrige Linien. Sobald seine Prothese angepasst wäre, würde er entlassen werden und hinaus in die Welt gehen können. Eigentlich konnte er das jetzt schon. Dr. Bell erklärte, es gebe

Unterstützung und Gelder für Kriegsinvaliden, und bot ihm an, sie für ihn zu beantragen. Er hoffte aber darauf, dass Will sich entschied, als Lehrer in Allington zu bleiben.

»Ihre Arbeit hier ist von unschätzbarem Wert. Wir möchten Sie nicht verlieren«, sagte er. »Sie sind für Allington ein echter Gewinn, mein Freund.«

Will war gerührt. Ihm war auch bewusst, dass es sehr zu seiner Heilung beigetragen hatte, zu lehren und zu schreiben. Selbst wenn er seine wahre Identität immer noch nicht kannte, wusste er doch, was für ein Mann er im tiefsten Innern war.

Er war ein Lehrer und ein Schriftsteller.

Aber sollte er seinen Lebensunterhalt wirklich als Lehrer verdienen? Sollte das möglich sein?

»Sie wissen doch gar nichts von meinem Hintergrund«, wandte er ein. »Ich habe keine Ahnung, welche Ausbildung ich hatte.«

Bell lehnte sich in seinem Sessel zurück, hakte seine Daumen in die Taschen seiner weinroten Weste ein und schüttelte den Kopf.

»Nein, aber auch wenn ich nicht weiß, wer Sie *waren*, weiß ich, wer Sie jetzt *sind*, und ich glaube nicht, dass Sie sich im Kern geändert haben. Sie sind intelligent, geduldig und anständig, doch vor allem sind Sie ein wunderbarer Lehrer und Schriftsteller. Die Männer hier können sich glücklich schätzen, Sie zu haben, denn Sie haben ihnen mehr geholfen, als sie je erahnen können. Betrachten Sie das letzte Jahr doch als Ihre Lehrzeit als Schulmeister, denn wenn Sie hierbleiben möchten, würden wir Sie mit Freunden offiziell in unseren Mitarbeiterstab aufnehmen. Ich spreche im Namen des Chefarztes und des Kuratoriums.« Er bot ihm seine Hand. »Was meinen Sie, Will?«

Der Patient schwieg eine Weile, denn er spürte, dass dies ein Augenblick war, der sein ganzes Leben ändern könnte. Er war sicher, dass es schon solche Wendepunkte gegeben hatte. Die Erinnerung an ein kleines Mädchen mit roten Haaren und nackten Füßen im kühlen

Fluss kam ihm in den Sinn. War das ein Zeichen? Wollte sie ihm sagen, wenn er die Stelle annähme, kämen weitere Erinnerungen zurück? An diese Hoffnung wollte er sich klammern. Außerdem mochte er Bell und Allington. Irgendwann würde er vielleicht sogar Will Shakespeare mögen, den Lehrer und aufstrebenden Schriftsteller. Will beschloss, sich auf dieses Leben einzulassen, bis sein altes wieder auftauchte.

Er ergriff Bells Hand und schüttelte sie. »Danke, Doktor. Ich würde gerne hierbleiben und die Männer unterrichten.«

Schon bald stellte sich eine neue Routine in Wills Leben ein, und es kam ihm so vor, als wäre er schon immer in Allington gewesen. Als der Sommer des Jahres 1917 sein Herbstgewand anlegte, hatte er sich in seine neue Identität gefügt und war zufrieden mit seiner Arbeit. In seiner spärlichen Freizeit schrieb er an seinem Lieblingsplatz auf einer Bank am hinteren Ende der Terrasse, wo er einen Blick auf den See hatte.

Normalerweise wurde er dort nicht gestört, daher spürte er einen Anflug von Ärger, als Bell an einem goldenen Herbstnachmittag neben ihm Platz nahm. Im Bootshaus war er nie gestört worden. Dort war sein perfekter Platz zum Arbeiten gewesen. Dunkle Wälder hatten den hellblauen Himmel berührt, und das Wasser war leise rauschend ans Ufer gespült, während sein Füllfederhalter über das Papier kratzte. Hier hatte er immer seine besten Arbeiten verfasst ...

Seine rechte Hand zuckte, sein Füller zog einen Schnörkel über das Blatt und färbte es mit einem Tintenfleck. *Bootshaus?* Hatte er irgendwo ein Boot? War er doch ein Segler?

»Ich glaube, mein Gedächtnis kommt langsam zurück«, sagte er zu Bell und schraubte den Füller zu. »Ich habe mich gerade an ein Bootshaus erinnert.«

»Faszinierend. Sie erwähnten ja schon mal das Segeln. Vielleicht an der Themse? Da gibt es viele Bootshäuser. Oder vielleicht in Cowes?«

»Nein, ich glaube nicht. Der Ort, den ich vor mir sehe, ist tief in der Natur verborgen und liegt an einem Gezeitenfluss«, erklärte er verblüfft. »Ich schreibe oft darüber. Dann fühlt sich der Ort realer an als dieser hier in Allington.«

»Solche Arbeiten haben Sie mir gar nicht gezeigt«, sagte Bell mit bemüht neutraler Stimme. Dennoch hörte man ihm an, dass er ein bisschen verletzt war.

Will atmete resigniert aus. »Ich habe sie niemandem gezeigt, weil sie keinen Sinn ergeben. Es geht um einen fremden Ort mit langsam dahinfließendem, silbrigem Wasser und Sand, der im Sonnenlicht glitzert. Überall am Ufer sind Muscheln mit scharfen Kanten. Wenn man nicht aufpasst, schneidet man sich daran die Füße auf.«

»Sie meinen Austern«, sagte Bell leichthin. »Wenn die am Ufer liegen, kann man sich daran schneiden.«

Will starrte den Arzt an. Die Terrasse schien unter ihm wegzukippen.

»Was haben Sie gesagt?«

»Austern«, wiederholte Bell. »Das sind die Muscheln, die Sie meinen, Will. In Cornwall zum Beispiel findet man wilde Austern am Ufer.«

Der Park verschwamm vor seinen Augen, und die Bank schwankte unter ihm.

»Will, was ist los?«, hörte er Bell fragen, doch seine Stimme klang, als käme sie von ganz weit weg. »Will?«

Will sank auf die Knie und klammerte sich an den Steinplatten fest, als die Welt wegkippte. »Austern«, keuchte er, »Austern.«

»Schwester! Bringen Sie Wasser!«, rief Bell. »Mr. Shakespeare geht es nicht gut. Beeilung!«

Er hörte rennende Schritte. Hände griffen nach ihm, Stimmen riefen und besorgte Gesichter blickten auf ihn herunter. Aber Will bekam das alles kaum mit. Er sah nur den Fluss, klares, glitzerndes Wasser und Tausende scharfkantige Muscheln.

»Oyster Shore«, flüsterte er. »*Alles endete, wie es begann, in Oyster Shore.*«

Die Erinnerungen strömten auf ihn ein wie die Flut in ein Mündungsgebiet, und der Patient wurde mitgerissen und von Strudeln des Wiedererkennens unter die Oberfläche gezogen. Wenn das Ertrinken war, dann hieß er es mit offenen Armen willkommen, denn unter der Wasseroberfläche war auch das Mädchen mit den flammengleichen Haaren und den meergrünen Augen, von dem er geträumt hatte. Sie war ein Engel in seinem Wasserhimmel und wandte sich ihm mit einem so liebevollen Lächeln zu, dass ihm der Atem stockte. Denn sie war es! Die Liebe seines Lebens. Seine beste Freundin. Seine liebste Gefährtin aus Kindertagen. Wie hatte er sie je auch nur für eine Sekunde vergessen können? Wieso hatte er ihren Namen nicht gewusst? Er hatte eine Locke ihres Haares an seinem Herzen getragen, seit sie sie ihm geschenkt hatte.

»Du bist es!«, rief er aus. »Du bist es wirklich!«

»Aber natürlich«, lachte sie. »Ich habe dir doch versprochen, auf dich zu warten! Ich war die ganze Zeit hier, Ned. Du musstest nur die Augen aufmachen.«

Sie streckte die Hand nach ihm aus, und als er sie nahm, stieg sein Herz mit den kreisenden Möwen in die Lüfte, und Will Shakespeare trat beiseite und machte Platz für Ned Carew, Madalyn Trelyon und Oyster Shore.

KAPITEL 31

GERALD

Oktober 1917

Vyvyan Court, Cornwall

Gerald kam oft in den Sinn, wie paradox es war, dass ein Krieg, der so viele ins Elend gestürzt hatte, sich als Vorbote für sein größtes Glück erwies. Da er nachgewiesenermaßen kampfunfähig war, konnte er Bedauern heucheln, nicht aktiv seinem Land dienen zu dürfen, und gleichzeitig Mitgefühl von älteren Männern wie Colonel Rivers und Julyan Pendennys ernten. Anders als andere, die nicht in den Krieg zogen, trafen Gerald keine Schmähungen. Im Gegenteil: Als junger Mann in heiratsfähigem Alter, dessen Familienvermögen sich stetig vergrößerte, da man lukrative Verträge mit dem Militär abgeschlossen hatte, entdeckte Gerald, dass er bei Müttern und ihren unverheirateten Töchtern sehr beliebt geworden war. Und im Vergleich zu den furchtbaren Verletzungen, die andere junge Männer im Krieg davontrugen, waren ein schlecht verheilter Bruch und ein unbeholfener Gang nicht der Rede wert. Hätte er sein Herz nicht schon an Madalyn Trelyon vergeben, hätte ihm all die ungewohnte Aufmerksamkeit den Kopf verdreht. Aber so schlug Gerald gerne Einladungen zu Dinnerpartys aus und zog Cornwall der Londoner Gesellschaft vor. Hier wollte er geduldig abwarten, dass sich die Dinge zu seinen Gunsten entwickelten. Er mochte zwar kein sportliches Talent haben, wusste jedoch auf lange Sicht zu spielen.

Mit dieser Strategie hatte er einen Großteil seines Lebens zugebracht. Während die beliebten Jungen auf dem Rugbyfeld oder im Klassenraum gelobt wurden, hatte er im Hintergrund zugeschaut und sich in Geduld geübt. Seine Gelegenheit kam, wenn ein Schüler einen geliebten Gegenstand unbewacht herumliegen ließ, den Gerald wegnehmen und ins Pult eines anderen Jungen legen konnte, der ihm Monate zuvor übel mitgespielt hatte. Er übte sich darin, Lehrbücher zu stehlen und mit Tinte zu besudeln, so dass der unglückliche Besitzer dafür eine Tracht Prügel bekam. Während viele seiner Altersgenossen im Krieg fielen, setzte Gerald alles daran, in aller Ruhe das Vertrauen von Madalyn Trelyon zu gewinnen. Zuerst war sie misstrauisch gewesen, immer noch alarmiert nach seinem unbeholfenen Heiratsantrag, den er mittlerweile sehr bedauerte – man durfte niemals zu früh seine Karten offenlegen –, aber dann war sie nach und nach aufgetaut, und jetzt hatte Gerald den Eindruck, dass sie sich sogar auf seine Besuche freute. Er jedenfalls lebte für nichts anderes.

Bei dem Versuch, Madalyn für sich zu gewinnen, war es ungeheuer wichtig, nicht das geringste romantische Interesse zu zeigen. Stattdessen betrieb Gerald nur Small Talk und gab sich große Mühe, immer wieder Blumen für Constance oder einen Kuchen aus Vyvyan Courts Backstube mitzubringen, um Madalyns schwachen Appetit anzuregen. Er schickte Gärtner, die die Blumenbeete vom Unkraut befreiten, und nachdem er Spinnweben an der Decke und Staub auf dem Kaminsims entdeckt hatte, sorgte er dafür, dass zweimal pro Woche Hausmädchen aus Vyvyan in Oyster House vorbeikamen. Gerald wollte Perfektion und hatte nicht die geringste Lust, Zeit in einem Haus zu verbringen, das nicht makellos sauber war. Da Lady Constances Zustand immer fragiler wurde, bot er an, sie am Sonntag mit dem Wagen zur Kirche abzuholen. Das alles war sehr zeitaufwändig, doch er zweifelte nicht daran, dass er am Ende dafür belohnt werden würde.

Eines Tages würde Madalyn Trelyon ihm gehören.

Als er gesehen hatte, wie Ned Carew sich freiwillig meldete, war er überzeugt gewesen, dass es nur eine Frage der Zeit war, bis die Nachricht von seinem Tod bekannt würde. Je mehr Zeit verging, desto schlimmer wurden die Berichte von der Front, und die Liste der Toten und Vermissten wurde wöchentlich länger. Die Umstände sprachen für ihn, und tatsächlich gingen im Frühling des folgenden Jahres Reverend Tullis und seine Frau in Trauer, und Bess Penwurthy trug eine schwarze Armbinde. Gerald hatte respektvoll den Kopf gesenkt, als die Namen von Trevellans Gefallenen in der Kirche verlesen wurden, doch innerlich hatte er jubiliert, als er Neds Namen hörte. *Vermisst* hieß es, doch das war so gut wie tot. Jeder wusste doch, was der gefürchtete Ausdruck in Wahrhcit bedeutete. Zu guter Letzt war der Weg für Gerald frei. Ned Carew, gegen den er nicht ankam, war tot.

Sein Blick huschte verstohlen zur Kirchenbank auf der anderen Seite des Ganges, wo Madalyn mit bleicher Miene saß. Sie war in ihrem Schmerz so schön, wie er sie noch nie gesehen hatte. Er wusste, dies war seine Chance, sie ein für alle Male für sich zu gewinnen. Ihr Herz war gebrochen, und doch durfte sie nicht von ihrer Trauer sprechen. Ein Vertrauter wäre Madalyn sicher willkommen. Jemand, der Ned gekannt und die Kindheit mit ihm verbracht hatte. Jemand, mit dem sie freimütig über ihn sprechen konnte. Jemand, der ihr zuflüstern würde, dass er sie verstehe. Jemand, der ihr sein Mitgefühl bekundete. Gerald Snowe würde sie vor der Einsamkeit ihrer geheimen Trauer bewahren. Er würde zuerst ihr Vertrauen gewinnen und dann ihr Herz. Mit den Jahren würde die Erinnerung an Ned Carew verblassen, und eines Tages würde Madalyn nur noch ihn sehen. Sie würden heiraten, und sie würde die Herrin von Vyvyan Court werden. Das war im Grunde vorherbestimmt.

Ja, hatte Gerald mit wachsender Zuversicht gedacht, als er den Kopf vorgeblich zum Gebet senkte, ihr gemeinsamer Verlust war der perfekte Weg, Madalyn für sich zu gewinnen. Sie war eigensinnig und stur, zwei Eigenschaften, die er ihr austreiben würde, wenn sie erst einmal verheiratet wären, doch da Ned Carew jetzt in Frankreich ruhte, stand ihrer Heirat nichts mehr im Weg. Es gab für sie keinen Grund mehr, ihn zurückzuweisen. Gerald war reich, ihre Familien waren mit der Verbindung einverstanden, und vor allem war er ihr

Freund, der um ihren geheimen Kummer wusste. Er würde der Einzige sein, an den sie sich wenden könnte.

Fünf Tage hatte Gerald gewartet, eine Zeitspanne, die er für angemessen hielt, um den ersten Schock zu überwinden, dann fuhr er mit dem Rolls-Royce nach Oyster House. Die Zufahrt verschwand fast unter dem wuchernden Unkraut, und er machte sich eine Notiz im Hinterkopf, dem alten Chefgärtner mitzuteilen, dass er sich besser darum kümmern sollte. Auf gar keinen Fall sollte der glänzend blaue Lack des Automobils bei weiteren Besuchen einen Kratzer bekommen, und zu Fuß gehen würde er auch nicht. Sobald sie verheiratet wären, würde Madalyn nach Vyvyan Court ziehen, entschied er, als er den Wagen um die Kurve lenkte und durch die Bäume einen Blick auf das alte Gemäuer erhaschte. Dann konnte St. John das Haus ganz schließen. Vielleicht sogar abreißen. Es war unpraktisch und feucht und enthielt viel zu viele Erinnerungen. Noch besser wäre es, sie würden in eine ganz andere Gegend ziehen, dachte Gerald, als er den Wagen parkte und sich die Automobilbrille in die dunklen Haare schob. Ihm gefiel Surrey. Es war viel zivilisierter als Cornwall und viel näher an London. Er konnte ein Landhaus kaufen, in dem der Geist von Ned Carew nicht spuken würde. Er und Madalyn würden ihr neues Leben an einem Ort beginnen, wo es keine Erinnerungen gab – nur die, die sie selbst schufen.

Das Hausmädchen der Trelyons nahm seinen Hut und seine Handschuhe in Empfang und führte ihn in das kleine Wohnzimmer. Während er auf Madalyn wartete, ging Gerald zum Fenster, stützte sich auf seinen Stock und betrachtete den vorbeifließenden Fluss. Er musste zugeben, dass das Wasser etwas Hypnotisierendes an sich hatte. Am fernen Ufer zischte ein Eisvogel vorbei wie ein blauer Blitz, unerreichbar wie die letzten Schmetterlinge im hohen Gras. Als die Sonne sich durch die Wolken schob, breitete sich metallisches Licht über dem Wasser aus und changierte von Perlweiß über Gold zu Stahlblau. Der untalentierte Schriftsteller in Gerald verging vor Bedauern und Sehnsucht. Niemals würde er solche Schönheit in Worte fassen können! Nie würde er schreiben können wie Ned Carew!

Nein, ich *kann* schreiben, ermahnte er sich scharf. Man musste nicht das lyrische Talent eines Ned Carew besitzen, um Schriftsteller zu sein. Wer wollte heutzutage noch schwülstige Prosa lesen? Vor Kurzem hatte Gerald die ersten Kapitel eines komischen Romans mit dem Titel *Kopf hoch* geschrieben, und zwar im Stil eines neuen und allseits bewunderten Autors namens P. G. Wodehouse, den die literarische Welt in den höchsten Tönen lobte. Gerald war ziemlich zufrieden mit seinem Ergebnis, und ein alter Schulkamerad, dessen Vater einen Verlag besaß, hatte sich bereit erklärt, sich den Text anzusehen. Er stand also kurz vor seinem literarischen Durchbruch. Sollten Kit Rivers und Ned Carew sich an komplizierte Gedichte und Romane halten. Gerald Snowe würde der Mann der Stunde sein. Ganz London würde ihn feiern.

»Miss Trelyon, Sir«, verkündete das Hausmädchen.

Madalyn stand auf der Schwelle und stützte sich mit einer Hand am Türrahmen ab. Im Licht, das durch die Glaskuppel in der Halle hereinströmte, leuchtete ihr Haar so rot wie die Buchenblätter im Wald, und ihr blaues Seidenkleid war so durchscheinend, dass Gerald die Kurve ihrer Hüften und die Linie ihrer schlanken Beine sehen konnte. Er konnte den Blick nicht von ihr lösen, denn an diesem Tag war sie schöner denn je zuvor. Die dunklen Schatten unter ihren Augen, die in dem bleichen Gesicht riesig wirkten, betonten das Meergrün ihrer Iris. Ihre Schlüsselbeine traten deutlich hervor, und unter der Porzellanhaut an ihrer Kehle sah er ihren Puls. Wie zerbrechlich sie war! In ihrer Verletzlichkeit begehrte er sie mehr denn je, und er musste seine gesamte Willenskraft aufbieten, um nicht sofort wieder mit einem Antrag herauszuplatzen.

Sachte, ganz sachte, ermahnte er sich. Wenn er Madalyn beunruhigte, würde sie wie ein verschrecktes Reh im Wald verschwinden, und seine Chance, sie für sich zu gewinnen, wäre für immer vertan.

»Welch unerwarteter Besuch. Waren wir verabredet?«

Er schluckte sein wachsendes Verlangen herunter und setzte eine besorgte Miene auf. »Verzeihung, dass ich unangemeldet vorbeischaue, aber ich musste einfach kommen. Wegen der schlimmen Neuigkeiten.«

Madalyn runzelte die Stirn. »Was ist denn?«

Gerald war nicht bereit, dieses Gespräch in Anwesenheit einer Dienstbotin zu führen. Er blickte zum Hausmädchen. »Könnten wir vielleicht Tee bekommen?«

Irritiert sah Gerald, dass das Mädchen fragend zu Madalyn blickte. In Zukunft würde er dafür sorgen, dass das Personal wusste, wer das Sagen hatte und den Lohn zahlte.

»Ja, bitte, Tilly, Tee«, nickte Madalyn. »Und Mohnkuchen, falls davon noch etwas da ist.«

Als das Mädchen gegangen war, schritt Madalyn mit raschelnden Röcken ins Wohnzimmer. »Ich nehme an, du sprichst von Ned?«

Gerald hoffte, seine Miene wäre angemessen betrübt, und stellte zu seiner Überraschung, dass er wirklich traurig war. Seit seiner Kindheit hatte sein Rivale genauso wie Madalyn seine Gedanken beherrscht, also hatte er Ned vielleicht auch geliebt – auf seine Weise. Auf jeden Fall hatte er sich gewünscht, so zu sein wie er. Nun fragte er sich, ob er mit Neds Tod auch einen Teil seiner selbst verloren hatte. Den besseren Teil, nach dem er gestrebt hatte?

»Wir brauchen uns nicht zu verstellen«, sagte er sanft. »Ich weiß, was du für Ned empfunden hast. Ich habe immer gewusst, dass du ihn geliebt hast.«

Schock und Entsetzen malten sich auf Madalyns Miene ab. Sie hatte gedacht, es wäre ihr Geheimnis, und nun entdeckte sie, dass es einen Mitwisser gab.

Gerald fragte sich, ob sie sich Ned hingegeben hatte. Die rosa Flecken auf ihrer Kehle und ihren Wangen legten den Schluss nahe, und sein kleiner Spion war davon überzeugt gewesen. Jetzt wartete Gerald auf den vertrauten Stich der Eifersucht, doch er spürte nichts. Daraus schloss er, dass die Vergangenheit unwichtig war, seitdem Ned tot war. Sein Rivale war fort, und was auch immer zwischen den beiden Liebenden vorgefallen sein mochte, zählte nicht mehr. Madalyns beschädigte Ehre konnte sogar zu Geralds Vorteil sein, denn nicht jeder Mann würde eine Frau nehmen, an deren Tugend es Zweifel gab. Da sie über kein Familienvermögen verfügte, konnte Madalyn nun nur noch auf eine vorteilhafte Heirat hoffen. Sie brauchte Gerald. Er war der Prinz, der sie endlich retten würde.

»Du musst nichts sagen«, versicherte er. »Oder erklären. Nicht mir gegenüber. Wir drei sind doch zusammen aufgewachsen. Ihr wart schon immer ein Paar, und es war unvermeidlich, dass es so bleibt. Das wurde mir klar, als ich dir auf Vyvyan einen Antrag machte. Gott, ich kam mir so dämlich vor, weil ich es nicht früher bemerkt hatte! Wie war noch der Begriff? *Seelenverwandte,* nicht wahr? Du und Ned, ihr wart Seelenverwandte.«

Madalyn schwieg. Gerald wusste, dass sie um Beherrschung rang, aber irgendwann würde der Damm brechen. Schon jetzt rann ihr eine Träne über die Wange. Sofort holte er ein Taschentuch aus seiner Weste und reichte es ihr.

»Ich kann nicht so tun, als wüsste ich, was du fühlst, Madalyn. Ned und ich kamen am Ende nicht mehr gut miteinander aus, aber so etwas hätte ich ihm nie gewünscht.« Er trat einen Schritt zurück, während sie sich die Augen mit seinem Taschentuch abtupfte, aus denen immer mehr Tränen liefen. Er wusste, dass sie zum ersten Mal über ihre Trauer sprechen konnte, und die Erwähnung von Neds Namen hatte ihre Selbstbeherrschung zusammenbrechen lassen. Die Tränenfluten würden kommen, doch irgendwann würden sie versiegen. Madalyn konnte nicht für immer trauern. Sie würde wieder glücklich werden. Er würde ihr die Welt zu Füßen legen. Es gab nichts, was er ihr nicht kaufen würde.

»Wie ist es möglich, dass sich hier nichts geändert hat, obwohl er tot ist? Wieso geht einfach alles so weiter?« Ihre Stimme war nur noch ein kaum hörbares Flüstern. »Ich kann es einfach nicht glauben.«

»Die Welt ist ein traurigerer Ort ohne ihn. Er war der Beste von uns«, erwiderte Gerald und merkte überrascht, dass er einen Kloß im Hals hatte. Aber er wusste, dass es wahr war: Ned Carew war der Beste von allen gewesen. Deshalb hatte er ihn so beneidet und gehasst. Im Grunde war ein derart heftiges Gefühl getarnte Liebe. Sie fraß einen auf, trieb einen an, füllte jeden Gedanken bis zur Besessenheit. Hass und Liebe waren die Kehrseiten *einer* Münze, so wie Tag und Nacht, wie Sommer und Winter. Warum sonst hatte Gerald die gestohlenen Schätze ihrer Kindheit behalten? Das Skizzenbuch? Die alten Fotos? Den Phönix-Kamm, den Gerald direkt nach Neds Fortgang an sich genommen hatte. Vor lauter Erleichterung war ihm schwindelig geworden, als er das rote Auge im dunklen Versteck unter der Fliese entdeckte und begriff, dass Ned ihn nicht mit nach Frankreich genommen hatte. Der Schutz des Talismans galt nun ihm, und ohne ihn war Ned angreifbar. Verletzlich. Ohne seinen Schutz würde er nicht zurückkehren.

Natürlich war das kindlicher Aberglaube, aber als Ned vermisst gemeldet wurde, überkam Gerald leichtes Unbehagen. War es seine Schuld? War Ned nicht seinen Kriegsverletzungen erlegen, sondern musste er sterben, weil er, Gerald, den Kamm an sich genommen hatte? Hatte der Allmächtige gesehen, wie er seinen Arm in das feuchte Loch unter dem Bootshausboden gesteckt hatte, und dies als Sünde registriert? Würde er dafür büßen müssen?

Manchmal bekam er Herzrasen von solchen Gedanken und spürte geradezu die Verdammung, die ihn erwartete. Gerald glaubte nicht an Gott, jedenfalls nicht wie seine Mutter oder wie Reverend Tullis, aber die Schuldgefühle, die ihn nachts nach Albträumen beschlichen, begleiteten ihn bis in den Tag hinein. Gerald wollte sie als Schwäche abtun. Schließlich stand er kurz vor dem Sieg. Nun musste er nur noch Ruhe bewahren. Ohne Ned Carew konnte er endlich der Mann sein, der er immer hatte sein wollen. Er konnte ihre Vergangenheit neu schreiben und Ned gegen sich selbst austauschen. Er konnte der Mann sein, den Madalyn wollte.

Während Madalyn weinte, murmelte Gerald ihr tröstende Worte zu. An manche davon glaubte er fast selbst, doch unter seiner bekümmerten Fassade jubelte er innerlich. Seine Zeit würde kommen. Nun würde ihn niemand mehr in den Schatten stellen! Er würde der Mann werden, den Madalyn wollte. Nun würde er der Beste von allen sein!

Langsam verstrichen die Monate. Als Sommer die Wiesen erneut mit Leimkraut, sattgelben Butterblumen und weiß schäumendem Kerbel überzog, war ein ganzes Jahr vergangen, und doch wurden weiterhin Männer an die Front geschickt. Der Krieg schien schon immer zum Leben gehört zu haben. Frauen in Trauer waren mittlerweile ein ganz normaler Anblick. Die letzten Jäger der Snowes wurden eingezogen, und die Zeitungen verkündeten immer schlechtere Nachrichten. Reverend Tullis gab sein Bestes, um mit pathetischen Reden für den Dienst an König und Vaterland zu werben, doch seit Matilda gestorben war – manche behaupteten, aus Trauer um ihren gefallenen Sohn –, hatten die Worte des Vikars keine Überzeugungskraft mehr, und er selbst war nur noch ein trauriger Schatten seiner selbst. 1917 waren die Verluste und gebrochenen Herzen in Trevellan kaum noch zu zählen, und wenn Gerald sonntags in der Kirche saß, spürte er die Blicke der Witwen, die ihm zu verstehen gaben, dass seine alten Verletzungen nichts waren im Vergleich zu dem, was ihre Männer hatten erleiden müssen. Gerald verging vor Scham, weil er tief im Innern wusste, dass sie recht hatten. Der Krieg hatte ihm nur Reichtum und Glück gebracht. Würde er auf andere Weise bezahlen müssen? Behielt Gott ihn im Blick und wartete mit seiner Strafe bis zu einem späteren Zeitpunkt? Unsinn, wies er sich selbst zurecht. Alles Unsinn, abschreckende Geschichten, die Nannys gerne zum Besten gaben, um ihre Schützlinge zu warnen. Reiner Aberglaube.

Madalyn trauerte immer noch sehr um Ned, und Gerald wusste, dass er weiterhin sehr vorsichtig sein musste. Doch nach und nach bekam er den Eindruck, dass sie ihn lieb gewann und seine Freundschaft zu schätzen lernte. Es herrschte ein neues Einvernehmen zwischen ihnen, auch wenn es nicht die Leidenschaft war, die sie für Ned empfunden hatte.

Und dann, eines Tages, als sie am Ufer entlangspazierten, hakte sie sich bei ihm unter, als wäre es das Natürlichste der Welt. »Danke«, sagte sie.

»Wofür?«

»Dafür, dass du mein Freund bist, mir immer zuhörst, wenn ich von Ned spreche. Dass du mich nicht verurteilst.«

»Ich würde dich niemals verurteilen«, sagte er und merkte zu seiner Überraschung, dass ihm das ernst war.

»Aber viele Leute würden das.« Als Madalyn zum Bootshaus blickte, wusste er, dass sie an Ned dachte und an die Stunden, die sie dort mit ihm verbracht hatte. Stunden, die sie nur beiläufig erwähnte, die ihr aber alles bedeutet hatten, das war ihm klar.

»Ich liebe dich, Madalyn!«, platzte es aus ihm heraus, bevor er sich bremsen konnte. Aber es war die Wahrheit. Was anfangs nur Konkurrenzkampf mit Ned gewesen war, hatte sich zu etwas entwickelt, das Gerald niemals erwartet hätte. Er hatte sich wirklich und wahrhaftig in Madalyn verliebt.

Madalyns Hand rutschte von seinem Arm. Am liebsten hätte Gerald ihr versichert, er wäre genauso geschockt von seinem Gefühlsausbruch wie sie. Er wollte ihr erklären, dass es ihn einfach unbemerkt überkommen, all seine Pläne sabotiert und ihm jeglichen Selbstschutz genommen hatte. Es ging ihm nicht mehr darum, alte Rechnungen zu begleichen oder über seinen Rivalen aus Kindheitstagen zu triumphieren. Es ging ihm nicht mal mehr darum, seine Familie mit einer der ältesten Dynastien des Landes zu verbinden. Er wollte Madalyn heiraten, weil sie für ihn die perfekte Frau war.

»Das hätte ich nicht sagen sollen«, murmelte Gerald und wandte den Blick ab, weil er auf keinen Fall ihren Widerwillen sehen wollte – oder schlimmer noch, ihr Mitleid. »Ich weiß, du liebst Ned.«

»Ich werde Ned immer lieben. Daraus habe ich nie ein Geheimnis gemacht.«

»Und das weiß und respektiere ich«, bekräftigte Gerald. Fast hätte er hinzugefügt, dass Ned jetzt tot sei, verkniff sich das aber. Madalyn zog gerade ihre eigenen Schlüsse, da wollte er sie nicht unterbrechen.

»Die Wahrheit ist, dass ich nicht weiß, ob ich jemals wieder lieben kann. Ich glaube, dieser Teil in mir ist zusammen mit Ned gestorben.« Sie senkte den Kopf. »Ich bin innerlich tot und kann nicht die sein, die du dir wünschst.«

»Ich wünsche mir keine andere als dich.« Er griff nach ihrer Hand. »Ich möchte dich genau so, wie du jetzt bist. Du bist perfekt.«

Sie schüttelte so heftig den Kopf, dass ihre roten Locken tanzten. »Oh nein, davon bin ich weit entfernt.«

»Für mich bist du perfekt«, sagte Gerald entschieden. »Wenn du mich heiratest, Madalyn, werde ich von dir nie mehr verlangen als deine Freundschaft, das verspreche ich. Ich erwarte nicht, dass du mich so liebst, wie du Ned geliebt hast. Ich werde dich nicht anrühren, es sei denn, du möchtest das. Aber ich werde für dich und Constance sorgen. Ich verspreche, du wirst alles haben, was du willst.«

»Nur wird das Wichtigste fehlen«, sagte sie traurig, »die Liebe.«

»Es gibt verschiedene Arten von Liebe, Madalyn. Ich weiß, wir würden nicht aus Leidenschaft heiraten.« *Zumindest nicht du*, dachte Gerald, doch das war unwichtig, da er genug Liebe für sie beide hatte. »Liebe kann aus Respekt und Freundschaft erwachsen, meinst du nicht auch?«

Zweifelnd blickte sie zu ihm auf. »Ja, schon.«

»Ich weiß es. Erlaube mir, mich als Freund und Ehemann um dich zu kümmern. Lass mich dafür sorgen, dass deiner Mutter alles geboten wird, was sie braucht. Ich möchte für euch beide sorgen. Ich kann dir alle Ängste und Sorgen nehmen. Ich könnte Constance in ein Sanatorium in einem wärmeren Klima schicken. Ich schwöre dir, Madalyn, du wirst alles bekommen, was du brauchst.«

Es war ziemlich ungeschickt von ihm, ihre prekären Verhältnisse zu erwähnen, aber Gerald war verzweifelt. Da er nicht gegen ihre Liebe zu Ned ankommen konnte, hatte er seinen größten Trumpf ausgespielt. Würde er damit gewinnen?

»Aber ich liebe Ned«, beharrte sie. Das war ihr Mantra. Gerald hatte es so oft gehört, dass es für ihn keine Bedeutung mehr hatte. Ned war tot. Er würde nie mehr zurückkehren.

»Ned hätte auch gewollt, dass du beschützt und umsorgt wirst. Er hätte doch niemals gewollt, dass du so kämpfen musst, oder?«, fragte Gerald drängend. »Er ist fort, Madalyn, das müssen wir akzeptieren. Lass mich sein Andenken in Ehren halten und für euch sorgen. Damit möchte ich auch wiedergutmachen, was ich als kleiner Junge getan habe. Lass mich anstelle von Ned für dich sorgen.«

Madalyn wandte sich so abrupt vom Bootshaus ab, als könnte sie es nicht mehr ertragen, den Ort vor Augen zu haben, wo sie einst glücklich gewesen war. Schweigend gingen sie zum Oyster House zurück. Als sie den Felsvorsprung umrundeten und das Bootshaus zwischen den Bäumen verschwand, seufzte sie müde auf, wie am Ziel einer langen, anstrengenden Reise.

»Ja«, sagte sie. »In Ordnung.«

»Ja?«, fragte Gerald nach. Er konnte kaum glauben, was er da hörte. »Du heiratest mich?«

Madalyn nickte. »Was guckst du so bestürzt? Ich dachte, das ist es, was du wolltest?«

»Ja, das wollte ich. Ich meine, das will ich!« Er umfasste ihre Hände und drückte tausend Küsse darauf. »Du machst mich zum glücklichsten Mann der Welt. Oh, ich danke dir, meine Liebe!«

Er spürte, wie Madalyn zusammenzuckte, als seine Lippen ihre Fingerknöchel berührten, doch sie sagte nicht, sie hätte es sich anders überlegt. Sie hatte ihm klar gemacht, dass sie ihn weder liebte noch begehrte, doch sie war bereit, sich selbst für Reichtum und Status einzutauschen, so wie es Frauen seit jeher getan hatten. Gerald spürte einen Anflug von Enttäuschung. Offenbar hatte er doch den heimlichen Traum gehegt, dass Madalyn ihn auch liebte, und zwar genauso, wie sie Ned Carew geliebt hatte – wenn nicht gar mehr! Das war natürlich Unsinn, so was gab es nur im Märchen. Wer sollte ihn schon lieben? Selbst seine eigenen Eltern waren von ihm enttäuscht, weil er ein Schwächling war.

Wieder einmal würde er sich mit den Krümeln vom Tisch seines alten Freundes zufriedengeben müssen. Als er und Madalyn untergehakt zum Oyster House zurückgingen und planten, wie sie am besten ihre Verlobung verkünden sollten, wartete Gerald auf das Triumphgefühl, das er erwartet hatte, doch es blieb aus. Das war merkwürdig, denn er hatte Ned doch am Ende besiegt, und nun konnte niemand mehr Gerald Snowe auslachen. Wer dachte denn jetzt noch an Klettern, Rudern oder Bücherschreiben? Madalyn Trelyon würde *seine Frau* werden.

Die Snowes waren so entzückt über die Neuigkeiten, dass Gerald den Eindruck bekam, die größte Leistung seines Lebens wäre die Verbindung mit den Trelyons. Für Sir Arthur bedeutete das, dass sie in die besten Kreise aufgenommen wurden, und Mary Snowe redete nur noch von der Verlobungsfeier, die sie für das Paar auf Vyvyan Court abhalten würde. Constance gab ihre Verlobung pflichtschuldig im *Telegraph* bekannt, und eines sonnigen Samstags im Juli steckte Gerald einen riesigen Diamantring an Madalyns linken Ringfinger. Er saß ein bisschen locker – offenbar hatte sie in den letzten Wochen noch mehr an Gewicht verloren –, doch alle waren sich einig, dass es ein prächtiger Ring war und sie sich glücklich schätzen konnte.

Madalyn nickte und lächelte, doch das Licht in ihren Augen war erloschen, und als sie immer wieder den Ring an ihrem Finger drehte, wusste Gerald, sie wünschte sich, Ned hätte ihn ihr angesteckt. Früher hätte ihn das zornig gemacht, aber zu seiner eigenen Verwunderung kümmerte es ihn nicht mehr. Madalyn gehörte ihm. Im November würde sie seine Frau werden. Er konnte es kaum erwarten, denn noch immer befürchtete er, sie würde ihm entgleiten wie das Wasser des Flusses.

Madalyn gab nie vor, ihn zu lieben, und das schmerzte Gerald zwar, doch er akzeptierte, dass sie ihn heiraten wollte, um für ihre Mutter und vielleicht auch für sich selbst Sicherheit zu schaffen. Aber das verdrängte er und bemühte sich, ihre Verlobung als weiteren Beweis anzusehen, dass das Glück auf seiner Seite war. Ohne Ned schien es Madalyn kaum noch zu kümmern, was aus ihr wurde. St. John Trelyon war kürzlich gestorben und hatte alles einem weiteren, entfernten männlichen Verwandten vererbt, der keinerlei emotionale Verbindung zu Madalyn und Constance besaß. Also kam ihre Verlobung gerade zum rechten Zeitpunkt, denn selbst wenn Madalyn es sich anders überlegen wollte – wie er manchmal befürchtete –, würde sie unter diesen Umständen doch davor zurückschrecken. Es gab schon Gerüchte, dass das Fideikommiss aufgehoben und das Anwesen verkauft werden sollte. Ohne St. Johns Schutz waren die Trelyon-Damen angreifbar. Gerald fand, dass der Phönix-Kamm bewundernswert zu seinen Gunsten wirkte.

»Es würde mir das Herz brechen, Oyster House zu verlassen«, gestand Madalyn eines Nachmittags, als sie auf der Terrasse Tee tranken. Die Flut stand bevor, und sie betrachtete einen Austernfischer, der an einem hellgrünen Tanghaufen zupfte. Sie presste ihre vollen Lippen zusammen und fuhr fort: »Ich hoffe wirklich, das Anwesen bleibt als Ganzes bestehen, so dass wir es nach unserer Heirat aufsuchen können.«

Gerald hatte kein Interesse an Oyster Shore. Eher im Gegenteil. Ein paar seiner schlimmsten Erinnerungen hatten hier ihren Ursprung, und er empfand keinerlei Verlangen, in jeder Flussbiegung, bei jedem Kreischen einer Möwe oder dem Anblick eines Ruderbootes an sie denken zu müssen. Am liebsten lebte er in London, wo der Lärm der Stadt und die unzähligen sozialen Verpflichtungen alle Geister der Vergangenheit in Schach hielten, und je länger er darüber nachdachte, desto entschlossener war er, nach der Heirat mit seiner Frau in der Stadt zu wohnen und auf dem luxuriösen Landsitz in Surrey, den er ins Auge gefasst hatte, Feiern zu veranstalten. Doch weil er Madalyn so liebte, ertrug er die Vorstellung nicht, sie könnte unglücklich sein. Wenn Oyster Shore sie also glücklich machte, dann wollte er dafür sorgen, dass sie es nie verlor. Insgeheim zog er Erkundigungen ein, ob die Möglichkeit bestand, einen drei Meilen umfassenden Uferabschnitt und das alte Haus zu kaufen: Das wäre sein Hochzeitsgeschenk. Er würde Oyster House abreißen und mit allem modernen Komfort wieder aufbauen, und im Sommer würden sie hier Hauspartys und elegante Feste geben. Die Verhandlungen mit dem Anwalt des neuen Viscounts waren vielversprechend – in den Kriegswirren konnte man lästige Beschränkungen wie das Fideikommiss ignorieren –, und Gerald plante, Madalyn in der Hochzeitsnacht den Grundbucheintrag zu präsentieren.

Ganz sicher würde er mit diesem Geschenk ihr Herz gewinnen. Madalyn würde so glücklich sein, dass sie sich ihm hingeben würde, so wie sie es auch bei Ned getan hatte. Dies war sein letzter Schritt auf dem Weg zum Sieg.

Allerdings würde sie dieses Geschenk nur unter der Bedingung bekommen, dass das Bootshaus ebenfalls abgerissen würde. Er konnte es nicht mehr sehen, da er wusste, dass sie sich dort mit Ned getroffen hatte. Seitdem er den Kamm aus dem Versteck geholt hatte, war er nicht mehr dort gewesen, doch er wusste, dass Madalyn es oft besuchte, weil er immer noch den Dorfjungen auf sie angesetzt hatte.

»Sie sitzt auf dem Sessel und liest. Dann kniet sie sich auf den Boden und versteckt etwas unter einer Fliese«, hatte der Junge gesagt. »Wenn Sie wollen, kann ich nachsehen, Sir. Wenn sie weg ist. Es sieht aus wie ein großes Schulheft und steckt in einem Ranzen.«

Neds Buch! Das musste es sein! Irgendwie hatte Madalyn es in die Hände bekommen!

Wie immer schlug Geralds Herz schneller bei der Vorstellung, dass Neds Schätze unter der Fliese auf ihn warteten. Ein Roman wäre wahrlich ein wunderbarer Schatz, denn Ned hatte unleugbar Talent, und Kit Rivers Lobreden auf ihn kränkten Gerald noch immer. Wenn es weitere Geschichten von Ned gab, dann wollte Gerald sie lesen. Er *musste* sie lesen! Er konnte nicht ruhen, bis er wusste, was da unter dem Boden wartete. Seine Neugier wuchs und wuchs, bis er nur noch von dem Drang beherrscht wurde, Gewissheit zu erlangen.

Allerdings wagte er nicht, selbst zum Bootshaus zurückzukehren. Je älter er wurde, desto mehr quälte ihn die Furcht, Gott würde ihn beobachten und verurteilen. Vielleicht lag es am ständigen Gerede über den Tod oder an den Seancen, die seine Mutter regelmäßig besuchte. Er musste auch ständig an die Bibelgeschichte von David und Bathseba denken, die Reverend Tullis kürzlich in einer besonders drastischen Predigt erzählt hatte – denn war Ned Carew nicht wie Uriah, der für den König kämpfte, während David ihm die Frau stahl? Vermutete Tullis, was sich Gerald für die Zeit nach Neds Vermisstenmeldung erhofft hatte? Oder sprach Matildas Geist vielleicht durch ihren Ehemann, wenn er auf die Kanzel trat? Es hatte doch im Dorf immer Gerüchte über ihre besonderen Fähigkeiten gegeben …

Unsinn! Gerald verdrängte diese abergläubischen Ängste, beschloss aber doch, den Jungen dafür zu bezahlen, dass er ihm die Gegenstände aus Neds Versteck brachte. So musste er es nicht selbst tun und konnte seine Hände in Unschuld waschen.

»Ich zahl dir einen Schilling dafür, dass du mir den Ranzen bringst, und noch einen, damit du den Mund hältst«, sagte er.

Da Geld die Lösung für die meisten Probleme im Leben war, leuchteten die Augen des Jungen auf. Am Ende des Tages befand sich Gerald im Besitz eines ledergebundenen Notizbuches, das mit Neds geschwungener Schrift gefüllt war, und der Junge schloss seine schmutzige Faust um zwei glänzende Silbermünzen. Direkt nach dem Abendessen zog sich Gerald in die Bibliothek zurück, wo er, hinter verschlossener Tür und mit einem großen Glas Brandy in der zitternden Hand, das Buch auf der ersten Seite aufschlug.

Alles endete, wie es begann, in Oyster Shore ...

Die Sonne übergoss die Welt mit ihrem Abendlicht, als Gerald zu lesen anfing, und als er das Notizbuch zuschlug, färbte sich der Himmel über dem dunklen Wald wieder rosa. Seine Augen brannten, und sein Kopf dröhnte vom Schlafmangel, aber Gerald hatte immer weiterlesen müssen, so brillant war der Roman. Neds Bilder strömten wie der Fluss, von dem er handelte, durch die Windungen der Handlung und transportierten den Leser in eine Welt aus Schönheit, Leidenschaft und Obsession. Hin und wieder warf seine Prosa Schlaglichter auf den Krieg, und dann erhaschte man einen Blick auf die gnadenlose Wirklichkeit aus Schlamm und Blut. Gerald bangte mit dem Protagonisten und zuckte bei den drastischen Szenen zusammen, die er deutlich vor sich sah. Am Ende hatte er Tränen in den Augen und ein Ziehen im Herzen. Als er das Buch auf den Schreibtisch seines Vaters zurücklegte, wusste er ohne jeden Zweifel, dass es ein Meisterwerk war. Brennende Scham über seine eigenen dürftigen Versuche überkam ihn: *Kopf hoch* war zusammengestückeltes Flickwerk, ein billiger Abklatsch von etwas, das derzeit populär war. Im Verlag würden sie sicher über ihn lachen. *Der arme, alte Gerry,* würde sein Freund sagen, *er war schon immer ein Versager, und schreiben kann er auch nicht. Schickt es mit einer höflichen Absage zurück.*

Selbst im Tod hatte Ned Carew ihn übertroffen. Schlimm genug, dass seine Verlobte einen Toten mehr liebte als ihn, doch noch schlimmer war, dass ein einziger Satz aus Neds Werk wesentlich bedeutender war als seine eigenen gekünstelten Schreibversuche. Es war mehr als ungerecht.

Ned. Immer Ned. Wann käme denn endlich *er* an die Reihe?

Rückblickend wusste Gerald nicht mehr genau, was ihn geritten hatte. Vorübergehende Unzurechnungsfähigkeit vielleicht? Neid und Eifersucht? Möglicherweise war sein Urteilsvermögen durch eine Mischung aus Erschöpfung und sechs Gläser Brandy getrübt gewesen. Jedenfalls war er zum Schreibtisch seines Vaters gegangen und hatte einen Füller und einen Bogen dickes, geprägtes Briefpapier daraus entnommen. Die Silberspitze des Füllfederhalters hatte sich in das Papier gedrückt, während Gerald die Worte niederschrieb, die aus seinem verbitterten Herzen strömten. Er hatte die Schrift getrocknet, das Blatt gefaltet und in einen Umschlang gesteckt. Als Begleitbrief für ein Paket, das genau die Form und das Gewicht des in Leder gebundenen Notizbuchs hatte.

Am Austernufer war ein Buch, das sein alter Schulfreund Henry Fortescue veröffentlichen würde, daran bestand kein Zweifel, und als der Diener sich auf den Weg zum Postamt machte, war Gerald trunken vor Alkohol und Triumphgefühlen. Dies war seine Chance. Jetzt würden ihn alle für einen großartigen Autor halten, sie würden ihn bewundern und ihn zu literarischen Salons und Soirées einladen. Niemand kannte Ned Carew. Ned Carew war tot und würde vergessen werden, aber auf Gerald Snowe wartete der Ruhm. In gewisser Weise verlieh er damit auch Ned Unsterblichkeit, oder etwa nicht? Und er kümmerte sich um die Frau, die Ned besudelt und im Stich gelassen hatte. Was Gerald tat, war edel. Im Grunde ein Akt der Barmherzigkeit.

Nach der langen, alkoholgetränkten Nacht verschlief Gerald fast den ganzen nächsten Tag. Mehrere Wochen gingen ins Land, und die ganze Episode erschien Gerald immer mehr wie ein Traum. Hatte er das Buch überhaupt gelesen und Henry geschickt? Sollte Madalyn je bemerkt haben, dass das Manuskript verschwunden war, so erwähnte sie es nicht. Gerald hatte das alles fast vergessen, als der Verlag ihm ein Angebot mit einem beträchtlichen Vorschuss machte.

Damit war es zu spät zuzugeben, was er, befeuert vom Alkohol, in einem Anfall von Wahnsinn getan hatte. Außerdem war die Bewunderung seiner Altersgenossen berauschend, und es war Balsam für Geralds Seele, dass ihm ein solches Werk zugetraut wurde. Henry erging sich beim Dinner lang und breit über die Vielseitigkeit seines Autors, der über eine wahrhaft seltene Ausdrucksgabe verfüge. Sein Vater war entzückt, klopfte ihm in einer Tour auf den Rücken, so dass Gerald es einfach nicht über sich bringen konnte, ihm die Illusion zu rauben. Wie sollte er je erklären oder gar rechtfertigen, was er getan hatte? Im besten Fall konnte man es Dummheit nennen, im schlimmsten Grabplünderung, denn Tatsache war, dass Gerald Snowe das Werk eines Toten gestohlen hatte. Wenn er nachts mit rasendem Puls und wachsender Panik erwachte, fragte er sich, ob Ned ihn aus einer dunklen Ecke beobachtete, ihn aus dem Jenseits überwachte. Würde er bestraft werden? Und käme die Strafe in diesem Leben oder erst im nächsten?

Am Tag konnte er seine nächtlichen Schrecken leicht als alberne Hirngespinste abtun. Wenn Sonnenlicht in das große Studierzimmer auf Vyvyan Court strömte und Gerald am massiven Schreibtisch die Druckfahnen prüfte, konnte er über seine Ängste sogar lachen. Ned war tot und begraben, und nur Bücher und Frauen erzählten von Geistern und Gespenstern. *Am Austernufer* gehörte jetzt ihm, und niemand konnte etwas anderes behaupten. Madalyn könnte Probleme machen, aber Gerald glaubte, sie überzeugen zu können, dass er das alles für Ned tat. Und wenn sie anderer Meinung war? Diese Sorge schob er beiseite und tröstete sich mit dem Gedanken, dass sie zum Zeitpunkt der Veröffentlichung schon seine Frau sein und ihm daher zu Loyalität verpflichtet sein würde. Sie wollte doch Sicherheit und Komfort für ihre Mutter – Gerald machte sich keine Illusionen, wieso sie ihn geheiratet hatte –, also lag es auch in ihrem Interesse, dass es keinen Skandal gab. Die Schande würde Constance Trelyon umbringen.

Abgesehen davon interessierte sich Madalyn kaum für seine Arbeit. Zuerst hatte Gerald das geärgert, erinnerte er sich doch nur zu gut daran, wie sie Neds Geschichten illustriert und Pläne für gemeinsame

Arbeiten geschmiedet hatte. Aber jetzt war er über ihre Gleichgültigkeit erleichtert. Wenn Madalyn entdeckte, was er getan hatte, würde sie sofort die Verlobung lösen, und das würde er nicht ertragen. Also war es wohl das Beste, Stillschweigen zu bewahren, bis sie verheiratet wären. Denn dann hätte sie durch einen Skandal genauso viel zu verlieren wie er. Seiner Familie würde Gerald sagen, dass das Buch eine Überraschung sein sollte, und da Madalyn sich nicht für Geschäftliches interessierte, würde sie zu spät davon erfahren, um noch einen Skandal zu provozieren. Er würde ihr erklären, dass das Ganze nur passiert wäre, weil er zu viel getrunken hatte oder kurzzeitig verwirrt gewesen wäre. Und dann würde er damit argumentieren, dass so zumindest Neds Werk der Öffentlichkeit bekannt werden würde.

Allerdings vermutete Gerald, Madalyn würde darauf bestehen, dass Neds Name auf dem Titel stand, aber dann würde er seine Autorität als Ehemann geltend machen müssen. Die Vorstellung behagte ihm nicht, aber Gerald war sich sicher, die Lage im Griff zu haben, da Madalyn nicht wagen würde, Constances Zukunft aufs Spiel zu setzen. Außerdem war Ned tot, was machte es also, wer als Verfasser des Buchs genannt wurde?

Doch im Laufe der nächsten Wochen schien sein Betrug ein Eigenleben zu entwickeln, und Gerald bereute schon bald, nicht von Anfang an die Wahrheit gesagt zu haben. Außerdem geriet er bei dem Gedanken an ein weiteres Buch, auf das der Verlag drängte, ins Schwitzen. Die Angst vor Entlarvung saß Gerald ständig im Nacken, und er konnte nur von Glück sagen, dass die meisten, die das Buch als Neds Werk erkennen würden, im Krieg gefallen waren. Er verließ sich darauf, dass Bess Penwurthy es nicht gelesen hatte, und Marrick, der wundersamerweise immer noch unversehrt in Frankreich kämpfte, war praktisch Analphabet. Abgesehen davon würde jeder eher ihm glauben als den beiden. Schließlich gehörten sie zur Arbeiterschicht, und ihr Wohl und Wehe hing von der Gnade seines Vaters ab. Es würde alles gut gehen.

Als der Herbst kam, waren die Hochzeitsvorbereitungen in vollem Gange, und das Buch sollte in den nächsten Monaten veröffentlicht werden. Als Gerald nach einem sehr erfolgreichen Treffen mit seinem Verleger mit dem Rolls-Royce vom Bahnhof in Rosecraddick zurückfuhr, ging ihm durch den Kopf, dass er nur dank einer Laune des Schicksals als Junge vom Baum gestürzt und vielleicht deshalb nicht wie so viele andere in Flandern gefallen war. Oder er hätte, was noch schlimmer gewesen wäre, entstellt werden können wie die unglückseligen Gestalten, die er in London gesehen hatte, oder verkrüppelt wie der Mann, der vor ihm die Straße entlanghumpelte. Gerald erschauerte bei seinem Anblick. Der Invalide zog ein Bein nach und ging ganz krumm unter dem Gewicht seines Seesacks.

Er kniff vor der tief stehenden Sonne leicht die Augen zusammen. Wer verbarg sich da unter der Kappe? Was hatte er auf der Straße nach Oyster Shore zu suchen? Er trug keine Uniform wie die Soldaten in London. War er einer der Trehunnists? Oder einer der Fischer? Oder vielleicht ein Fremder, der nach Arbeit suchte? Wenn ja, würde Gerald ihn seines Weges schicken. Sie wollten hier keine Landstreicher.

Er fuhr langsamer, bis er den Mann erreicht hatte, und schob seine Automobilbrille hoch. »Kann ich Ihnen helfen?«

Der Fremde drehte sich um. »Gerald?«

Gerald durchfuhr es eiskalt. Er umklammerte das Lenkrad, sonst wäre er in panische Zuckungen ausgebrochen. War das ein Geist? Eine Manifestation seiner Schuldgefühle, weil er *Am Austernufer* gestohlen hatte? War das die Strafe, vor der er sich in seinen schlaflosen Nächten fürchtete?

»Gerald! Ich bin's! Ned!«

Die Sonne versteckte sich hinter einer Wolke. Nun, da er nicht mehr geblendet wurde, sah Gerald goldblondes Haar unter der Kappe schimmern und erkannte tiefblaue Augen. »Ned! Guter Gott!« Gerald staunte, dass seine Stimme fest klang, denn sein Herz trommelte wild in seinem Brustkorb.

»Ich sehe vielleicht nicht mehr aus wie früher, aber ich bin's!«, lachte Ned und zog die Kappe ab. Dichte, blonde Locken fielen ihm bis auf die Schultern, und ein Grübchen bildete sich auf seiner Wange, als er Gerald anlächelte. Aber Gerald erwiderte sein Lächeln nicht. Dazu war er viel zu geschockt. Ned sah so vital aus wie immer, seine Schultern und Arme waren muskulös und seine Haut von der Sonne gebräunt. Dies war kein Phantom. Ned Carew war von den Toten auferstanden.

»Aber …« Gerald rang nach Worten und fand keine. Alles, wofür er so hart gearbeitet, was er sich so sehnlich gewünscht hatte, war innerhalb von Sekunden zu Schutt und Asche zerfallen. »Das ist doch nicht möglich!«

»Guck nicht so ängstlich. Ich bin kein Geist!«, lachte Ned. »Es ist eine lange Geschichte, aber im Lazarett gab es eine Verwechslung. Ich kann es kaum erwarten, allen zu erzählen, was passiert ist!«

In Gerald stieg Panik auf. Niemand durfte Ned sehen, am wenigsten Madalyn, sonst war alles verloren. Sie würde sich in Neds Arme stürzen, und dann konnte er seine Heiratspläne vergessen. Und was war mit *Am Austernufer*? Es wäre Geralds Untergang. Sein Vater würde fuchsteufelswild sein. Seine Bekannten würden ihn verachten. Mit einem Mal stand alles, was Gerald wichtig war, auf dem Spiel. In seinem Kopf wirbelten die Gedanken umher. Ihm brach der kalte Schweiß aus und rann ihm den Rücken hinunter.

»Ich dachte, du wärst tot«, stammelte er.

»Da bist du nicht der Einzige. Ich lag sogar schon im Leichenwagen.«

Ned verzog das Gesicht. »Unser Unterstand geriet unter feindlichen Beschuss, und ich war mittendrin. Man dachte, ich wäre tot, aber glücklicherweise entdeckte jemand vom Roten Kreuz, dass ich noch lebte. Mir ging es ziemlich dreckig, und ich hatte mein Gedächtnis verloren. Zwei Jahre lang wusste ich nicht, wer ich war.«

Gerald starrte ihn ungläubig an. Das war genau wie in einer von

Neds Geschichten. Der Held war zurückgekehrt, um seinen Anspruch auf die Prinzessin zu erheben.

»Zwei Jahre?«

Ned nickte. »Ich habe mich nur langsam erholt. Mein Gedächtnis kam erst gestern vollständig zurück, aber ich bin sofort nach Trevellan aufgebrochen.«

Gerald überlegte fieberhaft. Da immer noch Krieg war, konnte in so kurzer Zeit kein Brief angekommen sein. Er war auch ziemlich sicher, dass Ned kein Telegramm an Madalyn geschickt hatte, denn dann hätte auch Constance davon erfahren, und jede Hoffnung auf eine romantische Wiedervereinigung wäre vereitelt worden. Ned wollte sicher das Mädchen, das er liebte, überraschen und sie in seine Arme schließen wie der Held eines Romans.

Die Vorstellung, Ned würde Madalyn Trelyon anrühren, *seine* Verlobte, brachte Gerald in Rage. Würde jemand erfahren, wenn er Ned überführe? Würde sich jemand dafür interessieren? Ein verkrüppelter Soldat konnte schon mal stolpern und vor ein Automobil geraten …

»Ich konnte keinen Augenblick länger warten«, fügte Ned hinzu, ohne etwas von Geralds mordlustigen Gedanken zu ahnen. »Ich bin in den ersten Zug nach Rosecraddick gesprungen, von dort hat mich ein Fuhrmann bis zur Farm der Trehunnists mitgenommen, und hier bin ich! Fast zu Hause.«

Als Gerald die Sehnsucht in Neds Stimme hörte, hätte er fast kapituliert. Nur der Gedanke an das, was er verlieren würde, hielt ihn davon ab, seinem Mitgefühl nachzugeben und schwach zu werden. Neds Ankunft würde alles ruinieren. Sie würde ihn zerstören.

»Weiß Bess, dass du kommst?«, fragte er. Wenn ja, dann war alles verloren.

Ned schüttelte den Kopf. »Niemand weiß das, du bist der Erste. Bess sehe ich noch früh genug. Erst muss ich jemand anderen treffen.«

Ned war auf dem Weg, Madalyn für sich zu beanspruchen. Er würde Gerald sein mühsam errungenes Glück rauben und ihn wieder auf den zweiten Platz verweisen. Gerald wusste, dass Madalyn ihn nicht liebte. Das hatte sie ihm oft genug gesagt, und bislang hatte er nicht mal einen Kuss von ihr bekommen. Er war geduldig gewesen, weil er glaubte, er hätte alle Zeit der Welt. Aber er hatte sich geirrt. Madalyn war ihm nur geliehen worden.

Seine Gedanken rasten. Es musste doch eine Möglichkeit geben, die Lage zu retten. Es musste einen Weg geben, Ned von Madalyn fernzuhalten. Sein Blick huschte zu Neds Bein. Würde jemand eine solche Verletzung bei einem geliebten Menschen sehen wollen? Würde Madalyn davon abgeschreckt sein und Ned zurückweisen?

»Du hast ein Bein verloren?«

»Deshalb gehe ich so langsam«, lachte Ned, worauf Gerald erkannte, dass sein Rivale sich von seinen Verletzungen nicht hatte unterkriegen lassen. Wieso auch? Ned hatte immer viel mehr zu bieten gehabt als nur körperliche Qualitäten.

»Du kannst doch kaum laufen«, bemerkte Gerald, der vor lauter Angst grausam war, aber Ned lächelte immer noch.

»Trotzdem komme ich voran, und das ist mehr als genug. Glaub mir, der Verlust eines Beins ist nur ein kleiner Preis dafür, überlebt zu haben. Nicht jeder hatte so viel Glück wie ich.«

Komische Definition von Glück, dachte Gerald, als er sah, wie Ned sich den Seesack auf die andere Schulter warf und dabei ins Schwanken geriet. Er war ein Krüppel, eine Last für andere, und Madalyn verdiente etwas Besseres. Gerald würde ihr einen Gefallen tun, wenn er sie vor einem Leben mit ihm bewahrte. Ned war selbstsüchtig.

»So ist es besser«, sagte Ned, als der Seesack an Ort und Stelle war. Er bot ihm die Hand. »Es war schön, dich zu sehen, Gerald.«

»Jetzt gehst du zu Madalyn, oder?«, platzte es aus Gerald heraus. Panik drohte ihm die Brust zu sprengen. Alles würde auffliegen, wenn er sich nicht ganz schnell was einfallen ließe. Madalyn hatte Ned immer ihm vorgezogen, ob gesund oder nicht. Er würde sie verlieren. Er würde *alles* verlieren.

»Genau«, nickte Ned.

»Aber wieso?« Das schrie er fast. »Du bist doch ein Krüppel!«

Ned bedachte ihn mit einem seltsam mitleidigen Blick. »Aber ich bin immer noch ich. Ich habe mein Bein verloren, nicht mein Herz, und ich liebe Madalyn, Gerald. Ich habe sie immer geliebt, und sie liebt mich. Nichts anderes ist wichtig.«

Madalyn war *seine* Verlobte, dachte Gerald. Sie trug *seinen* Ring. Sie würde *ihn* heiraten. Sie *gehörte ihm!* Wut durchströmte seinen Körper. Ned konnte nicht einfach so in letzter Minute kommen wie ein fahrender Ritter und sie mit sich nehmen. Das war nicht fair! Er würde das nicht zulassen!

»Du bist ein Krüppel, Ned. Sie wird dich nicht mehr wollen.«

»Das kann Madalyn wohl selbst entscheiden«, entgegnete Ned. »*Liebe ist nicht Liebe, die sich ändert, wenn sie Veränderung vorfindet.*«

Gerald explodierte fast vor Wut. Einer Wut, die sich ein Leben lang in ihm aufgestaut hatte. Wie konnte ein einfacher Mann es wagen, Shakespeare zu zitieren und seine Liebe zu *seiner* Verlobten zu erklären! Ein Dorftrottel! Ein Niemand! Das war unerträglich. Das durfte er nicht dulden. Fast hätte Gerald Ned die Krücken weggetreten und ihn in den Staub gestoßen, doch er beherrschte sich. Er musste die Kontrolle bewahren. Sie waren Männer, keine kleinen Jungen mehr, und er musste schlau vorgehen, wenn er seinen alten Rivalen ausschalten wollte. Er musste Ned überzeugen, dass er sich von Madalyn fernhalten musste, wenn er sie wirklich liebte. Neds Liebe zu Madalyn war seine Schwachstelle, und Gerald würde sie ausnutzen, damit seine eigene Welt nicht implodierte.

»Wie kannst du sie denn jetzt versorgen? Und ihre Mutter?«, fragte er. »Oder glaubst du vielleicht, Madalyn sollte dich versorgen? Ist es das? Willst du etwa, dass sie arbeitet? Als Näherin vielleicht? Oder als Waschfrau?«

Ned wirkte geschockt. »Natürlich nicht! Ich werde schreiben und uns damit unseren Lebensunterhalt sichern.«

»Das ist ein Traum, Ned. Das muss dir doch klar sein, oder?«

»Mag sein«, erwiderte Ned leise, »doch was sind wir ohne unsere Träume? Ich habe ein Buch geschrieben, und ich werde unterrichten. Das habe ich auch im Sanatorium getan, und ich bin sicher, ich bekomme von dort ein gutes Zeugnis. Ich werde Schulmeister wie mein Vater.«

»Du erwartest von einer hochwohlgeborenen Dame, dass sie die Frau eines Schulmeisters wird?«, höhnte Gerald, aber Ned ließ sich nicht provozieren.

»Es ist keine Schande, Schulmeister zu sein – das hat mein Vater mich gelehrt –, und Madalyn und ich lieben uns, das ist das Einzige, was zählt. Wir können zusammen ein wunderbares Leben haben. Wir brauchen keinen Palast, um glücklich zu sein. Wir brauchen nur uns.«

Genau das hatte Gerald befürchtet, und er wusste, dass Madalyn genauso dachte wie Ned. Mit Carew würde sie auch in einer Hütte leben. Er stemmte sich gegen seine wachsende Panik und zwang sich zur Ruhe. Die Liebenden durften sich nicht begegnen, sonst wäre alles vorbei.

»Was für ein Unsinn!«, spottete er. »Und was wird dann mit Lady Constance? Soll sie etwa auch im Schulhaus leben? Kannst du sie unterstützen? Ihre Rechnungen bezahlen? Wirst du ihr das bieten, was sie vom Leben erwartet? Oder muss sie Fußböden schrubben und Wäsche annehmen? Was ist mit Personal?«

Ein Ausdruck von Unsicherheit huschte über Neds Gesicht. Er war noch nie in der Lage gewesen, seine Gefühle zu verbergen. *Ein offenes Buch, in jeglicher Hinsicht,* dachte Gerald verächtlich.

»Madalyn und ich werden uns um sie kümmern«, erklärte er standhaft. »Ich kann für uns alle sorgen.«

»Du bist ein Narr – ein Narr, weil du Madalyn bitten willst, alles aufzugeben für die winzige Chance, du könntest ein Buch schreiben und davon leben? Das ist doch ein Hirngespinst. Sie soll ihre Sicherheit und Zukunft für einen Traum aufs Spiel setzen? Sie wird in Armut leben, und das nur deinetwegen!«

»Das ist ihre Entscheidung, Gerald.«

Gerald ignorierte Neds Vertraulichkeit. Ned Carew hatte sich noch nie um gesellschaftlichen Status geschert, sondern immer mit ihm gesprochen, als wären sie gleichrangig.

»Sie ist nicht irgendein Fischweib aus dem Dorf, Carew. Sie ist eine Trelyon. Eine Dame. Sie verdient nur das Beste.«

»Und ich werde ihr alles geben«, erklärte Ned mit entschlossenem Blick. »Alles, was ich bin, gehört ihr und wird immer ihr gehören.«

Gerald schüttelte den Kopf. »Viel ist das nicht. Du bist ein Krüppel, Mann. Du wirst immer eine Last für sie sein. Wenn du sie wirklich so liebst, wie du behauptest, dann solltest du auf der Stelle kehrt machen und sie in Ruhe lassen. Sie hat jetzt ein wunderbares neues Leben, in dem all ihre Wünsche erfüllt werden. Madalyn ist verlobt, sie wird heiraten, und sie ist glücklich. Für sie bist du tot, also wenn du sie wirklich liebst, lässt du sie in Frieden.«

Ned war bleich geworden. »Das kann nicht wahr sein. Madalyn würde niemals einen anderen heiraten.«

»Doch, es ist wahr«, sagte Gerald. »Du kannst alle in Trevellan fragen, sie werden es dir bestätigen. Lady Constance ist hocherfreut, dass die Zukunft ihrer Tochter gesichert ist. Madalyn wird nach ihrer Heirat jeder Wunsch von den Augen abgelesen, da kannst du mir vertrauen. Sie wird versorgt sein und wieder den Rang und das Vermögen haben, das ihr von Geburt an bestimmt war.«

»*Du* bist es, oder? *Du* bist mit ihr verlobt.«

Sein ganzes Leben hatte Gerald auf diesen Augenblick gewartet. »Ja. Wir werden an Allerheiligen heiraten. Wir sind uns mit der Zeit nähergekommen und haben uns lieb gewonnen. Das war ganz natürlich, verstehst du, denn wir sind uns ebenbürtig, und unsere Verbindung hat unsere beiden Familien sehr gefreut. Madalyn ist glücklich, und sie ist sehr beschäftigt mit Kleidern und Blumen und all dem, was eine junge Braut sich wünscht. Du weißt ja, wie Frauen sind.«

Ned schwankte auf seinen Krücken. »Ich kann nicht glauben, dass sie nicht auf mich gewartet hat. Du erfindest das alles, Gerald. Das ist nur eine deiner Lügengeschichten.«

Gerald zuckte die Achseln. Jetzt war es Zeit für einen Bluff. »Glaub doch, was du willst, aber es ist wahr. Du kannst ja Bess fragen. Sie wird es dir bestätigen. Oder frag deinen Stiefvater, schließlich hat er das Aufgebot verlesen. Du warst tot und begraben, Ned. Hast du wirklich geglaubt, Madalyn würde auf ewig trauern? Hast du dir das für sie gewünscht? Dass sie eine alte Jungfer wird, ohne ein Zuhause, ohne eigene Familie? Dass sie in Armut leben muss?«

»Niemals. Ich will nur, dass sie glücklich ist. Sie bedeutet mir alles.«

Ned war der Verzweiflung nahe, Gerald musste jetzt nur noch zusehen, wie diese über ihn hereinbrach. Was nutzte ein invalider Veteran einem Mädchen wie Madalyn Trelyon? Ein Traumtänzer war für ihn, den Erben eines reichen Industriellen, keine Bedrohung. Gerald holte tief Luft. Dies war seine letzte Chance, seine Zukunft zu retten.

»Sie ist glücklich, sehr glücklich sogar, denn ich biete ihr das Leben, von dem die meisten Frauen nur träumen können. Mit mir wird sie alles haben, aber was könntest du ihr denn bieten, Ned? Ach, du brauchst gar nichts zu sagen, denn ich weiß, deine Antwort lautet ›Liebe‹. Du glaubst, Liebe ermöglicht alles, und deswegen könntest du auch für eine Frau und eine Familie sorgen. Aber die Wahrheit ist, dass du ein Krüppel ohne einen Cent bist. Wir beide wissen, dass Madalyn über so etwas hinwegsehen wird. Aber eines Tages, in vielen, vielen Jahren vielleicht, wird sie innehalten und sich fragen, wie ihr Leben hätte aussehen können. Wenn ihre Hände rau sind vom vielen Waschen und Putzen, und wenn das letzte Geld ausgegeben ist, wenn sie von Not und Arbeit frühzeitig gealtert ist, dann wird sie sich fragen, wieso sie sich für dieses Leben entschieden hat. Sie wird sich fragen, ob es das wert war. Vielleicht wird sie dich am Ende sogar dafür hassen. Denn du hast ihr das angetan, Ned, und das werdet ihr beide wissen. Kannst du dir vorstellen, wie enttäuscht und verbittert sie dann sein wird? Es ist deine selbstsüchtige Entschlossenheit, sie um jeden Preis für dich zu haben, die sie zerstören wird. Die Familie ihrer Mutter wird sie verstoßen, die bessere Gesellschaft wird sich von ihr abwenden. Für eine Frau wie Madalyn gibt es keinerlei Sicherheit mit jemandem wie dir. Es gibt nur eine Abwärtsspirale in Armut und Verzweiflung. Ein Leben mit dir wird Madalyn ins Elend stürzen. Ist das Liebe? Ist das Wertschätzung?«

»Ich liebe Madalyn«, beharrte Ned leise. »Sie bedeutet mir alles.«

»Dann musst du gehen. Belasse Madalyn in dem Glauben, dass der Mann, den sie liebte, als Held im Dienst für König und Vaterland starb«, sagte Gerald. »Zerstöre nicht das Leben, für das sie geboren wurde, indem du sie an dich fesselst. Raube ihr nicht ihre Zukunft, weil du dich an die Vergangenheit klammerst. *Ich* kann Madalyn die Welt zu Füßen legen. *Du* wirst ihr alles wegnehmen. Wenn du sie wirklich so liebst, wie du behauptest, dann kehrst du auf der Stelle um. Oder ist deine Liebe reine Selbstsucht, Ned, geht's dir nur darum, was *du* willst, und nicht darum, was das Beste für Madalyn ist? Ich kann für sie sorgen. Lass sie gehen. Gib sie frei.«

Die Welt schien in ihrem Lauf innezuhalten, als wartete sie auf Neds Antwort. Ned wirkte verunsichert und schien zu schwanken. Jetzt war nur noch ein kleiner Schubs nötig. Gerald spürte, dass der Sieg nahe war.

»Es ist deine Entscheidung«, sagte er, »Madalyns Zukunft liegt in deinen Händen, denn wir wissen beide, dass sie sich für dich entscheiden würde. Also: Armut oder Reichtum für sie? Not oder Bequemlichkeit? In zehn Jahren wird sie sich fragen, ob sie sich anders hätte entscheiden sollen. Wenn die Not sie gebrochen hat, kannst du dann damit leben, dass du sie zu einem solchen Leben bewegt hast? Würde sie ein solches Leben nicht bereuen? Würde sie sich nicht Sicherheit für sich und ihre Kinder gewünscht haben?«

Ned sagte nichts, sondern wurde noch bleicher. Da wusste Gerald, dass er einen Nerv getroffen hatte.

»Wenn du jetzt gehst, muss Madalyn sich nicht entscheiden und sich auch nicht dir gegenüber verpflichtet fühlen«, setzte er nach. »*Du* entscheidest über ihre Zukunft.«

Das war ein gewagtes Spiel. Möglicherweise bestand Ned darauf, mit Madalyn zu sprechen, und dann hätte er verloren. Gerald hatte alles auf eine Karte gesetzt. Jetzt hieß es nur noch abwarten. Würde Ned sich treu bleiben, oder hatten Krieg und Leid ihn selbstsüchtiger gemacht, als er früher war?

Langsam atmete Ned aus. Er ließ die Schultern sinken, so dass der Seesack auf die Erde fiel.

»Schwöre, dass du sie glücklich machen wirst«, sagte er mit heiserer Stimme, und seine violettblauen Augen verdunkelten sich vor Qual. »Versprich mir, dass du ihr den Rest deines Lebens dienen wirst, dass ihr Name das Erste auf deinen Lippen sein wird, wenn du morgens aufwachst, und das Letzte, wenn du diese Welt verlässt. Schwöre, dass sie dein Ein und Alles sein wird und dass du nur dafür leben wirst, sie glücklich zu machen. Schwöre es bei deiner Seele!«

Gerald liebte Madalyn. Er hatte Oyster Shore für sie gekauft, was sie glücklich machen würde. Er konnte ihr alles bieten. *Das* war Glück! Seine Liebe war viel mehr wert, als Neds es je gewesen war. Daher war es leicht für ihn, seinem alten Freund dieses Versprechen zu geben.

»Das werde ich«, sagte er. .

»Schwöre es«, verlangte Ned. »Schwöre auf dein Leben, dass du sie glücklich machen und für sie sorgen wirst. Los. Schwöre es bei deinem Leben und deiner Seele!«

»Ich schwöre es«, stieß Gerald hervor. Nichts wünschte er sich sehnlicher, als dass Ned Carew endlich gehen und nie mehr zurückkehren würde.

Ned blickte ihm geradewegs in die Augen. Sein Blick war durchdringend.

»Solltest du diesen Schwur brechen, dann helfe dir Gott. Ich mag zwar ein Krüppel sein, aber ich werde dich jagen und mit meinen eigenen Händen umbringen. Das schwöre ich bei allem, was mir lieb und teuer ist. Ich schwöre es bei meiner Liebe zu ihr. Wenn du Madalyn Trelyon wehtust, dann bist du verflucht, Gerald Snowe, verstehst du? Solltest du Madalyn betrügen, wirst du nie wieder Frieden finden.«

Eine Woge der Angst überkam Gerald. Er zweifelte nicht eine Sekunde, dass Ned es ernst meinte.

»Ich schwöre, dass ich für sie sorge«, sagte er mit zitternder Stimme. »Aber sie darf nie erfahren, dass du hier warst und mit mir geredet hast. Das darfst du ihr niemals verraten.«

»Glaubst du, ich wollte ihr das Herz brechen? Soll sie etwa erkennen, dass ich sie im Stich gelassen und meinen Schwur gebrochen habe, immer mit ihr zusammen zu sein?« Ned griff nach seinem Seesack und wehrte Gerald grimmig ab, als der ihm helfen wollte. »Du hast nichts zu befürchten. Mich siehst du nie mehr wieder.«

»Dann helf ich dir mit Geld aus.«

»Wage es *ja* nicht!«, knurrte Ned so zornig, dass er selbst überrascht war. Gerald trat hastig einen Schritt zurück. Auch wenn Ned ein Bein verloren hatte, war er doch immer noch größer und stärker als er.

»Komm schon, Mann. Du brauchst doch Geld, um nach Australien zu kommen.«

Ned verzog verächtlich den Mund. »Meine Liebe für Madalyn hat keinen Preis. Das wirst du wohl nie verstehen, oder? Ich gehe, weil ich sie mehr als alles andere liebe. Mehr als mich selbst. Mehr als das Leben. Mehr als meine Träume. Wenn du dein Gewissen reinwaschen willst, dann tue es, indem du Madalyn mehr als dich selbst liebst – falls du das überhaupt kannst.«

Damit wandte Ned Carew sich ab. Gerald präge sich das Bild einer gebeugten Gestalt ein, die sich mühsam auf Krücken zurückzog, mit gebrochenem Herzen und einem gezeichneten Körper, doch voller

Würde und innerer Stärke. Gerald blieb an seinem Wagen stehen und blickte auf die Straße – lange noch, nachdem dort nichts mehr zu sehen war. Es verwirrte ihn, dass er keinerlei Triumphgefühle empfand. Dabei war die Gefahr doch gebannt! Er hatte gewonnen, und Madalyn Trelyon gehörte ihm. Genau wie das Buch. Alles, was er je gewollt hatte, gehörte jetzt ihm und eigentlich sollte er feiern.

Doch als Gerald den Motor anließ und nach Vyvyan fuhr, fühlte er eine Unruhe sich aufsteigen. Neds Warnung hallte ihm noch in den Ohren, und er hatte das Gefühl, den Rest seines Lebens vergiftet zu haben.

KAPITEL 32

MADALYN

Oktober 1917

Oyster House, Cornwall

Sie hatte wieder von Ned geträumt, lebhafte Bilder, aus denen sie schluchzend und mit rasendem Herzen aufwachte. Diese Träume waren so real, dass Madalyn beim Öffnen ihrer Augen den Verlust so heftig spürte, als wäre er frisch, und dann weinte sie in der Dunkelheit, bis die Dämmerung den Himmel rötlich färbte und den Fluss in flüssiges Gold verwandelte. Ihr geliebter Ned war tot. Er würde nie wieder zurückkehren. Er würde sie nie wieder an sich drücken und ihr zärtliche Worte zuflüstern, während er sie auf die Augenlider, auf die Lippen, auf den Hals küsste. Nie wieder würden sie in harmonischem Schweigen am Ufer sitzen, schreiben und zeichnen, während die Enten quakten und die Libellen über das Wasser schwirrten. Die kurze gemeinsame Zeit war die glücklichste ihres Lebens gewesen, und manchmal fragte sich Madalyn, wie sie ohne die zweite Hälfte ihrer Seele überhaupt weiterleben sollte. Oft lag sie im Bett und wünschte sich, ihr Atem würde versiegen und ihr Herz würde stehen bleiben, denn wie sollte sie ein ganzes Leben ohne ihn überstehen? Der Gedanke war einfach unerträglich.

Wie sehr wünschte sie sich, sie wäre neben Ned an der Front umgekommen. Ihr früheres Ich jedenfalls war in dem Moment gestorben, als Bess ihr die furchtbare Nachricht brachte, und die alte Madalyn, die ihr Gesicht in die Sonne gehalten, die gezeichnet, gelacht und unermüdlich Strandgut gesammelt hatte, war für immer fort. Selbst jetzt, anderthalb Jahre, nachdem sie von Neds Tod erfahren hatte, dachte Madalyn immer noch, sie würde vor Kummer sterben. Mehrfach hatte sie plötzlich auf dem Ponton am Bootshaus gestanden und nicht gewusst, wie sie dorthin gelangt war. Dann betete sie um den Mut, sich einfach ins Wasser zu stürzen und von der Strömung in die Tiefe reißen zu lassen. Der Fluss würde sie in seine kalte Umarmung ziehen, sie küssen und wie ein tödlicher Geliebter erfüllen, bevor er sie dorthin brachte, wo Ned auf sie wartete. Sie zog ihre Schuhe aus und legte ihren Hut ab – nur um dann goldblonde Haare im Fenster des Boothauses schimmern zu sehen oder eine Bewegung zu erahnen. Dann flammte die Hoffnung in ihr auf, sie rannte zum Bootshaus, riss die Tür auf – und fand das Haus verwaist vor. Ned saß nicht in seinem Ledersessel und schrieb. Allen Mutes beraubt, schleppte sie sich schweren Herzens und verweint zurück.

Krieg es Ned, der sie jedes Mal vom Sprung in den Tod zurückhielt? Madalyn wusste, dass er ihre Sehnsucht nach Auslöschung nicht gutheiß, und in der ersten finsteren Zeit hielt nur das Bewusstsein, dass mit ihr auch die Erinnerung an ihn weiterlebte, sie davon ab, ihm in den Tod zu folgen. Solange Madalyn Trelyon lebte und an Ned Carew dachte, während sie am Ufer spazieren ging, solange war er noch nicht endgültig verschwunden. Ihre Liebe und ihre Gedanken an ihn erhielten ihn auf gewisse Weise lebendig.

Auch Neds Buch würde ihn lebendig halten, und eines Tages, wenn sie seine Worte lesen konnte, ohne in Schluchzen auszubrechen, würde sie alles daransetzen, um einen Verlag zu finden. Neds Stimme würde nie vollends verschwinden. Die Vorstellung tröstete sie, denn mittlerweile erachtete sie sich als Wächterin über sein Werk. *Am Austernufer* war brillant und musste in der ganzen Welt bekannt werden. Sobald sie sich stark genug fühlte, würde sie es mit der Welt teilen.

Neds Buch hatte sie tief erschüttert. Direkt nachdem sie es bekommen hatte, hatte sie es innerhalb einer Woche gelesen: Kapitel für Kapitel, Wort für Wort. Auf Neds altem Sessel hatte sie sich in seiner Welt verloren. Diese Welt kannte sie so gut, wie sie Ned kannte: die weichen Härchen an seinem Nacken, das warme Grübchen an seinem Schlüsselbein, die straffen Muskeln an seinem glatten Rücken. Ned malte mit Worten die wechselnden Gezeiten, die geliebten kupferfarbenen Sonnenuntergänge, und als er die verbotene Liebesaffäre eines jungen Mannes mit einem Mädchen schilderte, das zeichnete, im Wasser paddelte und lachte, hatte Madalyn unter Tränen gelächelt. Ned erzählte ihre eigene Liebesgeschichte – und noch viel mehr. Ned hatte ihre Geschichte zu einer Erzählung verwandelt, die die Zerbrechlichkeit des Lebens in einer Welt zeigte, in der ein sinnloser Kriege Liebende auseinanderriss und Tausende junger Männer getötet wurden. Seine Beschreibungen vom Krieg waren so entsetzlich, dass sie Madalyn tagelang verfolgten. Am Schluss der Geschichte befiel sie ein Gefühl der Verlorenheit, und Tränen der Rührung liefen über ihr Gesicht, denn das dramatische Ende, das Ned ersonnen und für sie beide erhofft hatte, war durch seinen Tod für immer ins Reich der Träume verbannt.

Die Parallelen zwischen Roman und Realität waren so überwältigend und schmerzlich gewesen, dass sie das Buch zurück in das Versteck gelegt hatte. Sie hatte zum Abschied einen Kuss auf den Einband gedrückt, es in den Ranzen gesteckt und in das Loch unter der Fliese geschoben. Verwirrt hatte sie entdeckt, dass der Phönix-Kamm, ihr Skizzenbuch und ihre Briefe nicht mehr dort waren. Hatte Ned sie mit an die Front genommen? Das bezweifelte sie. Hatte es etwa ein Dieb auf sie abgesehen? Oder hatte Bess Marrick geschickt, um die letzten persönlichen Sachen ihres Bruders zu holen?

Madalyn wollte keine Entscheidungen treffen, die Bess vielleicht verärgern würden. Sie war überzeugt, dass sie gemeinsam über die Zukunft von Neds Buch befinden mussten. Es war sein Vermächtnis, und da Bess seine nächste Angehörige war, gehörten das Buch und das Geld, das man damit vielleicht verdienen konnte, ausschließlich ihr. Sie beschloss also, es erst dann wieder zu lesen, wenn sich ihr Herz nicht mehr so anfühlte, als würde es von dem Stacheldraht durchbohrt, den Ned so eindrücklich beschrieben hatte. Dann würde sie es aus seinem Versteck holen und alles daransetzen, Ned Carew so bekannt zu machen wie Dickens und Tolstoi. Bis dahin sollte das Manuskript in seinem alten Versteck bleiben. Eines Tages würde sie bereit sein, Ned mit der Öffentlichkeit zu teilen, aber bis dahin wollte sie ihn für sich allein haben.

Als die Monate ins Land zogen, verwandelte sich Madalyns Trauer. Der messerscharfer Schmerz ging langsam in einen dumpfen Druck über. Schweigend ertrug sie ihre Traurigkeit und erinnerte sich immer wieder daran, dass sie nicht die Einzige war, denn die meisten ihrer Altersgenossinnen trugen mittlerweile Trauer, und ihre Verlobungsringe würden niemals um Eheringe ergänzt werden. Die Frau, die sie hätte sein sollen, und das Leben, das sie hätte führen können, waren mit Ned gestorben. Selbst ihre Träume von einem Dasein als Künstlerin und Entdeckerin waren nur noch ein fernes Echo aus einem früheren Leben. Gerald redete zwar hin und wieder von Ned, doch Madalyn vermutete, dass er das hauptsächlich ihr zuliebe tat, und im Laufe der Zeit fügte sie sich in die Vorstellung von einer sinnlosen Zukunft ohne den Mann, den sie liebte.

Gerald überraschte sie mit seiner anspruchslosen Freundschaft, und am Ende kam Madalyn zu der Überzeugung, dass sie ihn falsch beurteilt hatte. Er war nicht mehr der verwöhnte Junge, den sie abgelehnt hatte, sondern ein stiller Mensch, der Constance und sie mit Freundlichkeit und Großzügigkeit überschüttete. Zwar hegte Madalyn keine intensiven Gefühle für ihn, doch als er ihr zum zweiten Mal einen Antrag machte, dachte sie, wenn sie denn heiraten müsste, dann könnte es auch Gerald sein. Er akzeptierte, dass sie Ned immer noch liebte, und erwartete nicht, dass sie ihn liebte. Er war reich und würde Constance versorgen, und als seine Ehefrau könnte sie in Cornwall und in der Nähe von Oyster Shore bleiben. Wenn Madalyn nicht mit Ned zusammensein konnte, war gegen eine Hochzeit mit Gerald Snowe nichts einzuwenden. Was machte es schon, was aus ihr wurde?

Die bevorstehende Hochzeit war in Trevellan in aller Munde, und in Constances Kreisen wurde ihre Verbindung mit dem Erben von Sir Arthur Snowes Vermögen als großer Erfolg angesehen. Da es Madalyn im Grunde gleichgültig war, was mit ihr geschah, ließ sie sich wie Treibgut von der Flut mitreißen und driftete von Ankleideproben zur Auswahl von Blumen und Torten, ohne große Aufmerksamkeit darauf zu verschwenden. Allerdings wurden die Erinnerungen an den Mann, den sie liebte, immer intensiver, je näher der Hochzeitstag kam. Bei einer Anprobe etwa, als sie auf einem hohen Tisch stand und sich von der Schneiderin den Saum abstecken ließ, sah sie plötzlich Ned vor sich, wie er sich konzentriert über sein Buch beugte und eine Locke seiner goldblonden Haare ihm in die Stirn fiel. Da überkam sie eine Woge der Trauer, und sie musste sich auf die Innenseite ihrer Wange beißen, um Haltung zu bewahren und auf die Fragen der Schneiderin antworten zu können. Wieso hatte sie ausgerechnet jetzt das Gefühl, Ned wäre ihr näher denn je? Versuchte sein Geist, ihr zu sagen, dass sie Gerald nicht heiraten sollte? War er zornig?

»Ned«, flüsterte sie, während sie auf dem Bett lag, an die rissige Decke starrte und spürte, wie ihr heiße Tränen über die Wangen liefen. »O Ned. Ich hätte an deiner Stelle sterben sollen. Warum musstest du mich verlassen?«

Es war ein düsterer Tag, das letzte Auflodern des farbenprächtigen Herbstes verlosch in tagelangem Regen und wütenden Stürmen, die vom Kanal herüberzogen. Die Bäume im Wald tropften trostlos vor sich hin, der graue Himmel drückte die schweren Regenwolken zur Erde, und der Fluss war schieferfarben und trüb. Die ganze Welt trauerte um Ned und das Leben, das sie hätten haben können.

Sie hatte ihn geliebt! Madalyn hatte Ned Carew so sehr geliebt, dass sie einmal gedacht hatte, die Heftigkeit ihrer Leidenschaft würde sie in Flammen aufgehen lassen. Wenn er sie geküsst und geliebt hatte, war ihr Leib in einem Feuerwerk des Verlangens explodiert. Sie hatte sich nach Ned und seinen Berührungen gesehnt.

Sie hatte sich nach ihm verzehrt und ihn angebetet. Das würde sich niemals ändern, und doch hatte Madalyn einen anderen Weg eingeschlagen, denn am nächsten Tag würde sie Gerald heiraten. Es war Zeit, die Vergangenheit hinter sich zu lassen und die Erinnerungen an den Mann, der ihr Seelenverwandter gewesen war, in ihrem Herzen zu verbergen. Ihre Gefühle für Gerald hatten mit Liebe nichts zu tun. Es war keine Leidenschaft, sondern eher Dankbarkeit und Achtung. Gerald war nicht ihr Geliebter, sondern eine Art Freund, der genauso zum Leben in Oyster Shore gehörte wie die Gezeiten und die in den Lüften kreisenden Möwen. Obwohl er wusste, dass sie ihn niemals lieben würde, hatte er doch angeboten, sich um sie und Constance zu kümmern. Das war seine Art von Liebe. Sie fragte sich nur, ob sie ihn irgendwann so lieben konnte, wie es sich für eine Ehefrau gehörte. Würde sie es ertragen, dass er sie anrührte? Sie liebte? Konnte sie ihm geben, was eigentlich Ned gehörte, Ned allein? Sie schreckte davor zurück, denn es kam ihr vor wie Betrug – was lächerlich war, schließlich war Ned tot. Ohne ihn würde ihre Welt nie wieder Farben tragen!

»Ich liebe dich, Ned«, flüsterte sie. »Ich werde dich immer lieben.«

Doch es kam keine Antwort, nur der Ruf der Seevögel und das Rauschen des Windes. Neds Gesicht verblasste. Madalyn betete, dass er sie nicht verlassen würde, sobald sie mit Gerald verheiratet wäre. Sie konnte viel ertragen, aber nicht das! Sie brauchte Neds Gesicht vor sich, so klar und deutlich wie an dem Tag, als er sie zum Abschied geküsst und ihr versprochen hatte zurückzukehren – ein Versprechen, das er trotz aller Hoffnungen nicht hatte halten können.

Beim Frühstück bemühte sie sich unter dem scharfen Blick ihrer Mutter, etwas zu essen. Doch die Spuren ihrer nächtlichen Träume und ihre Sehnsucht nach Ned hatten ihr gänzlich ihren spärlichen Appetit geraubt. Während Tilly Tee ausschenkte und das Messer ihrer Mutter über ihren Toast kratzte, blickte Madalyn aus dem Fenster und sah zwei Schwäne den Fluss hinuntertreiben. Der Anblick brach ihr fast das Herz. Selbst die Schwäne konnten ihr Leben lang mit ihrem Gefährten zusammen sein. Wieso dann nicht sie? Warum war Ned ihr genommen worden?

»Iss doch ein bisschen, Liebes. Die Schneiderin musste schon zweimal dein Kleid ändern. Jetzt ist keine Zeit mehr für Änderungen«, sagte Lady Constance. »Tilly, bring Miss Madalyn Rührei und Bückling. Und mehr Toast. Mit Butter.«

Madalyn drehte sich der Magen um. Ihr war schon ohne den Geruch nach Fisch übel. Wie konnte sie Gerald heiraten, wenn sie Ned noch so liebte? Sie hatte das Gefühl, ihr Herz wäre vor Trauer taub gewesen, als sie Geralds Antrag annahm, und als würde es jetzt langsam zum Leben erwachen. Sie konnte Gerald Snowe nicht heiraten! Sie liebte ihn nicht! Wie sollte sie die Hochzeit überstehen?

»Und Porridge«, fügte ihre Mutter hinzu, »mit ein bisschen Sahne.«

»Ach, nein, Mama! Toast reicht.«

»Unsinn, du musst etwas Anständiges essen. Niemand will mit ansehen, wie eine Braut vor dem Altar in Ohnmacht fällt!«, zischte Constance. »Reiß dich zusammen, Madalyn! Ich weiß nicht, was mit dir los ist!«

Nein, dachte Madalyn finster, natürlich nicht, denn du hast mich nie gefragt. Du willst mich nur an den Meistbietenden verkaufen. Mehr hat dich nie interessiert!

»Das ist nur das Lampenfieber vor der Hochzeit«, bemerkte Tilly weise und kleckerte Tee auf die Tischdecke. »Bei meiner Schwester war das auch so. Sie konnte tagelang nichts essen. Schwand praktisch dahin.«

Constance runzelte die Stirn. Tatsache war, dass Madalyn schon seit Wochen an Gewicht verlor. Wenn das Lampenfieber war, dann hatte sie es seit dem Antrag. Es war deutlich zu sehen, dass Madalyn Trelyon nicht gerade eine strahlende Braut war.

»Pass mit der Teekanne auf, Tilly! Und ich habe dich nicht um deine Meinung gebeten«, sagte sie. »Die Eier, bitte.«

»Ja, Mylady. Verzeihung, Mylady«, erwiderte Tilly, drückte die Teekanne an die Brust und wich vom Tisch zurück.

»Was ist denn los mit dir?«, fragte Constance, kaum dass das Hausmädchen den Raum verlassen hatte. »Hast du dir den Magen verdorben?«

Madalyn blickte auf ihre linke Hand. Der riesige, sündhaft teure Diamantring, den Gerald für sie ausgesucht hatte, saß lockerer denn je und erinnerte sie an einen Satz von Shakespeare über das Gewand eines Riesen, das einen zwergenhaften Dieb kleidete. Dieser Ring passte nicht zu ihr. Er sollte nicht an ihrem Finger sein. Sie wollte nur Ned Carews Ring tragen.

»Ich glaube, ich kann das nicht«, flüsterte sie und verschränkte ihre zitternden Hände im Schoß.

»Aber natürlich kannst du. Ist doch nur Rührei mit Bückling«, erwiderte ihre Mutter forsch. »Reiß dich zusammen, eigentlich bin *ich* doch die Kranke in diesem Haushalt.«

»Ich meine nicht das Frühstück, Mutter. Sondern die Hochzeit mit Gerald. Ich kann ihn nicht heiraten.«

Constances Buttermesser schepperte auf ihren Teller. »Natürlich kannst du ihn heiraten. Das Aufgebot ist bestellt. Es ist alles arrangiert.«

»Ich liebe ihn nicht, Mama.«

Da! Jetzt war es heraus. Madalyn wartete auf eine Antwort ihrer Mutter, doch die nahm nur ihr Messer und konzentrierte sich darauf, ihr Toastbrot in zwei perfekte Dreiecke zu schneiden. Als das zu ihrer Zufriedenheit bewerkstelligt war, blickte sie auf und fixierte Madalyn mit einem scharfen Blick.

»Was hat das eine denn mit dem anderen zu tun?«

»Eine ganze Menge, meine ich«, sagte Madalyn und fühlte sich so kühn, wie seit Langem nicht mehr. Sie würde die Hochzeit absagen, sich in ihrem Zimmer verstecken und darauf warten, dass der Skandal in Vergessenheit geriet. Gerald würde es verstehen, denn er wusste von Ned, er wusste, dass sie ihn niemals lieben könnte.

»Sei doch nicht so dumm!«, bemerkte Constance. »Glaubst du vielleicht, ich hätte deinen Vater geliebt? Oder meinst du, Lady Rivers hätte den Colonel aus Liebe geheiratet? Unseresgleichen heiratet nicht aus Liebe. Du bist kein Dienstmädchen, Madalyn, also rede auch nicht so!«

Die einzige Erinnerung, die Madalyn an ihren Vater hatte, war der Geruch nach Brandy und Pferden. Und Colonel Rivers und sein riesiger Schnurrbart? Sie erschauerte.

»Liebe ist was für die Unterschicht«, fuhr Constance fort und nippte an ihrem Tee. »Für Dienstboten, Fischweiber und Ladeninhaber. Die Oberschicht heiratet für die Familie, wegen guter Verbindungen und aus Pflichtgefühl. Die Liebe kommt später – wenn man Glück hat. Diese Verbindung mit Gerald Snowe ist alles, worauf wir immer gehofft haben.«

»Ich will nicht wegen des Geldes heiraten, Mama.«

Constance setzte ihre Tasse ab.

»Es geht nicht darum, was *du* willst, meine Liebe. Hier geht es um uns und die Zukunft unserer Familien. Diese Ehe wird uns retten, denn ohne St. John haben wir niemanden mehr auf der Welt. Es ist nur noch eine Frage der Zeit, bis der neue Viscount uns des Hauses verweist. Und was sollen wir dann machen? Wohin sollen wir gehen? Wie sollen wir leben?«

»Ich weiß es nicht«, flüsterte Madalyn.

»Glaubst du vielleicht, ich sollte mir eine Stelle als Gesellschafterin suchen? Mit meiner zarten Konstitution würde ich das keinen Monat überstehen. Wäre dir das lieber, so dass du dann weglaufen kannst, auf der Suche nach *Liebe*?«

Constance spuckte dieses Wort fast aus. Irgendwo meinte Madalyn eine Tür schlagen hören. War das Tilly mit dem Bückling? Oder war es die Zellentür im Gefängnis ihrer Zukunft?

»Natürlich nicht, Mama, aber …«

»Da gibt es kein Aber. Wenn du Gerald den Laufpass gibst, entscheidest du dich bewusst dafür, uns beide zu ruinieren. Wir werden aus der guten Gesellschaft verstoßen werden. Kein ehrenwerter Mann aus einer guten Familie wird dich noch in Betracht ziehen.« Constance erhob sich vom Tisch. »Ich verstehe dich einfach nicht, Madalyn. Dies ist eine gute Ehe mit einem jungen Mann, den *du* erwählt hast. Er ist ein junger Mann, der, wie ich aus zuverlässiger Quelle weiß, bald großen Erfolg als Schriftsteller haben wird. Lady Mary sagt, wenn sein Buch veröffentlicht wird, könntest du reicher werden, als du dir jemals erträumt hast.«

Madalyn hatte nie davon geträumt, reich zu sein. Sie hatte nur von einem Leben mit Ned geträumt, in dem sie gemeinsam zeichnen, schreiben und sich in dem Bett unter dem Dach lieben würden. Ein Leben, in dem sie eines Tages vielleicht mit ihren Kindern im Fluss schwimmen würden. Dies waren die Reichtümer, von denen sie geträumt hatte. Aber es überraschte sie, dass Gerald kurz vor seinem Durchbruch als Schriftsteller stehen sollte. Madalyn hatte nur wenig von seiner Arbeit gesehen, doch das, was sie gelesen hatte, war mehr als dürftig gewesen. Das Schlechteste von allem war *Kopf hoch*, und sie konnte sich nicht vorstellen, dass er einen Verleger gefunden hatte.

»Bist du sicher?«

Ihre Mutter nickte. »Lady Mary sagt, Gerald wollte dich nach der Hochzeit damit überraschen. Es ist ein großes Geheimnis. Gerald wird der aufstrebende Stern von London sein, und ihr werdet zu allen wichtigen gesellschaftlichen Ereignissen eingeladen werden.«

Mit einem Mal hatte Madalyn ein komisches Gefühl im Bauch. Da stimmte doch irgendwas nicht! Wieso hatte Gerald das nie erwähnt? Normalerweise ließ er keine Gelegenheit aus zu prahlen.

»Du wirst bald wieder an deinem rechtmäßigen Platz in Vyvyan Court sein. Und davon haben wir immer geträumt«, schloss Constance und bedachte Madalyn mit einem stolzen Lächeln. »Du wirst die Gattin eines der reichsten Männer des ganzen Landes sein. Du kannst dich wirklich glücklich schätzen.«

»Ich weiß«, sagte Madalyn bedrückt. Dass sie Glück hatte, war nicht zu leugnen. Ihre Mutter erinnerte sie täglich daran.

»Und nun Schluss mit diesem Unsinn! Gerald kommt um elf, um dich nach Vyvyan zu fahren. Lady Snowe möchte, dass du dir einen Brautstrauß aus dem Treibhaus zusammenstellst und dir eine Tiara aus ihrer Schmucksammlung aussuchst. Wenn du mich entschuldigen würdest: Ich glaube, ich bekomme Kopfweh.«

Mit rauschenden Röcken verließ ihre Mutter den Raum. Madalyn stützte den Kopf in die Hände. In ihr drehte sich alles. Bücher. Blumen. Geheimnisse. Morgen würde sie Gerald heiraten müssen. Constance hatte recht: Mehr konnte sie sich nicht wünschen, und er war wirklich eine außergewöhnlich gute Partie.

Obwohl der Himmel nach dem Frühstück immer noch trüb war und die Bäume hinter den Vorhängen aus Regen, die vom Meer kamen, verschwammen, zog Madalyn Mantel und Gummistiefel an und ging zum Ufer. Sie folgte dem alten Pfad um den Felsvorsprung und durch den Wald zum Bootshaus, weil sie sich von dem Ort verabschieden wollte, an dem sie ihr größtes Glück erlebt hatte. Denn wenn sie erst verheiratet wäre, würde sie kaum noch hierherkommen. Die Erinnerungen an die herrliche Zeit, die sie unter diesem Dach mit Ned verbracht hatte, waren einfach zu schmerzlich. Obwohl sie Gerald noch nie geküsst hatte, wurde ihr unbehaglich bei der Vorstellung, mit ihm so eins zu werden wie früher mit Ned. Was einst so schön gewesen war, aus Liebe geschenkt, sollte niemals in einer Ehe geschehen, die nur aus Gründen der Konvention geschlossen worden war. Das wäre die Perversion von allem, was Liebe sein sollte. Auch ihre Ehe würde eine Farce sein. Sie war gefangen, man hatte sie festgenagelt wie die staubigen Schmetterlinge in den Schaukästen auf Vyvyan, wie sie würde sie sich langsam auflösen.

Wieder musste Madalyn Tränen wegblinzeln und war nur froh, dass das Wetter so trüb war wie ihre Stimmung. Der Regen pladderte auf die Blätter, tüpfelte das Wasser, und selbst die auf dem Fluss wippenden Enten wirkten missgelaunt. Im Westen hatte der Himmel die Farbe eines Blutergusses, und als sie dem alten Pfad folgte, wehte ihr als drohender Vorbote weiterer Stürme ein kräftiger Wind vom Mündungsgebiet entgegen.

Der alte Ponton rottete vor sich hin, doch als Madalyn näherkam, bemerkte sie zu ihrer Überraschung, dass dort ein kleines Ruderboot festgemacht war. Wer war das? Zwei Krähen krächzten, aufgestört in ihrem Nest auf dem Schornstein, und als sie auf die Haustür zuging, sah sie, dass diese einen Spalt offen stand. Da war jemand in Neds Haus! Wie konnte er es wagen!

Leichtsinnig, ohne lange nachzudenken, rannte Madalyn die Stufen hinauf. Ihr Herz machte einen Satz, als sie einen Mann sah, der auf den Fliesen lag und seinen rechten Arm tief in das alte Versteck geschoben hatte. Ned hatte die ganze Zeit recht gehabt! Es gab tatsächlich einen Dieb!

»Was machen Sie da?«

Der Eindringling sprang auf.

Schockiert zuckte Madalyn zurück. »Marrick?«

»Da staunst du, dass ich nicht tot in Frankreich liege, was?«

Madalyn schüttelte den Kopf. »Tilly hat erzählt, dass du Fronturlaub hast. Nein, ich meinte, was du *hier* machst, im Bootshaus.«

Er wies mit seinem fast kahl geschorenen Kopf zum Versteck. »Ich will Neds Sachen für Bessy holen. Ich dachte, du würdest dich darum kümmern, aber da habe ich mich wohl geirrt. Wenn du Gerald heiratest, hast du kein Recht mehr auf Neds Buch. Wo ist es?«

»Da unten, im Versteck«, sagte sie.

»Nein, das ist leer. Guck selbst«, gab Marrick mit hartem Blick zurück.

Er trat einen Schritt beiseite, worauf Madalyn sich auf die Knie sinken ließ und in dem dunklen Loch nach dem Ledergriff des Tornisters tastete, doch Marrick hatte recht. Da war nichts. Jemand hatte den Ranzen und ihre kostbaren Briefe gestohlen. Jemand, der wusste, wo sie, Ned und Marrick immer ihre Schätze versteckt hatten. Jemand, der diesen Ort eine lange Zeit beobachtet hatte und die Gabe besaß, den rechten Augenblick abzuwarten. Ein furchtbarer Verdacht beschlich sie.

»Sein Buch ist *weg*«, sagte sie.

Sie hockte sich auf die Fersen und strich sich Staub und Dreck von den Händen. Sie hatte das Gefühl, Ned noch einmal verloren zu haben, denn *Am Austernufer* war alles, was ihr von ihm geblieben war. Jedes Wort in diesem Buch war mit Liebe geschrieben worden, und die Geschichte war *ihre* Geschichte. Das Buch enthielt Neds geheimste Gedanken, es war die Essenz dessen, wie er die Welt und seinen Platz darin sah. *Am Austernufer* war Neds Meisterwerk, und Madalyn hatte sich geschworen, sein Vermächtnis zu bewahren. Wohin war es verschwunden?

»Hast du es Gerald gegeben?«, fragte Marrick kalt. »Schließlich ist er jetzt dein Verlobter.«

»Ich würde es *niemandem* geben«, antwortete sie.

Marrick trat drohend näher. Madalyn hatte ihn nie als gewalttätig erachtet, doch der Krieg hatte ihn verändert, und er war nicht mehr der Junge, den sie gekannt hatte. Plötzlich hatte sie Angst vor ihm.

»Schwöre es bei deinem Leben, Madalyn. Und Gott soll dich strafen, wenn du lügst!«

»Ich schwöre es«, sagte sie. »Es sind schon früher Dinge aus diesem Versteck verschwunden. Der Kamm. Fotos. Mein altes Skizzenbuch. Ich dachte, Bess hätte sie genommen, um mich zu bestrafen.«

»Bestrafen?«, wiederholte Marrick. »Wofür denn?«

Sie blickte lieber zum Versteck statt in seine anklagenden Augen. »Weil ich Gerald heirate.«

»Ha!« Sie zuckte zusammen, so laut lachte Marrick auf. »Ich würde meinen, das ist schon Strafe genug. Gerry ist ein gemeiner Kerl, der dich bitter dafür büßen lassen wird, dass du Ned zuerst geliebt hast.

Heirate ihn nur! Für uns *gewöhnliche Dorfbewohner* ist das keine Überraschung. Ihr beide seid doch völlig gleich.«

Madalyn wusste nicht, was sie darauf sagen sollte. Sie hatte es schon immer gehasst, wie argwöhnisch Marrick sie seit jeher betrachtet hatte. Was wusste er schon von den Zwängen, denen sie ausgesetzt war? Wer war er, dass er sich ein Urteil über sie erlaubte? Von ihm würde sie sich nicht provozieren lassen. Das hatte sie damals nicht und würde es auch jetzt nicht.

»Es sind schon vor Jahren Sachen aus dem Versteck verschwunden«, erinnerte sie ihn.

Marrick zog seine Kappe ab und kratzte sich den geschorenen Kopf. »Ständig sind da Dinge weggekommen. Ned hat mich sogar beschuldigt, ich würde die Seeglasscherben und das Foto vom Brunnen vor ihm verstecken. Ich dachte, er hätte mir dafür meine Murmeln weggenommen. Ich dachte sogar, *du* könntest es gewesen sein. Weil ich echt sauer war, als er dir unser Versteck zeigte.«

»Nein, ich war es nicht«, sagte Madalyn. »Aber wir können uns wohl beide denken, wer es war.«

Vereint in ihrem aufkeimenden Verdacht schauten sie sich an.

»Gerald«, stieß Marrick bitter hervor. »Er muss uns ausspioniert haben. Ich wette, er hat es genossen, seine Spielchen zu spielen und uns zu beklauen.« Sein Blick huschte zu ihrer linken Hand. »Er wollte schon immer haben, was Ned gehörte.«

Madalyn schämte sich für den riesigen Diamantring. Marricks Blick machte aus ihrer von der Gesellschaft so gefeierten Verlobung etwas Schäbiges. Einen Betrug. Eine geschäftliche Transaktion. Ihre Scham rührte auch aus dem Bewusstsein, dass Marrick damit recht hatte. Sie hatte geglaubt, Gerald hätte sich verändert. Lag sie falsch? Hatte er nur den richtigen Zeitpunkt abgewartet, um sowohl Neds Buch als auch das Mädchen an sich zu bringen, das Ned geliebt hatte? Es schien unmöglich, und doch war das Manuskript verschwunden und damit auch jeder Beweis für die Entstehung des Romans.

»Was soll Gerald denn mit Neds Buch anfangen?«, sagte sie, wie zu sich selbst.

»Gerald veröffentlicht ein Buch«, erklärte Marrick. »Bessy hat es von Violet Tuckey gehört, die jetzt im großen Haus arbeitet, und Vi hörte Sir Arthur damit prahlen. Rate mal, wie der Titel lautet?«

Madalyn brachte kein Wort heraus. Sie hätte Marrick am liebsten erwidert, dass er sich irren musste. Nur hatte Constance auch davon gesprochen.

»*Am Austernufer*«, verkündete Marrick. »Bessy hat es sofort wiedererkannt.«

Madalyn schlug sich die Hand vor den Mund. Ganz kurz dachte sie, sie müsste sich übergeben. Es passte zu Gerald, die Ideen anderer für sich zu beanspruchen. Früher hatte Gerald behauptet, er selbst hätte die Spiele erfunden, die Ned sich ausgedacht hatte. Und Ned hatte ihn auch im Verdacht gehabt, Neds Geschichten als seine eigenen ausgegeben zu haben. Den Verrat hatte er damit abgetan, dass die Geschichten ja immer dazu gedacht gewesen seien, weitererzählt zu werden. Madalyn war wütend gewesen, als sie hörte, dass Neds Ideen von Gerald gestohlen wurden. Vielleicht glaubte Gerald sogar, es wären tatsächlich seine eigenen, da es ihm immer schwergefallen war, zwischen Wahrheit und Lüge zu unterscheiden. Wahrscheinlich würde er mittlerweile daran glauben, dass er *Am Austernufer* selbst geschrieben hatte. Genau so hatte er sich schon in ihrer Kindheit verhalten.

»Ich lasse nicht zu, dass er Neds Buch stiehlt«, sagte Madalyn.

»Also leugnest du nicht, dass er es getan haben könnte?«, fragte Marrick.

»Es ist genau das, was Gerald früher als Kind gemacht hat, oder nicht? Die Sachen anderer Leute zu stehlen und zu verstecken. Er hat sich kein bisschen verändert.«

Mit einem Mal war Madalyn unendlich müde. Es war so anstrengend, die glückliche Braut zu spielen. Sie wollte Gerald nicht heiraten.

Sie liebte ihn nicht. Sie konnte ihn nicht heiraten. Was hatte sie sich nur dabei gedacht? Ganz gleich, wie prekär ihre familiären Umstände waren, konnte sie doch nicht einen Mann heiraten, den sie nicht liebte. Viel zu lange schon war sie wie eine Schlafwandlerin durchs Leben gegangen. Jetzt war es Zeit, aufzuwachen und für Ned und sein Werk zu kämpfen. Das war das Einzige, was sie noch für den Mann tun konnte, den sie liebte.

»Ich lasse nicht zu, dass Gerald *Am Austernufer* stiehlt«, wiederholte sie.

Marrick stieß ein harsches, freudloses Lachen aus. »Da kannst du doch gar nichts machen!«

»Doch, das *kann* ich«, widersprach Madalyn. »Ich werde es allen erzählen. Seinem Verleger. Wenn es sein muss, schwöre ich es sogar vor Gericht. Gerald wird Ned nicht sein Buch wegnehmen.«

»Wenn es veröffentlicht wird, bist du schon mit Gerald verheiratet«, hielt Marrick ihr entgegen. »Das heißt, dann kannst du gar nichts mehr machen. Wenn du erst mal seine Frau bist, gehörst du ihm, von Rechts wegen und auch so. Er wird dir den Mund verbieten – außerdem erlaubt das Gesetz gar nicht, dass du gegen deinen Ehemann aussagst. Es wäre ihm auch glatt zuzutrauen, dass er dich irgendwo einsperrt, wenn's sein muss. Niemand stellt sich Gerald in den Weg.«

Madalyn musste an Henry, den Hund, denken, und erschauerte. »Ich heirate ihn nicht. Ich hätte seinen Antrag niemals annehmen sollen. Ich liebe Ned noch immer.«

Marrick starrte sie an. »Was heißt das, du liebst Ned noch?«

»Das, was ich sage: Ich habe nie aufgehört, ihn zu lieben, Marrick.«

Marrick senkte den Blick zum Fliesenboden. »Wenn du Ned so liebst, wieso hast du ihn weggeschickt? Ein Krüppel war wohl nicht gut genug für dich, oder? Das nenne ich mal eine komische Liebe.«

Madalyn war verwirrt. »Wovon redest du?«

»Von Ned, der verletzt ist und den du deshalb weggeschickt hast.«

Madalyn fragte sich, ob Marrick vom Krieg verwirrt war. Sie hatte davon gehört, dass der Krieg viele Schäden hinterlassen konnte. »Soll das ein Witz sein?«

»Ist doch nicht lustig, wenn man aus dem Krieg kommt, und die Frau, die man liebt, einen wegschickt, weil man nicht mehr der Alte ist«, sagte Marrick verächtlich.

Er sprach in Rätseln. Madalyn öffnete schon den Mund, um ihn zu unterbrechen, aber jetzt war Marrick in Fahrt. »Bess wusste, dass Ned zuerst zu dir gehen würde und nicht zu seiner Familie, weil er dich so liebt. Für ihn gab es immer nur dich, aber jetzt ist er nicht mehr gut genug für dich, weil er verletzt ist? Tja, dann will ich dir mal eines sagen, Madalyn Trelyon: Irgendwie sind wir alle verkrüppelt, keiner, der in diesem verdammten Krieg gekämpft hat, ist danach noch der Alte. Es hat uns alle irgendwie erwischt, und auch wenn Ned ein Bein verloren hat, ist er immer noch er selbst. Nicht zu vergleichen mit dem kleinen Wiesel Gerald Snowe.«

Madalyn traute ihren Ohren nicht. Sie taumelte zum Sessel und stützte sich an der Lehne ab. »Ned lebt?«

Marrick verstummte. »Na klar, lebt er. Wer soll's denn sonst gewesen sein? Ein verdammter Geist? Haben Geister Krücken und ein Holzbein?«

Madalyn hatte das Gefühl, ihre Knie würden nachgeben. Ned lebte? Er war hier gewesen? »Er lebt noch? Er ist nicht gestorben? Er war hier? In Trevellan?«

Das ergab keinen Sinn. Warum war Ned nicht zu ihr gekommen? »Das weißt du doch. Du hast ihn gesehen!«

»Nein, Marrick. Ned ist nie zu mir gekommen. Glaubst du, dann hätte ich ihn je wieder gehen lassen? Glaubst du wirklich, mich interessiert, ob er ein Bein verloren hat – wenn er nur lebt? Ist deine Liebe zu Bess so oberflächlich? Oder ihre zu dir?«

Marrick legte die Hand an sein vernarbtes Gesicht. »Natürlich nicht, verdammt nochmal.«

»Meine Liebe zu Ned auch nicht!«, rief Madalyn. »Es ist mir vollkommen gleichgültig, wie er aussieht oder ob er verletzt ist. Hauptsache, er lebt! Das muss er doch gewusst haben! Wie konnte er einfach weggehen und mich in dem Glauben belassen, er wäre tot? Wie konnte er mir das antun, Marrick! Wie!«

Die Nachricht traf Madalyn so sehr, dass sie dachte, sie würde sterben. Wieso war Ned nicht sofort zu ihr gekommen? Liebte er sie denn nicht mehr? War ihm egal, wie sehr sie ihn vermisst hatte? Bedeuteten all seine Liebesschwüre denn gar nichts? Hatte er eine andere? Eine Krankenschwester vielleicht, wie Florence Nightingale, die ihn dem Tode entrissen und damit sein Herz gewonnen hatte?

Das war ein so abwegiger Gedanke, so untypisch für Ned, dass Madalyn fast aufgelacht hätte. Ned würde sie niemals verlassen.

»O Gott«, sagte Marrick, der kreidebleich geworden war. »Bessy glaubt, du hättest ihn weggeschickt, weil du Gerald heiraten wolltest. Sie dachte, deshalb wäre Ned so fertig gewesen. Er hat kein Wort gesagt, wieso er gehen wollte, aber sie musste ihm schwören, niemandem zu verraten, dass er hier war. Ich musste es aus ihr rausquetschen, weil sie so aufgebracht war.«

»Wieso ist er nicht zu *mir* gekommen?«, stieß Madalyn hervor und scherte sich nicht mehr darum, dass sie vor Marrick weinte. Sie wischte sich mit dem Ärmel über die Augen. »Nichts würde mich von Ned fernhalten. Ich habe auf ihn *gewartet*. Ich habe ihm gesagt, ich würde, wenn nötig, für immer auf ihn warten. Das haben wir uns beide versprochen!«

Marrick war geschockt. »Du wusstest es wirklich nicht, oder?«

»Wenn ich es gewusst hätte, dann wäre ich jetzt mit ihm zusammen!«, rief sie. »Du hast ihn doch sterben sehen, Marrick! Du hast Bess geschrieben, dass du dabei warst, als er umkam!«

Marrick holte eine kleine Metalldose aus seiner Tasche und entnahm ihr eine Zigarette. »Da lag ich falsch«, sagte er nur. »Willst du auch eine? Ist gut für die Nerven. Ohne die würde ich es an der Front nicht aushalten.«

Aber Madalyn war zu aufgelöst, um auch nur ans Rauchen zu denken. Sie konnte nur an Ned denken. Er lebte, und das war herrlich – so herrlich, dass sie vor Freude Luftsprünge gemacht hätte, wäre nicht der Schock über seine Zurückweisung gewesen. Wieso hatte er sie nicht aufgesucht? Wieso war er nicht zu ihr gekommen? Dann blickte sie zu ihrer linken Hand und stöhnte auf. Ned hatte von ihrer Verlobung gehört und sich zurückgezogen, weil er glaubte, sie liebe jetzt Gerald.

Ned hatte wohl gedacht, sie hätte ihn vergessen. Er musste am Boden zerstört gewesen sein.

»Wann war das?«, fragte sie zittrig.

»Vor ungefähr einem Monat.« Marrick zog heftig an seiner Zigarette und stieß Rauchwolken durch die Nase aus. »Bess war geschockt, weil sie dachte, sie hätte einen Geist vor sich, sagte sie. Ned musste Riechsalz holen.«

Riechsalz hätte Madalyn jetzt selbst gut brauchen können. Ihr war schwindelig, so, als könnte sie jeden Moment in Ohnmacht fallen. Sie ließ sich auf den Sessel sinken, drückte eine Hand gegen die Brust und zwang sich, ganz ruhig zu atmen. »Das verstehe ich nicht. Bess hat doch ein offizielles Telegramm bekommen, und all seine persönlichen Sachen wurden zurückgeschickt. Er war tot, Marrick. Reverend Tullis hat in der Kirche sogar seinen Namen verlesen.«

Marrick zog heftig an seiner Zigarette. »Das haben wir alle geglaubt. Ned wurde 1915 bei einem Bombenangriff schwer verletzt. Er zerrte mich aus den Trümmern und rettete mir das Leben, aber ich kann mich an nichts mehr erinnern, nur an Blut und Leichen. Die Jungs konnten ihn nicht finden, was kein Wunder war bei dem Chaos. Er wurde vermisst gemeldet, und wir alle wissen ja, was das bedeutet. Aber in diesem Fall stimmte es, Ned war nur verloren gegangen. Er wurde mit den Leichen eingesammelt, war aber noch am Leben.«

Madalyn war am Boden zerstört. »Wurde er schlimm verletzt? Geht es ihm gut?«

»Er hat ein Bein verloren und muss an Krücken laufen. Jetzt sind Gerald und er quitt, was?«

Aber Madalyn wollte nicht an Gerald denken. Sie war zu aufgewühlt, weil Ned sie in dem Glauben belassen hatte, er wäre tot. Das war mehr als grausam. Liebte er sie denn nicht mehr?

»Wieso hat er mir nicht geschrieben?«

»Ned hatte sein Gedächtnis verloren«, erklärte Marrick. »Die Lazarettärzte wussten nicht, wer er war, und Ned wusste es auch nicht. Der Krieg stellt komische Dinge mit dem Kopf eines Mannes an, Madalyn. Ich habe Dinge gesehen, die will ich nie mehr wieder sehen. Ned war fast zwei Jahre Patient in Allington Manor in Oxfordshire. Das ist ein Krankenhaus nur für Kriegstraumata und psychische Störungen.«

Es zerriss Madalyn das Herz, als sie an die vielen verlorenen Monate dachte, in denen sie Ned für tot gehalten hatte. Dabei war er nur verwundet gewesen und hatte sie dringend gebraucht. Hatte sie tief im Innern nicht immer gewusst, dass er noch lebte? Wieso hatte sie nicht darauf vertraut? Als Marrick ihr erklärte, dass Ned als Lehrer in Allington gearbeitet hatte, kamen ihr die Tränen, weil er ihr in all den trostlosen, einsamen Monaten so nahe gewesen war. Wenn sie das nur gewusst hätte! Dann wäre sie sofort zu ihm geeilt. Sie hätte alles getan, um ihm bei seiner Genesung zu helfen, ganz gleich, wie lange es gedauert hätte oder wie schwer verletzt er gewesen wäre. Sie hätte auch *tausend* Jahre auf seine Rückkehr gewartet!

Aber das musste Ned doch gewusst haben! Sie waren doch Seelenverwandte! Zwei Hälften eines Ganzen. Sie waren einander alles! Wieso glaubte Ned, dass sie ihn nicht mehr liebte oder wollte? Für Madalyn war es ganz unwichtig, dass er ein Holzbein und Krücken hatte. Sie wäre der glücklichste Mensch auf Erden gewesen, hätte sie sein geliebtes Gesicht wiedersehen und ihn an sich drücken können. Sie hätte ihn nie wieder gehen lassen. Es war doch ganz unwichtig, dass er ein Bein verloren hatte. Er war immer noch Ned, der Mann, den sie liebte. Es war sein Wesen, mit dem er ihr Herz gewonnen hatte, und das schon, als sie noch Kinder waren. Sie liebte ihn nicht wegen seines schönen Gesichts oder seines starken Körpers, sondern wegen seines wunderbaren Charakters. Sie liebte ihn für seine Treue, seinen Anstand, seine Freundlichkeit, seinen Humor, seine Phantasie, sein langsames Lächeln, seine Zärtlichkeit, sein weiches Herz. Sie liebte alles, was Ned ausmachte, und hätte mit Freuden auf den Verlobungsring, auf das große Anwesen und alle Reichtümer verzichtet, nur um mit ihm zusammen zu sein. Das musste Ned doch gewusst haben! Wieso hatte er es sich also anders überlegt? Es gab keinen Grund, warum er sie verlassen haben sollte. Außer …

Außer jemand hatte Ned vorher gesprochen und ihn vom Gegenteil überzeugt. Jemand, dem es gar nicht gefallen hatte, dass Ned Carew von den Toten auferstanden war. Wer konnte ein Interesse daran haben, Ned zu verstehen zu geben, dass er nur eine Last war? Wer kannte ihn gut genug, um seinen Anstand, seine Großzügigkeit und Selbstlosigkeit auszunutzen, die seinen Charakter ausmachten? Und wer wäre höchst entsetzt gewesen zu sehen, dass ein Kriegsheld zurückkehrte, um sich das Mädchen zu holen, das er liebte?

»Gerald«, flüsterte sie. »*Gerald* muss Ned getroffen haben, bevor er zu mir kam.«

Marrick nickte, warf die Zigarette auf den Boden und zerrieb sie mit seinem Stiefelabsatz. »Da hast du wohl recht. So was sähe ihm ähnlich. Er war schon immer eifersüchtig auf Ned. Ned hätte nie was gesagt, aber er war so erledigt, dass Bessy glaubte, du hättest ihn weggeschickt, weil er ein Krüppel ist und du bei Gerry bleiben wolltest. Wir wussten ja, dass er dir alles bieten konnte und ihr verlobt wart, also kannst du es Bessy nicht übelnehmen, dass sie ihre Schlüsse zog.«

»Ich würde Ned immer wollen, ganz gleich, was mit ihm ist«, entgegnete Madalyn. »Das weiß Gerald. Aus meinen Gefühlen für Ned habe ich nie ein Geheimnis gemacht.«

»Also wollte Gerry Ned unbedingt loswerden, oder nicht? Erstens wusste er, dass du ihn sofort für Ned stehen lassen würdest, und zweitens würde er eine Menge erklären müssen, wenn du *Am Austernufer* aus dem Versteck holen wolltest. Also hätte er alles getan, um Ned verschwinden zu lassen.«

Madalyn nickte. Das ergab Sinn. Gerald hatte Ned zuerst getroffen und ihn überredet, sich zurückzuziehen. Obwohl er wusste, wie sehr sie Ned liebte, wie sehr sie getrauert und ihn vermisst hatte, hatte Gerald ihr absichtlich Neds Rückkehr verschwiegen. Er hatte sie angelogen und betrogen. Schlimmer und schmerzlicher ging es nicht. Wenn sie Marrick heute nicht getroffen hätte – durch eine reine Laune des Schicksals –, dann hätte sie Gerald geheiratet, ohne zu ahnen, dass ihr Geliebter noch lebte. Gerald hätte sie mit Freuden im Unklaren belassen, und zwar für den Rest ihres Lebens!

Vor lauter Widerwillen gegen ihren zukünftigen Mann bekam Madalyn eine Gänsehaut. Wie konnte er es wagen! Das war kein Dummejungen-Streich mehr, kein kindischer Wettstreit. Gerald hatte Gott gespielt, er hatte alles getan, um ihr Leben zu seinen Gunsten zu beeinflussen und ihre Hoffnungen auf Glück zu zerstören. Sein Mitgefühl und seine Freundlichkeit waren nur gespielt gewesen, um sie für sich zu gewinnen und sie über seinen wahren Charakter zu täuschen. War er ihr nicht schon immer wie eine Spinne vorgekommen, die darauf wartete, dass eine arme kleine Fliege in ihr Netz geriet? Fast wäre Madalyn diese Fliege gewesen, und nur einen Tag später hätte die böse Spinne sie verschlungen. Sie erschauerte.

Marrick räusperte sich. »Tut mir leid, dass Bess und ich falsche Schlüsse gezogen haben.«

»Das ist jetzt nicht wichtig«, gab Madalyn zurück. Nichts war mehr wichtig, außer Ned zu suchen und sich in seine Arme zu werfen. Sie war fest entschlossen, nicht aufzugeben, bis sie ihn gefunden hatte. Sie würde alles wieder in Ordnung bringen. »Ich muss zu Ned. Wo ist er?«

Marrick zuckte die Achseln. »Hat er nicht verraten. Bessy hat ihn angefleht zu bleiben, aber das wollte er nicht. Er könnte überall sein. Vielleicht ist er nach Allington zurück. Er hat auch was von Australien gesagt.«

»Ja, er erwähnte, dass er dort einen Onkel hat«, nickte Madalyn. »Du erzählst mir jetzt besser alles, was du weißt. Dann kann ich ihn finden.«

Marrick wirkte skeptisch. »Aber nur, wenn er gefunden werden will.«

Madalyn hob ihr Kinn. Mit einem Mal fühlte sie sich wieder mehr wie sie selbst, so, als wäre sie nach einem langen Schlaf endlich aufgewacht. Sie war das eigenwillige kleine Mädchen gewesen, das auf hohe Bäume kletterte und im kalten Wasser schwamm. Sie war die junge Frau gewesen, die ihren Geliebten unter den Dachsparren eines baufälligen Bootshauses liebte. Und jetzt war sie die Frau, die auf der ganzen Welt nach dem Mann suchte, den sie liebte.

»Ich werde ihn finden«, schwor sie. »Und wenn er sich auf der anderen Seite der Erde befindet, ich werde Ned finden und nicht ruhen, bis ich ihn gefunden habe. Außerdem sorge ich dafür, dass Gerald es bereut, Am Austernufer gestohlen zu haben. Ich schwöre bei meinem Leben, dass er keine Minute Frieden haben wird, bis er das Buch zurückgibt. Sobald ich eine Tasche gepackt habe, komme ich zu dir und Bess. Ich werde keinen Moment länger bleiben. Ich werde Ned suchen.«

Jetzt wütete draußen ein ausgewachsener Sturm, und der Himmel war fast violett. Marrick wandte sich zu Madalyn. »Ich geh mal besser, bevor es noch schlimmer wird. Aber sollte Gerald dir Schwierigkeiten machen, komm sofort zu uns. Er ist ein fieser Kerl, und ich traue ihm alles zu.«

Madalyn nickte. Noch vor wenigen Stunden hätte sie behauptet, Gerald hätte sich verändert und hätte seine Boshaftigkeit abgelegt, doch jetzt, nach alledem, was sie von Marrick erfahren hatte, erkannte sie, dass das Gegenteil der Fall war.

Der Wind wurde immer heftiger und warf im Fluss scharfkantige Schaumkronen auf. Madalyn sah zu, wie Marrick ablegte und in die Mitte des Flusses ruderte, bevor er sich von der Strömung tragen ließ. Ihr lief ein Schauer über den Rücken, als sie daran dachte, wie diese Strömung sie und Gerald einst zum offenen Meer gezogen hatte. Nun war sie noch einmal mit ihm in eine solche Strömung geraten, doch hatte sie es nicht bemerkt. Nun, das war jetzt vorbei. Dies war der Tag, an dem alles enden würde. Madalyn Trelyon würde Oyster Shore verlassen und den Mann finden, den sie liebte – wo er auch sein mochte! Und dann konnte sie niemand mehr trennen.

Der Regen auf ihrer Haut fühlte sich an wie spitze Geschosse. Krähen erhoben sich von den Wipfeln und krächzten ihr Missfallen über das Wetter hinaus, und es war eine Erleichterung, in den Wald zu treten, wo sie unter tropfenden Bäumen Schutz fand. Obwohl Madalyn Angst hatte vor dem, was vor ihr lag, jubelte sie doch innerlich, weil Ned Carew lebte. Ein Mann wie er verschwand nicht einfach, dazu war er zu auffällig und begabt. Die Menschen würden sich von ihm angezogen fühlen, wohin er auch ginge, denn er war ein Mann, der Zuneigung und Hingabe ausstrahlte. Gerald rief als sein Zerrbild gegenteilige Gefühle hervor. Daher musste Madalyn nur der glitzernden Spur folgen, die Ned hinterließ, um ihn zu finden.

Madalyn umrundete den Felsvorsprung und verharrte bei den Eschen, um wieder zu Atem zu kommen. Im Regen war Oyster House nur als ein verschwommener weißer Fleck und der Pfad am Ufer nur als eine undeutliche Linie im hohen Gras erkennbar. Madalyn lachte, als der Regen gegen ihre Wangen peitschte und ihre nassen Locken an ihren Schädel klebte. Er spülte die letzten zwei Jahre hinfort und damit all die Fehler, die sie in der Benommenheit ihrer Trauer gemacht hatte. Es war wie eine Taufe, die ihr altes Leben als Madalyn Trelyon beendete und ihr neues als zukünftige Madalyn Carew begrüßte.

Voller Zuversicht rannte sie über den Rasen zum Haus. Es würde alles gut werden. Nichts würde Madalyn Trelyon und Ned Carew je wieder trennen. Nichts und niemand.

»Wo warst du denn, Liebes? Du bist spät dran.« Gerald stand auf der Veranda, warf einen Blick auf seine Taschenuhr und wirkte verstimmt. »Gott, wie du aussiehst, Madalyn! Wir sollten uns doch schon vor einer Stunde mit Mutter treffen, um die Blumen für die Kirche auszusuchen. Wo warst du?«

Madalyn blickte ihm direkt in die Augen und sagte: »Im Bootshaus. Dort ist etwas verschwunden.«

Gerald wandte den Blick ab und zupfte an dem Bärtchen, auf das er so stolz war: eine nervöse Geste, an die sie sich gewöhnt hatte, und die, wie sie jetzt sah, sein schlechtes Gewissen anzeigte.

»Ich möchte wirklich nicht, dass du da hingehst, Liebes. Es kann jeden Moment zusammenfallen.«

»Woher weißt du das? Ich dachte, du würdest nie dorthin gehen«, konterte Madalyn. Es versetzte sie in eine seltsame Hochstimmung, so mit Gerald zu reden. Wieso war ihr nie aufgefallen, dass sie immer höflich und vorsichtig mit ihm gesprochen hatte, um seine Gefühle nicht zu verletzen? Dass sie sich ihm verpflichtet gefühlt hatte, weil er sie heiratete und die Trelyons rettete. Jetzt hob sie ihr Kinn. »Ich habe nach einem Manuskript gesucht. Du hast es wohl nicht gesehen, oder, Gerald? Der Titel lautet *Am Austernufer*. Ich habe gehört, es ist ziemlich gut.«

Nervös befeuchtete er seine Lippen. »Ich habe keine Ahnung, wovon du sprichst. Komm ins Haus. Du willst doch so kurz vor der Hochzeit keine Erkältung bekommen.« Mit tappendem Gehstock kam er die Stufen hinunter und bot ihr die Hand, um ihr hinaufzuhelfen. Madalyn ignorierte sie. Lieber würde sie bis auf die Knochen nass werden, als die Berührung von Gerald Snowe zu ertragen.

»Es ist ein wunderschönes Buch, geschrieben von einem Mann, der an der Front verwundet wurde. Seine Schwester hat es mir zur Aufbewahrung gegeben«, fuhr sie fort. »Aber das weißt du ja alles, nicht wahr, Gerald? Genau wie du weißt, dass er noch lebt, weil du ihn mit eigenen Augen gesehen hast. Leugne es nicht!«

Zwei hektische rote Flecken bildeten sich auf Geralds Wangen. »Madalyn, ich …«

Abwehrend hob sie die Hand. »Lüg mich nicht an, Gerald. Das ist zwecklos. Ich habe Marrick im Bootshaus getroffen.«

»Du glaubst ihm mehr als mir? Einem *Fischer*?«

»Ich glaube *jedem* eher als dir!«, rief Madalyn aus. »Du bist ein Lügner, Gerald! Ein verachtenswerter, boshafter Lügner. Das warst du schon immer, und jetzt erkenne ich, dass sich das nie geändert hat. Du hast Ned getroffen und ihn weggeschickt, weil du wusstest, ich würde mich für ihn entscheiden. Weil ich ihn liebe. Ich habe ihn immer geliebt, Gerald! Das habe ich dir gesagt!«

Gerald leugnete ihre Vorwürfe nicht, aber Madalyn sah, dass er erschüttert war. »Im Vergleich zu mir hat er gar nichts!«

»Da irrst du dich gewaltig«, sagte sie leise. »Ned hat *alles*, was wirklich zählt. Er hat Anstand und Mitgefühl und ein Herz voller Liebe. Du bist es, der gar nichts hat. Das Traurige ist nur, dass du das niemals begreifen wirst. Du musst alles von anderen stehlen, weil du nichts allein zustande bringst. Du hast auch das Buch gestohlen, stimmt es nicht? Du hast es gestohlen, weil du geglaubt hast, du könntest es als dein eigenes ausgeben. Du bist ein Lügner und ein Dieb!«

Gerald streckte ihr die Hand entgegen. »Du hast dich erkältet und weißt gar nicht mehr, was du da sagst. Komm ins Haus, Liebes, wir vergessen diesen Unsinn hier.«

Madalyn ignorierte ihn. »Ned ist tausendmal mehr wert als du. Das war er schon immer und wird es auch immer sein, und alle werden das wissen, wenn ich ihnen erst mal erzählt habe, was du getan hast!«

»Das würde dir leidtun, Madalyn. Dir und deiner Mutter«, zischte Gerald. Jetzt war die Maske des Gentlemans verrutscht, und mit einem Mal sah sie den neidischen, boshaften kleinen Jungen, der sich dahinter verborgen hatte.

»Ich habe keine Angst vor deinen Drohungen!«, brüllte Madalyn durch den Regen und den stärker werdenden Wind. »Du bist verdorben bis ins Mark, Gerald Snowe, und das werden alle erfahren! Deine Lügen werden ein Ende haben. Ich werde dich nicht heiraten. Ich suche Ned, und wir werden zusammen sein, wie es uns bestimmt ist. Du kannst uns nicht länger voneinander fernhalten.«

Sie wollte sich den Verlobungsring vom Finger ziehen, aber Gerald schnellte vor wie eine Viper und packte sie am Handgelenk. »Wenn du das tust, seid ihr erledigt, hörst du? Ich werde euch beide ruinieren, und die Penwurthies dazu. Täusch dich da nicht, ich lasse sie auf die Straße setzen. Carew ist weg und wird nicht wiederkommen. Du solltest ihn vergessen. Glaub mir, er war nur allzu bereit, dich zu vergessen.«

»Lass mich los!« Madalyn versuchte, sich ihm zu entziehen, aber Gerald war stärker und hielt sie fest, riss sie zu sich, bis ihre Gesichter nur noch Zentimeter voneinander entfernt waren.

»Hörst du, was ich sage? Wenn du nur ein Wort von dir gibst, dann schmeiße ich die Penwurthies aus ihrer Hütte, und auch ihr beide landet auf der Straße. Ich mache euch alle fertig!«

»Bess und Marrick können im Bootshaus wohnen. Da kannst du sie nicht rauswerfen, und uns auch nicht, weil Oyster Shore den Trelyons gehört«, widersprach sie. »Das habe ich dir schon an dem Tag gesagt, als wir uns kennenlernten.«

»Nur stimmt das nicht mehr, denn ich habe es gekauft!«

Madalyn lachte, so absurd war diese Lüge. »Wohl kaum! Das gehört zum unveräußerlichen Besitz!«

»So was kann man umgehen, wenn man nur genug Geld für ein paar gute Anwälte hat. Oyster Shore gehört jetzt mir, und ich kann deine Mutter rauswerfen, wann immer ich will – und glaub mir, Madalyn, wenn du Ned Carew nachläufst oder auch nur ein einziges Wort über das Buch verlierst, werde ich genau das auch tun. Ihr könnt auch kein Mitgefühl erwarten, wenn erst mal bekannt wird, dass du es mit einem Gärtner getrieben hast. Deine Mutter wird vor lauter Scham sterben – wenn sie überhaupt noch so lange lebt.«

Jetzt war wirklich nichts mehr von einem Gentleman geblieben.

»Das Einkommen deiner Mutter ist so erbärmlich, dass sie weder ein Haus mieten noch Tilly behalten kann«, fuhr Gerald fort. »Sobald du sie verlassen hast, muss sie sich eine Stelle suchen oder um Almosen bitten.«

»Was hat Mama dir je getan?«, flüsterte Madalyn. Constance war ihr Schwachpunkt, und das wusste Gerald. Die Spinne zog die Fliege näher zu sich ins Netz.

»Vielleicht könnte sie in einer Pension wohnen. Oder arbeiten, während du nach Ned suchst. Da wäre auch noch das Arbeitshaus, obwohl ich nicht glaube, dass es dazu käme, denn vorher würde sie vor Scham sterben. Ehrlich, es ist wirklich das Beste, wir vergessen diesen albernen Streit, meine Liebe. Sobald wir beide verheiratet sind, genießt sie den Rest ihres Lebens Schutz und Komfort. Welche Tochter würde sich etwas anderes für ihre Mutter wünschen?«

Gerald hatte es schon immer verstanden, eine Situation zu seinem Vorteil zu drehen. Madalyn saß in der Falle, und das wusste er. Wenn sie ihn nicht heiratete und alles über das Buch verriet, würde Gerald sich rächen, indem er ihre Mutter angriff. Wie konnte Madalyn das zulassen? Es würde vielleicht Monate dauern, Ned zu finden, und wenn sie beide zurückkehrten, konnte es für Constance schon zu spät sein. Madalyn war schachmatt gesetzt. Zumindest würde sie Gerald in dem Glauben belassen.

»Du hast gewonnen«, sagte sie kalt. »Ich sag kein Wort über das Buch.«

Er ließ ihre Hand los. Madalyn rieb sich den roten Abdruck seiner Finger und fühlte sich wie gebrandmarkt von seinem Griff.

»Und du vergisst auch den Unsinn mit der Suche nach Ned. Morgen wirst du mich heiraten. Du wirst *mich* zum Mann nehmen.«

Endlich schnappte die Falle zu, die Gerald schon vor langer Zeit gestellt hatte. Er würde *Am Austernufer* besitzen und das Mädchen, das Ned Carew liebte.

Aber Madalyn *konnte* ihn einfach nicht gewinnen lassen. Es musste einen Weg geben, wie sie einer Ehe mit ihm entfliehen und gleichzeitig ihre Mutter retten konnte. Einen Weg, bei dem Gerald nicht sein Gesicht verlor und seine Wut an Constance ausließ.

Denk nach, befahl sich Madalyn, *überliste ihn. Denk nach!*

Der Regen wurde immer stärker, und der Wind rüttelte an den Bäumen. Als Madalyn sich zum Fluss wandte, sah sie, dass das sonst silbrige Wasser dunkelgrau geworden war, und die Schaumkronen darauf sahen aus wie die weißen Mähnen wilder Pferde, die von der Bucht herangaloppiert kamen. Oyster Shore hatte viele Stimmungen, und heute teilte es ihre Wut. *Reite uns!*, riefen die weißen Pferde ihr zu. *Reite davon! Das wolltest du doch schon mal! Schnell! Dies ist der rechte Zeitpunkt!*

Und da wusste Madalyn, was sie zu tun hatte. Es war keine Zeit zum Überlegen. Ihr blieb nur dieser Moment.

»Alles, was du anfasst, ist verflucht, Gerald«, sagte sie. »Und nichts von alldem wird dir jemals Glück bringen. Für den Rest deines Lebens wirst du dir wünschen, du könntest alles wieder rückgängig machen. Du wirst mit der Frage sterben, ob dir je vergeben wird.«

Bevor er darauf reagieren konnte, rannte Madalyn schon zum Fluss. Ihre Stiefel platschten über den nassen Rasen, und fast stürzte sie, weil ihre Röcke sich um ihre Beine wickelten. Sie wagte nicht, zurückzublicken, sondern rannte immer weiter, fast blind, weil der Regen und nasse Haarsträhnen ihr ins Gesicht schlugen. Sie schlitterte die Uferböschung hinunter und blieb abrupt stehen, abgeschreckt und hypnotisiert zugleich von den Wellen, die um ihre Stiefelspitzen schäumten. Durch den Sturm stand das Wasser höher, als sie es je erlebt hatte. Mit einem Mal sah sie ihr eigenes Gesicht in den Fluten, bleich und mit riesigen Augen, ertrunken in den tosenden Tiefen.

Jetzt war es soweit. Dies war Madalyns einzige Chance, alles in Ordnung zu bringen, jetzt war der Zeitpunkt gekommen, den sie tief in ihrem Innern schon immer vorausgeahnt hatte. Wie oft schon hatte sie sich nach der kühlen Umarmung des Wassers gesehnt, nach der Strömung, die sie in verlockende Tiefen zog? Seit ihrer Kindheit hatte sie den Ruf des Flusses gespürt, und jetzt kündete er von einem Ort, wo nur gesegnete Stille ohne Mühen und Schmerzen herrschte. Ein Ort, wo Gerald Snowe keine Macht und keinen Einfluss hatte. Wenn Madalyn genug Mut aufbrachte, um diesen Ort aufzusuchen, würde Constance ein Leben in Sicherheit führen können, und Gerald konnte ihnen nicht mehr drohen.

Es erforderte nur einen einzigen Schritt.

»Madalyn! Sei vernünftig!«

Gerald kam ihr nach. Sie durfte keine Zeit mehr verschwenden. Keine Sekunde, um sich zu besinnen oder auch nur zu verabschieden. Hatte Madalyn nicht immer gewusst, dass der Fluss sie zu Ned zurückbringen würde? Er hatte von ihm geschrieben und geträumt, und irgendwo wartete er auf sie. Ein Sprung würde den Abschied von ihrer Welt und von allem bringen, das sie je ausgemacht hatte. Der Fluss verhieß Tod und Wiederauferstehung. Der Fluss war ihr einziger Freund, und er rief sie mit der Aussicht auf Freiheit zu sich.

»Tut mir leid, dass ich Ned weggeschickt habe! Das habe ich nur gemacht, weil ich dich liebe!« Vor lauter Panik war Geralds Stimme ganz schrill.

»Du hast keine Ahnung von Liebe!«, schrie sie, doch der Wind zerfetzte ihre Worte. »Nicht die geringste!«

Madalyn wusste, jetzt war der Zeitpunkt gekommen. Wenn sie sich selbst ermächtigen wollte, wenn sie einer Ehe mit Gerald entfliehen und gleichzeitig ihre Mutter retten wollte, gab es nur eines: Sie musste sterben, und Gerald musste Zeuge ihres Todes werden. Einen anderen Ausweg gab es nicht.

Also wagte Madalyn den Schritt vom Ufer in den reißenden Fluss.

Schock und Kälte raubten ihr den Atem, und in ihren Ohren dröhnten die tosenden Massen. Ihre nassen Röcke wurden schwerer und schwerer und zogen sie tiefer und tiefer, bis das Wasser sich über ihrem Kopf schloss, der Himmel verschwand und die Welt über der Oberfläche verstummte. Der Fluss strömte weiter und verwischte alle Spuren, es blieb kein Hinweis darauf, dass es sie je gegeben hatte. Nur der junge Mann, der am Ufer stand, der junge Mann, der um Hilfe schrie und vor Verzweiflung weinte, wusste, dass sie freiwillig gesprungen war. Nur Gerald wusste, dass er sie in das tückische Wasser getrieben hatte, so, als hätte er sie persönlich gestoßen. Als er Jacke und Schuhe abstreifte, wusste er, dass Madalyn Trelyon nur wegen seiner Umtriebe tot war, und die Last dieser Erkenntnis trieb ihn voran, während er nach ihr rief und sie anflehte, wieder aufzutauchen. Er würde alles tun, was sie wollte, brüllte er, alles, wenn sie nur zurückkäme.

Aber Madalyn Trelyon hörte sein Flehen nicht mehr. Sie war von der realen Welt in die Welt der Legenden übergegangen. Sie war auf immer für ihn verloren, und kein Handel mit Gott würde sie ihm zurückbringen. Als Gerald Snowe am Ufer entlangwatete, um eine Spur von ihr zu entdecken, wurde ihm klar, dass Ned von Anfang an recht gehabt hatte: Alles endete, wie es begann, in Oyster Shore.

Ohne Madalyn Trelyon war alles zu Ende.

KAPITEL 33

LOWENNA

Gegenwart
Oyster Shore

Erst vor wenigen Stunden habe ich das Versteck im Boden des Bootshauses entdeckt und bin in die Vergangenheit gestolpert. Seitdem habe ich ein ganzes Leben mit Ned, Madalyn und Gerald erlebt. Das Oyster Shore aus der Vergangenheit ist für mich greifbarer als die Gegenwart, und die Gesichter ihrer ehemaligen Bewohner sind so real wie die Leidenschaften, die sie verzehrten. Mit jedem Wort ist mir ihre verlorene Welt nähergekommen, und die Stimmen, die über ein Jahrhundert verstummt waren, haben dafür gesorgt, dass die Wahrheit endlich ans Licht kommt.

Als ich die letzten Seiten lese, wirft die Sonne ihr Licht über den Horizont. Ich schaue mich um und sehe denselben Fliesenboden wie einst, die schmale Stiege und die Dachbalken, die auch Ned und Madalyn schon sahen. Doch ich bemerke gleichzeitig, dass vieles fehlt. Wo ist der geliebte Sessel, der aus Edgars Arbeitszimmer gerettet wurde? Wo der dickbäuchige Ofen, auf dem Ned Tee kochte? Wer hat das große Messingbett entfernt, wo er Madalyn liebte und danach trunken vor Glück für sie posierte, während sie ihn zeichnete? Die modernen Möbel sind Eindringlinge, und fast schon rechne ich damit, Gerald hereinschleichen zu sehen, um das Versteck zu durchwühlen, oder Marrick, der auf die Veranda springt und ruft, Ned solle auf den Ponton kommen und mit ihm etwas trinken. Zurück in der Gegenwart fühle ich mich desorientiert und mehr als nur ein bisschen aus der Zeit gefallen.

Beim Lesen ist das Feuer im Holzofen unbemerkt heruntergebrannt, und die Kühle eines neuen Morgens hat sich ebenso in das Bootshaus geschlichen wie die Geheimnisse aus dem alten Versteck gedriftet sind. Nun bin ich die neue Hüterin dieser Geheimnisse und der einzige lebende Mensch, der die Wahrheit über das verschollene Buch kennt. Doch es steht mir nicht zu, die Geheimnisse preiszugeben, und Neds Roman gehört nicht mir, obwohl ich ihn gefunden habe. *Am Austernufer* gehört in Wahrheit jemandem, der Ned Carew und Madalyn Trelyon viel näher steht als ich.

Ich lege ein Holzscheit in den Ofen und fache die Glut an, dann rufe ich Breakspear und öffne die Tür zur Veranda, wo mich ein neuer Tag empfängt. Mein Hund zischt durch meine Beine, springt die Stufen hinunter, rast am Ufer entlang und erschreckt Enten, die sich flatternd und mit missvergnügtem Quaken in die Lüfte erheben. Madalyn und Ned kannten bestimmt auch solche Morgen, wo sie Hand in Hand am Ufer entlanggingen und dunkelgrüne Abdrücke im taunassen Gras hinterließen. Vielleicht besuchten sie den vergessenen Brunnen, der schon seit vielen Jahren von dichten Dornenranken bedeckt ist, und sprachen über Kits erste Gedichte und den Tag, an dem das Foto von ihnen geschossen wurde. Auch Gerald muss diese frühen Morgenstunden gekannt haben, denn sie eignen sich perfekt dazu, unbemerkt durch die Welt zu schleichen. Vielleicht war es an einem Morgen wie diesem, als Neds Buch gestohlen und Ereignisse in Gang gebracht wurden, die zu Geralds einsamem Ende führten, das niemand betrauerte?

Nebelschleier hängen über dem Fluss, und zwei Schwäne gleiten fast spurlos über das glatte Wasser. Ich gehe über den Ponton, eingelullt von den sich an den Pfeilern brechenden Wellen und der Stille der schlafenden Welt. Hier ist Ned geschwommen, hier zog die Strömung Gerald Richtung Meer, und hier schloss sich das silbrige Wasser über Madalyns Kopf, als sie ein letztes Mal um ihre Freiheit kämpfte. Dieser Fluss ist eine Nahtstelle von Vergangenheit und Gegenwart, und als das Wasser sich unter meinen Füßen windet und kräuselt, weiß ich, dass es hier Stimmen gibt, die jeder vernehmen kann, der achtsam innehält.

»Ich höre euch«, sage ich, »ist es Zeit, dass die Wahrheit ans Licht kommt?«

Ich weiß nicht, was ich erwarte. Wäre dies ein Film, würde Neds Geist erscheinen, oder auch Geralds Schatten (den ich mir mit Ketten beschwert vorstelle wie Jacob Marley aus Dickens' *Weihnachtsgeschichte*). Doch ich höre nur den schrillen Ruf eines Wasservogels, womit ich mich wohl zufriedengeben muss. Am gegenüberliegenden Ufer lugt die Sonne über die Wipfel, und als ich mein Gesicht dorthin wende, fühlt sich die Wärme an wie eine Bestätigung. Geben Ned, Madalyn und sogar Gerald mir ihren Segen, ihre Geschichte zu erzählen? Wollen sie mir sagen, dass Neds Roman an seinen rechtmäßigen Besitzer übergeben werden muss, damit sie alle ihren Frieden finden?

Nebelschleier ziehen am fernen Ufer auf, hinter denen verschwommen Bäume sichtbar werden. Hier überlappen sich Vergangenheit und Gegenwart, so wie vergessene Gesichter von einst sich über die der nun Lebenden schieben. Bei Nebel ist es leicht zu glauben, dass die Dorfkinder immer noch am Ufer spielen. Ned, mit seinem sonnengebräunten, sommersprossigen Gesicht liegt bäuchlings im Gras und kritzelt eifrig in sein Heft. Marrick ringt mit Sammy Trewen. Madalyn zeichnet und Gerald schmollt. Ich weiß, es ist nur eine optische Täuschung, doch als Sonnenlicht vom Wasser reflektiert wird, habe ich den Eindruck, weiße Röcke und wehende rote Haare aufblitzen zu sehen.

»Madalyn?« War sie es, auf die ich schon mal einen Blick erhascht habe? Ist sie das geheimnisvolle Mädchen am Wassersaum?

»Madalyn?«

Da bellt Breakspear, Enten flattern in die Lüfte, und das Mädchen ist verschwunden. Vielleicht bin ich ganz kurz in ihre Zeit gestolpert, denke ich, rufe meinen Hund und kehre ins Bootshaus zurück. Gibt es nicht eine Theorie, dass Gegenwart, Vergangenheit und Zukunft parallel nebeneinander herlaufen? Mir gefällt die Vorstellung, denn sonst wäre unser Leben doch nur ein bittersüßer Augenblick. Jahreszeiten wechseln, Jahre vergehen, Liebe und Schmerz verblassen, Stimmen verstummen, und wir alle enden als Fotos in staubigen Alben. Doch ich stelle mir gerne vor, dass wir an einem Ort so bleiben, wie wir waren: jung, voller Leben und Energie. Ist das vielleicht der Himmel? Die Unsterblichkeit? Ist es das, was sich Schriftsteller erhoffen, wenn ihre Geschichten in alle Ewigkeit wirken? Wenn etwas von dem bleibt, was wir waren, was wir fühlten, und etwas, das uns wieder ins Leben zurückruft? Es könnte die Liebe sein, die in einer schlichten Zeichnung zum Ausdruck kommt, die Traurigkeit im Blick eines Soldaten, der im Schützengraben fotografiert wurde, oder auch die Worte eines hinreißenden Romans, der ein Bild von dem, was wir waren, weit in die Zukunft wirft. Unsterblichkeit zeigt sich in vielen Dingen.

Und es gibt doch eine Möglichkeit, weiterzuleben.

Während ich auf das Tageslicht warte, das mir Mut geben soll, füttere ich Breakspear und koche mir einen Kaffee. Dann setze ich mich mit meinem Laptop und all meinen Unterlagen an den Tisch. Aber mein Kaffee wird kalt, während ich mich wieder über die Briefe von Bess und Marrick beuge, vor allem über Marricks Schilderung des Angriffs, die Bess Madalyn zu lesen gab. Dabei mache ich mir Notizen und stelle Verbindungen her. Als zum Licht der Sonne auch die Wärme kommt, weiß ich, dass ich zu Noah muss, um ihm zu erzählen, was ich entdeckt habe.

»Gehen wir Gassi, Breakspear?«

Begeistert wedelt mein Hund mit dem Schwanz. Er liebt sein neues Dasein in Cornwall. London mit seinen vielen Häusern und Asphaltstraßen muss ihm wie ein ganz anderes Leben vorkommen, und ich glaube, er hat mir sogar verziehen, dass ich ihn von seinem geliebten Garten weggezerrt habe. Wie könnte ein kleines Fleckchen Rasen auch mit freier Natur und langen Spaziergängen durch die Wildnis konkurrieren? Es wird ihm das Herz brechen, Oyster Shore zu verlassen, und mir wohl auch, denn ich gehöre hierher. Ich bin hier genauso verwurzelt wie die Weiden und Eschen am Ufer. Auf keinen Fall will ich sie ignorieren oder gar ausreißen. Viel lieber will ich mich in die Vergangenheit vergraben, in die unglaubliche Geschichte, die ich entdeckt habe. Als ich als Kind von Cornwall träumte, sehnte ich mich nach Oyster Shore. Wie auch nicht, da meine Familie hierhergehört? Langsam dämmert mir, dass wir neben Familienmerkmalen wie Haar- oder Augenfarbe auch tiefsitzende Erinnerungen erben.

Es war in den frühen Morgenstunden, und ich war völlig übermüdet vom Überfliegen des Romans und Entziffern verblasster Handschriften, als ich vor Aufregung laut aufschrie. Breakspear, den ich rüde aus dem Schlaf gerissen hatte, bellte vorwurfsvoll.

»Tut mir leid, mein Junge«, sagte ich. »Aber wenn Bess Carew Elizabeth Penwurthy war, meine Urgroßmutter, dann war Ned Granny Mays Onkel. Und damit mein Urgroßonkel! Unglaublich, oder? Und Marrick und Bess waren meine Urgroßeltern!«

Unbeeindruckt hatte Breakspear wieder den Kopf auf die Pfoten gelegt und weiter von Uferböschungen und wilden Kaninchen geträumt. Mochte sein Frauchen finden, dass Schlaf nicht so wichtig war, so brauchte ein Spaniel doch seine acht Stunden. Ich hingegen hätte kein Auge zumachen können, dazu war ich viel zu aufgeregt über meine Entdeckung. Ich war mit Ned Carew aus dem berühmten Gedicht verwandt! Mit Ned, dem Kriegshelden, der unter großen Opfern seinen besten Freund gerettet hatte. Mit Ned, dem jungen Mann auf den Skizzen, die das Mädchen gezeichnet hatte, das ihn anbetete. Ned, dem begabten Autor, der seinen großen Roman und sein Herz aufgegeben hatte, damit Madalyn sicher und glücklich leben konnte. Ned gehörte zu meiner Familie. Er war Autor wie ich!

Dass Marrick Penwurthy mein Urgroßvater war, überraschte mich nicht sonderlich, da ich in meiner Kindheit von Granny May oft genug Geschichten über ihren Vater gehört hatte. Marrick war mir mit seiner düsteren Stimmung und den unberechenbaren Wutanfällen immer wie ein Ungeheuer aus einem Märchen erschienen. Nun wirkte er menschlicher, da ich ihn in der Geschichte als kleinen Jungen kennenlernen durfte, der gerne die Schule geschwänzt hatte und fischen gegangen war. Als ich Neds Buch las und die Briefe, die er und Madalyn sich geschrieben hatten, war mein Urgroßvater kein Phantom mehr, sondern ein zu allem entschlossener junger Mann, der seine Sandkastenfreundin heiratete, für sein Land kämpfte und von seinem mutigen besten Freund gerettet wurde. Ohne Ned Carew wäre ich nicht mal hier! Was für ein Gedanke!

Durch diese Briefe und Dokumente war mir ermöglicht worden, meinen Urgroßvater nicht mehr als Stereotyp zu sehen, sondern als echten Menschen, und da ich unbedingt mehr über ihn erfahren wollte, hatte ich mich auf jegliche Erwähnung von ihm gestürzt. Seine Stimmungsschwankungen und Albträume rührten wohl von einer posttraumatischen Belastungsstörung, und wegen seiner Kriegsverletzungen musste er am Ende das Fischen aufgeben und sein Boot verkaufen. Wie Granny May immer sagte, starb er als zorniger Mann, aber jetzt wusste ich den Grund, und mein Herz floss über vor Mitgefühl für ihn und all die anderen Männer seiner Generation, die mit sichtbaren und unsichtbaren Verletzungen aus dem Krieg heimgekehrt waren.

Aus Neds Schwester Bess mit den veilchenblauen Augen und den dunklen Haaren, dem wilden Temperament und den raschen Fäusten wurde die strenge Mutter, die Granny May in Erinnerung behielt. Elizabeth Penwurthy, die ehemalige Bess Carew, war die wütende Frau, die dem unglücklichen Fremden die Tür gewiesen hatte. Nun wusste ich, dass der Besucher kein Fremder gewesen war, sondern Gerald Snowe, der sich sehnlichst Absolution für den Tod seiner Verlobten wünschte und das Buch zurückgeben wollte, das er gestohlen hatte. Kein Wunder, dass die kleine May vor Angst gezittert hatte, als ihre Mutter ihn anschrie, denn wie sehr muss Bess Gerald gehasst haben! Er hatte Ned bestohlen und betrogen, er hatte die Familie Penwurthy bedroht und Bess den geliebten Bruder geraubt. Ned Carew hatte ein neues Leben in Australien begonnen: Da hätte er genauso gut zum Mond fahren können, denn wie sollten einfache Fischer wie Bess und Marrick je dorthin kommen? Bess musste gewusst haben, dass sie Ned wie mehr wiedersehen würde. Sie muss auch gewusst haben, dass Gerald bereitwillig die Schiffspassage gezahlt hätte, wenn sie ihm Neds Aufenthaltsort verraten hätte – nur um sie loszuwerden. Aber Bess hätte nicht mal im Traum daran gedacht, Neds Aufenthaltsort zu verraten.

Meine eigenen Recherchen hatten bereits ergeben, dass Gerald Snowe mit den Jahren immer zurückgezogener lebte und religiöser wurde. Wie erwartet erbte er das Unternehmen der Familie, verkaufte es aber zu einem exorbitanten Preis in den dreißiger Jahren und zog sich als Laienbruder in ein Kloster zurück. Man sah ihn nur noch selten außerhalb des Londoner Seminars, und er starb so einsam und ungeliebt, wie er gelebt hatte, und hinterließ sein gesamtes Vermögen dem Orden. Es war ihm gelungen, alle Exemplare des Romans zurückzurufen und zu vernichten, seine literarische Karriere war beendet, noch bevor sie richtig angefangen hatte, und *Am Austernufer* geriet in Vergessenheit. Niemand ahnte, dass einer der größten literarischen Schätze des frühen zwanzigsten Jahrhunderts vor über vierzig Jahren einer Fischerfrau in Cornwall anvertraut worden und davor dem wahren Autor gestohlen worden war.

Jetzt liegt dieser literarische Schatz auf meinem Tisch. Ich halte einen sensationellen Fund buchstäblich in meinen Händen, und mein Biographengeist sichtet und sortiert schon emsig, um das zu strukturieren, was ich im Versteck im Bootshaus gefunden habe. Dies ist eine phänomenale Entdeckung, von der alle Biographen träumen. Dennoch zögere ich, das Buch gehört mir nicht. Auch wenn ich es aufgespürt habe und mein Familienzweig eine große Rolle in der Geschichte spielt, gehört der Roman jemand ganz anderem.

Ich suche alles zusammen, was meine Theorie belegt, und lege sie in die robuste Tasche, die Fi mir mitgab, als ich mich das letzte Mal im Dorfladen blicken ließ. Um die Briefe, die Unterlagen und das Manuskript zu schützen, wickle ich alles noch in einem Pullover und schiebe das Bündel in meinen Rucksack. Den Rest kann Noah vom Bootshaus holen und lesen, wenn er Zeit hat – und ich glaube, das wird schon bald der Fall sein.

Dann wandern Breakspear und ich durch den stillen Wald und die gewundene Zufahrt hinauf. Als wir an Oyster House vorbeikommen, fällt mir wieder ein, wie Madalyn die Gezeiten des Flusses beobachtete und sich um ihren Geliebten sorgte, der im Schlamm und Gemetzel der Westfront steckte. Hier überbrachte ihr auch meine Urgroßmutter die Neuigkeit, dass Ned als vermisst galt, und sie setzte eine Reihe von Ereignissen in Gang, die das Leben vieler Menschen veränderte.

Als ich Noahs Wohnwagen erreiche, kribbelt in mir eine nervöse Energie, die vom Schlafmangel und zu viel Koffein herrührt. Noah sitzt auf der Eingangsstufe in der Sonne, und aus seinen nassen Haaren tropft es ihm auf die nackten Schultern. Rinnsale kriechen ihm bis hinunter zu den schmalen Hüften, die nur von einem Handtuch bedeckt sind. Hastig wende ich den Blick ab, damit er ja nicht denkt, ich wollte ihn anmachen und hätte gleich Übernachtungsklamotten mitgebracht.

»Tag«, sagt Noah. »Ich fürchte, die morgendliche Schwimmrunde hast du verpasst, aber für ein Schinkensandwich kommst du genau richtig.«

Wie aufs Stichwort knurrt mein Magen.

»Klingt, als bräuchtest du was zu essen.« Noah steht auf, während Breakspear begeistert um ihn herumspringt. »Gib mir eine Sekunde, damit ich mich anziehen kann. Dann guck ich mal, was ich tun kann.«

»Ich wollte kein Frühstück schnorren …«

»Jetzt sag nicht, du wolltest mir beim Düngen helfen.«

Ich rümpfe die Nase. »Auf gar keinen Fall! Tut mir leid, dass ich so früh vorbeikomme, aber du hast gesagt, ich soll mich melden, sobald ich was rausgefunden habe. Tja, das habe ich. Ich weiß, was aus Madalyn Trelyon und dem Buch wurde. Die Lösung war die ganze Zeit direkt vor unserer Nase.«

Ich zittere, aber das könnte auch vom vielen Kaffee kommen, den ich in der Nacht getrunken habe.

»Hol erstmal tief Luft, und dann sag das noch mal«, schlägt Noah vor. »Und vielleicht ohne so auszusehen, als würdest du gleich in Ohnmacht fallen?«

»Wenn ich's dir nicht sofort sage, falle ich tatsächlich in Ohmacht«, rufe ich aus. »Deine Mum ist fast schon selbst draufgekommen. Noch ein paar Wochen mehr und eine Reise hierher, dann hätte sie es rausgefunden. Ganz bestimmt!«

»Wieso? Was hat meine Familie mit deinem mysteriösen Schriftsteller zu tun?«

»Einfach alles! Deine Familiengeschichte ist fest mit der Geschichte von Oyster Shore verwoben. Das war sie schon immer, nur hat jemand beschlossen, die Wahrheit zu verschleiern und für sich zu behalten. Deshalb muss ich es zuerst dir erzählen, Noah, noch vor Matt Enys und Hamish und allen anderen!«

»Dann werfe ich mir mal was über und mache Frühstück, und du erzählst mir alles«, sagt er und schiebt mich in den Wohnwagen. »Setz mal den Kessel auf und koch Tee. Das machen die Briten doch so, oder?«

»Aber klar, wenn wir nicht gerade Kricket spielen oder unsere Nachbarn stören.«

»Eine schöne Frau, die mich besuchen kommt, stört mich niemals«, gibt Noah galant zurück.

»Das richte ich aus, falls eine vorbeikommen sollte«, kontere ich.

Er verdreht die Augen, geht zu der kleinen Tür am hinteren Ende des Wohnwagens, dreht sich noch mal um und bedenkt mich mit einem Lächeln, das mir das Gefühl gibt, als wäre ich doch schön – zumindest ein kleines bisschen.

»Nicht nötig, weil ich es ihr gerade schon selbst gesagt habe. Hauptsache, du verrätst meinen Kumpels nicht, dass ich mich *angezogen* habe, als sie vorbeikam. Die würden mir glatt die australische Staatsbürgerschaft aberkennen!«

»Könnte an deinen englischen Wurzeln liegen. Du weißt ja, wie verklemmt wir sind.«

»Gott! Dann bin ich britischer, als mir klar war!«

Viel, viel mehr, als dir klar ist, denke ich, während ich den Wasserkessel fülle und Teebeutel heraushole. Als ich darauf warte, dass das Wasser kocht, vibriert mein Handy in der Tasche. Ich hole es heraus und kriege sofort Beklemmungen, als ich sehe, dass es eine SMS von David ist.

Du hast deinen Standpunkt klar gemacht. Ruf mich an.

Seine SMS ist eine Botschaft aus einem anderen Leben, das so falsch war wie das, das Madalyn gehabt hätte, wäre sie Geralds Frau geworden. Ich lösche den Text und Davids Nummer gleich mit. Als seine Daten aus meiner Kontaktliste verschwinden, frage ich mich, wieso ich so lange dazu gebraucht habe. Wovor hatte ich Angst, obwohl es doch so leicht zu beenden war? Wie Madalyn Trelyon vor mir habe ich den Sprung in die Freiheit gewagt, und der heutige Tag ist wirklich in vielerlei Hinsicht ein Neustart.

Als Noah in Jeans und T-Shirt zurückkehrt, habe ich zwei Becher Tee gemacht und all meine Unterlagen auf dem Tisch ausgebreitet. Es liegt nicht in meinen Händen, was Noah mit den Neuigkeiten anfängt, die ich ihm eröffnen werde. Er setzt sich, und ich beginne, ihm alles zu erklären, wohl wissend, dass ich alles wild durcheinander beschreibe, aber ich kann nicht anders. Die Aufregung sprudelt aus mir hervor wie Wasser über Stromschnellen. Noah hört aufmerksam zu, und vor lauter Staunen werden seine schönen grünen Augen immer größer – Augen, die so grün sind wie die eines anderen atemberaubenden Menschen.

Wie konnte ich bei allen Recherchen eigentlich das das größte und wichtigste Beweisstück übersehen, das mir direkt nach meiner Ankunft in Oyster Shore unter die Nase gehalten wurde? Die Lösung war die ganze Zeit deutlich sichtbar, nur eben nicht im Museum oder in antiquarischen Büchern oder verschlüsselten Botschaften, sondern in Form von Grübchen, grünen Augen und künstlerischem Talent. Die Antwort auf all die Fragen ist Noah Wilson. Er ist das Ergebnis der Geschichte, und er ist Ned Carews größtes Vermächtnis.

Die Hinweise waren überall, und viele von ihnen hat Noah mir sogar selbst gegeben. Seine weißblonden Locken. Seine künstlerische Begabung. Sein großzügiges Herz. Sein Talent zu unterrichten. Seine tiefe, beständige Liebe zu Kim, der Frau, die er von der ersten Sekunde an zur Frau nehmen wollte. Sein kornisches Erbe. Seine Verwandte, die in ferner Vergangenheit ihren Verlobungsring verkaufte, um sich eine Schiffspassage nach Australien leisten zu können. Die Familientradition als Lehrer zu arbeiten. Selbst die Leidenschaft von Noahs Mutter, mehr über den Familienstammbaum zu erfahren, galt nicht der Vergangenheit, sondern der Zukunft, in der ihr geliebter Sohn einen Platz in der Welt finden sollte, nachdem seine Frau und seine Mutter gegangen waren. Noah ist der Grund, warum Gerald Snowe endlich in Frieden ruhen kann.

Unsterblichkeit erlangt man nicht nur durch Kunst oder Ruhm, sondern durch Nachkommen. Auch sie reichen unsere Geschichten an unsere Kinder und Kindeskinder weiter, und die Familien, die wir gründen, sind ebenfalls ein Vermächtnis. Ned und Madalyn leben nicht nur auf den Seiten eines vergessenen Romans und in einigen wenigen Briefen weiter. Sondern auch in der Familie, die sie gegründet haben.

Nachdem ich in den frühen Morgenstunden die Verbindung hergestellt hatte, platzte ich fast vor Aufregung. Ich las beide Romane noch einmal, bevor ich die Briefe sichtete, die sich Madalyn und Ned geschrieben hatten, als er im Krieg war. Danach prüfte ich sorgfältig die Unterlagen, die Noahs Mutter zusammengestellt hatte und die unter anderem eine Passagierliste eines Schiffs enthielten, das 1917 nach Australien gefahren war, außerdem einen kurzen Zeitungsartikel über Madalyns tragischen Unfall und verschiedene Berichte über die Arbeit im Allington Krankenhaus. Zusammen mit dem Inhalt von Granny Mays Kiste sind alle Beweise beisammen, genau wie Gerald vor langer Zeit behauptete, als er sie Bess Carew gab. Es besteht kein Zweifel an der Entstehung von *Am Austernufer* und auch nicht an seinem wahren Urheber, und die literarische Welt wird die Wahrheit über den Roman erfahren: Warum Gerald Snowe das Manuskript an sich genommen hat und wie er auf Vergebung für seine Taten hoffte. Er starb in dem Bewusstsein, dass Madalyn sich wegen seiner Umtriebe umgebracht hatte. Sein ganzes Leben verbrachte er in dem Glauben, für ihren Tod verantwortlich zu sein, und er starb von Schuldgefühlen gequält. Man muss schon ein Herz aus Stein haben, um kein Mitleid für ihn zu empfinden.

»Erzähl mir alles noch mal ganz genau, und zwar von Anfang an«, sagt Noah und nimmt seinen Becher. Er nippt an seinem Tee, und als sich die Muskeln an seinem Hals bewegen, frage ich mich unwillkürlich, wie sich seine Haut an meinen Lippen anfühlen würde. Geschockt merke ich, wie sehr ich mich danach sehne, es herauszufinden. Nur mühsam löse ich meinen Blick von ihm und schiebe diese Gedanken auf den Schlafentzug. Dann tauche ich erneut ein in die Geschichte von Freundschaft, Liebe und Kindheitsfehden, die zu Diebstahl und erbitterter Rivalität führte. Noah hört aufmerksam zu, schaut sich hin und wieder ein Foto an oder nimmt den Phönix-Kamm. Als er schließlich die Hand auf das in Leder gebundene Notizbuch legt, schimmern Tränen in seinen grünen Augen.

»Und das ist es also?«, fragt er voller Ehrfurcht, »Neds Buch?«

»Es ist jetzt *dein* Buch. Ned Carew war dein Urgroßvater, das heißt, es gehört dir als nächstem Angehörigen. Es ist die Geschichte deiner Urgroßeltern und dein Erbe. *Am Austernufer* gehört dir.«

Manchmal betritt man als Biograph Neuland. Ein Abstecher vom geplanten Weg kann in Treibsand und Verzweiflung enden, oder er führt in einem atemberaubenden Slalom in ein völlig neues Gebiet, das mit tausend Möglichkeiten lockt. Ich habe genug Recherchen und Projekte betrieben, um zu erkennen, wenn ich in einer Sackgasse gelandet bin, kenne aber auch das Kribbeln der Aufregung, das einen Durchbruch ankündigt. Als ich die ganze Nacht hindurch dieses Buch las, bekam ich ständig Gänsehaut und hatte einen rasenden Puls.

Madalyn Trelyon war an jenem Tag nicht ertrunken. Ihr Tod war eine Hypothese, kein Faktum, und an diesem Punkt wurde die Geschichte unklar, genau wie sie gehofft hatte. Auf ihrer Gedenktafel steht *Sehr geliebt, viel zu früh gegangen*, aber aus dem Fluss wurde nie eine Leiche geborgen, und so gab es keinen stichhaltigen Beweis, dass sie gestorben war. Nur die Annahme, dass ihre Leiche mit der Flut ins Meer getrieben wurde. Da ihrem Tod immer der Ruch des Selbstmords anhaftete, wurde nie darüber gesprochen. Ich war von dieser Hypothese ausgegangen, schließlich sprach nichts dagegen, doch was, wenn ich vollkommen falsch lag? Was war wirklich geschehen, wenn Madalyn es geschafft hatte, sich vor Geralds suchendem Blick unter Wasser oder hinter dem Schilf am Ufer zu verstecken, dann zum anderen Ufer zu schwimmen und unbemerkt von Oyster Shore zu fliehen? Ihr Verschwinden war die perfekte Lösung für ihr Dilemma, und Gerald, der sie nur als schlechte Schwimmerin kannte, hatte nie einen Verdacht geschöpft. Da er glaubte, dass sie tot war, suchte er nicht nach ihr und gab auch keine Einzelheiten über ihr letztes Gespräch am Ufer preis. Und ganz gewiss kümmerte er sich um Constance, da sie die Mutter seiner verstorbenen Verlobten war.

Aber Madalyn Trelyon konnte schwimmen. Das hatte Ned in einem seiner Briefe an sie beschrieben. Er hatte sie an den Nachmittag erinnert, als sie gemeinsam im Fluss schwammen und sich danach unter dem blauen Himmel im Gras am Ufer liebten. Madalyn hatte die Gelegenheit genutzt, war zum gegenüberliegenden Ufer geschwommen und hatte gehofft, nicht von der Strömung ins Meer gezogen zu werden. Kaum hatte sie das Ufer erreicht, war sie vermutlich zu Marrick und Bess gerannt, damit sie ihr Schutz boten und ihr halfen, Ned zu finden. Diese Theorie wird durch ein Dokument gestützt, das Noahs Mutter fand: eine Passagierliste von 1917, derzufolge sich eine gewisse Elizabeth Carew nach Sydney einschiffte. Zuerst hatte mich das verwirrt, da meine Urgroßmutter Cornwall nie verlassen hatte oder gar nach Australien gefahren war. Doch dann hatte ich eins und eins zusammengezählt.

»Natürlich!«, hatte ich so laut ausgerufen, dass meine Stimme im Bootshaus widerhallte. »Bess hat Madalyn ihre Identität geliehen, damit niemand sie aufspüren konnte. Und Madalyn hat den Verlobungsring von Gerald verkauft, um sich die Passage nach Sydney leisten zu können.«

Madalyn Trelyon war nach Australien gereist und hatte sich der Gefahr von Stürmen und U-Boot-Torpedos ausgesetzt, um Ned zu finden, der zu der Zeit als Lehrer im Norden von Queensland arbeitete. Dort waren beide geblieben, hatten ein neues Leben angefangen und eine Familie gegründet.

»Aber meine Urgroßmutter hieß Lyn«, wendet Noah ein. »Das dachte ich zumindest. Sie hat ihre Werke mit LC signiert.«

»Es zeigt sich bestimmt, dass sie in Wahrheit Madalyn Trelyon war. Lyn, die Abkürzung für Madalyn, war vermutlich ihr Pseudonym als Künstlerin. Und ein Schutz vor Nachforschungen. Schließlich hatten sie ein neues Leben begonnen.«

»Ein Neustart ist manchmal hart errungen«, bemerkt Noah, und ich weiß, dass er dabei nicht nur an Ned und Madalyn denkt. Plötzlich runzelt er die Stirn. »Hey! Heißt das, wir sind verwandt?«

»Cousins dritten Grades oder so. Über mindestens drei Ecken«, erkläre ich rasch. Das habe ich schon gegoogelt – natürlich aus rein akademischem Interesse.

»Ach, das hast du schon geklärt?«, fragt Noah amüsiert. »Wieso denn?«

»Das gehört zu meinem Job, Berufskrankheit«

»Ach ja«, sagt Noah und nickt ernst. Aber an seinen Augen bilden sich Lachfältchen. »Aus keinem anderen Grund?«

»Welcher Grund sollte das denn sein?«

Er lacht. »Na, vielleicht fällt uns einer ein.«

Ich werde rot, weil ich wirklich hoffe, dass es so kommen wird.

Während ich meinen Tee trinke und mich um eine möglichst neutrale Miene bemühe, blättert Noah das Skizzenbuch durch und schüttelt staunend den Kopf.

»Meine Urgroßmutter war in späteren Jahren eine wirklich anerkannte Künstlerin. Sie hatte Ausstellungen in Sydney und Cairns, und ihre Zeichnungen waren bei Sammlern heiß begehrt. Die Skizzen hier kamen mir von Anfang an vertraut vor. Das ist ihr Frühwerk, nicht wahr?«

»Ja, ich glaube schon.«

Er zeigt mir das Bild von dem jungen Mann, der auf dem Bett liegt. »Und du glaubst, das ist Ned?«

»Das *ist* Ned. Er sieht aus wie du.«

Er kneift leicht die grünen Augen zusammen. »Kann sein, aber eigentlich sieht er genauso aus wie mein verstorbener Onkel Joey. Seine Haare waren genauso wie Neds. Und du sagst, Ned war der Sohn eines Lehrers?«

»Ja. Hast du mir nicht schon mehrmals erzählt, dass du von einer langen Linie von Lehrern stammst?«

»Die anscheinend viel länger ist, als ich dachte! Ich hatte keine Ahnung, dass es einen Edgar Carew gab oder dass mein Urgroßvater früher in einem Militärkrankenhaus unterrichtete.« Seufzend legt er das Skizzenbuch auf den Tisch. »Ich fühle mich ganz schlecht, weil ich Mum nur selten nach ihrer Familie gefragt habe. Aber irgendwie waren sie für mich nie richtige Menschen. Ich bin ein Wilson, ein alteingesessener Aussie, und ihre Seite der Familie bestand nur aus einer Reihe von Namen.«

»Du musst dich nicht schlecht fühlen. Schließlich gehört das alles in die ferne Vergangenheit. Wie viele von uns fragen nach ihren Urgroßeltern? Sie sind doch fast immer nur schemenhafte Gestalten für uns.«

»Aber für mich sind sie jetzt ziemlich real – Madalyn und Ned, meine ich. Wie Menschen, die ich kenne und gernhabe. Fast schon wie Freunde. Ich kann kaum glauben, dass das alles schon so lange her ist. Es fühlt sich so …« Er hält inne und sucht nach dem richtigen Wort, »… so wirklich an. So lebendig.«

»Wart's ab, bis du erst Neds Buch und die Notizen deiner Mutter gelesen hast. Dann wird es dir noch realer vorkommen.«

»Ich bin schon sehr gespannt«, nickt er. »Wow! Meine Familie stammt von hier! Sie haben dieselben Dinge gesehen, die ich jetzt auch sehe. Die Gezeiten, die Schwalben. Die Sonnenstrahlen auf dem Wasser. Sie liebten die Orte, die ich auch liebe.«

»Du bist die Fortsetzung ihrer Geschichte«, erkläre ich, denn wenn ich Noah anschaue, diesen sanften, freundlichen Mann mit dem künstlerischen Talent, dann ist es, als sähe ich die beiden jungen Menschen vor mir, die sich vor vielen Jahren am Ufer von Oyster Shore ineinander verliebten. Noah Wilson ist eine wunderschöne Mischung aus Ned und Madalyn. Von ihnen hat er die weißblonden Locken, die grünen Augen und sein treues Herz geerbt, genauso wie seine Berufung als Künstler und Lehrer. Er ist die perfekte Mischung aus ihnen beiden. Ich wünschte, die beiden wüssten, dass ihr Urenkel zu dem Ort zurückgekehrt ist, wo ihre Geschichte begonnen hat.

»Aus unserer Familiengeschichte wissen wir, dass meine Urgroßeltern friedlich in Oz gelebt haben«, sagt er. »Es gab keine Bestseller und keinen Ruhm für sie, nur ein einfaches Leben, eine glückliche

Ehe und eine Tochter. Sie selbst haben das sicher als Reichtum betrachtet, und ich kann ihnen nur zustimmen. Doch was war mit Gerald Snowe? Weißt du irgendwas über sein Schicksal?«

»Es gibt kaum Informationen über ihn, weil er so zurückgezogen lebte«, erkläre ich. »Er konvertierte zum Katholizismus und trat als Laienbruder in einen Orden ein. Ich würde behaupten, dass er den Rest seines Lebens in Reue und Buße für seine Taten verbrachte. Jedenfalls war er überzeugt, für Madalyns Tod verantwortlich zu sein, und das hat ihm offenbar seine geistige Gesundheit geraubt.«

»Armer Kerl. Im Grunde war er noch ein Junge, oder? Sie waren alle noch so jung – im gleichen Alter wie meine Abschlussschüler. Und was weiß man schon in diesem Alter? Wir machen alle Fehler, aber die meisten von uns haben die Chance, sie wieder gutzumachen. Gerald hatte die nie. Er hat nie Vergebung erfahren.«

»Außerdem entkam er dem Krieg, und ich glaube, das hat ihm ebenfalls keiner verziehen.«

Ich denke an die Fotos von den hoffnungsvollen jungen Männern in ihren Uniformen. Von Madalyn und Gerald auf der Treppe vor Vyvyan Court. Von Kit Rivers, der Männer in die Schlacht führen musste, obwohl er eigentlich nur Gedichte schreiben wollte. Sie alle waren noch sehr jung, und wenn ich an Gerald denke, muss ich einfach Mitleid mit ihm haben, denn er liebte Madalyn ebenfalls. Aber es war eine verdrehte und unerwiderte Liebe, die seine Seele zerrüttete und unendlich viel Leid brachte. Ich kann nur vermuten, dass seine Schuldgefühle wegen ihres Todes in Verbindung mit dem schlechten Gewissen darüber, dass er Neds Arbeit gestohlen hatte, ihm den Verstand raubten. Oder hatte Madalyn ihn tatsächlich verflucht? Denn Geralds Leben scheint wirklich in sich zusammengebrochen zu sein.

Ich denke an den kleinen Jungen im Matrosenanzug, der immer den anderen Kindern hinterherlief und von ihnen akzeptiert werden wollte. Welch ein elendes Leben er führte, welch eine tragische Verschwendung! Geschlagen mit Neid und Rachsucht hatte Gerald stets die falschen Entscheidungen getroffen, was dazu führte, dass er Neds Buch stahl und sein Leben in Verzweiflung beendete. Kein Wunder, dass er Oyster Shore hasste und mit aller Macht zu verhindern versucht hatte, dass man ihn mit dem Roman in Verbindung brachte, den er gestohlen hatte. Hatte er in der Angst gelebt, dass sein Geheimnis ans Licht käme? Oder hatte er sogar gehofft, sein Diebstahl würde auffliegen, so dass er die Strafe bekäme, die er verdiente? War er enttäuscht, als Bess und Marrick nichts mit der Kiste anfingen, die er ihnen gebracht hatte?

Noahs Mutter, eine überaus gründliche Historikerin, hatte mehrere zeitgenössische Zeitungsartikel über Madalyn Trelyons Verschwinden gesammelt. In jedem gab es Andeutungen darüber, dass das junge Paar einen Spaziergang gemacht hatte und die Braut ausgerutscht und in den Fluss gefallen wäre. In keinem wurde die Frage aufgeworfen, wieso sie bei derartigem Wetter spazieren gegangen waren. Aber es muss Gerede gegeben haben. In einem Artikel hieß es, Gerald, der selbst nicht gut schwimmen konnte, wäre seiner Verlobten nachgesprungen, jedoch ohne Erfolg. Danach bekam er eine Lungenentzündung, an der er fast starb, und offenbar erfolgte in dieser Zeit seine Hinwendung zur Religion. Ein anderer Artikel beschreibt ihn als tragische Figur, die stundenlang auf Knien in der Dorfkirche betete und in Oyster Shore am Ufer spukte. War dies der Geist, den Treena angeblich gesehen hatte? Spukt Geralds verfluchter Geist immer noch an dem Ort, den er hassen gelernt hat?

Constance Trelyon lebte noch zwei Jahre in Oyster Shore, dann starb sie. Die Snowes wohnten bis zu Sir Arthurs Tod Mitte der zwanziger Jahre auf Vyvyan Court. Danach kehrte Lady Mary zu ihrer Familie im Norden zurück, und das Anwesen wurde wie so viele andere bedeutende Familiensitze Stückchen für Stückchen verkauft. Ich kann mir vorstellen, dass Oyster House zu dieser Zeit abgesperrt wurde, dass die Möbel unter Staublaken und die Gärten unter Dornenranken und Unkraut verschwanden, und das Bootshaus dem Fluss und dem immer näher rückenden Dickicht überlassen wurde, so vergessen und geheimnisumwoben wie seine einstigen Besitzer.

Wohin Gerald Snowe genau ging, nachdem seine Familie Vyvyan Court verließ, bleibt unbekannt. Noahs Mutter hatte sich umfangreiche Notizen über mögliche religiöse Refugien in Frankreich und Spanien gemacht, doch alle mit einem Fragezeichen versehen. Am Ende enthält die Geschichte seines Lebens mehr Mutmaßungen und Lücken als Fakten. Allerdings kann ich eine Lücke füllen, denn ich weiß mit Sicherheit, dass Gerald Snowe nach Cornwall zurückkehrte und meine Urgroßmutter aufsuchte, um einiges wieder in Ordnung zu bringen.

Ich stelle mir Gerald in späteren Jahren als gebrechliche, von Schuld und Krankheit gebeugte Gestalt vor. Vor meinem inneren Auge humpelt er die Gasse zum Cobble Cottage hinauf, nimmt allen Mut zusammen und klopft mit hämmerndem Herzen an die Tür. Ich höre, wie Bess ihn anschreit, er solle sie in Ruhe lassen, wie sie ihm all ihren Hass und ihre Trauer entgegenschleudert, weil sie ihren Bruder für immer verloren hat. Wie er sie anfleht und versucht, seine Schuld wieder gutzumachen. Er hoffte wohl, dies mit dem Originalmanuskript tun zu können, denn damit hätten Bess und Marrick alles wieder in Ordnung bringen können. Bess hätte Ned das Buch schicken können, wo auch immer er war, oder sie hätte Geralds Diebstahl preisgeben und ihn ruinieren können. Vielleicht ersehnte er genau das, um endlich bestraft zu werden, doch seine Rechnung ging nicht auf. Fragte er sich, warum? Das werden wir nie erfahren.

Doch selbst wenn Bess ihrem Mann die Kiste und die verschlüsselte Nachricht gegeben hätte, wäre Ned niemals in der Lage gewesen, sein Werk zu veröffentlichen. Denn dann hätte er verraten, dass Madalyn noch lebte. Nach allem, was ich über Bess' Charakter erfahren habe, vermute ich, weit wichtiger als Reichtum war ihr die Gewissheit, dass Gerald leiden musste. Daher verriet sie Marrick kein Wort über die

Kiste und verbarg Geralds Schuld und das gestohlene Manuskript im Versteck im Bootshaus. Sie hätte sich wohl nie träumen lassen, dass über ein Jahrhundert später ihre Urenkelin in dieses Versteck greifen und die Vergangenheit wiederaufleben lassen würde.

»Gerald versuchte, alles wieder in Ordnung zu bringen«, erkläre ich Noah. »Und vielleicht ist es doch nicht zu spät für ihn, Wiedergutmachung zu leisten.«

Jetzt weiß ich, warum Hannah Wilson so versessen darauf war, dass ihr Sohn nach Cornwall reiste, um ihre Suche fortzusetzen. Dabei ging es nicht um einen lange verlorenen Roman oder ein Vermögen, sondern um Familienwurzeln, die ihren Sohn in den Jahren trösten sollten, die er ohne sie und seine geliebte Kim überstehen musste. Hannah Wilsons Suche galt nicht ihrer Vergangenheit, sondern es ging ihr dabei um Noahs Zukunft.

»Neds Linie setzte sich fort«, erkläre ich, »das hatte deine Mutter herausgefunden. Er und Madalyn hatten eine Tochter, deine Großmutter mütterlicherseits, und außerdem einen Sohn, der im Zweiten Weltkrieg starb. Du bist der Letzte aus Neds Linie, genau wie meine Schwester und ich die Letzten aus Bess' Linie sind. Gerald hat das Buch Neds nächstem Angehörigen zurückgegeben, was bedeutet, dass *du* darüber verfügen kannst – genau wie über die Wahrheit über *Am Austernufer*. Oh, Noah, es ist einfach unglaublich! Von so einer Geschichte träumen alle Biographen. Sie war die ganze Zeit hier und hat darauf gewartet, erzählt zu werden.«

»Ohne dich könnte sie aber nicht erzählt werden. Du bist einfach wunderbar, Wenna! Lass dir niemals was anderes einreden.«

Unwillkürlich denke ich an David, der auf subtile Weise ständig mein persönliches und berufliches Selbstvertrauen ausgehöhlt hat. Er weckte Zweifel in mir, ob ich gut genug sei, Recherchen zu betreiben und eigene Bücher zu schreiben, und nutzte meine Unsicherheit, um mich an ihn zu binden. Mit der Zeit und der Distanz und durch Gerald Snowes Geschichte habe ich erkannt, dass es dabei nur um

Davids eigene Ängste ging. Irgendwann werde ich ihm wohl verzeihen – sogar Mitgefühl für ihn haben. Doch für heute reicht es mir, mich selbst wieder zu mögen.

»Kein Wunder, dass ich bei dir das Gefühl habe, dich schon ewig zu kennen«, fügt Noah hinzu. »Jetzt ergibt alles einen Sinn. Mein Gott, was für eine unglaubliche Geschichte! Ich wünschte, Mum wäre hier!«

Das Unglaublichste habe ich ihm noch gar nicht erzählt. Ich greife nach dem vergilbten Umschlag in meiner Tasche. Soll ich ihn Noah jetzt geben? Er ist so klein und doch so bedeutsam. Der Inhalt dieses Umschlags wird alles für Noah verändern. Die Information wird ihn an diesem Ort verankern. Doch will Noah das überhaupt? Oder sehnt er sich nach seiner Heimat zurück, dem Land der Hitze, der Sonne und der goldenen Strände?

«Ich glaube, deine Mutter ahnte das schon«, erwidere ich. »Aber ihr blieb nicht genug Zeit, um ihre Recherchen zu beenden.«

»Es ist einfach überwältigend«, sagt er. »Nie hätte ich das erwartet. Nicht in einer Million Jahren.«

Was jetzt noch kommt, wird dich noch mehr überraschen, denke ich. Denn es ist der Stoff, aus dem Bücher und Filme und Märchen geschaffen sind, aber nicht das echte Leben. Unglaubliche Glücksfälle, von denen man in Romanen liest. Und sie kommen eben doch vor, zum Beispiel genau jetzt. Ich ziehe das letzte Dokument aus meiner Tasche und schiebe es mit dem Wissen über den Tisch, dass sich damit Noah Wilsons Leben für immer verändern wird.

»Was ist das?«

»Geralds letzter Akt der Wiedergutmachung. Ich glaube, danach hat deine Mutter gesucht. Sie muss einen Verdacht gehabt haben.«

Noah wiegt den Umschlag in seinen Händen, als könnte sich eine Bombe darin befinden. In gewisser Weise stimmt das, denn der Inhalt hat die Macht, sein bisheriges Leben in tausend Stücke zu reißen. Ich sehe zu, wie er die Unterlagen herausholt. Aber es gibt keine Explosion. Es ist nur der letzte Akt der Buße eines Mannes, der gequält von Reue einsam und allein starb. Während Noah das vergilbte Dokument liest, halte ich die Luft an, aber nicht für Noah, sondern für Gerald Snowe. Wird Noah sein Geschenk annehmen und es nutzen, um die Sünden der Vergangenheit wieder gutzumachen?

Das Papier zittert in Noahs Händen. »Ist es das, was ich glaube?«

»Wenn du glaubst, dass dies Gerald Snowes Testament ist, dann ja.«

»*Mein restliches Vermögen, das ich zum Zeitpunkt meines Todes besitze oder zur Verfügung habe, hinterlasse ich Edward Carew. Sollte dieser vor mir sterben, vererbe ich meinen gesamten Besitz den Nachkommen Edward Carews und deren Nachkommen.*« Verwirrt blickt Noah auf. »Das verstehe ich nicht. Gerald Snowe ist doch seit über fünfzig Jahren tot!«

»Sein Besitz wurde von einem Treuhandfond verwaltet. Bis der Erbe gefunden würde. Du, Noah.«

»Ich?«

»Als einziger direkter Nachkomme von Ned Carew bist du der Erbe. Gerald wollte die Dinge mit Ned wieder in Ordnung bringen und zurückgeben, was er genommen hatte.«

»Wieso hat er dann nicht nach Ned gesucht? Er war doch reich, oder? Er hätte es sich leisten können, Detektive zu engagieren.«

»Ich glaube, das hat er versucht, aber damals gab es noch kein Facebook oder Ancestry, womit man Menschen aufspüren kann. Und die Post war sehr langsam. Jedenfalls wurde Geralds Besitz, oder das, was davon geblieben war, seit seinem Tod von einem Treuhandfond verwaltet. Bis Neds Erbe auftauchen würde.«

Noah fährt sich mit der Hand durch die Locken. Madalyns Locken mit Neds Haarfarbe. Als er sich auf die Unterlippe beißt, weiß ich, das hat er von ihr. Es ist unglaublich.

»Na, da habe ich aber Glück! Woraus besteht denn das Vermögen? Aus einer Million Stück Seife? Gott, da werde ich aber sauber sein!«

Ich lache. »Das Seifenwerk wurde lange vor Geralds Tod verkauft, und in seinen letzten Jahren hat er einen Großteil seines Vermögens an wohltätige Einrichtungen gespendet.«

»Worum geht es dann also?«

»Gerald hat für Madalyn ein Hochzeitsgeschenk gekauft, aber es war eines, das ihn mit ihrem Verlust und dem gestohlenen Meisterwerk verband. Er hasste dieses Geschenk und kümmerte sich lange Zeit nicht darum. Deshalb ist es vernachlässigt und zugewuchert und wartet darauf, dass Ned und Madalyn zurückkehren. Und wenn nicht sie, dann ihre Nachkommen. Ach, Noah! Kannst du nicht erraten, was es ist?«

»Oyster Shore? Im Ernst?«

»Im Ernst! Deine Mutter muss geahnt haben, wohin ihre Nachforschungen sie führten. Deshalb bestand sie darauf, dass du ihre Suche beendest. Wäre die Alzheimer-Krankheit nicht so rasch bei ihr fortgeschritten, hätte sie es schon bald selbst erraten, denn es ging um mehr als den Familienstammbaum. Du bist der Einzige, der alles wieder in Ordnung bringen kann, Noah, der Einzige, der dafür sorgen kann, dass Gerald Snowe in Frieden ruht. Du entscheidest, was mit Oyster Shore und Neds Buch geschieht.«

»Ich weiß schon genau, was zu tun ist«, erklärt Noah. »Und ich habe dir das schon bei unserer ersten Begegnung gesagt. Weißt du noch? Dies ist ein heilsamer Ort. Ein Ort, wo Menschen ihren Frieden finden, wo sie sich von den Fährnissen des Lebens erholen können. Dies war der Ort, wo ich mich erholen konnte, und du doch auch, oder, Wenna?«

Er hat recht. Ich habe hier Heilung erfahren und dies umfassender, als ich je erwartet hätte.

»Dieser Ort war meine Zuflucht, nachdem ich Kim und Mum verloren habe.« Noah wischte sich mit dem Handrücken über die Augen. »Ich glaube wirklich, er hat mich gerettet. Vielleicht kann ich das auch für andere ermöglichen.«

Mir stockt der Atem, so schön und selbstlos ist Noahs Vision, so symbolträchtig dieses Erbe. Dieser Mann, dessen Herz so groß und treu ist, wird der perfekte Wächter von Oyster Shore und seiner Geheimnisse sein, denn er ist das Beste, was Ned und Madalyn zustande gebracht haben. Er ist ihr Vermächtnis, die beste Verkörperung ihrer Liebe und ihr größtes Werk.

Wenn irgendjemand Geralds Fehler wiedergutmachen und Oyster Shore seinen Frieden geben kann, dann Noah Wilson.

KAPITEL 34

NED

Mai 1918

Mount Jera, Queensland

Klassenräume sehen auf der ganzen Welt gleich aus, dachte Ned. Es roch nach Kohl und Schweiß, vermischt mit dem Geruch von Bohnerwachs und Kreide. Schiefe Türme von Übungsheften türmten sich auf dem Schreibtisch des Lehrers und warteten darauf, korrigiert zu werden. Und das Geschrei der Kinder auf dem Schulhof war jedem Pädagogen auf der Welt vertraut. Wenn Ned die Augen schloss, fühlte er sich in Edgars Klassenraum zurückversetzt. Die gewohnten Gerüche und Geräusche brachten ihn zurück an den Holztisch, wo seine Füße kaum den Boden berührten. Die Schreie auf dem Schulhof kamen von Marrick, der Sammy jagte, oder von Bess und Tamsyn beim Seilspringen, und das Ticken hinter seinem gesenkten Kopf stammte von der obligatorischen großen Schuluhr. Die Hitze in seinem Nacken kam von dem bauchigen Holzofen, den sein Vater den ganzen Winter hindurch befeuert hatte. Selbst das Kratzen seiner Feder hätte von Edgar stammen können, der die Hefte mit der ihm eigenen Sorgfalt korrigierte.

Hätte Ned die Augen geschlossen, hätte er auch in Cornwall sein können, wo die feuchte Luft ganz weich war, wo der Herbst in Gold und Rot leuchtete und wo die Felder sich von der frisch gepflügten fruchtbaren Erde furchten. Der Brandgeruch käme von dem Feuer, mit dem die Trehunnists die Stoppelfelder abbrannten, und wenn er ins Freie getreten wäre, hätte er sich gegen die Kälte und das schrille Kreischen der Möwen die Mütze über die Ohren gezogen. Wenn der

Winter nahte, die Wiesen und Weiden vom Tau nass waren und Melancholie in der Luft lag, färbten sich die Bäume golden und malten mit ihren fallenden Blättern ein ewig wechselndes Bild, in dessen Betrachtung er sich versenken könnte. Wie Ned die alten Bäume und ihre Trost spendende Kraft vermisste! Wenn er durch das spröde Buschwerk seiner neuen Heimat wanderte, riskierte er wegen der furchtbaren Hitze und der hier lebenden gefährlichen Tiere sein Leben.

Wenn Ned allein an seinem Lehrerpult saß, schloss er oft die Augen und ließ sich von seiner Phantasie entführen. Weg vom Gestank der Minenschornsteine, von der unbarmherzigen Hitze und dem spöttischen Keckern der Buschvögel zurück ins Land seiner Kindheit. Manchmal funktionierte das, und dann konnte er leichter atmen und seinen Tag müheloser überstehen, doch mitunter konnte nichts seine Sehnsucht nach seiner Heimat und dem Leben stillen, das er niemals führen würde. Ned war krank vor Heimweh, und insgeheim nannte er die Sehnsucht nach seinem alten Leben *die Klaue*, denn sie zerriss ihm mit scharfen Krallen das Herz und ließ es blutig zurück. Manchmal dachte Ned sogar, es wäre besser gewesen, auf dem Schlachtfeld zu sterben. Seine körperlichen Wunden waren nichts im Vergleich zu der Qual, Cornwall, das Schreiben und Madalyn verloren zu haben.

Wenn er die Chance gehabt hätte, sein Leben noch mal von vorne zu beginnen, hätte er denselben Weg genommen, der ihn letztlich in dieses fremde heiße Land und zu schmerzlicher Einsamkeit geführt hatte? Und hätte er seine Liebe zu Madalyn Trelyon zugelassen, nur um für immer von ihr fortzugehen, damit sie glücklich ohne ihn leben konnte?

Ned kannte die Antwort: Er konnte nichts, was ihn zu Madalyn geführt hatte, jemals als Fehler betrachten. Ganz gleich, was es ihn gekostet hatte, er wusste, er würde alles noch mal genau so machen, und zwar mit Freuden! Er würde alles für sie tun, und kein Opfer war zu groß, um sie glücklich zu machen. Wenn er Madalyn liebte, wie könnte er ihr ein derart hartes Leben wie dieses hier zumuten? Wie konnte er von Madalyn erwarten, den Ort und die Menschen aufzugeben, die sie liebte, nur um im Exil zu leben, mit einem Habenichts, der sich als Lehrer in einer kleinen Bergbaustadt im fernen Australien durchschlug? Er liebte sie zu sehr, um ein solches Opfer von ihr zu erwarten, und da er wusste, sie würde sich immer für ihn entscheiden, war ihm nichts anderes übrig geblieben, als sie zu verlassen. Jeder Schritt, der ihn weiter von ihr fortbrachte, schmerzte so sehr wie die ersten Schritte mit seiner Prothese. Das Wissen, dass sie so nah und doch für immer unerreichbar war, war die reinste Folter gewesen. Nur die Erinnerung an das harte Leben, das Matilda Carew nach dem Tod ihres Mannes hatte erdulden müssen, nur die Tatsache, dass sie gezwungen war, sich als Dienstmagd eine Arbeit zu suchen, um ihre Familie zu unterstützen, hielten ihn davon ab, zu Madalyn zurückzukehren. Ned konnte von Madalyn nicht erwarten, dass sie derart kämpfen musste, nur um bei ihm zu sein. Er wollte nicht erleben, wie aus ihr eine erschöpfte oder gar gebrochene Frau wurde.

Dazu liebte Ned sie viel zu sehr. Deshalb ließ er zu, dass Gerald ihr ein Leben bot, das er sich niemals leisten könnte.

In Neds Träumen flog sein Füller über die Seiten seines Notizbuchs, während der Wind durch die Blätter rauschte und Zweige in Schwingung versetzte. Die schwereren Äste griffen ins zurückweichende Wasser, um es zu furchen, während die Seiten seines Notizbuchs umgeschlagen wurden, als wollte ein unsichtbarer Leser unbedingt schneller zum Ende gelangen, obwohl die Geschichte noch gar nicht geschrieben war. Ned sah, wie sein einstiges Ich abrupt von seiner Arbeit aufschaute, erschrocken und verwirrt, weil sich auf einmal die eine Welt über die andere schob. Das passierte jetzt fast täglich: Beispielsweise konnte er in einem der einfachen Wirtshäuser mit den Bergleuten etwas trinken und plaudern, und plötzlich sah er irgendwo im Raum einen leuchtend roten Haarschopf und wurde ohne Vorwarnung zurück in die Vergangenheit katapultiert. Ein, zwei Sekunden jauchzte sein Herz vor Freude, und dann wurde es von einer eisernen Faust zerquetscht, denn nie war es Madalyn, sie konnte es nicht sein.

Ned Carew trauerte um sein altes Leben. Irgendwann würde dieser heftige Schmerz verblassen, und eines Tages würde sich dieses unwirtliche Land mit der rot gebrannten Erde, dem viel zu grellen Licht und den ihm fremden menschlichen und tierischen Bewohnern heimischer anfühlen. Doch wusste er auch, dass seine Sehnsucht nach Madalyn niemals verblassen würde. Sie war seine Seelenverwandte, seine zweite Hälfte und die einzige Frau, die er jemals lieben würde. Er würde sich jeden Tag nach ihr sehnen, für den Rest seines Lebens.

Nach seiner Begegnung mit Gerald, als Ned erkannte, dass er Madalyn mit seiner Liebe zerstören würde, hatte es für ihn nur noch eine Möglichkeit gegeben: Australien. Denn wie sollte er auf demselben Kontinent wie sie leben und der Versuchung trotzen, nach Trevellan zu reisen, nur um einen Blick von ihr, seiner geliebten Frau zu erhaschen? Die Trennung von Madalyn hatte brutal und endgültig zu sein, genau wie die Amputation seines Beines. Ned konnte nie mehr nach Oyster Shore zurückkehren, er konnte sein Buch nicht zuürckverlangen, denn wenn sie herausbekäme, dass er noch lebte, würde sie sofort zu ihm kommen. Und dann würde er sie nie wieder loslassen können. Daher war es besser, sie glaubte weiterhin, dass er im Krieg gestorben war. Es war ihr gegenüber barmherziger, daran glaubte er fest, und er betete, dass Madalyns Leben erfüllt wäre von Liebe, von Freude – und Kindern! Nur eines ließ Ned an seiner Entscheidung zweifeln: der Verdacht, dass Gerald Snowe gar nicht fähig war zu lieben. Daher konnte er nur hoffen, dass sein alter Rivale sich geändert hatte. Er hoffte, Madalyn war glücklich in ihrem neuen Leben.

Am Austernufer gehörte jetzt ihr. Jedes Wort sprach von ihr, und Ned hoffte, sie erkannte, dass das Buch eine Hymne auf ihre Liebe war. Er würde er es nicht veröffentlichen, und Bess würde niemals seinen Aufenthaltsort verraten, das hatte sie ihm schwören müssen.

An seine letzte Nacht im Cottage seiner Schwester erinnerte er sich nur noch vage, weil er eine Flasche von Marricks Whisky geleert und dann das Bewusstsein verloren hatte. Als er wieder zu sich kam, war es noch dunkel, und er schlich sich davon, während die Sterne verblassten. Er hatte bittere Tränen vergossen, weil er seine Schwester und seine Heimat nie wieder sehen würde.

Ned floh aus dem Dorf, ohne genau zu wissen, wohin er wollte. Im Grunde war es ihm egal, ob er starb oder weiterlebte. Nur das Bewusstsein, dass er den Klauen des Todes entkommen war, während so viele seiner Freunde sterben mussten, hielt ihn davon ab, seine Taschen mit Steinen zu beschweren und einfach ins Wasser zu gehen. Wozu sollte er denn noch leben? Literarischer Ruhm und ein Dasein als Schriftsteller interessierten ihn nicht mehr. Solche Phantasien kamen ihm im Vergleich zu dem, was er an der Front gesehen hatte, nichtig und eitel vor. Der Krieg und der Verlust von Madalyn hatten ihn verändert, und falls ihm jemals wieder die Worte zuflogen, dann würde er sie insgeheim aufschreiben und für sich behalten, denn jedes einzelne Wort würde eine Hommage an Madalyn und die Trauer darüber zum Ausdruck bringen, das ihnen ein gemeinsames Leben verwehrt war.

Die Reise an einen Ort, von dem nur wenige wiederkehrten, würde zwar nicht Neds Sehnsucht nach Madalyn lindern, wohl aber die Versuchung, zu ihr zurückzugehen. Australien war ein junges Land voller Möglichkeiten, das schon viele Menschen aus Cornwall vor ihm aufgesucht hatten. Matildas Bruder Fernley Carne war als junger Mann nach Australien aufgebrochen und Bergarbeiter geworden. Während seiner Kindheit hatte Ned viele Geschichten vom Leben in Australien gehört: Es hieß, dort würde man kopfüber auf der Erde laufen und könne mühelos ein Vermögen verdienen. Zwar hatte sein Onkel kein Vermögen gemacht, und er lief auch nicht kopfüber, doch hatte er ein gutes Auskommen in einer kleinen Bergarbeiterstadt und war dort Bürgermeister geworden. Als Ned ihm ein Telegramm mit der vorsichtigen Anfrage nach Arbeit schickte, hatte er schnell geantwortet und ihm die vakante Stelle als Lehrer der Stadt angeboten. Dr. Bell hatte ihm eine Empfehlung geschrieben, ihm die Schiffreise bezahlt und Neds Beteuerungen zurückgewiesen, alles zurückzuzahlen. Die Fahrt nach Sydney koste wesentlich weniger als das Jahresgehalt eines Schulmeisters für die Krankenhausschule, hatte er gesagt.

»Wir werden immer einen Platz für Sie haben«, hatte er hinzugefügt, als sie sich zum letzten Mal die Hand gaben. »Sollten Sie es sich jemals anders überlegen, würden wir uns freuen, Sie wieder bei uns begrüßen zu dürfen.«

Aber Ned hatte gewusst, dass es für ihn kein Zurück gab. Wie sollte er in England bleiben, wo jede Jahreszeit und jedes Gedicht von Madalyn sprach? Als er im Einspänner des Krankenhauses zum Bahnhof fuhr und das stattliche Herrenhaus von Allington hinter ihm verschwand, war ihm klar, dass es hier keine Zukunft für ihn gab. Das Leben, das er sich erhofft hatte, gab es nicht.

Wie in Trance brachte er die lange Reise in sein neues Leben hinter sich. Im Gegensatz zu vielen anderen Passagieren wurde Ned nicht seekrank, weil er mit dem Wasser vertraut war. Zwar wusste er, dass eine Seereise in Kriegszeiten gefährlich war, doch ihn interessierte nicht, ob das Schiff Häfen anlief oder nicht. Die meiste Zeit lag er unter einer Decke an Deck und betrachtete den Horizont. Manchmal versuchte er zu schreiben, doch die Worte wollten nicht kommen, so dass er seine Versuche über Bord warf. Seine Gabe war mit dem Mann gestorben, der er einst gewesen war.

Mount Jera war eine kleine Bergarbeiterstadt am Rand des australischen Buschs. Die nächste Landstraße, der nächste Bahnhof waren Tage entfernt. Es war eine ganz andere Welt als Cornwall mit seinem salzigen Wind und dem Nieselregen, ein wilder Ort, bevölkert mit Menschen aus aller Herren Länder. Seit der Entdeckung von Kupfer und Zink waren die Minen seine Lebensader. Schürfer und Bergarbeiter waren zu diesem abgelegenen Städtchen in Queensland geströmt, selbst aus so fernen Winkeln wie Cornwall. Besagte nicht ein altes Sprichwort: Wo auch immer ein Loch in der Erde war, saß ein Mann aus Cornwall darin? Ned wurde mit offenen Armen von seinem Onkel und den anderen kornischen Immigranten empfangen, und die Geschichten aus der Heimat und der kornische Akzent boten ihm Trost. Nach und nach gewöhnte er sich ein, und der Klassenraum erinnerte ihn an seinen Vater, was ebenfalls ein Trost war.

Doch die Landschaft war ihm fremd. Die dürre Vegetation wies nur spitzblättrige Bäume und dornige Büsche auf. Auf dem trockenen Boden türmten sich riesige Felsbrocken. Eine erbarmungslose Sonne verbrannte die Haut, machte die Erde steinhart und konnte einen Mann töten, wenn er sich zu weit in den Busch wagte. Hier gab es keine kühlen Wälder oder breiten Flusstäler, nur gigantische Canyons mit Felsen, die wie von der Hand eines Riesen gefährlich aufeinander-gestapelt schienen, und überall Termitenhügel. Wenn die Sonne un-terging, färbte sie das ausgetrocknete Land in verschiedenste Rottöne, von Apricot über Paprika bis zu Blutrot, bevor die Dunkelheit kam und am Nachthimmel so viele Sterne leuchteten, dass Ned ins Tau-meln geriet, wenn er den Kopf hob und zu ihnen aufschaute. Es war eine wunderschöne, wenn auch erbarmungslose Landschaft, in der Ned sich niederließ, und er erzählte seinen staunenden Schülern Ge-schichten aus einer anderen Welt, wo die Bäume grün waren und ein breiter Fluss an einem Bootshaus vorbeifloss …

Auch wenn Neds australischer Klassenraum an den seines Vaters erinnerte, gab es doch entscheidende Unterschiede: Hier hörte man das Geschrei spielender Kinder auf dem Schulhof nicht durch weit geöffnete Fenster, sondern durch heruntergelassene Jalousien, die die gnadenlose Sonne aussperren sollten. Deckenventilatoren wälzten die stickige Luft um. Die Schüler umklammerten mit schwitzigen Hän-den ihre Stifte, ihre Hemden klebten an ihrer Haut, und der hellrote Staub der Minen war allgegenwärtig. Jeden Abend, wenn Ned in sein Haus zurückkehrte, lag ein orangefarbener Film auf seinen Möbeln und seiner Bettwäsche, und selbst seine gebräunte Haut blieb nicht frei davon. Ganz gleich, wie oft er sich wusch, er bekam den körnigen Staub einfach nicht weg, und schon bald akzeptierte er ihn genau wie die Hitze als Teil seines neuen Lebens.

An einem späten Nachmittag, als seine Schüler längst in der Hitze verschwunden waren und er noch am Schreibtisch saß und Hefte korrigierte, kehrten seine Gedanken wieder sehnsüchtig nach Oyster Shore zurück. Die Erinnerungen ließen sich nicht verscheuchen, sondern forderten Beachtung. Ned schlug das Heft zu, an dem er gerade saß, und wischte sich mit dem Taschentuch übers Gesicht. Wenn er diese Diktate zu Ende korrigieren wollte, brauchte er zuerst frische Luft – oder das, was man hier dafür hielt.

Sein Stock lehnte am Tisch. Krücken brauchte er nicht mehr, und Ned fiel oft die Ironie des Umstands auf, dass seine Verletzung ebenso wenig sichtbar war wie Geralds. Seine Schüler waren beim Anblick des Stocks alarmiert gewesen, weil sie strenge Strafen befürchteten, doch Ned hatte sie beruhigt. Sie wollten unbedingt hören, wie er verwundet worden war. Aber das erzählte Ned nie, weil es viel zu schmerzlich war. Stattdessen lenkte er sie mit kornischen Volksmärchen ab, die er nach seinem Gusto ausschmückte oder veränderte. Es freute ihn, dass er immer noch ein Talent fürs Geschichtenerzählen besaß, und genoss es, so aufmerksame Zuhörer zu haben. In der Schule von Mount Jera bekam niemand den Stock zu spüren, denn die Vorstellung, eine von Mr. Carews Geschichten zu verpassen, war eine weitaus schlimmere Strafe.

Ned ließ seine Arbeit auf dem Schreibtisch zurück und trat auf die Veranda. Obwohl es schon später Nachmittag war, herrschte immer noch glühende Hitze. Die Luft flirrte, und über der Schotterstraße bildeten sich Luftspiegelungen, die den Augen etwas vortäuschten, was unmöglich da sein konnte. Das war ein häufiges Phänomen, und als Ned sich jetzt ans Geländer lehnte und auf die staubige Straße blickte, meinte er, eine junge Frau zu sehen, die auf die Schule zukam.

Ihr Rock schleifte über den roten Staub, sie schwang einen Koffer in ihrer behandschuhten Hand und trug einen großen Hut, der die obere Hälfte ihres Gesichts überschattete. Es war nur eine optische Täuschung, die Sonne trickste den von der Hitze benommenen Verstand aus. Ned schloss die Augen, aber als er sie wieder öffnete, kam die Frau immer noch auf ihn zu, und ihr Haar leuchtete so hell in der Sonne, dass Ned geblendet wurde.

»Unmöglich«, flüsterte er und klammerte sich ans Geländer, weil die Welt vor seinen Augen kippte. »Das ist unmöglich!«

Es war eine Fata Morgana, mehr nicht. Oder vielleicht machte ihm sein Kriegstrauma zu schaffen. Sie war es nicht. Sie konnte es nicht sein. Keine Sekunde erlaubte sich Ned, daran zu glauben, denn sie würde wieder verschwinden, und er hätte sie aufs Neue verloren. Er blinzelte, doch die Gestalt kam immer näher, und als sie den Schatten erreichte, den das Schulhaus warf, erkannte Ned ungläubig die schönen grünen Augen, das herzförmige Gesicht und die wilden Locken, die er seit seiner Kindheit liebte. Er brachte kein Wort heraus.

»Hallo, Ned«, sagte Madalyn.

»Madalyn?«, flüsterte Ned, aus Angst, seine Stimme könnte den Zauber brechen. »Bist du es wirklich?«

»Natürlich bin ich es!«, rief Madalyn lachend und weinend zugleich. »Oh Ned! Ich dachte, ich würde dich nie mehr wieder finden. Australien ist so *unglaublich* weit weg!«

Ned vergaß Stock und Verwundung und eilte die Treppe hinunter. Madalyn rannte ihm derart überschwänglich entgegen, dass ihr Koffer in den Staub fiel, ihr Hut vom Kopf flog und ihre Röcke sich bauschten. Dann war sie endlich in seinen Armen, und er bedeckte ihr Gesicht mit Küssen. Es kam ihm völlig unwirklich vor, dass er sie nach so langer Trennung wieder im Arm halten durfte. Sie küssten sich und klammerten sich so fest aneinander, dass sich ihre Tränen vermischten. Keiner wollte den anderen loslassen.

»Verlass mich nie wieder!«, schluchzte Madalyn und schmiegte ihr Gesicht an seine Schulter. »Hörst du, Ned Carew? Verlass mich *nie wieder*!«

»Ich liebe dich so sehr, Madalyn«, krächzte Ned, drückte seine Lippen in ihre Locken und hatte das Gefühl in ihrem Duft und ihrer Weichheit zu ertrinken. »Kannst du mir je vergeben, dass ich dich verlassen habe? Meine Verwundung war so schlimm, und ich war nicht mehr derselbe wie früher. Ich war nicht mehr der Mann, den du verdienst. Ich dachte, es wäre das Beste, ich würde gehen. Ich dachte ...«

»Schsch!«, unterbrach ihn Madalyn, griff nach dem Stoff seines Hemds und zog ihn noch näher. »Es gibt nichts zu verzeihen und nichts zu erklären. Ich weiß alles, und nichts davon ist wichtig, weil ich dich wieder gefunden habe!«

»Aber meine Verletzung«, setzte er an, doch diesmal brachte sie ihn mit Küssen zum Schweigen.

»Ned, verstehst du denn nicht? Das Einzige, das mir je wichtig war, bist du! Ich wollte immer nur dich. Das Buch, deine Verletzung, wo wir leben oder was wir tun – all das ist unwichtig, solange du nur bei mir bist. Mit dir zusammen kann ich alles bewältigen. Das hättest du doch wissen müssen. Du hättest nie an mir zweifeln dürfen.«

Als Ned sie anblickte, die wunderschöne Frau, die er schon sein ganzes Leben lang liebte, begriff er, dass sie immer viel klüger gewesen war als er. Er mochte die großen Romane und Gedichte gelesen haben, die die Liebe priesen, er hatte sogar sein eigenes Buch darüber geschrieben, und doch hatte er nie wahrhaft verstanden, was Liebe bedeutete, nicht so instinktiv und unerschütterlich wie Madalyn. Sie hatte es immer gewusst und war ans andere Ende der Welt gereist, um es ihm zu zeigen.

»*Liebe ist nicht Liebe, die sich ändert, wenn sie Veränderung vorfindet*«, flüsterte er und seine Tränen begannen zu fließen. Er weinte, weil er durch seine Zweifel, ob ihre Liebe der seinen ebenbürtig war, so viel Schmerz verursacht hatte. Er hätte nicht allein entscheiden dürfen, denn Seelenverwandte, Freunde und Geliebte sollten nur gemeinsame Entscheidungen treffen. »Oh Maddy, was war ich doch für ein Narr! Ich habe so viel Zeit verschwendet, und du musstest so weit reisen, in so gefährlichen Zeiten!« Er erzitterte bei der Vorstellung an die Torpedoboote und all die Risiken, die sie auf sich genommen hatte, um ihn zu finden. »Ich habe dich in Gefahr gebracht.«

»*Ich* bin das Risiko eingegangen, *ich* habe mich dafür entschieden – genauso wie *ich* hätte entscheiden sollen, ob ich mit deiner Verletzung leben kann. Verstehst du denn nicht? Ich liebe dich, Ned Carew«, sagte Madalyn und lächelte unter Tränen. »Ich würde bis ans Ende der Welt gehen, um mit dir zusammen zu sein – tatsächlich habe ich das wohl schon getan! Was ist das für ein Ort? Ich bin ganz orange!«

Ned lachte, denn Mount Jera lag ganz sicher am Ende der Welt. Noch weiter konnte man sich nicht von Cornwall entfernen. Aber nun, da Madalyn Trelyon wieder an seiner Seite war, sah der Schriftsteller in ihm die Schönheit, die in den verschwenderischen Rottönen lag, und seine Seele war gerührt von dem weiten Himmel, der von überraschenden Farbblitzen durchzogen wurde. Die bunten Vögel und die leuchtenden Blumen machten diesen Ort zu ihrem Paradies. Dies war ihr gelobtes Land. Ihre vollkommen neue Welt.

»Ich liebe dich, Madalyn«, flüsterte er und küsste sie zärtlich auf ihre tränenfeuchten Augen, ihre Nasenspitze und ihre zitternden Lippen. »Ich liebe dich jeden einzelnen Augenblick und werde bis zum Rest meines Lebens bei dir sein. Nie wieder werde ich dich verlassen, das verspreche ich.«

»*Alles endete, wie es begann, in Oyster Shore*«, sagte Madalyn leise. »Erinnerst du dich, Ned? Ich glaube, das wusstest du schon immer. Unser altes Leben endete dort, als Bess mich von deinem Tod unterrichtete. Und alle zu Hause glauben, dass ich dort ertrunken bin. Ich denke, ein Teil von mir ist auch gestorben, als Bess sagte, du würdest vermisst. O, Ned. Wir haben so viel vom Leben des anderen verpasst! Wir haben so viel Zeit verloren!«

Ned senkte den Kopf. »Es bricht mir das Herz, dass wir diese Zeit nie mehr zurückbekommen werden. Was würde ich dafür geben, die Vergangenheit umzuschreiben. Wenn ich das nur könnte!«

»Das musst du nicht, denn jetzt ist es an der Zeit, ein neues Kapitel zu schreiben«, sagte Madalyn. »Unsere Geschichte in einer neuen Welt.«

Ned hob ihre Hand an seine Lippen, küsste sie und drückte sie an sein Herz, dort wo Madalyn immer gewesen war, selbst als Krieg und Ozeane sie getrennt hatten.

»Eine neue Geschichte«, nickte er. »Und sie beginnt genau jetzt.«

Und dann umfasste Ned Carew Madalyn Trelyons Hand und führte sie vom Schulhaus in ihr neues Leben.

KAPITEL 35

LOWENNA

Gegenwart – ein Jahr später
Cornwall

Noah steht mit einer Schere in der Hand vor dem leuchtend roten Band, das Treena über die Zufahrt gespannt hat. »Sind alle hier?«

Ich nicke. »Alle anwesend. Du kannst anfangen, wann immer du bereit bist.«

Noah verzieht das Gesicht. »Ich fühle mich, als sollte ich einer Versammlung vorstehen. Hoffentlich fangen nicht alle an rumzualbern und mit Papierfliegern zu werfen.«

»Weder der Bürgermeister von Penhayes noch unser Abgeordneter wirken, als hätten sie das vor. Sie wollen dich alle beglückwünschen, denn dies ist dein Moment. Du hast so hart dafür gearbeitet.«

»*Wir* haben hart dafür gearbeitet. Ohne dich hätte ich das nicht geschafft. Wärst du nicht mit deinen verrückten Theorien und deinen katastrophalen Fahrkünsten gekommen, Wenna, würde ich immer noch Dünger verteilen, und Mums Recherchen würden in einer Tüte unter dem Bett verrotten. Also ist dies auch dein Tag, klar?«

Innerlich wird mir ganz warm vor Glück, doch muss ich einen Einwand vorbringen, denn ich habe schließlich meinen Stolz: »Meine Fahrkünste sind nicht katastrophal.«

»Hast du den Kratzer an Pollys Peugeot vergessen?«

»Wir müssen die Brombeeren noch weiter zurückschneiden«, kontere ich. »*Das* ist das Problem! Ich kann nicht richtig gucken.«

Die Einfahrt nach Oyster Shore ist von Brombeerranken und Brennnesseln befreit worden, und die Bäume, die so dicht wuchsen, dass sie das Sonnenlicht aussperrten, sind ordentlich gestutzt. Wenn die Besucher jetzt um die erste Kurve biegen, können sie den atemberaubenden Ausblick auf das elegante Haus und den glitzernden Fluss genießen. Obwohl ich leicht sentimental bin und das schiefe Tor und das wuchernde Grün vermisse, ist die Zufahrt zum Oyster House jetzt so makellos wie damals, als der Prinz von Wales die Trelyons besuchte. Gareth hat zu Beginn der Einfahrt einen Bereich gerodet und eingeebnet, wo Autos geparkt werden können, denn kein Motorengeräusch soll die Stille von Oyster Shore stören. Heute erweist sich der Parkplatz als idealer Ort, wo sich die Besucher versammeln können.

Mindestens fünfzig Personen sind gekommen, um die Eröffnung von *The Haven* in Oyster Shore zu feiern. Die Lokalzeitung hat ihren Starreporter geschickt, und viele Bewohner von Trevellan sind hier, weil sie sich persönlich ansehen wollen, was hier vorgeht. Sie werden sehr enttäuscht sein, wenn sie herausfinden, dass es entgegen wilder Gerüchte nur Holzhütten in Waldlichtungen gibt, wo sich Menschen mit seelischen Verletzungen zurückziehen und erholen können. Selbst meine Mum und Marina sind aus London angereist. Sie staunen immer noch darüber, dass Granny Mays Kiste tatsächlich der Schlüssel zum Glück war. Marina allerdings ist ziemlich enttäuscht, dass das Glück Noahs Familie getroffen hat. Doch sie genießen es beide, dass sie Teil einer Geschichte sind, die es bis in die nationalen Medien geschafft und die Herzen vieler Menschen gerührt hat. Mum kann kaum noch aufhören, vor den Nachbarn mit mir zu prahlen, was ich äußerst denkwürdig finde, und seit sie Noah persönlich kennengelernt hat – der den Vorteil mitbringt, gleichzeitig ein entfernter Verwandter und ein reicher Mann zu sein, da er den Rest von Geralds Snowes Besitz geerbt hat –, ist auch David völlig vergessen. Sie hat meinen Stiefvater zu Hause gelassen, weil der Garten gegossen werden muss und sie den Nachbarn nicht traut. Momentan flirtet sie mit Hamish und widmet sich ausgiebig dem Schampus, den ich für den Empfang nach den offiziellen Reden bereitgestellt habe.

»Können wir jetzt bitte endlich anfangen?«, fleht Treena, deren Kaftan in leuchtendem Orange und Purpur sich über ihrem Bauch spannt, der preisgibt, dass die Geburt kurz bevor steht. Sie lässt sich auf einen Stuhl fallen und fächelt sich Luft zu. »Mein Medium sagt, Andromeda wird heute Abend auf die Welt kommen.«

»Wir werden unsere Tochter nicht Andromeda nennen«, sagt Gareth entschieden, doch Treena zuckt nur die Achseln. »Kinder suchen sich ihre Namen selbst aus. Ihr Geist hat ihn mir verraten, als ich sie empfing. Du kannst von Glück sagen, dass es nicht Nigel war.«

Als ich Noah einen Blick zuwerfe, sehe ich, dass seine Mundwinkel zucken. »Ich fang mal besser an, bevor du Wehen kriegst, Treena«, sagt er. »Wie es aussieht, sind alle da, und die Sonne zeigt sich auch schon seit mindestens fünf Minuten, was in Großbritannien ein Rekord ist.«

»Gibt's noch Champagner?«, fragt Mum, drängelt sich zu uns durch und schwenkt ihr Glas. Als sie zu stolpern droht, fasst meine Schwester sie am Ellbogen.

»Oder Häppchen?«, erkundigt sich Marina hoffnungsvoll. »Das letzte Mal haben wir an der Raststätte von Reading was zu essen gekriegt, und das war vor Stunden. Wenn wir nicht bald ans Büfett dürfen, wird Mum stockbesoffen sein.«

»Bitte fang an«, sage ich flehend zu Noah, als meine Mum und meine Schwester sich zu kabbeln beginnen. »Bevor Mum umkippt und Treenas Kind kommt.«

Noah nickt. Als er seine Stimme erhebt, hat er augenblicklich die volle Aufmerksamkeit des Publikums. Während er die Gäste in Oyster Shore willkommen heißt und das Konzept von *The Haven* vorstellt, betrachte ich die Bäume und den Fluss hinter ihm. Dort lagen Ned und Madalyn einst zusammen im Gras und versicherten sich flüsternd ihrer Liebe, und dort watete Gerald Snowe aufgelöst durchs Wasser, um seine Verlobte zu suchen, die sich augenscheinlich vor seinen Augen das Leben genommen hatte. Kinder spielten hier, Schwüre wurden abgelegt und Herzen gebrochen. So viele Geschichten. So viele Ängste, so viele Geheimnisse. Manchmal kommt Nebel auf und damit eine Melancholie, die ich zuweilen Gerald zuschreibe. Wird Noah mit seinen Plänen den Fluch brechen, der Geralds Leben belastete? Wird er diesen von Trauer durchzogenen Ort heilen? Ich glaube fest daran, und Noah ebenfalls. Dies ist ein Neuanfang für Oyster Shore, das letzte Kapitel der Geschichte von drei Jugendfreunden.

Da die Bäume gestutzt sind, sieht man jetzt hinter der Zufahrt den Fluss in seiner ganzen Pracht, genau wie der Architekt und der Gartendesigner es geplant hatten. Der Wind weht durch die Baumkronen und bahnt sich seinen Weg durch das dichte Grün, bis er die Zuckerbäckerfassade von Oyster House erreicht. Versteckt im Wald wurden zwölf nachhaltige Hütten errichtet, jede mit einem Blick auf den Fluss. Inmitten der Natur mit ihrem Vogelgezwitscher bieten sie einen Hort der Heiterkeit, wo Herzen heilen, erschöpfte Gemüter Frieden finden und Tränen trocknen können. Noahs Vision von einem heilenden Ort ist Wirklichkeit geworden, und ich bin unendlich stolz auf das, was er erreicht hat.

Nachdem Noah ausführlich das Konzept von *The Haven* erläutert hat, das durch die Tantiemen von Ned Carews Roman finanziert wird, den Noah für eine Schwindel erregende Summe an einen großen Verlag verkauft hat, lächelt er seine Zuhörer an.

»Die meisten von Ihnen wissen schon, was mir der heutige Tag bedeutet. Es ist natürlich die Erfüllung eines lang gehegten Traums, aber die, die noch nicht die ganze Geschichte kennen, sollen wissen, dass *The Haven* in Oyster Shore auch eine Würdigung meiner Frau Kim und meiner Mutter Hannah ist, die beide verstorben sind. Sie haben nie hierher kommen können, wussten aber alles über diesen Ort und wollten unbedingt, dass ich hierher reise, sobald ich mich nicht mehr um sie kümmern muss. Vor allem Mum bestärkte mich darin, hier nach den Wurzeln meiner Familie zu suchen. Sie alle wissen ja, wohin das geführt hat.«

»Und wenn nicht, können Sie es in Lowenna Scotts Biographie über Gerald Snowe nachlesen. Sie ist meine Tochter, müssen Sie wissen«, sagt Mum laut. Mich rührt der Stolz in ihrer Stimme.

»Diese Biographie kann man in einem sehr guten Buchladen in der Nähe erwerben«, fügt Hamish hinzu und weist in die ungefähre Richtung von Penhayes. »Ich glaube sogar, die brillante Autorin hat dort nächste Woche eine Signierstunde.«

Angesichts dieser schamlosen Schleichwerbung ertönt leises Gelächter in der Menge.

Treena stößt mich von der Seite an. »Kostenlose Werbung ist immer gut, nicht wahr?«

»Ich werde alle literaturinteressierten Touristen direkt zu eurem Bed & Breakfast schicken«, verspreche ich.

»Und dann nach Rosecraddick Manor für eine Führung«, wirft Matt Enys ein, der nicht vergessen werden will. »Ich habe gehört, dass es dort eine wunderbare neue Ausstellung gibt.«

»Jetzt hört mal mit der Werbung auf. Noah will noch was sagen.«

Matts Freundin verzieht in gespielter Verzweiflung das Gesicht, aber Noah grinst nur. Die beiden Männer sind Freunde geworden, seit sie gemeinsam herausgearbeitet haben, wann Ned Carew und Kit Rivers sich in ihrer Jugend begegnet sind und wie sie gemeinsam im Schützengraben kämpften. Die Ausstellung auf Rosecraddick Manor mit dem Titel *Im Graben* war ein voller Erfolg. Es ist schon die Rede von einem Film, in dem Neds Geschichte mit dem des berühmten Kriegspoeten verwoben werden soll. Auch deshalb gab es um *Am Austernufer* einen wahren Bieterkrieg und viel Aufregung um meine Biographie über Gerald Snowe. Offenbar dachte David, es wäre Ehrensache, sie seinem Verlag anzuvertrauen.

Seine Wut über meine Entscheidung, sie im Eigenverlag zu veröffentlichen, war grenzenlos. »Da machst du einen großen Fehler!«, zischte er am Telefon. »Ein solches Buch kann man einfach nicht selbst verlegen. So was ist nur für gescheiterte Autoren.«

»Nein, so was nennt man heutzutage unabhängiges Publizieren«, konterte ich, »was Tausende von unabhängigen Autoren mittlerweile tun. Und warum sollte ich überhaupt noch mit dir zu tun haben wollen?«

Daraufhin verstummte David. Zwar konnte ich ihn nicht sehen, wusste aber, dass er sich so fest in den Nasenrücken kniff, dass seine Haut weiß wurde. Erst atmete er scharf aus, dann nannte er eine so astronomisch hohe Summe, dass ich dachte, ich bräuchte eine Sauerstoffmaske.

»Nein«, sagte ich.

»Sei doch nicht albern, Lowenna. Vergiss jetzt mal uns beide. Der Verlag wird sich um alles kümmern, und du wirst davon profitieren. Das weißt du doch. Du wirst reicher werden, als du es dir jemals erträumt hast.«

»In vielerlei Hinsicht bin ich schon so reich, wie du es dir gar nicht vorstellen kannst«, erwiderte ich leise und blickte durchs Fenster zum Ponton, wo Noah saß und zeichnete. Wie sein Urgroßvater würde Noah seinen gesamten Besitz darauf verwenden, anderen zu helfen. In dieser Hinsicht kam ihm kein anderer gleich.

»Herr*gott* nochmal, Lowenna! Hier geht's ums Geschäft! Mach doch nichts Persönliches draus, sondern sei einmal clever und professionell!«

David tobte am anderen Ende der Leitung, weil er so machtlos war, und ich konnte mir gut vorstellen, dass alle in seiner Rufweite zusammenzuckten. Ich hatte mich auch klein gemacht, wenn er wütend war. Aber das war vorbei.

»Leb wohl, David«, sagte ich, »ruf mich nie wieder an.«

Damit beendete ich das Gespräch und blockierte die Nummer. Ich wollte nie wieder mit ihm zu tun haben, wusste ich doch zu gut, wie David alles in die Hand nehmen oder besser *kontrollieren* wollte. Er würde alles streichen, was sich kommerziell nicht ausbeuten ließ, würde Ned, Madalyn und Gerald so verändern, dass alle Nuancen und Grauzonen verschwanden und nur noch das Sensationelle, das Profitable übrigblieb. Gerald würde der klischeehafte Böse werden, und die Tragödie seines Lebens würde vernachlässigt werden. Aber das verleiht der ganzen Geschichte doch seine Tiefe! Allein bei der Vorstellung hätte ich aus der Haut fahren können. David Blake hatte versucht, mich zu kontrollieren, als ich noch mit ihm verlobt war. Doch das würde ich bei meinem Buch nicht zulassen.

Endlich hatte ich mich von ihm befreit.

Noah hatte mir erlaubt, auf meine Weise die Geschichte von Ned Carew und Gerald Snowe zu erzählen, und während er sich durch Testaments- und Treuhandsangelegenheiten wühlte und mit den Anwälten verhandelte, verbrachte ich zehn arbeitsreiche Monate damit, mich in Recherchen zu stürzen und mit Menschen aus der Vergangenheit am Flussufer spazieren zu gehen. Irgendwann in dieser Zeit kam Noah zum Abendessen zu mir und ging nie wieder. Unser gemeinsames Leben begann so natürlich wie das Strömen des Flusses und der Wechsel der Gezeiten. Jetzt schreibe und forsche ich mit der Hilfe von Selina Trewen, die eine unglaubliche Assistentin ist, während Noah an den Plänen für *The Haven* arbeitet und Gareth auf der Farm hilft – obwohl er das Düngen mit Freuden abgegeben hat. Zwischen Noahs Treffen mit Anwälten und Bauunternehmern und meinen endlosen Stunden am Computer und Besichtigungen ehemaliger Lazarette und alter Kriegsgräber auf dem Kontinent führen wir ein Leben, in dem wir uns lieben, herzhafte Suppen und Aufläufe kochen und auf dem Sofa essen, während draußen Winterstürme heulen und der Regen gegen die Fenster prasselt. Wir gehen meilenweit mit Breakspear im Wald und am Ufer spazieren. Wie sich herausgestellt hat, ist die Furcht erregende Fi, die gar nicht Furcht erregend ist, eine Nachfahrin von Tilly, dem Dienstmädchen. Sie hat mir verziehen, dass ich ihr Noah weggenommen habe, deshalb essen wir oft im Trelyon Arms zu Abend, wo schon Ned und Marrick zusammen ihr Bier tranken, und wo mein Urgroßvater Ned um Bess' Hand bat.

Als *Am Austernufer* veröffentlicht wurde, feierte Noah das im Trelyon Arms, was den Wirt und die Besitzer aller B&Bs im Ort begeisterte. Denn Journalisten und Verlagsmitarbeiter strömten hierher, alle Unterkünfte waren ausgebucht, und als dann Neds großartiges Buch auf der ganzen Welt die Bestsellerlisten stürmte, erschien Trevellan auf der literarischen Landkarte. Mit meiner Biographie und dem geplanten Film blieb das Interesse hoch, so dass Trevellan, zumindest laut Hamish, durchaus mit Fowey und seiner Verbindung zu Daphne du Maurier mithalten könne. Da Trevellan die Aufmerksamkeit auf sich zog, konnte es auch aus dem Schatten des trendigen Penhayes treten.

Zu Beginn meiner Arbeit an der Biographie musste ich klären, wie ich Geralds Seite der Geschichte darstellen wollte. Ganz gleich, wie viel Mitgefühl ich für ihn aufzubringen versuchte, war sein Verhalten doch unleugbar entsetzlich gewesen. Als Junge verhielt er sich grausam und bösartig. Er stahl Neds Werk, log und betrog und ließ Madalyn in dem Glauben, ihr Geliebter wäre tot. Es fiel schwer, ihm zu verzeihen, und noch schwerer, ihn zu mögen, und mein Schreibfluss geriet in Stocken, so groß war meine Abneigung gegen ihn. Kein Wunder, dass meine Urgroßmutter Bess ihn kurzerhand abfertigte und ihm kein Wort glaubte. Sie dachte wohl, Geralds Besuch und seine inständige Bitte wären nur eine List, um Neds Aufenthaltsort zu erfahren und sein Leben zu ruinieren. Niemals hätte die Aussicht auf Ruhm und Reichtum sie dazu gebracht, ihren geliebten Bruder zu verraten.

Je mehr ich über Bess Penwurthy herausfand, desto mehr wuchs sie mir ans Herz. Vielleicht ist es reine Einbildung, aber ich sah in ihr meine eigene Entschiedenheit und Treue zur Familie genauso wie ich in ihr das aufbrausende Temperament und die Ungeduld von Marina wieder erkannte. Wir tragen Spuren der Menschen in uns, die vor uns da waren. Nur wenn wir uns selbst mit einem gewissen Abstand betrachten, bemerken wir Muster und Nuancen, die schon in der Vergangenheit angelegt wurden, und verstehen, dass wir wie ein Mosaik sind, das nicht nur aus ganz persönlichen Steinchen besteht. Wir sind Teil von etwas Größerem, und diese Vorstellung gefällt mir. Es bestärkt mich in dem Glauben, dass das Leben mehr ist, als man sehen kann. Ich bin aus einem ganz bestimmten Grund in Oyster Shore gelandet und habe mich in die Geschichte meiner Familie gefügt, die schon vor über hundert Jahren ihren Anfang hatte. Dadurch begegnete ich Noah, und dadurch fand Neds Roman die Anerkennung, die er verdient. Hatte Madalyn ihre Hand im Spiel? Oder Gerald? Oder war es reiner Zufall, dass ich an jenem Tag die Webseite der Agentur anklickte, die das Bootshaus vermietete? Das werde ich nie mit Sicherheit wissen, doch mir gefällt der Gedanke, dass da etwas Größeres am Werk war. Wie dem auch sei, die Biographie über Gerald Snowe erwies sich als echte Herausforderung, und bei meinem ersten Entwurf war es mir nahezu unmöglich, Mitgefühl mit ihm zu empfinden, weil ich tiefe Abneigung gegen ihn hegte, ihn immer wieder mit David verglich und längst keine unparteiische Biographin mehr war. Auf einen ersten Entwurf folgte rasch ein zweiter, doch mit jedem Wort, das ich tippte, wurde Gerald unsympathischer – bis ich eines Morgens frustriert meinen Laptop zuknallte, nach Breakspear pfiff und mit ihm in den Wald stapfte, wo Noah an zwei Hütten arbeitete. Eine stand am Fuß eines riesigen Baumes, wo sich einst ein kleiner Junge dazu überwunden hatte, bis auf die höchsten Äste zu klettern: ein Ikarus im Matrosenanzug, der noch nicht mal die Sonne erblickt hatte, bevor er zur Erde stürzte. Die zweite Hütte befand sich an dem alten Brunnen, der nun von allen Dornenranken befreit war, vielen Waldwesen Wasser spendete und berühmt war, weil er als Inspiration für Kit Rivers erstes Gedicht galt. Wann immer ich diese Orte besuchte, sah ich Kinder vor mir herlaufen, nahm wahr, wie sie mit ihren Füßen das Laub aufwirbelten und mit ihren aufgeregten Rufen die Stille durchschnitten. Nun würden sie immer in der Nähe sein.

Es war ein Tag im Spätherbst, und die Sonne ließ sich durch den dichten Nebel erahnen. Fallende Blätter wirbelten in einem Ballett aus Ocker und Rostrot umher, und unter meinen Stiefeln zerplatzten Vogelbeeren. Noah werkelte gerade an der Brunnen-Hütte, und ich hockte mich auf einen Holzstapel, um ihm zuzusehen. Dieses Fleckchen Erde mit dem moosigen Boden, dem Dach aus raschelnden Blättern und dem Ausblick auf den Fluss erfüllte mich mit seinem Frieden. Noahs Traum von einer Zuflucht, wo gebrochene Herzen und wunde Gemüter in der Natur heilen konnten, nahm nur dank Geralds Vermächtnis Form an, und irgendwie schien es stimmig, dass ein Mann, der so viel Leid verursacht und einen Großteil seines Lebens in Unglück und Elend verbracht hatte, nun dafür sorgte, dass andere Trost fanden. Nur durch Geralds Erbe konnte Noahs Traum Wirklichkeit werden. In gewisser Weise war das doch auch eine Buße, oder? Am Ende hatte Gerald doch etwas wieder gutgemacht, nicht wahr?

Während Noah sägte und hämmerte, und Breakspear sich durchs Unterholz schnüffelte, wälzte ich das Problem in meinem Kopf. Es musste doch einen Weg geben, zumindest Empathie für Gerald zu empfinden. Was wusste ich über ihn? Ich wusste, dass Gerald von seinen Eltern vernachlässigt und in der Schule schikaniert worden war. Er war einsam und unsicher gewesen. Ungeliebt und unsympathisch. Er war sehr krank gewesen und blieb immer hinter seinen Altersgenossen zurück, die so herzlos und grausam waren, wie Kinder manchmal sein können. Seine frühe Kindheit formte ihn, und in dieser lieblosen Umgebung blieb er unterentwickelt und empfand zunehmenden Groll. Es war sein Wesen, das nicht gefördert und gefordert wurde, welches sich schon in früher Kindheit zu seinem Fluch entwickelte.

Im Gegensatz dazu war Ned Carew in einer glücklichen Familie aufgewachsen. Seine Eltern hatten ihre Kinder geliebt, und Edgar hatte sich so intensiv um Bess und Ned gekümmert wie Arthur Snowe um sein Imperium. Ned und Bess waren Edgars größte Leistung, sein größter Triumph, und er hatte ihnen die Werte Ehrlichkeit, Mut, Anstand und Freundlichkeit vermittelt. Anlage versus Umwelt, dachte ich. Wer wären wir, wenn wir in anderen Umständen aufgewachsen wären? War der ewig unsichere und neidische Gerald schon viel zu sehr durch seine Kindheit geprägt, als er Ned Carew traf, um sich noch anders zu entwickeln? War es immer sein Schicksal gewesen, Neds Buch zu stehlen und den Rest seines Lebens in Reue und Elend zu verbringen? Sind wir alle nur die Produkte von Schicksal und Zufall? Wird unser Leben von den Familien geprägt, in die wir geboren wurden, und vom Weg, den sie für uns aussuchen? Oder prägt uns eher unser Wesen als unsere Herkunft?

Genau in dem Augenblick, als ich mich das fragte, drang ein Sonnenstrahl durch das Blätterdach, streichelte mein Gesicht und sprenkelte die Erde. Vielleicht war es Zufall, vielleicht ging meine Carewsche Phantasie mit mir durch, doch es fühlte sich an wie ein Segen, wie die Antwort auf meine Frage. Ich hatte alles von seinen Anfängen her betrachtet. Aber vielleicht sollte ich mich nicht so auf die Missetaten seiner Jugend konzentrieren, sondern auf Geralds Ende, und mich von dort zurückarbeiten. Der Ausgangspunkt für meine Version der Geschichte sollte der alte Gerald sein, der in einen Orden eintrat und mit dem Wunsch nach Vergebung starb. Sein einsames Ende könnte ich mit einer Schilderung von *The Haven* umrahmen, meinem Umzug nach Cornwall und den Nachforschungen von Noahs Mutter. Diese Ansatzpunkte sollten den Verlauf meiner Reise in die Vergangenheit bestimmen, wo ich das Rätsel um Neds Buch und Geralds frühe Jahre beleuchten wollte. Während ich Geralds Welt erforschte, sollten zu den Fakten die historischen Umstände erzählt werden. Heraus käme die Geschichte eines einsamen, verunsicherten Kindes, das nirgendwohin gehörte. Eines Jungen, der aus einem Impuls heraus ein Verbrechen beging, das er für den Rest seines Lebens wiedergutmachen wollte. Mit einem Wechsel der Perspektive kann man Gerald

Snowes Geschichte als eine Parabel über Buße und Hoffnung lesen, woran wir alle glauben müssen, denn wer von uns macht keine Fehler? Wer hat nie bis in die frühen Morgenstunden wach gelegen, weil er etwas bereut? Wer hat sich noch nie gewünscht, eine zweite Chance zu bekommen und noch mal ganz von vorne anzufangen?

Mittlerweile glaube ich, dass das Leben uns Wunder schickt, wenn wir am wenigsten damit rechnen. Ich bin nach Cornwall geflohen, weil ich mich verstecken und in meine Arbeit vergraben wollte. Mich zu verlieben, stand nicht auf meinem Plan, und so unerwartet es kam, so wundervoll ist es. Noahs und mein Dasein haben sich mühelos ineinandergefügt, wir leben und arbeiten friedlich an diesem magischen Ort, wo die Gezeiten wechseln, die Wasservögel rufen und die Luft frisch und salzig ist. Wir genießen die Gegenwart des anderen und brauchen keine Psychospielchen. Zwang und Kontrolle sind unnötig. Keine Kämpfe, um sich durchzusetzen. Müsste ich mit einem Wort unser Leben beschreiben, würde ich »friedlich« sagen. Noah und ich treten einen späteren Teil unserer Lebensreise an. Wir mögen vielleicht nicht die Leidenschaft und Dringlichkeit von Neds und Madalyns Liebe empfinden. Die beiden waren fast noch Teenager, als Ned an der Westfront für sein Land kämpfte, und Madalyn vor Kummer verging. Ich habe erlebt, dass die Leidenschaft durch Alter und Erfahrung schwächer wird, und mit Noah habe ich den ruhigen Hafen des Lebens erreicht – doch ist die Flamme der Leidenschaft noch nicht erloschen! Ich will wohl nur sagen, dass wir glücklich sind. Wir gehören hierher, und wir gehören zusammen. Das ist mehr als genug.

Von dem, was wir aus Neds und Madalyns Leben in Australien erfahren konnten, wissen wir, dass sie ein ruhiges, zufriedenes Leben voller Sonnenschein und Liebe geführt haben. Sie hatten zwei Kinder, die Tochter überlebte den Zweiten Weltkrieg. Sie wohnten in einem kleinen Haus am Rand von Sydney und verdienten sich ihren Unterhalt als Lehrer und Malerin. Hannah Wilsons Recherchen legen nahe, dass sie glücklich und zufrieden bis ins hohe Alter lebten und dann in einem Abstand von drei Wochen starben, so, als könnten sie ohne einander nicht leben. Es ist eine wahre Liebesgeschichte, eine Geschichte, die wir uns alle für uns selbst erhoffen. Nun ruhen beide auf einem kleinen Friedhof mit Blick aufs Meer. Mir gefällt der Gedanke, dass das Wasser, das an Oyster Shore vorbeiströmt, irgendwann auch mal ihre letzte Ruhestätte erreicht und ihnen die Erinnerungen an wechselnde Gezeiten, kreischende Möwen und ein junges Pärchen zuflüstert, das einst Hand in Hand um Ufer entlanggeschlendert ist und sich unendlich geliebt hat.

Auch wenn Madalyn und Ned längst gestorben sind, sind sie doch nicht vergessen. Ned hat seinen Roman zurückbekommen, der von seinem großen Talent und seiner noch größeren Liebe zu Madalyn zeugt. Die literarische Welt ist sich einig, dass Edward Carew, hätte er mehr geschrieben, einer der besten Autoren des zwanzigsten Jahrhunderts geworden wäre. Hat Ned noch ein weiteres Buch geschrieben? Das bleibt ein Rätsel, denn es wurde nie etwas gefunden. Vielleicht war *Am Austernufer* sein einziges Werk. Vielleicht haben die Kriegserlebnisse und sein jahrelanger Gedächtnisverlust sein Schreibtalent zum Verstummen gebracht.

Ich jedoch bin überzeugt, dass Ned weiter geschrieben hat, denn die Sprache durchströmte ihn wie der Fluss Oyster Shore. Vielleicht reichte es ihm, nur für sich selbst zu schreiben? Jedenfalls waren weder er noch Madalyn auf Ruhm aus. Da sie ihr altes Leben hinter sich lassen wollten, wäre es nur logisch gewesen, die Öffentlichkeit zu meiden. Vielleicht brauchten sie auch keine Annerkennung von außen, da die Liebe zueinander und ihre Familie sie vollkommen erfüllten. Träume ändern sich, und Glück erschafft im Gegensatz zu anderen tiefen Gefühlen nicht unbedingt große Kunst. Wie so viele dieser verlorenen Generation haben sie ihre Geheimnisse mit ins Grab genommen, und wir können nur noch Vermutungen anstellen. Aber ich weiß, dass Liebe nicht endet. Wir nehmen sie mit uns, und wie Energie geht sie nie richtig verloren. Wo immer sie jetzt sind, wird

Ned seine Madalyn weiter lieben. Bis in alle Ewigkeit. Davon zeugt jede einzelne Zeile von *Am Austernufer*.

Auch Noahs Liebe zu Kim wird nie nachlassen. Er liebt sie heute noch genau wie früher, und so sollte es auch sein. Fragte man mich, ob ich eifersüchtig bin oder mich zurückgesetzt fühle, dann lautete meine ehrliche Antwort Nein, denn so funktioniert Liebe nicht. Noah liebt Kim nicht weniger, weil er jetzt mit mir zusammen ist. Unser Glück ist ein Vermächtnis ihrer Liebe, denn diese zeugt davon, dass Noah ein offenes Herz hat und weiterhin zu lieben bereit ist. Wie Neds Liebe zu Madalyn war Kim Wilsons Liebe zu Noah großzügig und echt. Sie wollte, dass er ein erfülltes Leben hat, dass er wieder liebt und glücklich ist. Sie drängte ihn, nach England zu reisen und sein Leben weiterzuführen, denn sie liebte ihn so sehr, dass Noahs Leben nicht enden sollte, bloß weil ihres endete. Sie ist jetzt im Land jenseits des Horizonts, an dem Ort, wo Ned und Madalyn für immer jung sein werden. Sie weiß hoffentlich, dass ich ihr jeden Tag danke, weil ihre Liebe groß genug war, um Noah nach Oyster Shore zu schicken. Und Noah lehrte mich, was es heißt, jemanden wirklich zu lieben.

»Heute eröffnen wir nicht nur das Erholungszentrum, sondern feiern auch das Leben und Werk meines Urgroßvaters«, sagt Noah gerade und blickt uns mit den großen, grünen Augen an, die auch Ned bei Madalyn so geliebt hat. »Ohne Ned Carew würde es *The Haven* hier in Oyster Shore nicht geben, denn mit seiner Begabung und seiner Liebe zu diesem Ort fing alles an. Selbst Gerald Snowes letztes Vermächtnis, mit dem alles hier möglich gemacht wurde, hat mit ihm zu tun.«

Treena, die überhaupt kein Fan von Gerald Snowe ist, schnaubt missbilligend.

Hamish zieht eine Augenbraue in die Höhe. »Nicht gerade groß-herzig von dir, meine Liebe.«

»Ich *kann* ihn nicht leiden«, grummelt sie, »und wenn er hier wäre, würde ich ihm mal ordentlich die Meinung sagen.«

»Heute ist nicht der rechte Zeitpunkt, über die Schuldfrage lang zurückliegender Ereignisse nachzudenken«, fährt Noah fort, und ich nicke, weil wir schon oft darüber debattiert haben. »Gerald erinnert mich an meine früheren Schüler, die so von Ängsten, Unsicherheiten und kleinlichen Rivalitäten gequält wurden, dass sie nicht das Gute erkannten, was direkt vor ihrer Nase lag. Er war nur ein junger Kerl, der die Dinge nicht gründlich durchdachte. Teenager sind nun mal impulsiv und machen Fehler. Und da sie jung sind, haben sie genug Zeit, aus ihren Fehlern zu lernen. Es ist die Aufgabe der Erwachsenen, sie anzuleiten – doch wer war für Gerald da? Wer kümmerte sich wirklich um ihn? Er war zwar reich, wurde aber emotional vernachlässigt. Und wenn schon ein australischer Kerl wie ich das erkennt, muss es wirklich schlimm gewesen sein!«

»Von einem Lehrer zum anderen: Das haben Sie gut gesagt«, erklärte Selina mit Nachdruck. »Außerdem sind Sie ein kornischer Kerl, vergessen Sie das nicht. Ein Carew aus Trevellan!«

Noah strahlt. »Donnerwetter, hohes Lob! Danke, Miss Trewen. Ich glaube, Gerald änderte sich, weil er überzeugt war, Madalyn wäre seinetwegen ins Wasser gegangen. Und auch, weil er nach diesem Vorfall schwer krank wurde. Wir wissen, dass er Trost im Glauben suchte und den Rest seines Lebens damit zubrachte, für seine Fehler zu büßen. Man stelle sich vor, man würde sein ganzes Leben für die Fehler seiner Jugend verurteilt! Als Erwachsener ist man doch ein ganz anderer Mensch! Ich zumindest. Ich habe meine Frisur geändert und den Ohrring abgelegt, also bin ich hoffentlich kein wandelndes Klischee eines Australiers!«

»Du hast immer noch das Surfboard und die Tattoos«, witzelt Gareth.

»Stimmt auch wieder! Was ich sagen will, ist, dass Gerald auf seine Weise lernte, sich veränderte und seine Fehler wiedergutmachen wollte. *The Haven* existierte nur deswegen, und ich glaube, mein Urgroßvater hätte das verstanden und anerkannt, denn Ned Carew war kein nachtragender Mensch. Dies ist ein Neuanfang für Oyster Shore, und es ist Zeit, die Vergangenheit ruhen zu lassen.«

»Hört, hört!«, ruft Hamish, und aus der Menge ertönt zustimmendes Gemurmel.

»Schließlich möchte ich noch auf meine verstorbene Frau zu sprechen kommen, die alles unterstützt hätte, was ich heute gesagt habe«, erklärt Noah. »Als ihr Leben endete, lehrte sie mich so viel darüber, wie ich mein eigenes Leben führen soll und welches Vermächtnis wir hinterlassen. Nach ihrem Tod gab es Zeiten, da wusste ich nicht, wie und ob ich weitermachen sollte. Doch ich wusste, sie hätte gewollt, dass ich meine Zeit nicht verschwende. Sie bestand darauf, dass ich eines Tages hierher komme, und ich stelle mir gerne vor, dass sie wusste, dass ich hier Heilung und Frieden finden würde.« Noah weist mit seiner freien Hand zum Fluss und zum bewaldeten Tal mit den Hütten darin. »Kim hat mich nach Oyster Shore geführt. Zurück zu meinen Wurzeln. Und …«, damit blickt er mich so zärtlich an, dass ich das Gefühl habe, mein Herz könnte jeden Moment platzen vor Glück, »sie hat mich zur Liebe geführt. Hier an diesem Ort ist es möglich, mit der Vergangenheit seinen Frieden zu machen und Hoffnung für die Zukunft zu finden.«

Noah überreicht dem Abgeordneten die Schere, der damit das Band durchschneidet und *The Haven* in Oyster Shore für eröffnet erklärt. Applaus brandet auf, Champagnerkorken knallen und inmitten des Jubels ruft Hamish etwas Kornisches. Doch für mich fühlt es sich an, als würde all dies in weiter Ferne geschehen. Ich blicke durch die Menge, durch die Bäume hindurch auf den glitzernden Fluss und meine, dort drei Kinder durch den Wald rennen zu sehen, lachend, rufend, in perfektem Gleichschritt. Niemand wird zurückgelassen, niemand muss wütend hinterherhinken, niemand ist neidisch oder ängstlich. Jetzt sind alle die besten Freunde, und alte Wunden und Ressentiments sind längst vergessen. An einem Ort, wo Vergangenheit, Gegenwart und Zukunft einander überlappen, wo alles Zeitgefühl aufgehoben ist, sind die drei wieder jung und alle Wunden verheilt. Jugendfreunde. Geliebte. Große Wohltäter. Künstler. Schriftsteller. All diese Möglichkeiten liegen noch vor ihnen. Die Würfel können noch mal geworfen werden. Und ich bin sicher, dieses Mal kommt ein gutes Ergebnis heraus.

Ich sehe sie über die Lichtung zum Oyster House rennen. Ein kleines Mädchen wirft übermütig ihren Hut ins Gras. Ihr Haar flammt in der Sonne auf, während die Jungen Kappe und Strohhut in die Luft schmeißen und lachen. Sie können nun frei und unbeschwert über das Gelände streifen, weil ihnen alle Last der Vergangenheit genommen wurde. Damit schwindet auch die melancholische Atmosphäre, die wie Seenebel über Oyster Shore lag. Ich weiß, wo auch immer sie sein mögen, Gerald Snowe hat Vergebung erfahren, denn dort, an diesem ewigen Ort sieht man alles anders. Es gibt dort keinen Neid, keinen Groll, keine Wut. Sie begreifen nun, dass wir alle Teil von etwas Größerem sind. Das weiß ich, so sicher ich auch weiß, dass nun alles so ist, wie es sein sollte. Mit einem Mal erscheint die Sonne hinter einer Wolke, und das Trio verschwindet im strahlenden Licht. Breakspear starrt ihnen nach, als hätte er sich ihrem munteren Treiben anschließen wollen.

Ich knie mich neben ihn und streichle seinen seidigen Kopf.

»Sie waren wirklich da, nicht wahr?«, flüstere ich, und er wedelt bestätigend mit dem Schwanz.

»Bist du bereit?«, fragt Noah, und ich nicke, denn alles ist endlich so, wie es sein sollte. Dann folgen wir Breakspear, der voranprescht, und gesellen uns zu unseren Gästen ans Ufer, um ein neues Kapitel in der Geschichte von Oyster Shore zu feiern.

Ende

Liebe Leserin, lieber Leser,
wegen mehrerer Lockdowns in Großbritannien konnte ich 2020 und 2021 nur selten Cornwall verlassen, das schöne Fleckchen Erde, das ich meine Heimat nennen darf. Wie so viele von uns war ich in dieser Zeit getrennt von Angehörigen und Freunden. Geliebte Menschen wurden krank, manche erholten sich nie wieder – eine Angst einflößende und manchmal auch furchtbare Erfahrung. Auf der Suche nach Trost ging ich oft am Ufer des Fowey spazieren und betrachtete den Fluss und die Bäume und Wolken, die sich im Wasser spiegelten. Das Ufer eines Flusses hat etwas Zeitloses an sich, und darin fand ich tatsächlich Trost. Wie viele andere Menschen waren schon hier entlanggegangen, hatten sich im Schatten der Bäume ausgeruht und einen leuchtend blauen Eisvogel aufblitzen sehen? Wie viele schon hatten über diesen Ort geschrieben? Und welche Geschichten wollten noch erzählt werden?

Auf meinen Spaziergängen erkundete ich die Welt rund um den Fluss. Wenn sich bei Ebbe das Wasser zurückzog, stapfte ich mit meinen Gummistiefeln über den Sand. In einer von dichter Vegetation gesäumten Flussschlinge entdeckte ich ein verlassenes Anwesen, das von der Straße und dem Ort auf der gegenüberliegenden Uferseite nicht einzusehen war: ein geheimes, magisches Plätzchen, das Brombeergestrüpp und ins Wuchern geratende Solitärgehölze vor allen Blicken abschirmten. Die gewundene Zufahrt hatte Risse, das Haus selbst trug einen Umhang aus Efeu, und das kleine Bootshaus wurde von den Gezeiten immer weiter in den Fluss gezogen. Auf dem freigelegten Sand sah man die Gerippe alter Boote und unzählige Austernschalen. Mir war, als wäre ich in eine andere Welt getreten, und wispernd machte sich eine Geschichte bemerkbar – magisch, wie Geschichten es an sich haben.

In den nächsten zehn Monaten, in denen die Geschichte und ihre Charaktere Form annahmen, wurde *Oyster Shore* zu meiner Zuflucht (und zur Besessenheit). Ich verlor mich geradezu darin, und jedes Mal, wenn ich am Flussufer entlangging, überraschte es mich, nicht auf die Orte und Menschen zu treffen, mit denen ich so viel Zeit verbrachte.

Das Buch wuchs und entwickelte sich, und mein Verleger und meine Leser warteten geduldiger, als ich je erwartet hätte. Es waren ungewöhnliche Zeiten, und dieser Roman half mir, sie zu überstehen.

Ich hoffe aufrichtig, Sie werden die Welt von Oyster Shore genießen können.

Ruth

GLOSSAR

AUSSPRACHE DER NAMEN

Fowey = Foy

Lo-**wenn**a

Pendennys = Pen-**denn**is

Pen**drag**on

Tre-**bil**cock

Tre-**hunn**ist

Trelyon = Tre-**li**on

Tre-**vell**an

Tre-**wen**

Vyvyan = **Vi**vian